雏凤哀鸿

孔祥熙

周宗奇＼著

山西出版传媒集团

山西人民出版社

图书在版编目（CIP）数据

雏凤哀鸿：孔祥熙／周宗奇著．—太原：山西人民出版社，2014.6
ISBN 978 – 7 – 203 – 08500 – 3

Ⅰ.①雏… Ⅱ.①周… Ⅲ.①传记文学 – 中国 – 当代　Ⅳ.① I 25

中国版本图书馆 CIP 数据核字（2014）第 094486 号

雏凤哀鸿：孔祥熙

著　　者：周宗奇
责任编辑：吕绘元
特约编辑：魏　华
装帧设计：张永文

出 版 者：山西出版传媒集团·山西人民出版社
地　　址：太原市建设南路 21 号
邮　　编：030012
发行营销：0351 – 4922220　4955996　4956039
　　　　　0351 – 4922127（传真）　4956038（邮购）
E – mail：sxskcb@ 163. com　发行部
　　　　　sxskcb@ 126. com　总编室
网　　址：www. sxskcb. com

经 销 者：山西出版传媒集团·山西人民出版社
承 印 厂：山西出版传媒集团·山西新华印业有限公司

开　　本：720mm×1010mm　　1/16
印　　张：32. 5
字　　数：548 千字
印　　数：1 – 5 000 册
版　　次：2014 年 6 月第 1 版
印　　次：2014 年 6 月第 1 次印刷
书　　号：ISBN 978 – 7 – 203 – 08500 – 3
定　　价：65. 00 元

目　录

第一章 ｜ 夜　祭

一　京东第一好去处 ———————— 001

二　四人行 ———————— 004

三　死亦为鬼雄 ———————— 008

四　三晋自古第一人 ———————— 011

五　文友会 ———————— 015

第二章 ｜ 软　化

六　少见的灯火通明 ———————— 020

七　模范室里无法安眠 ———————— 025

八　麦美德真的很伤心 ———————— 029

九　魏录义夫妇 ———————— 034

十　走近奥伯林 ———————— 039

第三章 ｜ 血与火

十一　出了个义和团 ———————— 043

十二　奔　家 ———————— 045

十三　逃　家 ———————— 052

十四　孔繁慈的见识 ———————— 056

十五 郭敦源的骨气 ——————————— 061

第四章 | 荧光一闪

十六 李鸿章临死前的最后一道难题 ——— 067
十七 初露锋芒 ——————————————— 071
十八 议结教案 ——————————————— 081
十九 奇特的葬礼 ————————————— 084

第五章 | 弱国之民

二 十 夜海漫议留学史 ———————— 090
二十一 闭门羹 ——————————————— 096
二十二 痛说排华史 ————————————— 097
二十三 麦美德事件 ————————————— 101

第六章 | 大洋彼岸的故事

二十四 理发与洗澡 ————————————— 113
二十五 相约在奥伯林咖啡馆 ——————— 117
二十六 纽萨伦之行 ————————————— 123
二十七 告别在密执安湖 —————————— 128
二十八 仰望北斗 ————————————— 131
二十九 纽约街头 ————————————— 137

三　十　"榆树城"春秋 ——————— 141

三十一　惊鸿一瞥 ——————————— 145

第七章 | 标新立异

三十二　归心难留 ——————————— 151

三十三　穿洋装，脱洋装 ———————— 160

三十四　三请赵铁山 ————————— 165

三十五　请问你从哪里来 ——————— 176

三十六　不想关门办学 ———————— 181

第八章 | 风云际会

三十七　天翻地覆 ——————————— 188

三十八　本人乃太谷民军司令是也 —— 197

三十九　风险娘子关 ————————— 203

四　十　中美同盟会 ————————— 215

四十一　再见与永别 ————————— 221

第九章 | 扶桑行

四十二　革命成了烂摊子 ——————— 233

四十三　女大当嫁 ——————————— 238

四十四　悟　道 ——————————— 242

四十五　请你来做客 ———————— 244

四十六　盘根问底话票号 ———————— 249

四十七　与主流派失之交臂 ———————— 254

四十八　沉重的婚姻 ———————— 261

第十章 ｜ 十年大盘旋

四十九　上　海 ———————— 268

五　十　太　谷 ———————— 271

五十一　天　津 ———————— 273

五十二　铭　贤 ———————— 275

五十三　沈　阳 ———————— 277

五十四　中华书局 ———————— 280

五十五　华北运动会 ———————— 283

五十六　保　定 ———————— 287

五十七　修筑晋西、晋东公路 ———————— 291

五十八　从济南到沈阳 ———————— 293

五十九　广　州 ———————— 297

六　十　北　京 ———————— 303

第十一章 ｜ 角色转换的奥秘

六十一　尴尬的调停人 ———————— 310

六十二　说客行状 ———————— 325

六十三　夫妻大媒人 ———————— 337

六十四　持股的仆人 ———————— 345

第十二章 ┃ 在西安事变中

六十五　早有预感 ———————— 359

六十六　坐镇中枢 ———————— 371

六十七　西安发来邀请 ———————— 384

六十八　嘈杂的回声 ———————— 390

六十九　我不知道领袖人格值多少钱 —— 395

第十三章 ┃ 财政部部长交响曲

七　十　话说财长沿革 ———————— 407

七十一　烂摊子好呀 ———————— 408

七十二　中中交农与小四行 ———————— 416

七十三　从白银危机到币制改革 —————— 424

七十四　内债与外债 ———————— 430

七十五　抗日之初 ———————— 440

第十四章 ┃ 丑闻人物

七十六　开除出党第一名 ———————— 450

七十七　洋狗事件 ———————— 454

七十八　林世良之死 ————————— 458

七十九　美金公债风波 ————————— 465

八　十　高秉坊入狱 —————————— 471

八十一　打不死的臭"老虎" —————— 476

八十二　贪官的财产之谜 ——————— 483

第十五章 ｜ 最后的编年史

八十三　一九六二年 ————————— 488

八十四　一九六六年 ————————— 491

八十五　一九六七年之一 ——————— 496

八十六　一九六七年之二 ——————— 501

八十七　一九七九年之一 ——————— 504

八十八　一九七九年之二 ——————— 504

八十九　二十世纪八九十年代 ————— 505

参考书目 ———————————————— 507

后　记 ————————————————— 509

第一章　夜　祭

一、京东第一好去处

你走遍全国各地，富也罢，穷也罢，大也罢，小也罢，但凡打开地方志，都会发现赫然列有本地许多人文景观或自然景观，通常多为八种，称作某某八景。这讲究不知起于何时，反正由来已久，似乎成了编撰地方志一种约定俗成的套套儿。如若不信，请打开眼前的《通州志》，这京东首邑照样也有个通州八景，哪八景？所谓古塔凌云、长桥映月、柳荫龙舟、波分凤沼、高台丛树、平野孤峰、二水会流、万舟骈集是也。其中第一景、第二景全国著名，不妨略做介绍。

这古塔凌云，塔是燃灯佛舍利塔，矗立在京杭大运河的北端。乃北周宇文氏创建，唐贞观七年（633）由名将尉迟恭监修而成。塔为八角十三级，密檐实心，砖木结构，高五十六米，基围四十四米，双束腰须弥座，每面嵌砌砖雕神像、花木瑞兽，复瓣仰莲叠砌而起，仿木勾栏花纹各异；塔身首级最高，正南一面设券洞，内奉燃灯佛石像；另三面设仿木乳钉假门，其余四面各砌仿木四抹直棂窗，木制飞檐下砖雕斗拱；上面十二层皆无门窗，每檐下悬风铃一枚，计为两千二百四十八枚，每角各设佛像一尊，计为一百零四尊；砖砌塔刹两层，八角莲花台上，巨大的铁制塔心柱纵贯铜铸宝球、相轮、圆光。更为稀奇的是，塔顶生出一棵榆树，亦不知历经多少代风雨，却是愈长愈旺盛，称为塔榆，已与古塔融为一体，相得益彰。有诗为证：

云光水色潞河秋，满径槐花感旧游。

无恙蒲帆新雨后，一枝塔影认通州。

第二景长桥映月。桥是永通桥，在城西八里处，故又名八里桥，乃京津塘陆路通衢，拱卫京师三大桥（另二桥为卢沟桥和朝宗桥）之一，始建于明正统十一年（1446）。桥为三券联拱石桥，横跨于通惠河上，南北长五十米，东西宽十六米，西侧护以石栏，三十三对望柱须弥座，柱头石狮各具形态，三十二副栏板，双出榫板面刻纹刀法流畅，栏端四只戗栏兽蹲伏昂首挺胸，独角长鬃密鳞，守卫着桥头。桥的中券高大，高九米，阔七米。侧孔较小，高四米，阔六米。撞券石、斧刃石均以叶青石所砌，平底石、分水石、金刚墙、雁翅、桥面则全以花岗岩造就。四只镇水神兽各自卧伏在雁翅之上，鳞身长尾，扭颈倾首，虎视眈眈。月夜站立桥上抚柱凝视，能赏桨碎玉盘、水折银钩之奇景妙境。有诗为证：

石衢莽荡接虹腰，倒映山河月影摇。

东望城关才八里，西来略约有双桥。

虽说通州八景古今传名，古塔凌云和长桥映月更是美不胜收，但在通州潞河书院一彪血气方刚的青年学子眼里，这一切却全然算不得什么，令他们心仪神往的倒是另一个地方，用孔祥熙的话讲，那是"京东第一好去处"！什么地方？李卓吾墓是也。

在北京郊区，有两座出名的文人古墓，一是房山县城南十里的唐代诗人贾岛墓，一是通县城北门外的明代学者李卓吾墓。在灿若群星的大唐诗人中，贾岛与孟郊齐名，所谓郊寒岛瘦是也。不过你要说贾岛的诗风"幽奇寒僻"，专爱写一些荒凉枯寂之境，多喜发几句寒苦冷峻之辞，但一首《剑客》诗却又别开生面：

十年磨一剑，霜刃未曾试。

今日把示君，谁有不平事？

出语何等率真？直白自家胸臆，分明别一个江湖豪侠贾岛。且问世人哪个贾岛才是天地间的真贾岛？这里姑且不论。

想说的是李卓吾墓。凭吊他的青年学子更多，这是因为他的人品文品惊世骇俗，旷代罕见，令人兴叹不已。李卓吾，本名李贽，字宏甫，号卓吾，生于明嘉靖六年（1527）10月，卒于明万历三十年（1602），终年七十六岁。他祖籍福建泉州晋江，二十六岁中举，进入封建官场，历任教谕、知府、国子监博士、礼部司务、刑部员外郎等职，为官耿介清廉，不合时宜，遂于五十四岁壮年时愤而辞官，闭门读书写作，先后完成《焚书》《藏书》等离经叛道的传世之作，招致当权者屡屡的政治迫害。他的哲学观点虽说并未摆脱王守仁和禅学的影响，但敢于公开以"异端"自居，声称"穿衣吃饭即是人伦物理"；《六经》《论语》《孟子》等，不过是当时弟子们的随笔记录，并非什么"万世之至论"；标榜文学应从"绝假纯真"的"童心"出发，反对"以多读书、识义理障其童心"。在行为方面更是标新立异，特立独行，比如别人教书教男不教女，他却男女一起教；别人叫学生循规蹈矩，走路轻，说话小声，他却鼓励学生敢说敢道，出门翻跟头最好；别人讲四书五经谨小慎微，生怕讲错一个地方，他却把这些圣贤书上的话编成谜语叫学生猜，即如：

皇帝老子去偷牛，满朝文武做强徒。
公公扯住媳妇手，小伢打破老子头。

谜底便是：君不君，臣不臣，父不父，子不子。

像他这种浑身"反骨"的知识分子，一生岂能不与坎坷灾难为伍？明万历二十九年（1601）3月，历尽人生磨难的李卓吾贫病交加，倒卧在湖北省麻城县的一座寺庙里。他的挚友马经纶闻知消息，不远千里亲赴麻城，用马车把他接回通州自己家中。在马家寄居期间，李卓吾不顾体弱多病，继续坚持写作，修改《易因》一书。谁知到了这种晚景凄凉之际，当权者依然不放过他，就在来通州的第二年2月，由皇帝老儿明神宗朱批"敢倡乱道，惑世诬民"之罪予以逮捕，投入京都天牢。就在入狱一个多月后，这位士可杀不可辱的读书人自刎身亡，以死明志。又是马经纶出面收殓，抚棺痛哭失声，说先生"有官弃官，有家弃家，有发弃发，其后一著书老学究，其前一廉二千石也！"遂将自己的老友安葬在通州北门外马厂附近的迎福寺侧。墓前立着他另一位生前好友焦闳书写的"李卓吾先生墓"石碑，碑后刻着詹轸光写的《李卓吾碑记》。历代文人学士来此凭吊，留下无数挽诗挽联，不乏名篇名句："自是精灵爱出家，钵头何必向京华。知教笑舞临刀杖，烂醉诸天雨杂花。""踏破百年生死窟，倒翻千年是非窠。区区肉眼谁能识？肉眼于今世几多。""先生起千载，高言绝群智。""此翁千古在，疑佛又疑魔。……潞水年年啸，长留君浩歌！"

正是李卓吾这种"反传统、标新风"的叛逆性格，为理想献身、不惜以死向强权抗争的大无畏精神，深深打动着、吸引着潞河书院的有志青年。每遇节假日，他们总要步行十几里路，从城南走到城北，来凭吊这座墓园，与笑傲千古的孤魂做伴，冥冥中或诉说心曲以求解惑与启迪，或指陈世事不平欲获胆识与勇气，或仅仅是为了抒发一种向往先贤的痛悼之情，常有流连忘返彻夜不归者。真可以这么说，在潞河书院的青年学生眼里，李卓吾墓简直就是他们的天下第一好去处！

二、四人行

这是 1898 年一个深秋之夜，凉凉风，淡淡月。

李卓吾墓地。

靠近牌楼的一片小树林里，四名潞河书院的学生，三男一女，围坐在石桌边谈论着什么，声音虽然压得很低，但语气沉重而悲愤，不时夹杂些叹息之声，给这死寂的墓地之夜带来一种紧张而又神秘的气氛。他们的名字分别是：孔祥熙、费起鹤、李进芳、韩玉梅。不同寻常的是，他们今天并非是在凭吊墓主李卓吾先生，而是在庄严祭奠另外六位亡灵。

孔祥熙今年十九岁，中等偏上个头，白皙的长圆脸，眉宇间颇有一些聪慧英武之气。他是山西太谷县程家庄人，生于一个家境败落的官宦商贾之家。父亲孔繁慈乃一介儒生，饱学多识，科场不利，便在乡间以教读为生，把满腔希望都寄托在独子孔祥熙身上。孔祥熙天资很高，五岁启蒙，在父亲的严格管教下一心向学，打下深厚扎实的国学根基。十岁进入美国基督教公理会在太谷创办的华美公学就读，十五岁以全校第一名的优异成绩毕业，在校方极力推举下（类似今天的保送），由专人护送，平生头一回离开闭塞守旧的山西故乡，跨入闻名遐迩的通州潞河书院的大门，开始自己的中学学业，如今四年修业期满，又以拔尖的成绩升入本校大学部继续深造。

费起鹤年长几岁，体格强壮，性情豪放。他是本地人，世居通州城东吴家营。三代以行医为业，到他父亲手里，在城中开起一家小药店。一天，费老板突然患病，怎么也调治不好，真应了"医不自治"这句老话。说来也巧，此时正有一位在京津地区巡回行医的教会医生来到通州城，居然一下治好了他的病。于是他二话不说就皈依了基督教。待儿子费起鹤刚满五岁，又二话不说把他送进教会学校读书，由小学而中学而大学，眼下已经取得潞河书院大学部毕业文凭，不久即将奔赴孔祥熙的老家太谷县任教，当然是教会学校。

李进芳年龄二十岁，长孔祥熙一岁。人长得短小精干，精力充沛，性格强硬，额头上那一绺总也不熨帖的粗直的头发便是写照；一副高度近视眼镜后面，永远闪烁着热衷于制造某种事端的不安分的光芒。他出身于一个败落的官宦世家。父亲一生潦倒不堪，怎么也看不到重振李家昔日辉煌的曙光，绝望之余便把儿子送进教堂做事，想借洋人的力量打出一片新天地，实现光宗耀祖的梦想。后来，儿子虽然进入潞河书院，但私下里不得不同时学习四书五经，写作八股文章，居然还参加了北京城的童子试，讨得一顶秀才的帽子。复杂矛盾的环境造就复杂矛盾的性格：一方面，李进芳在潞河书院接受西方现代文明教育，渴求科学与进步，向往民主与自由，憎恨非人道的封建专制主义，浑身充满改造旧世界的热血与勇气；另一方面，他又对官场和权力饶有兴趣，认为只要将来能让他这样的好官上台掌权，除旧布新，必能富民强国，一展平生抱负，也不枉来此人世走一遭。所以，康梁变法以来，他特别兴奋，什么公车上书、强学会成立、《万国公报》创办、光绪皇帝下诏"明定国是"、谭嗣同进京入军机……这一系列重大事件和重大活动，他小小年纪都要挤上去看个究竟，实在不能亲历其境时，也都千方百计地刺探明白，打听得水落石出，简直成了全校第一百事通。他与孔祥熙同班同寝室，又是志同道合的进步青年，故常给外省来的孔祥熙提供大量有关时局的最新消息，成为孔祥熙了解外部世界、追随时代潮流的一条重要渠道和主要窗口。

韩玉梅还是个年仅十六岁的小姑娘，正在潞河书院中学部读二年级。她出身在山西阳曲县一个基督教徒家庭，从小受了洗礼，在教会学校系统接受西方教育，身上没有中国封建礼教的烙印，加之生性活泼，丽质天成，音乐天赋极高，弹得一手好钢琴，十岁时便能将《普天同赞》等许多曲目弹得出神入化，成为太原城里小有名气的才女之一。她从太原教会小学毕业后，也是由校方直接推举来潞河书院的。现在，她与孔祥熙又以"金童玉女"的美称饮誉全校，成为师生们极为关注的人物。至于她跟孔祥熙的友情起于何时，眼下达到什么程度，外人不得而知。恐怕也只有韩小姐本人最知根底了。她是个早熟的姑娘，才进潞河书院大门没几天，便一眼盯上高她两级的孔祥熙，对方相貌堂堂、惊人的数学天赋、品学兼优的好口碑，又是山西小同乡……这些都让一个情窦初开的少女想到入梦。她又是个敢于追求爱情的现代女孩，频频出击之下，一条很有发展前景的友情渠道便开辟成功，而前不久的"鸭蛋风波"，则为这一对才子佳人的浪漫故事添上了浓重的一笔。

一个多月前举行毕业大考，作文题目出的是《石碏大义灭亲》，出题的国文老师心里明白题目不难上手，谁也能敷衍成文，但要写出新意，写得不同凡响，却绝非易事。他判过二十多份试卷，果不出所料，篇篇立意老套，文采平平，毫无激动人心之语。正想停笔歇歇神儿，不料眼前跳出"孔祥熙"三个字，令他情绪为之一振：这可是自己的得意门生，且看他如何为文。谁知国文老师刚一阅卷，顿时瞠目结舌，文题根本不是《石碏大义灭亲》，竟赫然是《振兴教育为富国强兵之基础》，显系孔祥熙大胆自拟。这位老夫子总算有些涵养功夫，当时按下无名业火，且把这篇洋洋洒洒的长文仔细看过。不看则已，一看不由叫人暗暗吃惊。要说这位老夫子也是涉猎中外的饱学之士，知道孔祥熙摆弄的是美国学者杜威的教育理论，无非从《学校与社会》《民主主义与教育》等书中东拼西凑，再兼收并蓄康梁和孙中山等人一些维新革命的思想言论。虽然如此，但文章出自一个年仅十九岁的青年之手，笔意恣肆，纵横捭阖，虎虎有生气，俨然有大手笔之风范，实在难得。该怎样判分呢？倒叫国文老师一时为难。思忖良久，觉得还是以维护师道尊严和校纪校规为上，自由狂放的学风绝不可长。于是，他提起红笔，在孔祥熙的考卷上画了一个大大的圈。当天，著名高才生孔祥熙国文大考吃鸭蛋的事不胫而走，成为潞河书院的头号新闻。

对此事最揪心的莫过于玉梅姑娘。一张字条儿将白马王子约出来，也就是大家今晚聚会的这个地方，有过如下一场人生短剧上演：

"孔，你真叫我丢脸！"姑娘首先发难，"这一课你没上，还是打盹了？怎么回事，你倒是说呀！"

孔祥熙不急，淡淡一笑："《石碏大义灭亲》，我七岁就会背会讲。"

韩玉梅一撇嘴："还吹，不害羞！那你给我背。"

孔祥熙拉开架式："不信！你听好。庄公五年，娶齐女为夫人，好而无子……庄公有宠妾，生子州吁。十八年，州吁长，好兵，庄公使将。石碏谏庄公曰：'庶子好兵，使将，乱自此始。'不听。二十三年，庄公卒，太子完立，是为桓公。桓公二年，弟州吁骄奢，桓公咄之，州吁出奔……十六年，州吁收聚卫亡人以袭杀桓公，州吁自立为卫君。石蜡因桓公母家于陈，详为善州吁。到郑郊，石蜡与陈侯共谋，使右宰丑进食，因杀州吁于濮，而迎桓公弟晋于邢而立之，是为宣公……"

韩玉梅回嗔作喜："别背了，别背了。那大义灭亲是怎么回事？"

孔祥熙答："石蜡儿子石厚参与了州吁的阴谋，也被下令处死，大义灭亲。"

韩玉梅又噘起小嘴："你呀，既然什么都知道，为什么要吃鸭蛋？想作践自己，还是想刁难老师？"

孔祥熙一时低头不语，半晌方说："唉，怎么对你说呢，连我都有点莫名其妙。"

孔祥熙的沉重面色和忧伤口吻，是玉梅姑娘从未见识过的，聪敏过人的她，断定自己所钟爱者的心中，一定藏有欲诉不能的难言之隐，顿生一种同情怜惜之意。她移坐在孔祥熙身边，伸过一双善解人意的小手，款款而言："孔，有什么心里话，还不能对我讲吗？"

孔祥熙沉吟良久："玉梅，你想过没有，我们处在如此优美的校园，吃穿不愁，学习娱乐，其乐融融。可外面呢？列强入侵，民心思变，维新党兴起，发生了多少惊天动地之事。就在最近，西太后令崇礼署步兵统领，令荣禄任直隶总督兼北洋大臣，且在军机处行走，令刚毅管理圆明园八旗官兵……都是顽固守旧派头子，对变法者恨之入骨，会发生大事的！唉，你是没听进芳怎么讲。"

玉梅带气地说："那个李眼镜呀，见我都不拿正眼瞧，神气死了。"

孔祥熙说："他是有点高傲，但知道的事真多，我都眼红。"

韩玉梅忙催："那你快给我讲讲呀。"

孔祥熙说："一时从何讲起？"

韩玉梅撒开了娇："不嘛，你就随便说嘛。"

孔祥熙说："那好，我来考你。自从甲午海战我国失利以来，至今与列强共签订了多少丧权辱国之条约？"

韩玉梅说："别考我。我听你说。"

孔祥熙略一思忖："自光绪二十一年三月二十三日（1895.4.17）有中日《马关条约》，后有《中德汉口租界租约》《中俄密约》《中日通商行船条约》《中法续订界务商务条约》《中日通商口岸日本租界专条》《中俄北京条约》《胶澳租借条约》《中俄旅大租地条约》……"

韩玉梅叫起来："我的天！这么多呀，都成了条约王国啦。"

孔祥熙依然在激动中："国家贫弱至此，任人宰割，朝廷上下腐败不堪，民不聊生。我们却天天钻在故纸堆里写什么大义灭亲，白白消磨生命，真可气。"他使劲握紧玉梅的手，仿佛它们便是那可气之源。

玉梅呻吟一声："你弄疼了我，你真坏。既然如此大丈夫，为啥还作那题目？莫非你真以为教育能救国？"

孔祥熙以拳击掌："说得是，我也这么问自己。当今之世，唯有先推翻清廷统治方能言及其他，怎么个推翻法，我也茫茫然，提笔瞎乱写呗。"他那忧伤而沉毅的面容，闪现出有志青年以天下为己任的气概，透着几许阳刚之美。

"这是瞎写的吗？你呀……"玉梅姑娘痴情地望着心爱的人，被一种从未有过的新感受所刺激、所吸引，她并不抽回自己的手，反而动情地偎紧孔祥熙，喃喃地说，"亲爱的，你可不能再吃大鸭蛋了，就算是为了我……"

孔祥熙扑哧笑了："不吃大鸭蛋，会有人这么爱我吗？"

这次约会，他们第一回接了吻。

三、死亦为鬼雄

数天前，即 1898 年 9 月 28 日，清光绪二十四年八月十三日，是个血腥、罪恶的日子。就在这一天，戊戌变法六君子谭嗣同、杨深秀、康广仁、林旭、杨锐、刘光第，在北京菜市口慷慨赴义，血溅千秋，震惊中外。几天来，整个北京城，包括像通县这样的远郊县，完全处在令人胆战心惊的白色恐怖中。董福祥的绿营兵以搜捕"乱党"为名，杀人越货，无恶不作，不等天黑，人们就关门闭户，大街小巷已看不到一个人影。到了夜里，不断有步兵统领衙门的缇骑四处捕人，那嗒嗒的马蹄声更增加了夜的森严恐怖，吓得寻常百姓彻夜难眠。

然而，就是在这种情势下，潞河书院的四位青年学子依然敢于挺身而出，含着无比的悲愤夜聚李卓吾墓园，祭奠英灵，献上自己一份热血浸透的哀思与愤慨。祭奠的仪式很简单，没有素烛高燃，没有香烟缭绕，没有洒酒三巡，甚至连祭奠六位英灵的遗像或牌位都没有，唯有玉梅姑娘用绢带结扎的小白花，在四人胸前闪光，与星月同辉，显出夜祭的全部悲痛和庄严。

作为主祭人，极易激动的李进芳早就热泪纷纷，不时失声痛哭，嗓子都沙哑了。他在带领大家向六君子默默致哀后，详细讲述了这几天北京城里发生的种种事变，讲到六君子舍生取义、视死如归的场面，不禁又声泪俱下，泣不成声。待他再次平静后，从身上摸出一份报纸，说："诸君，现在全世界都在关注我们中国，这是一张最新的《字林西报》，有篇《政变对维新》的专论写得真好，可是现在没法读给大家听。"

费起鹤说："忘了带蜡烛，要不拢起一堆火？"

孔祥熙说："那不行，会让人发现的。"

韩玉梅说："祥熙君准已看过，叫他背。"

李进芳说："祥熙，看过了？"

孔祥熙说："昨天在麦美德老师那儿看了一下。"

费起鹤说："那快背呀。"

孔祥熙说："我只看了一遍，怕……"

韩玉梅暗中使劲拧了孔祥熙一下，分明是在鼓动他露一手。

孔祥熙立即改口说："那我试试。"他清清嗓子，略一沉吟，用带有山西口音的北京话，低声但很清晰地背出如下一大段文字："最近慈禧太后在北京所处死的六君子，无疑历史将以爱国者的名义给予他们，因为他们是为国家的利益而贡献了自己的生命……在一群自私自利的官僚中，他们可算得是忠君爱国的典型人物。当然，我们并不认为他们的一切计划都聪明，但他们的动机是高贵的，因此他们的光荣也是不朽的……不过，中国的维新运动并不是这样就被消灭了。维新运动从来就没有依靠皇帝取得成功的，它也不会因皇帝的缺席而全然失败。它的胜利是肯定的，因为它是中国人所需要的……慈禧太后已经是六十四岁高龄的人了。她渴望安静地固守旧法的心情是可以理解的。但中国是不应当让自己为这样少数老年人的兴趣所统治的。生者的兴趣和生者的竞争，只有在年富力强的青年中才可以体会到。中国需要的是青年的血液。而我们在康有为和他死义的诸同僚的例子中，已经看到这种旺盛的精神是充沛的。我们引以为慰。唯一的遗憾是，这些人竟牺牲在一个非正义的反动势力的酷刑之下。但我们可以断言，这些人的精神是继续存在于很多人中间的。改革一日不完成，他们绝不会一日休止！"

文章背完了。大家一时无语。

费起鹤低诵道："改革一日不完成，他们绝不会一日休止！"

李进芳又激动起来，用拳头擂着石板桌面，大叫："不是他们，是我们！我们绝不会一日休止！生当作人杰，死亦为鬼雄。谭嗣同君便是我的榜样，我、我……"他摘下眼镜，又要失声挥泪了。

韩玉梅岔开说："进芳君，听说谭志士一向诗文颇佳，临刑前尚有惊世遗篇，刚才并未听你道出详细呀。"李进芳慢慢平静下来，拭干眼镜戴好，抽抽鼻子说："问你的密司特孔吧，他差不多能把谭志士的诗文集背下来，真是个怪脑袋。"

韩玉梅坚持："不，我们就想听你的。"

孔祥熙和费起鹤也一起帮腔："李君是谭志士第一徒嘛。"

李进芳情绪高涨起来："说来我真惭愧。谭志士像我这么大时，已经独身闯天下了，用整整十年工夫漫游大江南北、黄河上下，足迹遍及两湖、江西、安徽、山东、山西、甘肃、新疆、直隶十几个省，行程八万多里。想想吧，那崇山峻岭的雄奇磅礴、江河湖海的博大浩瀚，会开阔怎样的眼界，拓展怎样的胸怀！再说沿途百姓啼饥号寒，所到之处农田荒芜市井萧条、政治黑暗官场腐败……这怎能不打磨人格，锻造文章！他的长文且不说，那些诗词就奇绝不凡，《角声》中的'思妇劳人怨，长歌短剑豪。壮怀消不尽，马首向临洮'。《夜成》中的'斗酒纵横天下事，名山风雨百年心。摊书兀兀了无睡，起听五更孤角沉'。再如……我记不了太多，还是请祥熙来背吧。"

孔祥熙似乎另有思路，这时说："听说事变之初，谭志士本可以脱身出走，但他拒不离京，决心以死明志，是吧？"

李进芳说："这还有假？多少人劝他走为上计，先躲过杀头之祸。他一概拒绝，说：'各国变法无不从流血而成！中国未闻有因变法而流血者，此国之所以不昌也。有之，请自嗣同始！'又说：'不有行者，无以图将来；不有死者，无以酬圣主。'当几十名缇骑冲进他家时，他已坐等三天了。他那题狱壁诗才叫绝：'望门投止思张俭，忍死须臾待杜根。我自横刀向天笑，去留肝胆两昆仑。'请问自古以来，能写如此绝命诗者可有几人？"

孔祥熙继续发问："听说在刑场上，谭志士还有一首诗？"

李进芳说："是的。'有心杀贼，无力回天。死得其所，快哉快哉！'完全可以当诗来读。我的一位邻居，那天就在菜市口观刑，亲耳所闻。说那场面壮烈之极，六位志士被推下囚车，戴着手铐，来到监斩台前。刘光第屹立不跪，大声质问为何不经审讯就滥杀大臣；杨锐怒斥监斩官刚毅，且想扑上去与之拼命；杨深秀从容向天感慨地说：'本朝气数已尽，奄奄一息。'林旭才二十四岁，叹息道：'吾辈死，正气尽矣。'康广仁接言道：'八股已废，人才将辈出，我辈何患无后继者？我等死，人心必将振奋，而中国之复兴富强也就有望了，何言正气尽哉？'说罢长声大笑，全场为之愕然。唯有谭嗣同一语不发，抬眼扫视全场，又凝望长天多时，然后从皂隶手中抓过毛笔，在判决书上一挥而就，便是上述那必传千古的十六个字。"

一时，大家默然。

天近午夜，有冷雾升起，月儿更加朦胧，风儿更加冰凉。

玉梅姑娘不禁缩缩身子，打了一个寒战，小声说："咱们是不是该回去了？"

谁也没有吭声，似乎没有听见，依然相对沉思，默默无语。

孔祥熙忽然动情地说："嗨！比起六位义士，我们算是白活。杨深秀志士是我们山西人，做京官二十多年，今年已经五十岁了，是六志士中年龄最大的，居然能抛却名利场，献身于维新变法大业。真令我这同乡后辈愧煞也。"

费起鹤说："真是这样。贵同乡久在京中官场立身，听说又曾与刚毅有过一段不错的私交，何以能走上杀身成仁、九死不悔之路？我听外间评论说，六君子中尤以谭嗣同、杨深秀最为难得，大难临头之际，前者是'等死'，后者是'找死'，当世少见的奇男子、伟丈夫。但我对杨志士'找死'一节还不清楚，更不理解他何以比我们青年一辈更急流勇进？"

李进芳接着说："起鹤君问得好。我等祭奠烈士，总该从他们身上学到些什么。此一节我还想到，六君子中，五位是南人，南土近世民气早开，新学倡兴，多出志士仁人乃势所必然。唯杨志士一人生于山西闻喜，真正的北国男儿，一枝独秀，何也？内里原因颇堪探究。他实为我等内省晚辈借鉴之楷模。祥熙君，你经常提到他，说他是你从小就崇敬的一个人。能给我们细道其详吗？"

孔祥熙调一调坐姿，挺一挺腰板，又把寂静空阔的墓地扫视一遍，正色言道："当然可以。要我说，他是三晋自古第一人……"

四、三晋自古第一人

"我们山西，东有太行山，西有吕梁山，北凭雄关三座，南控九曲黄河，铁桶似的表里河山。自远古有人类在此居住以来，至今出过数不清的优秀人物：帝王辈有唐尧、虞舜、夏禹、晋文公、唐太宗、北魏拓跋氏、北齐高欢父子……

著名文臣有祁奚、魏绛、裴度、文彦博、司马光、孙嘉淦、于成龙……杰出武将有卫青、霍去病、关羽、薛仁贵、尉迟恭、杨延昭……文学巨星有班婕妤、王勃、王之涣、王维、白居易、柳宗元、元好问、关汉卿……其他如音乐家师旷、巨商猗顿、地图学家裴秀、书画家傅山、画论家张彦远……

"但是，以我看来，山西自古以来虽说什么样的人物都出过，却唯独少见立志变法、锐意革新、舍身为民请命、甘心以热血性命相搏者，如商鞅，如吴起，如王安石，如顾炎武辈。如今只有河东杨深秀先生拍案而起，一反数千年祖宗法度，投身于旷古未有之康梁变法，抛却身家性命于不顾，终至血洒燕市。他虽无帝王之业、将相之功、文学之名，但一副救国救民的忠肝义胆，足以彪炳千古，超盖一切。他才真正是三晋自古第一人！

"说起来，我在入学前就有幸见到过杨先生，这都是借家父一点光。杨先生于同治九年（1870）中举，次年赴北京从寿阳阎汝弼学，治经史、考据、说文、音韵，在留京三晋士人中颇负才名。时家父因考取贡生事盘桓于京，亦在阎老先生门下走动，故与杨先生有过几次会面。那时我尚未出生。光绪六年（1880），山西通志局设立。杨先生受聘回省参与编撰《山西通志》。过两年，张之洞抚晋，创立令德堂书院，特聘杨先生任山长兼主讲，教全省士子以经史、考据、辞章、义理之学。也就在此期间，家父曾带着三岁的我去太原，顺便拜访杨先生。记得他取出一大包东西让家父看，后来我才知道那是他为《山西通志》撰写的《星度谱》两卷和《古迹考》八卷的副本。在我的印象中，他是一个高大严厉的人。我当时一定有些怕他，所以不断牵动家父的衣角闹着要走，如今忆及，恍若昨日。

"我开始了解杨先生其人，还是来咱们学校之后。行前，家父给京中许多朋友乡党带信，无非是请大家多多关照我，其中也有一封是写给杨先生的。家父特别交代说：'我与杨先生乃淡淡君子之交，听说他如今在京参与维新大事，任重道远，故而轻易别打扰他，唯遇学业或前途大节，万不得已方可登门，须严执弟子礼。'我来通州已满四年，也常去北京城里走动，但至今也未敢去求见他，现在看来已成一桩憾事呀。不过，虽说未见其人，但总算在山西会馆诸同乡处见识了他的诗文字画，听说了他的家世生平及种种旅京作为，颇受感动与激励。

"杨先生乃河东闻喜县人，原名毓秀，号仪村，少年才俊，有神童之称。十二岁录为县学附生，博闻强记，自十三经、史、汉、通、鉴、管、荀、庄、墨、老、列、韩、吕诸子，乃至《说文》《玉篇》《水经注》，旁及佛典，皆能举其辞；又能钩玄提要，独有心得，考据宏博而能讲宋明义理之学。更以气节自砺，志趣高洁。

另外，工书善画，尤善作诗，八岁有《田间诗》四首，其一曰：

> 一痴一醒童子，半读半耕秀才。
> 记得饭牛芟草，茸茸苜蓿花开。

"十岁有《冻脚诗》：

> 饿肠莫与饭，与饭亦须稀。
> 冻脚莫向火，向火亦须微。
> 所以求治人，贵示善者机。

"十九岁第一次赴京，有《赴都留题斋壁》诗：

> 一曲骊驹千里驰，衷怀料亦少人知。
> 山中小草云宜出，阶下名花号可离。
> 弱冠终童空壮往，远游屈子本艰危。
> 瘦男无送伶仃去，尚念家园发五噫。

"其少年才情志气过人，由此可知。

"杨先生学问才情不同凡响，其人品做派更是为人称道，一生耿直侠义的佳话极多，尤以三年前拒拜刚毅之事名震京师。那时，刚毅由山西巡抚任上'特旨召来京祝嘏'，补授军机大臣，署礼部右侍郎，调礼部左侍郎，充方略馆总裁，一时红得发紫。在京山西籍官员像满朝文武一样，无不争相登门趋奉，唯杨先生拒绝前往。有人劝他说：'你与刚相不是早就熟识吗？听说他抚晋时，曾请你代作《重修太原新南门碑记》，抚驾路经贵乡闻喜时，他还曾登门拜见过杨老太太。你理应去祝贺的。'杨先生说：'本朝不许言官与宰臣往来，你难道不知道吗？我不拜刚毅，乃守法也。'当然，这是能说出口的理由，内里原因是：此时杨先生已与康有为等维新志士意气相投，誓同进退，共举大业，而刚毅乃西太后心腹，顽固派头子。冰炭岂能同处？刚毅为此耿耿于怀，后来杨先生遇难与他从中使坏不无关系。

"杨先生光绪十五年（1889）中进士，补刑部郎中，二十三年（1897）授山东道监察御史。他在上任第二天便写出《时事艰危谨贡刍议折》呈给皇上,提出:'时势危迫,不革旧无以图新,不变法无以图存。'这期间,维新与守旧两派冲斗激烈,皇上有点动摇。杨先生于6月1日又上疏皇上,力劝他不能'游移不断',两派'互相水火,有如仇雠。臣以为理无两可,事无中立,非定国是无以示臣民之趋向,非明赏罚无以为政事之推行。踟蹰歧途者不能至,首鼠两端者不能行'。'若审观时变,必当变法。非明降谕旨,著定国是,宣布维新之意,痛斥守旧之弊,无以定趋向而革旧俗也。'于是,皇上在今年6月11日颁布《定国是诏》,决心变法维新。不久,以西太后为主的顽固者进行反扑,以武力作乱的变局随时可能发生。当此山雨欲来风满楼之际,人皆作退守之计,唯杨先生却不知保身,反而顶风连上了著名的《请御门誓众折》和《请惩阻挠新政片》。9月21日,变局终于发生,西太后再度垂帘听政,囚皇上于瀛台。荣禄派兵关闭城门,切断铁路,在全城大肆搜捕变法人士。此时,内外大小臣僚以数万计,皆下心低首,人人惊悚,志士或捕或藏或走,无敢撄其锋者。又是杨先生挺身而出,孤胆抗疏西太后,质问幽禁皇上是何道理,要求'撤帘归政',并只身欲闯南苑策反甘军以挽危局。这无异于引火烧身,自招杀身之祸。他在狱中亦有绝命诗十多首,我仅知其三:

> 久拼生死一毛轻,臣罪偏由积毁成。
> 自晓龙逢非俊物,何尝虎会敢徒行。
> 圣人安有胸中气,下士空思身后名。
> 缧绁到今终不怨,未知谁复请长缨?

> 长鲸跋浪势凭陵,靖海奇谋愧未承。
> 每耻汉边多下策,尚思殷武有中兴。
> 孤臣顿作隍中鹿,酷吏终差殿上鹰。
> 平日敢言成底事,覆盆秋水已成冰。

> 自信清操不受污,孤忠毕竟待天扶。
> 丝纶阁下千言尽,车盖亭边一字无。
> 经授都中愧盲杜,诗成狱底学髯苏。
> 朝来鹊喜频频送,尚忆墙东早晚乌。

"杨先生如果不在政变后孤身抗疏，坚持为新政鼓与呼，因而激怒西太后的话，可以说他决无性命之忧。这一点，聪明如杨先生岂能不知？可他生就一副宁为玉碎不为瓦全的刚烈性情，偏要在万马齐喑时于无声处响惊雷，沧海横流中一显英雄本色。这种'找死'之举，义薄云天，振聋发聩，惊天地泣鬼神！真令我崇敬之至，鼓舞之至，也惭愧之至。

"刚才大家不解，杨先生何以能出现于京都所在的北方官场，出现于历来封闭守旧的山西。以我之见，一是近些年全国有志于变法维新的英雄才俊聚集北京，风云际会，砥砺切磋，翻江倒海，大开风气；加之外侮日多日迫，稍富正义感者无不奋起，这就造成一种大时势。杨先生久居京城达二十年之久，岂能落于人后？二是他生性好学，读书成癖。据我听闻，这些年他读过的新书不计其数，严复的《天演论》、魏源的《海国图志》、郑观应的《盛世危言》……但凡有关改革维新的中外图书，他只要能见到就决不放过，曾对人言：'一日无新书，心即怔忡。'由此可见，人不分南北，年不分长幼，只要外能顺应潮流投身其间，内能勤奋好学更新自我，皆能有所作为，干一番轰轰烈烈的大事业。这也就是杨先生和其他戊戌志士给我辈所做的榜样。

"于是我想，当此风云激荡新旧争斗之际，我辈躬逢其时，决不能只停留在闭门读书上，应有更大之作为。我们原先不是有个文友会吗？眼下只有几个人，起鹤君不日又要离校赴晋，一去难归。所以当务之急是，大家分头联络相知学友，扩大文友会，再制定新章程。前几天，进芳君叫大家传看的《兴中会宣言》，我以为很有用处。不知诸位有何感想？应趁这次夜祭之机有所议论有所定夺。"

五、文友会

1894 年 11 月 24 日，清光绪二十年十月二十七日。

孙中山先生在檀香山联络爱国华侨二十多人，建立了中国第一个民主革命团体兴中会，并由他亲自拟定了《兴中会章程》，痛陈列强"蚕食鲸吞"，"瓜分豆剖"，疾呼"亟拯斯民于水火，切扶大厦之将倾"，谴责清廷"上则因循苟且，粉饰虚张；下则蒙昧无知，鲜能远虑"，以致造成"辱国丧师"的局面。在兴中会的秘密誓词里，孙中山提出了"驱除鞑虏，恢复中华，创立合众政府"的革命纲领。这个纲领虽有片面反清和照搬美国政权形式的倾向，但从革命水准上已经远远超出了太平天国和其他历次的农民革命，而且为建立一个民主共和政权，兴中会一成立就走上了武装斗争的道路。第二年，孙中山又联合杨衢云等人，以"辅仁文社"为名义，在香港设立了兴中会总部，同时，对《兴中会章程》进行修订，成为著名的《兴中会宣言》。这份影响了中国历史发展的划时代的重要文献，有必要将其主要部分录存于此：

中国积弱，至今极矣！上则因循苟且，粉饰虚张；下则蒙昧无知，鲜能远虑。堂堂华国，不齿于列邦；济济衣冠，被轻于异族。有志之士能不痛心！夫以四百兆人民之众，数万里土地之饶，本可发奋为雄，无敌于天下。乃以政治不修，纲维败坏，朝廷则鬻爵卖官，公行贿赂；官府则剥民刮地，暴过虎狼。盗贼横行，饥馑交集，哀鸿遍野，民不聊生。呜呼惨哉！方今强邻环列，虎视鹰眈，久垂涎我中华五金之富，物产之多，蚕食鲸吞，已见效于踵接；瓜分豆剖，实堪虑于目前。呜呼危哉！有心者不禁大声疾呼，亟拯斯民于水火，切扶大厦之将倾，庶我子子孙孙，或免奴隶于他族。用特集志士以兴中，协贤豪而共济，仰诸同志，盍自勉旃。谨订章程，胪列如左。

（一）会名宜正也。本会名曰兴中会，总会设在中国，分会散设各地。

（二）本旨宜明也。本会之设，专为联络中外有志华人，讲求富强之学，以振兴中华，维持团体起见。盖中国今日，政治日非，纲维日坏，强邻轻侮百姓，其原因皆由众心不一，只图目前之私，不顾长久大局。不思中国一旦为人分裂，则子子孙孙世为奴隶，身家性命，且不保乎！急莫急于此，私莫私于此；而举国愦愦，无人悟之，无人挽之，此祸岂能幸免。倘不及早维持，乘时发奋，则数千年声名文物之邦，累世代冠裳礼仪之族，从以沦亡，由兹泯灭，是谁之咎？识时贤者，能无责乎？故特联络四方贤才志士，切实讲求当今富国强兵之学，化民成俗之经，力为推广，晓谕愚蒙，务使举国之人皆能通晓。联智愚为一心，合遐迩为一德，群策群力，投大遗艰，则中国虽危，庶可挽救。所谓"民为邦本，本固邦宁"也。

（三）志向宜定也。本会拟办之事，务须利国益民者方能行之。如设报馆以开风气，立学校以育人才，兴大利以厚民生，除积弊以培国脉等事，皆当唯力是视，逐渐举行，以期上匡国家以臻隆治，下维黎庶以绝苛残，必使吾中国四百兆生民各得其所，方为满志。倘有藉端舞弊，结党行私，或畛域互分，彼此歧视，皆非本会志向，宜痛绝之，以昭大公而杜流弊。

……

眼下，在1898年这个即将黎明的中秋之夜，通州北门外李卓吾先生墓地，祭奠戊戌六君子的一次自发性聚会上，没想到《兴中会宣言》成为后来谈话的中心议题。

"进芳君，我想听你讲讲孙文先生其人。"这是韩玉梅，听声音她已熬过长夜中最难打发的一段时光，显得了无倦意，兴致勃勃，"这个朝廷悬赏捉拿的钦犯到底什么样儿，你见过吗？"

李进芳似乎从来不知疲倦，整夜连个哈欠都没打，他说："我怎么会见过？不过我倒是知道他一些事情。姓孙名文字逸仙，今年三十三岁，广东香山农家子弟，从小以'洪秀全第二'自居，立志当反清英雄。十三岁得哥哥孙眉资助，入檀香山教会学校读书。这一点跟咱们差不多。从十九岁开始，他'以学堂为鼓吹之地，借医术为入世之媒'，投身政治，在广州和香港联络一批反清志士和会党成员。他与陈少白、尤列、杨鹤龄四人最为活跃，被当局视为'四大寇'。甲午中日事变，使孙文大受刺激，本着医民必先医国的思想，放弃了医生职业，专务政治。这年夏天写成八千言《上李鸿章书》，但李大人拒不接纳。孙文在处处碰壁之后顿悟，'知和平之法无可复施'，愤而走上武力举事的道路。"

费起鹤用略带睡意的声音插问："朝廷悬重赏缉捕孙先生，是因为广州举事失败，详情你知道吗？"

李进芳岂有不知？他扶扶眼镜："广州武力起事，是在香港兴中会一成立便定下来的。

"孙文到广州以行医为名进行策划，设立一家农学会做门面。新沙宣洋行船务副理杨衢云留守香港接应，拟联络香港三合会三千多人赴广州作为起事主力。日期定在重阳节。谁知走漏了风声，两广总督谭钟麟在广州破获起事机关，截得枪械兵器，拘捕陆皓东、丘四、朱贵全等首要四十多人，旋即杀害。孙文幸得脱逃，遂上了朝廷的缉捕名册，把孙文写成孙汶，意谓他是洪水猛兽江洋大盗。就这么回事。"

"呀，太可惜。"韩玉梅听得出神，这时惋惜地说，"看来孙先生那边也有像谭志士、杨志士一类的英雄好汉。"

李进芳撇撇嘴："陆皓东之辈岂能与谭志士同日而语？连孙文本人对康梁和谭先生都极为钦佩。再说他们联络会党起事最为不妥，会党是些什么人？一群下层乌合之众罢了，哪里能成大事？至于远在广州起事，便是成功又能给维新大业多大帮助？"

对于李进芳的这些看法，孔祥熙越来越难以苟同，为此他已与他多次争论。联络会党起事这一点，他与李进芳持有相同的疑问，以他们俩家庭社会背景和时代的局限，对下层民众缺乏好感乃至歧视是可以理解的。他不同于李进芳的看法是，孙先生在甲午年以后的所作所为，已经远在康梁之上，在中国武装举事或者正是必经之途，几千年来的改朝换代者，谁又不是马上得天下？这次六志士遭受掌兵权的袁世凯的玩弄和出卖，变成毫无自卫能力的阶下囚而血洒长街，教训还不惨痛吗？这一向，他用心研究孙先生，对其经历、思想、文章反复琢磨，隐隐觉得救中国成大事者非此人莫属，一种向往崇拜之情油然而生，这种心情因为意识到自己也许终生与对方无缘得见而益发强烈。如果说杨深秀是孔祥熙早年崇拜的偶像，那么在他十九岁时，孙中山已经开始成为他的新偶像。此时，他真想与李进芳再争辩一次，但考虑到夜祭的主题，不愿把挺好的气氛搞糟，便隐而不发，岔开话题说："进芳君，我们还是商量文友会的事吧。我觉得孙中山先生的《兴中会宣言》，完全可以成为指导我们文友会的总纲目。我们的行动事项，则完全可以依据该宣言所列内容进行，比如'设报馆以开风气'，我们就可以办一种小报，至少可以建立一个阅读室，收集全国各种进步报刊，供会员和其他同学使用；'学校以育人才'，我们虽无法办学，但总可以利用晚上、节假日、外出布道等机会，宣讲爱国维新思想，开发民智，发现人才；其他'兴大利以厚民生'、'除积弊以培国脉'等，一时虽无法实行，总可做些力所能及的努力。再说……"李进芳激动地打断他说："这些有多大用？依我看，要做事就轰轰烈烈，先刺杀西太后，给谭志士他们报仇。"

语惊四座。一时无人吭气。

费起鹤说："就咱们几个？手无寸铁怎么杀，再说能混进紫禁城吗？"

李进芳显得胸有成竹："为啥要进紫禁城？我们埋伏在她去颐和园的路上，用炸弹炸死她。炸弹我来搞，我一个亲戚的朋友的儿子在美国公使馆做事。"

费起鹤不以为然："这太靠不住，没干成就走漏风声了。"

李进芳坐不住了："怎么靠不住？我看你是怕死！"

"你……"费起鹤气得要发作，被孔祥熙和韩玉梅劝住。

孔祥熙和缓地说："进芳，你的想法有一定道理，不过风险委实不小，容我们仔细想想，大家好商量。"

韩玉梅精灵乖巧，这时忽然欢声大叫起来："哎，你们快看，多美呀！"

晨曦初露，美不可言。

四双年轻热烈的眼睛里顿时光华迸射，与美丽的晨曦相辉映，使整个世界也亮堂起来。

多少年以后，关于通州潞河书院这个文友会，中国国民党的党史上有如下一段记载：

> 当戊戌政变时，孔同志（指孔祥熙）适在通州潞河学院肄业，愤清政不纲，闻总理在粤创办兴中会，即纠合同志李进芳等组织文友会于校内，实为兴中会，以从事革命运动。

自然，在这些僵硬死寂的官样文字里，再也听不到夜祭李卓吾墓地时那四颗青年心的热烈搏动，再也看不到那一抹充满青春气息的美丽晨曦了。

第二章　软　化

六、少见的灯火通明

已是深夜两点，二楼阅览室依然灯火通明，这在一向以管理严格闻名的潞河书院极为少见。阅览室平日也兼做小会议室，今天院务会议为一名学生的事如此夤夜费神，也是极为少见。

"女士们，先生们：难道我们现在还无法表决吗？"院长谢卫楼用目光扫视全场。应该说这是一次院务扩大会，因为几乎所有的教师，包括外籍教师和中国教师都在场。他的目光最后落在女教师麦美德的脸上，礼貌而不无压力地注视着。

麦美德女士一张略显宽大的脸上有点泛红，但她还是经受住了院长及同事们的炯炯目光，理理额发，从容沉静地说："院长阁下，中断一个学生的学业，毕竟是件非同寻常的事，也许要决定他终生的命运。我以我的人格做担保，请求再给他一次挽救的机会。"

全场静寂无声。

许久，老院长为难地说："我理解你的心情和感情。孔祥熙是你的得意门生，何尝不是我最欣赏的学生？我二十八岁离开旧金山来到中国，至今已经整整三十年，见过多少中国青年！像孔祥熙这样富有天才而出类拔萃的优秀学生，确实很难得；何况他又是中国孔子的嫡传后代，血缘高贵，门第不凡。培养这样的青年成为我们基督教在中国的高等人才是最为理想的。可是，可是……"

他有点激动起来，摘下眼镜擦拭着，借以平静情绪："我向来主张，教育的最高目标不在知识而在人格，在道德品质的培养，而信仰上帝乃是道德品质的唯一基础。我一再强调：我们潞河书院是一所基督教训练学校，它有意识地在狭窄的方向和确定的目的上经营。我们的基本目标是满足我们教会对本地基督教工作者不断增长的需求……借助于一群受过训练的聪明而信仰坚定的基督教领袖，走到教众面前以自己的亲历为例传播基督教义。我们现在提议中止孔祥熙在本院大学部的学业，正是因为他最近一个时期的所作所为，完全与上述教育宗旨相违背，而让他去乡村教堂做事，也正是想再给他一个磨炼和悔过的机会。请相信，在我做出这样的提议时，我的心情是非常痛苦的；就我个人的感情来说，我绝不愿意伤害任何一位中国青年。主可以为我做证……"老院长止不住流下了热泪。

这位老院长谢卫楼，1841 年出生于美国纽约怀俄明州甘斯维尔，南北战争中在军队服役两年后回乡当教师，三年以后，他考入纽约奥伯恩神学院，于1869 年毕业并被任命为牧师。这位年轻牧师志向远大，决心去遥远的中国替上帝传播福音，毕业当年的 10 月 4 日，与新婚才两个多月的娇妻离开故土，登船东行，经过近六十天的海上颠簸，来到陌生的通州，从此在这儿传教和办学，由一个翩翩青年变成如今这位须发斑白的老院长。

在此，应该拿出一定篇幅介绍一下通州潞河书院的历史沿革和美国传教士谢卫楼在中国办教育的非凡经历，因为这肯定是 19 世纪后半期基督教在中国传播实况的一个缩影。

第二次鸦片战争以后，由于清政府与列强所签订的《天津条约》《北京条约》等不平等条约，不仅各通商口岸进一步被打开，而且连内地传教的大门也被打开了，这就为教会学校的发展提供了客观条件；随着与列强打交道，需要办外事交涉，需要商定条约，需要派遣留学生学习西洋科学，需要购买洋枪洋炮，需要开矿办厂，需要聘用外国军官操练军队……这些通称为洋务活动的开展，在中国兴起了学习西学的热潮，对掌握了英语和西学的新式人才的需求量急剧增加，这也对培养此类人才的教会学校的发展是个促进。通州潞河书院就是在这种时代大背景下创办的。

通州虽然是北京东边的一个小镇，但地理位置非常重要，既是连接中国四大水系的京杭大运河的北起点，又是扼守京津通道的要冲。美国基督教公理会的传教士们颇有眼光，早就对包括通州在内的京津地区极为重视，认为"对教会工作来说，并没有比这个更有兴趣更重要的地区了"。所以早在1866年就派传教士富善到通州活动。第二年，调传教士江戴德夫妇来通州正式开辟传教站，并于年底开办了一所男童寄宿学校，这便是潞河男塾，也就是潞河书院的前身。据北京大学青年学者张建华的考察报告称：最初的潞河男塾只有两个学生，是一位旗人寡妇的儿子，这位母亲觉得总比看着他们挨饿好，才勉强送去上学。所谓教室，只是一间小黑屋子，几乎透不进一点阳光，授课水平极低，除了教一点简单的中文外，绝大部分时间都是教已经译成中文的《新约全书》。看来办学伊始举步维艰。这也反映出当时基督教会把传教作为在华的主要活动，而办学兴教则处于一种次要的或者说半自觉状态。

1869年秋天，年轻的谢卫楼夫妇来到通州。谢卫楼在传教之余，在潞河男塾也兼一些教学工作。或许是他给学校带来了好运，事情有了转机：基督教华北公理会表决通过一项决议，在通州建立一所神学校，由各传教站派人来学习，用以训练中国布道师；次年又决定把教育重心放在潞河男塾和北京城里的贝满女塾，各传教站把自己雇佣的中国助手送到通州接受系统的神学训练。这样，潞河男塾就演变成了八境神学院。随着这一转变，谢卫楼的兴趣也转移到办学上来，从而开始了他在华兴教的漫长岁月。

1877年5月，在华的新教传教士举行第一次全国大会，会址在上海。教育问题作为重要议题提了出来。谢卫楼以极大的兴趣参加了讨论，但他对在华办教育持有很大的疑虑，他认为："非宗教性质的教育本身并不能使人亲近基督，已经发现仅仅被教以西方科学的人，比异教徒更难达到福音。""传教士的力量太小，时间太宝贵，以至对于他们来说，从事任何形式的不能直接为基督赢得灵魂的教育工作都是不明智的。"鉴于这样的认识，谢卫楼把学校工作的重点放在为中国培养布道师上面，他说："我的发现和经历极其趋向于这样的结论，我们最信赖最有效的劳动力必须从我们基督教学校里选拔，他们从小就在学校里接受基督教的影响。"这样，潞河男塾的毕业生就成为八境神学院的主要生源。

八境神学院的发展，刺激了谢卫楼的教育热情，使他对学校工作愈来愈有兴趣，充满了雄心和希望。他在致上级领导机构的一封信中这样写道："我们相信，一个中心训练学校正在永久地建立，它将为各个传教站的同道所支持，不久的一天，一群有教养能献身的本地布道师将去为十字架赢得更多的灵魂。"这时，整个教学环境也发生了很大的改观，新建了一座可供三十个学生膳宿的校舍，学生已经达到十七名，由谢卫楼系统地讲授神学，江戴德负责解释《圣经》，富善教教会史。八境神学院实际上已经成为基督教华北公理会的一个教育中心。谢卫楼的教育思想无形中也发生了根本性的变化，这充分表现于他在第二次全国大会上的发言。在华新教传教士的第二次全国大会三年后仍在上海召开。谢卫楼一反三年前的论调，在大会上宣读了题为《基督教教育与中国目前的条件和需要的关系》的论文，认定教育和传播福音是统一于一体之中的，所有传播福音的工作本质上都是教育性的。对于这一点，此前不久，他在一篇题为《基督教教育同其他教会分支工作的关系》的演讲稿中说得更透彻："基督教教育和宣经讲道在最终目标上是根本一致的，布道和教学是传教士的左右两只手。"他这种认识上的转变，预示着将在教育工作上会有更大的作为。

进入 19 世纪 80 年代，西方在华教会各派争相在教育方面有所发展，美国卫理公会首先发起所谓新教育运动，把寄宿学校和主日学校发展成为大学，相继建立了福州英华书院、上海中英书院、南京和北京的汇文书院；美国长老会也把他们在山东蓬莱的登州文会馆由中学升格为大学。在这种形势下，雄心勃勃的谢卫楼岂肯落后？他在给美布会（美国基督教公理会海外布道会的简称）的信中写道："他们目前称为大学的学校，并不比我们在通州的学校先进……依我看，我们这样一个着眼于未来的大教会，应该有以在不同传教站的主日学校和中学为基础的一所大学和一所神学院。"这样的学校应该设在通州，因为"这里已经打下基础"。1889 年 10 月，美布会做出决议，支持创建大学规格的潞河书院，拨款两千五百美元用于购买土地和修建校舍，不久又派哈佛大学毕业生都春圃来华协助工作。到了 1893 年，由谢卫楼、富善、都春圃等五人组成的委员会，决定成立两个学校：一个是潞河书院，由谢卫楼出任院长；一个是神学院，由富善出任院长。

颇具事业心的谢卫楼出任院长之后，大刀阔斧干了起来。首先在城南新建了校舍，校园由一道整齐的砖墙环绕，盖起五幢房子，四幢是传教士的住宅，最大的一幢为二层楼建筑，命名为卫氏楼。它是学校的主体，长七十多米，有热水供应。一层是三十间学生宿舍，每间约三十平方米，住三个人；二层有实验室、背诵室、阅览室和图书馆，还有一些中国教师的住房；饭厅和厨房在地下室；另外有两座楼阁，一个用作门房，一个用作钟塔，钟塔里挂着一口大钟，用来打背书的钟点，两三英里外也能听到它的声音。身为院长，谢卫楼还承担着教学任务的很大一部分，他教很多课程，每门课程都有针对性地做了周到的准备，比如他教物理课，还自制了一台发电机，让学生们亲眼看到电火花和光亮，甚至还自制了一辆自行车。另外，他还在教学活动的基础上，大量编写教科书，兹列举如下：

《万国通鉴》，谢卫楼根据自己将近十年的世界历史教学实践编写而成，共分六卷，讲述西方各国历史，也包括亚非古代国家的历史。它是当时最有影响的历史著作之一，是学校教科书委员会和中国教育会必选的重点书目之一，多次印刷，行销上千册，据说曾对"整整一代中国人以心灵的启迪"，是 19 世纪传教士中文著作的代表作之一。

《圣教史记》，谢卫楼根据几种教会史编译而成，目的是"以助中华之信徒，多知圣道传于诸国之功效。在成此书之原意，乃欲扩幼年道学弟子之心"。但只写了上古世纪和中世纪两个时期，近代部分没有完成，后来由他的夫人续完，在他死后的 1914 年正式出版。

《理财学》，谢卫楼根据西方经济学原理结合中国情况编写而成，目的是"甚愿诸生熟深思之，或能推广此书之意，按中国境况而充之"。吴汝纶为此书作序。

《是非要义》（存目），谢卫楼编写的伦理学教材。

《心灵学》（存目），谢卫楼编写的心理学教材。

《神道要论》（存目），谢卫楼编写的神学教材。

《政治源流》，谢卫楼编写的政治学教材。

历史地公正地看，谢卫楼不愧是一位富有敬业精神和献身精神的西方教育家，在他担任潞河书院院长的几十年间，客观上为给中国青年传播西方现代科学技术知识，作出了巨大贡献。尤其在培养孔祥熙方面，这位老院长倾注了不少心血。但不要忘记，谢卫楼又是一个信仰无比坚定的基督教徒，作为传教士来中国，其主观愿望在本质上就带有文化扩张和文化侵略的色彩；作为教育家，他不仅为潞河书院制定了严格的办学方针和教育宗旨，而且有一套精明的课程设置和种种其他有关具体措施，包括最严厉的校纪校规。在课程设置上，不管开多少门课，宗教内容是贯穿学习始终的，《圣经》是必修课。业余时间也不放过，各种宗教活动安排得满满的：星期六下午去街头礼拜堂布道，晚上是义务服务时间；星期日晚上举行《圣经》学习会：如果哪个月有第五个星期五，则要举行招待会，与外界教友联络感情；每到农历逢五逢十晚上，还要去邻近的村镇讲经传教，放映绘有《圣经》内容的幻灯片。学生的一天是怎么度过呢？天亮起床，打扫卫生，梳洗后回到自己床前默祷两分钟"感谢主赐我平安"，然后上早自习；之后用早餐，餐前围桌齐唱"慈悲上帝，保佑一夜，到天明亮，我必感谢，主赐饮食，保佑我身，一切喜乐，都出主恩"；7 点 30 分，全班学生到教室守晨庚，即翻开《圣经》默读一分钟；晚自习以后还要进行晚祷，9 点钟一律灭灯就寝。为了确保学生在毕业后从事教会工作，入学前要做出许诺，等于宣誓；为了防止学生毕业后流失，潞河书院特别规定一条，不教英语，一律用中文授课；如果发现学生没有为宗教目的而学，立即将其除名。

孔祥熙眼下面临的就是这种惩罚，虽说比除名要轻一个档次。老院长谢卫楼尽管声称自己不愿意伤害任何一个中国青年，而且真诚地伤心落泪，但为了维护他们在华的根本目的和利益，对于犯了"教规"的孔祥熙，处理起来也毫不手软。

七、模范室里无法安眠

一层学生宿舍 14 号房间，是院方正式宣布过的全院唯一的模范室，因为它住着模范学生孔祥熙。据说在他毕业以后，院方有个规定：每届毕业班学生中，凡有像孔祥熙那样成绩最优秀者，可以在 14 号模范室里度过自己的最后一个学期。这制度一直沿用到新中国成立之前。自然，这是后话。而在 1898 年初冬那个校务会议紧张进行的同时，楼下的模范室里也不平静，孔祥熙正向他的室友和朋友李进芳发难。

"你简直就像袁世凯！"青年孔祥熙一点不像后来那个圆滑世故的"哈哈孔"，激动起来言辞犀利，是非分明，什么话也敢说。

被指责的对象李进芳，一反往日那勇猛激烈无所畏惧的气势，好半天也没有反击的表示，黑暗中一定往被窝里缩了头，因为后来发出的声音明显发闷："我怎么就像袁世凯？我又没有出卖你呀。"

"可你出卖了咱们的文友会！"

"那怎么……算出卖？"

"你还要怎么着？会员名单、新定的章程、一个多月来的活动、往后的计划……你什么没对院长交代？"

"可是……我觉得……咱们又不是秘密结社……"

"住口，你真笨！院里也这么看？没听谢院长怎么说，潞河书院里只能有基督教青年会存在，什么文友会，非法活动，立即取缔！你还有什么说的？"

……

"更可气，你为什么要把你那个刺杀西太后的愚蠢计划说成是文友会大家的？

好汉做事好汉当，你算什么好汉？"

"人家说要开除我……我有点……"

"开除你是因为你要考举人，并没牵连别的，你倒吓死了，什么也交代，真没胆！还想用炸弹炸老佛爷，吹的什么牛，哼！"

孔祥熙得理不让，步步紧逼。

李进芳悔恨交加，嘤嘤地哭了起来……

李进芳曾参加童子试并准备考举人这件事，一直是个秘密，这当然是对院方而言；其实在潞河书院里，私下为走科举道路做准备的学生不在少数，大家平日里心照不宣罢了。而这种倾向，又偏偏是谢卫楼院长最担心最不能容忍的，他一直在警惕着这种背离潞河书院办学宗旨的事情发生，下决心一经发现，必定严惩不贷，以儆效尤。可巧李进芳这个典型让他抓到了。

事情的败露也有点怨李进芳自己。前不久，文友会举行例会，地址选在西海子。这西海子位于通州城东北隅，东近北运河，北滨通惠河，相传为古时修建燃灯佛塔时挖掘而成，长年积水，位于塔西，故名西海子。确是一个优雅清静的地方。大家刚开始议论些新闻，比如康有为已逃到日本，孙文去约见他被拒绝；梁启超在日本横滨创办《清议报》，居然宣传改良抵制革命等。李进芳忽然不顾既定议程，端出自己要于近期刺杀西太后的计划，头头是道，慷慨激昂。当下就有范福林和苏文锐被深深吸引而激奋起来，表示愿意参与刺杀行动，赴汤蹈火在所不辞。不料之后却再也无人应和，大家反而议论纷纷，讲出种种令人信服的道理，将这一冒险而且于大局无补的刺杀行为说了个一钱不值。李进芳一向过于自信，争强好胜，这时脸上就有点挂不住。恰在此时，范福林说："诸位言之有理，我真没想到。"苏文锐也说："进芳君，咱们还是三思而后行吧。"二人一齐变了卦。李进芳再也沉不住气了，忽地站起来，铁青着脸大声骂道："卫嘴子、狗腿子，你们俩真不是东西！"骂完扭头就走。范福林是天津人，被骂作卫嘴子；苏文锐是保定人，被骂作狗腿子。都是血气方刚的年轻人，哪里能当众受这等侮辱，一齐追上去就与李进芳扭打起来。别看李进芳长得瘦小，但自从要做"谭嗣同第二"以来，也学人家文武双全的样儿，胡乱练过几下拳脚，加之又在气头上，故而发了蛮力，一拳捣在苏文锐的面门上，来了个口鼻出血。范福林见红害怕，急忙后退，一脚踩空，顿时跌翻在西海子里。众人见要出人命，立即动手先救落水者。虽是初冬，那湖水也已冰冷，把个范福林冻得浑身发抖，回去就大病一场。这么大的事如何能遮掩过去？首先被敏感的麦美德老师发觉，一气追查下来，什么老底都露了。首先是范苏二人咬定李进芳参加科考的事不放。谢卫楼闻讯，立即亲自找李进芳谈话，且以开除学籍示警。李进芳毕竟年轻少世故，到了这一步早吓得六神无主，失了方寸，同时也出于对范苏二人的报复，把文友会的事给抖搂出来，孔祥熙作为文友会的第一负责人，也就自然在劫难逃。

黑暗中，李进芳不知何时停止了哭泣，忽然抽抽鼻子说："祥熙，这事全怪我，真对不起……"

"说这有什么用！"孔祥熙没好气地扔下一句。

"要不……"李进芳试探地，"要不你去找找麦女士和谢院长，他们对你……"

"怎么，上门认错，像你一样？"

李进芳作声不得，过一会儿才又开口："那你说怎么办？听说他们要中断你的学籍，让你上唐县传教站去。这可不行，大家不能没有你呀。"

孔祥熙故意不吭声。

"祥熙，你说话呀。"李进芳几乎在乞求，"要不……要不我去找他们，开除我好了……"

"算了，算了。"孔祥熙开始可怜起他这位朋友来，却有意用不耐烦的口气说，"我要睡觉了。"

李进芳又低声抽泣起来。

孔祥熙哪能睡得着觉？说老实话，自从听说要打发他离校，也照样乱了方寸，毕竟才十九岁的人呀。长到这么大，一直被人捧着爱着，何曾受过如此打击？尤其来到潞河书院这几年，春风得意，声名鹊起，上上下下谁不称道他这个品学兼优、前程无量的高才生？一旦逐出校门，这面子往哪搁？如何面对京中乡党？如何去见家乡父老？还有何面目立于世人之前？这一生还有什么奔头？……想到不堪时，真有点后悔处：为什么在听不进谢院长盘问时，非得拂袖而去不可？本可以搞得不那么僵的呀；为什么要伤害善良可亲的麦美德老师？并且残酷地撕破那张与她合影的照片。气得这位慈母一样的女人也决绝地喊："孔，我再也不想见你这个学生！"唉，怎么搞得这样糟呀……

那天，开头的气氛挺好的。记得刚走进院长办公室，谢院长的脸色一如往常那样宁静慈祥，丝毫没有要训斥人的意思，像对待老朋友似的请孔祥熙在对面沙发上坐下，还叫人端来一杯热腾腾、香喷喷的咖啡。谈话伊始，并未触及文友会的事，问话只在一些寻常处兜圈子，饮食起居呀，有无家信呀，体育活动呀，读什么课外书呀等。孔祥熙听着这些婆婆妈妈的话，望着一双苍老而疲惫的碧眼，几乎产生一种这样的错觉：老院长对所发生的事一无所知。因而为此有点可怜起面前这位外国老头来。不过这种错觉一眨眼工夫就消失了，确切点说是被一种尖厉威严的声音刺穿了。

"孔祥熙同学，请你回答我，基督教青年会是怎么回事？"

"基督教青年会？"孔祥熙下意识地重复一句，这个提问叫他大感意外。

"对，基督教青年会，它是何时问世的？"

孔祥熙到底是孔祥熙，反应敏捷，很快沉静下来，略一思忖答道："基督教青年会是国际性组织，第一个青年会于 1844 年出现于英国伦敦，是由乔治·威廉斯和其他十二名青年店员组成的。它出现在贵国是 1851 年的事。最早的活动主要是祈祷和查经，后来发展成工人和企业人员的业余文化组织。不久，各国青年会联合组织为基督教青年会世界协会，会址设于日内瓦。"

"很好。那么我们学校有这种组织吗？"声音依然尖厉威严。

"有的。它成立于 1885 年，与福州的英华书院同属中国最早建有基督教青年会的学校。"

"很好。如果我没有记错的话，你是 1895 年 9 月 27 日入学的，到今年今日，你在潞河书院已经度过三年零一个月又二十三天。请问你都参加过青年会哪些活动？"

"我……参加过查经班活动、各种社团活动、聚餐旅游参观活动、夏令营活动、英文夜校和各科补习班活动、名人讲演会和各种体育比赛活动等。"

"请你想想，还应该增加哪些活动？"

"我觉得……已经很丰富、很周全了。"

"这么说你对青年会挺满意？"

"我想，可以这么说。"

"既然如此，那我问你，你为什么还要搞文友会？"

孔祥熙一时语塞，他没料到人家在这儿等着他，不知该从何应对，有点心慌意乱，手足无措，显出少有的狼狈。在这间院长办公室里，他给院长背过三回书。这位西洋传教士谢卫楼汉学底子颇深，他认为在中国传统教育方法里，背诵是极为可取之法，能够培养学生精确持久的记忆力。所以，他时常抽查学生，把他们单独叫到院长室来背书。孔祥熙第一次背的是《旧约全书·创世记》第一章；第二次背的是《新约全书·马太福音》第二十六章；第三次，也就是"鸭蛋事件"之后，背的是《石碏大义灭亲》，外加一篇《孔子世家》。那时，面对这位人人敬畏的谢院长，他毫不惊慌，总是无所畏惧地望着他的眼睛，三次背书三次辉煌。可现在，他怎么也不敢抬起眼皮来。

"你怎么不说话？你不是极有口才，而且记忆力无与伦比吗？是忘记自己干过什么？还是不想说？抑或是……没有胆量说？"这一系列问话与其说充满威严，不如说饱含嘲讽。但这是老传教士一个意想不到的错误：对于血气方刚的孔祥熙，理性的威严或许使其慑服，而情绪化的嘲讽只能适得其反。事实正是这样，自尊心受到伤害的孔祥熙有点恼羞成怒，一种年轻人所特有的不计后果的狂暴劲儿直冲脑门，既而冷静下来，心想能用一种什么样的方式，才会给这个可恶的洋老头致命一击呢？脑瓜一转，主意已定。

"亲爱的院长阁下，请允许我也问您一个问题。据我所知，我们中国从唐代中叶就有书院出现；两宋更多，最著名者如嵩阳，如应天，如岳麓，如白鹿洞等；历经元、明两代的发展，书院已遍布全国；本朝尤为兴盛，如今至少在三千七百八十多所以上。既然如此，请问您背井离乡，漂洋过海，三十年不舍昼夜，为什么要搞潞河书院？"

谢卫楼傻眼了，一时愣在那里作声不得。

孔祥熙觉得痛快极了，转身拂袖而去。

可是现在，那种痛快感早已荡然无存，代之而起的是一种追悔莫及的烦恼。尤其是对伤害麦美德老师，如今想来更为揪心，孔祥熙真恨不得打自己一拳。孔祥熙在被窝里再翻一个身，睡意全无，不禁怅然地想，可怜的麦美德老师一定在伤心地哭，也许她再也不会关怀和帮助自己了……

八、麦美德真的很伤心

院务会结束时已经凌晨3点多。外面飘起了雪花，虽然不大，但也略微改变了世界的颜色。

冰凉的雪花落在女传教士麦美德发烫的脸上，使她感到非常舒服，她不禁想起了故乡奥伯林初雪中自己那欢笑开心的少女模样，一路走进住处时，紧绷了一晚上的心弦慢慢松弛下来。她痛痛快快地洗了一个热水澡，喝了一杯浓浓的咖啡，在书桌前坐下来准备写日记。写日记是她每天个人生活中一项不可或缺的日程，到三十八岁的今天，她已坚持了将近三十年；后来一直到她七十四岁去世时，这个习惯一天也没有中断过。可是今天的日记该如何记呢？她不禁思绪纷纭，迟迟难以下笔……她习惯性地抬头去寻找那张总让她感到愉悦的照片，目光所及处却只有一个空相框，心儿顿时紧缩起来，方才刚刚放松的情绪又整个儿败坏了……

女传教士麦美德的传奇经历，一点也不亚于他的上司谢卫楼院长。1861年，她出生于美国俄亥俄州的奥伯林，先毕业于密西西比州的图伽鲁大学教育系，后来又进故乡的奥伯林大学就读。奥伯林大学是一所著名的基督教大学，她的父母和两个姑姑都毕业于此，而且他们都是非常虔诚的基督徒，当过传教士，在印第安人和黑人中从事过多年的教学布道工作。家庭中这种强烈的献身宗教事业的传统精神，从小陶冶了麦美德，确立了她终生的奋斗目标。当她读大学教育系时，就是班里唯一的白人学生；就在她即将从奥伯林大学毕业前夕，毅然放弃马上到手的文凭，去为有色青年教了三年书；她二十七岁那年，美国基督教公理会的海外传教组织——国外传教理事会，决定派人去中国传教，麦美德又独闯远东来到遥远陌生的中国，先在保定学了一年中文，随后便来到通州潞河书院任教，至今已经整整十年了。她在这里教数学、地理、生理学、历史和圣经课，流利的中文、强烈的事业心、端庄的仪表、善良温柔的性情，为她赢得了极高的声誉。作为女人，她感情极为丰富；作为一个大龄未婚女人，她又有着种种感情饥渴，需要亲情和友情的滋润。于是，她只好把全部爱心奉献给一批批中国青年——她心爱的学生们。当然，这是一颗浸泡在基督精神里的爱心。可以这么说，直到目前为止，还没有一名学生像孔祥熙那样让她牵心，心甘情愿地像姐姐，不，更像妈妈那样去疼爱他、关心他、帮助他，即便到了如今，她已说过"孔，我再也不想见你这个学生"这样寒心决绝的话后，她也还是放不下他。

三年前，当有人把孔祥熙领到她面前时，她一下就喜欢上了这个东方美少年，倒不仅是他那姓氏的高贵、小学毕业成绩的出类拔萃，或者眉清目秀的相貌，而是一种小天使般的纯洁可爱劲儿、一种可以使她借以实现某种上帝意旨的灵感深深吸引了她。这种冲动是她接触过无数有色青少年以来所没有过的。她帮他洗澡理发，换掉山西农村那土里土气的衣服，关照他的饮食起居，格外留心他的学业，越来越觉得他就是上帝特意恩赐给她做伴的安琪儿。而第一次带他外出布道的结果，简直使她愿意为他献上毕生的精力与爱心。

那是要去张家湾讲经布道。前一天的晚上，她把他叫去，介绍了张家湾的种种情况，说了说应该注意的事项。第二天，他们沿着玉带河向目的地进发。路上无非扯些闲话。麦女士不经意地问："孔，你能把张家湾的情况说说吗？"不想孔祥熙口若悬河，将昨晚只听一遍的张家湾概况背诵出来："它位于县城东南十六里处，有四条河在此汇合，是白河、凉水河、萧太后河、玉带河。故而这里水草丰茂，乃良好天然牧场。东南隅有一烟波浩荡之大泽，名为延芳淀，水天一色，菱藕飘香，苇丛环绕，为鹅鹭百禽栖息之所。早在辽代就辟为皇家春猎场，并建有华丽的行宫。元代建立后，作为京都的北京，一时成为全国之中心，百业发达，人口日增，粮米和其他各种货物极为短缺，亟待从南方调运。当此之时，京杭大运河淤积严重，河道浅隘难以放行大船，遂使漕运成为当务之急。有巨商张瑄者，向丞相伯颜献策，开辟海运，以张家湾为中转地，连接大江南北和沿海各地。此计为元世祖所采纳，且立即付诸实行。开海运之初，每年即可将南方四万多石米粮运抵北京。至元二十六年（1289），朝廷派出大军用于开挖河道，使漕运量增至每年八十万石，但还是不能满足京师之需。至元二十八年（1291），都水监郭守敬开河设闸，引白浮诸泉之水经高丽庄入白河，以济漕运。至元三十年（1293），通惠河成，局面更为改观，海船自长江口出发，经山东登州，一路趁信风飘海，直达张家湾，再放京中积水潭，年漕运量猛增至三百多万石。一时，张家湾成为通往京都的唯一水上通道，万国朝宗，四方贡献，士大夫进朝，商贾行旅，均须乘船经此。于是这里每天聚集数不清的官船客舫，呈现出千帆万艘日与摩拂弦歌相闻的盛况，故有民谣曰：'船到张家湾，舵在里二泗。'朝廷为表张瑄之功，封他为海运万户之职。此地也因他而出名，称为张家湾。明代，张家湾声誉更隆。永乐十三年（1415），朝廷发卒再次疏浚运河故道，采用河海共运之法，使漕运量当年即达六百四十六万石，创漕运史上最高纪录。那时，每天经过张家湾的大小船只不计其数。水运兴旺，百业发达，街面上南北货物样样齐全，饭店旅馆鳞次栉比，人声鼎沸，热闹非凡，成为闻名遐迩的大码头。本朝以来，因水势变弱，漕船只能开到张家湾，再经通州转运北京，此地成为北运河漕粮运输的终点码头，地位更显重要。朝廷在这里设有提举司、巡检司、宣科司、大通关等许多衙署；不少实业如料瓦厂、花板石厂、铁锚厂等也纷纷举办起来；著名商号有皇店、宝源、吉庆等三十余家，三家当铺中最出名者，乃《红楼梦》作者曹雪芹祖上所开，在通运桥北花枝巷内，至今遗址犹存；另有当地学者李三才创办之双鹤书院一座，回民清真寺一座。"

孔祥熙惊人的记忆力，令麦美德赞叹不已，这叫她想到不可思议的东方文化的种种神秘。但真正让她对这个十六岁少年郎刮目相看的，是后来发生在布道时的一件事。那天，她正在布道，忽听外面一阵喧哗，原来五六个顽童正围追取闹一个老乞儿。他也并不老，四十岁出头的样子，蓬头垢面，缺了一条腿，架双拐走路，显得倒有六十多岁。在石块土坷垃袭击下，他咕咚一声跌翻在地，但嘴里的半根油条依然不放松。还没等麦美德问明情况，孔祥熙已经冲上去救援受害者，为此头上挨了一土坷垃。盘问之下，原来是这样：乞丐姓孙，关外人氏，今年才四十三岁。二十六年前十七岁时，在僧格林沁部当了一名绿营兵，驻防在张家湾。当年八里桥一战，英法联军死伤六百多人，清兵死伤更惨。这姓孙的侥幸没死，只丢了一条左腿，无处可去，便流落在张家湾，终于沦为乞丐。新近病了一场，已是三天没吃东西，饿急了，方才从一个小孩手里抢得半根油条，生出一场风波。孔祥熙给这个乞丐买来几根油条，又将身上所有的钱往对方怀里一塞，自己倒远远地跑在一边，呜呜地哭了起来。麦美德觉得孔祥熙反应过于强烈，有点不同寻常，晚上就问起来。孔祥熙一直沉默不语，后来冷不丁冒出话来："我恨这朝廷，把人不当人。"追问下去，他讲："前年在我们老家街上，一队川陕兵要开往关外，去朝鲜与日人作战。可是数九寒天，他们头包黑布，身穿单衣，脚上是草鞋，又冻又饿，哪里像堂堂大国之军？上帝为啥不帮助这些受苦受难的人？推翻这个无能的朝廷！"

麦美德沉默了，她一下子觉得眼前的这个孩子已经不是孩子，或者说是一个非常富有个性、不同凡响的孩子。她非常感动，感动得泪水涟涟。她认定：培养孔祥熙一定是上帝交给自己的使命，那将是基督教公理会在华传教史上最辉煌的篇章之一。她觉得她与他已心心相通、息息相关，命运已经连在一起。她愿为此奉献一切。

将张家湾之行永留史册的是一张照片，那是麦美德与孔祥熙的合影。她把它放在一个精美无比的相框里，摆在眼前，珍藏在心里，直到几天前才……

当时，她不相信谢院长所说的话，什么文友会、什么刺杀当今中国最有权势的女人西太后、什么《兴中会宣言》、什么探讨武力举事的秘密集会……怎么会有这种事？就算有，又怎么能和孔祥熙连在一起？即使最后孔祥熙当面承认确有其事，麦美德女士也难以接受这一现实。她把自己关在屋子里两天没露面，后来，也就是前天晚上，她与孔祥熙做了一次彻夜长谈，结果是不欢而散，事实是比不欢而散要严重得多、糟糕得多。

谈话刚一接触到文友会，麦美德女士立刻感到自己绝非等量级对手，而且，感到这个对手其实自己并不太了解，甚至很陌生，这一点尤其叫她备感伤心。三年多来，是我麦美德最接近他、最关心他、最关照他，眼看着他由一个乡村少年长成都市青年，成为全校闻名的模范学生，耗费了我多少精力与心血呵！可怎么会转眼变得……当然，平心一想她也承认，自己这些年来整天忙于传道和教学，围着学生团团转，确实对学院以外的事情，尤其是这个国家政治方面的问题知之甚少，也不是很想知道。在她的印象中，这个古老的东方大帝国已经衰败无力，天灾人祸频仍，官僚政治腐败，现政权专制强暴，已经没有存在的合理性。只有上帝才能为中国人民创造新的家园，重建文明大厦，而她和她的传教士朋友们，正是根据上帝的旨意来中国传布福音。对此，她深信不疑，而且身体力行、忠贞不渝。除此之外还需要做什么呢？只有一条，就是让众多的中国人都来皈依基督教，尤其是那些中国青年都来当上帝的信徒。舍此难道还有别的希望之路吗？舍此使命难道还需要从事别的事业吗？……所以，什么康有为、梁启超，什么谭嗣同、杨深秀，什么孙文兴中会，包括这个什么文友会，与我们潞河书院有什么关系？与你模范生孔祥熙有什么关系？你已经进入大学部，只要保持如今的好成绩、好势头，毕业后肯定可以去美国留学，可以周游世界增长见识，回国后可以当书院院长或者大主教，可以为你们的国家和受苦受难的人民造福谋利，使上帝的圣意得以最终实现……这是一个多么光辉灿烂的前程！

可是，在自己以前的得意门生面前，如此有力的道理一讲出口，却变得毫无说服力，好像一拳打在棉花上，不，是打在石墙上，反而弄疼了自己。他都说什么来着："我国之弊，全在于封建专制制度绵延太久，积弊太深，宗法制度又根深蒂固，很难拔除。如今又加上外侮日甚，通商口岸从 1842 年的五个增至近五十个，外船由原先沿海行驶的炮舰到如今布满于内河的商轮，外国传教士包括贵国传教士的活动由沿海地区扩大到全国各省，内忧外患呀！……环顾世界各国，发展历史各异，英有宪章运动，日有明治维新，皆兵不血刃而维新成功。我国自不同，有史以来历朝兴替，无不以武力取天下，汤伐桀，武伐纣，秦灭六国，楚汉相争，三国交兵，晋之八王混战，唐之诸藩作乱，宋祖赵匡胤，明祖朱元璋，谁不在马上取天下？当今之世，欲图大事岂有他哉？……老师常领我们祈祷说'上帝与我们同在'。可在我们国家专制当道，志士流血，生灵涂炭，上帝何时来解救？……"

这些话一时出自孔祥熙之口，真让麦美德瞪目结舌，说不来是震惊，是恼怒，是担心，还是忧虑，抑或兼而有之。当然最叫她受不了的还是孔祥熙对上帝的不敬和怀疑，这使她联想起有关他的另一则传闻：据说十一岁的孔祥熙在太谷华美公学读书时，曾向讲解圣经的老师发问："自然课上老师说，风雨雷电皆自然现象，这话对吗？"老师答："当然是对的。"孔祥熙又问："既然风雨雷电皆自然现象，为什么老师你又说，世间一切事物皆操诸上帝之手？"……这太放肆了，太可怕了，以前有点不信，现在看来确有其事。魔鬼居然钻进如此幼小的心灵，简直匪夷所思，简直不可容忍！虔诚而纯真的上帝之子麦美德真正愤怒了……

最后的结局简单而悲惨：一个以传教士和教师的双重威严警告说，必须向上帝忏悔，必须公开承认违犯院规院纪的错误，否则可能被中止学籍；一个以毛头青年的血气之勇和山西人的拗劲强硬表示，宁肯被开除学籍，也绝不认错，因为自己根本没错，可以向上帝起誓。一个用失望而怨愤的目光久久地注视那个相框，轻轻地摇了摇头；一个略无犹豫地走过去取出合影照片，撕破它，向对方深深鞠一躬，一转身走了出去。那句"孔，我再也不想见你这个学生"，同时烙伤了两颗心……

麦美德真的很伤心。

不过，她又是一个性格非常刚强的人，这与她那端庄柔美的外表反差极大。在孔祥熙身上的挫折非但没有使她气馁和绝望，恰恰相反，倒是激起这个女传教士更强烈的事业心、宗教热情和不服输的劲头。还有不可否认的一点是，即便到了现在，她也无法从内心深处把那个可爱的中国青年赶走，他的文雅、他的聪颖、他的才华、他的音容笑貌，乃至他那峥嵘一露的令人难以接受的执拗和顽梗，都叫她抛割不下，欲罢不能。于是才有了她在院务会上的力排众议，冒险犯难，以自己的人格做担保，来最后挽救孔祥熙。

窗外第一声雀噪唤醒了黎明，瞬间晨曦满目。

麦美德女士平生第一次没有写完当天的日记，只有艰难的开头一句："上帝，我能想出一个什么样的好办法呢？"

九、魏录义夫妇

一生中能得到某个人的一次帮助，这是缘分；假如一连三次都能得到这个人的帮助，那就够得上是奇缘了。

孔祥熙造化大，一生几遇这种奇缘，碰上美国人魏录义便是其中一次。

前文书中提到，十五岁的孔祥熙第一次离开山西老家，要来千里之外的潞河书院深造，是在专人护送下上路的。这个专人就是魏录义。

魏录义牧师当年已经四十多岁，来华有十年之久了。他是第二批来山西太谷的美国传教士，同来者除他的夫人外，尚有来浩德牧师夫妇、德富士牧师夫妇、两位女传教士贝如意和露美乐。在两年后爆发的义和团运动中，上述人物除魏录义夫人和德富士夫人外，其余三男三女全部被杀。这是后话，暂且不表。

孔祥熙十岁那年秋天，患了蛤蟆瘟，也就是腮腺炎，百般医治无效。老塾师孔繁慈见独子病况不妙，有点发急。就在这危难之际，魏录义牧师第一次来到太谷，出于传教士的职业敏感，他一向对颇有地方声望的孔门父子比较看重，而今天赐良机，得以登门送医。

说到美国基督教公理会在太谷行医的历史，最早应在1883年。那时一名叫文阿德的美国传教士，在传教之外，建起一所戒烟所，兼为患者治病。接替文阿德的是一名人称欧大夫的美国医生，但工作时间很短，不久便因病回国。1889年，高雅格医生由美来华，在太谷城内南门楼道巷开办诊疗所，正式挂牌行医。高大夫四年后死于伤寒病，他是死在太谷的第一位美国传教士。此后一直到义和团事件之前的七年间，分别有美国医生何大夫和中国西医大夫桑爱清夫妇担任医务。1904年，美国基督教公理会派遣韩明卫医生来到太谷，创办了著名的仁术医院，这就是今天太谷县人民医院的前身，绵延一百多年。

且说魏录义牧师送医上门，请来的医生就是高雅格大夫。经过半个多月的精心疗治，孔祥熙转危为安，而且在精神上接受了一次西方宗教文化的洗礼。这是孔祥熙一遇魏录义。

我们可以这样设想，在封建科举时代，作为孔门之后，作为儒学弟子，考取功名乃孔祥熙之正途，以他的家学深厚和天资不凡，博个封建王朝的金榜题名、高官厚禄当为不难。真如此，那就是历史上不曾有过的另一个孔祥熙了。反过来说，孔祥熙之所以成为孔祥熙，关键的一步是：他在该走科举之路时没走，而一下踏入了教会小学——华美公学，乃至后来的潞河书院。

这里的关键人物又是魏录义。

孔祥熙病好不久，适逢基督教公理会创办的华美公学招收新生。已经熟络的魏录义再登孔门，希望能够说服孔繁慈，让他的爱子进华美读书。有这么一位至圣先师的后代进洋学堂，其影响非同小可，必定是传教事业的重大进展。事情开始挺顺当，对传教士及其工作已经有所了解并且极有好感的孔氏父子，一口应承了这个请求。不料消息传出，却横生枝节，家族势力坚决反对。太谷这个地方，虽说明清以来商业发达，与外界有所沟通，思想观念比山西其他地方要先进一些，但毕竟地处内陆，乃数千年封建礼教发祥地之一，因袭深重，风气闭塞，尤其在士大夫阶层中，那种"尊王攘夷"传统的种族偏见和排外心理相当严重。何况事情又发生在天字第一号的孔家门第，自然不会那么简单。多亏魏录义在中国传教多年，掌握了一套委曲求全的忍字功夫，在族人和孔祥熙父子之间多加周旋，折中调和，以"只在教会学堂读书，不许信奉洋教"为条件达成协议。孔祥熙总算如期进了华美公学。

不过，上潞河书院就没有这么容易了，魏录义为此差点挨了打。冲突的焦点没变：孔祥熙父子依然不改初衷，坚持上教会学校；族人依然群起反对，岂能一再违背祖制而上洋人的高等学堂！这次族人们采取攻势，先拿始作俑者魏录义开刀。警告说，孔祥熙乃至圣先师之裔孙，现被你们用洋教迷其心窍，华美五年已属难容，今又要拐带通州，实为犯罪。你若还不悔悟，必当奏报朝廷，由官府锁拿问罪。魏录义当然不怕恫吓，一再解释，据理争论，说此事应听孔祥熙父子的意见，尤其应尊重孔祥熙本人的意见，谁也不应侵犯别人自由民主之权利。坏了，这一套西方规矩激怒了众族人，群起围攻魏录义，就要动手打人。孔繁慈见事态不妙，挺身而出，把一切责任都揽在自己头上，这才给魏录义解了围。这里一定要介绍一下孔繁慈，他是那一代儒家弟子中少有的离经叛道者。这得从他们的家世说起。

早在明代万历年间，孔子第五十六代裔孙孔希翯高中进士，前来山西做官，历任黎城、交城知县，其后代便流落山西，不知何年定居在太谷。其原籍确实属山东曲阜纸坊户。孔希翯的后代孔宪昌，也就是孔祥熙的曾祖父，聪明过人，苦读有成，十六岁应童子试名列前茅。满以为乡试夺魁势在必得，不料因劳累过度咯血而中途退出考场，竟与功名失之交臂，一名叫孟洋的同乡取得功名。他气急攻心，一病不起，临终遗言说："读书所以致用，凡我子孙，但求读书明理，经邦济世。能这样便是孔家好子弟。千万不要再应科举，重蹈我之覆辙。切记，切记！"这一段看破科举弊病的难得善言，从此成了孔门家训。孔繁慈一生读书未做官，乡间一塾师耳；且果断地让独子孔祥熙倾心西学，视八股文为无物，这或许原因很多，但与祖传家训不无因果。孔祥熙能摊上这么一位通达开明的父亲，也真是三生有幸，天之意也。

总之，经过一场激烈而且决绝的斗争以后，孔祥熙如愿以偿地进了潞河书院。而忍辱负重、劳苦功高的传教士魏录义，又自告奋勇地千里送孔祥熙，深信这就是上帝的派遣。他的夫人与潞河书院的麦美德女士是同学，故而大家彼此都很熟悉。他送来了孔祥熙，也送来了与孔祥熙有关的一切赞誉和期望。先入为主的孔祥熙，就是这样打动和吸引了麦美德的心。

这算是孔祥熙二遇魏录义吧。

且说孔祥熙闻得院方要中断自己的学业，情绪陡落，心烦意乱，几夜睡不好觉，也没去上课，一个人躲在房间里想心事。这天正在想得出神，忽听有人敲门。他以为是韩玉梅，她这些天请假不在，因为她的父母新近调来北京基督教青年会工作，忙着收拾住处，也许现在回来了。谁知推门进来的并不是韩玉梅，竟是分别三年的魏录义牧师夫妇。这令他惊喜不已。当然，他想不到这是麦美德女士搬来的奇兵。

魏录义有点见老，两鬓添霜，大胡子也花白了，而且背也驼得厉害，这就一下显老了。这几天孔祥熙闭门反思，回想往事，还常常想到这位父亲般的美国人：怎样文质彬彬地敲门，带着高医生进来给他看病；怎样抚摸他的头，问他爱吃什么、爱玩什么；怎样在数学课堂上当众表扬他，哲学课堂上却又狠狠批评他；还有怎样带他到自己家里，让年轻漂亮的师母给他烤面包吃，上乌马河春游……那时可不是这个样子。想到这儿，孔祥熙有点心酸落泪。

魏录义显得对书院发生的事全然不知，也不问什么，只是忙着催夫人往外拿东西，苹果呀，枣呀，核桃呀，摊了一大堆。依然显得美艳的魏师母，一边手里忙活着，一边用总也学不像的太谷话唠叨说："孩儿呀，快吃快吃，都是你们家乡的特产，你是爱吃的呀，对不对，孩儿？"她总把"孩儿"念成"海二"，逗得孔祥熙直想笑，心情一下就轻松多了。他关切地问："老师、师母，你们怎么来了？"

魏录义说："我们是顺便来看你。你师母就要回国去，我来送她，等船票还得好几天，怎么能不来看你呀。想不想让我们来看你？"

"想……"孔祥熙的眼圈儿又红了。

聪明的魏师母立刻打岔，拿出一样东西叫孔祥熙看。这是一幅上好的苏绣。

"孩儿，好看吗？这是咱们太谷教友送给我的离别礼物，太珍贵了。大家的祝词是，求天父保佑我安全回到美国以后再来。我真的还要来。"

孔祥熙平静下来，又问："你们没见过麦美德老师吗？"

魏录义说："还没见她，一会儿要去，今晚我们就住在她家。"

"那……"孔祥熙有点不自在起来。

魏录义忙说："这不急，咱们先说会儿话。对了，我还给你带来了东西。"

他取出一封信和一个打包得整整齐齐的小包。

信是家信，是老父亲写给儿子的。孔祥熙顾不上看信先问："我父亲他身体好吗？"

魏夫人抢着答："很好很好，孩儿。你父亲很不简单，现在还练形意拳哪。他就是很想你，孩儿。"

魏录义接口说："不过他说了，只要你在这里一切都好，还像从前在中学部一样当模范生，他比谁都放心。这些话，他在信里都写着，回头你慢慢看。来，你打开这个包，看它是什么好东西。"

原来这是一本关于奥伯林先生的传记，厚厚的精装本，不很新，用很蹩脚的汉字签着一个名字：高雅格。

"高雅格？是不是高雅格医生？"孔祥熙反应极快。

魏录义牧师满意地微微一笑："你还记得高医生，很好。他离开我们已经快六个年头了……"

孔祥熙忘不了高雅格医生。印象最深的是两根白白的又细又长的手指头，当高医生第一次伸过来要摸自己的脸时，十岁的他吓得哇哇直哭，直往父亲怀里躲，那是他平生头一回很近很近地看到洋人。但这两根手指头是躲不过的，因为他的腮腺炎实在是需要它们。而且他很快发现，它们又柔软又暖和，摸在脸上舒服极了，一点儿也不可怕。直到现在，一闭上眼睛，那两根美丽的手指头就活灵活现于眼前，那一种美妙无比的舒服感绵绵尚存，永留心间。三年后，在华美公学上学的他，一听说高雅格医生死了，哭得好伤心。他冲出人群，扑在高医生遗体上，双手捧起那两根手指头直亲。可它们已经变得苍白僵硬冰凉……这种感觉更强烈地震撼了他，使他头一次领悟到某种生命的启示。再后来，他得知高雅格也是一个大学生，自愿参加奥伯林中国团来到偏远陌生的太谷县传播福音，最后将年轻的生命牺牲在异国他乡。此时，那两根手指头愈发令他难以忘怀，简直成了某种生命的图腾。

"孩子，看看这本书吧，它是高雅格医生的遗物，他生前最喜欢的书。"

孔祥熙摩挲着这本书，问："老师，为什么要送给我？"

魏录义解释说："孩子，是这样。前不久，又发现高雅格医生的一部分遗物，现清理完毕，派你师母回国送交他的亲属。当年，高医生为你和张振福治过大病救过命，你二人对他也最有感情。遗物中有两样东西，送回国意义不大，但对你们也许是无价之宝，这就是一本版本很有历史的《圣经》和一本奥伯林的传记。太谷公理会决定，把它们赠送给你们。希望你能以奥伯林为榜样，献身上帝的崇高事业，度过自己充实而有意义的一生。不知你是否愿意接受这份礼物？"

"我当然愿意，老师。"孔祥熙诚恳地说。

"那好，今天就这样。"魏录义笑着说，"你师母走时，我们希望你能去送她上船，可以吗？"

孔祥熙认真地点点头说："一定。"

十、走近奥伯林

1740 年，法国诞生了一位后来享誉欧洲乃至全世界的基督教慈善家，他的名字叫奥伯林。他的事迹和精神激励和影响着一代代基督教青年，被人们冠之为奥伯林神学。它信奉一种至善主义的生活理想，坚信"一个全然高等和稳定的基督教生活方式是可以得到的，并且是所有基督徒的权利"。"基督因为相信和献身于圣灵而被授权为社会改革工作。"奥伯林神学在美国更为风行，到 19 世纪 30 年代依然方兴未艾。一位耶鲁大学的教授和一位教会牧师，在奥伯林本人死了五年之后，发起创办以奥伯林命名的大学，以永久纪念这位非凡的人物。

奥伯林的事业是在自己故乡小城斯特拉斯堡开始的，也是在那里结束的。这位祖籍德国的法国人，天赋不凡，十八岁就完成了大学学业，然后专攻哲学，五年后获博士学位。但他不愿埋没在空洞的哲学理论中，立志为主献身的基督教慈善事业，而且就从身边小事做起。原来他的故乡地处法国东北部，气候寒冷，交通不便，文化落后，经济贫困，是有名的穷乡僻壤。这激起青年奥伯林的雄心壮志，他决心改变这一切。首先，他发起兴修道路，因为道路通百业兴；第二步是开荒种地发展农业；然后创办学校培育人才……应该说这是一套很不错的改良措施。但观念守旧、素质不高的家乡父老并不理解，反而起来反对，因为这意味着要他们掏腰包，分担投资款项。对此，奥伯林并没灰心，也不过多地抱怨，他理解乡亲们落后而复杂的心理，愿意耐心等待他们的觉醒。他就一个人先干起来，拿出自己的薪水，积少成多，作为起动资金，义无反顾地努力着。奥伯林的所作所为，乡亲们看在眼里，感动在心里，没过多长时间，所有居民都默默地参加了进来，出钱出力，献计献策，共同改变家乡的落后面貌，而且卓有成效：从前的那个斯特拉斯堡，"一变荒凉为繁荣，贫瘠为肥沃，气象更新，今非昔比"。奥伯林为此耗费了自己几十年的生命，但他无怨无悔。

奥伯林另外一个为人称道的优秀品质，是他胸襟开阔，热爱全人类，愿意为任何种族和任何信仰的人谋取幸福而不求回报、不图出名，完全体现了上帝的博爱之心。故而当斯特拉斯堡学校成立时，吸引了全世界的留学生，包括沙俄那些自高自大的学生们。在这个五方杂居的斯特拉斯堡，奥伯林不抱任何偏见，对所有教门和教派的信徒一视同仁，谆谆施教，传布上帝的福音。

正是上述造福人类和服务大众的精神，使奥伯林声名远播，举世皆知。为此，法国政府特意颁发给他一枚头等嘉禾勋章，法国皇帝也致电祝贺。当他走完自己八十五岁的漫长人生时，故乡和全世界都在为他志哀。

这就是奥伯林。

对此，孔祥熙是熟悉的，因为从入华美公学到进潞河书院，可以说老师们把"奥伯林"三个字是经常挂在嘴上的，没有一个学生不知道。但是，从一本专门的书里全面系统地读到奥伯林，他是第一次。这不免叫人有一种全然不同的感受，或者说就是一种震撼也许更准确。尤其是此乃救命恩人高雅格医生读过的书，这叫他不禁百感交集，别有一番滋味在心头。当他还没有开读之前，就长时间地端详这本书，用手抚摸这本书，甚至轻轻吻了吻这本书，他仿佛看见那两根细长温暖的手指在翻动这本书，能听见书页的沙沙声，能听见高医生的赞叹声……他不由得想高医生到底是从哪儿买的这本书，他看过几遍，都有过怎样的读后感呢？……

孔祥熙用四天时间认真读完奥伯林的传记，忽然产生一种连自己也觉得奇怪的想法，不，是想象：那奥伯林一会儿是高雅格医生，一会儿又是自己，一会儿又是奥伯林本人，一会儿又是三个人加在一起不知道是谁……当然，更多的是他自己。他正在故乡太谷老家程家庄领着村民们修路，一条平直整洁的大路朝着县城延伸，还有无数的乡亲们参加进来；他在扶犁耕田，犁是一种由他发明的新式犁，两边是围观的人群；他办起了一所所学校，成群结队的学生正在拥进校门；他已经变老，留着长长的白胡子，正在接受勋章的隆重典礼……发勋章的人忽然变成谢卫楼院长，他瞪着眼睛，大声地呵斥他，拒绝把勋章交给他，他在一阵羞辱的笑声中退场，不禁泪如雨下……是泪珠儿嘭嘭地打在书页上，才把他从无边的想象中拉了回来。

第五天，当魏录义夫妇重新站在孔祥熙面前，问他有何读书心得时，孔祥熙不好意思地笑笑，低下了头。

魏录义夫妇相视一笑，那是为自己一次成功的谋划感到得意的一笑。

魏夫人亲切地说："孩儿，我今天下午就要上船。中午，麦美德女士要为我饯行，她非常希望你也能去赴宴。"

孔祥熙涨红了脸说："不，我……我撕破了……"

魏录义哈哈大笑，一把抱住孔祥熙："没关系，没关系……"

为魏夫人送行的人不多，船一开走，留在码头上的就只有魏录义、麦美德和孔祥熙三个人了。

孔祥熙的脸上还残留着泪痕，那是为离别师母而感到难过，也是为头一次看见大海而激动不已。海为什么这样大？大到望也望不到边；海为什么这样蓝？蓝得让人真想跳下去与它融为一体；海又为什么这样神秘？神秘得让人立刻想把海水掏干，看看海底究竟有什么。孔祥熙再用目光去寻找那艘大轮船，只见它正神气地吐着黑烟，朝着天边驶去。一群海鸥追逐着它，欢快地尖叫着。忽然间，他想自己要是一只海鸟该多好呀，这样一直随着船儿远走高飞，不就可以到达外国了吗？海那边到底是什么样儿哟！当然自己不是鸟儿，没长翅膀，真令人失望，孔祥熙都有点嫉妒起海鸥了。

"等你出国留学的时候，我们也来给你送行。"这是麦美德老师的声音，她不知什么时候已经站在孔祥熙的身边，一直用亲切柔和的目光望着他，"有信心吗？"

不等孔祥熙回答，魏录义就把话接了过去："我们祥熙同学当然有信心啦。以他的天赋和才华，只要能够专心下来，不为身外别的事物分心，毕业后上奥伯林大学留学深造易如探囊取物。"他把头特意转向孔祥熙："你们中国的这个词'探囊取物'非常动人。祥熙呀，我早就有一句话想赠送给你，也是你们中国的一句名言：'峣峣者易折，皎皎者易污。'一种很深刻的人生哲理。我听说你非常崇拜李贽先生，前天我和你师母还专程去了李贽墓。他很有个性，有独立的思想见解，是中国人中的皎皎者。但他又是一个峣峣者、皎皎者，而且像你们中国历代的知识分子一样，坐以论道，崇尚空谈，清高激烈，远离民众，不做实事，所以社会能量并不大，很容易为强权所伤害。因此他的一生易折易污，多么悲惨！和奥伯林先生作比较，他也是非常出色的知识分子、哲学博士，但却根据上帝的指引，走上了另外一条人生道路。他生命的价值，我想在你看过他的传记后会明白，一定在李贽之上。这是两种生活方式：或者自我完善、自我欣赏、自我毁灭，或者造福人类、服务大众、实现自我。你觉得哪一种更适合你呢？"

　　孔祥熙默默无语，但内心并不平静。假如不是恩师魏录义在评点自己热爱的李贽先生，不是以奥伯林先生作比较，他也许会激烈地反驳，争个面红耳赤，但他现在却不知从何说起。仔细想来，恩师的话不无道理呀，在我面前确实有着两条不同的道路，该怎样选择呢？

　　不待他细想下去，麦美德老师又说："孩子，你应该比我更明白，你是生长在一个非常专制、非常不自由的国度，稍有不慎就可能断送一生。你必须时刻为自己的生存安危着想，才能有所作为。再说，要推翻像你们这样一个古老的大帝国，非得有多少代的精英人物不懈努力，而且要从最根本的也是最细小具体的地方做起，比如民众的教育之事。你不是也写过《振兴教育为富国强兵之基础》吗？那你还得像奥伯林先生那样，认真地、辛苦地去做，不是靠一些激烈的行为就能完成。祥熙呀，你一定要听主的安排，以奥伯林先生为榜样，去实现自己的理想。你的路才刚开头，要珍惜呀！"

　　大轮船已经无影无踪，似乎融进了蓝天碧海。

　　面对海天无限苍茫，孔祥熙心中恰似海天景况般茫然，文友会固然已觉遥远，可奥伯林呢？不也很有点遥远吗？……

第三章　血与火

十一、出了个义和团

1899 年，清光绪二十五年，义和团夏秋之际，起事于山东。年底，在与清军及各地教堂武装不断冲突中迅速发展，很快控制了河北境内以保定为中心的新城、定兴、涞水、易县、固安、涿州、任丘、文安、霸县等地区，积极向北京和天津"铺团"推进。

权威的《剑桥中国晚清史》称：义和团是与反清的秘密教派白莲教有联系的八卦教的一个分支，包括一些不相统属的团体，诸如乾拳、坎拳和坤拳等。每一团体都有自己的头目，总头目称老祖师，小头目称大师兄、二师兄；称洋人为大毛子，称中国教徒或从事洋务的人为二毛子，所有的毛子都要消灭干净。

义和团的秘密咒语是三十四个字："南无悉达多，多拜达摩，达摩下山，保户保地者。前拜佛门弟子，后拜老君圣人。阿弥陀佛。"

在义和团最有代表性的揭帖上写道：

> 还我江山还我权，刀山火海爷敢钻。
> 哪怕皇上服了外，不杀洋人誓不完。
>
> 扛起扎枪拿起刀，日子过得要逍遥。

宁可犯下造反罪，先把洋人祭了刀。

酒色财气一旦抛，一心一意练大刀。
坑害百姓百姓起，洋人官兵一起削。

1900 年 5 月 11 日，清光绪二十六年四月十三日。

历史学家普遍认为，标志义和团全面暴动开始的是高洛村教案。这天，河北涞水县北高洛村的义和团快马传帖，招来易县、定兴、涿州、新城和本县几十个村庄的团民上千人，血洗南高洛村的教民，砍杀三十多人，将尸体填入几眼枯井之中，又焚烧教堂和教民房舍七十多间。

紧接着，造反的团民与前来追捕的官兵对阵，当场击毙清军记名总兵杨福同，于是事态迅速扩大。此时，越来越多的义和团众参加进来，在短短几天之内，他们焚烧高碑店、涿州、琉璃河、长辛店、卢沟桥、丰台、黄村等火车站，扒铁道，割电线，烧教堂，发出揭帖称："挑铁路，把线砍，旋再毁坏大轮船！"不久，潮水般的义和团包围了清军著名将领聂士成的部队，击杀八十多人，震动京师。

1900 年 6 月 9 日，清光绪二十六年五月十三日。

清政府急调董福祥的甘军入京，驻扎在天坛，又命给神机营和虎神营增派武卫中军兵弁，会同甘军防暴。

急诏调两广总督李鸿章和山东巡抚袁世凯，火速进京议事。

次日，英国海军司令西摩将军亲率第二批英、美、日、法、俄等国联军两千人，由天津驰援北京，以对付义和团。早在上月末，已有第一批联军四百人，以保护大使馆为名进入北京。德国外交大臣布洛夫伯爵致电驻北京公使克林德男爵称："这是瓜分中国的开端！"

1900 年 6 月中旬，清光绪二十六年五月中旬。

成千上万的义和团不分昼夜地拥进北京城，他们成群结队，络绎不绝，头包红布，腰束红带，脚蹬镶红边的鞋袜，手持大刀长矛，在北京各大街道游行示威。城内到处设坛练拳达八百多所，无数北京居民加入进来。全城大街小巷贴满义和团揭帖，上书"中国不准有洋人"，"大师兄，砍洋头，二师姐，杀官兽，杀尽洋和官，百姓有盼头"等内容。义和团民每走过一条大街，就动员居民烧香点烛，洒净水，同时把家里所用的洋油灯（即煤油灯）扔到垃圾堆，把洋油倒在大街上，不准买洋货，砸掉西药房，捣毁电报局，冲进洋学堂京师大学堂（即北京大学前身）搜捕二毛子，进而扬言要杀"一龙二虎三百羊"："一龙"是主张变法的光绪皇帝；"二虎"是洋务派大臣两广总督李鸿章和总理各国事务衙门大臣奕劻；"三百羊"则泛指朝中一切倾向于办洋务搞变法的高级官员。到了此时，义和团虽然还没有直接控制政权，但其声威实际上已经完全镇住了北京城。

1900 年 6 月 15 日，清光绪二十六年五月十九日。

这天，数以万计的义和团众，开始围攻北京西什库教堂。由外国军队和教堂武装严密防范的西什库教堂，是天主教在整个北中国的总堂，是传教士、中国教民和外国军队要死守不放的大本营。一场大规模的流血冲突一触即发。

紫禁城里一片惊慌，由慈禧太后垂帘听政的朝廷召开紧急御前会议。以端亲王载漪和大学士徐桐为代表的仇洋派，主张支持义和团向洋人开战；以内阁领袖荣禄和庆亲王奕劻为代表的另一方主张求和，把义和团赶出北京。两派对立严重，冲突激烈。

十二、奔 家

对于义和团的起因和发展，有位美国妇女讲述得角度新颖，持正而富于感情色彩，她就是当时的美国驻华公使康克先生的夫人。她在 1900 年 6 月初给妹妹的信中这样写道："你们愿意听听我所看到的中国的情况吗？……像我过去说过的那样，中国并不喜欢外国人，愿意自己过自己的日子，但外国人决心不让他独自生活，他们入侵并用各种方式提出要求。中国人的思想似乎对外国人封锁起来，并有许多秘密的强化封锁的手段。中国人的性格对外国人来说是奇怪的，但也不比外国人的性格在中国人的眼里更奇怪。排外思想公开增长已经有许多月了，近几个月来，它表现在已经组织起来和正在组织的义和团之中。这些团体是由苦力阶层组成的。因为已经好几个月没有下雨了，饥荒威胁着这些人。他们说，他们求雨而老天爷不答应，是因为洋鬼子欺骗了老天，往井里撒药使小孩生病，害死所有的人。义和团聚集在一起，用各种方式求雨，他们声称，上千的天兵天将要下来扫荡洋鬼子，使中国人得到自由……"

不过，潞河书院的师生对义和团就没有这么冷静客观了，因为早在那年的 4 月初，义和团就烧掉了他们的学校。他们在院长谢卫楼的带领下，撤退到北京城东交民巷美国公使馆里。

东交民巷，原名为东江米巷。明朝嘉靖时的《京师五城坊巷胡同集》中载：

"东江米巷在正阳门里，南熏坊。"清朝光绪时的《京师坊巷志稿》中则说："东江米巷，亦称东交民巷。西口有牌坊，曰'敷文'。"明清时，这里有卖江米的铺子，出售萨其马、芙蓉糕、艾窝窝、江米条、江米酒、江米藕、元宵、黏糕、凉糕、粽子、江米糖……都是用江米为原料，所以叫江米巷。它是由白家栅栏、花子营、洪厂胡同、台基厂、卖羊肉胡同、水獭胡同等几条胡同连通的一条长街，商贾云集，颇为繁华。乾隆朝的潘荣升，在他的《帝京岁时纪胜》中说："貂裘狐腋，江米街头，珊瑚珍珠，廊房巷口。"可知昔日之盛况。清代，这里还是许多中央官署所在地，比如工部、翰林院、詹事府、堂子等；另外，肃王府、镇国公府、徐桐府等许多王公大臣的府邸也在这里；乾隆年间，在此兴建一座驿馆，又名内馆，是外国来北京进贡使臣们的住宿之地，类似如今的招待所。到1840年鸦片战争以后，就有英、俄、德、法等国在此开设公使馆。不是公使的外国人也来这里居住，而且越来越多，便擅自把江米巷改叫侨民巷，因为"交"、"侨"二字发音相近，故而又慢慢叫成交民巷了。

来到东交民巷一个多月，孔祥熙的心情非常不好。按说，送走魏师母以后，他的情绪得到一定调整，抱定一个念头：不管三七二十一，先把学业搞好，没有真本事，说什么也白搭。所以他埋头于数理化，对其他事不再多加过问，心境也慢慢平和下来，期中考试遥遥领先。谁知就在这个时候，偏偏闹起了义和团。通州的义和团是从天津传过来的，5月初就有义和团的揭帖出现在街头，还传说在温泉山煤洞掘出刘伯温的预言碑，上刻"最恨和约，误国殃民，上行下效，民冤不伸"。于是就有城关人傅德寿挑头，联络陆德文、于源等人，从天津学来义和团的一套拳术，在东关设坛练拳，树旗招众，很快就拉起三万多人，主体是运河码头上的苦力。他们还动员年轻姑娘入团，组织起来叫红灯照，中年妇女团叫蓝灯照，寡妇团叫砂锅照，跪香立誓，念咒练拳，口喊："我们是神拳，乃得神助，练就功夫，刀枪不入！"对此，潞河书院的洋学生们自然不屑一顾。不过，出于好奇心，孔祥熙还是约了一伙人，看过一次义和团练拳。

那是北关的三官庙坛在练拳。先拉开场子，正南面摆个供桌，上面是一套香炉腊扦儿，还有木牌位和佛龛儿。那木牌上写着什么神？有玉皇大帝、关老爷、达摩老祖、托塔天王，还有南极仙翁等；那佛龛里又是谁？有弥勒佛、观世音等。供桌的两边设着兵器架，上插刀枪剑戟斧钺钩叉五虎棍三节鞭……通州的义和团主要是"乾"字门和"坎"字门的，前者尚黄，后者尚红。今天是"乾"字门练功，故而一律黄巾包头，穿黄兜肚，扎黄裹腿，练习附体上法。开练之前，团众先向东南方向作三个揖，然后闭上双目，默念一条咒语。念完立即仰八叉倒在地上，形同挺尸一般一动不动。这时，有的人满脸通红，口吐白沫，一个鲤鱼打挺蹦起来，这就是附体了。有人来问："何人下山？"他就回答："吾乃关云长是也！"或是其他哪一路神佛也行。这种附体的人就刀枪不入了。

回学校的路上，同学们无不笑话义和团的愚昧落后，只有孔祥熙一言不发，显得心事沉重。同学们追问急了，他只说了这么一句："不逼只会做奴隶，一逼只会做暴民。大祸大难至矣。"果然，只有短短几天工夫，通州城里的义和团联络西集、俸店、马头、郎府、永乐店、牛堡屯、马驹桥等地的团民共同举事，矛头直指教堂、洋学堂、外国传教士和中国教民。多亏谢卫楼消息灵通反应快，及时撤走师生员工，否则早被一把火烧死了。

孔祥熙心情不好，固然与困在东交民巷有关，但真正的一层原因谁也不知道。上一个礼拜天，从山西会馆转来一封信，是老父亲写给他的。在这兵荒马乱的日子能收到家书，也真叫奇迹。果然不出所料，太谷老家也闹起了义和团，这是他最担心的事。老父亲写得很详细，说是早在阴历三月底，就有三十多个义和团从保定府过来，在水秀村的大仁寺里落了脚，设起坛口练起拳。十多天工夫，各村各镇都树旗设坛，联成一气，在县城东门口的马神庙建了总坛口，首领便是保定府过来的大师兄神通真人和张天师。他们剪电线，烧洋货，游行踩街，围攻教堂，追杀中外教徒。还说你魏录义老师上街去票号取款，在西街遇到义和团的张天师，刚要行礼问好，却见张天师二话不说，扑上来举刀就砍，不是你魏老师跑得快，只怕就出了人命。前天，他们又以大师兄的名义发出告示称："增福财神晓谕天主和耶稣两教人民知悉，尔等弃神灭祖，上干神怒，天不降雨。不日天兵天将下凡，与尔两教人大开战争。尔等及早归入义和团，痛改前非，免得临时全家受害。"老父最后叮咛再三说，看来太谷难免一场血光之灾，大难临头，此乃天意，叫他千万不要回来，无论发生什么事，都不要离开京城。

火上浇油的是，接到家信的第二天，他又得到一条可靠消息：山东巡抚毓贤调任山西巡抚，已经走马上任。这个毓贤，如今名气可大了，正在西太后跟前走红，是朝中支持义和团一派的重要骨干人物，性情暴戾，心狠手辣。他原是内务府正黄旗的汉军监生，后来外放当了山东曹州知府。曹州地面多盗，他便以非常残酷的刑罚对付，一年内居然捕杀两千多人，有些根本就不是强盗。由此杀人狂的名气传得很远。他反而因此升官，不久当上了山东巡抚，成为权倾一方的封疆大吏。义和团兴起于山东，先叫义和拳。毓贤力主对义和团实行招抚政策，以为朝廷所用，遂发布告示承认义和团为民间团练，并亲为义和拳改名为义和团。于是义和团打起"扶清灭洋"的大旗越闹越凶，"乾"字门的义和团，不少在黄色大旗上还书上一个老大的"毓"字。那么，这样一位巡抚大人到了山西，其结果可想而知。孔祥熙不禁忧心忡忡，决断不了自己该不该返回太谷，为保护老父亲和恩师教友们做点什么，即使什么也做不了，跟他们在一起总是好些，总比一个人窝在这东交民巷强，从最坏处想，万一真是一场谁也躲不过的大祸，那死也要死在太谷，和亲人们死在一起。

三天后，孔祥熙终于拿定了奔家的主意。就在清廷召开紧急御前会议那天晚上，二十一岁的孔祥熙脱下学生装，扮作商人模样，悄悄出了北京城，取道保定、井陉，直奔娘子关。在平定城歇店时，就听人们议论纷纷，说毓贤大人到了寿阳，那里的义和团烧了教堂，正在闹事，他去弹压。孔祥熙心想这不可能，毓贤怎么会去对付义和团呢？就有人炒卖说，你不知道，上海的英国领事给毓贤大人打了电报，让他把寿阳义和团扣押的四个英国人要出来，送回上海，并且保证在山西的六十多个英国传教士的安全，答应事成后送给他五万英镑，那英镑可值钱啦。否则的话，就要派兵来山西，马踏太原城。如今当官的谁不怕洋人？再说还有那么多钱。孔祥熙一听，知道是流言蜚语，不可轻信。不过无风不起浪，寿阳方面肯定出了什么事。他一夜没有睡好，第二天趁早上路，向寿阳赶去。

寿阳县确实出了大事，巡抚毓贤也确实到了寿阳，只是待孔祥熙赶到时，已经晚了一天。寿阳的基督教会由毕翰道牧师主持，他是英国人，与魏录义老师是朋友。记得当初魏老师送他赴潞河书院，途中在寿阳住了两天，得以认识毕牧师和他的夫人，还有一位非常美丽的女教士和一位医生，都是英国人。那是一座新修的教堂，就在县城北关，当地人称北洋楼。可现在出现在孔祥熙眼前的是什么呢？熊熊大火已经烧了一天一夜，还没有熄灭，浓烟火光中发出阵阵烧焦皮肉的尸臭味……有人悄悄告诉他，四个英国人和三十多个中国二毛子统统被烧死了。晚上，他从店主嘴里才打听到详细情况，因为他的一个侄儿也被烧死了。

寿阳的义和团由索马沟的任庆芝为大头目，拉起八百多团众，专跟洋人、二毛子作对，先在北河、城治等处捕捉教民十一人，在城治村处死；后在索马沟、安胜、阳摩寺、峰沟、米家庄又捕捉教民四十多人，在县城西河滩处死；紧接着就包围了北洋楼，声言要把洋人和二毛子全部杀光，说话间就放起了火。毓贤带着大队兵勇赶来时，毕牧师等和数十名教民已经被投入火中，有的是杀死后扔进去，有的干脆活着就扔进去。忽然，大火中冲出一个人，是那位女传教士，她抱着一个孩子，哭着喊："救救孩子，饶了孩子，你们中国人的孩子。"接着又爬出一个人来，是那位洋医生，他喊："我是医生，我救过你们中国人好几十条命呀……"毓贤站在那里板着脸一声不吭，好半天才大喝一声："都给我再叉回去！"于是拳民和兵勇一哄而上，把他们又扔进熊熊大火之中。开头还能听到哭喊求救声，一会儿便什么也听不见了，只有哔哔啪啪的火烧声和教堂支架的倒塌声……

孔祥熙的心理失衡了，他恨死了义和团。当然，以他当时的年龄经历、家庭背景和感情历程，是很难理解义和团的，他只是一个劲地想，为什么会发生这种悲惨的事呢？这些洋人大都是莘莘学子，大学毕业后远离故土，漂洋过海来到中国，一个个温文尔雅，随时准备伸出友谊之手，免费施教施医，传布上帝的福音，他们错在哪里、何罪之有？为什么就要好端端地杀死他们呢？……魏录义老师夫妇、高雅格医生、麦美德老师、谢卫楼院长，还有这几位英国人，他们哪个不是大好人呢？……他怎么也想不通，苦恼得又是一夜没睡着。天还没大亮，他就起身上路，恨不得一步跨回太谷城。他做梦也想不到，更惨烈的血火场面正在太原城里等着他。

基督教传来中国时间很早，据1625年在西安出土的大秦景教流行中国碑的记载说，景教，也就是基督教的聂斯脱利派（景教是中国的传统叫法），早在唐贞观九年（635），就派人到中国传教，有唐一代兴盛一时，形成基督教传入中国的第一个高潮。第二个高潮发生在明朝后期，先驱者是意大利传教士沙勿略，他费尽心机想进入中国传播上帝的福音，但一直被大明帝国拒之门外，可怜的沙勿略壮志未酬，于1552年死在广东沿海一个叫上川的小岛上。继承他遗志的是传教士利玛窦，这是一个幸运者，来到北京很快受到万历皇帝的接见，优礼有加，不但允许他在华传教，而且在宣武门内赐房居住，"所需皆由朝廷供给，每阅日月，须赐银米，约合每月六至八金盾之数，足敷神甫们需用"。以利玛窦为代表人物的这次传教高潮，较之唐代的第一次高潮有一个最大的特点，就是它不仅带来宗教精神，而且带来当时西方世界的科学知识体系，并且把基督教的传播与中国固有的儒家传统结合起来。1840年鸦片战争爆发，西方列强的坚船利炮掀起了基督教传入中国的第三次高潮，大批的传教士相信"只有战争才能开放中国给基督"，宗教的传播转化为政治、经济乃至治外法权的要求，以强力把中华大帝国拉入一个前所未有的千古变局。

孔祥熙就正处在这样一个历史时期。

山西是全国传教最早、教徒最多的省份之一。最早来太原传播基督教的人物是英国传教士李提摩太，他本姓理查德，名叫提摩太，在中国自称李提摩太，别号菩岳，1845年出身于英国威尔士一个铁匠家庭，排行老九。他十六岁当教师，十八岁当小学校长，二十岁上神学专科，二十三岁加入基督教伦敦浸礼会，自愿到中国传教，据说他的理由很单纯："由于华人是非耶教世界中最文明的民族，所以他们皈依耶教后，将会帮助我们把耶稣福音传播到其他不大文明的国家。"他来山西的时间是1870年，即清同治九年。这一年山西发生特大旱灾，他便以赈灾名义来到太原，在桥头街买下房产，成立了浸礼会，内设礼拜堂和布道所，展开了传教工作。

要说到天主教传入山西的时间，那就更早了。远在利玛窦来华不久，就有他的朋友艾儒略进入山西，在绛州传教，时间为1620年。发展到1844年，山西成为独立的教区，拥有教徒七八千人。到1890年，罗马教廷将山西教区划为北境和南境两个教区，主教堂设在太原大北门街三道巷，全省共有教徒二万二千多人，大小教堂二百多座。这要再加上李提摩太的新教（即基督教），山西的教会势力在全国确实是数一数二的。

那么，以反教著称的毓贤调来山西就任巡抚，必将与教会势力有一场意料之中的冲突，不过谁也没想到会闹成后来那种惊天动地的样子。

孔祥熙进了太原城，先去桥头街基督教布道所，那里有他一个同乡熟人当门房，一来歇歇脚，二来打听些情况。不料一见面，同乡就变脸失色地说："你怎么这时候还往这儿跑？快走！"原来昨天各教堂、布道所和教会学校，都接到巡抚衙门的条子，说凡是西洋教会人氏，今天一律到铁路公所集中，接受官兵的保护，不去者，"本巡抚将不负其生命安全之责"。门房压低声音："要我看，去铁路公所只怕凶多吉少，今天要出事的。"孔祥熙二话不说，问清铁路公所怎么走，扭头就跑。及至赶到铁路公所，那里却一个人影也没有，一打听，才知道共有两百多名外国传教士已经被兵勇押解着去了巡抚衙门。巡抚衙门在府东街，孔祥熙又掉头往那儿奔。

巡抚衙门前已经人山人海，里面大堂上高高坐着毓贤大人，两边站定如狼似虎的衙役，堂下是一百多个外国人，男女老幼都有，惊慌失措地挤成一团，大堂外是摩拳擦掌的义和团众，足足装满一院子。这时，一名白胡子老长的传教士被两个衙役叉出来，拖到公案前跪下。

毓贤一拍惊堂木，大声问道："哪个教堂的？姓名？年龄？"

老教士抬头说："我是太原教区主教艾士杰。"

"哼，主教。"毓贤冷冷一笑，"来我大清国几年了？"

艾士杰答："十年。"

毓贤道："十年，好呀。你都干过多少坏事，挖过多少小孩心肝，奸淫过多少妇女？快快从实招来！"

老教士答："大人在上。我们是传教士，来贵国只为传播上帝福音，不做坏事。我来太原十年，讲经布道，招收信徒，都是贵国政府允许的。我大前年回国在都灵参加传教区展览会，还带去贵省的工、农、矿产品参展，以光大声誉；前年我被罗马教廷任命为山西北境教区副主教，在法国巴黎被祝圣，即去比利时和英国募捐，为贵省募捐到不少钱；去年5月，我由故乡返回太原，除带来九名年轻传教士外，还带来七名修女，拟在太原开办一处比较先进的医疗机构，这样……"

"住口！"毓贤气得脸色铁青，厉声喝断，"大胆教匪！如此狡辩，该当何罪？来人，给我拉下去砍了！"

听说要杀老教士，洋人们顿时慌作一团，有的跪下向毓贤求告，有的向上帝祷告，妇女和儿童则哭叫起来，景况颇为凄惨。衙役们倒缩了手脚。

毓贤见状大怒，骂道："无用的狗才！"随即推开公案冲下堂来，抢过一把腰刀，一刀砍去老教士的头，鲜血迸溅，身首异处。

一见刀影血光杀了人，西洋教士们知道难逃一劫，一面护定妇女小孩，一面大声抗议，意欲作困兽之斗。

这时只见毓贤把手一挥，发令道："给我上，一个不留！"

早就等得不耐烦的义和团众发一声喊，潮水般地拥进大堂，围住西洋人一阵乱砍乱杀，顿时血肉横飞，惨叫声不绝于耳。转眼间巡抚大堂变成尸山血海，一百多个鲜活的生命化为乌有。巡抚衙门杀戒一开，大屠杀便在全城掀起，四处教堂火光冲天，哪里都有义和团众在追杀洋人、中国教民及其家属。短短两天之中，共有三千多人被杀，成为震动中外的一桩教案。后来，山西人民为此付出了沉重的代价。这是后话，暂且放下不表。

目睹了这一惨案的孔祥熙，不知道自己是怎么离开太原城的，等头脑清醒过来时，他发现自己正躺在离榆次城约二十里的一个村庄的打麦场上。这时，他心里只有一个念头：快赶回太谷报信，决不能重演太原惨剧！

十三、逃　家

这天晚上夜静之后，孔祥熙悄悄回到自己的出生地程家庄，回到离别了五年多的井儿院。祖上虽然红火过，但到孔繁慈手里，家境已经相当败落，除了北寺石的三十亩薄田，就只有这座很破旧的房产井儿院了。这座祖产由内外两院组成，内院是旧式四合院，南北长十三丈多，东西宽三丈多，正房一明两暗，有东西厢房各五间，南房四间，中为二门，通外院。外院有厨房、门道和茅草房五间。高门楼子还有点气派，但已显得古旧多了。因为内院有一眼甜水井，故而村人称此院为井儿院。

当年过半百的孔繁慈看到夤夜归来的独生子后，非常生气，说我捎信叫你别回来，你没收着信？既然收着信为什么还要跑回来送死！孔祥熙一声不吭，低头恭听父训，偷眼望一下老父亲，只见他容颜枯瘦，满脸忧戚之色，比五年前是要老迈多了，不由叫他心酸得很。

前面就曾提过，孔繁慈一生牢守家训，对功名利禄看得较淡，妻室过世以后，一门心思都放在两个儿女身上，尤其对儿子孔祥熙更是在心，为此他终生不再续娶。如今面临大难，他最揪心的还是儿子，原想儿子远在北京好藏身，只留下自己和女儿孔祥贞就好办多了，谁知儿子偏偏又跑回来，你跑回来干啥么！

抱怨归抱怨，事已至此，还得赶快想办法，因为风声越来越紧，连程家庄的义和团都翻脸不认人了，扬言要先杀本村的二毛子祭旗，然后再开进城里去。孔祥熙问了问太谷义和团的情况，又简单讲了讲北京和太原的情况，父子议论感叹一回，然后商量眼下自家的应付之策。孔繁慈似乎已胸有成竹，他以毋容置疑的口吻交代说："舍儿（孔祥熙的小名），你听我话，今黑夜就带上你妹子进城，住到福音院。你不回来的话，我也要把祥贞送过去，如今正好，你俩一起去。那里难免也要受到围攻，但总教堂的房子到底结实得多，且听你魏录义老师说，知县胡大人一直对教会不错，已经答应派兵丁守卫福音院。"

这时，比孔祥熙小三岁的妹妹孔祥贞从里屋出来，告诉父亲说东西收拾好了。

孔祥熙急了："父亲，您不跟我们一起去？"

孔繁慈说："你不知道，义和团闹了这么久，交通、电报、汇兑等都断了，教会得不到接济，财务上颇紧张，粮米也短缺得很，多一个人多一份负担呀。"

孔祥熙追问："那您怎么办？就留在家里？"

孔繁慈说："咱村离城才五里，义和团也凶，自然不能待。我仍回东山底你舅家村里教我的书。"

"那里不闹义和团？"孔祥熙担心地问。

孔繁慈说："闹，咋能不闹。不过总比城里松些，再说你姨夫的亲兄弟就在团里，还是个小头目，也有个照应吧。"

孔祥熙还要再问，被老父亲堵了嘴，说："眼看快半夜了，马上给我动身。记着，往后有什么消息，我让进城拉粪的四蛮叔找你们。"

美国基督教公理会在太谷的总教堂，位于县城南街路西，是于1888年修建的，起名叫福音院。十二年来，它是全县教会工作的指挥中心，现在却基本上成了逃避义和团打击的避难所。继孔祥熙兄妹等人躲进这儿以后，不久又有刘凤池的夫人和孙子躲进来。刘凤池在太谷可不是一般人物，是个博学多才的读书人，经过商，在衙门当过文案，见多识广，挺有骨气，属于那种被埋没了的富有真才实学一类的人物。他是榆次县车辋人，是太谷地区最早接受基督教的人之一，1887年就受洗成为教徒，如今已身为基督教太谷公理会的华人长老，还兼做华美公学的中文教师。孔祥熙当初从他那里受益匪浅，因此对他一直十分崇敬和感激。正由于他在太谷是一个能量极大的二毛子，所以义和团对他尤其憎恨，不久前，把他的女婿抓住，用刀活活劈成数段，吓得丈母娘带着孙子连夜出逃到福音院。另外还有郭丰璋等不少人也都前前后后进了总教堂。

太原大屠杀的消息传来以后，太谷城里的紧张气氛顿时升级，充满了火药味和爆炸性。这些天忙于在四乡攻打布道所或者在街上查烧洋货游行示威的各路义和团，这时纷纷向县城集中，把打击目标集中到总教堂上。作为朝廷命官的太谷知县胡德修，此时接到巡抚毓贤的三令五申，且传达西太后旨意，让支持义和团扶清灭洋，不得有误，否则严惩不贷。所以，他虽然内心同情教会，也不敢公开违背朝廷，于是也不再派兵保护福音院了。种种不利情况接连发生，福音院里一片沉重和不安。为了有个应急之策，大家决定召开一次商讨会，参加人员有来浩德牧师、魏录义牧师、德富士牧师、贝如意教士、露美乐教士、刘凤池长老和孔祥熙，一共七个人。

"诸位先生、小姐！请允许我先来说几句。"一向文质彬彬、礼仪周全的来浩德牧师主持会议，首先开口，"目前拳民滋事的情形大家都很清楚，省城杀了那么多西方传教士，前几天汾州的苏魏二牧师也惨遭杀害，被杀的中国教民就更多了。本地到目前为止虽然尚未发生大规模骚乱，这与胡县令的帮助有关，可如今杀人狂毓贤来到山西，胡县令已经无能为力，据说这里的拳民业已得到毓贤的秘密指令，估计最近就要武力滋事，昨日那个探子便是一个信号。所以我们必须有所准备，自己保护自己。该怎么办，还请诸位出谋划策。"

昨天上午，来了一个风尘仆仆的中年汉子，自称由山东来，有一封信要面交刘凤池长老。刘凤池心下奇怪，来人并非山东口音，再者自己与山东方面无亲无故一点瓜葛没有呀！接信一看，那信纸边上有"敦坊医局"四个字，他心里就一下明白了，这是一个借故进来探听虚实的探子。敦坊是本县的一个村镇，有教会的布道点，设有医局，前些天让义和团给砸了，还杀了好几个教民，看来这信纸也是战利品之一。刘凤池何等精明，他不动声色地装个糊涂，将错就错，趁机提供了许多有利于己的假情报。这就是刚才来浩德所说探子的事。

于是话题由探子说起。

魏录义是个喜欢干实事的人，开口就不虚："我检点了一下，可供自卫的武器只有三支手枪，子弹也不多，对于我们几十号人来说，可以认为是手无寸铁。唯能帮助我们者只有全能的主。我觉得从今天起，大家就应该为保卫教堂行动起来，八人分为一班，轮流把守前后门，昼夜不停。德富士牧师负责前门，用一支手枪；我来负责后门，用一支手枪；来浩德牧师留一支手枪，负责保护女士和家小；刘长老和祥熙来协助。这样分工不知怎么样？"

孔祥熙立即发言："我年轻力壮，应该去值夜守门。"

"这个不用争，听魏牧师的。"平时以细致耐心著称的德富士牧师说，"我们应该从最坏处着想，万一拳民冲进来，正是黑夜，我们之间怎样互相辨识，以便救助？我想每人准备一条白毛巾，事急时包在头上，作为标志。"

大家称善。

刘凤池一直坐着没说话，这里数他年纪最大，一向又足智多谋，发言总在前头，故而今日的沉默引人注意，大家的目光便都投向他。他见全场的人都在等他说话，这时便轻轻咳嗽一声，开口说道："我这几天方寸已乱，拳匪残杀我婿，实因恨我入骨也。我已年近花甲，死何足惜？拖累家小及会众，心不服亦不甘也。视目前匪焰日炽，气势汹汹，一旦攻破福音院，只怕是玉石俱焚，赶尽杀绝。到那时候，我等十余年的心血付诸东流，谁再来复兴太谷地区的传教事业，重播主的福音？"他见大家完全被自己的话吸引，换个坐姿接着说："中国有句老话说'留得青山在，不怕没柴烧'，又说'三十六计，走为上计'。这个道理是非常明白的。请大家不要误会，不是我刘凤池想临阵脱逃，我已将生死置之度外；也不是要劝大家弃主的教诲于不顾，去为犹大之事；也不是说我们不战而退，把福音院拱手让给拳匪作践。我的意思是，应该在被围困之前，让祥熙带领女士家小设法逃走，一来把一些机密文书转移保存，二来把我们的事情和消息传给外界知道，三来么……祥熙后生可畏，前途无量，是我等亲眼看着长大的，只要他青山常绿，主的灵光就不会离开太谷民众。"

刘凤池的话音刚落，孔祥熙就涨红脸说："我决不逃走！要死也要与大家死在一起。"

贝如意和露美乐两位女教士也说："我们不能走，应该让祥熙带着来师母和众家小一起走。"

大家就此议论起来，半天没有结果。

来浩德牧师最后说："刘长老的话非常有道理。我来……"

就在来浩德牧师这句话还没说完的当口，只听大门外咚的一声山响，不知发生了什么事。

1900 年 7 月 11 日，来自太谷全县七十二村的义和团众，把美国基督教公理会在太谷的大本营福音院包围了，里三层外三层，围了个水泄不通。数以千计的团众手里挥动各式各样的传统兵器，嘴里高呼各式各样的反教口号，有人不停地往福音院里抛砖扔瓦，有人抬着大木杠撞击教堂大门，一声一声震得山响……入夜则灯笼火把，照耀如同白昼，场面颇为壮观。

围困了三天，没有奏效，双方僵持起来。

第四天大清早，围困的义和团众还在打盹，轰隆隆地过来一辆骡马轿车。值夜的几个团众立马追上来盘查。赶车的不是别人，正是程家庄常赶粪车进城的程四蛮。车上坐着一位三十出头的少妇，光眉俊眼的样儿，当下就像磁石一般吸引了众人的目光。就有认识的开口说："四蛮子，这是粪车么，咋的这么香？"

程四蛮抽过去一鞭："放你妈的狗臭屁！"

有老成的就说："四蛮，这是送你嫂子回娘家吧？"

程四蛮便扔过去一个甜瓜："伙计，辛苦辛苦，一夜没睡吧。"

一群人便上来抢瓜吃，顺手在少妇身上乱摸乱揣。

程四蛮趁机狠抽一鞭辕骡屁股，轿车往前一冲，当下拖翻了几个人。

后面传来一阵笑骂声："狗日的急着跟你嫂子进高粱地呀！""小叔嫂子，肥水不流外人田嘛，哈哈哈……"

程四蛮一个响鞭，把轿车赶向无边寺。

这无边寺乃是太谷地面最有名的一处名胜古迹，俗称南寺，位于城内南寺街，内有一座通体洁白的宝塔，巍巍然已经耸立一千多年，历来是太谷城的标志。不过值此兵荒马乱之时，又是一大清早，这里寂无人迹，空有宿鸟争啼。

且说程四蛮把车赶到无边寺，停好，向四周瞅瞅，一闪身便进了寺门，七拐八拐，来在一堵砖墙前，捡起三块小石子扔过墙去。原来这是一个暗号。

义和团的突然围攻，使刘凤池的提议得到快速通过，有所改变的是，两位女教士和众家眷难以出逃，因为目标太大无法突围，只派孔祥熙一人脱身，反而容易成功。接着大家详细商定了出走办法，就是利用福音院与无边寺只有一墙之隔的天然地利，让孔祥熙先逃到无边寺，再由人接应出去。约好了时间、地点和接头暗号，由每天来教堂掏粪收拾垃圾的程四蛮传送给孔繁慈，再由孔繁慈联络可靠教友，具体安排接应人选。不料程四蛮自告奋勇要救孔祥熙，并且粗中有细地说出一套办法。大家觉得还算稳妥，便定了下来。于是，就有了方才上面所演的那场戏。

再说福音院里，一群人早就等得心焦，只怕有什么闪失，一听到三声石子的响动，这才如释重负，急忙把孔祥熙举过墙头。只见孔祥熙两眼哭得红肿，身背一个不小的包袱，极不情愿地往外一跳，由程四蛮接着，也不搭话，一溜小跑窜出寺门。四蛮嫂子掀起盖在腿上的大夹被，让跳上车的孔祥熙钻到自己身后，用夹被捂了个严严实实。程四蛮左转转，右转转，看看没有什么破绽，这才一屁股蹦上车辕，叭的给大灰骡一个响鞭，驾车上了直通祁县的官道。四蛮嫂子的娘家在祁县张堡，已经说好要把孔祥熙先送到那儿藏起来。

十四、孔繁慈的见识

就在孔祥熙离开北京的第二天，德国驻华公使克林德被义和团击杀于东单牌楼。同一天，数以万计的义和团包围了东交民巷使馆区。

第三天，清廷颁布宣战诏书："……朕今涕泣以告先庙，慷慨以誓师行徒，与其苟且图存，贻羞万古，孰若大张挞伐，一决雌雄。连日召见大小臣工，询谋佥同。近畿及山东等省义兵，同日不期而集者，不下数十万人。下至五尺童子，亦能执干戈以卫社稷……"显然，这道以光绪皇帝名义发出的诏书，并不真正是他的意思，而是西太后和主张招抚义和团以为所用的顽固派的意见。

清廷发给义和团粳米两万石，以示鼓励。

于是，北京城里顿时成了义和团的天下：前三门内外放起大火，烧掉几千幢房子。从四乡打着义和团旗号拥进城的农民日以千计，城里的贫民也纷纷自组义和团，成群结队地自由行动。他们进入王公府第，就在里面设坛居住。大街上，只要遇上义和团的人，坐轿的官员叫下来就得下轿，骑马的就得下马。许多达官贵人的仆从车夫只要在团，主人就得处处让着他们，不敢有丝毫怠慢。全城几乎家家门上都贴上表示信奉义和团的红纸条。义和团的人甚至可以大摇大摆地出入紫禁城……

1900 年 7 月 30 日，孔祥熙躲在张堡十天左右，八国联军在天津成立组成四万多人的军队沿运河向北京进攻。8 月 4 日，北仓失守，马玉昆军败，裕禄走杨村；6 日，杨村失守，裕禄自杀，宋庆退守蔡村；7 日，清廷急命李鸿章为全权大使，即日电商各国外交部，先行停战，妥商议和；八国联军不予理睬，公推德国元帅瓦德西为总司令，继续进犯；8 日，蔡村清兵败绩，李秉衡自杀；12 日，京东门户通州失守，宋庆败逃；14 日，俄军首先攻破东便门，随即八国联军攻入北京；15 日，西太后挟光绪皇帝逃出北京，向山西方向狂奔，留荣禄、徐桐、崇绮等在京办事，且许李鸿章"便宜行事"……

外面世界的这一系列重大变化，躲在祁县张堡的孔祥熙自然难以知晓，只能从偶尔一来的程四蛮口中，听到一些太谷城里的消息。

福音院是 7 月 31 日失守的。照程四蛮的说法，经过情形是这样的：那天一大早，练拳的增加了好几千，说今天非攻下狗日的不可。他们变了招儿，先占了福音院对面的四顺席店，拉出人家一捆一捆苇席儿，浇上一桶一桶的洋油，爬上人家席店的房顶，点着洋油苇席儿火攻开了。又是火又是烟，工夫一长里面可就招架不住了。就见魏牧师一手捂着嘴儿，一手举起盒子枪，从房顶上叭叭两枪，打死两个练拳的。这下可是火上浇了油。练拳的发了狠，攻打得越紧了，真个不怕死。他们调来一杆火枪，掌枪的就是有名的聋四儿，枪法好得很，百步以外穿铜钱眼眼儿哩。聋四儿架好火枪，只用一只眼眼儿瞄了瞄准，嘭的就是一枪，正好好打在魏牧师的头上，把天灵盖儿都给揭了。好可怜的魏牧师呀，真是个好人，远远地跑来死在咱太谷，图了个甚？就这么攻呀攻，从前晌攻到天快黑，到底把福音院给攻开了。哎呀呀，练拳的潮头一般拥进去，这下可就惨了。杀的杀，砍的砍，真发了疯。末后，把五个洋人和八个本乡人给活捉了，有来牧师、德牧师、来太太、贝女士、露女士，还有刘长老和他家里的。他们这下算遭了祸！就要在福音院里开杀场，点起灯笼火把无其数，把全城的人都给招来了。你说这些洋人，还有两个女的，倒也一点儿不害怕，闭着眼睛只管念经，真有上帝在保佑他们？可怜都让一个个给活劈了。临到刘长老，才叫个惨！练拳的最恨的就是个他，他还偏偏比谁都硬，一个劲破口大骂，死到临头，你不会说句软的求个饶？挨上一刀也算痛快，结果叫活活开了膛，把心都给剜出来了，血糊淋淋好不吓人呀。这不，第二天还有人编出四句溜儿是："可笑痴人刘凤池，称三道四自称奇。信主求福得灾祸，临完剁成一堆泥。"……

接连数天，孔祥熙无法入睡，一合眼就是血淋淋的场面。他打开包袱，取出诸位老师写给美国亲人的遗书，一封封摩挲着，止不住双泪长流，那天生死诀别的场面历历在目……大家轮流与他拥抱、亲吻，信任友好地拍拍他的肩膀，默默地将遗书放在他的手里，只有刘长老没写遗书。他走过去问："刘老师，您……"刘长老用手势止住他的话，惨然一笑："孩子，我不用写，我留给谁呀？……"魏录义牧师最后一个交出遗书，他说："祥熙，真希望你能把它亲手交给你师母，主会保佑你的。"望着魏老师那愈益苍老的面容，孔祥熙心酸且疼，因为他知道他与师母一直没有生育孩子，一件多么忧伤的人生憾事呵。如今不仅归国无望，连命都要丧在异邦他乡，想到孤苦无依的妻子晚景更凄凉，魏老师心里能好受吗？于是孔祥熙起誓地说："老师，只要我活着，我就一定不负重托，亲手把此信交给魏师母，并要终生奉养她！"魏录义紧紧握住孔祥熙的手，连连说："谢谢！谢谢！"

这里顺便提及，孔祥熙一生也许多有失信之处，但对魏录义所许一诺千金，恪守无误。他不仅亲手把遗书交到魏师母手里，而且在他留学美国期间，都尽可能与魏师母住在一起，以尽孝道；后来事业发达，成为显贵一时的大人物，也从未忘记远在美国的魏师母，每次赴美，不论公务多忙，都必得亲去探望；1934 年，身为行政院副院长、财政部部长、中央银行总裁的他，亲自把已经老态龙钟的魏师母从美国接到故乡太谷，依依膝下，侍奉如亲子，亦颇为乡民称道。

这天下午，程四蛮领着孔繁慈来看孔祥熙。

一见父亲到来，孔祥熙高兴得跳下炕。父子俩才四十多天不见，却是如隔三秋。他带点埋怨地说："外面这么凶，您又上了年纪，大白天跑啥么。"

自打妻子故世，孔繁慈多年来又当爹又当娘，操尽了心，而且随着年纪增大，这种惜子之情日趋强烈。他像抱小孩一样把跟自己差不多一般高的儿子揽到怀里，一个劲地亲，弄得儿子都有点不好意思起来。亲够了，他才笑着开了口："好了，不用怕了。我给你带的是好消息呀。"

不等孔祥熙发问，程四蛮在一边没头没脑地插言："朝廷跑了，西太后在太原哩。你叫孔叔详细说，我去张罗饭。"

"咋回事？"孔祥熙焦急地望着父亲的脸。

孔繁慈又一笑，自己找个地方坐下："这孩儿，也不知道让我先坐下喘口气儿。嗨，七七四十九天，大难总算有了解法。昨天，票号有人从北京回来，才说了个明明白白。"

"那您快说呀！"

"看把你急的。要简单说，八国联军占了北京，镇住了义和团，吓得朝廷服了软，下诏书叫各省官府保护教民，捕杀义和团。西太后和皇上由大同入咱省，一路奔忙，前天进了太原城。现在北京由李鸿章中堂大人主事，正在开和谈。"

孔祥熙听后高兴异常："太好了，真亏了八国联军。"

孔繁慈点了点头，又摇了摇头，捻捻胡子缓慢地说："舍儿，这话还不能那样说。比方咱孔家门里出事，打闹得一塌糊涂，族里无能束手无策，却靠得外姓旁人之力调解，这事光彩吗？若是这外姓旁人本属强梁，心怀叵测，早有所图，事情岂不更糟……唉，所以这天下事，前看着好，未必到底就好。舍儿，凡事你要多往上下左右看看才是。"

孔祥熙瞪大眼睛，不解地望着父亲。

老父亲慈爱地看着儿子一张年轻俊秀的脸，说："你还没阅历，稚嫩哩。咱们中国这事儿，可复杂哩。就说这拳民作乱，哪里就简单了……算了，怕你也一下听不懂，以后再说。"

孔祥熙五岁由父亲启蒙，先是一个劲背书，稍大点就一个劲听父亲讲书，再后来又时不时地与父亲论书，所以父子间的交流并不困难，加之老夫子开通随和，不拘死礼，这便使父子谈话简直就是一件十分愉快的事。

孔祥熙就说："爹，别忘了我已经是大学生了。好久没听您给讲书了，您就好好说吧。"

"我没忘你是大学生。"孔繁慈满意地望着儿子，饶有兴味地打开话匣子，"我知道你如今恨死了作乱的拳民，毁了你们书院，杀了你的恩师和那么多教友，搅得天下不宁。我也恨他们。可他们从哪里来？原本都是穷苦人呀。走到这一步，要我看是官府逼的，是饥荒逼的，是列强逼的，是那些不法教民逼的，归根到底是当今这个朝廷逼的。可恨这个西太后，想借拳民之力对付列强，把这些无知的乡民引入死路，反过来又给列强造下发兵的借口，这下可就更麻烦了。"

"咋的就更麻烦了？"

"我还没顾上给你细说呢。听回来的人讲，那八国联军可把北京害苦了。城破当天，洋兵就得令抢劫三天，实际上整整洗劫了八天。朝廷官府的钱库银库叫各国洋兵抢得一空，光东洋兵就从紫禁城掠走白银数百万两，还有宫中珍宝无数，连太和殿、保和殿前盛水铜缸上的镀金都叫刮尽。别国的洋兵更狠，抢掠了颐和园，抢掠了天文台，抢掠了藏书馆，连民家的衣物、床帐、米面、锅碗瓢勺都不放过。更不用说杀戮奸淫了，光在安定门、东直门、德胜门等处，就杀了几万人！有的是拳民，有的根本就是无辜百姓，连小娃娃也不放过。多少妇女被糟害，有的妇女为保全贞节，大热天往身上涂满粪便……更可恨的是，有些西洋教士，仗着熟悉北京，竟引导洋兵们去干坏事，有的自己也趁机作恶。他们可都是信奉主的呀。这些天我就在想，敢情这基督徒里也分好人坏人吧，魏牧师、高医生，还有你写信常提到的麦老师、谢院长，他们都是好人，可这些干坏事的人呢？到底安着什么心呀？我也算在教多年了，总也想不通这个理儿。由此我就想，不能因为我们私家得到了在教的好处，就以为什么都好，还得记住我们毕竟是炎黄子孙。"

孔祥熙从来没听父亲讲过这种话，觉得又新鲜又感动，似乎还有别的意思。他问："爹，您说，您想叫我咋的？"

孔繁慈笑着摇摇头："爹也不知道，也不知道我舍儿将来能咋的，不过我想，处此乱世，倒是出人物的时势，可要出息成一个名留青史而不是遗臭万年的忠臣义士，也真不易呀。舍儿，爹不在你身边，凡事要自重自强呀，别让我老操心，唉，我真不放心呀……"

孔祥熙看到父亲的眼圈儿都有点红了，不知道他因何这般激动，就问："爹，您咋了吗？"

孔繁慈轻轻叹口气："爹想叫你快走。"他似乎估计到儿子不会理解他的用意，接着就说："听票号回来的人说，这次拳民作乱，数咱们山西杀教士和教民最多，故而八国联军不答应，拒绝讲和，非要攻打山西不可，传说好几万兵马已经逼近娘子关。这怕是真的。全山西境内，这回又数太原、寿阳和咱们太谷三个地方杀人最多，联军一旦入境，岂能放过？必定是玉石俱焚，一场浩劫。所以你得赶快离开。再说，你也不能老窝在乡间，误了学业，我想你们学堂也该开课了。"

孔祥熙没有思想准备："这么快就走？"

"今天就走。我已给四蛮交代好了，你们不能走北路，从这里奔南，走介休、侯马、晋城，由河南一路进京。叫他把你送过韩信岭，往后的路就得你一个人走。"

孔繁慈说着，由怀里摸出一张汇票和一些零钱："钱不多，但足够你一年开销，要省着花，谁知大军一至，爹还能不能再……"人老情偏多，孔繁慈居然哽咽起来。

孔祥熙也落了泪："爹，我不走，我陪着您。"

孔繁慈说："孩儿话。"

正说着，程四蛮进来叫吃饭。

孔繁慈说："好，咱们就吃饭。今夜有月亮，饭后你们就上路。"

程四蛮说："孔叔，有个事我斗胆做了主，您老别怪。"

孔繁慈说："没事，您说。"

程四蛮说："咱们要走夜路，少爷的安全最当紧。这些天虽说练拳的缩了头，只怕万一有个闪失。正好刚才说起这事，我嫂子他本家二哥叫孙成的，自告奋勇陪咱们走一程。他是个走江湖卖药的，这一带人头子极熟。您看咋的？"

孔繁慈连连点头说："这好，这好。还是四蛮周到。"

孔祥熙就问："那咱为啥不白天走？"

程四蛮抢着说："白天官道不让走，这些天正用黄土垫道，说是西太后要去西安。真不安生呀。"

十五、郭敦源的骨气

虽然才进入深秋，但夜里已经很有凉意。

孔祥熙坐在轿车里头，腿上压着车把式程四蛮的一件老羊皮袄，听坐在车门两边的孙成和四蛮闲侃。爱说话是天生的。这个孙成就是天生爱说话的主儿，赶车上路到现在快两个时辰了，都快到平遥城了，他的嘴就没停过。外面是苍茫无边的夜，前面是朦胧无尽的路，下边是无止无休的车轮声，再听着绵绵不断的乡音聒噪，孔祥熙只觉得新鲜极了，长到这么大，还从来没有过这种机遇，真是一种难得的享受呀。此时此刻，多少天来所经历的血火惊吓、生死离别、爱恨情仇，都退隐到很远很远的地方，仿佛一个遥远模糊的梦境。

"小伙儿，睡着啦？"忽然有人大声冲车里喊道，是孙成。

孔祥熙连忙说："没啦，我没瞌睡。"

"哟嗬，还会说太谷话，真不赖。"孙成挺高兴，"那就跟我们叨拉叨拉呀。"

孔祥熙说："我不知道该说甚，听你们叨拉就行了。"

孙成粗豪地说："我们有球甚叨拉的，想听你个新鲜的，说说你们外面的事儿呀。"

孔祥熙问："想听甚？"

孙成嘻的一笑："来点油腥味大的。你跟洋人成天在一起，听说他们男女一见面就要抱着亲嘴儿，那还不亲煞啦！"

孔祥熙正不知该咋回答，程四蛮救了驾："你这灰鬼，快闭了你的嘴。孔少爷还没成亲，你别来不正经的。"

"童男子呀，"孙成又嘻的一笑，"那咱就说正经的。我听说你都是大学生了，在洋学堂里住了五年多，该没有不知道的吧。这二年到处传说洋人在教堂净干坏事，挖出咱孩儿的心肝配药吃。我老大不信。你说真有这事儿吗？"

程四蛮还是怕为难了孔祥熙："孙大哥，你就不会问个别的？"

"这怕球甚？"孙成不以为然，"你我都不是练拳的，又不是在教的，本分老百姓，总想求个明白讨个公道还不成？你赶你的车，别搅和我们的事，人家小伙儿还没说不愿意呢，是不是？"

孔祥熙看看不说话是不行的："孙叔，我也不知这称呼对不对。听四蛮哥说，您是走南闯北吃药行饭的。这自古以来童心能入药吗？治的什么病？您应该最知底呀。"

孙成说："可洋人跟咱们不一样，高鼻子蓝眼睛黄头发，总有些怪法术吧？我真亲眼见过他们吃牛肉，血糊淋淋的不熟就吃，那还有什么不敢吃？"

孔祥熙耐心地解释："这倒是事实，西人与我们人种不同，自然长相不同，饮食习惯也就不一样。不过他们总也是人，人同此心，心同此理，不会干出不像人的事。"

孙成说："照你的话，他们都是好人？干过的坏事都是假的？那些在教的人干过的坏事也是假的？"

孔祥熙说："孙叔，他们都干过甚坏事，我真还不大清楚，您能给我讲讲吗？"

孙成说："想听？"

程四蛮插嘴："你别听他瞎喳喳，你问他真正见过几个洋人？"

孙成认真起来："不是吹，我这些年哪里没去过？传教士、二毛子害人的事我能给你们讲三黑夜。小伙儿，我提'二毛子'三个字你不嫌吧？"

孔祥熙大度地说："没事。您就讲吧。"

下面就是从孙成话匣子里倒出来的东西："六年前在泽州府，有个传教士强奸了十七岁的一个民女，族人告到官府。这个官儿还行，把传教士逮了去过堂，打了狗日的一百大板，撵出山西。这没错吧？可倒好，人家教会不干了，太原城天主堂的艾主教亲自出马，跑到巡抚大堂闹事，硬让把泽州府那位清官儿给撸了。再说绛州的事。绛州有个东雍书院知道吗？不是你进的洋书院，是咱老祖宗办的那种。教堂非说这书院是他们的教产，就要霸占。咱们的人说，那是学生作文识字的雅净地方，不能给，给你们另辟地方还不行？人家就说不行，非得要。这不是明欺负人吗？官司越打越热闹，越打越叫人憋气，你猜怎么着，人家法国在咱们国最大的官儿，那叫什么公死（使）的，亲自到咱省里闹腾。末了，硬把那四十三亩地的书院夺走，还另外搭赔了一块地。气人不气人？这号事多了，这是两个例子。下面我再给你讲二毛子，这些家伙更坏，也是只说两个例子。那一年我在丰镇，有个二毛子名叫韩大成，看中本村孟士仁一块村边近地，生下霸占的坏心。先说跟人家换，人家不换；后来就栽赃陷害，说人家偷了他的庄稼，告到官府。这个官是个胆小怕事的软蛋官，一听二毛子告状，只怕惹出洋人闹事，一顿板子打下去，屈打成招，叫孟家把一块好地赔给了韩大成。这还算好，没出人命。潞城县马厂有个财主阎贵生，先就为富不仁，横行乡里，入了教越发强梁。他有个女儿长得好，一早许配给刘家。刘家后来败落。这阎财主就生了嫌贫爱富之心，想悔婚。刘家自觉寒酸，说退婚可以，但要把彩礼也退了。不想这阎财主是出了名的铁公鸡，只知道进，不知道出，要钱比要他闺女还肉疼。两家为此翻了脸，动起干戈来。阎贵生仗着教会势力，叫人把上门讨彩礼的刘家父子活活打死。人命关天，官府不能不过问。可是阎财主躲进教堂，传教士挡在门口，公差连人影儿都逮不着。拖了一天又一天，我离开那地方时还没逮着，只怕也就那么拖下去了，阎家再使些钱，还不就大事化小小事化了？光逼死人命这号事，我就亲身碰到过四回哩……"

程四蛮听到这里，说："我就不信，这些事都叫你碰上了？"

孙成说："你不信？我这可是有名有姓有根有据。"

程四蛮说："谁不知道你会编派？要不咋叫孙嘴皮呢。"

孙成急了："我他妈要是瞎编，我就是裤裆里那玩意儿。"

孔祥熙没再听二人斗嘴，他陷入了沉思。下午父亲那一番意味深长的话，加上现在孙成嘴里这一堆事儿，心里有一种新的感触，仿佛另外给他打开一扇窗户，叫他看到一片从没见过的风景儿，不过不是好风景儿，是叫人看了不舒服的风景儿，就像看到一片乱坟岗子。"走到这一步，要我看是官府逼的，是饥荒逼的，是列强逼的，是那些不法教民逼的……"他不由得又想起父亲的话，心里嘀咕：看来这义和团的事还真不简单呀……

义和团运动二十多年后，孙中山先生对此有过一段公正精辟的评论。他说，义和团的排外主义表现了"对于欧美的新文化之反动"，但是"其勇锐之气，殊不可当，真是令人惊奇佩服。所以经过那次血战之后，外国人才知道，中国还有民族精神，这个民族是不可消灭的"。孔祥熙对孙先生的这段高论赞美有加，当不是随声附和的政客做派，而是有着自己对义和团运动的认同思考的。

天不知什么时候开始放亮了，下弦月变得暗淡，像蒙上了一层雾。

孙成和程四蛮的论战也不知在什么时候休止了，一个下巴抵在胸前打盹，脑袋随着车的颠动而一摇一晃，显得模样挺滑稽；一个怀抱鞭杆，木偶似的直盯着前方，好半天打出一个既长且响的哈欠，随后叭的就是一个响鞭。

车到义安，他们打尖吃早饭。这里距介休城就不远了。

饭罢正要套车上路，忽听外面一阵急骤的马蹄声，夹杂着惊天动地的吆喝声。

店小二出去一会儿，回来报告说："客人先不敢走。外面官兵马队净道哩，可能是老佛爷要过来了。"

程四蛮问："谁是老佛爷？"

孙成说："你连老佛爷都不知道，就是当今皇上他妈，西太后。"

大家一边说着，一边走出店门看热闹。这时，外面官道两旁早已挤满了人，被全副披挂的兵勇们隔在三丈开外的地方。一片嘈杂声中，无数脑袋瓜子都扭向北头。不大工夫，一队骑兵飞驰过去，从旗号上看是本省巡抚衙门的人。接着，打由北面官道的拐弯处，转出色彩鲜明的仪仗队，紧随其后的是黄亮亮的銮舆和陪驾大臣们的轿子和马车，两边护卫及殿后的兵将，主要是岑春煊带来的甘军，夹着二百多名前来接驾的陕西兵，浩浩荡荡地拥了过来。围观的百姓鸦雀无声，只听到个别人在悄悄嘀咕，问西太后坐在哪顶轿子里。孔祥熙听着人们的议论，忽然心里一动，不由想起当初李进芳的刺杀计划来，这可真是个好机会，不知他要在此，是否敢于下手呢？看如此这般森严雄壮的阵势，不是一条天不怕地不怕的铁汉，绝不敢出头！正在他暗自思忖时，忽听一片惊叫声，一个让人喘不过气来的场面出现了。

就在这等森严可怕的阵势中，兀地闯进一个四十多岁的汉子，头戴一顶金纸糊的帽子，身穿一袭白孝衫，前后胸缀着金纸剪的八卦图，一条腿有点跛。只见他冲到西太后的黄轿前，攀住轿杠大喊："西太后，你为啥要出卖我义和神拳……"不待他喊出第二句，就被醒过神儿的大内侍卫揪着往外拖。这汉子一边拼死挣扎，一边继续大喊大叫："西太后，我要跟你讲理！""西太后，害民贼！""义和神拳杀不绝！"……大内侍卫狠劲捂住他的嘴，把他拖到勤王护驾的甘肃巡抚岑春煊面前。

岑春煊乃云贵总督岑毓英之子，是与瑞征、劳子乔并称为"京师三恶少"的纨绔子弟，这次带领甘军前来勤王，原就抱定邀功请赏目的，如今出了这样的纰漏，自然非常窝火，恨不得立时一刀杀了这个中年汉子。他恶狠狠地问："大胆狂徒，你是什么人？快说！"

中年汉子挺然答道："我郭敦源行不更名，坐不改姓，此地一个小百姓是也。"

岑春煊又问："为何要拦驾行凶，谁人指派？"

郭敦源微微一笑："什么行凶。我来为义和神拳讨个公道，先骗我们扶清灭洋，死了多少兄弟，现在又回手杀我们，与洋人勾在一起，是何心肠？我……"

"住口！"岑春煊刷地抽出腰间宝剑，"再敢胡言，一剑劈死你！快说出主使之人到底是谁？"

郭敦源答："要问主使之人，便是我郭敦源一个，怎么着？"

这时，兵士带进来几个人，自称是义安镇的地保和族长，一起向岑春煊求告说，这郭敦源确系义安北街人，从小患有疯病，愿意保他无罪。

谁知不等岑春煊发话，郭敦源双目圆睁，慨然言道："我堂堂郭敦源，哪里就有疯病！今日愿为伸张正义而死，旁人无须多言！"

气得岑春煊脸色发青，杀又不敢杀，只好命人将郭敦源绑在一匹马上，带到介休城向西太后请命再处。

这桩轰动一时的事儿，后来留在《清实录》上变成如下几行字："本日銮舆行至义安村地方，突有民人郭敦源，自称义和团头目，异言异服，冲突仪仗，实属不法已极，着即行正法，以昭炯戒。介休县知县陈曰稔于此等匪类，并不查拿，其平日纵容义和团可知，着即行革职，永不叙用。"

因两宫当日驻跸介休，孔祥熙他们只好留在义安镇过夜。是夜，话题再也没有离开过郭敦源。从孙成和店小二嘴里出来的郭敦源是这样的：

郭敦源老祖宗是哪里人，不大清楚了，但他父亲一辈就住在义安北街上，这是没有疑问的。他父亲名叫郭安邦，以经商为主，生有四个儿子，郭敦源是他的老二。郭敦源小时候害病，跛了一条腿，不能出远门，就在镇上开了一家店铺，一活就活到了四五十岁。介休一带自古民风强悍，郭敦源又生性刚直豪放，平日里就喜欢抱打不平，管一些扶弱抑强的分外之事。兴起义和团，他是当然的参加者，虽说因残不能习武，却也一日没闲着，多少有些文墨，宣传鼓动神拳方面没少干事。

那么这回舍命拦驾是怎么回事呢？据说跟石世子事件大有关联。介休义和团初起时，首领是礼城村人石世子，年方十七岁，少年英雄一个。就凭这一条，郭敦源就十分钦佩。上个月里，石世子带领二百多个团众进了介休城，要找平日多做坏事的传教士算账。介休知县陈曰稔是个暗中护教的，这时通过京中内线也知道西太后对拳民的态度有变，就下决心要捕杀石世子。自己不好出面，就借李天相之力。李天相是介休城里有名的劣绅，人送外号"二知县"，平日净干些勾结官府、包揽讼词之类的事情。二人定下毒计，由李天相前去会见石世子，假意应承与义和团合作，为商量机密大事，特邀石世子去县衙签押房会面。石世子毕竟年少，又不知外面世界的微妙变化，仗着人多势众，一口答应下来。不料一进县衙大门，他跟自己相随的弟兄们就被分开，一个人进了签押房，刚进门就叫铐了起来，没过堂便遭杀害，并被砍下脑袋挂在城门洞上示众。郭敦源一看那颗血淋淋的少年头，当下大叫一声就晕倒在地。后来没几天，朝廷就下了解散义和团的令，紧接着就下了毒手，又抓又杀义和团。郭敦源这才明白，敢情是上头变了卦，陈曰稔才动手杀死石世子呀。他一下变得沉默了，生意也不做了，把自己关在屋里不知想什么。几天后，他从屋里出来了，去找本村的纸扎匠李守桢，要定做金纸帽和八卦图。有人倒是看见了，但是谁也没在意，结果不久就发生了石破天惊的事儿。

郭敦源和他的壮举，深深震动了孔祥熙，在青年孔祥熙心里留下了难以磨灭的印记。当夜他做了一个梦，郭敦源变成了李进芳，叫人砍下头，血糊糊的挂在自己面前。他大叫一声醒了过来。

第四章　荧光一闪

十六、李鸿章临死前的最后一道难题

李鸿章生于 1823 年，死于 1901 年 11 月 7 日。

让时光回到 1901 年 4 月，这就是说，再过半年多时间，李鸿章便要离开人世。难以预知自己死期将至，这也许是人生最大的悲哀之一，曾叫多少英雄豪杰死不瞑目，成为千古憾事！

眼下，钦命全权议和大臣李鸿章，正打坐在北京贤良寺自家私宅客厅里，焦灼地等待另一位也是钦命全权议和大臣的庆亲王奕劻。昨晚又是一夜失眠，致使眼袋更加突出，眼圈更加青黑，老态更加明显，心情更加烦躁沉郁，面颊上那个地方也觉得更加疼痛。五年前，为签订《马关条约》，他作为大清朝的头等全权大臣，赴日与伊藤博文谈判求和。那天从谈判处春帆楼出来，糊里糊涂就吃了黑龙会暴徒小山丰太郎一枪，正打在面颊上，至今子弹尚未取出。一个《马关条约》，给自己挣来一顶卖国贼的帽子，自觉冤枉透了，心想还不如当时叫人家一枪打死算了。这几年远离京都的政事漩涡，避在两广总督任上消磨，刚觉物议有所平息，岂料又摊上一个与八国联军的谈判，对此，打心眼里不大乐意。早在大前年夏天，山东出了朱红灯，拉起义和拳，他就认定是会党作乱，不严加镇压必是后患无穷。原想给朝廷上个折子，又一想何必多事？不久见朝廷发出上谕，明令各地督抚捕拿严办义和拳，山东又杀了朱灯红，心说这也用不着自己操心了。谁知到了去年，义和拳却越闹越凶，以西太后为首的朝廷也

变了章法，由剿而抚，还给改名曰义和团，分明想借会党之力与洋人周旋。当时，他就预知大事不好，必将酿成国之大乱。果然不出所料，到去年9月里事态已不可收拾：义和团进京、八国联军进京，两宫出京西逃，整个北方顿时淹没在血与火的汪洋中，北京城首当其冲，玉石俱焚，生灵涂炭，国脉岌岌可危。局面搞到这个地步，连他也无心去过问了。可朝廷却要过问他，急召他李鸿章火速进京议事；不久又是一通急电，催他即日动身起程；怕他积极性不高，紧接着任命他为举足轻重的直隶总督兼北洋大臣，命他"无分水陆兼程来京"。上命难违，他不得不打点行装上路，先上了路再说。一到上海就又住下不动了，存心观望，能拖则拖，明知面前是个大火坑呀！然而这个火坑他是跳不过绕不开的，紧接着又是一道上谕，任命他为与八国联军和谈的全权大臣，速进京理事。这下不敢再拖了，即日起程来京。当他进了北京城，西太后等已经逃得快到大同，留下的圣意是叫他"便宜行事"。

好一个轻松的"便宜行事"，差点没把人忙死、累死、气死、愁死！

和谈开局就极为艰难。李鸿章一到北京，即以议和全权大臣的名义照会各国驻华使馆，先行停战，然后妥商议结事宜。可对方把他这个全权大臣根本就没放在眼里：德俄两国公使借故滞留天津不归，只简单答复说一切从缓再议；意大利公使倒是跑来贤良寺拜会李中堂，但开口就是这种话："阁下，我今日前来只想问一句话，贵国还有什么要说的？既然被我们打得一败涂地，命运已难由贵国自己掌握，除了唯命是从，请问还和议什么？"其他各国公使的态度也一律强硬无比，提出许多难以接受的议和条件，如美国外交部，就提出中国惩治此次肇事王公大臣的条例，必须通过列强各国的一致同意。

和谈无法开局，李鸿章忧心如焚，不得已只好去求见八国联军统帅瓦德西，情形更糟。不料这位住在故宫的洋大人，居然要在仪銮殿接见他，这不是成心要他的好看吗？仪銮殿是什么地方？乃是太后驾临之地，没有传唤，哪个不要命的大臣敢进去？我李鸿章乃朝廷重臣，岂能做这种非分之举？为此，当下就叫瓦德西奚落一番："好一个和谈全权大臣，居然不敢上殿，真是可笑。那好，你就站在外面讲吧！"场面极为难堪。他以老迈之躯，站着说了半天求开谈判的话，人家以一顿臭训回敬："请问你懂什么叫议和吗？战败之国唯有求和，懂吗？任何违抗和讨价还价的努力都是可悲的挣扎。违逆上帝的人是不能宽恕的……"

后来，经过一系列有失大臣体面的周旋奔波，和议总算开盘，但很快就陷入僵局。列强要惩办的王公大臣多达十几人，载漪、载勋、载澜、刚毅、徐桐、英年、毓贤、启秀、赵舒翘……后来又加上西太后的心腹大臣荣禄，这叫他李鸿章如何担待得起？连连向远在西安的西太后请旨，所示又距列强的胃口甚远，把他这个议和大臣夹在中间两头受气，惶惶不可终日。这不，最近瓦德西又提出新的条件，要单独先解决山西问题，因为他们认为此次义和团闹事，数山西杀死传教士和教民最多，教会蒙受的各种损失最大。随即以武力相逼，从保定发精兵西进，占领入晋之咽喉娘子关。娘子关距山西省会太原三百多里，且已无险可守。太原一旦失守，朝廷临时所在的西安便危在旦夕，这个失职的罪责可就是要掉脑袋的事。看来不接受瓦德西的新要求是不行的。接受下来吧，一是得向西安请旨，这倒好办；二是怎么谈？对山西情况知之甚少，心中无数，无从谈起呀。李鸿章昨夜失眠，正是为了这桩事，如今坐等奕劻到来，也是为了商量这桩事。

这时，外面报说庆亲王驾到。

庆亲王奕劻，是个体态瘦小的老头儿，早就秃了顶，花白胡子也很稀疏，细长的眼睛精光不露，一看就是个机灵老滑头。要说他只能算作光绪皇帝的远室宗亲，乃乾隆皇帝第十七子庆禧亲王永璘之孙，最初袭位也是爵位中最低的辅国将军。但他凭着过人的机敏，在咸丰二年（1852）晋封为贝子，咸丰十年（1860）晋封为贝勒，同治十一年（1872）加郡王衔，光绪十年（1884）总理各国事务衙门，封为庆郡王，光绪二十年（1894）又封为庆亲王，一路上升，官运大开。眼下虽说不是军机大臣，但也手握实权，总理各国事务衙门，负责一切外交事务，还兼管通商、关税等。

李鸿章降阶而迎，口中连连道歉："有劳庆王爷辛苦，惭愧，惭愧。"

庆亲王哈哈一笑："中堂免礼，您有贵恙在身，何必拘泥。"

二位议和大臣顾不上过多寒暄，急忙落座议事。

庆亲王掏出一份兵部公文让李鸿章看："山西形势不妙得很呀。北面的平型关早就失守，如今娘子关又已丢掉快十天了，守将刘光才不知去向，听说躲在平定县的松塔镇，后果不堪设想呀，中堂大人。"

李鸿章看完兵部公文，抬头问："不知太原方面有何新变故？"

庆亲王又掏出一样东西："岑春煊刚去太原不久，他能有什么辙？这不，他听信太原洋务局督办沈敦和的意见，拟请英人李提摩太来山西调停。这是岑春煊电报底稿的副本。"

李鸿章接过电报底稿，先没去看，又问："沈敦和？是那个曾在英国留学专攻国际公法的沈敦和吗？他不是在张家口吗？"

庆亲王说："中堂真好记性。就是这个沈敦和，今年3月调山西任洋务局督办，是个干才。"

李鸿章点点头，低眼看那电文：

李提摩太阁下：

去岁晋省各地拳匪闹事，耶稣教徒深受其害……余奉命抚晋，现遵旨解决一切教案……余已呈请朝廷调礼部苏乃宣、道员沈敦和等来晋协办教案，沈敦和业已到省。因晋省目前无一耶稣教教士可与商办，故吾等处境异常困难。素闻阁下为人正直，官民均有同感……且教案解决之后，商务即可恢复。故余欲照西俗，请阁下仁慈为怀，请勿拒绝。何时动身，请先电告……

庆亲王关切地问："中堂，您以为这李提摩太请得动吗？他岑春煊与人家又素无来往。"

李鸿章手捻胡须："可此人与山西的渊源很深呀，以我对他的了解，他不会撒手不管。"

李提摩太从救济遭灾晋民入手来到山西，成为把基督教新教带进山西的第一人，先后在太原桥头街、杏花岭一带创建了浸礼会教堂、耶稣医院、小学、孤儿院等慈善机构，还给当时的山西巡抚曾国荃出谋划策，建议以工代赈、修建铁路、开发矿产、创办大学等，写过专门的书面报告。可以说他对山西是情有独钟，曾著文这样说："山西地土肥沃，矿产棋布星罗，且矿苗平衍，不必钩深索隐……倘开铁路火车以转运，更无层递之虞。铁路得煤煅炼，煤复得铁成材，而中国工价又廉，将来设厂制造，除产钢铁以供铁路之外，并创织布等局，当令十八省用之不穷，所有布匹不必购自外洋，而蒸蒸日上，山西将成为小英吉利矣，所惜者弃而不开采耳……"

李鸿章早在二十年前就认识了李提摩太，那时他任北洋大臣，驻节天津，曾特邀李提摩太来津门做客，晤谈甚洽。记得当时李鸿章无意间说出这么一句话："中国士大夫中还没有一个耶稣徒。"谁知听者有心。这李提摩太回到山西后，立即在这方面大花气力，不惜拿出自己的一千英镑薪水，购置了大批西方图书、仪器，在三晋官绅学子中边讲演边做科学实验，借以扩大教会影响。他讲过的题目主要有：哥白尼发现的天文奇迹、化学奇迹、机械学奇迹、蒸气奇迹、电学奇迹、光源奇迹、内外科医学奇迹等。经过李提摩太三年多的不懈努力，使晋省士民对西方近代科学知之不菲，且对基督教义和西方传教士有所理解，加深了好感。这也是为什么山西教会势力强大、教徒众多的原因之一。李提摩太后来在他的《留华四十五年回忆录》中，对此一节有专门交代，对李鸿章的友谊评价很高。

庆亲王问："中堂，以您之见，这李提摩太果去山西的话，于解决教案难题能起多大作用？"

李鸿章沉吟良久："这，一下不好说。王爷您想呀，这次山西拳匪作乱，共杀死太原天主教士和修女三十二人，耶稣教士及其家属一百五十九人，全省被杀教民达到七千多人，数不清的冤魂孤鬼，这仇恨一下化解得开吗？"

庆亲王气哼哼地骂道："都是毓贤这个天杀的，害得咱们如今坐蜡。中堂，要因山西的事儿害了整个和谈大局，咱俩可就吃不了兜着走！"

"是呀，庆王爷。"李鸿章应和着，"不过，李氏只要一去，事情总有转机，总会好办一些的。此人极有责任心，我知道。"

"哎，中堂。"庆亲王忽然灵感大发，"我有一招不知行不行，不如由您给他发一封急电，请他先来北京，以中堂您的名分，以您与他的交情，这个面子他不会不给。只要他肯来北京，那就有门。您说呢？"

李鸿章思考起来："这个么……"

庆亲王再添一把柴火："老中堂，切勿游移，洋兵一旦攻入太原，危及西安，太后怪罪下来，您我可就……"

李鸿章捻动胡须的手指终于不动了，这是他拿定主意的标志。

就在当天夜里，李鸿章给李提摩太发出一封急电，特请对方来京协助解决山西教案，"设法找一个除进兵山西以外的赔恤办法"。

李鸿章自然不知道，这是他临死之前的最后一道人生难题。

十七、初露锋芒

潞河书院由北京城里迁回通州，那是 1902 年的事，在此以前，复课的学生们一直挤在东交民巷的临时校址。说是复了课，其实也不怎么正常，尤其在《辛丑条约》签订之前，人们的注意力全在双方议和的进展情况上。如今联军已经攻入山西，处理山西教案成为和谈成败的焦点，也成为人们街谈巷议的热门话题。

孔祥熙回到北京已经好几个月了。自打一回来，他和费起鹤立刻成为全校的新闻人物，他们在山西太谷的冒险经历被视为英雄行为。费起鹤的情况是这样：三年前李卓吾墓园夜祭之后没几天，他就动身赴太谷华美公学任教，一年后被汾州教会的传教士文阿德挖走。义和团兴起后，汾州地方官可不像太谷知县胡德修那样护教，而是采取严厉打击的态度，不过手腕灵活，假意答应派兵保护全体外国传教士去天津避难，实际上是要把他们骗出城后全部杀死。当时，文阿德回美国休假不在。费起鹤有点怀疑，放心不下，便要求跟随三男三女三个小孩共九个外国朋友出城。出城不远就遭到围杀。忽然大风迷眼，飞沙走石，一阵混乱中费起鹤居然侥幸走脱，而外国人由于长相特别则无一生还。他也不敢再进城，落荒而逃，步行一千多里路回到通州老家躲起来，风声平息些才来北京，向公理会总部报告有关情况。潞河书院的师生们听说后，也把他当英雄一样请回母校。一个孔祥熙、一个费起鹤，两个护教英雄，都是麦美德老师的得意门生。这叫她感到格外自豪，于是非常仔细地采访一番，两年后写成了一本书，书名就叫《华夏两英雄》，在美国出版发行。如今在北京大学图书馆里，还能见到这本书，它是当年麦美德女士赠送给原燕京大学女子学院的亲笔签名本。关于这本书，我们还有后话，这里先按下不表。

同学们钦佩的目光、老师们的表彰和询问，都没能使孔祥熙的心情轻松欢快起来，甚至连韩玉梅的出现，都难以使他兴奋。他抹不掉刚刚过去的那一幕幕惊心动魄的血腥场面，那一个个转眼就从自己眼前永远消失了的死难者，包括义和团的那位郭敦源……还有，山西教案到底会如何了断？联军真会血洗山西吗？年迈的老父和无数家乡父老将会有怎样的命运？……

这天，玉梅姑娘通知孔祥熙："听着，今天不准说不。我父母请你和费起鹤吃晚饭，7点钟，迟到者罚酒三杯。"

"我……"

"我什么，不准我！"玉梅一伸小手，堵住孔祥熙的嘴，装出的生气样子娇美可爱，"我告你，还有重要人物要见你们。"

"谁？"孔祥熙来了点兴趣。

玉梅娇嗔一笑："这是机密。不过可以透露一点，是一位漂亮小姐要会你呢。"

孔祥熙知道她在淘气，也笑了，说："比你还漂亮？"

玉梅故作庄重状："那当然啦，非迷住你不可。"

孔祥熙学玉梅状："那我一定去。"

就在山西娘子关失守二十天后，即 1901 年 5 月 15 日，李提摩太由上海抵达北京。他当年第一次见李鸿章时是三十七岁，对方是五十九岁，便有心定下忘年交；如今他已五十六岁，接到年近八十岁的中国老朋友的电报，二话不说立即动身。抵京后，因各种情况均不明白，他不想先打搅李鸿章，只礼节性地约见了李鸿章手下的一名负责官员。接着，一一拜会英、美、加三国驻华公使和天主教的大主教，征求他们对解决山西教案的意见。最后，他会见了两位关键人物叶守贞和文阿德。叶守贞是英国人，出身名门望族，自愿捐资来华传教已经三十多年。他最早先在山西寿阳县主持基督教自立会，后该会与太原基督教浸礼会合并，由他出任东夹巷耶稣医院院长。义和团起事时，他正好在英国休假，故而生命得以保全。文阿德前面已经提到过，他是美国传教士，于 1882年偕妻子来到山西传教，发现太谷这个地方商业兴盛，交通便利，是个布道讲经的好地方，便在县城东面的里美庄落了脚。数年后又奉派到汾州教会工作。说来也巧，他也是因为正在国内度假，故而像叶守贞一样躲过一场灭顶之灾。现在，这二人成为基督教在山西方面硕果仅存的代表人物，一切谈判自然离不开他们。

可惜的是，他们二人当时远在欧美，并不在事发现场，对义和团的起始、经过、结局、重大事件、重要人物等，缺乏了解，更谈不上有何中肯深切的认识。所以，李提摩太对此深表遗憾，连他们自己也觉得很不满意。大家一致认为，必须尽快找到一个知情者，此人应该亲身经历过山西的事变过程，当然还要是一个有头脑的人，而且"要让我们信得过"。

有天中午，韩玉梅的父亲请客吃饭，内中就有叶守贞和文阿德。饭后闲谈时，有人问起玉梅学校的情况。玉梅就自豪地提到两位护教英雄孔祥熙和费起鹤。这立刻引起叶守贞和文阿德的注意。

文阿德拍拍脑门叫起来："噢，看我的记性！我怎么就忘了费起鹤先生。还有，玉梅小姐，这个孔祥熙先生，您知道他是太谷哪里人吗？"

玉梅姑娘脸一红，心说我不知道谁知道，嘴上却道："我听说，他好像是城西程家庄人吧？"

"程家庄？那里我去过好多次，认识不少中国朋友。"文阿德兴奋起来，"您知道他的父亲叫什么名字？"

玉梅也不再忸怩，大大方方地答道："叫孔繁慈，孔子的孔，繁是繁荣的……"

文阿德又高兴地叫起来："好了，好了。玉梅小姐，我知道他，一个很有学问的乡村教师，孔子的第七十四代孙，对吧？我还知道他家有一副非常有意思的对联，上联是'做几件学吃亏事以百世使用'，下联是'留一点善念心田叫儿孙永耕'，横批是'虚心味道'。据说是他的父亲孔庆鳞撰写的。记得当时我看不懂，为什么一定要学做吃亏的事？'虚心味道'又是什么意思？很可笑。"

玉梅瞪大眼睛问："奇怪，您怎么记得这样清？"

文阿德笑笑说："您忘了，我是吃什么饭的？"

玉梅说："您是一个好医生呀。"

"这就对了呀。"文阿德耸耸肩，接着讲出一段往事。

在山西交城、文水一带，历来广种罂粟，盛产鸦片。所以晋中地区吸毒成风，难以禁绝。孔繁慈命运不济，家道败落，中年丧妻，无以排遣，便日渐从芙蓉膏里讨乐趣，终于上瘾而难以自拔。可巧不久，文阿德来太谷传播福音，首先办起一个戒烟所。当地乡民对一个黄头发蓝眼睛的外国佬深具戒心，谁肯去上门？文阿德动起了脑子，打听到孔繁慈是一个有知识的人，在当地又很有声望，心想我要能先帮他把毒戒掉，岂不就说服一大批人？于是，他就跑开了程家庄，一趟又一趟，到底和孔繁慈交成了朋友。

文阿德说到这里，不禁十分感慨："我倒是记得他当时有一个才几岁的小男孩，没想到就是这个孔祥熙，已经是大学生了，能见到他一定是一种缘分，用你们中国一句很妙的话说，真是有缘千里一线牵，对不对？"

玉梅掩口一笑："不是这个意思，那是专指爱情的。"

文阿德哈哈一笑："我管不了那么多。但这个孔祥熙先生一定要见，一定要见！"

精美丰盛的晚餐已失却应有的吸引力，一种劫后余生故友相逢的喜悦压倒了一切。这首先表现在文阿德和费起鹤身上，毕竟在汾州教会相处了近一年，虽说不是一代人，但实为忘年交。当文阿德得知费起鹤的老父母在闹义和团时双双自杀，他的姐姐和姐夫也被杀于太谷城外，不禁长时间地拥抱着费起鹤而老泪纵横……

文阿德与孔祥熙虽是头一次见面，但一见如故。特别当玉梅介绍了文阿德和孔繁慈的交往后，孔祥熙惊奇地瞪大了眼睛，连连问道："您真的认识我父亲？"

文阿德饶有兴味地打量着面前这个丰姿俊雅、意气风发的年轻人，立即喜欢上了，边说："我真的认识孔繁慈先生，这是十多年前的事，他是一个了不起的知识分子，很有见识的。我现在又幸运地认识您，可当时您才这么高。"他用手夸张地比画着："孔祥熙先生，我从玉梅小姐口中听说了您的英勇行为，她对您非常崇拜，连我也受到她的感染。不过，我还想请您更详细地讲一讲，希望您能满足我们的这个要求。"

"谁崇拜他啦？"玉梅涨红着脸，看看一直坐在旁边的叶守贞，连忙借故替自己解围，"哎呀，看你们多自私呀。叶守贞先生还没有介绍呢。"

大家恍然笑起来。文阿德开始向孔祥熙和费起鹤介绍叶守贞，当介绍说"叶先生最近在联军司令部帮助瓦德西元帅工作"时，孔祥熙马上留心起来。刚等文阿德的话落音，他就按捺不住地向叶先生发问："我冒昧地请教叶先生，您真的在瓦德西元帅身边工作吗？"

讲得一口流利北京话的叶守贞微笑着点点头："是的。不过这是临时性工作，我的本职跟你们的文先生一样，是个医生。"

看他们要说正经事，玉梅父亲向全家人使个眼色，一起礼貌地退了出去。

孔祥熙继续望着叶守贞的脸问："既然如此，我很想请教这样一个问题，就是联军攻占山西的目的究竟是什么？"

"问得好。"叶守贞与文阿德相视一笑，"我十分乐意回答孔先生的这个提问。据我所知，联军入晋的主要目的是，要求严惩制造山西恐怖事件的义和团首领以及纵容包庇他们的政府官员，要求对教会所蒙受的惨重损失进行赔偿。除此没有别的目的。"

孔祥熙说："既然是这样的目的，那就不一定非要诉诸武力吧？"

文阿德笑笑说："那么依孔先生的高见呢？请直率地讲，我们都是朋友。"

孔祥熙真有点初生牛犊不怕虎的劲："我以为谈判就完全可以达到目的。"

叶守贞哦了一声，反问："真的吗？愿闻其详。"

孔祥熙侃侃而谈："照叶先生的话，出兵目的有三。先看第一，严惩义和团首领，已根本没有必要！何也？因为早在去年秋天，朝廷已发旨给各地督抚，捕杀义和团，寻常团众尚且被剿杀无算，全省约有数万之多，遑论首领脱逃乎？一人能抵百万兵。西太后一人早替联军办好应办之事，何须再劳贵军远征？再看第二，严惩纵容包庇义和团的政府官员，这要细说。二位先生东来已久，我想应该对中国官场有所了解，各级官吏或科考得中，或使钱贿买，总之得来不易。故而一事当前，无不先为自己升迁固位着想。欲达此目的，最好之法自然是看上司眼色行事，唯命是从，百依百顺。上司如法炮制，再看他的上司。如此一层一层看上去，普天之下官员只看当今圣上眼色，一道圣旨下来，要臣干甚就得干甚，要臣死也得死。像义和团这么重大的事体，别说州官县令不敢自专，便是朝堂重臣和封疆大吏谁又敢不听西太后？稍有不慎，荣辱生死立见！所以，绝大多数政府官员都是奉命行事，与有意纵容包庇不可同日而语。即如太谷县令胡德修，一向与教会修好，与几位牧师都是好朋友，但圣命难违，到底还是得站在义和团一边。像他这样的人不在少数。我如此说，并非要为他们的过错或罪过开脱，我只是想表白，要处理他们太容易了，吏部一纸公文就行，根本用不着动用联军一兵一卒。如今联军调集万千之众，分四路攻入山西，我的话也许不好听，这有点小题大做，难免招致牛刀杀鸡之讥。"

孔祥熙见大家都听得入神，心里颇为自得，信心也更大了。他浅浅地啜一口茶，调整一下坐姿，接着说下去："所以以我之见，山西教案的罪魁祸首，一是巡抚毓贤，二是西太后。要严惩他们，完全可以在谈判桌上解决。最后来看第三，赔偿之事。我们山西虽说是表里河山，自古乃兴邦立业、兵家必争之地，但地瘠民贫，十年九旱，灾荒频仍。尤其去年以来，久旱无雨，收成菲薄，加之义和团闹事，到处兵荒马乱，百业萧条，民众温饱都成问题，官库银钱也不会怎么丰裕。若正式提出赔偿款项，还得颇费一番周折方能凑出，但总算索赔有望。倘若以武力索赔，大军所至，烧杀难免，必定玉石俱焚，一片焦土，民命国财荡然无存。到这种地步，联军即使将山西全境纳于股掌之中，挖地三尺之深，只怕也是一无所获。相反，穷极逼急了的山西人，虽然生性善良敦厚，那时也会作拼死一战，联军就算有百万之众，岂能敌过千万之众？孤军深入，疲兵久困，战无功，退无机，岂不犯着兵家大忌？原先之索赔目的，岂不完全成了泡影？希望瓦德西元帅三思。"

这一番话，直听得叶守贞和文阿德敛神屏息，肃然起敬，不得不重新审视面前的这位中国青年。

叶守贞兴趣颇浓地紧盯着孔祥熙问道："孔先生，依您之见，贵省的争端应该如何着手解决呢？希望开诚布公地谈一谈，我们将不胜荣幸。"

孔祥熙也不推辞，似乎胸有成竹一样，说："照我们中国的辈分算，二位应是我父一辈的长者，按理不敢造次。不过既然幸蒙俯问，在下也就不揣冒昧了。以我看，为今了结山西事件之最稳妥办法，莫过于联军撤兵罢战，至少不再进兵，维持现有状态，然后双方坐下来和谈。至于罪魁祸首如何惩办、赔偿数额以及赔偿办法等，那不是我这样的人所应置喙的事，当由议和双方的大员们商裁。但是，我想建议的是……怎么说呢？"他有意顿住，以观察反应，或者是斟酌字句。

文阿德鼓励地说："孔先生请大胆发言，不必顾虑其他。"

孔祥熙点点头表示感谢，接下去说："前几天我们学校有人传话，说山西天主教堂提出三项要求：一是腾出巡抚衙门和令德堂书院，作为他们的教堂和居室；二是迁走榆次县什贴镇和太原晋祠镇的居民，让他们的教徒居住；三是赔偿损失费一千万两白银。在此我不论腾出巡抚衙门是否合理与可能，也不论强使两镇居民离开家园是否要激起更大的民变，还不论索赔一千万无异于竭泽而渔，我只想说他们要求腾出令德堂书院是多么没有远见，完全违背上帝的旨意。令德堂书院创建历史已有近二十年，乃二位都熟悉的张之洞大人亲办，是山西的最高学府，学生由学台大人从全省秀才中优中选优，任教者皆为来自全国各地的著名学者，戊戌志士杨深秀先生就曾任书院山长多年，可以说书院是山西人才荟萃、藏龙卧虎之地。他们怎么能让腾出这样的地方呢？须知教育乃中国最薄弱之环节，自古历代一切外患内乱，说到底无不在于民智不开，教化浅短，文盲遍地，芸芸众生或受人驱使，或受人愚弄，或受人戕害。义和团即此一例。我想，设若义和团众皆识文断字，熟知中外，定然不会上西太后先抚后剿的当。我真企盼咱们基督教公理会不要如此举措，不要违背我们新教的教义。相反，如果有可能的话，就该在我们山西多建几个潞河书院，使更多的人接受教育，增广见识和才具。这就权作我的一点建议。"

叶守贞和文阿德听完孔祥熙的这一番话，好半天没有吭气，一个二十出头的青年，雄辩滔滔，思路清晰缜密，词锋刚柔相济，既无夸夸其谈之势，又无邀媚取宠之态，令人不得不刮目相看。

叶守贞笑着问："孔先生，假如我邀请您去见瓦德西元帅，您敢去吗？"

孔祥熙说："为什么不敢去？他如今手握大权，最能决定山西命运，欲促成和谈，正得有人对他陈说利害，以做全局之谋。"

叶守贞笑着又问："假如我们邀请您前往参与贵省之和谈，您愿意去吗？"

孔祥熙说："叶先生取笑了。我才疏学浅，学生之身，岂有资格参与军国大事。"

叶守贞严肃起来，认真地说："不。假如我们正式邀请您呢？"

"这个……"孔祥熙这下真犹豫起来。

文阿德说："孔先生有什么为难之处吗？"

孔祥熙低头不语。他还真有点心事：就在昨天晚上，麦美德老师向他透露，谢卫楼院长已做出决定，拟选派他和费起鹤赴美留学，正在等待华北基督教公理会审批，估计没有什么问题。出国深造是他梦寐已求的事，一旦卷入山西和谈，恐怕短期很难脱身，耽误了留学怎么办？不答应吧，似乎显出言而无行，怯于任事，贻笑大方，不如就一口应承下来便又怎的？再说这事也未必真会落到自己头上，他们不过是顺口一说罢了。想到这里，他说："倘若真要我尽绵薄之力，我将不胜荣幸。"

叶守贞热情地伸出手来，说："好，一言为定。"

后来，山西单独和谈成功，避免了联军南下和全面和谈的破裂。于是有人将这一功劳都记在孔祥熙名下，什么连李鸿章都感头痛的事，孔祥熙居然片言解纷，化干戈为玉帛；什么李中堂两次接见，李提摩太一夜长谈……只怕有点太玄乎了。公正地说，孔祥熙的意见对解决山西教案肯定起到了相当作用，但决定性的作用是以下两个：其一，列强各国之间钩心斗角，在立即瓜分中国还是暂且保留腐败可用的清政府这一问题上，他们各怀鬼胎，存在着重大分歧。德国要立即踏平中国，俄国只想得到东三省，日本垂涎山东，英国要遏制俄国，美国要"门户开放"，支持"中国领土和行政权的完整"……为此一直打闹得不可开交。这自然要反映在对山西的用兵上，有想打的，有想停的，有想退的，注定不会有始有终。其二，义和团不屈不挠的斗争，面对清廷和列强携手镇压的不利格局，义和团的反抗并没有停止。景廷宾在广宗、巨鹿发动武装起义，打出了"扫清灭洋"的口号。在四川，从资阳开始，义和团抗拒官兵、焚烧教堂的斗争一直扩展到川北川南乃至四川全境，口号是"灭清、剿洋、兴汉"。山西的义和团更不罢休，隰县、孝义、石楼三县的义和团，打起"兴中灭洋"的旗帜攻打隰州城；武乡县有王安邦举事；高平县有牛铁匠领导抗捐，冲进县衙救出被关押的义和团首领贾黑汉；晋北左云县的义和团"蜂拥进城"，"擅入县署"，逼要粮食……面对这样的中国和中国人，列强不得不有所顾忌，不足十万人的八国联军不得不畏缩不前。英国人赫德当时就感叹：如今中国人"大梦将觉，渐有'中国者中国人之中国也'之思想。……自今以往，此种精神必更深入人心，弥漫全国"。这些，才是促成山西和谈成功的关键因素，孔祥熙的个人作用与此相比微不足道，不过荧光一闪而已。再者说，促成这种不平等和谈，一如后来签订之《辛丑条约》，丧权辱国，万古遗恨，有什么功劳可言！

且说李提摩太听完叶守贞和文阿德的报告，也对这个没见过面的中国青年发生了兴趣，并对吸收他参与自己一方的和谈行动十分赞同，而且表示如有时间一定见见这个年轻人。经过几天的深思熟虑，反复磋商，李提摩太诸人终于起草了一份《上李傅相办理山西教案章程七条》的文本，于6月12日，正式登门递交给李鸿章。其全文如下：

光绪三年至十二年，太在山西时，官民接待尚好。可不思去岁杀害中外教会人士数千。此真亘古未有之奇变。今杀外国人之罪，有各国钦使与中国全权大臣协商，太毋用置末议。唯办理耶教受害华民章程，谨拟七条，恭候傅相核夺施行。

（一）各府州县杀害教民之人甚多，本应按律正法，但太知此辈受**官指使**，又受拳匪迷惑，不忍一一牵累。为各府起见，首匪当惩办一人以示**警**。若晋抚果能剀切晓谕，使彼等痛改前非，敝教亦将匪首从宽追究。

（二）晋省地方绅民胁从伤害教民之人，虽宽其犯罪，却不得推言无过。凡损失教民财产，罚其照数赔还，并无依之父母孤儿寡妇，必有奉养。

（三）共罚全省银五十万两，每年交出银五万两，以十年为止。但此罚款不归西人，亦不归教民，专为开导晋人知识，设立学堂，教导有用之学，使官绅庶子学习，不再受迷惑。选中外有学问者各一人总管其事。

（四）凡教民被害各府州县地方，当立碑纪念，叙明匪徒犯罪源流，教民无辜受害。

（五）耶稣教五会中人有杀尽者，亦有回国者，不能一时来华。俟外国再派教士来时，晋省官绅士庶当以礼相待，赔认不是。

（六）要永息教案，中国官待教民，必如待教外人一视同仁。如果犯法，但应按律严办。若有功劳，亦应保举做官与教外人同。凡照此办法，无论中外古今，从未见有不相安者。若或不然，欲求事不可得也。

（七）经此次议结之后，凡以前作乱首从之人皆有名单存案。若不悔过，再行难为教民，必将按律严惩不赦。

查山西耶教原有五会：一曰浸礼会，一曰内地会，一曰公理会，一曰自立会，一曰福音堂，又名军学会。今商拟以上七条，皆公同叶守贞、文阿德代各会酌定，非太一人私见。事虽立于保教民，其实保晋省太平之道，亦不外此也。若果能再立时，设法请精于铁路、矿务、制钢并商务、农务等学之西人，或总理，或协办，期于必成。如此，则体上天好善之心，联中外种子之局，将来可永息教案，并可讲求一切养生防灾之术，使从前无用之地，变为有用，不至困穷，利源外溢，为人侵夺。

凡此等事，太前二十年曾为傅相与张香帅言及，亦以为当办，后因事不果。今祸患愈深，殊可叹息！然亡羊补牢不为晚也。果肯照以上章程办理，大祸犹可转为大福。不知高明以为何如？

李鸿章看罢这个章程，不禁长长出了一口气，多少天发愁忧心的一件事，没想到竟如此顺当地得到解决，免不了对李提摩太再三致谢。他恳切地对李提摩太说："先生大驾光临，难题迎刃而解，实晋省官民之福也。尤其开办学堂一节，真乃高瞻远瞩之举，百年不朽之业。还须再借先生神力，亲为筹划，一应延聘教授、安排课程、管理经费等诸种事宜，有劳先生能赴太原坐镇何如？"

李提摩太欠欠身说："傅相，既然您觉得本章程可行，下一步该如何办，还有许多事情待磋商，比如瓦德西元帅虽已首肯，还应与各国公使见面，还有山西前线的诸位将军像巴尧司令等，还得与山西方面会商，听说岑巡抚也有一个章程，双方自然还有一番交往，等等。为此，我们将派出一个谈判小组，由八人组成，他们是：叶守贞、文阿德、郭崇礼、史密斯、阿斯德、艾文、泰勒和贾德尔。至于我本人，因为还有一些俗务，恐怕就不能效劳了。"

李鸿章有点发急："这怎么行？先生有回天之力，且晋省乃先生多年旧游之地，先生不去，一切从何谈起？岂不要功亏一篑？莫非先生有难言之处？只管提出来，本大臣定然一一照准。"

"不不不，傅相您误会了。"李提摩太爽然一笑，"山西乃我第二故乡，山西之事乃我分内应尽之责，岂能袖手旁观？我是一定会负责到底的。这一点请您放心。我只是暂时要回上海一趟，并没有别的意思。这八位教士，虽然傅相大多不认识，但都是来贵国多年的老朋友，对贵国人民无不怀着美好的感情，此次去晋省议和，必将尽心尽力，竭诚任事，圆满解决。这一点，亦请傅相放心。对了，我这里还要特别报告一件事，我们将邀请贵国一位杰出青年参加我方的和谈小组，他的才华将使双方均受益。他的名字叫孔祥熙。"

"孔祥熙？"李鸿章颇觉惊讶地重复一句，"他是……"

李提摩太说："他是通州潞河书院的学生，今年才二十一岁，山西太谷人氏。不瞒您说，他有许多独特的见解，此次对于我们章程的制定，委实给了不少启发和帮助。贵国能有这样优秀的青年，值得高兴。"

李鸿章兴奋地捋着胡子："哦，真的？"

李提摩太把脸转向李鸿章的幕僚吴汝纶："吴先生，据我们了解，这个孔祥熙与先生您该有点渊源吧？"

"是的，是的。"吴汝纶连连点头，"这个孔祥熙，说起来算是我的一个世侄。当初我在保定主持莲花书院时，他的五叔孔繁杏任知县，彼此相知颇深，两家也称世交。后来分开多年，我就再也没有见到过这个孔祥熙，不想却这等出息。回头我一定得去看看。"

李鸿章一向是挺爱才的，就向吴汝纶交代说："你务必去看看他。我要精神好些，你领他来见我。"接着向李提摩太抱拳拱手，口中连连称谢："先生如此留心提掖敝国青年，鸿章惭愧，鸿章惭愧。"

李提摩太也急忙作揖答谢："傅相谦虚了。谁不知傅相伯乐之名早就声震海内外呀。"

二人相视哈哈大笑起来。

十八、议结教案

孔祥熙将随联军谈判小组赴晋的消息，在潞河书院又引起一场新的轰动，但反应不一。以谢卫楼和麦美德为代表的大多数师生欣喜异常，本校学生参与如此重大的外交活动，在潞河书院史无前例，乃空前之殊荣。麦美德激动得直淌眼泪，只知道一个劲地叮咛说："孔，快去快回，别误了出国日期。"持不同看法的人是极少数，主要是李进芳和原先文友会的几个同学，包括韩玉梅。当然，孔祥熙听不到这些不同议论，因为自从上次的风波以后，孔祥熙明显地收敛锋芒，埋头学业，与谁也不再深谈深交，仿佛变了一个人。这使文友会的朋友们啧有怨言，逐渐对他敬而远之。韩玉梅对他当然有话敢说，也认真地劝告过他，怎奈她的心上人不置可否，似乎已经拿定什么老主意了。不久，义和团兴起，大局动荡，一切也就无从谈起了。孔祥熙这种与任何人不深谈深交的人生态度，除了个别例外，可以说终其一生未变。尤其在进入国民党高层以后，他与哪一派也不近不远、不亲不疏，牢守中庸之道。

这次，别人不敢说他，韩玉梅自然还敢说。她担心地问："舍儿哥（自她知道这个小名后，从此一直这么叫），你想过外面的议论吗？连我父母都替你操心。"

跟外国人去山西与自己人谈判，这事孔祥熙不是没有顾虑，但事已至此，不好推托，更重要的是，他孔祥熙也想利用这一难得的机会，好生为恩师魏录义和太谷其他死难教士料理丧事。他们救了我的命，却死得那么惨，我孔祥熙不能一走了之。这点心思孔祥熙不想对韩玉梅说，只好支吾其词："有什么议论？

我不知道。"

韩玉梅说:"你不知道?联军在北京都干了些什么你不知道?全城从民居到皇宫烧掉十分之四,妇女或被奸杀或保节跳井自杀者无数,财产珍宝被抢掠一空,种种兽行胜过义和团百倍千倍,你不知道?他们的名声太坏了,舍儿哥!"

孔祥熙说:"这些我当然知道,如今开谈判,正是为了不让联军打到咱们山西去啊。"

韩玉梅说:"这我懂。那你为啥跟他们一起去,影响多不好。"

孔祥熙说:"他们是谁?都是传教士,叶先生和文先生你也认识,那天我们的谈话,后来我不是都告诉了你吗?况且这次去,主要还是为咱们新教的事。"

玉梅嘟起嘴:"反正我不想让你去。"

孔祥熙安慰说:"你放心,我心里清楚。"

玉梅知道劝不动,叹口气说:"好吧,由你吧。别忘了,咱们虽是基督教,可还是中国人。这是我爸让我转告你的。"

1901年6月22日,孔祥熙随叶守贞和文阿德等人起程赴晋。据刘大鹏的《潜园琐记》载,他们一路上十分风光,"沿途各级官员预备馆舍务极华美,一切供应必使丰腆。守土各官迎接礼仪,如接上宾。自京至晋各驿,供应马车肩舆,凡所至宿处,皆须结彩张乐"。"及至晋垣,岑中丞率阖城文武出郭迎迓,仪同接钦差。入城驻皇华馆,待以上宾之礼。"7月9日到太原,第二天即开始谈判。

这里,得把山西方面的情况补叙一下。

1900年秋天,翻脸不认人的西太后,把起用义和团的责任一股脑推在载勋、英年、赵舒翘等几个王公大臣身上,山西巡抚毓贤首当其冲,先被撤职查办,流放新疆,人还没有走到,就被斩于兰州。西太后的旨意是:已革巡抚毓贤,前在山东巡抚任内,妄信拳匪邪术,至京为之揄扬,以致诸王大臣受其煽惑。及在山西巡抚任,复戕害教士、教民多命,尤属昏谬凶残,罪魁祸首,前已遣发新疆,计行抵甘肃,着传旨即行正法,并派按察使何福坤监视行刑。可笑这个愚忠无比的毓贤,死到临头,还上表谢恩:"……贤奉职无状,致罹严谴,朝廷杀贤,以谢外人,而后中国可保,而后宗庙可安,两宫返跸,或可有望,是贤之一死,实大有福于国家也。古云:'君要臣死,臣不敢不死。'不死则违君背旨矣!诸君深明大义,请勿阻挠,以重余过,幸甚!"又留遗句曰:"臣死君,妻妾死臣,谁曰不宜?最堪悲老母九旬,娇妇女七龄,毫稚难舍,未免致伤慈孝治。我杀人,朝廷杀我,夫复何憾?所自愧奉君二十载,历官三省,涓埃无补,空嗟有负圣明恩。……臣罪当诛，臣志无他，念小子生死光明，不似终沉三字狱；君恩我负，君忧谁解？愿诸公转旋补救，切须早慰两宫心。"后来在谈判桌上，现任巡抚岑春煊说到毓贤之死，非但没有半点物伤其类之哀，且满脸幸灾乐祸之色，大骂同僚煽惑拳匪祸害教民早就该死，倒是几位外国教士反而说了一串同情的话。

接任山西巡抚的是满人锡良。他看风使舵，一到任便宣称在全省范围内"保护教民，安辑教民，痛惩拳匪"，先后借给滞留山西的英、法、意等国传教士白银近四万两；将阳曲县令白旭和归绥道郑文钦斩立决，将汾州知府徐继儒、河津县令黄廷光、太原城守营石凤岐、寿阳县令秦鉴湖等数十名官佐革职查办，永不叙用；且积极筹办教案，设立教案局专管其事，后又改称洋务局。现任巡抚岑春煊是1901年4月9日到太原的，上任伊始，即请调张家口洋务局总办沈敦和来山西，很快制定出《清理山西教案》十八条，又借出白银十三万两以为"赈济"之资。4月23日娘子关吃紧，再派沈敦和前往出面求和，与法国侵略军司令巴尧签订了《设卡保商章程》，答应"认真奉行"教案善后章程。接着，岑春煊又在归化城和潞安府添设洋务分局，派人四处找回去年逃走的传教士，共商办理教案事宜……

照山西方面这样的态度，谈判已不成其为谈判，完全是一副屈己求和的格局，所以进展也就极为顺当：由洋务局与自立会签订了《议结教案合同》六条和《山西寿阳县耶稣教自立会议结教案合同》六条；与内地会签订了《议结教案合同》九条；与公理会和浸礼会也分别签订了同样的合同文书。在与公理会的文书中特别提出，应在太谷征用一座花园墓地，以安葬在太谷和汾州两地死难的二十多名外国传教士，并举行适当的葬礼。与太原天主教签订了《山西教案合同》十八条。

这些不平等条款中，各教派又勒索了一大笔所谓议结教案的地方赔款，详情如下：

意大利所管太原及省北天主教，索要一百万两白银，内有法国女修士会十万两，四年交清。

法国所管省南和口外天主教，索要一百四十万两白银。

耶稣教各教会、内地会索要六万五千二百五十六两，公理会索要两万五千八百三十三两，自立会索要一千一百两，加上浸礼会等共为二十三万三千七百二十五两，当时交清。

以上共计索要白银约二百六十万两，这还不包括以下几项：全省各级官府借给教士的四十多万两，修复各地教堂所用之款，全省各地为死难教士购地、造墓、立碑、雇工守墓等花费，李提摩太所提办学堂之五十万两，此次谈判之一切花费，包括联军代表的食宿川资，皆由山西方面负担。

眼看谈判大局已定，文阿德便偕孔祥熙离开太原赴太谷、汾州，专门料理这两地的教案。

十九、奇特的葬礼

在义和团运动中，太谷县基督教公理会的损失最为惨重，所有教堂被毁，其他教产也都荡然无存，全部外国传教士被杀，中国教民受害亦达百人之多。这在美国基督教公理会海外传教史上是没有先例的。

巡抚衙门的车马把文阿德和孔祥熙送到太谷县衙，由新任县令徐永辅接待。这位山东官儿见是下来议和的洋人，哪里还敢怠慢？丰盛的接风宴后，就要陪客人前往收拾一新的客舍安歇。不料文阿德忽然提出，要去城西五里程家庄孔祥熙家中落脚。这可吓着了徐知县，他点头哈腰一个劲赔不是："文大牧师，何处招待不周，还望一一指教，万不敢去荒村野店，有所闪失，下官可吃罪不起呀！"乞怜之态可笑。

文阿德哈哈一笑："那里是我老朋友的家，可不是荒村野店。对了，我还得给你补充介绍一下，孔先生的父亲孔繁慈老先生，是我最早也是最好的中国朋友之一，我们已经有好几年没有见面了，一定要去拜望一下他的。你用不着担心。"

徐永辅立即向孔祥熙打拱道歉："下官不知。初来贵地，尚未有缘拜识令尊大人，请孔先生见谅。"

孔祥熙看他那一副曲意逢迎的样子，强忍着笑，也急忙点头还礼。

徐永辅又死劝活劝了一阵子，认定洋大人不是有意出难题，便顺水推舟地说："既然文大牧师喜欢田园风光，下官不敢违背，一应供给随后奉上，来往商谈自有马车接送，护卫事宜下官亲为安排，有什么要求尽管吩咐。"

文阿德大度地一挥手："一切免礼从简，不必惊动。"

初升的月亮照着井儿院。院里清扫得干干净净，洒过水，在月亮的抚摸下显得分外凉爽而安静，夏日的暑气消失得无影无踪。

当院一张小桌旁，围坐着孔祥熙父子和客人文阿德。孔祥熙的妹妹孔祥贞正端来一盘切好的西瓜。她在义和团围攻教堂的那天晚上，与桑爱清医生等三人侥幸得脱，逃过死难，如今已出嫁给本城赵家为媳，丈夫名叫赵蔚堂。听说哥哥回来，她专门过来相见，也好做饭侍候。

孔繁慈一向活得孤独沉重，难得有今天的欢乐，又是老友重逢，又是父子团聚，又是儿子即将出国留洋，高兴得他像个孩子一般，话也格外得多："快吃，这三白瓜是我们太谷的特产，其他地方想吃吃不到。还多着哩，人家给送了一大车。"这是知县徐永辅派人专程送的。

大家一边吃一边扯些闲话。

孔祥贞忽然问："近来满城人都吵遍了，说要征收花园墓地安葬教士，说是太原的条约上都定了。有这事吗？"

孔繁慈接上说："村里人也都议论纷纷，风不小哩。"

文阿德停下吃瓜，关切地问："人们都有什么议论？"

孔祥贞嘴快："当然是心里不高兴的人多。要我说就应该，魏牧师他们死得那么惨，活着时教书医病做善事，给过多少人好处？真没良心！就该把孟家花园给占了。"

文阿德不解："为什么？"

孔祥贞说："他两个儿子本不是义和团，也趁机掠走教会不少财产，现在占他家的好办。那孟家花园也最好。"

孔繁慈瞪了女儿一眼："你少说，你知道什么？烧水去。"

文阿德当年在太谷虽然住的时间不算长，但对这个地方罕见的园林群却留下了极为深刻的印象，一个小小县城里，居然拥有十多处非常高级的私家园林，这还不算散布在城外的多处别墅和山庄。真叫人又吃惊又迷惑。后来在北京他专门请教过这方面的专家，方才有些明白过来。原来太谷虽是内陆省份山西的一个普通县治，但从明代中叶以降，商业日趋发达，至本朝道光、同治年间进入鼎盛时期，太谷城内大小商号达七百多家，尤以票号为代表的金融业做龙头，使太谷赢得"金太谷"的美誉。大量财富流动积累的结果，孕育出众多的富商大贾，如太谷城内的党、杜、吴、白、孙、孟、孔、赵八大家，还有北洸曹家、白燕张家、东里乔家等，无不家资巨万，富可敌国。这就为建造园林提供了经济基础。经济发达的结果之一，必然与外界的交流扩大，沟通日深，人才荟萃，文化发达。而文化发达则是建造园林必备的第二个条件。故而近世之太谷境内，建造园林成风，在北中国独领风骚。这种园林，没有北京皇家园林的富丽堂皇，没有江南园林的纤巧细美，也没有岭南园林的热烈轻盈，而是别具特色。在那莽莽苍苍的黄土塬上，兀地冒出一片古色古香的亭台楼阁，点缀着花草树木、鱼池假山、小桥流水，是多么的奇异美妙，古朴大方，庄重典雅！实为中华大地难得一见之人文景观也。当文阿德明白了这一点时，可惜已经离开太谷，深以为大憾事。此次赴晋议结教案，他就下决心要再来太谷。也许是赴晋途中曾与孔祥熙谈起园林之事的缘故，他居然在谈判中忽发奇想，要为死难的同胞们争得一块花园墓地。如今听到孔祥贞说出孟家花园，不免大感兴趣，就扭头问孔繁慈："老朋友，这孟家花园究竟如何？"

孔繁慈客气地答："自然是很不错的吧。只因那是私家所有，且孔孟两家世代并不走动，终于不知其详。"

文阿德并不死心，又扭头问孔祥熙："我记得路上你提到过这个孟家花园吧？好像在城里上学时，你说你和小同学们偷偷进去过？"

孔祥熙知道推诿不过，便尽自己所知介绍了孟家花园："太谷孟氏，来源有二：一是来自河南沁阳，始祖孟珍，于大唐高宗时迁来本地落户；一是来自陕西固原，元代至正年间迁来太谷，始祖姓氏不详。孟家花园有两处：一处叫孟家小园，在城内南大街；一处就是这个孟家花园，在城东二里杨家庄村西。我当初确是和同学们多次溜进去过，但偌大地方一进去就迷糊，实在不识其真面目。后来长大听人说，孟家于本朝初在江淮一带经商发迹，逐渐有读书做官者，乾隆、嘉庆、道光年间，人才辈出，前后有七人官至知府以上，遂成为太谷名门望族。除在城里建有豪华府邸外，又在城郊修起这座孟家花园。花园南北长六十丈，东西宽三十丈，占地约三十多亩，总体布局活泼多姿，东、西、南三面分别为花圃、菜畦、瓜棚豆架，营造出一派田园风光；其余中心部分则修建成可游、可观、可憩、可居的游憩景区。刘凤池老师在时，能讲得很详细，他说全园共分为七大区：东院区，从北面入门，东部有两进院落，北面临街有五大间卷棚顶二层楼房；中间为一堂两屋的五间过厅；西部紧靠正门通路为一排花墙，东西两面花墙均有月洞门可通；院内以河卵石铺砌十字甬道，将院落划为四大花畦，分别栽有丁香、榆叶梅、连翘和月季；南面为一座正方形观赏楼，楼下中部有四个大圆磴门直通楼上，楼上四面开设通窗，为女眷观赏园景之处，故又称绣楼。中院区，系一四合院，北面又是一座卷棚顶二层楼房，正面外墙为雕琢精致的龟纹图案，木构外檐装修精美，并安装了铁铸盘龙滴水，楼上供奉天后圣母像，系园主人为保佑其江淮水上运输及商业安全的祈禳之所，故此楼叫天后楼；天后楼一层建有很大的抱厦，厦顶即为二楼门外的平台，东、西、南三面有砖雕勾栏，抱厦两侧和正面的梁柱之间均饰有木质的蟠龙雀替或通间雀替，雕刻得玲珑剔透，配以龙昂角科斗拱和翘角很大的翼角飞檐，势如禽鸟之争啄；东西两面各建小轩两间、大轩三间，与木构牌坊式小门东西衔接；南面为宽敞的过厅五间，匾额为'尚德堂'。西院区，是一座三进院落，北房五间，是主人及家小寝居处；它的西面有前后各五间的西厢房，由此可通往花园最西面的瓜棚豆架区；寝室与西厢房中间的北风岔，建有一座四方形二层攒尖顶小楼，为护院人的岗亭；岗亭西连接一个砖砌照壁，再西即有一小门可通厨房院；南面正中是三间过厅，乃主人书斋；院的东南角有折角游廊，东通尚德堂西墙角门，南至带有突出西墙外、形如船舫的小花厅；再南为小花厅与水榭组成、由'之'字形小游廊连接的小院，东有月洞门通洛阳天景区。洛阳天景区，以东部有一幢小巧的三开间轩亭而得名，此轩紧靠歇山布瓦顶观赏楼的西墙，相距仅三尺许；北面通过圆券大门的停车棚可直达北正门，南面连接曲折迂回的游廊可越过池塘通往四明亭；院中心区的北面，可登石阶进入尚德堂；甬道南侧有木结构牌坊一座，名为色映华池，有石拱桥可通四明厅；牌坊东西以砖砌一人高的花墙相隔。四明厅景区，位于人工池塘的中心，北接拱桥与洛阳天内色映华池的木牌坊相对；池塘的西北角为折角形水榭，东北部与游廊衔接；四明厅西南有'之'字形带栏杆的石板桥，尽头往北为依山傍水的迎宾馆，往南则通到大假山山麓；四明厅东面为东西向长廊，廊下筑有三孔砖砌涵洞，系厅北池塘进水处；通过长廊往东是一砖雕角门，出角门往北是观赏楼，往南可攀假山。大假山景区，大假山占地两亩左右，高约三丈多，上有亭台两座，林木成荫，芳草萋萋，山腰有蓄水池可植藕养鱼，山坳筑石门可通往南面平地。田园区，包括花圃、菜畦和瓜棚豆架，正北临街建有平房一排，中间设一个供运输之用的车马门，与厨房院相连；路东筑有一方高平台，上有一座近方形抱厦，由此可进入西院；如由平台南行，便是西院突出墙外的船舫小厅……"

这一篇园林佳话，直听得文阿德如醉如痴，好半天才缓过神来，说："这么好的孟家花园，我们明天一定去看看。"但他眼神中透出来的意思可就不光是看看的事了。

孔繁慈说："只怕孟家不会答应吧。"

文阿德说："不怕，由徐知县领着去。"

孔繁慈说："那样祥熙就不必去了，他妹妹家还有些事儿要商量。"

文阿德说："那可不行，老朋友。祥熙一定得去，有些事还得他多多出面。你的儿子非常了不起呀！"他伸出了长着黑毛的大拇哥。

孔繁慈幽怨地望了儿子一眼，没再吭声。

但孔祥熙已经完全读懂了父亲的目光。

事实上，由于议和章程的条文，由于巡抚衙门的公文，由于县令徐永辅的亲自出面，太谷教会占用孟家花园的企图顺利实现，乡绅孟儒珍颇识时务，乖乖地签署了《交于美国耶稣教公理会收执》，把祖传数代的孟家花园拱手相让。

文阿德心满意足，为了议事方便，他已住进城里的高级客房，把孔祥熙和张振福带在身边。这个张振福与孔祥熙是小学同学，都先后让高雅格医生动过腮腺炎手术。经与徐永辅两次议定，在省赔款未下发之前，由太谷地方财政先付给教会赔款两万五千两白银，作为料理一切丧葬善后事务的费用，且以现银支付。办妥花园墓地和赔款项目以后，可以说大事已定。文阿德安排孔祥熙和张振福前往查寻众位教士的埋葬地，监造棺木和墓地，物色石匠准备刻碑，自己则赴汾州办事，要将那里的死难教士盛殓，而后把棺木运来太谷安葬。

在张振福的带领下，埋葬教士们的地方很快找到了，就在城南护城壕里。但找人往外挖不容易，大热天谁肯干这活？无奈，只好由孔祥熙再去找知县大人。徐永辅依然热心配合，派衙门里的人前去帮忙。开挖现场围满了看热闹的人，跟赶庙会一样。刚挖下去四五尺深的样子，就有一股股呛人的恶臭味钻出来，前面的人用手捂着鼻子直往后退。皂隶们也停下手，每人咕咚咕咚喝下去几大口白酒，才又继续挖下去。当第一具腐烂的惨不忍睹的尸体暴露以后，吓得人们惊叫一声就跑，留下一些胆大点的远远站着看。孔祥熙不能跑，但他真被眼前的情景惊呆了，吓得连臭味也似乎闻不到了。一年前，他们都还是活生生的人，说话、走动、做事、欢笑……可如今却变成这样！这是怎么回事呀？他只觉得眼前一阵阵发黑，头晕得厉害，连忙蹲下身以免跌倒。后来怎样挖出几十具腐尸，怎样运到无边寺清理成殓，又怎样装进棺木，他全然不知不觉了。晚上，他随不少教民在此为死者守灵，倒是一点儿也不害怕，有的只是对人生无常、生命虚妄的种种悲苦之思。这在他年轻的生命中还是第一次。天快亮时他打了个盹，立刻梦见魏录义老师向他走来，手里拿的是那本关于奥伯林的传记，像是要送给他。他迎上去想说："老师，您已经送给我了呀。"可怎么也发不出声来，一急便醒了过来。烛光明灭中，是几十具幽幽静卧的棺木、人世间几许沉重的鼾声、无边寺里古老的神秘、寺外远处声声梦幻般的犬吠……想起方才梦中情景，他不禁手抚身边魏老师的棺木，扑簌簌落下泪来。

1901年8月9日，太谷历史上最盛大最奇特的一场葬礼开始了。说它最奇特，在于由官方出面操办，由地方乡绅民众一起参加；在于被安葬者并非国殇，而是异邦他乡的传教人；还在于它先以中国方式进行，再以西方方式进行，乃一古今罕见之中西合璧之葬礼也。说它最盛大，则眼见为实：

出殡是日，无边寺前，扯起无数纸幡，通往墓地的沿街巷口，均搭起过街孝棚，几班鼓乐从一大早就哀哀地吹打起来，整个太谷城都沉浸在发丧的氛围里。午后起灵，粗乐先行，纸扎雪柳开道，之后才是细乐，跟着的是数不清的纸扎。随后是权充孝子的官绅人等，一个个披麻戴孝，脸作戚戚然状，之后才是引魂幡、灵柩。这一长串灵柩，棺罩有"独龙"、"二龙"，分八抬、十六抬、二十四抬和三十二抬之别，排出去有二里多长。最后面才是权充孝女的官绅女眷及无数的送葬人。来在孟家花园墓地，却要由文阿德牧师亲自主持进行基督教安葬仪式，自然又是一番不同凡响的折腾。这里也难于一一细表。

后来，又举行了立碑仪式，分别在孟家花园墓地和复修了的福音院前树起老高的石碑，无非是颂扬死者的功德之类。文阿德办理完这一切，又开始重新组织太谷基督教的活动，首先扩大布道区，在敦坊、清源等地建起了支会，在孟家花园墓地旁开办起一所新学校——贝露女学，以纪念女传教士贝如意和露美乐。对于文阿德的工作成绩，上司当然颇为满意，公理会在其年度报告中评价说："他已经为传教会在汾州府和太谷的财产损失取得了充分的赔偿，所以今天这个传教会在房屋和地产方面比义和团运动爆发前得到更好的装备。"至于太谷民众为此付出了怎样的代价，当然只字不提。一直到半个世纪以后的抗美援朝开始时期，太谷人民忽然愤怒地捣毁孟家花园的墓地和石碑，肯定与当年对他们的忽略有关。

遗憾的是，孔祥熙没能赶上这个最盛大最奇特的葬礼，他在此前接到麦美德老师的紧急电报，要他务必火速返京，因为出国日期已经确定在8月8日。

第五章　弱国之民

二十、夜海漫议留学史

1901年8月8日午后，一艘美国轮船多瑞克号离开天津码头，向浩瀚的太平洋深处驶去，目的地是美国西海岸的著名城市旧金山。为数不多的中国乘客中，有出国留学的孔祥熙和费起鹤。在他们的行李中，最重要的是这样一件东西：由钦命全权大臣便宜行事、太子太傅、文华殿大学士、商务大臣、北洋大臣、直隶总督部堂、一等肃毅伯李鸿章所签发，由美国驻天津领事馆领事若士德签证的护照。另外还有李鸿章赠送的一份程仪。这个面子不能说小。原来，自打李鸿章从李提摩太口中听说孔祥熙后，一直没忘，很想见见这个年轻人，怎奈已经七十八岁高龄，近来又一直闹病，所以几次想见都没有见成。这时，麦美德女士正为孔费二人出国之事四处奔波，有难题求到吴汝纶头上。吴汝纶也在为没能见上孔世侄而心中抱愧，此时听说要为他办理出国手续，岂有不大力关照之理？于是把这事禀报给李鸿章知道，很快就办妥一切，并额外地为孔世侄等争得一份中堂大人的馈赠。末了，他还替李鸿章给钦差出使美、日、秘国公使伍廷芳起草一份咨文，全文如下：

> 为咨会事，据美国教士麦美德代华学生孔祥熙，山西太谷县人，费起鹤，直隶通州人，赴美国学堂肄业，请给护照前来。当查中国与美国续修条约，任便往来，照式填注，饬令至美呈关验放。除分缮护

照转发该学生孔祥熙等收执,俾利端行外,相应咨会贵大臣,请烦查照。

就在孔祥熙他们上路的同时,这份咨文也依自己的路径发出。会引起什么麻烦,这里且先不表。

多瑞克号乘风破浪,一路向西疾驶。身后故国山河已然消失不见,一直追逐而飞的那群海鸟也无影无踪,放眼望去,大海茫茫,了无际涯,澎湃激荡,博大沉雄,海风鼓动流云,浪花簇拥夕阳,侧耳细听,分明有一种恢宏壮丽的新音奏响……面对此情此景,孔祥熙和费起鹤不禁忘情地大喊大叫起来。这两个中国青年,自小进的是教会学校,从未踏入科举之途,什么红帖报喜、金榜题名之类的刺激无从享受,故而这次出国留洋带给他们的惊喜陶醉,一如乡试中举、进士及第!天黑好久,夜海沉沉,他俩依然流连在甲板上,若不是麦美德女士再三催促,定然会彻夜盘桓。但是回到舱里,他们还是心系大海,怎么也睡不着,搅得他们的老师也难以成眠。大家只好做深夜之谈。

麦美德理解地望着她心爱的学生,温柔地微笑:"记得我第一次乘船出海,比你们还要激动,虽然我那时已经二十七岁,比你们大得多。"

费起鹤问:"您出海上哪儿去?"

麦美德说:"就是上你们中国呀。我从小多么向往你们这个神秘的东方之国,做梦都想。可是临到出发前,我却有过胆怯,不知将来会发生什么事,我还能不能回到自己的祖国,见到亲爱的父母……真好笑。后来一看到大海,它是那么胸怀坦荡,强劲有力,富于激情,我才什么也不怕了。"

费起鹤说:"您真勇敢,一个人敢来我们中国。可您瞧我们,两个人还得让人护送。真丢脸!"

"这不一样。"麦美德见费起鹤挺认真,赶紧宽解地说,"我陪你们回去,主要是为你们联系上学的事,奥伯林是我的母校呀。再说,你们比我当年要小得多呀,是不是?"

孔祥熙本来无意参与他们的闲谈,随着船儿的颠簸,他还在用心体察着大海的律动,沉浸在一种全新的感受之中。但老师最后的话刺激了他:"我们还小吗?容闳先生赴美留学才十八岁,他招收的第一批留美学生最小的才十二岁,而且这是近三十年前的事了。我们真脸红。"

费起鹤惊讶地问:"哎,你怎么什么都知道?"

麦美德也挺感兴趣地问:"孔,这一段历史你知道?我还正想找这些资料呢。"

孔祥熙说："我是当初听我们家乡刘凤池长老讲的，那年我过十二岁生日，他说我没有什么生日礼物可送，送你一个志气，好好用功，将来也去美国留洋，就讲了容闳先生的事。"

费起鹤来了精神："快讲讲，看人家当年是怎么留美的。"

麦美德也用鼓励的目光望着孔祥熙。

孔祥熙也不推辞，就讲了下面这些情况："容闳先生是广东香山县人，字达萌，号纯甫，今年大约已经七十三岁了。他十二岁入马礼逊学校就读。马礼逊是基督教伦敦布道会派遣来中国的第一个传教士，马礼逊学校就是为纪念他而设。容先生十八岁那年，校长勃郎离任回国，表示想带几个学生赴美学习，他第一个站起来报名，因为他想，穷人子弟一生哪有钱出国留学呢？这么好的机会不能错过。就这样，他和另外两名同学便跟随勃郎先生去了美国。先进蒙森学校学习，后来进了耶鲁大学，成为中国第一个毕业于美国第一流大学的留学生。以他的成绩，毕业后留在美国不成问题，许多美国朋友也劝他不要回中国。但他用《圣经》上的一句话作答：'一个不能供养自己，尤其不能供养其家人者，就是一个不信奉上帝的人，比一个异教徒还坏。'他所说的'家人'就是自己的祖国中国。"说到这里，孔祥熙改了口："别讲这些吧，麦老师一定早都知道。"

麦美德说："容闳先生的个人情况我知道一些，但他办留学事业的资料我真的没搞到。你就尽你所知讲吧。"

费起鹤也说："别卖关子，快往下讲。"

孔祥熙又接着介绍："容闳先生回国后，给美国公使当过秘书，在审判庭当过译员，在海关当过职员，也在一家英商公司当过业务员，为糊口四处奔波，无法实现自己的抱负。他的抱负是什么呢？就是让更多的中国青年，都能像他那样去美国留学，学成归国，以实际本领报效贫弱受欺的祖国。直到他三十五岁那年遇到大人物曾国藩，理想才得以实现。他大胆地向时任两江总督的曾国藩提出四条改革建议，其中第二条是这样的：应该选派青年前往外国留学，接受完善之教育，以为国家服务。可先试行派遣一百二十名学生，分为四批，每批三十人，逐年派送一批。留学期限可定为十五年。平均年龄以十二到十四岁为限。如第一批及第二批学生证实确有成效，以后可派遣中文教师随同出国，以便留学生在美国仍能学习中文。并需委派监督两人，管理学生一切事宜。政府可由上海关税中抽拨数成，作为留学生经费。曾国藩采纳了这个建议，上奏朝廷批准成立了幼童出洋肄业局，任命刑部主事陈蓝彬为该局委员，容闳为副委员，共同负责该局事务。下面聘请两位中文教师，一是叶绪东，一是容云甫。另外还有一位翻译曾蓝生。为了保证学生的水准，他们又专门成立一所预备学校，由刘开生任校长，负责出国前的培训。可惜的是，第一批三十名留学生未能招满。"

费起鹤连忙问："为什么？这样的好事。"

孔祥熙说："我怎么知道？父母们不开化吧，或者是没听到消息？听刘长老告诉我，入学者九成都是南方人，以广东人最多。刘长老为此还很替我们北方的孩子叫屈。"

麦美德说："祥熙你还是往下讲吧。还知道什么？"

于是孔祥熙又接着往下介绍："容闳先生亲自跑了一趟香港，从英国人办的学校中选出数名中国学生，补足名额，送进预备学校。不久，曾国藩去世，他未能亲眼看到中国第一批留美学生的出发情况，也算是叫他死不瞑目的一件憾事。听说他临死前，专门将此事托付给继任者李鸿章，要他一定把幼童出洋肄业局办好，办下去。就在曾国藩死的那一年夏末，第一批三十名留美学生前往美国，他们和咱们不一样，是从上海起航，直达美国纽约。容闳先生由他的好友詹姆士·哈德莱教授介绍，认识了当地教育部门负责人诺思洛普，在他的建议下，决定把留学生总部设在哈特福德市，而把斯匹林菲尔德作为分配学生的中心地点，即在这里把学生或两人或三人的分在新英格兰的一些家庭，使得他们在正式入学以前，既能受到生活上的照顾，也可以接受一些学前教育。后来，在李鸿章的亲自关照下，幼童出洋肄业局驻美总部在哈特福德市柯林斯街兴建起一座非常漂亮的楼房，一切都进展得很顺利。但也就在此时，事情发生了逆转。"

费起鹤是个急性子："怎么啦，发生了什么事？"

孔祥熙说："因为来了个吴子登。此人是个极端守旧且心术不正的小人，任委员不久，即向朝廷暗中告状，说容闳先生对学生如何管理不当，放纵和宠爱他们，让他们去参加什么体育活动，游戏的时间多于学习的时间，自由结社谈论国事政事，不尊师也不尊重新来的委员……总之，派遣留学生乃离经叛道之举，留学生将对朝廷不忠，成为国家的一大隐患，云云。"

费起鹤愤然骂道："真是个该杀的奸臣！那李鸿章李大人呢？"

孔祥熙说："李中堂倒是过问此事，但朝中守旧派势力不小呀，他们视出国留洋如挖其祖坟一般，拼死也要朝廷召回留学生，停办幼童出洋肄业局。李大人一个人又能怎么样？"

"那就真的停办啦？"费起鹤问。

麦美德女士接过话头说："它停办于 1881 年。此事当时很是轰动。我那时在图伽鲁大学读二年级，记得报上登出几位名人联合写给贵国政府的公开信，请求贵国停止后退，坚持派遣留学生，写得十分庄严雄辩。我为写书，前些时还设法找到一份抄件，明天让你们看。"

孔祥熙说："几位名人是谁？"

费起鹤说："最好现在就让我们看。"

麦美德看看腕上的表："太晚了。好吧，看完大家一定要睡觉。信的执笔人是耶鲁大学校长波特先生，具名的有西莱校长、莱恩牧师、特韦契尔牧师等七个人。"

信是这样写的：

总理衙门鉴：

敬启者：近悉贵国将召回在美国学习之留学生，并撤销幼童出洋肄业局，我们作为学生的教师、保护人或朋友，对此消息深感遗憾。据我们目睹和所了解的情况而言，这些青年大都勤恳学习，在指定课业方面，以及对美国语言、思想、艺术及礼俗等方面的知识都有极大进步。他们都是品德高尚的学生，几乎无一例外，他们的举止彬彬有礼，风度文雅，所到之处，无论家庭、学校、城市或者乡村，都为他们自己、为他们的祖国建立了友谊。他们无负于他们的家庭和国家所寄之信任。他们在异国的表现是杰出的。虽然他们还在青少年时期，但是已理解到他们有责任保持他们的民族和国家的荣誉。他们的行为，使许多无知者和不怀好意的人对中国的偏见逐渐消失，而代之以称赞。

正当这些青年即将通过艰苦勤奋的学习获取丰硕的成果的时候，政府却将他们召回，我们对此深深感到遗憾。他们大多数人的学业，到目前为止当属基本训练和预备阶段。他们的学业，原可在精心灌溉和耕耘下培育出灿烂的花朵和果实，但是这次变动，剥夺了他们的学习机会。我们对他们所进行的知识文化教育，与我们对待本国的儿童和公民没有任何差异。

作为这些青少年的教师和保护人，我们理应欢迎肄业局的委员们或代表们到我们学校或专科大学来，向他们解释我们的教育制度和方式。有几次我们曾邀请过他们，但是既没有委员也没有代表应邀前来。

我们愿意提醒贵衙，当初原是贵国通过美国国务卿向我们提出要求，要派遣一些少年来美国学习我们的语言、我们的礼俗、我们的科学和我们的技艺，因此我们的专科学校和家庭才予以接受。目前他们在学习制度、技艺和科学等方面，尚未受到完整教育，还没有学到有助于中国的知识。我们一向祝愿贵国繁荣安定，而现在未经照会和调查，突然永久性地召回留学生，我们认为这样做有损于贵国体面，对我们国家所给予学生的友好待遇也不够礼貌。

至于你们所谈到的，我们的体制、原则和生活方式导致学生走向邪恶而不是善良，则我们认为这一说法与事实不符。假使他们忽略或忘却了他们的祖国语言，我们不能为此负责，因为我们从未承担这项教育的任务。中国政府派留学生来美国，原欲使一些少年按我们的教育方针学习，现在我们尚未按预期的那样完成责任。在这项工作尚未完成以前，竟做出判断认为成绩将是不利的，我们对此感到不快，能否视为无理？

由于以上各点，特别是那些我们所敬爱的学生所受到的诽谤和损失，以及对我们个人和我们伟大国家所受到的不分是非的谴责，我们谨此敦促贵衙对突然召回留学生的理由三思，对学生德、智方面的教育的抗议，也请正当地予以具体证明。贵国声称我们的教育不利于这些青年或教师，因而在他们学业尚未完成以前，竟出人意料地撤销肄业局，召回留学生。对于这一点，我们建议贵国任命卓越人才组成一个委员会，来此调查，辨明真相。

费起鹤又大骂起来："真是一个昏聩腐败透顶的朝廷！这批青少年也真倒霉呀。"

孔祥熙说："虽然他们没有学够十五年，但也出了几位杰出人物呢，建京张铁路的詹天佑、天津津海关道唐绍仪、中法海战中阵亡的舰长邝咏钟、中日海战中的海军游击吴应科、北洋大学校长蔡绍基等。倘若这个幼童出洋肄业局一直办到现在，还不知要为国家培育出多少顶天立地的栋梁。"

麦美德说："所以你们二位此次出国留学，机会难得呀。希望好好用功，也成为你们国家了不起的大人物。"

两个年轻人对视一下，会心地笑了。

二十一、闭门羹

多瑞克号轮船在日本横滨短暂停留后，又开始了自己的航程，三天后遇到一场风暴。夜海茫茫，惊涛骇浪，轮船颠簸得十分厉害，好在没出什么意外。孔祥熙和费起鹤第一次乘海船，晕得很，呕吐得一塌糊涂，再也没有兴趣跑到甲板上兜风了，只盼着快点到达目的地，上岸完事。

1901 年 9 月 12 日，多瑞克号轮船经过三十五天的航行，终于看到了自己的目的地旧金山。麦美德女士指点着眼前神秘的大陆，给孔祥熙和费起鹤不断地介绍着什么，两个被晕船折腾得面容憔悴的学生，此时也精神大振，扶着甲板栏杆兴致勃勃地观望着，充满惊讶喜悦之情，怀着无限的憧憬。

但是，意想不到的情况出现了：旧金山海关拒绝孔祥熙、费起鹤入境。那个神气活现的美国人竟把他俩的护照掷于地上："不合格！"

麦美德急了，捡起护照上前质问："先生，这是怎么回事？"

海关人员见是个白人，态度和气起来："他们的护照不合第六款。"

这个美国人所说的第六款，系指美国国会 1884 年出台的《限制华工条例》第六条，该条规定："凡来美华人须经中国政府逐案处理，并经中国政府所授权之官署发给英文执照或附英文译本，内须载明姓名、职衔、品级、年龄、身长、形貌、职业、在国内住址，入境时送交入口税关查验。"根据这一条款规定，经美国政府承认的中方签证官署是上海江南海关道、天津津海关道、广州粤海关道三家，其他衙门所发护照一律不算数。

麦美德问清以后，向对方解释说："这两份护照虽然不是由上述官署所发，但却是李鸿章先生亲自签发，并经我国驻天津领事若士得签证的，应该有效。"接着她想详细介绍一下李鸿章是什么样的人物："李鸿章先生是……"

这位海关老爷把手一挥，不耐烦地嚷道："我不管什么李鸿章，一律无效。再说他们的护照系用中文填写，这也不合规定。"

麦美德再三交涉，请求通融，毫无结果，反而招来一句："谁叫你带来两个黄脸华工？"

麦美德也火了，正色道："请你不得无礼，他们不是来打工的，是来上大学的。你要为你的话向他们道歉！"

"道歉？"美国佬耸耸肩，冷笑一声。

麦美德见无法再说下去，天也快黑了，心想先找地方住下明天再办。正要带着两位学生离开，被对方拦住不让走："他们是非法入境者，我们要依法拘留。"口气非常强横。话音刚落，就上来几个海关警察要带人走。

麦美德这下可真急了，上前就要抢人，被那位海关老爷拦住："女士，请您不要妨碍我们执行公务。"

麦美德没辙了，她想对两位学生叮咛几句话，但他们已经被带了进去。

二十二、痛说排华史

孔祥熙和费起鹤被带到一间很大的木棚里，这里面已经挤满了人，绝大多数是华人，人声嘈杂，空气污浊，肮脏不堪。他们刚在一个角落坐下，就立刻围上来几个人问七问八，他俩谁也无心开口，紧闭双眼靠墙坐着，一任屈辱的泪水默默流淌……这是怎么回事？满怀喜悦和希望来到这个向往已久的国度，还没容说上一句话，连口气儿都还没来得及喘，就叫人家像赶牛赶羊一样地赶进这里，真丢人呀！就算我们的手续有不妥的地方，也不能受到如此粗暴的待遇呀？这是文明发达、自由民主的美国吗？……两个中国青年怎么也想不明白，越想越气，加上几天来晕船难受，今天一整天又水米没沾牙，到后半夜时终于顶不住，一起发烧病倒。多亏周围的华人相帮，取水喂药的，找食物的，安慰劝解的，才使孔祥熙和费起鹤慢慢地好起来。看他们没事了，领头的一个华人，自称姓周，开口说道："小兄弟，这事不能生气呀。俗话说得好，人在屋檐下，哪能不低头？这是人家的地盘，不是咱东土神州。只能怨咱们倒霉，正碰上这么个非常时期，忍着罢。"

孔祥熙不解地问："周大叔，什么非常时期？"

老周说："嗨，排华呗，人家全国正在闹排华。你们一定是初来美国，不知道这里面的利害，一下子也给你们讲不清。"

孔祥熙又问："你们大家也是护照有问题？"

"大部分不是。像我们五个，"老周一一指了指周围的几个同伴，"我们都是来美国多年的商人，什么手续都全全的，只因回国探亲走了几个月，返回来就不让上岸了，一会儿说是证件有差错，一会儿又说是身份证有疑问，最后又说我们是制造商而非商人，总之一看我们是中国人，就千方百计地卡我们，欺侮我们。咳，我们被关在这里都快两个月了，今天来个移民局的稽查员，明天来个海关的税务员，要不来个什么特派员、警官之类，一个个粗暴无理，敲诈勒索，不准保释、不准请律师，一切费用还得自理，哪里还讲平等博爱呀！"

费起鹤才刚缓过劲儿，问身边的另一位华人："是这几个月才排华吗？"

此人说："不是，早就闹腾开了，听说几十年了，不过最近挺凶。"

费起鹤又问："详情究竟是怎么回事呢？"

"详情我可闹不清，这你得问周哥。"他指了指姓周的华人，"他是秀才出身呢，没有他不知道的……周哥，给这两位小兄弟讲讲，闲着也是闲着，我们也再听听古。"

老周环视四周，见大家都有兴趣，就说："那好吧。咱们这些弱国之民，也就只能在嘴上痛快痛快。不过怕讲不好，两位小兄弟是大学生呀。"

下面便是老周痛说美国之排华史："早在百多年前，就有咱们中国人来到美国打工，就在这加利福尼亚的金矿上干活。那时候，美国才出现淘金热，所以谁参加进去都行，再说当时咱们中国人也不多，而且还有许多人是干侍候白人的差事，比如给人家洗衣服、当厨师、做木工什么的。他们对中国人还挺喜欢，觉得离不开咱们，说咱们中国人勤劳呀，宁静呀，整洁呀。总之，大家相安无事。

"过了那么四五十年，到同治年间，事情有了变化。首先是咱们中国的契约华工大为增多，一批一批地来到美国。咱们中国人你们还不知道，来这里就为挣钱回去，只要能挣钱，什么苦活也干，又听话，你说延长工时就延长，你说降低工资就降低，别人不愿干、不想干、不敢干、干不了的活，咱们中国人都干。再者说，咱们中国人又抱团，说得一样话，吃得一样饭，烧香叩头敬的一个祖宗，住也要住在一起。除了对他们的钱感兴趣以外，其余别的一概不稀罕他们的，也不掺和他们的事，什么选举呀，成立这个党那个派呀，罢工呀，咱们中国人谁热心这个？咱们就热心捞钱。这么着，咱们中国人就慢慢遭人恨上了。

"为啥？你想呀，咱们能抢上活呀，他们还在那里与雇主讨价还价，嫌工钱低，嫌工时长，咱们倒给人家雇主干上了，他们气不气？他们又要一个劲地搞罢工，要求加工资，要求改善干活的条件，可咱们中国人不跟上人家闹罢工，还破坏了人家的罢工，他们气不气？一来二去，人家自然看咱们不顺眼，又不是高鼻子黄头发，所以越看越不顺眼，还不就恨上咱们了？

"在加利福尼亚，最先闹起排华的是爱尔兰人。他们大批地从欧洲移民过来，占到当地移民总数的四分之一还多。他们揽不上活挣不上钱，就骂咱们中国人是资本家的走狗，是驯服工具，是黄祸，是让他们失业的罪魁祸首。就不断找咱们的麻烦，寻衅闹事，一起又一起，越来越严重。那年，光在洛杉矶的一次闹事中，就杀死咱们十九个兄弟。这还不算啥，人家懂那些文明玩意儿，很快组织起一个工党，支持民主党在加州上台掌了权。俗话说，朝里有人好做官。在这里也是一样。人家在朝里有了人，就一个劲地往上递折子，这里叫提案。今天一个提案，明天一个提案，说咱们中国人不干好事，专门传染疾病，制造罪恶，垄断行业，造成失业，吸毒赌博，成为当地纳税人的负担；要求禁止咱们中国人拥有财产，不能经营贸易，不能加入美籍，不能携带武器，不能出庭当证人……多啦多啦。按说，这些要求都与美国联邦宪法不符，也与中美签订的有关条约不符，但人家加州当局不管，照样接受下来，写进州宪法第十九条。这第十九条是明糟蹋咱们中国人，把咱们与乞丐、罪犯、病人划为一类，禁止全州任何一家公司雇佣华人，凡输入华工者将受到惩罚，立法机构还授权把华人迁移离开城镇区，甚至不准进入加利福尼亚。

"要是光加州一个地方排华还好说，不妙的是，最近这些年全国各地都有了这种势头，美国西海岸各州已经组成联合阵线，共同推行驱逐华人的政策，尤其在咱们的义和团闹事以后，人家说咱们杀了不少美国人，于是反华浪潮更怕人了，连国会里都是排华人占上风哩。两位小兄弟，你想，你们正好这个时候来美国，岂不就要大触霉头吗？"

孔祥熙听到这里，心里有点明白过来，便问："周大叔，有一点我还想问，咱们大清国就不闻不问吗？您刚才也说过，不是还有什么中美条约吗？"

"嗨，快别提咱们的大清国了。"老周长叹一声，"那么个朝廷，在国内收拾老百姓你看他多凶，可在外头是个屁！谁把他放在眼里？就可怜咱们这些弱国之民喽。不过话又说回来，要说倒也来过几位有血性的父母官，在这里叫公使、领事，也挺想保护保护咱们华人，可孤掌难鸣，朝廷里头奸臣太多，没人给撑腰呀。就说如今咱们这位公使大人伍廷芳，是个人物，恐怕你们的事也得找他……嗨，我讲这个你们爱听不爱听呀？"

费起鹤忙喊："爱听，爱听。怎么不爱听？"

孔祥熙也说："您就放开讲吧，我们也跟您多长些见识。"

老周哈哈一笑："好，只要两位小兄弟高兴，能忘掉方才的烦恼，我就再贫嘴一回。

"两国最早订过什么条约，也没倒腾明白，反正记得住是《蒲安臣条约》。蒲安臣不是咱们中国人，是个退休的美国外交官。同治六年（1867），咱们的同治皇帝发下特诏，聘用这位蒲安臣为特派钦差办理中外交涉事务大臣，配上志刚和孙家谷两位中国大臣一同出使西方。这就是当时有名的蒲安臣使团。他们先到美国，在华盛顿与美国政府签订了《中美天津条约续增条约》，世人通称《蒲安臣条约》。其中规定：我们中国可以派出领事驻在美国，两国人民可以自由前往各国，或者常住入籍，或者随时来往，听其自便，不得禁阻，而且两国均要按照'相待最优之国'条款，处理两国人民往来事宜。当时咱们中国人在美国已经有近四十万，没这么个条约不行。排华事起，他们要攻的就是这个条约。这前后，咱们大清国派来的第一任驻美公使陈兰彬来到了。"

孔祥熙当然知道陈兰彬，他是反对派学生留美的，与容闳先生一直闹别扭。但他没吭声，想听老周怎么讲这个陈兰彬。

"陈公使跟你们一样，也是从旧金山这里入关。一来正碰上排华大暴乱，暴乱者持续三天洗劫烧毁华人住宅区。他当然很气愤，很快在旧金山设立总领事馆，任命陈树棠为第一任总领事，着手处理排华事件。可是顶什么用？人家有法律保护，上面有人做主，照样欺侮咱们中国人。不久就是科罗拉多大惨案，暴徒光天化日之下把咱们的兄弟黄元昌打个半死，再用绳子套住脖梗子，在大街上拖来拖去，差点送了命。这次咱们死伤近十人，财产损失三万美元。陈公使找人家国务卿，人家国务卿说我表示遗憾，但不能强行干预各州事务。这明明是推诿呀。可人家就不把你大清国放在眼里，你能怎么着？

"再看咱们的窝囊朝廷。人家不是要攻《蒲安臣条约》吗？人家强硬得很，派个三人使团跑到咱们北京，说要修改那条约。你们说朝廷混不混？三谈两谈就全依了人家，跟人家订了四条，头一条就是允许美国政府在他认为合适时限制华工移入。这真是狗屁条约！这不是人家瞌睡了正好给个枕头？从此人家排华就更有理有据了。真能把人气死！你们说咋就这么软蛋！这下好，人家立马开国会，定出了第一个排华法令，十年内禁止中国工人移入美国，包括熟练工人和非熟练工人，还规定所有在美华人，除外交官外，都得持有中国政府发给的证件文书，违者立即驱逐出境。外交官所持证件，必须记载详尽并经仔细检查。商人中不包括叫卖小贩和从事晒制鱼干和装运鱼类的渔民。发给旅行者的证件必须包括旅行路程和旅行者的经济情况。中国政府所发的身份证，必须得到起程口岸美国外交官的副署，应随时出示备查……你们看，这叫人怎么活？那些种族主义者有了尚方宝剑，排华就更胆大了，很快发生了洛士丙冷惨案。

"这一案咱们可惨了。那儿的白人矿工上街游行示威，要求赶走咱们中国人。他们在排华组织劳动骑士团的策划下，带着步枪等武器冲进华人住宅区，不问青红皂白就开枪杀人，纵火烧房，趁机抢劫掳掠，整个唐人街血迹斑斑，火光冲天，共被打死二十八名弟兄，十五人重伤，财产损失达十四万多美元。这时咱们的公使是郑藻如，人是个好人，也特别能干，给美国国务卿提出强烈抗议。无奈国家腐败没力量，说出去的话不见响动。人家拖了一年，才给咱一个复照，不但不承担一点责任，反而说是咱们人的过错，拒绝处理；最后假惺惺地表示，可以请求总统出于慈悲，商请国会予以特别考虑。后来公使换成张荫桓，又换成崔国因，又换成杨儒，哪个都是有点骨气和才能的人，可就是怎么也阻挡不住排华浪潮，原因谁也看得清清楚楚，有什么办法？还是那句话，弱国之民呀！

"如今这位公使伍廷芳，是比前任诸位更有出息。你们的事也得看他了。他生在新加坡，三岁随父亲伍荣彰回到老家广东新会县。他十四岁入香港圣保罗书院，三十二岁留学英国学法律，成了咱中国第一位大律师，回香港后开业并担任立法局议员，四十岁成了李鸿章的法律顾问，进入官场，做过津塘铁路的第一任督办，三年前派来美国当公使。我与他是小同乡，所以知道得这么详细。他在美国这几年可干了不少事，最近正在干一件大事。先前制定的那排华法令，到明年 5 月 5 日就期满，排华势力正在加紧活动，想再延长。他们在劳联的策动下，展开全国性鼓吹，游说政客，发表演讲，出版散发小本本，并且与以反华头子鲍得利为首的移民局相勾结，掀起排华新风浪。你们这次受刁难，绝对是移民局搞的鬼。目下，伍公使正领头跟他们对着干，他发动所有同情和支持咱们华人的美国名人，成立了一个美国亚洲协会，印小册子到处散发，还组织演讲会，又在各大报上写文章，还给总统写信，气势也不小。你们有文才，出去到大学后，也要参加进去干。当然现在还不行，还让人家关在这里呀。对了，我再给你们提个醒儿，如今驻在这旧金山的总领事名叫何佑，是伍公使的姻兄。要有门子找他，保你们很快就能出去。嗨，我们实在是没门子呀。"

老周滔滔不绝刚讲到这儿，忽听一阵开木棚的响动，就见进来移民局的一群人，为首的扯起嗓子喊道："谁是孔祥熙、费起鹤？出来跟我们走！"

二十三、麦美德事件

在多瑞克号轮船所属轮船公司的一间职员宿舍里，有三个人正在焦急地等着孔祥熙和费起鹤，他们是麦美德女士、魏录义夫人和中国驻旧金山总领事何佑。

那天，孔祥熙和费起鹤在海关被扣，急坏了麦美德女士，她连夜闯进中国驻旧金山总领事馆，紧急求见总领事何佑。谁知正遇上总领事外出不在，说是去华盛顿了，今天晚上有可能回来。麦美德女士也铁了心，既然有可能回来，哪怕就是有一分可能，也得等到见着人。一直等到快半夜，总算等到了总领事，尽管总领事风尘仆仆，满脸倦容中透出几分恼怒。有人给何总领事通报说，一位美国来访者已经等了将近五个小时。他气哼哼地低声斥道："什么美国人！"不过当他面对麦美德女士时，还是拿出了外交家的风度："亲爱的女士，让您久等了。我能为您效劳吗？"

麦美德女士何等聪明，自然看出了总领事心中的不快，客气地说："尊敬的总领事阁下，请您原谅，这么晚还来打搅您。实在因为发生了一件可怕的事。"

何佑坐下来，倾身向前，关切地问："发生了什么事？"

麦美德取出李鸿章写给伍廷芳那份公文的副本，恭恭敬敬地递给总领事。

何佑飞快地看了一遍，抬头望着麦美德女士，等待解释："这是……"

麦美德说："总领事阁下，此公文的正本，在我们动身之前，已经发给伍廷芳公使，我想他应该收到了。"

何佑摇摇头说："没有。我刚从伍公使那儿回来，有的话他不会不打招呼。也许他忘了？这几天的事也真多，嗨，你们的新总统呀……"他意识到什么，立即打住话头。

麦美德女士想调节一下气氛以便深谈，笑了笑说："何总领事，我在贵国已经住了十四年，有不少中国朋友。看来您对我们的国家似乎没有好感呀。"

何佑连忙说："哪里，哪里。贵国人民是非常了不起的。"

麦美德又笑着说："那么一定是我们的新总统西奥多·罗斯福先生得罪总领事阁下了？"

何佑也变得随和一些，笑笑说："'得罪'二字从何谈起？不过他居然签发了继续排华的法令，虽然是迫于各种压力，毕竟太让我们感到失望，也为他感到可惜。"

"又延长了排华法令？"麦美德女士也大感意外，"真是太让人难过了，真是太不光彩了。"

何佑反过来安慰说："不过，也没有什么大不了的，中美关系总有一天会走上正路的。哎，对了，这两位留学生现在哪里？"

麦美德说："别提了，他们一上岸就叫海关给拘押起来，我就是为此而来，一定要想办法帮助他们。可怜的孩子们，现在也不知道怎么样了，一定非常难过。"

何佑皱起眉头沉思良久，看了看墙上的挂钟，决断地说："这样吧，麦美德女士。现在已经不早了，您也该好好休息一下，一切都交给我办。我马上就与伍公使电报联系，明天一早，我亲自去海关过问此事，无论如何先要把他们从拘押处接出来。您觉得怎么样？"

麦美德当然很高兴："这太好了。那就拜托了。我也会尽力的。"

何佑问："麦美德女士，怎么与您联系呢？"

麦美德说："我有位朋友现在肯定就在旧金山，但还不知道她住在何处。我明天再来贵领事馆会面吧。"

何佑说："要不您就在敝馆委屈一夜，天也不早了，怎么样？"

麦美德坚决地说："不，我今晚一定要找到这位朋友。谢谢阁下。"

麦美德要找的朋友，就是她的老同学魏录义夫人。从北京动身前，麦美德就给魏录义夫人发过一封电报，告诉了船名和船期，希望她能赶到旧金山见面。可那天在码头上并没有见到她，麦美德估计是因为靠岸日期难以确定造成的，不过她深信，一向守时的老朋友现在一定就在这个城市的某家旅馆里，而且就在码头附近的地方。她的这个判断不错，当敲开第二家旅馆的大门时，麦美德很顺利地就与魏录义夫人相会了。

"你怎么还没睡觉？"麦美德进门看见整齐的床铺，惊讶地问道。

"你不是也没睡吗？"魏录义夫人机灵地反诘。两人相视一笑，"告诉你吧，我刚从移民局回来不久，真气死人了！"

麦美德说："你都知道了？"

魏录义夫人说："我晚去了一会儿码头，就没见上你们，可听说有两名中国学生被扣了。心里不禁发毛，该不会是我的孔孩儿吧？跑进海关打听，谁知就是他们，我要求见面，那些海关人员真粗野，就不让见，还说出不少难听的话。没办法，便上移民局找一个关系，也没找见，就直接闯进他们长官办公室交涉，不想又遇到一个蛮不讲理的家伙，费了大半天口舌也没用，这不，晚饭也没吃，正在一个人生气。快告诉我，到底怎么回事？"

麦美德往沙发上一靠，说："老同学，有什么吃的没有？我都快饿死了。"

魏录义夫人找出一块面包："对不起，就只有它了。"

麦美德饥不择食，狼吞虎咽地啃起来，顺便把事情的经过讲说了一遍。

魏录义夫人感动地说："你真受苦了。我真笨，怎么就没想到找中国领事馆呢？据你说这位何领事人还不错，也许会有转机的。"

麦美德舔着手上的面包屑："不过也不能光靠领事馆，我们自己还得想办法。"

"你还有什么门路？"魏录义夫人问。

麦美德显然已经早有打算："听说排华法令又延长了，看来对两个孩子非常不利，这事只怕要费大的周折。我想直接给财政大臣写信，因为移民局属他们管辖，把两个孩子的情况详细陈述出来，尤其他们是在义和团事件中救助美国人的英雄，有充分理由得到特殊照顾。你觉得怎么样？"

"你真有点子。"魏录义夫人高兴地说，"对了，我也受到了启发，你还记得咱们的莱特教授吗？他现在很有声望，有不少政界上层关系，好像与外交部和财政部都有来往。你把信的副本给我，我亲自上华盛顿给他送去好不好？"

"太好了！"麦美德拍手大叫起来，"干脆，这封信一式三份，都由你亲自出马送到，一份直送财政部，一份交给莱特教授，一份交给中国公使伍廷芳先生。对了，就这么干。我现在就写。你敢送吗？"

魏录义夫人大受感染："这有什么不敢？总统先生我也敢见。只是你今天不能写。"

"为什么？"麦美德不解地问。

魏录义夫人一把搂过老同学，心疼地说："就因为你现在最重要的事情是好好给我睡一觉。"

两人抱在一起笑了起来。

一进宿舍门，好动感情的魏录义夫人就一把搂住孔祥熙亲了又亲，真像见了失散多年的独生子一般。闹得孔祥熙挺不好意思，一边擦着脸上濡湿的地方，一边想挣脱出来，惹得大家哄然大笑起来。

麦美德给孔费二人介绍了何佑总领事，说："你们应该好好感谢何总领事，多亏他的努力和担保，人家才同意放你们出来，暂住在轮船公司这个地方。"

何佑谦虚地笑笑："叫你们受委屈了。本来不应该发生这样的事，何况你们又不是契约工人，是来求学的青年，是我们国家将来的希望呀。此事还不能就这样，我要继续与他们交涉，至少争取在你们的入境手续办好以前，最好住到咱们的总领事馆，以便照顾和保护，这里的条件也太差了。伍公使也非常关心你们，指令要很好地安排你们，并说过几天要来亲自看望你们。好吧，你们好好地休息。我告辞了。"他向二位女士礼貌地点点头，走出了房间。

大家重新坐定。

孔祥熙给费起鹤介绍说："她就是魏录义牧师的夫人，我的师母。"

费起鹤站起身给魏录义夫人深深地鞠了一个躬："魏师母您好。我在太谷时，有幸与魏录义老师共事近一年，他真是个好人。我对发生那样不幸的事深表痛心，希望您能节哀顺变。"

魏录义夫人立即红了眼圈，连声说："谢谢，谢谢。"

这时，孔祥熙早已取出魏录义牧师的遗信，双手捧给魏录义夫人，想说几句得体的安慰话，却一个字也想不好，他不忍看见魏录义夫人的哀痛，连忙背过脸去。

魏录义夫人极力控制住自己，不让眼泪掉下来，她接过信并未打开，先是用手掌轻轻地摩挲，然后紧紧地贴在胸口，嘴里依然吐出无数个："谢谢，谢谢……"也不知是在谢孔祥熙，还是在谢给自己留有遗书的丈夫。终于，她再也控制不住自己了，抱着麦美德号啕大哭起来。

孔祥熙扑通一声跪在魏录义夫人面前说："师母，您别哭了。我会永远奉养您老人家……"说着也禁不住大哭起来。

大家都跟着哭了起来。

过了好半天，麦美德止住悲声，劝魏录义夫人说："爱丽丝，别哭了，你要保重身体呀。再说，为主的事业献身，先生是心甘情愿和无比光荣的，你不是告诉过我，去中国传教是先生的最大心愿吗？他在山西为自己喜爱的事业干得很出色，是死而无憾的。现在看到他最心爱的学生来到美国，来到你的身边，你应该非常高兴才是，你应该像先生那样爱他帮助他……"

魏录义夫人慢慢平静下来。她问孔祥熙："其他几位先生和女士的遗书都带来了吗？"

孔祥熙从身边取出来，都交在她的手里。

她说："我来一一送交吧。大家会感激你的，孩儿。"

这时，有人进来通知开晚饭。

魏录义夫人看看表，说："我不吃了，我得赶火车。"

孔祥熙和费起鹤一齐惊讶地问道："您要上哪儿去？"

麦美德解释说："我们光顾说话，还真差点误了事。你们魏师母要赶这一趟火车去华盛顿，当然是有急事，也是为了你们。"

"为了我们？"

"是的。"麦美德说着取出三封信交给魏录义夫人，"她要坐上几天几夜的火车，为你们去送这三封信。"

魏录义夫人说："这不算什么，火车走我又不走。你们麦老师才辛苦呢，你们问她，是不是偷偷爬起来写了半夜？瞧她那黑眼圈。"

孔祥熙问："你们信里写着什么？"

两位女士对望一眼，狡黠地一笑："对先生们暂时保密。"

1901 年 9 月 26 日，中国驻美公使伍廷芳收到李鸿章发来的咨文。此前他已知晓孔祥熙和费起鹤的事了，于是当即复函北洋大臣李鸿章，内容如下：

> 查学生孔祥熙、费起鹤业经来美。旧金山税关以该学生呈验护照，与前大臣杨（指杨儒，即前任钦差出使美、日、秘国大臣）光绪二十年，中美续约后所定华人来美执照未能符合，阻其登岸。据驻旧金山总领事电禀，当经再三与美户部（指美国财政部）驳论，现准该学生先行登岸，在旧金山总领事馆暂住。再将原领护照寄回，补领如式执照。兹将光绪二十年续约后所定执照程式另纸照录，以便该学生等换领执照时，照式填注，饬寄来美，以符成案。

伍公使刚发走这份公函，又收到麦美德的私人信件，一看还是为孔费二人的事。尽管他看出写信人的主要目的是让美国当局关注，但也深深打动了他。信中先介绍了她自己的情况，如何受本国传教组织的派遣远涉重洋去了中国，在河北通州一所中学任教十四年；接着详细介绍孔祥熙和费起鹤的情况，如何身世清白，聪明好学，成绩优良，尤其重点描述了二人在义和团事变中的突出表现，如何冒着生命危险救助美国人，收藏死难者的遗书送来美国，参与联军与清政府的和谈卓有贡献；最后写来美受阻经过，如何遭到不公平不合理的待遇，强烈要求以特别方式尽快解决二人的入境入学问题。信写得充满感情，很有说服力，一个美国女性的坦诚和挚爱，与那些排华分子的偏狭和敌视，形成鲜明的对比，令人嗟叹不已。伍廷芳不顾劳累，当即给麦美德写了回信。他首先对她为两个中国青年所做的无私帮助表示谢意，并由此感谢她对中国人民所具有的美好感情和友谊；他表示自己将一如信中所期望的那样，为孔祥熙和费起鹤的入境乃至求学问题竭尽努力，不达目的决不罢休；他特别提醒麦美德注意，在一切合法的努力取得成功之前，务必要克制感情，不采取任何可能授人以柄而使事态扩大和复杂化的非理智行动。在写这一点时，他字斟句酌，颇费心思，因为他从麦美德的来信中，判断她是一个感情冲动、敢作敢为的现代女性，生怕她会感情用事，做出于事无补的过激努力。他以一个成熟外交家的口气，就此反复用笔多多。而且他心中暗暗决定，一定要抽空去旧金山跑一趟，最好就在拿到国内寄回合格护照后再去，大约也就不足三个月的时间吧。

但是，伍廷芳没料到事情会一波三折，大费周章。

原来，当美国公使的急函经过一个多月的周游抵达李鸿章的衙署时，李鸿章本人已经病势沉重，连说话都很困难了，由他的儿子李经述读给他听。他的脑子还相当清醒，挣扎着说："看来这两个娃娃到了那边了，好，好……人才难，难得呀。快，快给他们办，办……"就在这天，1901年11月7日上午11点15分，权倾当朝、名重一时、毁誉交加的大人物李鸿章病逝京都，享年七十八岁。

他这一死，造成的震动忙乱可想而知，为两个无名小辈办理什么手续之事哪能排上日程？一拖就是一个多月过去了。等到接任的北洋大臣兼直隶总督袁世凯升堂理事多日之后，方才翻出这档子事。此位双手沾满戊戌烈士鲜血的奸雄，对海外事务却颟顸无知，竟让手下人把一张空白护照随便寄出，说："叫他们自己填去。"于是，发出如下一份公函：

> 兹据津海关道照式备具执照，并用关防，详送转咨等情，相应咨送，请烦查照转给并执照一张。

这份公函是1902年1月17日发出的，到达华盛顿已是2月24日。等得心焦的伍廷芳打开一看，不禁啼笑皆非，心里狠狠骂道："真是混账透顶！"但是有什么办法呢？只好从头再来。这次他让人将必须填写的内容列出清单，交代清楚两人的护照一定要分开，每人汉语、英文各一种，而且所填内容必须一致。下面是孔祥熙汉语护照应填写的内容：

> 为给发执照事：照得孔祥熙系中国人民，现在按照美国议院一八八四年七月五号续修一八八二年五月六号遵约所议限制华工条例，暨中美两国于一八九四年十二月八号续定之条约，携带执照呈交美国税关查阅。来美该人孔祥熙，无职衔品级，年二十一岁，身长五尺七寸，面白，颈左有痕。前时（目下）赴美肄业读书。曾在山西省读书七年，中国北方学堂四年。住山西省太谷县。为此给照放行，望勿留难阻滞，须至执照者。

一切准备就绪，又给袁世凯发出公函如下：

> 兹承准咨送之执照仅是空白，未经逐项填注，又无美领事签字，学生二人同一执照，均恐未尽如式，往来驳论徒滋唇舌。现已旧由金山总领事饬知两生，将籍贯、年貌、行业，查照定式逐一填明，共汉洋文四纸，备文咨送贵大臣谨请察照，札饬津海关道查照原文，如式分填两照，并将美税关以前照不合、必须另换缘由，移送美领事补行签字，迅赐寄还，俾得转送美税关查收，以符成案而免滞阻。

上述公文是 1902 年 2 月 26 日发出的。伍廷芳掐指算算，如果一切顺利，要见到合格护照也在 8 月以后，如果别生枝节，那就更不知会拖至何年何月了。心中不禁感慨系之，唯有摇头叹息而已。

事情果然不出伍廷芳所料。

清廷内部争权夺利，袁世凯正在步步走红，为进入最高决策圈而加紧上层活动，哪里能顾得上两个小人物的护照问题！竟使伍廷芳的公函积压案头达半年之久而未曾过问。不久，果然调回北京就任新职，直隶总督兼北洋大臣的印信由吴重熹护理。这位新任的吴重熹上任以后，才开始办理孔祥熙他们的事，一直拖到 1902 年的 10 月底，总算有了个结果。于是寄出护照，并给伍公使回函如下：

> 据津海关道唐绍仪申称，查前蒙宪台札准出使美国伍大臣咨，以学生孔祥熙、费起鹤二名赴美肆业，因执照未尽如式，附送汉洋文照四纸，请饬分填寄还，札道查照办理等因，当于本年五月间备具华洋文执照各二纸，函请美国若（指若士得）领事签名盖印在案。复蒙宪台札催前因，均经函致美国领事查照迅速核办见复去后，兹准该领事若士得将前项执照签名盖印，函送前来。理合将前项华洋文执照各二纸，申送核咨等情到本护理臣，据此相应咨送贵大臣，请烦查收转给施行。

这道公文在路上至少要走一个多月，即便如期到达也在 12 月份了。在前后将近十个月的等待中，心急如焚的麦美德女士完全对中国官方的工作效率失去了耐心，走了一步大大的险棋，在中美关系史上制造了一起不大不小的麦美德事件。

　　先是，中国驻旧金山总领事何佑再三努力，终于和美方海关达成一项新协议，即由中国总领事馆花两千美金取保，美方允许孔祥熙、费起鹤二人离开轮船公司宿舍，暂移住总领事馆内。这里安顿好孔费二人，麦美德才略微放下心来，便全力跑美国财政部。但是困难重重，收效甚微，虽有大能人莱特教授在上层极力周旋，怎奈排华浪潮席卷全国，在上层的势力也很大，连总统也不敢冒险犯难。最后财政部和外交部的答复都是不能特殊照顾，必须按规定办理正式入境手续，否则将打发两个人回中国去。这使麦美德女士陷入极大的困境。同时还出现了另一个难题，就是孔费两个学生的旅美经费问题。原来孔费出国留学，虽是潞河书院推荐，美国公理会华北总部批准，但由于义和团事变的发生，来美经费问题一直没有落实，除了几位朋友的少量捐助外，主要都由麦美德独力承担。按麦美德原来的想法，带两个学生入母校奥伯林大学读书，那是不会花费多少时间的，顶多个把月一定解决问题。何曾料到会如此大费周折，一年多过去了还没入境，谁知要拖到哪年哪月？自然一切意外开销就成了大问题。关于孔祥熙和费起鹤的留学经费问题如何解决，麦美德一早是有所考虑的，资金来源有三：一是潞河书院提供一部分，二是奥伯林大学的奖学金，三是由她自己筹措一部分。她筹措资金的门路不是别的，就是靠自己撰写的《华夏两英雄》的出版稿费。还在北京时，她就开始了这本书的写作，可以说主体部分已经完成，共分为两大块，一块是写孔祥熙，一块是写费起鹤。书中写了这两位中国青年的童年故事，但主要是写二人在义和团事件中的英雄故事。回国以来这一段令人百感交集的经历，促使她写出了本书的第三部分，即结束语：在美国的经历。她在书稿的卷首说："作者这本书的版税将贡献给这两位年轻人作为大学费用，他们的痛苦经历在此简略。正如最后一章所解释的，美国法律不允许他们在这个国家从事任何有报酬的劳动，所以希望有兴趣的朋友们能促进这本小书的发行。"她针对当时的排华现实大胆陈言："因为我们的排华法而让这些高尚的人受害，放下这本书，如果有谁为这严重的错误而心动，不要让它成为片刻的感情。那毫无意义。我们已经制定了这些法律，如果它们实行起来不公正，改变它们是我们的责任。一块基督教的土地，对曾经向她的公民们显示了如此英勇的忠诚和如此亲切的爱的中国基督徒关闭着大门，而同时天国下面其他每一个国家的人渣们却畅行无阻，这不是一件可悲且反常的事吗？"但是，在当时的情况下，《华夏两英雄》的出版也是相当困难的，为此，麦美德女士同样吃尽苦头而成效不大。真是越不顺利越多事，就在这重重困境中，一封加急电报又从通州飞来。

前文提到，通州潞河书院于 1901 年初在北京复课。后来《辛丑条约》签订，中国再次陷入丧权赔款的可悲境地。潞河书院的头头之一都春圃，挟着《辛丑条约》的威风赶回通州，逼迫知府吴肇毅赔款十六万两白银，其中由国库发十万两，由地方上筹六万两，用以修复潞河书院被毁坏的校舍、抚恤死亡教徒的遗孤等。于是，将通州新城南门外谢家园、北园、晒米厂三个村庄的土地买下，作为建筑潞河书院、医院等教会房舍之用，统称为南地，约占地七十英亩。整个工程于 1902 年夏天全部完工，不久潞河书院就从北京城里迁回新校舍，一切转入正轨。麦美德是书院的骨干人物，离校已经一年多了，必须赶快返校担当重任。这就是发来潞河急电的原因。麦美德手拿电报愣在那里，心中又乱又火，一时难以平静。人急智生，但有时是人急智昏。麦美德此时身边也没个可以商量的朋友，一急一气之下，决定带领她的两个学生离开旧金山，北走加拿大，再从另外的海关进入美国。奥伯林大学已经开学了，她宁可冒违法受罚之险，也发誓要让两个学生及时入学。这就捅大娄子了。

那天，孔祥熙和费起鹤正在指定医院进行例行的入境体检。麦美德买好火车票，从医院拉上他俩就走，直奔加拿大北德科塔州的波多尔，想从这儿正式入境。到达后才知道，这里依然卡得很严，原先的护照难以被认可，与当地移民官员再怎么通融也不行。麦美德无奈，只好带着她的两个得意门生继续前行，来到另一个入境处彭平拉。但在这里再度受挫，师生三人被严厉地拒之门外。麦美德由于长时间坐困愁城心力交瘁，加上千里奔波外感风寒，年过半百的人终于挺不住了，一头病倒在异国小城的旅舍里。孔祥熙和费起鹤连忙请来医生诊治，但几天下来不仅不见病回头，反而愈见严重。两个学生慌了手脚，人地两生，手头又没多少钱，看到老师日见憔悴的病容，知道全是为自己入境留学操劳所致，一起守在她的床头伤心地流泪。后来，孔祥熙把费起鹤拉过一边，说："老师昏睡不醒，事到如今得咱俩拿个主意。我想不如立刻给伍公使发出求助电报，你看如何？"费起鹤点头同意："事到如今也只好这样。"

再说旧金山医院走脱了两个华人非法入境者，马上引起轰动，海关、移民局、警方等有关方面派出大批人员四出搜捕，新闻界也大肆张扬。消息传到华盛顿，美国财政部和外交部反应强烈，立即给中国公使馆发出照会，声称必须在指定日期内让孔费二人回到旧金山，或者证明二人已经从加拿大返回中国，否则就要没收保证金并课以罚金，且将永远拒绝二人入境。好家伙，居然成了一起严重的外交事件。

伍廷芳对此当然一无所知，急电与旧金山方面联系，但新近接任总领事的周玉光更是心急火燎，正在为此犯愁。多亏这时孔祥熙和费起鹤的求助电报发到，伍廷芳心里方才一块石头落了地，再次急电周玉光，叫他立即派人奔赴彭平拉施行救援。

麦美德是一位个性非常刚强的美国女性，为了她心爱的两个中国学生，已经毫不考虑自己的后果。她病情刚一好转，就拒绝了旧金山总领事馆的规劝，带着孔祥熙和费起鹤再上旅程，前往加拿大的多伦多，想从那里继续设法周转入境。在多伦多，他们收到周玉光的急电，转述美国国务卿的严厉态度，并将可能造成的严重后果反复强调，叫他们务必速回旧金山。就是在这种情况下，麦美德也要坚持为两个学生着想，她给周玉光回电原文如下：

> 本月（1902 年 9 月）26 日已收到周玉光来电，已悉各情。伊本人甚盼两生仍能暂时获准留居多伦多。除已另请莱特教授代两生向财政部申诉准予登岸入校外，如申诉不准，只好等待中国正式执照到达后，始可起程回国。

很明显，麦美德之所以要坚持这样，主要是怕在当前排华声浪日紧的情况下，孔祥熙和费起鹤回到旧金山，势必会遭到更大的伤害。她真是操尽了心。

周玉光接电无奈，只好又向华盛顿方面的伍公使紧急报告。

伍廷芳对麦美德的做法真是又生气又感动，生气的是早就提醒过她这一点，就怕在此处出差错，把问题复杂化，她偏偏照着你的担心来，把事情搞得乱糟糟！感动的是，一个外国女人，为了两个中国学生的前程居然如此冒险犯难，两肋插刀，比起本国那些高居庙堂的官僚老爷不知要高尚多少倍！他本想亲自与麦美德联系，也从莱特教授那里打听到他们住在多伦多教堂街 468 号温彻斯特牧师家，但一想她那一番良苦用心，就打消了劝她速归的念头，决心由自己再与美方高层周旋周旋。他前去拜会美国助理国务卿艾迪，还有外交部副部长泰勒，最后又见了国务卿海约翰，反复说明孔祥熙和费起鹤二人的正式护照正在国内加紧办理，很快就可以发来；如护照近期不能到达或者仍然不符合贵国要求，不需贵国催促，我们当令旧金山总领事馆遣送两生归国。希望在此以前，不要采取没收保证金并课以罚金之举。最后，美国方面总算给了伍公使一个面子，答应了要求，但条件是必须马上让孔祥熙和费起鹤回到旧金山。于是，伍廷芳又以自己的名义给麦美德女士发出一封急电落实此事。

不久，国内终于寄来了两人的护照，基本合格，但还是有一处小差错：按美方要求，中英文两种护照上都应有中国天津津海关道的签字，而该海关道却只在中文护照上签了字，未在英文护照上签字。也真叫个好事多磨。好在虽有周折，但经过伍公使快速斡旋，美国务卿海约翰亲自干预，以情况特殊予以认可，不再追究。

孔祥熙和费起鹤在麦美德带领下，于 1903 年元月才回到美国旧金山。这时距 1901 年 9 月 12 日来到美国，已过去了十六个月。

伍廷芳亲自赶来旧金山会见麦美德女士，对她的人格和品行极为赞赏，给予高度评价。此时，他的任期届满，而为取消排华法令所做的全部努力却一无所获，这叫他不禁黯然神伤。他对孔祥熙和费起鹤语重心长地说："在国际外交中，个人能力无关紧要，真正有用的是国家的实力和影响。我们的国家不幸是个弱国，没有什么实力去实现其条约权利。弱国之民不好受，这滋味你们应当懂得了。你们来日方长，要为自己国家的强盛百倍努力呵……"说到这里，伍公使的眼圈红了。

这一幕，孔祥熙曾经铭记了很久很久。

又经过诸多琐事的纠缠，一直到 1903 年夏天，孔祥熙和费起鹤才正式进入奥伯林大学读书，开始了在美长达四年的留学生涯。

第六章　大洋彼岸的故事

二十四、理发与洗澡

1903年6月，孔祥熙和费起鹤正式在美国俄亥俄州的奥伯林大学注册入学，孔祥熙主修化学，费起鹤主修教育。

奥伯林大学是在奥伯林精神感召下，由耶鲁大学的一位教授和一位教会牧师于1830年创建的，至孔祥熙和费起鹤入学时，已经有七十多年的历史。奥伯林大学以其开明的改革态度闻名于世，建校之初即实行男女同校，开了美国教育史上男女同校的先河，又是第一个宣布录取学生不分种族的大学，由此发展成为美国废奴运动史上一个著名的反对奴隶制的活动中心。所以，在当时的美国，奥伯林大学的名声是响当当的。青年学子以能入该校学习为荣。

然而，初入学的孔祥熙的心情却相当不好，没有丝毫入学新生的自豪感和好奇心。他高兴不起来，那噩梦般的入境受阻的经历刻骨铭心，弱国之民的屈辱和悲惨难以忘怀，两手空空的经济窘境更令人一夜茫然无法成眠，就连理发洗澡这些生活小事上所遇到的麻烦也叫他不可忍受……

在孔祥熙和费起鹤以前，奥伯林大学里很可能还不曾有过中国留学生，所以他俩的入学非常引人关注，总有不少好奇的目光在时时捕捉他们，总有不少叽叽喳喳的嘴巴在议论他们。刚开始，目标当然集中在那独一无二的辫子上，他俩走到哪儿，都有人指着辫子说三道四，问长问短，胆大点的还要将辫子扯来扯去，引发阵阵哄笑。真叫人难堪又窝火。其实对头上这根辫子，他俩也早就感到厌恶和别扭，尤其现在穿上西装，拖根大长辫子显得古怪又滑稽，这像什么话？于是他俩商定，去理发店剪掉辫子，留成与同学们一样的发型。谁知他们前脚刚进理发店，后脚就跟来一大批看热闹的人，嘻嘻哈哈，指手画脚。坐在理发椅上的孔祥熙，虽然也知道这些同学们并无恶意，但还是觉得浑身不自在，觉得自己似乎变成了一种廉价的展览品，变成了一只被捆住手脚正遭宰杀的羔羊，想一想近两年来在这异国他乡所蒙受的种种屈辱和委屈，眼泪不禁夺眶而出。假如此时不是有人在外面大声发话道"你们这样围观中国朋友不害臊吗"的话，孔祥熙真会恼羞成怒，一把夺下理发剪冲向围观者。

当晚，孔祥熙和费起鹤都没有按时就寝，他们坐在校园一处偏僻的角落，手里各自拨弄着那被剪下来的发辫，沉思多于交谈。

在孔祥熙的记忆中，因为头上这根辫子给自己带来屈辱，这不是第一次。他清楚地记得，在七岁时还有一次。那是母亲去世后半年多，父亲因为要外出教书，把六岁的他和三岁的妹妹托付给二伯家照料。二伯家的日子也不宽裕，有时连做饭和取暖的煤都买不起，要靠捡蓝炭猴作为补贴。所谓蓝炭猴，是指太谷城里有钱人家倒出的煤渣中，那些没有燃尽的炭块儿。在城边的一些村庄里，不少穷孩子就靠进城捡蓝炭猴为生。孔祥熙就不得不参加到这支队伍里来。那天，他头一次跟着本村捡蓝炭猴的伙伴进了太谷城，来到孟家后门等机会，恰恰遇上城东杨家庄的一彪人马。人家人多势众，且与他们程家庄是老对头了。一车煤渣刚倒出来，几十个穷孩子也顾不上尘埃弥漫，扑上去便是你争我夺。眨眼工夫起了纷争，为了一块地方，为了一块蓝炭猴，两军混战在一起。原说好孔祥熙是给堂兄当帮手的，负责保存捡好的蓝炭猴。此时堂兄祥顺正好捡到一块挺大的蓝炭猴交给孔祥熙，一看形势吃紧，使个眼色叫他快跑。孔祥熙还算机灵，提起筐子就溜。谁知没跑出去多远，一个仰脸八叉跌翻在地，原来有人从后面猛揪住他的辫子不放。半筐蓝炭猴撒得满地都是。孔祥熙又气又羞，想翻起身来反击，怎奈对方人高马大，死死揪紧辫子，疼得孔祥熙直淌泪珠儿。这时他竟没顾上恨这个孩儿王，心里却直抱怨头上这根不争气的辫子。好在他还算刚强，一直没向对方讨饶哭叫，事后很受堂兄和本村伙伴的表扬。现在回想起来，头顶那地方似乎还隐隐发疼。他狠狠地把已经剪下来的发辫往地下一扔："跟上这么个玩意儿真是永远倒霉呀！"

费起鹤见他如此激动，忙问："老弟，想什么呢？"

孔祥熙默然不语。对于自己败落贫穷、家计艰难的童年，孔祥熙从来是讳莫如深，自打懂事起，终其一生，他都在极力向世人编织这样一张堂皇而虚假的大网：我乃孔家名门、太谷首富之后也！这既成全了他，也戕害了他。对此，后来他在弥留之际曾有过反思。当然是后话。眼下他面对老同学费起鹤，一点也不想透露那段捡蓝炭猴的历史。半晌，他又捡起辫子说："今天害得咱们丢人现眼，还不都因为它吗？"

"谁说不是。"费起鹤点头同意，"不过比起我们祖宗多少人为此大辫流血掉脑袋来，我们这点委屈还算不得什么。"

孔祥熙问："你是指我们大清朝的剃发令吗？"

费起鹤说："是呀。从小就听说了江阴和嘉定城的反剃发斗争，据说死人无数。你这百事通应该知道得很清楚。"

孔祥熙说："当初为让人们留这狗尾巴，真杀了数不清的大汉子民。江阴在明末属于南直隶的常州府，是江南一个大县。我先祖有人在那里开有票号，是当年清军屠城后仅留下五十三个存活者中的一个，故对此事知之甚详。"

"哦，讲讲。"费起鹤催开了。

孔祥熙慢慢介绍起来："有史以来，我们炎黄子孙讲究蓄发，无论男女都把头发挽束在头顶上做髻。而满族的发式比较特殊，是将脑袋四周的头发全部剃去，却蓄留当间一撮头发编成辫子拖在脑后，即如我等多年来的样子。清军入关后的顺治二年（1645），小皇帝才六岁，大权由他的叔叔多尔衮把持，下达了剃发令：本朝制度，剃发垂辫，摄政王令，决无中变。予限旬日，不听民便，限满即杀，勿容分辩。

"江阴知县方亨，原是明朝的进士，此时已经投降清廷，为表忠心竟把剃发的旬日之限改为三天，违者格杀勿论，有所谓'留头不留发，留发不留头'之说。一时间，是留发还是不留发，成为一种降清不降清的人格标志，在读书人当中更是看得极重。

"江阴民众难舍故国山河，把留发看得比生命还重要，誓死不剃发。他们在陈明遇和阎应元率领下举行起义，撕毁剃发告示，杀掉失节县令方亨和朝廷派来剃发的官兵，决心守住江阴城，与清军决一死战。清廷推行剃发令，本意正是要借此打垮和泯灭汉人的民族意识，岂能容忍江阴事变？于是前后调来二十四万大军、二百多门大炮，将江阴城团团围定。然而久攻不下，只好劝降。江阴民众不为所动，回答说：'愿受炮打，宁死不降！'从7月举事，一直坚守到10月间城破巷战，凡八十一天，共打死清廷三个亲王、十八个将军、七万五千多名士兵，最后全部壮烈牺牲。城破后，气红眼的清军屠城三天，统共只留下不能参战的老小病残五十三人，而且是躲在天花板、水井和砖塔上才幸免于难的。江阴全城此次死难共达十七万多人众，真是旷古之惨案！嘉定城与江阴大同小异，城破后三次遭到屠杀，几十里内的野草灌木上血迹斑斑，从西关到葛隆镇浮尸满河，连船篙都插不下去……"

孔祥熙讲到这里，长叹一声，不再言语。

费起鹤好半天才缓过神来，感慨道："居然都是为了这么个小辫子呀！今天我们到了西洋，还要跟着它受累。真可恶！"

"不管怎么说，总算剃掉它了。"孔祥熙沉思着说，"驱除鞑虏兴中华。我们如今以实际行动表明，已经走进孙文先生的队伍。"

费起鹤说："虽然如此，今日之事也叫人脑火。"

孔祥熙说："人种不同，习性各异，我看这种事还会发生。要让他们知道尊重我们，还得靠我们自己争气。"

真叫孔祥熙不幸言中，很快就发生了洗澡风波。

说到洗澡，在美国，在奥伯林大学，自然是一件极为寻常的生活小事，洗澡就是洗澡，讲究清洁卫生而已。但在我们古老的中国，就完全不是这么回事了。洗澡那叫沐浴，沐是洗头，浴是洗澡，自古以来是为斋戒、为朝见、为尽孝道等而要举行的一项仪式性的活动，而且等级有别，规矩繁多，意义重大。"虽有恶人，斋戒沐浴，则可事上帝。"神奇到坏人只要认真地洗澡致祭，就可洗心革面，摇身一变为上帝的良民。周朝的天子每天要洗五次手，用稷秆熬水洗面濯发，再用黄杨木梳子栉发；洗澡时用细葛布巾擦肚脐眼以上的身体，以下的部位则用粗葛布巾；走出浴盆，立在蒯草席上用热水烫脚，之后立于蒲草席上再擦干全身穿上便衣趿拉上便鞋，然后小饮数杯，有司召乐工升堂，倚琴而歌。皇家人员可以"一沐三握发"，头未洗完可以握着湿淋淋的头发出来见客，这是勤政的模范，可臣下就不同了。《左传》上说，有个卫叔武，正在沐发时，国君来了，他也来了个握发出迎，结果惹得龙颜大怒，认为大不恭敬，令卫队将其当场处死。因沐浴竟丢了性命！寻常百姓当然也有讲究沐浴的，但一般都把自己严严实实地关在家里洗，或在谁也看不见的野外河塘中进行，因为绝对"不能亵露其体于白日之下"，否则便是渎犯神明而必然给自己或家人招来灾难。而且讲究下河洗澡要在端午节以后，那时已然赛过龙舟，水中邪气和一切精怪皆被驱除，才为安全。这种宗教式的沐浴文化，在每个中国人身上都打下了深深的烙印，当然也包括孔祥熙。

　　且说这天晚上，孔祥熙来到浴室，一见人很多，就有点犹豫。入学以来，他慢慢适应了天天洗澡的要求，甚至是喜欢上了这种生活方式。不过，他总是趁人少的时候来，而且从不在更衣室脱光衣服，总要穿着内裤走进浴室。这已经引起好多同学的关注和议论，有几双狡黠的眼睛甚至已经急不可耐地想探明究竟了。他本想退出去，但众目睽睽之下，他又不想服软，便硬着头皮走了进来。

　　浴室里热闹非凡。美国青年天生无拘无束，开朗好动，在温热水流的刺激下，心性大开，没轻没重地打闹嬉笑，展尽天体风采。孔祥熙的到来，无疑更增加了他们的兴头。一个高大壮硕的黑人学生首先发难："快看，这个不脱裤子的中国崽又来了。嗨，你为什么不脱光衣服？"

　　孔祥熙瞪了他一眼没理他。他真后悔没叫上费起鹤一起来。

　　一个叫约翰的同班同学紧接着起哄："我知道他为什么不脱裤子，他没那玩意儿，是个白白胖胖的小娘们。"说着还比画了一个不雅的手势，惹出一阵粗野的笑声。孔祥熙还是决定不去搭理，因为这个同学在课堂上也敢与老师顶嘴，是个喜欢恶作剧的家伙。

　　孔祥熙正要脱去内裤准备下水，不料这个约翰发一声喊："伙计们快来呀，帮帮我这位亲爱的好同学。"

　　于是就有几个人跳出水池，扭住孔祥熙的手脚，嘻嘻哈哈地笑着替他往下拉裤头。孔祥熙又气又恼，一个劲往出挣扎，嘴里大叫："你们想干什么？你们想干什么？放开我，快放开我！"

　　怎奈几个人力大无比，根本不管不顾，硬是脱掉了孔祥熙的裤子，哇的一声全叫起来："好样的，中国货。哈哈哈……"一边笑着，一边抬起孔祥熙就扔进了水池。

　　孔祥熙呛了一口水，摇摇晃晃地走到水池边上，立刻爬在那里猛烈咳嗽起来。他听见有人走进来，大声责怪取闹者，并用手轻轻拍打自己的背部。听声音似乎就是那天在理发室替自己解围的人。

二十五、相约在奥伯林咖啡馆

　　许多年以后，每想到洗澡事件，孔祥熙总是付之一笑，并没有怎么放在心上。而且从那以后，他对洗澡慢慢有了兴趣，以至养成一种终生的癖好，一年四季，即便是严冬天气，他也是一日两浴，六十余年中从未间断。后来，成了大人物的孔祥熙对洗澡一说还有自己的见解，他说："谈到洗澡，我们中国人竟有一生一世只洗过三五回澡的。你们若不相信，以为我河汉斯言，那么请看所谓世家子弟的身上，污垢满布一层，油腻无处不有。像这样的肮脏，生活既不舒适，发汗更难通畅，因而体格羸弱，百病丛生，这就是东亚病夫绰号之由来。我们果欲祛除疾病，恢复健康，头一样便得殷勤洗澡，第二必须多方讲究卫生。我希望大家能当向导，领导全国同胞，都朝这一条路前进。"不过在发生洗澡事件的当时，孔祥熙却没有这么平静，而是火冒三丈，充满一肚子要报复的恶念。

那个周末晚上，他正跟费起鹤叨叨此事，忽有人送来一张便条，上面用中文写道："亲爱的孔祥熙同学，您好。我对您久闻大名，恨未相见。如果您觉得方便的话，敬请于明日午后二时在校门外左侧之奥伯林咖啡馆一晤。我手中拿着一本新出版的描写您的英雄事迹的《华夏两英雄》，以为标识。务祈大驾光临，不胜荣幸。钦佩您的同学康乐三。"

这张莫明其妙的便条是怎么回事？这个康乐三是谁？外国人怎么会写如此一笔好汉字？中国人吧，可全校除了我和费起鹤还有谁？……孔祥熙翻弄着这张便条，百思不得其解，心下疑虑不定。

费起鹤说："别理他，肯定是那帮小子又来恶作剧，看咱们好欺负。"

孔祥熙说："我们班上那几个家伙，没一个懂中文的，更别说写了。这个康乐三到底是谁呢？"

费起鹤说："要不，你去交给校方吧。"

孔祥熙摇了摇头说："好像并无恶意，或许真是一位至诚君子，不是提到麦美德老师那本书了吗？"

费起鹤还是放心不下："我看不是什么好事，最好还是别理他。"

孔祥熙的拗劲来了，说："真是这样，我还非去不行，我不怕他们。"

"要不，"费起鹤看看挡不住，"我也去。"

孔祥熙说："不。他约我一人，自然是我一人去。都去反而叫对方更瞧不起咱们。看他们能把我怎么样！"

费起鹤叮咛说："那你一定要小心。吃晚饭等不到你，我就去那儿找你。"

午后的奥伯林咖啡馆里并不十分拥挤。孔祥熙推门进去，就见靠窗一张圆桌边站起一位高个儿男青年，手里果然举着一本《华夏两英雄》，微笑着向他打招呼，态度和善，彬彬有礼。坐定后，他首先开口说："孔先生，我一眼就认出了您，因为我早就从书里的照片上认识了您。" 孔祥熙松了一口气，问："请教尊姓大名？"

118

对方坦然一笑，露出满口洁白整齐的牙齿："对不起，我没能及早告诉您。我是保罗·考宾，中国名字叫康保罗，字乐三，本校神学博士生。谢谢您能赏脸光临，我非常高兴。"

一听这声音，孔祥熙立刻感到很耳熟，这不是在理发和洗澡时两次替他解围的那个人吗？没错，就是他。

"保罗·考宾先生，我应当感谢您，一定是您两次帮助了我，是吗？"

"他们太过分了。"康保罗反而红了脸，"孔先生，请您原谅。我替他们向您道歉。大家应该互相尊重和相亲相爱。我想，当他们都看过这本书后，一定会非常喜欢您、敬重您的。"他说着把手中的《华夏两英雄》扬了扬。

孔祥熙连忙谦虚地笑笑，有意岔开话题："保罗·考宾先生，承蒙垂爱，不知有何见教？"

康保罗直爽地说："孔先生，我喜欢让您叫我的中国名字，好吗？或者我们都不要客气，可以直呼其名。按贵国的习惯，您叫我保罗，我叫您祥熙，怎么样？""当然可以。"孔祥熙高兴地说。眼前这位诚恳随和的美国同学令人有一见如故的感觉，多少天来的不愉快和压抑感消失了，一切拘谨和戒备之心也不存在了。自然活泼的谈话就此展开。

孔祥熙问："你的中国话怎么说得这么好？而且字也写得很漂亮，能告诉我什么原因吗？"

康保罗答："我真高兴，说明我多年来的努力没有白费。想知道为什么吗？因为我是奥伯林中国团的一名成员，去贵国传教早就是我梦寐以求的事。"

"奥伯林中国团？"孔祥熙轻轻重复了一遍，感到挺新鲜，他是头一次听到，就问，"保罗，它是一个什么样的组织呢？"

康保罗感到很惊讶："你还没听说过？这可是我们奥伯林大学的骄傲呀！好吧，我来给你详细地讲。

"早在我六岁的时候，也就是 1881 年，在咱们奥伯林大学便兴起了去贵国传教的学生志愿者运动，成立了奥伯林中国团，与耶鲁大学一起成为数十年来持续不断海外传教事业的先驱者。最早发起成立奥伯林中国团的十二个人，是我校神学院 1881 年毕业班的学生，他们的灵感来源于自己的导师贾德森·史密斯教授。这位当年四十五岁的神学家雄心勃勃地讲道：'我们神学院的年轻人问我，他们在什么地方能找到最好的工作做。我坦率地回答，在任何地方当牧师为上帝服务都是伟大的；但如果上帝为你们去中国开辟了道路，不要心存疑虑，

全心全意地去吧，你不可能找到一个比之更宽阔、更丰富、更显赫的工作了.'
他在一篇题为《中国和基督教传教会》的文章中进一步解释说：中国幅员广阔，
人口众多，历史悠久，一旦皈依基督教，那将是全世界福音化中最有意义和最
具有决定性的一步。那里现在向西方全面开放，传教士可以在整个中国自由旅行，
在中国政府的保护下从事传教工作，同时电报、铁路等新事物正在冲击那里的
旧思想和旧习惯，传教形势非常有利。正是在他的鼓动和指导下，一批批学生
都积极加入奥伯林中国团。我来到奥伯林大学的头一年，就申请参加进来，至
今已经快三年了。

　　"我校奥伯林中国团的初衷是什么呢？就是去贵国某个传教工作尚未开始的
地区，在那里发展一项奥伯林式的事业。具体来说，就是要在你的故乡山西省
建立一个新的传教会，这就是后来的山西公理会。早在 1881 年秋天，我校奥伯
林中国团的发起人之一的史蒂森先生，就首先带着妻子前往你的故乡。他先在
通州逗留了一个冬天，主要是学习中文和传教经验。第二年开春，他就在华北
公理会传教士贝以撒的陪同下，由保定进入贵省，抵达太原。考察结果，觉得
贵省具有良好的地理条件，民众也很质朴，非常适合建立传教会的条件。四个
多月以后，史蒂森夫妇第二次来到太原，正式创建了基督教山西公理会。祥熙，
如果我没有记错的话，你那时才刚在太谷老家出生，大约还不到两岁。

　　"这年秋天，奥伯林中国团的第二批人员文阿德夫妇、丁家立夫妇、凯弟夫妇，
也一起来到太原。从书中知道，你跟文阿德先生很熟了，听说他现在还在你的
故乡一带工作，是我们奥伯林中国团的佼佼者之一。说到山西公理会的早期工
作，可能你因为那时年纪小并不怎么了解，连我也是来到奥伯林大学以后才知
道的呢。史蒂森和文阿德他们在多次考察的基础上，于 1883 年春天与英国的浸
礼会达成协议：太原和太原以北地区归浸礼会负责传教，太原以南地区归我们
公理会。不久就在你的老家太谷建立了第一个传教站，三年后又在汾州府建立
了第二个传教站。当然，开始传教并不顺利，虽说你的故乡条件很好，尤其建
筑非常出色，据说不亚于我国的某些城市；但毕竟对传教士们感到陌生，存有
戒心，听说最初连房子都不让文阿德先生他们住。后来打开局面简直富有戏剧性，
说是那天你们太谷城里正逢一个古会，有戏剧演出。忽然有位中年男子闹起来，
吞服大量鸦片要自杀。眼看就要出现人命事件，多亏文阿德医生闻讯及时赶到，
救下了这位自杀者。此事一时传为美谈，你的乡亲们也对传教士改变了看法，
传教工作由此走上正轨。后来开办学校和医院，举办各种慈善活动等，你都亲

自参加了，也就不用我来多说了。祥熙，我这么简单一说，你对我们学校的奥伯林中国团该有个初步印象了吧？"

对于自己出生前身边发生的这些事，孔祥熙听得出了神，以至康保罗都闭上了嘴，他还定定地望着人家，脑子里迭现着那些由此触发的童年记忆。

康保罗见他不说话，只好又找出话来："他们远去贵国传教，完全出于一片至诚，都是为了实践奥伯林先生的奉献精神，向人类传布主的福音。这也是奥伯林中国团每一个参加者的共同心愿。"

"是吗？"孔祥熙回过神来，"保罗，这么说，你也要去我们的国家吗？"

康保罗肯定地点点头："是的。而且我要去的地方不是别处，正是你的老家山西。我为此已经准备多年，最晚明年秋天就要动身。"

"明年秋天？"孔祥熙惊讶地上下打量着这位新结识的美国人，"能去多久？""我的志愿是终生在那儿服务。"康保罗笑笑平静地说，"当然，中间我也许要回来几次，我得看看我的双亲呀。"

孔祥熙被极大地震撼了！他不禁对眼前的这位美国人肃然起敬，一个博士生，一个发达、富有国家的青年俊秀，为什么要去遥远贫穷的地方，而且以一生相搏？他甚至觉得这中间一定有什么误解，比如他康保罗充满年轻人的浪漫色彩，根本就不知道山西的实际情况，他一定会后悔的！他觉得自己有必要提醒一下这位可爱的美国朋友。"保罗，我想问你，你了解我们山西吗？它很闭塞、落后，而且……前几年那儿发生过非常不愉快的事，好多你的同胞都……"

"你是指义和团吧？我知道。"康保罗不以为然，"祥熙，你知道吗？从某种意义上讲，我正是看到那里的传教事业损失惨重，任务非比一般，才决心一试的。我觉得那里大有作为。遗憾的是，我对那里的真实情况的确知之甚少，为此很着急。也是上帝有眼，正好让我发现了这本《华夏两英雄》，发现了你，发现了我最好的老师。这也就是我下决心约你见面的原因。不知你乐意赐教吗？"

在孔祥熙的交友经历上，还没有碰到过这样直爽真诚的人，何况还是一个外国人，直叫他感到异常激动和新鲜，一种温暖的友情充溢全身。他立即非常恳切地说："保罗，你太客气了。我初到奥伯林，能遇上你这样的朋友，感到无比高兴。如果我能给你一点帮助，那是我的荣幸。"

两人同时伸出手，紧紧地握在一起，好久没有松开。

此后的五天中，孔祥熙和康保罗天天在这儿相会，两人充分利用课余时间进行交流。孔祥熙尽自己所知，介绍了太谷县的位置境域、建置沿革、自然环境和资源、农林牧商工、文物古迹、文学艺术、历代人物以及民俗民风等，尤其详细介绍了太谷义和团始末及影响。康保罗也做了某些情况介绍。四目相视，娓娓倾诉，两人越谈越投机，真有相见恨晚之慨。到最后，两人可以说无话不谈，包括私生活在内。有一天，康保罗很有兴趣地问道："祥熙，你长得这么帅，追你的女孩子一定不少吧？"

孔祥熙一下红了脸，支吾说："没有的事。"

康保罗感到很奇怪："怎么会没有？难道你没有喜欢过某个好女孩吗？"

"这个……"孔祥熙迟疑半天，终于鼓起勇气说，"我倒是认识一个女同学，她叫韩玉梅。"

康保罗乐了，嘴里重复着这个名字，说："真好听。她为什么不跟你一起来美国呢？"

孔祥熙笑了，说："这可不容易，要一起来是很难的。"

康保罗耸耸肩表示不可理解，又问："那你们每天通信吗？"

孔祥熙说："我到这里后给她去过一封信，不过还没有接到她的回信。"

康保罗大声惊叫起来："我的上帝！两年中才写过一封信？你不爱她吗？你不想念她吗？你有她的照片吗？"

这一连串的问题让孔祥熙有点不好招架，他灵机一动，反攻为守："照你这么说来，保罗，你一定有许多女朋友吧？"

康保罗立即兴奋起来，似乎就等人这么问他，以便让每个人都分享他的幸福："我从前有过几个女朋友，可现在有了玛丽，她非常可爱，我们已经订婚了，明年就要一起去你们国家。你等等，我这里有她的照片。"

照片上的姑娘穿着夏装，端庄美丽，丰姿绰约，十足的西方情调。孔祥熙由衷地赞美说："她很漂亮。"

康保罗接回照片就是一个亲吻，得意地说："她能比上你的韩玉梅吗？"

孔祥熙避而不答，却问道："她也在我们学校吗？"

康保罗笑笑说："她要在这里，能不来见你吗？她在我们老家读大学三年级，也是明年毕业。"

孔祥熙问道："你的家乡在哪里？"

康保罗说："就在伊利诺斯州的斯普林菲尔德，听说过吗？那里有林肯总统的故居。"

"林肯总统？"孔祥熙高兴地叫起来，"林肯总统是我最敬仰的伟人之一。"

康保罗说："是吗？那咱们说定了，明年暑假上我们那儿去，怎么样？"

孔祥熙说："这真是求之不得，我一定去。不过在此之前，我有一个小小的请求，你一定要答应我。"

康保罗说："没问题。"

孔祥熙说："我想在英语方面再下点功夫。你能不能为我找些贵国的经典文章来读，既能帮助我学习英语，也能从这些文章中学到各种知识，加深对贵国的了解，岂不是一举两得的好事？"

"真是个好主意。"康保罗赞叹道，"对了，我有个想法。你既然崇拜林肯总统，就应该了解他、研究他。他的许多讲演稿都是流传不朽的好文章，比如《在库珀学会的演说》《葛底斯堡演说》、两次就职演说等，脍炙人口，对你会很有用处的。"

孔祥熙说："这太好了。请你多多费心。"

二十六、纽萨伦之行

这是暑假的第一天。

孔祥熙和康保罗一大早就乘上火车，目的地是康保罗的故乡——伊利诺斯州的斯普林菲尔德。

可能是即将与家人团聚的缘故，康保罗一路上显得十分兴奋，话也特别多，此时又哼起了一首歌：

> 即便是离乡背井，
> 那豪华壮丽的景象也不会使我眼花缭乱，
> 哦，还我低矮的茅屋！
> 唤来鸟儿的欢鸣，
> 比什么都宝贵的是恢复心境的安宁！
> 家，家，甜蜜，甜蜜的家！
> 天下没有比家更好的地方，
> 哦，天下没有比家更好的地方！

孔祥熙一下就听出这是佩恩那首著名的《家，甜蜜的家》。现在的孔祥熙，不仅能用英语流利地背出这首歌的全部歌词，还能说出它的出处和流传历史。

但他无心去应和康保罗的歌声，却不由得在这动人的歌词的感染下陷入沉思，那句"天下没有比家更好的地方"，叫人涌起乡愁无限，想起远在天边的年迈孤独的老父亲……

敏感的康保罗立刻觉出朋友的忧伤，停下歌儿，关切地说："祥熙，是我的歌声又让你想起令尊大人了吧？真对不起。"

孔祥熙摇头一笑："哪儿的话。我在用心听你唱呢，接着唱呀。"

"你骗不了我。"康保罗怜爱地望着自己的朋友，"祥熙，你放心，令尊大人的事包在我身上，你还信不过吗？顶多再有两个多月，我就踏上贵国的土地了。"

孔祥熙不好意思地笑笑："保罗，我真的没什么，你放心。"

康保罗说："那好，我们一起来唱甜蜜的家。来吧，最后两段。"

于是两人一起唱了起来：

> 多么甜蜜啊，坐下看着慈父的笑脸，
> 让母亲的抚摸给我安慰消遣，
> 就让别人以漫游在新乐园里为乐吧，
> 但是给我，哦，给我家的欢乐。
> 家，家，甜蜜，甜蜜的家！，
> 天下没有比家更好的地方，
> 哦，天下没有比家更好的地方！
>
> 我已操劳过度，我要回到你身边，
> 你的微笑给我最亲切的安抚，
> 我再也不离开那小屋到处漫游，
> 天下没有比家更好的地方，
> 即便它是这样普通简陋。
> 家，家，甜蜜，甜蜜的家！
> 天下没有比家更好的地方，
> 哦，天下没有比家更好的地方！

唱完歌儿，他们相视而笑，像亲兄弟一样握手摇晃。

在过去的一年中，康保罗找来大量的各种各样的经典文章让孔祥熙阅读，富兰克林的《穷理查年鉴》、杰斐逊的《独立宣言》、华盛顿的《告别演说》、莱特的《对有色人种的偏见》、狄金森的《成功》、迪戈的《不》……大约有上百篇之多，其中自然包括林肯总统的不少东西。首先，他把某些文章先朗读一遍叫孔祥熙听，接着介绍文章的出处和写作背景及其影响，再下来就是一遍又一遍地辅导孔祥熙来阅读这些文章，非常耐心，非常认真，非常负责任，真像一个大哥哥在帮助小弟弟。对此，孔祥熙也十分感动。他比康保罗小五岁，对这位异国朋友敬如兄长。两人之间建立了深厚的情谊。这种非比寻常的友谊持续了他们的一生，成为一段佳话。

孔祥熙从这些文字中，逐步了解了美国的历史，它的开拓历程、建国历程，和民主历程……他曾被这个国家所拒绝所侮辱，现在终于知道那是什么原因造成的了；他曾想对那些海关人员、恶作剧的同学们施以报复，这才发现那太孩子气了；他深切地感到，这个国家要比自己祖国年轻得多、强大得多，也复杂矛盾得多，自己对它的认知和理解还远远不够。他很庆幸能遇上康保罗这样一个非常理想的好朋友，使自己在学业和情感等各个方面都有所依靠。他经常提醒自己说，一定要珍惜和发展这种友谊。

康保罗说："祥熙，你的口语比我都好，要不是长着黑头发，谁会认为你是中国人呢？"

孔祥熙高兴地反问："是吗？那也是因为有你这位老师呀。"

康保罗由衷地说："我真佩服你的记忆力。我差远了。"

孔祥熙说："记忆力管什么用？'世上最高尚的问题是，我能做什么有益的事？'"他这是随口引用了富兰克林的一句话。

"'一点一点地砍，也能砍倒一棵大橡树。'"康保罗也同样来了一句。

孔祥熙说："你不是记忆力差吗？"

康保罗说："我这是碰巧了。记忆力真不行。"

孔祥熙开起玩笑："'许多人抱怨自己记性不好，几乎没人说自己判断力差。'"

康保罗反问道："我的判断力怎么差啦？"

孔祥熙笑着说："是谁说我记忆力不差？"

两人相视大笑。

纽萨伦原本是一个普通的小村镇，却因为林肯总统而名扬天下。它距伊利诺斯州首府斯普林菲尔德六十多里。1831 年，二十三岁的青年林肯来到这里谋生，最初在一家杂货店干，两年后当上这个小镇的邮政局长，也许这是他担任的第一个政府公职。他在这个小镇上一共生活了六年。当时谁也想不到这个来自肯塔基州哈丁县的小伙子，日后会成为改变美国历史的伟人。

在赴纽萨伦的路上，康保罗和他的新婚妻子玛丽，就给孔祥熙详细介绍了林肯的生平事迹，怎样由一个店员、乡邮员、测量员、律师而成为国会议员、国家总统，怎样领导了 1861 年到 1865 年的南北战争，又怎样颁布不朽的《宅地法》和《解放黑人奴隶宣言》，以及最后怎样在华盛顿福特剧院被刺身亡。孔祥熙听着这些介绍，想到那些自己几乎可以背下来的林肯演说和文章，内心充满一种对伟大人物的崇敬之情，努力想象着将在纽萨伦看到多么激动人心的情景。

纽萨伦要比市里凉爽静谧得多，还有一种庄严肃穆的气氛。

他们一行三人首先参观了林肯杂货店，里面还陈设着七十多年前的日用品和林肯自制的木器。在杂货店对面，就是林肯的故居，室内的摆设也和当年一模一样，有双层床、自鸣钟、壁炉等。从林肯故居出来，他们又看了林肯为之服务了三年多的乡邮局，那是一间极不起眼的小木板屋，一位国家总统的领导能力最初就是在这里受到训练和检验的。最后，他们来到林肯纪念博物馆。这里陈列着林肯当选总统后从白宫写给家乡父老的书信，还有林肯阅读批注的图书，最吸引游人的是布斯刺杀林肯总统的凶器。他们三人长时间地停留在这里，思绪纷纷……

参观完毕，他们来到一家小咖啡店歇脚。孔祥熙的思绪却还在那件凶器上，他想起看到过一篇有关的文章，那是惠特曼写的，记述他目睹林肯总统被刺的经过。开头一段是这样的："1865 年 4 月 14 日，这天看上去是个很欢乐的日子——人们的精神状态也显得轻松愉快——经过漫长的暴风雨，如此黑暗，如此血腥，充满疑惑和抑郁，现在终于过去了，联邦军队的胜利终于使太阳又照耀在美利坚的国土上。"

"孔先生，想什么呢？"美丽热情的康夫人问道。

孔祥熙一愣，回过神来："我没想什么，不过忆起惠特曼而已。"

康保罗笑着说："不是《草叶集》，是刺杀篇吧？"

孔祥熙也笑了，对康夫人说："瞧瞧你家先生，我的什么秘密也躲不过他呀。"

康夫人嫣然一笑："你们两人之间还有什么秘密吗？"

"噢，对了，玛丽，"康保罗弹了一下自己的脑门，"我对你说过，祥熙的记忆力非同一般，你快让他背背惠特曼的诗。"

孔祥熙急忙推辞："别听他胡说，别听他胡说。"

怎奈康夫人好奇心大起，再三咬住不放。

孔祥熙见推不过去，也怕扫了大家的兴致，说："那我就背布斯刺杀总统的那一段吧。

"……剧场这天是爆满的，太太们穿着艳丽的晚装，军官们穿着他们笔挺的军服。知名人士、年轻人、明亮的汽灯、人们身上的香水味、小提琴和单簧管的校音声……（胜利的气氛在人们中间弥漫着，联邦军队的胜利、北方的胜利、合众国的胜利，它渗进每个人的感觉和思想，它比一切香水所发出的气味更为浓郁）

"总统和他的夫人准时来到剧院，他们出现在二楼的一个大包厢里，那是由两个包厢改建而成的，上面悬挂着星条旗……三位演员朝幕侧走去，舞台上这时空无一人，剧场里出现了一阵短暂的静默。正是在这一时刻，亚伯拉罕·林肯遭到了暗杀……就在静场和调换布景的那一片刻，传来了一声沉闷的手枪射击声，大约只有百分之一的观众注意到它——紧接着的又是一阵寂静，其间夹杂着一种模糊的恐怖感觉——接着在总统包厢的布幔和星条旗之间出现了一个男子，他用双手撑着跳上包厢栏杆，在上面停顿了一下之后便纵身跳到舞台上（这之间的距离大约是十五英尺），由于脚被那面美国国旗绊了一下，因此落地时他摔倒了，但他立刻站起身来（他的脚踝扭伤了，但当时他并未察觉）。这正是行刺者布斯，他穿着一件极普通的黑色上装，未戴帽子的脑袋显得很大，头发乱蓬蓬地披散着，眼睛里闪烁着疯狂的、野兽般的光芒……"

孔祥熙的声音缓慢低沉，然而字正腔圆充满感情，美国式的英语发音非常地道，听来让人十分动情。康夫人的眼里早滚动着泪珠儿。她擦把眼泪笑笑说："孔先生，你背诵得太好了。这该死的布斯，我真想亲手抓到他！"

康保罗也沉浸在痛失伟人的悲思中："知道吗？祥熙，这一事件对我们美国社会的震动有多大？影响会多么久远？至今人们仍然在怀念他！对于一个民族的复兴和进步来说，有时出现一个伟大领袖是决定一切的！"

这句话深深打动了孔祥熙，自打他来美读懂了华盛顿、杰斐逊、林肯之后，真切认识到领袖人物对国家民族的重要性，联想到故国家园，之所以至今还未能走出封建专制的泥淖，依然灾难深重与现代文明无缘，最重要的原因之一就是未能产生出一位如华盛顿、林肯般的杰出人物！原先人们寄希望于康有为、梁启超，还有谭嗣同、杨深秀等六君子，后来希望破灭了；现在该把希望寄托何人呢？孔祥熙的心目中只有一个孙中山，可孙先生如今在哪里呢？……这叫青年孔祥熙想得出神。

二十七、告别在密执安湖

他们告别的地方定在密执安湖畔的芝加哥。

康夫人要在这里与父母最后再相聚几天，然后就跟随丈夫远涉重洋，去那陌生而神秘的中国。谁知此去何日能还？这样，孔祥熙也就应邀一起来到伊利诺斯州最大的城市芝加哥。

芝加哥是美国的第二大城市，仅次于纽约。但它在17世纪时，仅是一个毛皮贸易站，20世纪初也不过是一个人口不超过一万的小镇。它的兴起，主要原因在于伊利诺斯·密执安运河的开通和铁路大发展，从此百业并举，高楼林立，在闹市区有很多大银行、工商业公司的办事处，还有中西证券交易所和芝加哥商业交易所，故有"小华尔街"之称。它一举成为全国重要的政治、经济、文化中心之一，许多党派和团体的全国性代表大会经常在这里召开。1886年5月1日，几十万工人在这里举行了著名的大罢工，从而使芝加哥成为五一国际劳动节的发源地，跨入了国际大都市的行列。使芝加哥分外迷人的是，它濒临世界第六大湖密执安湖，汪洋千顷，烟波浩渺，气派一如海洋。尤其到了黄昏时分，湖面上归帆点点，市区闪烁起万家灯火，晚霞中明亮的芝加哥河蜿蜒流淌，相映成趣，美丽如画，叫人流连忘返，夜不思归。

孔祥熙被芝加哥迷住了，尤其那一种现代气息令他陶醉。来美国前，最大的城市，他就去过太原和北京，也曾激动过，但都没有像来到芝加哥这么感觉新鲜、兴奋。几天来，他在康保罗夫妇的陪同下，游览了市区，参观了芝加哥大学、芝加哥艺术馆、菲尔德自然历史博物馆和加莱钢厂等地。他觉得这个城市充满活力，不同凡响，而且美极了，美得令他有点嫉妒，居然很想发现一些它的不足之处。

这天傍晚，他们三人又租好一艘小船，划向密执安湖的深处，身后是灯火辉煌的城区。暑气在这儿踪影全无，只有湿润凉爽的风儿吹过，叫人心旷神怡。

康保罗随口问道："祥熙，芝加哥还行吧？"

孔祥熙正想说出自己对这座城市的美好印象，康夫人却抢先加了一句："孔先生，北京有这么美吗？"口气中分明透出她对故乡的偏爱。这一下改变了孔祥熙的思绪，他不知出于什么心理，很想开个不友善的玩笑，扫扫对方的兴致。

孔祥熙狡黠地眨眨眼，突兀地问道："昨天咱们见到的那座水塔建成有多少年啦？"他问的这座水塔，耸立在密执安大街和芝加哥大街的交会处，1867 年由著名的建筑师威廉·贝应顿设计，两年后建成。整个水塔用黄色石块砌成，基座的造型接近新古典式，四角有高高的装饰性石柱，圆拱形正门的主体建筑之上，依次为三层四方形塔楼、八角形塔身和蓝色圆顶。每层塔楼各带有四根石柱，塔身与圆顶之间则建有飞檐，整个水塔开有多扇带有装饰性的长窗。水塔内安装有直径三英尺、高一百三十八英尺的水管，是当年芝加哥供水系统的中枢。1871 年一次著名的芝加哥大火，曾使包括中心商业区在内的城区大部分建筑化为瓦砾，而水塔却安然无恙。从此，它成了芝加哥城的一个标志。虽说它的功能早已被更现代化的水厂所取代，但它在芝加哥人心中的地位却与日俱增。难怪康夫人在介绍它时态度庄重，称为"我们最重要的古迹"。当时孔祥熙就在心里嘀咕："才不到四十年的历史，算什么重要古迹呀？"不过没敢说出来，而现在他要在这个地方打开缺口了。

善良的康夫人不知有诈，认真地解释说："你问芝加哥水塔吗？我昨天记得告诉过你的，相当长的历史啦，足足有三十五年多了！"

"噢，三十五年，是不短了。"孔祥熙故作衷心赞叹状，然后再故意用一种漫不经心的口吻说，"北京倒是也有一座塔，不过不是水塔，是一座白色的塔，年代也很短很短……"

"有多少年了？"康夫人急急地问。

"那不能跟你们的水塔比。"孔祥熙继续卖关子。

康夫人反而安慰起来："不要紧，说呀，多少年？"

孔祥熙说："不多，二百五十多年。"

"哇，二百五十多年！"康夫人瞪起一双美丽的大眼睛，定定地望着孔祥熙。

孔祥熙按捺住满肚子的得意，又说："在我们家乡太谷城里，也有一座白塔，距今大约有一千三百多年吧。"

这下连康保罗都惊叫起来："一千三百多年，我的上帝！你怎么一直没告诉我？不说别的，就冲着这座白塔，我也愿意去中国。"

康夫人似乎还有点不相信是真的："孔先生，我们去了能看上吗？"

孔祥熙说："你们不是月底就出发吗？我保证你们再过一个多月，就可以看到北京的白塔，至于我家乡的那一座，你们是要与它天天做伴的呀。"

康夫人小姑娘一般欢呼雀跃起来："太好了，简直太好了！亲爱的，我真想咱们现在就动身。"说着她不顾一切地扑进丈夫怀里。搞得小船东摇西晃起来。

在这个美丽的晚上，孔祥熙和康保罗有过一次非常重要的谈话。

康保罗："祥熙，此前你对我说过，想在开学后改学文科，是什么意思？能不能告诉我是什么原因？"

孔祥熙："我知道你会问的。这次的林肯故居之行，更坚定了我的信心，改学政治和经济。"

康保罗："为什么？"

孔祥熙："简单说，为了我的国家。"

康保罗："学理化不是照样可以为国家服务吗？"

孔祥熙："不一样，至少在我们国家不一样。那里最缺的不是高深的理化知识，而是改革政治、强国富民的人才。"

康保罗："噢？"

孔祥熙："唉，其实我一直也是动摇不定。最早，戊戌变法时，我们一帮潞河同学无不慷慨激昂，认定只有从事改良献身变法别无出路；后来是流血失败，专制政权复辟，人心涣散，大家也都埋头学业，觉得只要学有所成，总会为国家所用；这次来到贵国，读了贵国的独立战争、南北战争，读了那么多的杰出人物，似乎又觉得非在政治上改革成功，民族难以复兴，国家难以进步，民众难以有人权和民主、自由和幸福。一个弱国之民当上举世闻名的化学家又能怎么样？保罗，你绝对想象不出，我在读迪戈那篇《不》时，有过什么样的震撼和感慨！强有力地回答'不'，像锤击声那样短暂、有力、干脆，这就是在帝国主义横行霸道的不幸日子里，该从我们口中愤怒地喷发而出，用以挽救我们民族尊严的词。自史前原始部落反抗亚洲帝国首领的统治开始，在不愿屈从、反抗暴君的斗争中，'不'就一直是被压迫者所使用的词。它是使人民获得解放的开端。即使像我们国家这样，当我们的力量太弱，不足以有效地实现我们的理想时，当我们的革命力量与远大理想之间差距太大时，'不'肯定是，而且也是唯一的可以拯救被奴役的人们的自由与尊严的词。我们得学会说'不'，张开嘴，挺起胸，让发音器官的肌肉紧张起来，拿出勇气，把'不'这个音发出来。这个音也许将在美国和世界上回响，像轰隆作响的火炮声在天空中回荡。保罗，你可知道，我们国家最缺的、最需要的，也就是这种敢于向全世界说'不'的人。我觉得，首先成为一个敢于说'不'的人，对我来说似乎更重要一些。"

康保罗："当然，这很有道理。不过一个敢于说'不'的人，他不光得有勇气，还得有能力、实力，而这是离不开知识的，包括理化等各种知识在内。"

孔祥熙："可来不及先有高深系统的知识呢？比如林肯总统，不也没有正规大学的文凭吗？"

康保罗："哈哈，真会钻空子的家伙！"

康夫人："要我看，孔先生当政治家也挺好呀，说不定他会成为中国的林肯总统呢。"

孔祥熙："我可当不了那个，再说不是也很危险吗？那是天才者的职务。"

康夫人："孔先生就是一个天才呀。"

康保罗："亲爱的，你别跟祥熙开玩笑了，我们在说正经话哪。祥熙，莫非你真的想从政吗？放弃回故乡办学的初衷了吗？咱们不是已经有约在先了吗？"

孔祥熙："改学文科不一定就非从政不可呀！不也照样可以教政治、教经济吗？我们会在一起干的。"

康保罗："你呀，我看你也是挺矛盾的，并没有拿准主意。"

孔祥熙："我真逃不过你的眼睛！是呀是呀，我就是怎么也想不清自己的前途所在，干什么好呢？还是富兰克林那句话：'世上最高尚的问题是，我能做什么有益的事？'"

康保罗："好吧，不管怎么说，离毕业还早，想学什么都可以，没有无用的知识。大学教育也不过是打基础而已。我想，你会有一个最好的选择的。我们来说说其他的事，国内还有什么事要我效劳？"

孔祥熙："该说的都说了，你忘不了就成，另外再替我带几封信过去。"

康保罗："你放心，令尊的事我一到就办，一定和文阿德先生商量，把老人家安排得好好的。不给你的玉梅姑娘说些什么吗？"

孔祥熙："不是刚说叫你带信吗？"

康夫人："孔先生，我们可是要偷看的哟。"

二十八、仰望北斗

孔祥熙回到学校的当天，费起鹤就告诉他一个爆炸性的消息：孙文先生到了美国，如今正在圣路易城。他惊喜地跳了起来，马上就想赶去求见。费起鹤说："你别急。孙先生不久就要来纽约，那时见面不迟。现在去扑空怎么办？"孔祥熙想想也是，便强按下一颗焦灼期待的心，掐着指头算日子。

其实，早在去年（1904）9月26日，孙中山先生就离开日本来美国筹款，于10月5日抵达檀香山，在那里盘桓近半年之久，今年4月初方踏上美国本土，来到旧金山。此后就开始了马拉松式的筹款旅行，沿着南方铁路经斐士那、比加非、洛杉矶、巴梳斐立士、巴士杰、组柯连、必珠堡，到了圣路易；按计划还要去的地方有：关达、华盛顿、费城、波地摩、芝加哥，最后到达纽约。

在檀香山，孙中山先生除了与阔别九年的家人团聚外，还办了一件非常重要的事情，这还得从头说起。

世人世事真难捉摸！仅仅在不到六年之后，当初发动戊戌变法的盖世英雄康有为、梁启超辈，居然一变而成为与革命做死对头的保皇党，为了在中国维护君主制度，不惜开历史倒车，反动到"不忧外国之并吞，而深惧革命之内乱"的地步。那位才高八斗的梁任公居然叫喊说："与革命党死战，乃是第一义，有彼则无我，有我则无彼。"难怪革命先行者孙中山义愤填膺，斥之道："为虎作伥，其反对革命，反对共和，比之清廷为尤甚。"他把与保皇党的斗争作为当前革命的重点就毫不奇怪了。

保皇党的势力主要在海外，尤其在北美一带势力最大。康有为做主帅，干将主要有梁启超、欧榘甲、徐勤、陈继俨、伍宪子等。他们分头分批在海外大肆活动，足迹遍及美洲和南洋等地，或以"清帝钦差"的身份出面，或以"御诏起兵勤王"的由头叫板，或以"振兴实业"的口号行骗，进行蛊惑宣传，募集大量资金。据有人统计，仅从1899年至1902年短短的四年中，他们光在北美华侨中就募集了一千五百万美元以上的巨额款项。有了钱，他们一方面收罗人才，一方面办刊办报大造声势以扩大影响。在冯自由先生的《革命逸史》中，记载了梁启超这么一件不光彩的事：1902年，梁启超为了扩大保皇党的军事力量，跑到美国旧金山，自称奉了光绪皇帝的钦命，又以内阁总理大臣的名义，封退职武官福金卜为中国维新军大元帅。不久，又在洛杉矶物色到一个军事评论家堪马利，也封为中国维新军大元帅。一槽难拴二马。一下弄出两个大元帅怎么得了？这就惹恼了福金卜，立时发起大元帅的脾气，把梁启超的委任状在旧金山的《大同日报》和香港的《中国日报》上登将出来，大出了保皇党的洋相，成为一时笑柄。

说到保皇党制造舆论的能力，还真不能小瞧。他们有了钱，就在全世界到处办报：在美国旧金山有《文兴报》、在纽约有《维新报》、在檀香山有《新中国报》，在加拿大有《日新报》，在日本横滨有《新民丛报》，在新加坡有《天南新报》，在香港有《商报》，在澳门有《东华新报》……这么多的舆论阵地，要一起行动起来也的确很有实力，反对革命主张，宣扬保皇立宪，为光绪皇帝歌功颂德，也很能迷惑一些人。说到梁启超，他在海内外知名度相当高，在《新民丛报》上发表十多万字的《新民说》，鼓吹保皇理论，美化光绪皇帝，起了非常不好的影响。康有为也不闲着，同样在《新民丛报》上发表了《南海先生辩革命书》，肆意攻击中国革命，说什么"谈革命者，开口必攻满洲，此为大怪不可解之事，夫以二百年一体相安之政府，无端妄引法美以生内讧，发攘夷别种之论，以创大难，是岂不可亡乎？"居然把反清立国的革命事业说成是"生内讧"、"创大难"，完全站在了人民革命的对立面。

孙中山先生深感保皇党问题的严重性，来到檀香山以后，看到保皇党势力在此地更为泛滥，蛊惑人心，混淆视听，已经到了无法容忍的地步，不反击不足以扭转局面。他气愤地说："彼党狡诈非常，见今日革命风潮大盛，彼在此地则曰：借名革命，实则保皇；在美洲则自称保皇党为革命党，欺人实甚矣。"为此，他决定立即展开反击，辨明是非，澄清思想，把檀香山这块兴中会的发源地整顿一番。具体来说，大体做了以下这些工作：在荷梯里街戏院和利利霞街华人戏院等地方多次演讲，揭露保皇党的丑行，宣传革命主张；在檀香山第二大城市奥华湖岛的希炉埠进行宣传鼓动，有次听讲者达到两千多人；整顿重建组织，把兴中会改名为中华革命军，誓词为"驱除鞑虏，恢复中华，创立民国，平均地权"。这也就是后来同盟会的四大纲领。

在舆论方面，孙中山先生也下了一番功夫，把兴中会干事程蔚南办的《檀山新报》加以改造，作为中华革命军的机关报，亲自撰写了《敬告同乡论革命与保皇之分野》一文，指出："夫革命与保皇，理不相容，势不两立……革命、保皇二事决分两途，如黑白之不能混淆，如东西之不能易位。革命者志在扑满而兴汉，保皇者志在扶满臣清，事理相反，背道而驰，互相冲突，互相水火。"给保皇党以迎头痛击。接着又发表了《驳保皇报书》一文，一针见血地说明中国被列强瓜分的原因，并不是由于革命，而是由于清廷无能所致："清廷政府今日已矣。要害之区尽失，发祥之地已亡，浸而日削百里，月失数城，终归于尽而已。尚有一线生机之可望者，唯人民之发奋耳。若人心日醒，发奋为雄，大举革命，一起而倒此残腐将死之清廷政府，则列国方欲敬我之不暇，尚何有窥伺瓜分之事哉？"这是革命党与保皇党的第一次大论战，意义重大，影响深远。以后还有1906年的第二次大论战、1908年的第三次大论战，都由孙中山先生亲自发动和领导，对于辛亥革命运动的胜利起了巨大的推动作用。

孙中山先生将檀香山的事告一段落后，于今年（1905）的4月1日动身，前来美国本土，第一站是旧金山。说来也巧，孙中山入境时，也像孔祥熙一样遇到了一场大麻烦，不同的是，这次是保皇党买通美方海关和移民局所致。出发前，还在檀香山时，家人就对他能否顺利进入美境的问题有所顾虑，因为谁都知道保皇党在美国势力很大，这次在檀香山遭到反击，岂能不加以报复？母亲孙杨氏心疼儿子，劝说道："孩子，你革命目的在救人，行医的目的也在救人，目的相同，你何不安心当你的医生，而要这么长年辛苦奔波呢？"

哥哥孙眉笑着劝母亲："兄弟的革命决心岂会动摇？行医只能治人病，而革命能救人心呀。让他去实现自己的远大抱负吧！"

舅父杨文纳思索良久，提出一个办法说："如今保皇党势力遍布北美各地，要想进入并展开筹款活动，只有一个可行办法，就是你要加入洪门会并取得夏威夷出生证。洪门会树大根深，有能力保护你。"

孙中山一听，犯了嘀咕。洪门会基本上是一个反清组织，加入一下也未尝不可；只是这取得夏威夷出生证一条，岂不要我孙某人放弃中国籍？

见孙中山犹豫，舅父劝道："自古成大事者，皆能通权达变，有伸有屈，伍子胥乔装出关，孔夫子微服过宋，甚至有韩信愿受胯下之辱。你今天为筹款救国，反清革命，岂能拘泥于小节而误大事吗？"

哥哥孙眉也在一旁劝道："华夏之心不变，一个小小出生证又能怎样？"

孙中山反复想过，觉得事到如今也只好如此。于是由孙眉出面，找几个同乡做证，在茂宜岛办妥该地的出生证。之后，孙中山又回到檀香山，由洪门会一位前辈叔父钟水养介绍，加入了洪门会致公堂，被主盟人封为"洪棍"（军职元帅）。

然而，即便做了这样的准备，入境时也还引起了风波。

原来，檀香山的保皇党干将陈继俨，听说孙中山要去美国旧金山，便给清政府驻旧金山领事馆拍出急电，报告说乱党首领孙文即将抵美，应当阻其入境。该领事不敢怠慢，立即向美方海关发出照会，"中国乱党孙某抵美，请禁阻入境！"4月6日这天，船到旧金山，海关果然发现有孙文其人，正想阻止入境，却见他所持护照乃夏威夷所发，出生地为茂宜岛。这就不好以"中国乱党"的名义阻挡。于是，海关一面将孙中山先生留在船上，一面向中国领事馆说明情况。总领事也没有想到有这一招，一时不好作答，经与陈继俨沟通后，这才重又照会海关："孙某系生长在广东省香山县，所持护照必为伪造。"美方海关见有中国官方照会，便不准孙中山先生登岸，把他拘押在码头上的一间小木屋里，等待最后发落。不久，孙中山先生即被美国移民局认定为"乱党"，判令离境。

三十八岁的孙中山先生，至今不知经历过多少大小磨难，对此挫折当然不放在眼里。他困在小木屋，想着脱身办法。也真凑巧，无意中发现一张当地的《中西日报》，上面出现有"总理伍盘照"的字样。这个名字怎么如此熟悉呢？"伍盘照、伍盘照……"他嘴里念叨着，忽然记起了九年前的一件事：当年，广州起义失败，他不得不出国流亡。临走前得到一封介绍信，是兴中会会员、双门底圣教书楼主人左斗山和博济医校的助教杨襄甫二人写的，让他到美国旧金山后可以找两个人，一个是司徒南达，一个就是这位伍盘。不错，就是伍盘照。但是，事过九年，这个伍盘照是否还健在？是否还在旧金山？是否还会帮忙？……这就很难说了。不过，事情紧急，也就不妨一试。想到这里，他就忙翻自己的行李包，也算运气不错，那封介绍信居然还保留至今。他惊喜之下，连忙给伍盘照写好一张便条："伍先生阁下，现有十万火急事待商，请来木屋相见。切切！"封面写"伍盘照博士收启"，下附英文"到后奉带书人银七角五分"。写好后，悄悄找来一个报童，让他把便条送交沙加面都街中西日报社。

吉人自有天相。这位伍盘照先生很快就收到孙中山先生的便条，而且当即赶到小木屋相见。孙中山先生取出左杨的介绍信，先欲说明一下。不料伍先生一笑说："何劳大驾剖白，先生大名，海外尽知，忠心为国，乃我久仰之英雄。入境受阻一事，我亦听闻，不知何以至此？"

孙中山先生便将自己在檀香山的所作所为及入境受阻详情讲了一遍。

伍盘照说："定然是保皇党作祟所致。先生你暂且再委屈一时，待我去会司徒先生，必然很快会有一个营救办法。先生保重。"

司徒南达是当地一位较有名气的基督教牧师，也是广东人。他一见左杨二人的信，便召集一些能干的教友商议。商量的结果是：由旧金山的洪门会致公堂出面，向美国工商部提出上诉较为妥帖。于是，伍盘照先以清廷驻旧金山总领事馆顾问的身份，拜访了总领事，透露将有某大团体就孙文入境受阻一事向华盛顿方面提交抗议书，希望总领事不要向驻美公使反映此事，以免引起风潮。之后，他又亲自去见洪门会致公堂会长黄三德和英文书记唐琼昌等人，具体商讨营救之事。

再说黄三德等人，也早从檀香山方面得到消息，知道孙文已经入会并将很快来美。现在一听入境受阻，自然义愤非常，不能不管。黄大佬亲自出马，带着自己的法律顾问那文，先赶到码头看望会友孙中山，并询问详细情况。回来即由那文向移民局起草公文，主要说："孙某乃檀香山籍民，因在中国提倡革命，故被本国政府指名通缉。今中国领事阻其入境，实属损害檀籍人居留美国之权利及美国容留国事犯之法例。"接着，以大体相同的理由，向美国国会提起上诉。最后，又以致公堂在士波福街的一处房产做抵押，将孙中山先生保出候判。

转眼已到 5 月，孙中山先生住在洪门会致公堂公所三个多星期之后，旧金山移民局终于接到华盛顿工商部电令，立即准许孙中山先生入境。一场保皇党精心策划的阻止入境的阴谋宣告破产。

合法入境之后，孙中山先生马上展开革命活动。首先求得黄三德和伍盘照的帮助，印刷出版邹容的《革命军》一万一千册，准备向北美大陆和南洋一带大量散发，以抵消保皇言论的泛滥。邹容，四川巴县人，十七岁留学日本，十九岁写出惊天动地的奇书《革命军》，宣传反清革命，鼓吹民主共和，公认为是辛亥革命前夕影响最大的书。二十二岁因苏报案入狱，革命志气益壮，后暴死狱中。1912 年，南京临时政府追赠其为大将军。其人其书感天撼地，令旧金山的印刷工人都激情难捺，义务印刷，不取报酬。有人评论说："《革命军》一书，为反清最激烈之言论，华侨极为欢迎。其开导华侨风气，为力甚大。"

《革命军》打响第一炮，在此基础上，便是开展筹款活动，具体就是推销革命军需债券。为此，在华盛顿街的一家戏院里召开了兴中会筹饷大会，推选加利福尼亚州的大学教授邝华太先生为主席。孙中山先生在大会上发表了激动人心的讲话，详细解释了革命救国的道理，介绍了国内尤其是南方风起云涌的大好形势，介绍了日本留学生和华侨的反清革命斗争，高度评价了北美爱国华侨一贯的义举和成就，进一步号召大家购买革命军需债券，以实际行动支援兴中会在国内的起义，为早日驱除鞑虏，恢复中华而共同奋斗。他的讲话博得了一阵阵掌声，当场就有很多人要求购买革命军需债券，计达两千七百多美元。

孙中山在旧金山期间，还办了一件意义重大的事情，就是为洪门会亲笔撰写了新会章。洪门会在北美多称致公堂，在国内多叫天地会或义兴会，哥老会和三合会都是它的支派。致公堂的总部就在旧金山，所以堂主黄三德是个举足轻重的人物。这一段相处下来，孙中山先生很受黄三德的赞赏和信任，大有借重之意。孙中山先生觉得，致公堂的成分虽然复杂一些，但大体上还是倾向革命的，是可以联合的力量；何况黄三德等人有救难之恩，也不能不予报答。双方都满怀热情，有携手合作之意。孙中山先生向黄三德建议：鉴于多年来保皇党的蛊惑宣传，在会员中已经造成极为不良的影响，形成一定程度的思想混乱，纪律涣散，战斗力削弱，已不能适应当前革命大局的需要。为此，应该来一次大整顿，要求每一个会员都来重新注册登记，并制定新的会章，使致公堂的面貌焕然一新。黄三德非常赞同，就委托孙中山先生负责起草新会章，参与领导整顿工作。在孙中山先生编写的新会章中，既保留了一般民间团体的团结互助的传统条款，更加入了革命性的政治内容，把原先的"反清复明"的目标提高到"本堂以驱除异族，光复中华，创立民国，平均地权为宗旨"，更富有民主革命精神和战斗性。

在旧金山的这些活动，孙中山先生的声望直线上升，得到华侨界的高度信赖和崇拜，使保皇党的势力受到沉重的打击。就是在这样良好的形势下，孙中山和黄三德决定走出旧金山，到美国全国去巡回演讲，进一步扩大战果。

这就是以往的经历。

且说孔祥熙在奥伯林大学盼星星盼月亮，一直盼到10月初，才得知孙中山先生已经到了纽约。他等不及费起鹤的病好，一个人直奔纽约而去。那时候的青年对孙中山的崇敬和向往，真是用语言难以表达。当时有人这样写道，在青年学生和知识阶层中，"时时有一中山先生印象，盘旋牢结于脑海"，"几欲破浪走海外，以从之，不能得，则如醉如痴，甚至发狂！"所以，孔祥熙此时仰望北斗的心情可想而知。

二十九、纽约街头

纽约，美国第一大城市。那天清晨，一个名叫孔祥熙的二十五岁的中国青年出现在它的面前时，它根本无动于衷，它对无名之辈向来如此。孔祥熙感到了这座"站着的城市"的庞大、威严、冷漠和势利，感到了自己的渺小无力和孤单无助，真后悔没叫上费起鹤做伴，上哪儿去找孙中山？找不见怎么办？……此时他还无论如何想不到，六十多年后这里将是他的葬身之地。

走出纽约火车站，孔祥熙茫然四顾，不知该向何方去。以他的想法，孙中山先生大概应该下榻于这里的唐人街，至少在那里应该能打听到孙先生的消息吧。于是，他怀着一种侥幸心理一路打听着朝唐人街走去。

纽约的唐人街在曼哈顿区的南端，华尔街稍北处，是纽约华人的最大聚居区。这里只有一条街，石铺路面，坑洼不平，两边的房屋陈旧低矮，阴暗斑驳。孔祥熙觉得，这里连自己故乡的太谷城都不如，简直差远了。这就是中国人在堂堂纽约的处境？未免令人失望和尴尬。他在街上转了几个来回，向一些人打听，居然没搞清孙先生的情况：有人说孙中山就住在这儿，前几天还在这里发表过演讲；有人说他压根儿就不住这里，跟美国朋友麦克威廉斯在一起；有人说孙先生在纽约还要住很长时间；有人说他已经离开这里去了克利夫兰……孔祥熙有点发急，自己不可能在纽约多待，既没时间更没美元，再找不到怎么办？他忽然一拍脑门心里亮了，我为啥不找张报纸看看？令人扫兴的是，翻过好几份报纸后，倒是有关于孙先生的几则消息，但仍难找到他的详细住址和具体行踪。没办法，他只好放弃努力，一个人在纽约街头随意漫游，心想到天黑再无结果，便乘夜车返回。

关于纽约城的开发史，孔祥熙从康保罗嘴里是早就知道了的。这个濒临大西洋、位于赫德森河口的城市，不过才有二百多年的历史。它 1686 年正式建市，独立战争期间是华盛顿的司令部和他就任美国第一任总统的所在地，做过临时首都。它真正的大发展、大繁荣是在 1825 年伊利运河通航之后，才逐渐成为世界最大港口之一和经济、金融中心。市中心的曼哈顿区，为全市精华所在。洛克菲勒、摩根、杜邦、梅隆等著名的垄断集团开设的大银行、大保险公司、大工业公司、大运输公司，以及闻名全球的纽约证券交易所都集中于此。摩天大楼，犬牙交错，直插云霄。坐落在曼哈顿区南端的华尔街，是一条长仅五百米的阴暗狭窄的短街，但却麇集着美国十家最大银行中的六家银行的总行，使华尔街成为美国金融帝国的象征。

来到华尔街，孔祥熙充分感受到现代金融业的气派，不禁联想到自己家乡那些曾经显赫一时而如今大都衰败凋零的古老的钱庄票号，觉得相比之下实在不算什么，人家这才叫真正有钱呢！多少年来，自己总是借着这些钱庄票号的牌子壮胆撑门面，把自己说成是大户有钱人家的子弟，今天头一回感到实在没有那个必要，原来这个世界上金字招牌有的是。要多少钱才能盖起这些高楼大厦呢？这么多钱是从什么地方来的呢？一个人一个家族怎样才会积聚起这么多钱呢？……当年，从孔祥熙刚懂事起，这些问题就曾苦苦折磨过出身贫穷的他，使他渴求，使他气馁，也使他嫉妒和奋发。没想到十多年之后，已经变成大青年的他，而且身在异国他乡，突然又想到了这些关于财富的怪问题。是呀，钱从哪儿来呢？……

当初，在太谷一带，流传着这么一首《因果歌》：

莫打鼓来莫敲锣，

听我唱个因果歌。

那李闯王逼死崇祯帝，

文官武官一网罗。

那闯将同声拷加烙，

霎时间金银堆积满岩阿。

冲冠一怒吴三桂，

借清兵驱贼出京都。

贼兵舍不得金银走，

马上累累"没奈何"。

一路追兵潮涌至，

把金银往山西境上掩埋过。

贼兵一去不复返，

农夫掘地富翁多。

三百年票号称雄久，

不成文法谁琢磨？

相传是亭林青主两公笔，

这一桩公案确无讹。

　　孔祥熙小时候就背熟了这首《因果歌》，常与小伙伴一起唱来唱去。后来长大些上了小学，才搞清楚什么是"没奈何"，"没奈何"就是金银饼，就是钱呀！说是李自成打进北京，抓了王公大臣八百多人，送在刘宗敏的大营去拷打，逼他们往外吐财宝，得到的可不少，再加上皇宫里的东西，数也数不清。李自成下令，将所有金银铸成大大的金饼银饼，足有几万块。吴三桂领着清兵杀来，李自成就叫人把这些金银饼装上骡车，往自己的老家陕西米脂运。谁知这金银饼太重，一路上累得士兵和夫役叫苦连天，又不得不干，于是便称这些金银饼为"没奈何"。后因清兵追得急，这些"没奈何"便流落山西，成了山西人开票号的起家资本。这样的传说有多大的可信性？孔祥熙长大后对此就颇为怀疑。要说不是真的，可那一家家票号的万贯资财究竟从何而来？……还有现在，眼前这些美国阔佬的巨大财富又从何而来呢？……

　　孔祥熙对此想不出名堂，忽又觉得自己十分好笑：想这个干什么？自己是来找孙中山先生的，到现在没找见，怎么却想这钱从哪儿来的问题，真是荒唐！

大丈夫只怕事业无成，何患无钱无妻？快离开这华尔街，去找孙中山先生吧！

孔祥熙没找到孙中山先生，但却意外地买到一本孙中山先生的最新著作《革命潮》，刚刚在纽约出版的，还散发着一阵阵油墨香味，封面上"革命潮"三个字，像是孙中山先生的笔迹。看了简介，才知道这是孙中山先生8月份在圣路易写的文章，题目叫《中国问题的真解决》。现在由他的美国朋友麦克威廉斯资助出版成单行本，共印了一万册。孔祥熙如获至宝，找了个地方坐下来，埋头便读。

这是向外部世界介绍中国革命的一篇政论文献，孙中山先生以自己先进的政治主张和鲜明的革命立场，向世界各国全面论述打倒清廷政府的原因、取胜条件以及将会给全世界带来的必然影响。孙中山先生说："清王朝，可以比作一座即将倒塌的房屋，整个结构已从根本上彻底腐朽了。"不论哪个国家"如果像我们所了解的那样，是指对目前摇摇欲坠的清王室的支持，那么注定要失败的"。接着他历陈清政府对中国民众犯下的种种罪行：（一）满洲人的行政措施，都是为了他们的私利，并不是为了被统治者的利益。（二）他们阻碍我们在智力方面和物质方面的发展。（三）他们把我们当作被征服了的种族来对待，不给我们平等的权利。（四）他们侵犯我们不可让予的生存权、自由权和财产权。（五）他们自己从事于或者纵容官场中贪污与行贿。（六）他们压制言论自由。（七）他们禁止结社自由。（八）他们不经我们的同意，而向我们征收沉重的苛捐杂税。（九）在审讯被指控为犯罪之人时，他们使用最野蛮的酷刑拷打，逼取口供。（十）他们不依照适当的法律程序而剥夺我们的各种权利。（十一）他们不能依责保护其管辖范围内所有居民的生命与财产。

在书中，孙中山先生向世人勾勒出中国革命的灿烂前景，"全国革命的时机已经成熟"，"只要星星之火，就能在政治上造成燎原之势"。中国民众有信心"把过时的大清君主政体改变为中华民国的计划"变为现实。"一旦我们革新中国的伟大目标得以完成，不但在我们美丽的国家将会出现新纪元的曙光，整个人类也将得以共享更为光明的前景，普遍和平必将随中国的新生接踵而至。一个从来也梦想不到的宏伟场面，将要向文明世界的社会经济活动而敞开。""全国即可开放，对外贸易，铁路即可修建，天然资源即可开发，人民即可日渐富裕，他们的生活水准即可逐步提高，对外国货物的需求也可加多，而国际商务即可较现在增加百倍。"

针对所谓的黄祸论，孙中山先生说："中国人的本质，就是一个勤劳的和平的守法的民族，而绝不是好侵略的种族。"那种认为"如果中国人能够自主"，"会是对全世界的一个威胁"的黄祸论调，"是站不住脚的"！所以他呼吁各国应该对中国革命"在道义上与物质上给予同情和支援"。

孔祥熙激动不已。孙中山先生的文章他不是没读过，事实上读得也不少，但坐在纽约街头读完这篇《中国问题的真解决》，他有一种更为强烈的感受和体会。孙中山先生笔下的中国革命，比以往任何时候都让他热血奔涌，心向往之，一种渴求参与、渴求战斗，甚至渴求流血牺牲的激情令他兴奋得发抖。他合上书，沉思着，两眼凝望远方的自由女神像……那高插入云的紧握火炬的右臂，那紧抱象征着《独立宣言》的左臂，那气宇轩昂的骄傲的身姿……那么，我们中国的自由女神将是什么样子呢?

据孔祥熙本人后来讲，他与孙中山先生的头一次会面，是在不久后俄亥俄州的克利夫兰。他回忆说，关于他将来是办教育还是搞实业，孙先生说："不论兴办任何事业，都得从大处着眼，小处着手，尤须持之以恒，方始可以有所成就。至于革命工作，尤应自启迪民智为始。西北各省，距离海口很远，风气开通较晚，所以启迪民智的革命基础，必须及早建立。"孔祥熙表示："听了先生的这一段训示，顿时便有拨云雾而见青天的感觉，多年以来横亘胸中的一大矛盾，至此迎刃而解。先生的寥寥数语能给我这么重大的启示，使我敬佩万分，所以，当时我便提出了追随革命、加盟兴中会的请求。而承蒙先生不弃，他欣然地立予应允。""从此自觉行有道，学有方，不像以往那样一味在暗中摸索；一言一行，骤然之间较从前更为慎重。这一个转变，对于我个人来说，实在是关系重大。我甚至可以这么说：我个人一生立身行事，大有赖于克利夫兰和先生的一晤，否则的话，我个人的动向恐怕未必能够踏上适当的途径。"

后来的孔祥熙立身行事，多大程度上背叛了孙中山先生的训示，自当别论，但他从美国学成而归之初，立志办好铭贤学校，倒的确是按孙先生"启迪民智的革命基础，必须及早建立"的思路来干的。

三十、"榆树城"春秋

20世纪初，美国大约有高等学府两千余所，其中以哈佛大学、耶鲁大学、普林斯顿大学最为著名。

从纽约坐小船去耶鲁大学所在地纽黑文挺富有诗意。位于康涅狄格州中南部长岛湾的纽黑文，是美国东部一座重要的海港城市，因为城区广植榆树，故有"榆树城"之称。它是1638年由早期移民领袖西奥菲勒斯·伊顿和约翰·达文波率领的五百个清教徒所建立。此前这里是印第安人的聚居地。建城的第二年，改称纽黑文，用意显然是不忘那个英国本土的纽黑文。1784年建市，由起草《独立宣言》的成员之一罗杰·谢尔曼担任首任市长。它从1701至1895年将近二百年间，一直是康涅狄格州的双首府之一。城市建筑最早可追溯到1680年，多集中于宽广的公共草地上，像中央教堂、联合教堂和三一教堂等，大都有了近百年的历史，城内还有著名的游览处悬崖公园等。

就在纽黑文成为州首府的那一年，耶鲁大学正式创办，资助人是英国东印度公司官员艾利胡·耶鲁。这也就是耶鲁大学名称的来历。它占地宽广，环境优美，出自名建筑师的建筑物比比皆是，最为有名的是高达二百零一英尺的哈克尼斯钟楼，是典型的哥特式建筑。校园内，有许多享有世界声誉的文化设施，比如拜内克孤本与手稿图书馆，比如皮博迪自然历史博物馆，比如耶鲁大学艺术陈列馆等。加上该校师资力量雄厚，学风严谨，声誉卓著，学生一旦考取，即如跃入龙门，故而成为世界各地青年学子们向往的深造之地。

同样，耶鲁大学早就是孔祥熙梦寐以求的深造之地。他之所以格外向往耶鲁，除了上述原因外，还因为最早实践奥伯林精神而创办奥伯林大学的人就出自于它，还因为它是培养出中国第一位留美高才生容闳的地方，而这些，恰恰都是青年孔祥熙所非常崇敬的。可以说，孔祥熙早就有一个耶鲁情结。不过在早些时候，他不敢有这份奢望，其中有个原因。孔祥熙进奥伯林大学读书，是由华北基督教公理会选派的，四年中的大部分花费是由教会方面支付的，如果要去耶鲁，一大笔花费怎么解决？再者说，教会方面亟盼着孔祥熙毕业后立即回国加强传教力量，能轻易让你去干别的吗？因了这一层关系，所以当初孔祥熙不敢有这方面的非分之想。可是随着四年大学课程的完成、年龄的增长，孔祥熙学识大进，眼界开阔，雄心勃勃，尤其心里亮起孙中山这颗北斗星以后，他想进耶鲁深造的欲望再也按捺不住了。而且，他对进耶鲁深造已经有了具体目标，那就是选学矿物专业。他说："中国人只知道自己的国家地大物博，人口众多，殊不知中国矿产蕴藏量之丰富，甲于全球。有这么丰富的宝藏委弃于地，而全国处处仍在闹穷，这是多么的愚不可及！因此，我决心学矿物，将来我要回国传授学生，大家一道来开发地下的富源和宝藏。"由此可见，孔祥熙要进耶鲁深造的决心很大，经过了深思熟虑。但是不出所料，他的这个计划受到了教会方面的反对。

在这样一个人生十字路口，孔祥熙感到了自己的孤立无援，感到一个人不能自主自立的悲哀，重新又经受起从小就摆脱不掉的贫穷的心灵折磨。正当他举棋不定、心烦意乱之际，收到挚友康保罗的一封来信。

祥熙兄如晤：

先说一件叫你高兴的事。前信已告知，令尊繁慈公经文阿德先生
的关照，已屈就于贝露女校任教，且迁入孟家花园居住。我到太谷这
一年多来，常与玛丽前去看望，最近我们又按你们的风俗习惯，给令
尊大人祝寿，很有意思。繁慈公真是个有见识也有趣的老人，与他相处，
非常愉快，而且每次都能学到不少东西。我们大家都把他当成最好的
老师，也当成一位慈爱的老父亲。他目前身体很好，心情舒畅，让我
告诉你不要替他担心。我知道这是你最放心不下的一件事，这下该放
心了吧？相信我们吧，朋友！现在，说说那件叫你苦恼的事。从私心讲，
我是多么希望你能尽快回到太谷，大家朝夕相处，共创一番事业，那
是多么惬意的事！而且从工作考虑，要扩大办学规模，增设医院，修
建新教堂，加强乡村布道，真是百事待兴，在在缺人，多么想让你及
早发挥长才呀。但是，我从理智上考虑，你去耶鲁深造比什么都重要。
你选择矿物专业，也非常有远见。随着我对贵省全面情况的深入了解，
相信唯有矿业和农业的大发展，才是贵省民众丰衣足食兴旺发达的出
路。我有幸翻阅到李提摩太先生的许多文章，他对贵省的爱心和理解，
提出的很多开发建议和办法，都相当令我感动并且崇敬。你的注重矿
业的思路与他不谋而合，或者就是从他那儿得来的灵感？我记得你说
过你很崇拜这个人的话。令我吃惊和不解的是，你们的政府官员却在这
些方面无动于衷，不知是没有兴趣还是没有能力？用你们一句十分生
动的话说，山西人真是端着金碗讨饭吃。我真希望你能在这方面有所
作为。这也就是我特别支持你进耶鲁攻矿物的原因。从你的来信中看出，
你最担心的是教会方面的不同意。但我要告诉你，我最担心的还不是
这个。教会方面，一来你可以尽量说服他们，实在不行完全可以自行
其事，他们终归会理解的，至于钱的问题，我已经一再说过，由我来
负责解决；二来，我已与文阿德先生讲妥，由我们二人向华北公理会
说项，力争让他们转变态度。我想这些都不会有太大的难处。知道我
最担心什么吗？你想过耶鲁意味着什么吗？它既意味着荣耀，也意味
着挑战。当初我也曾跃跃欲试登此龙门，但自知实力不逮而终于作罢。

你的才华强我十倍，但要由奥伯林大学一跃而成为耶鲁研究院的硕士生，这也绝非易事，此前尚无先例。我觉得这才是你目下最应该在心的事。我多么希望你能埋头于功课，全力以赴准备考试，争取一炮打响，为母校争光，为我辈争光，也为你的祖国和家乡父老争光！

以上是我的态度，也是玛丽的态度。我们为你祝福。上帝与你同在。

我们静候佳音！

你永远的朋友康保罗

在孔祥熙上耶鲁大学这个问题上，康保罗的这封信起了关键性的作用。1906年夏天，孔祥熙果断地参加了耶鲁大学研究院的入学考试。秋季，他接到了录取通知书。这个消息又在奥伯林大学引起一场轰动：一个先学理化后学社科的中国青年，居然一下考入全美一流的耶鲁大学，成为专攻矿物的硕士生，人们不能不议论纷纷，啧啧称奇。就连原先那些持反对态度的教会人士，也转而笑逐颜开，认为该生意志坚强，富有才华胆识，将来必成大器。

真奇怪，孔祥熙初到耶鲁大学，却丝毫没有孤单的感觉，总觉得身边有伴，连自己也感到不解；不过仔细一想，确实不错，不是有老学长容闳的影子吗？

一进耶鲁大门，孔祥熙就处处留心，总想发现容闳先生当年的遗迹，他清楚，五十多年前，容先生曾是这所名闻遐迩的美国一流大学的风云人物。他甚至可以历数容先生的种种事迹：容先生在进耶鲁大学之前，就曾有过拒绝接受蒙森学校贫困学生临时助学金的壮举，因为这项由校方掌管的资金要求条件很苛刻，必须签订誓约，保证毕业后从事传教工作。容先生表白说，我需要行动上的完全自由，决不能让别人来妨碍和限制我发挥自己的作用，以保证我自己实现造福中国的任何计划。再说，在全世界任何地方，布道都不是唯一造福人类的职业，一个人只要具有基督精神的话，他报效国家的抱负都不会受到束缚；反之，任何誓约也不能感化他冷酷的灵魂。为此，他不得不长期过着手头拮据的窘迫生活，虽然进了名牌大学，也没有根本改变。他不得不在一个住宿俱乐部里当事务员，以便解决大学后半期的食宿费；他不得不充当校内兄弟会的助理图书馆员，以便换取三十元的菲薄收入。容先生是1854年的学生，不喜欢数学，尤其讨厌微积分，时常不及格，但文科却相当出色，曾在两次英语作文比赛中获奖，因而名扬校内外。毕业前夕，有人想以优厚的条件挽留这位中国高才生，但容先生有一段感人至深、流传久远的话当作回答。他说："整个大学阶段，尤其是最后一年，中国的可悲境况经常出现在我的脑海，令人感到心情沉重。当我意志消沉时，往往想反而不如根本不受教育，因为教育已经明显地扩展了我的心灵境界，使我深深感到自身的责任，而盲目无知的人是绝不会体会到这一点的。一个没有教养的、冷漠无情的人，对于人类的苦痛和邪恶是绝对无动于衷的。知道得越多，痛苦越深，当然快乐也就越少；知道得愈少，痛苦愈少，而快乐也就愈多。但是，这种人的人生观是卑微的，感情是懦弱的，不足以被称为品德高尚的人。我为了求学，远涉重洋，由于勤奋克己终于达到了渴望已久的目的。虽然所学可能不如理想的那样完备和系统化，但总算够得上正规标准和大学文科的水平，因此我可以自称是一个受过教育的人。那么就应该自问：把所学用在什么地方呢？在大学的最后一年即将结束之前，我心里已经计划好了将来所要做的事情。我决定使中国的下一辈人享受与我同等的教育。如此，通过西方教育，中国将得以复兴，变成一个开明、富强的国家。此目的成为我一展雄心大志的引路明星，我尽一切智慧和精力奔向这个目标。……"

在耶鲁大学，孔祥熙比在奥伯林大学更加刻苦努力，处处以容闳先生为楷模，勤工俭学，尊师爱友，谦恭有礼，全面发展，尤以数学成绩出类拔萃，受到上下一致的瞩目和好评。二十六岁的孔祥熙已经成长为一个成熟的优秀青年。

三十一、惊鸿一瞥

1906 年秋季的一天，孔祥熙收到一份十分考究的请柬，感到非常惊讶，谁会给我如此礼遇呢？打开一看，原来是钦命全权访美大使温秉忠，要在华盛顿宴请全体留美的本国学生。作为专门来美考察教育的政府官员，这样安排也是题中应有之意，看来无非是与大家见面认识一下，联络联络感情，以示关怀。

宴会厅里笑语喧哗。来自美国各地的中国留学生济济一堂。坐定之后首先是自我介绍，姓甚名谁，哪省人，来自哪个美国大学，学的什么……诸如此类。当孔祥熙刚一报出自己的名字，高坐正中的温秉忠就笑着说："知道知道，李鸿章李大人赏识的孔祥熙吧。听说来美入境时还发生了一场不小的风波，是吗？请坐下，请坐下。"

孔祥熙刚要落座，忽听坐在温秉忠身边的一个十六七岁的年轻姑娘大声问道："请问您就是《华夏两英雄》里的那个孔祥熙吗？"

能坐在钦差大臣身边的人，一定有些来历。孔祥熙以为她肯定是考察团里的什么官员，所以规规矩矩站着答道："是的。"

这姑娘又大大咧咧地说："好，请坐下。"

谁知后来轮到这位姑娘自我介绍时，孔祥熙才发现自己判断失误。她说："我叫宋霭龄，出生在上海，来自佐治亚梅肯市的威斯里安女子学院。"

孔祥熙一听，心里顿觉有点不平衡：你也不过一名普通留学生，刚才怎么那样神气？他不禁为方才自己对她毕恭毕敬的态度感到脸红，但同时也产生了强烈的好奇心。其实，孔祥熙早在一进入宴会厅时就注意到了这个姑娘，或者更准确点说，与会的每一个人都注意到了她。因为没法不注意她：她是在座的唯一一位女性。她是那样的青春美丽，穿着是那样的鲜艳得体；她又是那样的开朗活跃，简直就像这里的一位女主人。后来，孔祥熙实在按捺不住好奇心，便低声向邻座的人打听。从刚才的介绍知道，这位来自华盛顿大学的留学生姓刘。

"你不知道她是谁？"刘惊讶万分。

"不就是宋霭龄吗？"

"不不不！你真不知道她是谁？你最近没看华盛顿各大报？"

"我……我在纽黑文……报上怎么啦？"

"她成了新闻人物，有的报纸头条大字标题就是《中国女留学生向总统抗议美国的排华政策》！说的就是她。我再告诉你，她是上海有名的宋查理的大小姐，中国留美女生第一人。这位钦差温大人是她的亲姨夫。"

"噢？"这回该轮上孔祥熙惊讶万分了。后来，他利用聚餐和联欢的机会，终于从这位饶舌的邻座刘口中满足了好奇心："孔君，看来你是个埋头读书的好学生。那么好吧，我把什么都告诉你，咱们交个朋友。我给你从头说起吧。

"这宋霭龄的父亲名叫宋嘉树，又叫宋耀如，我前面提到的宋查理是他的英文名字。宋家的祖籍在海南文昌县，但据说老根还在你们山西，二百多年前为躲清兵烧杀一路南逃，最后渡海定居文昌。宋家祖上以经商为主，但资本不大，不过有一点很值得注意，他们对海外贸易挺看重，曾拥有过几艘人称'大眼鸡'的三桅远洋帆船，每年夏季离港，运着茶叶、丝绸等传统产品远走东南亚，最远到过苏门答腊一带，直到第二年再倒腾回大陆缺少的货物，从中谋取厚利。

"宋家真正出名，是从宋查理开始。他的经历颇具传奇色彩：九岁被送到爪哇做佣人。不久偷跑出来，跟着一位远房舅父漂洋过海来到美国波士顿，在舅父开的一间丝茶店当学徒，为争取上学的权利与舅父闹翻。十四岁的他又做出惊人之举，偷偷钻进一艘名叫斯凯·考尔法克斯号的轮船上，开始了海上流浪生涯。在一年多的相处中，斯凯·考尔法克斯号的船长琼斯先生，喜欢上了这个能吃苦、脾气倔的中国青年，后来把他一直带到美国南方的威尔明顿，介绍给当地卫理公会教堂的头面人物罗杰·穆尔上校。就是在这里的第五教堂，有名的里考德牧师给他施了洗礼，教名为查理·琼斯·宋。在他皈依基督教后几个星期，里考德牧师推荐他去上南方最有名的圣三一学院读书，而为了解决他的学费问题，罗杰·穆尔上校亲自给南方最有钱的大富翁、北卡罗来纳州达勒姆的朱利安·卡尔将军写信，后者慷慨解囊，于是在1881年夏天，他成为圣三一学院唯一的外国学生。后因一场悲剧式的异国恋，教会让他转学到遥远的田纳西州纳什维尔的范德比尔特神学院。1885年，宋查理大学毕业，校长霍兰·马克蒂耶主教亲自给在上海传教的朋友林乐知写信，希望他能为宋查理安排一个回上海布道的工作。这样，那个在海外只身飘游十多年、已由小男孩变成大学生的宋嘉树回到祖国，从此在大上海开始了自己一生的辉煌事业。

"接下来我再给你讲宋霭龄。别看她今年只有十七岁，可也是个传奇女子。对了，听说你也有过一段入境受阻的事，这真巧了，宋小姐也有一段。听我慢慢对你讲吧。你问我为啥对宋家的事这般熟悉？我是昆山人呀，昆山是宋小姐的姥姥家。她母亲倪桂珍大有家庭背景，倪氏家族乃是明朝宰相徐光启的嫡系后裔。他们家的事昆山谁不知道？别打岔，听我往下讲。

"宋查理和倪桂珍一共生有六个孩子，三男三女，男的是子文、子良、子安，女的是霭龄、庆龄、美龄。这位霭龄最大，生于1889年。人们都说她的性格像宋查理，爱说爱闹爱冒险，有心计，有点子，有组织才能，是家中孩子的班头，被宋查理称作撒旦小羔羊。五岁的小女孩才有多大？可她却上了寄宿学校，就是上海有名的教会学校马克蒂耶女子学校。那里的设施都是为十六七岁的女孩准备的，她坐在凳子上脚够不着地，桌面上刚露出一个小脑袋，吃饭夹不到远处的菜。就这也没有难倒五岁的小姑娘，在校一住就是十年。接下来更要创奇迹了，十五岁决意要留学美国，看中的就是世界上第一所为妇女专设的学院——威斯里安女子学院，她要做中国第一个赴美留学的女学生。

"来美途中一波三折。先是，宋查理把女儿托付给美国人步惠廉夫妇。步惠廉是宋查理当年在范德比尔特神学院的同窗好友，来中国传教多年，与宋家建立了通家之谊，这次回国休假，带霭龄同行，应该说也是最佳安排。谁知他们乘坐的高丽号轮船，刚停靠在第一个港口——日本神户，就出了意外的事情。一位旅客因病死了，船医说是死于肺炎，海关方面却认为死于可怕的鼠疫。根据检疫人员的安排，一是要对整个船体进行药剂熏蒸消毒；二是在海滩上摆出一批大木盆，盛满消毒药水，要每一个旅客脱光衣服洗浴消毒。步惠廉夫人不久前刚患过一场伤寒病，身体还没有完全恢复，露天里这么一折腾，发起高烧病倒了，抢救无效，不幸亡故。步惠廉只好留下来料理后事。他打算请人把宋霭龄送回上海，但霭龄拒不听从，小小年纪脾气挺大，说她一个人也能去美国。步惠廉无奈，只好请船上另一对美国夫妇代为照看。不料船才离开神户，又出了不愉快的事。你猜怎么着？就因为那位美国夫人的一句话！她对丈夫说：'噢，上帝！这船总算开了，离开这些肮脏的中国人和野蛮的日本人，我心里才好受一些，但愿这辈子再别上这种地方来。'霭龄正走到舱门口，无意间听见这话，就像有一盆凉水从头浇下，气得扭身跑回自己的舱位哭了起来，发誓再也不理这对美国人。直到这时候，小姑娘才头一次感到孤单可怕，一个人怎么上美国去呀？多亏船到横滨时，上来一位朝鲜妇女金水姬，去美国看望生病的父亲，与霭龄交上了朋友，相依为伴，熬过了漫长的旅途。

"1904年7月1日，高丽号驰进旧金山港。孔君，你也是进的旧金山吧？咱们大都是这条路线。船进旧金山，宋霭龄才碰上了最大的麻烦。海关说她的护照有问题，因为护照副本上标明，她是由美国人步惠廉夫妇护送来美求学，现在不见这一对美国人的踪影，却由一个朝鲜女人领着，对方怀疑其中有诈。海关人员态度粗暴，不容分说，扬言要立刻将宋霭龄遣返回国。毕竟是十五岁的小女孩，吓得大哭起来。后来总算没有立即遣返她，却困在船上达四个星期之久。最后，多亏步惠廉及时赶回，和另一位朋友里德先生共同努力，惊动了华盛顿的政府官员，才绝处逢生，踏上美国的国土。

"就在宋霭龄进入威斯里安女子学院的当天，她便成为当地的新闻人物，梅肯市的《电讯报》用很大篇幅这样写道：

【本报最新消息】前来威斯里安学院途中被扣在旧金山船上的中国姑娘宋霭龄小姐，已随同步惠廉牧师于今天深夜0点30分来到梅肯。"她从小就受到我们教会的熏陶，"威斯里安学院院长格里昨天说，"我们的传教士步惠廉先生今年夏季休假时很乐意把她带到美国。"……据说这位中国姑娘相当聪明……根据格里院长所掌握的情况，宋小姐是前来威斯里安学院学习的第一位中国姑娘，也是专为读书从中国来到美国的第一位中国姑娘……

"你问这与总统有什么关系？别急，听我继续往下说。我在前面不是已经告诉你，这位来美考察教育的温秉忠大人是宋小姐的姨夫吗？就在前不久，美国总统罗斯福要在白宫宴请中国教育考察团。温大人就带着宋霭龄一起出席，也是想让外甥女见见世面的意思。那场面当然非同一般，高官云集，记者也不会少。当温大人把霭龄介绍给总统时，这位总统笑容满面：'亲爱的小姐，欢迎您来美国留学。您能告诉我您对美国的印象吗？'

"霭龄不等翻译张口，即以流利的英语回答道：'总统先生，美国是个非常美丽的国家。我在这里生活得很愉快！'

"总统听得高兴，哈哈一笑说：'是啊是啊，我们美国是世界上最美的国家，也是最著名的自由之邦，任何人到这里来，都会受到最热情的欢迎。'

"不料此时霭龄突发奇语：'亲爱的总统先生，您怎么能说贵国是最著名的自由之邦呢？我为求学远渡重洋而来，却被贵国旧金山官员粗暴地拒之门外达四个星期之久。'

"堂堂美国总统，万没想到眼前这位十六七岁的中国姑娘如此勇敢而且伶牙俐齿，一时还真的无言以对。多亏温大人及时救了他的驾。

"这事经在场记者们一炒，一下就轰动起来，成为第二天首都各大报的头号新闻之一。

"孔君，你说这位宋霭龄了得吗？"

孔祥熙听完这位昆山刘的长篇叙述，确实对眼前的宋小姐刮目相看。不过他也就是听听新鲜而已，并没有多想什么，因为在他看来，这是一个离自己很远很远、很高很高，而且毫不相干的人。此时他做梦都没想到，正是这位妙龄女子，命里注定要跟自己走到一起，结为夫妻，相伴漫长一生，共同创造辉煌与耻辱。在1906年这个一群华人聚会的晚上，真正让孔祥熙挂心的是另外的事。当年，留美高才生如容闳者，谢绝国外优越待遇，一腔热血回国报效，居然谋职艰难，屡受坎坷，当秘书、当译员、当普通职员……差一点真金埋没。孔祥熙一直记取着学长的这个教训，入耶鲁之初便想到将来的去向，如今毕业在即，他更不能不思虑这件事。就在他动身来华盛顿的那一天，又接到好友康保罗的急信，告诉他这样一个信息：义和团时期在山西以身殉职的女传教士阿特沃特夫人，其子女新近创设了一个阿特沃特基金会，决定拨出专款在山西晋中一带建立一所学校或者教堂。康保罗希望他能抓住这个机会，争取到创办这所学校的协议。

毕业典礼一结束，孔祥熙就揣着耶鲁大学的硕士文凭匆匆离开，返回母校奥伯林，因为在山西兴学的事要在这里敲定。对此，他是持乐观态度的，以自己现在的学历和在奥伯林大学的声望，回故乡办学舍我其谁？他甚至连新学校的名字都想好了，就叫铭贤学校！"盖铭贤者，实纪念前贤之学校，命名之义，即在铭心不忘前贤也！"

第七章　标新立异

三十二、归心难留

一片汪洋之中，有艘客轮在破浪前进。不论是在甲板上，还是在餐厅里，一位二十六七岁的青年非常引人注目。他西装革履，风度翩翩，略胖的脸上挂着自信而谦和的微笑，待人接物热情周到滴水不漏，说起话来不紧不慢，又机智又风趣，而且显示出渊博的知识根底。不到两天时间，他就成为全船最受欢迎的人物之一，尤其成为那些生性活泼的美国姑娘的追逐对象，大家都知道他叫孔祥熙，在美国留学六年，现在学成归国，要干一番大事业。

1907 年 9 月 10 日，船进天津港。孔祥熙早早就来到甲板上，望着阔别整整六年的故国山河，青年游子不禁泪眼模糊，从小缺乏母爱的他，这时就像即将扑入慈母怀抱般激动得浑身发抖。

在码头上迎接孔祥熙的，除麦美德女士和韩玉梅一家外，还有七八个不曾谋面的人，经介绍才知道两位是北洋大学的教务人员、麦美德女士的朋友，其余的则是湖南几位旅京士绅、玉梅父亲的熟人。孔祥熙一面与之应酬，一面心下纳闷：他们怎么也来迎接我？却见玉梅姑娘一个劲儿给自己又挤眼又努嘴，便也按住好奇心没问什么。当天中午，由北洋大学的两个人请客，就在天津吃了一顿狗不理包子。第二天的午饭更丰盛，改在北京老字号全聚德，做东的竟是湖南会馆的头面人物。这天的晚饭在玉梅家吃，自然不讲多大的排场，但却端出一个老大的生日蛋糕，来了一个西式节目，加上北洋大学和湖南会馆送来的贵重生日礼物，孔祥熙才知道今天是自己的二十七岁生日，这气氛便更觉不同寻常了。席终人散，当玉梅姑娘把孔祥熙领到自己的闺房时，孔祥熙便急不可耐地追问起来。

已经憋了整整两天，不，已经憋了整整六年的一腔相思、满腹柔情，使玉梅姑娘像火山一样爆发起来。她一头扑进孔祥熙的怀里，用娇小的拳头使劲擂着孔祥熙的胸脯，嘤嘤地抽泣着："问，问，你就光知道问！他们比我还重要吗？你，你……早把我忘了……"

孔祥熙手忙脚乱地跌坐在沙发里，瞄着大开的门，一个劲儿地说："快别，快别……伯父伯母要进来了。"

玉梅更紧地贴上来，不管不顾地喃喃着："就不，就不……"

抱着一团火，孔祥熙岂能不烧起来？他毫不游移地搂紧玉梅那苗条柔软的腰肢，伸嘴就去搜索那既定的目标，同时也咕哝道："你，你，怎么不给我，写信……"

两人长久地拥抱着，互相抚摸着，泪眼迷离地对视着，语无伦次地嘟囔着，恨不得立即化为一道永远的风景儿。但是就在甜蜜的吻即将到来时，玉梅姑娘却一下别过脸去。

"梅，你怎么啦？"孔祥熙双手扶正玉梅姑娘的脸，急切地问道，"你看着我的眼睛。"

然而玉梅却紧紧闭住眼睛，有泪像断线的珠儿一般从眼角纷纷落下。

孔祥熙心头缩紧，连嗓音都变了："梅，梅，你怎么啦，你到底怎么啦？你说话呀！"

玉梅姑娘却哇的一声大哭起来。

孔祥熙轻轻抚着玉梅的背发起呆来，心里空落落的，不知道发生了什么事。他当然不会想到，就在他出国不久，玉梅姑娘不幸染上肺病，只好辍学在家治疗，这些年钱花了不少，但一直没有痊愈，时好时坏。她是个多心多情的姑娘，很怕意中人知道后为此分心影响学业，当然也不想让对方知道自己得了这种不好的病，所以六年来强忍着青春冲动、万缕相思，一封回信也不给孔祥熙写。最近一段，病情大为好转，加之听说孔祥熙即将归来，心情更为舒畅，竟跟个好人一般。如今久别重逢、两情欢愉之际，玉梅姑娘猛然记起自己得的是传染病，下意识地避开樱唇，出现上面这种不愉快。孔祥熙全然蒙在鼓里，当然只能愣愣地发呆。

哭了一阵，玉梅觉得心头轻松了些，一看孔祥熙为自己发急的样子令人心疼，不禁破涕莞尔一笑，那种模样愈觉千娇百媚。

孔祥熙把玉梅更紧地抱在怀里，似乎怕被什么人夺走，还在追问："梅，你到底咋了呀？"

玉梅娇嗔地说："你这堂堂留洋归来的硕士生，多少人在等着你啊，我能不急吗？"

孔祥熙想偏了，急着表白："谁等我我也不要，就要你这个小女孩。再说也没人等我呀。"

"没人等你？"玉梅姑娘故意逗起来，"这两天的饭是白吃的吗？那么多人是白接你吗？"

孔祥熙正为此纳闷，说："对呀，我也觉得奇怪，正要问你呢。这是怎么回事？"

玉梅姑娘愈发显出一本正经的样子："北洋大学校长的千金、湖南巡抚大人的千金，都在等着你这位洋学生呢，我真替你发愁，狗不理好吃呢，还是烤鸭儿好吃呢，抑或二者皆好吃呢？"

青年孔祥熙真有点实在处，一下没看出这是圈套，居然也跟着发起愁来："有这事？"一副憨态可掬。

玉梅憋不住，竟扑哧笑出声来。

孔祥熙这才知道上当，拉过玉梅就胳肢起来，两人笑着闹着，滚作一团。

笑闹够了，孔祥熙这才又问："快告诉我，到底怎么回事？"

玉梅一面理着头发，一面笑着说："告诉你这个小傻瓜吧。你真行，人还没回国，倒有人抢着请你做事，而且待遇优渥，连我都嫉妒得要死。"

孔祥熙问："他们要我干什么？"

玉梅说："一个嘛，请你去当然是当教授；另一个嘛，做什么我没听清楚，反正是请你去他们长沙任职，大约也是办教育吧。你要做容闳第二、献身教育的名声不小呀！请问孔先生何处高就？"

"你别跟我淘气，什么高就不高就。"孔祥熙口气认真地说，"我哪里也不会去的。"

"上马金下马银，也留不住你？"

"铸个金人也不行。"

"那你要上哪儿去？"

"回咱们山西办教育。"

"回山西老家？"

"是的，回咱们老家。"

"不想留在北京？"

"不想。"

"不想跟我在一起？"

"怎么不想？做梦都想。玉梅，我正要跟你商量一起回去的事。想听听我的全部计划吗？"

"当然想听啦，快说呀。"

孔祥熙清清嗓子正要开口，就见玉梅母亲端着一碗汤药走进来，笑着说："还没说够呀，瞧瞧几点了，有话明天再说。你这个疯丫头，还不快让祥熙歇息去。"两人相视一笑。玉梅扮个鬼脸。

孔祥熙看见药碗，问："玉梅，你病了？什么病？"

玉梅赶紧给母亲递个眼色，说："不要紧，明天再告诉你。"

第二天，韩家的早饭还没有吃完，就有客人登门造访孔祥熙。来者不是寻常客，乃是当朝一品大员、大清国邮传部尚书陈璧。他手下人进来一通报，韩家三口加上孔祥熙都有点惊诧不已：是不是搞错了？

陈尚书一向精明干练，自然不会搞错。

邮传部是晚清的一个中央机构，设于光绪三十二年，即 1906 年，专管全国轮船、铁路、电信、邮政等事业。置尚书一人，左右侍郎各一人，为主官。下设二厅五司：承政厅，有左右丞各一人，佥事二人，分考绩、机要、会计三科；参议厅，有左右参议各一人，佥事二人，分法制、编核、学务三科；船政司，掌管航运和港务，分筹度、核计二科；路政司，掌管铁路和电车等事，分总务、官办、营业、监理、交涉六科；电政司，掌管电报、电话、电灯等事，分营业、监理、编订、交涉、总务五科；邮政司，掌管邮递、汇款、邮盟，分二科；庶务司，掌管司员铨叙、会计和庶务，分铨叙、支应、综核三科。另外，还设有承值所，掌收发传达等事。每个厅司各设郎中二人，为主官；路政司、电政司各设员外郎三人，余司则各设员外郎二人；主事的设置是，路政司和电政司各为六人，其余各司为四人，并设有顾问官、路务议员等。它的直辖机构有：铁路局、电政局、邮政总局、轮船招商局等，是一个富有现代色彩的有实权的大衙门。

再说这邮传部尚书陈璧，也是个有来历的角色。他原是袁世凯手下的一员大将，以办事果断著称，一步步爬升到现在的位置。倒也留心洋务，办些实事，有些见识。他意识到要在自己任上干出些名堂，必须得大量延揽有用之才，必须把眼光放到学有专长的东西洋留学生身上，方能奏效；科举之途出来的书生办不成现代事务。基于这种认识，他一直对在外留学的青年非常关注，孔祥熙这样的耶鲁学生当然不会离开他的视线。按说，要见留学生，也用不着他亲自下来，这么大的官只需一声传唤，谁还不是一路跌跌撞撞地跑来？但他不惜降尊纤贵地亲自登门，一是因为要保持自己思才若渴、礼贤下士的清名；二是也真不敢轻慢了这位孔祥熙，李中堂当年那样看重此人，温秉忠从美国回来又是一通宣扬，说什么有一本书专为此人而写，种种传闻，他不能不重视。

大家一番客套过后，韩家三人礼貌地退出，留下当事人叙话。

孔祥熙首先开口说："陈尚书政务繁忙，屈驾登门，太辛苦了。不知大人有何指教？"

陈璧用目端详孔祥熙良久，哈哈一笑："孔先生果然青年才俊，器宇不凡，真叫人高兴。我听说孔先生一人独得两张文凭，且有一张乃是著名的耶鲁所颁发，难得，难得，六年苦读不寻常呀。"

孔祥熙谦虚地说："不算什么，每个人都会得到文凭的。"

"不，这不一样，别以为我不懂。"陈璧又一笑，"孔先生在美国的模范行迹我全知道，包括当年为朝廷和谈出力建功，种种表现，堪称青年楷模。往后借重之处多多，还要请孔先生一展宏才。"

孔祥熙继续谦虚，他还摸不清对方来意："学生乃后学之人，不值一提，不值一提。"

陈璧又一次端详孔祥熙良久，认真发问道："孔先生，年初朝廷颁发的《游学生廷试章程》修改稿，你见到了吗？"

孔祥熙欠身答道："学生刚刚回国，尚没见到。"

陈璧轻轻噢了一声："是这样，当今皇上圣明，求贤若渴，一再颁诏给中外大臣，务必公忠体国，极力荐举天下英才，以备拔擢任用。为此，特颁诏修改原有之《游学生廷试章程》，要紧一处是留学生回国任用，不必再参加廷试，只需经过学部考核，即可赏给进士或举人，再经廷试便授实缺。孔先生，你觉得这办法如何？"

孔祥熙想了想，很得体地说："朝廷典章制度之修改，自然事关重大，非晚辈可以随意置喙。待晚辈仔细看过后再说。"

陈璧微微一笑说："孔先生谨言慎行，很好。那我就把话直说了吧，孔先生学成归国，想必是要报效朝廷，建功立业。不知有何打算？"

孔祥熙慢慢看出来意，说："学生在美六年，所学自然要尽献于国家人民。只是回国才两天，尚未有具体打算。"

"这就好，一切由我来替孔先生代劳。"陈璧看来对孔祥熙的回答很满意，"既然尚未安排，不妨就在敝部屈就，以便借重长才。至于学部考核和廷试一节，我自会有所照应。能有孔先生这样的栋梁之材，邮传部必将顿生光辉矣！"

陈璧话语热切，态度真诚，大有难以回绝的力量。

孔祥熙真有点后悔，刚才为什么要说"尚未有具体打算"？为什么不有话直说？难道自己没有具体的打算吗？……如今怎么办？答应非本意，不答应得罪人，这可不是一般人，是堂堂邮传部尚书呀！犹豫了好半天，他只得这么说："陈大人如此美意，晚辈非常感激。只是离家日久，与老父亲六年未见，急于回乡略尽孝心，也正好商及就职一事。不知陈大人肯宽限时日否？"

陈璧不知是缓兵之计，随口说："省亲尽孝，人子之道，此乃正理也。来部就职一事，只要孔先生肯屈就，一切好说，敝部大门随时向孔先生敞开。"接着又说了许多勉励借重之类的话，便高高兴兴地打道回府了。

送走礼贤下士的陈璧，孔祥熙于心有些不安，一个人坐在那里发了好半天呆。

关于这件事，还有一段后话，这里不妨提前叙过。孔祥熙不给堂堂尚书面子，放着人人垂涎的美差不干，宁肯回到偏远落后的山西办教育，此事曾经轰动一时，都认为他跟命运开玩笑，分明与一个傻瓜差不多，将来非后悔一个死。谁知没过多久，陈璧就出了事，在为光绪皇上修陵的问题上翻了车。清廷腐败，无处不有，连给皇上老子修陵墓也成了贪污盗窃的好机会。每每拨给皇陵工程的款项，只有十分之三用在工程上，其余七成便被主事官员分光吃净。这次轮到给光绪皇帝修陵，责成三位大臣进行工程估算，其中就有陈璧。那两位大人依照贪赃惯例，一致估算为白银一千二百万两。轮到陈璧表态，他开口便说："如果切实从事，只要七百万两足够。"一家伙卡下去五百万两，多大一堆白花花的银子呀！有道是人为财死，人家还不要跟他陈璧拼命吗？但人家聪明，不硬拼，而是在隆裕太后面前花言巧语几句就行了。你想这隆裕太后，男人死了正在悲愤之中，猛听说陈璧还要在安葬问题上作践皇上，火气该有多大？眼下手中又正握着权柄，岂能给你陈璧好果子吃？邮传部尚书一撸到底！城门失火，殃及池鱼。所有陈璧的部下或革或降，全受了牵连。孔祥熙未投在陈璧麾下，自然平安无事。于是又有人来当事后诸葛亮，说孔祥熙如何如何有先见之明。其实毫不沾边，孔祥熙哪来的先见之明？无非是压根儿他就不想去邮传部，一门心思要回山西；要说沾光，还真是沾了办学志向坚定不移的光。

一轮皓月当空，撒下万种柔情，撩起无限遐思。

在孔祥熙的记忆中，这是有生以来第一个美好的中秋节。一家四口人围坐赏月，谈笑间有多少人间温暖与欢乐！他是昨天与玉梅姑娘正式订婚的，从此她成为他们中间不可或缺的一员，给这个普通的教民之家带来喜悦与希冀。

但是，此前几天并不平静，玉梅姑娘为了把心上人留在北京、留在自己身边，又急又气，哭红了眼睛："连我也留不住你吗？你是想永远躲开我这个病人吗？"她这撒手锏委实难以对付。孔祥熙不得不披肝沥胆，痛陈心曲……

那天晚上，孔祥熙得知玉梅患了肺病，虽然感到吃惊和痛心，但却一点儿不慌乱，更谈不上失望和厌弃。相识已近十年，虽说聚少离多，但潞河书院的热恋、李卓吾墓园的初吻、志同道合的共同追求、隔海六载的绵绵相思，已将两颗火热纯洁的心紧紧相连，并不是一般力量就能轻易分开的。可是面临心爱姑娘的痴心挽留，话又该从何说起呢？也许该从与孙中山先生的会面说起？也许该从奥伯林精神和康保罗的友谊说起？要不就从奥伯林大学的欢送会和魏师母的眼泪说起……

从耶鲁归来的孔祥熙，在奥伯林大学受到盛大的欢迎，连校长金都出面向他道贺。那时，奥伯林中国团为了永久纪念在山西太谷以身殉职的传教士们，正在积极筹划建立一座纪念堂。也一致请孔祥熙发表意见，大家相信他一定会有好招。果然，孔祥熙不负众望，语出惊人，他说："在我们美丽的校园里，已经有一座纪念光荣先烈的纪念碑，它将永远屹立在我们心中。在这个世界上再建立许多座这样的纪念碑也不能算多。但是，我们是不是应该再想一想，还有没有更好的纪念方式呢？怎样做才更能符合牺牲者生前的崇高理想呢？记得我的恩师魏录义先生当年一再感叹说：'要是能在我们太谷也办一座潞河书院那样的学校该有多好！'这肯定不是他一个人的美好心愿。那么，我们为什么不能用纪念碑的款子兴建学校呢？它所培育出来的一代代学生，不就是一座座活的纪念碑吗？意义还不仅仅在此，谁会料到这所学校的毕业生中，会产生出多少个奥伯林式的伟大人物？即使只出现一个来，其价值和影响都将是无法估量的啊！"孔祥熙的讲话被暴风雨般的掌声和叫好声所淹没。很快，由孔祥熙回国主办铭贤学校的决定在奥伯林中国团一致通过，众望所归，别无替代。不久，为欢送他回国，学校组织了不同寻常的隆重仪式，像欢送一位久负盛名的英雄去远征一样。

就在临回国前的一天晚上，魏师母从波士顿匆匆赶来，风尘仆仆。一见面就埋怨说："办学校这么大的事，你上次去怎么也不告诉我？"

在美国几年，孔祥熙从没忘记探望魏师母，每年至少一次，跑到她那儿盘桓数日十数日，最多一次住过一个月。他像孩子回到母亲身边一样，百般孝敬这位孤独可怜的老人，承欢膝下，恪尽人子之道。他笑着说："师母，您听我说，我上次去您那儿时，连我都什么也不知道呢。这是从耶鲁回来以后的事。"

"那我错怪你了，孩儿。"魏夫人笑了，"我什么也没准备就跑来了，我只怕你偷偷溜走，咱娘俩可就见不上面了。"

孔祥熙说："我可不敢溜走呀，不是说好临走前我去您那儿的吗？您何必受这累。您带这么多东西干什么？"

魏师母没吭声，神秘地眨眨眼，从身上掏出一包东西，交在孔祥熙手里："给我打开，孩儿。"

孔祥熙打开一看，原来是一笔不小的款子："师母，这是干什么？"

"这是我几年来的一点积蓄，你带回去办学用。"

"这……这可不行！"孔祥熙大叫起来。

"怎么不行？我听说大量办学资金都是人们捐的，我怎么就不行？"

"您就不行。"孔祥熙执意不收，"师母的心我知道，但您这些活命钱我决不收。"

"听着，孩儿。这不是我一个人的钱，"魏夫人正色道，"这是我们两个人的心意呀。"

"两个人？……"

"是的，两个人，是我和你魏老师两个人。"

孔祥熙哑然。

一阵沉默。

许久，魏录义夫人拉起孔祥熙的手说："孩儿，你知道我现在靠什么活着？不是靠钱，而是靠着你魏老师未竟的心愿、靠指望你来实现这个心愿活着。他死得那么惨、那么早，我当时都不想活下去了。是你带回的那封遗书给了我继续生活的勇气，是你来到我身边给了我无比的欢乐，连做梦都是很充实的，真的。现在，你学有所成，肩负重任，受到这么多人的拥戴和信任，我真为你骄傲。你的魏老师没有看错人，他在天堂有知，肯定比任何人都要高兴。现在，你就要走了，我多么想跟你一起走，再回到你们那美丽的国家、那美丽的小城太谷，美丽的白塔、乌马河畔美丽的夜晚，那些通红的篝火、那些彻夜的歌声、那些年轻的生命……可是，我老了，再说也没有了我那亲爱的他……我今生只怕哪里也不能去了……这点钱，我们两个人的这点钱，你能不带上吗？孩儿……"

"师母……"孔祥熙再也听不下去了，一头扑进魏录义夫人怀里大哭起来。

他们相拥着哭了好久。

魏录义夫人说："孩儿，我们还用不着悲伤。你回去办好铭贤学校，任重而道远，需要的是自信和自强。让你们的国家富强起来，那么多的民众文明起来，历史的悲剧不再重演……你可不要动摇呀！"

孔祥熙点点头："师母，我是不会动摇的。"

魏录义夫人说："等你成功的那一天，假如我还在世，力争去太谷为你道贺。"

孔祥熙说："我会来接您的！"……

当玉梅姑娘听完孔祥熙旅美六年中这些童话般的经历，一双美丽的眼睛里沁满了泪珠儿，再也没提一句挽留的话，末了，她柔声说道："我给你弹一会儿琴，想听吗？"

久违了的琴声悠悠响起。孔祥熙侧耳聆听，那一组组音符中出现了海的形象。他听出来了，这是门德尔松的《平静的海洋和幸福的航程》序曲，那是作曲家根据歌德的两首短诗谱写而成。他记得诗中这样写道：

> 平静的大海深沉静谧，
> 忧虑的船夫凭栏远眺。
> 四处无风无比凄凉，
> 浩浩无垠狂澜深藏。
>
> 晨雾消散，
> 天空晴朗，
> 风神解开纽带。
> 海风微动，
> 船夫奔忙。
> 赶快！赶快！
> 乘风破浪，

远方已近，

陆地在望！

一曲终了，孔祥熙使劲鼓起掌来："士别三日当刮目相看，六年未识琴音，分明已是钢琴家了。"

玉梅整个一朵粉面桃花："去去，就知道编派我。"

孔祥熙诚恳地说："是真的。我在那边没少听这支曲子，是有比较的。你真成了大海船夫，那么理解海、信任海，尤其最后船儿进港归家的欢乐感，真让人动情得很。"

玉梅忽陷入沉思，忧郁地感慨道："我多么盼着有一天，能在大海上自由自在地放声高歌，哪怕喊一嗓子也心甘。"

孔祥熙说："玉梅，会有这一天的，这不难。等我们办好铭贤学校，会带着喜讯去奥伯林的。我们夫妻一起去。"

玉梅惊叫道："什么？夫妻？"

孔祥熙提高嗓门宣誓似的重复："是的，我们夫妻！玉梅，我正式向你求婚，我们明天就正式订婚！你答应做我的妻子吗？"

玉梅姑娘定定地望着孔祥熙的眼睛，足足有十分钟，晶莹的泪水慢慢溢满眼眶，柔情无限地喊了一声"祥熙"，就扑在了他的怀里。

三十三、穿洋装，脱洋装

有人说孔祥熙剪掉脑后的大清朝辫子是山西第一，虽然无人考证，但极有可能是真的。现在的人很难想象，那时候一个脑袋后面光秃秃的人回到故乡，而且穿着一身洋装，会造成多大级别的地震。

其实，孔祥熙由北京回到老家太谷时，身上穿的并非是正宗西装，而是一种当时在留学生中比较流行的学生装。它由西装改来，形制比较简便一些，不用翻领，只有一条窄而低的立领，穿时用纽扣缩紧，不打领带、领结；衣服的正面下方，左右各缀一个暗兜，左侧胸前缀一个明袋。穿着起来有西装的笔挺庄重风度，还有一种活泼洒脱的青春气息。这在美国或者日本，都是中国留学生们喜欢的普通衣服。但在太谷城里却引起一场轰动，如果说不是风波的话。

有人记得当年太谷民众对孔祥熙衣着打扮的形容：头戴出门遮不住太阳、冷天又不如瓜皮帽暖和的"铜盆帽"（礼帽），身穿当胸开洞、留着灌风、冲人面就能剥开的洋装，外面的袍子（大衣）不像袍子，里面的短打（西服）不像短打，脚上鞋亮得像面镜子，走起路来满街打鼓。真像汉刘邦还乡时被乡亲们笑话的狼狈相。笑话一下倒没什么，可怕的是有人把孔祥熙看作回来带头造反的孙文革命党，或退避三舍，或指斥谩骂，或给官府打小报告，总之对他的奇装异服怎么也看不顺眼。问题的严重性，连孔祥熙一开始也估计不足。

在我们中国，衣食住行自古以来都不是小事，都有严格的等级制度管着，一点也马虎不得。就说衣饰，从来都是区别贵贱的重要标记之一，当官穿的朝服和公服，其颜色款式既区别于常服，跟老百姓的穿戴就更不相同了；衣料的质地也有大讲究，高贵富有者是绫罗绸缎，寻常百姓则只能是粗麻布了。

中国人知道往身上穿衣服，少说也有一万八千年的历史，这有周口店山顶洞人的骨针为证。把穿衣服跟政治联系起来，最晚在商朝就做到了，因为在河南出土的殷商陶塑人像，奴隶主的打扮是头戴扁帽，身穿右衽交领衣，下穿裙裳，腰间束带，裹腿，脚蹬翘头鞋；而奴隶们则没有帽子，穿着圆领衣，手上套着枷锁。从此往后几千年来，这规矩就再没坏过。穿什么样的衣服，越有身份的人越讲究。西周的贵族们讲究穿玄衣、衮衣、黄裳、绣裳，还要在腰间束一条宽宽的绅带，肚子前面再系一条像围裙一样的东西，叫作韨。

发展到唐代，连腰带都要分等级，腰带上那个叫作带銙的方形饰片，依官阶不同而分别用玉、金、犀、银、铁等材料做成。隋代开始出现的"品色衣"，到唐代也形成制度，成为此后我国官服制度上的一大特色，延续到宋明虽然有具体规定上的不同，但把官品和服色联系起来这一点始终没变。皇帝的服色为柘黄，官员从一品到九品，服色以紫、绯、绿、青为差；老百姓就只能穿白衣服了。

进入大清朝，官服的规定更详细：帽子分夏天戴的凉帽和冬天戴的暖帽；帽上的顶珠根据官阶大小而颜色质地不同，有功劳的人，皇上还赏给用孔雀毛做的花翎，戴在帽顶上垂向后方；一二三品大官的官服上是九条蟒，四五六品的中层领导干部是八条蟒，七八九品的芝麻官则只有五条蟒。蟒袍外边是用石青或玄青色缎子、宁绸、纱等衣料做的外褂，前后开衩，胸背处缀有方形补子，补子上依官级大小织绣不同的鸟兽图案，文官鸟形，武官兽形；五品以上官员和内廷官员的胸前还挂有朝珠；行大礼时，还有披领，着靴，腰系有金玉板做装饰的带……

照这样看来，你孔祥熙的穿戴有何依据？完全违背祖制呀！所以遭到冷眼和非议是自然而然的事。

但是，已近而立之年、见过大世面、从小就历经此种磨炼的孔祥熙，对此不屑一顾，甚至故意再加上一根文明棍，与人称"太谷四杰"的三位朋友，满世界地结伴而行，一心忙着自己的事。他非常大气地说："一个人，尤其一个青年人，能够处处引人关注，多么不容易。说我是革命党，我还不大配，因为革命党是要改革的，可我还没有开始干呢。"

说到"太谷四杰"，可以断定这是教会方面的提法，当地传统势力只怕是叫作"太谷四魔"吧？这也难以考证。四杰也罢，四魔也罢，究竟是怎么回事呢？应该有个交代。

四杰之首，当数康保罗。他于1904年在密执安湖跟孔祥熙话别以后，偕新婚妻子玛丽来到中国，在保定熟悉了一段时间，于第二年6月17日抵达太谷，全面接管这里的教会工作，充任总牧师。一位专门研究过他的学者这样评介说："康保罗是个虔诚的基督徒。他在太谷三十一年，对太谷教会的传教、医务、教育三方面的工作都作出不少贡献。他是个'中国通'，对中国的文化和民情风俗都十分熟悉，甚至在穿着上也刻意中国化，着青衣小帽，住四合砖院，讲太谷方言，还给自己取了个字叫乐三。作为一个职业宗教徒，康保罗性格温和，待人平易热情，乐于向贫苦的教徒和中国老百姓施舍，晚年还自费供给几个华人贫家子弟上学。故在教徒中和太谷社会上赢得了好名声，在华北公理会中也很有地位……康保罗除宗教职业外，是否同当时的美国官方有联系，传教之外是否还负有其他特殊使命，我们现在尚无这方面的资料。但就康在太谷三十一年的主要言行和群众反映看，康保罗似乎仅是个虔诚的基督教徒，他在中国的宗教活动，既有麻痹人民革命斗志的消极一面，也有促进中国文化发展的一面。从现象上看，康保罗也确实对太谷人民做了不少好事。他于1935年1月8日逝世于太谷胡家庄寓所，遗体埋葬在东关孔家坟茔旁……"

下来就是韩明卫。他与康保罗是同乡，也是伊利诺斯州人，同样也是美国奥伯林大学的毕业生，先学神学，后来专攻医学。1904年，他偕妻子韩美瑞与康保罗夫妇等五人一起来到太谷，主管教会里的医务工作。最早在孟家花园设立了一个小诊所，请人起名叫仁术诊所。由于韩大夫医术高明为人热情，小诊所很快出了名，求医者越来越多。他考虑到此地离城数里，患者往来不便，就把诊所迁到城内南关，而且大兴土木，陆续盖起三座住院病房和一处手术室，正式创建了仁术医院。当时，医护人员十分缺乏，为此韩明卫创办起一所护士学校，实行教育和实践相结合的方针，就是入校学生一面在校学习医学理论，一面在仁术医院实习，学以致用，在实践中提高。后来，仁术医院不仅在清源设立了自己的分院，而且又一次大兴土木，建成以一条长廊为中轴线的前后五排病室楼，使仁术医院从规模设备到医疗技术都达到当时国内一流的水平。据阶段性的不完全统计，十年间共为六万五千多患者治过病，接纳住院病人五千二百多名，做过大小手术两千六百多个，施药无数。培养护士二十多期一百多人。更值一提的是，韩明卫领导的仁术医院，经常下乡回访出院病人，向农民宣传卫生知识，每年下乡种牛痘，打伤寒、白喉等病的预防针，帮助村民清洁饮水，改建厕所，培养讲究卫生的习惯，在发展乡村公共卫生事业上卓有贡献。

韩明卫三十岁来华，五十八岁死在仁术医院，在太谷二十多年里，不知救活多少当地民众，培养了以刘瑜、张履祥为代表的著名中国医护人员上百名，为仁术医院献出了自己毕生的心血。临死前他交代说："我死后，愿吾二女继续努力我在中国未竟之事业。更愿中国同胞勿学美人之奢侈生活，'俭为美德'，'殷勤求学'，以助中国社会之进步。对于医院同工，应本基督牺牲服务博爱的精神，做事到底。愿吾妻，平民化。节省余资，扶助一班有志青年刻苦求学，及清源分医院之困难。此嘱。"他死后，其妻韩美瑞和二女儿韩义德，遵照遗志一直留在仁术医院工作，直到新中国成立前夕才返回美国。

第三位是贺芳兰女士。当年与康保罗夫妇、韩明卫夫妇结伴来华的她，同样毕业于奥伯林大学，决心贯彻奥伯林精神，将自己美丽的青春年华，贡献给太谷的传教事业。在教会内部，她的分工是主办教育，主要是创办贝露女校。校名何来？是为了纪念闹义和团时牺牲的女教士贝如意和露美乐，一贝一露，合称贝露。她是该校的第一任校长，工作勤奋，衣着朴素，温文尔雅，有很好的气质。贝露女校是一所小学，刚开始只招收女生，后来就改成男女同校的小学校了。它不断扩大，陆续在长头、清源、阳渠、西谷开设过贝露初小，还附设有幼儿园。在整个晋中地区也是很有名气的一所小学。贺芳兰女士独身生活，在康保罗和韩明卫二人去世之后，忍着巨大的悲痛和孤单，一度主管整个太谷地区的教会事务，任总干事，成为基督教太谷公理会后期的顶梁柱。一位女教士，在异国他乡奋斗达四十年之久，也真够不易了。1941 年，贺芳兰女士离开太谷返美时，已经是一位白发苍苍的古稀老人了。

最后一位，就是新近归来的孔祥熙了。他穿着一身大多数人看不惯的洋装，旁若无人地在太谷城里忙活着，终于选中南关的明道院，作为他的"圈儿学校"

的校址，挂起上书"铭贤学校"四个字的大招牌。铭贤学校为什么又叫"圈儿学校"呢？这是当地民众送的一个俗称。据说"铭贤"二字是孔祥熙所起，意思有二：一是为铭记庚子年间在太谷"为道殉难"的传教士，二是为纪念和崇尚先贤奥伯林一生献身慈善事业的精神，故名铭贤。该校是由美国奥伯林大学资助和领导的一所教会学校，故又称为奥伯林山西纪念学校。第一个打头的英文字母是 O，被孔祥熙用为校旗的标志，校内的其他一些物品，比如运动员的运动服上，也都印上一个大大的 O。于是乎，当地老百姓就生动地称铭贤学校为"圈儿学校"了。

且说这天晚上，四人聚在重修的公理会大本营福音院里研究会务，一边呷着咖啡，一边议论着铭贤学校的事。

孔祥熙先从自己为铭贤亲定的校训"学以事人"讲起："诸位想必都清楚，中国传统教育的目的是学以事君、学以当官，所谓学得文武艺，售于帝王家。我们的铭贤学校自然不能走这条老路，我们的办学宗旨是反其道而行之，具体说就是'培养博爱济众、服务社会的人'。学生从民众中来，学业完满再回到民众中去，造福桑梓，服务社会，贡献国家。由此，我把校训简括为四个字'学以事人'，来体现我们的办学宗旨。"

康保罗笑道："祥熙开口就是铭贤经。这个大家早就一致通过，也已传遍外界，确实反响很大。听听你有什么新想法，今天的会不就是应你的要求召开吗？"

"我是有个想法，而且不小。"孔祥熙给咖啡里又加了一块糖，意味深长地看了看韩明卫和贺芳兰，"我还得从根上说起。中国几千年的传统教育，说来说去只搞德育，很少智育，没有体育，学生只修身不健身、强身。想我自己的经历，在福音小学开始接触自然科学，尝到智育的好处；在潞河书院接触到体育，也尝到它的好处；后来在贵国的奥伯林也罢，耶鲁也罢，全面接触到现代教育的各个方面，的确受益匪浅。当时我就想，以后回乡办学，一定要讲究德、智、体全面发展，尤其在最缺乏的体育方面做出努力。可是现在……"他故意顿了顿，接着说道，"现在我们铭贤的课程表上是有了体育课，但至今基本上没有得到实施，主要原因就是缺少场地，没有一个像样的操场。怎么办呢？办法是有的，而且也并不难办，就要看……"

这回轮到韩明卫哈哈大笑了："我的上帝！你们中国人个个都是天生的外交家，真会兜圈子。我替你说了吧，你是不是想占我和贺女士的便宜？你最近在孟家花园一带不断出现，我可是早就注意到了。老实说，是不是想占我们的地盘？"老成持重的贺芳兰往上推推眼镜，惊讶地盯着孔祥熙问："这是真的吗？"

孔祥熙只笑不说话，好半天才说："准确说是换，不是占。韩大夫不是早就想把医院迁到城里发展吗？贺女士你不也常对我抱怨说，好多家长嫌贝露学校离城远，不愿把小女孩送来上学吗？咱们不妨一换，韩大夫的患者来去方便，贺女士的生源必定大增，而我们呢，也解决了场地问题，岂不是一举三得，皆大欢喜，何乐而不为呢？"

简单几句话倒说得韩贺二位连连点头。

康保罗看在眼里，开玩笑说："祥熙要是从政，可当国务卿，很会协调关系呀。是个好主意，等过完年我们再仔细研究一下。"

"不，我们应该很快研究。"孔祥熙建议说。

康保罗想了想说："还是得缓缓。你想，不说别的，马上就要放寒假，又是大冬天，不如明年开春吧。"

韩明卫也说："已经过了腊八节，按贵国的习俗，都在准备过年了，哪里能请到搬运工？"

孔祥熙诡秘地一笑："诸位，只要大家研究同意，其他的事我来操办，好不好？我有一支奇兵。"

"奇兵？"三个人迷惑不解。

数天后，在城里通往孟家花园的大路上，奔忙着一支谁也料想不到的搬运队伍，不要工钱，不管饭吃，干得热火朝天。原来就是铭贤学校的全体师生，工头不是别个，正是脱掉洋装与学生一起苦干的校长孔祥熙。

当下，这又成了轰动全城的头条新闻。

"瞧那洋翰林，脱得像个脚夫，成何体统！""一校之长，跟学生没大没小地混闹，有辱斯文！""听说以后要叫学生上什么体育课，还怎么安心读书？只怕要误人子弟啦！"……一时说什么的都有。孔祥熙心里好笑，对自己的学生说："你们看，我穿起西服不对，脱下来也不对，莫非光着身子最好？这些人真不讲理，是不是？"

只用两天时间，一个小钱没花，就完成了迁校任务，在铭贤校史上留下令人难忘的一笔。事实上，后来名扬天下的铭贤学校的历史，也就是从迁到孟家花园那天起才真正开始的。

三十四、三请赵铁山

关于人称"北中国园林之冠"的孟家花园，如今成为铭贤学校的新校址，也算真正派上了好用场。

年轻的校长孔祥熙更忙碌了，大到改建校舍、增购设备仪器图书、编写新教材制定新课程、充实调整师资力量、扩大招生……小到房间要多开窗户、学生的伙食标准、每个贫困学生如何减免学费、操场的平整情况……真是千头万绪，日理万机，忙得不亦乐乎！

虽说万事当头，但孔祥熙心里明白什么是最重要的，那就是学校要办好，必须得有一流水平的代课老师；反过来说，你学校的环境、设备、资金再好再雄厚，没有过硬的师资，一切都是白搭。他心里算计着，现在最关键的是缺以下三门课的代课老师：体育课、性教育课、国文课。说到体育老师，根本就没有人选，几千年的传统教育，哪里又能培养出这种人才！他决定，就先由自己来上体育课。讲生理卫生的老师不是没有，但要开性教育这一题目，就没人敢应承了，大家说："这可是没听说过的事，怎么讲？男女之事能讲吗？看不翻了天！"那么，自己也可以先揽下来。然而国文课呢？总不能也由自己大包起来，这是一门非常重要而且课务很重的功课，至少得再聘请两位老师。请谁呢？在孔祥熙心里，不是没有目标，而是怕请不动人家，首选人物就是赵铁山。

明朝末年，有一个名叫赵永祥的儒生，带着全家老小由交城县迁到太谷，定居在城内田家后街，并且一改家风弃儒经商。居然财运兴旺，几代下来便大发了，买田造屋，创起一份老大的家业。原想世代相传，财源永远不竭，谁知不到二百年光景，家道却中落下来。眼看赵氏一门就要从太谷望族名单上消失，岂料在光绪年间又一鸣惊人，出了名扬天下的书法家赵氏三兄弟：赵云山、赵铁山、赵渔山。

咱们单说赵铁山。铁山是字，名昌燮。他三岁启蒙，受业于家塾，得名师传授，学养深厚。十九岁补县学生员，尤以书法著称乡里，所写习字范本，有"赵体"之誉。前不久得选拔贡，进北京农工商部任职，旋又归里不仕，现在居家不出，每日精研书画，临习诸家，校勘目录碑版书画，或与榆次常赞春、常旭春兄弟，同邑胡万凝、武尧卿等名士为友，辩论经史疑义，考据金石文字，诗酒唱和，过着一种归隐式的自由生活。他的书法，继承碑派大师邓顽伯的遗绪而有所发展，先从欧阳询的《九成宫醴泉铭》《皇甫诞碑》《化度寺碑》入手，再学魏碑，汉魏以降凡名家碑帖无不求索临池，而后更用心帖学，尽得二王法妙。故其书有汉魏之清雄而无其犷，得晋唐之风韵而无其俗，篆隶真行，四体皆精，书路极宽。康有为看到他的书法，大惊道："大江以北，无出其右！"遂成北赵南吴（昌硕）

之格局。

然而，赵铁山的名满天下，还不仅在他的书法学问，更在于他做人有骨气，侠义爱国，时时以先贤傅山公为楷模，在前几年的保晋争矿风潮中任侠好义，高风亮节，为三晋士民所共仰。说起这段历史有点话长。

义和团运动后，清政府更加腐败无能，列强乘虚而入，将掠夺我国开矿权和修铁路权作为他们输出资本的一部分，往往采用逼订条约、华洋合办、由华商手中接办和强占等方式，来实现他们的野心。这就激起了中国人民一场彪炳史册的争矿运动：安徽铜官山矿的收回运动、四川江北厅煤铁矿的收回运动、山东五处矿权的收回运动、河南收回矿权的运动、云南七府矿的收回运动……尤以山西的争矿运动声势浩大，波澜壮阔。

英帝国主义早就垂涎山西的煤炭资源。1898 年，由英国福公司的代表罗沙弟出面，经山西巡抚胡聘之批准，与总办贾景仁签订所谓《请办晋省矿务借款合同》，共五条。中方出面的是刘鹗和方孝杰。这刘鹗不是别人，就是《老残游记》的作者，也算一个下海的文人。合同一定，等于把山西平定、孟县、潞安、泽州的煤矿开采权卖给了英国人。消息传出，舆论哗然。清政府便玩了一个花招，将买办人物刘鹗革职查办，却由官方的山西商务局出头，重新与福公司签订了《山西开矿制铁以及转运各色矿产章程》二十条，不但将上述四处矿权照样出卖，还增加了一处，即平阳府的煤铁石油开采权也给卖掉了。于是风潮骤起。首先是平定州的各界人士组成矿山会，斗争目标是矿地"不售诸外人为第一要义"。接着全省大中小学堂的教员和学生纷纷集会，要求新任巡抚张人骏主持正义，废除合同。在日本留学的山西籍学生闻风而动，在东京的神田等地举行集会，发表《留东学界通告内地废约自办公启》，并派代表赶回国内参加争矿斗争。很快，留日学生的阵线扩大，河南、陕西、甘肃等省的留学生也参加进来，共同发表抗议福公司侵犯矿权的通电。山西学生更办起《晋乘》杂志，以收回矿权为"六大主义"之一，鼓动宣传益甚。

蛮横的福公司不肯退让，自恃有大英帝国做后盾，气焰嚣张。它请驻华公使出面威胁清政府外务部，并转而吓唬清政府。可笑清政府真给吓住了，指令外务部给山西巡抚连发咨文，说什么"福公司堪办晋矿已成铁案，断非妨碍地方民情等词，所肯一概屏绝。""若不划定矿地，发给凭单，势将决裂。希即查明该公司所指矿地，或可先给凭单"云云。

此情一露，争矿运动顿起新高潮，顶点是留日学生李培仁以死抗争，蹈海自杀。他在绝命书中说："政府如放弃保护责任，晋人即可停止纳税义务。约一日不废，税一日不纳。万众一心，我晋人应有之权利也。"当他的遗体运回太原时，省城各界举行了隆重的追悼仪式。全省各地也纷纷组织起争矿护矿的种种团体，同仇敌忾，整个摆开一副"宁死不卖地"、誓与福公司血战到底的气势。

福公司傻眼了，不得不另作打算。

结果是，成立民营的保晋公司，用赎款收回被清政府出卖给福公司的山西矿权。该公司由渠本翘为总经理。他是祁县人，进士出身，曾任驻日本横滨领事，后回乡办起双福火柴公司，是山西最早的民族资本家之一。他积极参与了山西的争矿运动，为最后击败福公司而勇担重任，出任保晋公司经理之职。开始言定赔偿福公司洋二百七十五万元，以山西省加征地亩损款，分十年偿还。后来怕英国人狡诈反悔，又商定一次还清，资金不足部分以招股办法解决。

赵铁山不仅从头到尾参与了这次争矿斗争，在集会上发表演说，奔走于学生与商民之间，而且难能可贵的是，在集资认股举步维艰之际起了关键作用。原来山西历来闭塞守旧，民性不开，对操办各种实业不大关心。闹争矿可以参加，临到要出资认股便直往后缩。然而一旦招股不成，与福公司的斗争成果也就不复存在。事关大局，赵铁山毫不犹豫，带头认股，为世人称道，名气就更大了。

假如请得赵铁山这样的人物来铭贤任教，不但能提高教学质量，更能增加学校的知名度。这是孔祥熙算计好了的，问题是怎么办。

这天，孔祥熙来到田家后街，专程登门拜访赵铁山，正遇上赵家请客吃饭。说来也巧，你道请的什么客？原来是赵家宴请新聘的塾师。这位西席不是别人，正是赵铁山的好友胡万凝，陪客是另一位朋友武尧卿。一看是这种场面，孔祥熙也就不好开口，心想坐下应酬一会儿借机走人，过几天再说。

眼前这三位，都是太谷名士。尤其胡万凝，十六岁中秀才，与赵铁山是同榜拔贡，任为直隶州判不就，自视相当高。他们三人结为挚友，诗酒书画往来，眼睛里并没有装下几个人。就说孔祥熙这样的风云人物，外界传得沸沸扬扬，他们也无动于衷，内心里还有些看不起：你一个自小吃洋饭的角色，从美国回来又怎么样？肚子里能有多少真货？还想办什么铭贤，砸锅去吧！现在看见孔祥熙找上门来，是一个多么好的较量机会呀，一定不能放过。

一番寒暄过后，胡万凝手捻八字胡首先发话："庸之兄大驾光临，难得，难得。早就听说兄台从美国归来，得着个什么杓子（硕士）。正想就教那是个多大的功名？状元乎探花乎？哈哈哈……"他已经喝得有点多了。

武尧卿也已老酒上脸，此时加油添醋："人家那西洋杓子大，听说就快挨着脖子（博士）啦。"

两人又是一阵开心的大笑。

孔祥熙坐在那里左右为难：搭话吧，跟两个醉鬼能说清什么？不搭话吧，真叫个窝囊！拂袖而去吧，只怕赵铁山没面子；你说不走吧，谁知他们还会扯出多么难听的话？没办法，只有腆着个大红脸干陪着，嘴上不停地自我解嘲："你们喝多了，你们喝多了。"

赵铁山还算清醒，急忙替孔祥熙圆场："庸之兄别理他们，酒后失态，有些无礼了。听说这一向为办学奔忙，造福桑梓，功德无量。铁山虽痴长三岁，何能望兄项背？佩服，佩服。今日来此不知有何见教？"

孔祥熙诚恳地说："小弟少小离乡，久疏过从，今天冒昧造访，原是有件大事求教，不巧……"

"求教，求什么教？"醉汉胡万凝又硬插进来，"我倒要求教于你，都在传说……你要搞什么兵操，是要办陆军学堂吗？还要开什么……性，性，反正就是男女苟且声色犬马之类，有此等事吗？你……"而且他一面说着，一面端起酒杯摇摇晃晃地走过来，不知想干什么。

另一个醉汉武尧卿也追屁股跟着过来。

赵铁山见状，大声喝道："成何体统！"便叫来家人将二人拉回内室。他向孔祥熙一抱拳："庸之兄，多有得罪。待他们一旦酒醒，我与他们一起上门赔礼。见笑了，见笑了。"

孔祥熙也就借机告退："言重，言重。都是乡里乡亲，谁无失态之处？不算什么，不算什么。"

旬日之后的一天，孔祥熙正在榆次县车辋村看望刘凤池老师的遗属，忽听说赵铁山也在这里的常赞春家做客。心想这是多好的见面机会呀，他听父亲说过，车辋常家是榆次的望族，常赞春的父亲常立仁与父亲还有过一段不错的交往呢。再者说，这位常赞春是见过大世面的人，与维新志士杨深秀有过交往，想必见识不凡，会对自己的事业加以支持的。

吃过晚饭，孔祥熙出了刘家，向常家方向走去。榆次常家是当地第一望族，始祖常仲林，原也是太谷惠安村居民，明末迁来现址。八世以前门楼子不硬，皆以农为本，小康人家，人丁也不怎么兴旺。八世常威手里门风大变，带着两个儿子常万玘和常万达，先经营布匹杂货，后干茶叶外贸生意，兼营麻、铁、日杂、农具和票号汇兑，发家致富，日进斗金。至十四世常赞春这一代达到鼎盛时期，堂兄常麟书进士及第，他和兄弟常旭春也同榜中举，一时传为佳话。常家故宅人称老大门，发家以后另起世荣堂、世和堂两座新宅院。一座建在村西南，坐西向东，挑角门楼，石砌甬道，道北一连六座院落，门前皆有照壁，中有门楼相间。南房与北厅相对，砖木结构，雕梁画栋，蔚为壮观。道南偏西有一大门，门内通石头甬道，故称石头巷。老院落成之后，在南面又起两座新院，靠西是街门院，院西侧有嵌着百寿篆书的大照壁。另一座建在村北真武庙旁，一条称作后街的两旁，排列着二十多座高门大院，全是常家产业。这还不算花十万两白银在城外崇原村修建的别墅。孔祥熙记得小时候跟父亲来过一次常家，那气派真把他给镇住了。

赵铁山还真在常家。傅山先生诞辰三百零二周年眼看到了，他们一班崇拜者照例要搞纪念活动。他来找常赞春、常旭春兄弟，正是要商量这件大事。但他没想到孔祥熙会出现在这里，心想他到底找我有什么事，怎么追得这样紧？在太谷城里，他对孔繁慈先生是敬服的，那人品学问不敢小瞧，可对这位孔家后人就不怎么放心了：从小没在一块儿玩过，什么德行半点不摸；长大也没在一块进学修业，什么根底更不知道；人家从外国留洋回来，又有什么共同话题可讲……可是看他一副诚恳热心的样子，分明有什么事要帮忙，什么事呢？……且不管他，先听听他怎么说。

孔祥熙进门正忙着与主人寒暄，没顾上琢磨赵铁山在想什么。眼前摆放着好多傅青主的字画儿，其中有幅《鸭图》尤为引人注目，他不禁脱口叫好："赞春兄真有好收藏呀。"

常赞春高兴地说："不怕见笑，珍品也就这一幅。庸之兄真好眼力，足见对青主亦颇有研究。"

孔祥熙谦虚一笑："哪里，哪里。小弟虽也一直崇敬青主，只是略知皮毛而已，怎比各位仁兄久在青主故里淘金，研深思细，多有建树，在下正想讨教一二。"

赵铁山听到此，心说有了，我何不借青主话题来考他一考？在他看来，一个读书人的优劣高下，可交不可交，单由对傅山先生的知与不知便见端的。于是他开口发话道："庸之兄，我们十日内两次相会，足见有缘得很。刚才听兄话语，既对傅青主久怀崇仰之心，必然研习多多，是何见解，不妨赐教，以长我等乡愚知识。赞春、旭春兄，你们意下如何？"

常家两兄弟看出用意，也正想摸摸这位洋翰林的底儿，便一连声地跟着起事：

"如此甚好，如此甚好。"

孔祥熙当然不傻，一听便知赵铁山想干什么，心想这倒也是个好机会，真要能镇他一镇，不怕他不来铭贤任事；只是自己对傅山先生的那点知识能镇住人家吗？要知有今天的用场，也早该多做点准备呀……不管怎么说，现在不得不硬着头皮一试了。他喝了一口茶，笑笑说："诸位这是要为难小弟了吧？既然如此，在下也就只好勉为其难，献丑了。只是这又从何说起呢？"

三人齐道："随便，随便。"

孔祥熙知道面前是晋中当代三位大儒名士，马虎不得，必须稳当从事。他思忖着，眼光忽然碰上对面案头一部傅山先生的《霜红龛集》，自己是看过的，不妨就从此说起："不知诸位读先生的《霜红龛集》是何感想？小弟不才，一向读书又不求甚解，只是感到在先生这部书里，总能看到一个人的影子，便是晋江卓吾先生，叫人想到他的《焚书》《藏书》。"

一语惊四座。赵铁山和常家兄弟互相看看，那眼神分明是说："此话怎讲？"孔祥熙照着自己的思路侃侃而谈："小弟有幸多次流连于通州李卓吾先生墓园，见识墓志碑文，又粗读先生遗著种种，感到开晚明一代新风者，非卓吾先生莫属。亭林先生有言：'当万历之末，士子好新说，以庄、列百家之言，窜入经义，甚者合佛、老与儒为一，自谓千载绝学。'我看其中最杰出者当数李卓吾。他一反道学复古之风，尝言：'至于今日，阳为道学，阴为富贵，被服儒雅，行若狗彘也。'他倡导'三教归儒说'，以孔夫子、李老子、释迦佛为三教圣人，'同为性命之所宗'。他将《道德经》和《南华经》重作注解，也特别重视孝道，贬王陵为'杀母逆，贼'，斥赵苞'杀母'、温峤'杀母'。卓吾先生的文学主张也有独到之处，他说：'我为文章，只就里面攻打出来。'这是对那时模拟抄袭之风的指斥。以后袁中郎有'独抒性灵，不拘格套'的公安派美文出现，自与卓吾先生的启示分不开。卓吾先生死后四年，傅山先生出生。他对卓吾先生的一生行状及著作极为推崇，凡提到时皆尊称为'卓老'，有诗为证：'短毛无可爱，羡杀秃温陵。'在《题三道庙》中说：'佛来自西方，客也，故中之；老子长于吾子，故左之；吾子主也，故右之。虽然，他三人已经坐定了，我难道拉下来不成？'这分明是对卓吾先生'三教归儒说'的阐述与肯定。且热心评价卓吾先生对赵苞、温峤杀母的见解：'卓老责赵苞、温峤之论，天理之至！'由以上看来，傅山先生之所以成为明末清初最著名的文宗之一，当和继承卓吾先生的遗绪分不开吧？"

听着孔祥熙这种新奇未闻的说法，赵铁山和赞春、旭春不断点头。

孔祥熙定定神儿又接着讲下去："当今之世，朝廷腐败，民心涣散，列强环伺，国势岌岌可危。天下士人应自强不息，富有志气，讲气节，少奴性，待时而起，以救家国。小弟觉得在这一方面，傅山先生给我们树有楷模。他一生顶天立地，铁骨铮铮，最看不起奴气十足之人，尝说：'不拘甚事，只不要奴。奴了，随他巧妙刁钻，为狗为鼠而已。'这一种做人的正气，便也入在他的诗中。即以入清以后的诗作看，有的表面是吟花弄月，骨子里实为借题发挥，字字句句无不流露对故国山河的感念，浸渍着血泪和决不妥协的骨气。'杜老数太息，黎庶犹未康。''悲壮浣花老，颠踬雍梁际。忠愤发金声，谁识此公志？'虽是写杜甫，实则尽发自家胸中块垒。再如这首'一灯续日月，不寐照烦恼。不生不死间，如何为怀抱'。真是满腹兴亡之叹，一腔忧国之思。很明显，他的诗与屈大夫、杜工部一脉相承，爱国忧民，一片血诚。这气质血脉也自然浸润着先生的书与画。先生有名言曰：'作字先做人，人奇字自古。'赵子昂贵为大宋宗室，却入元为官，虽能书，而先生大薄其为人，痛恶其书浅俗，如徐偃王之无骨；颜真卿有忠国气节，虽死于李希烈，而先生大为赞美：'未习鲁公书，先观鲁公诂。平原气在中，毛颖足吞虏。''作字如做人，亦恶带奴貌。试看鲁公书，心画自孤傲。生死不可回，岂为乱逆要！'先生又在《题画二首》中说：'世界犹牵补，丹青现羽毛。君臣存贵贱，朋友寄孤高。兀气其中具，天亲无始包。当知性命者，莫浪看挥毫。'当是先生的精辟画论。至于先生的治学精医，行侠仗义，普救众生，种种光明磊落之行状，自有口碑相传，路人皆知，何能一时说完道尽。以上微浅体会，说来贻笑大方，还请诸位兄台指教。小弟恭敬聆听。"

这一长篇论说，让在座三人立时肃然起敬。

旭春年轻直爽，说："听君一席话，胜读十年书。庸之兄，相见恨晚，相见恨晚。"

赞春接着说："不想庸之兄国学深厚，难测底顶呀。留洋多年，学贯中西，大有可为，大有可为。"

赵铁山一向矜持，这时推推眼镜，理理山羊胡，说："看来今年主持青主寿诞庆典，非庸之兄莫属……"

他正要继续往下说，忽然有急电传入，原来是常赞春已被京师大学堂录取，却是一份喜报。当下诸人庆贺，全家欢笑，立时要置酒摆宴，大闹通宵。

孔祥熙知道，今晚，聘请赵铁山一事就不便提起了。

一件想做的事做不成，孔祥熙是很难睡得着觉的。两次请不成赵铁山，接着就来第三次，只是再找个什么由头呢？孔祥熙忽然想到，老父亲的寿诞快要到了，何不请赵铁山写一副寿联呢？借此机会提出聘请之事，也显得挺自然。这天料理完学校事务，孔祥熙按规矩备了一份礼物，直奔田家后街赵家。

赵铁山刚午睡起来，一个人坐在那里喝茶，之后照例要练一会儿书法。见孔祥熙来访，比上两次见面热情多了，起身让座，命家里人重新泡上一壶好茶，亲自斟给客人喝，且笑着说："庸之兄，我这里可没有咖啡，你得受委屈了。"

孔祥熙忙说："不必客气，不必客气。"

赵铁山问道："听说你要令尊大人戒酒了？昨天我从西街走过，听几个老人在一边议论。有这事吗？"

孔祥熙没有直接回答，反问道："铁山兄，听到如何议论吗？"

"这个嘛……"赵铁山习惯地摸着山羊胡子，在掂着话语分寸，"总是替老人家抱不平的多，戒什么酒呀之类。祥熙兄，对此我也有些不解，令尊一生少有欢乐，能有今天不易得很，何必连这点嗜好都……"他看看对方脸色顿了顿，转口问，"令尊今年古稀了吧？"

这话正说着孔祥熙一桩心事。原来在铭贤办学之初，孔祥熙就定下了严格的校规校纪，包括作息时间和伙食标准，都有具体条例，谁也不能违犯。他自己以身作则，从不懈怠。比如，他给自己定的饭谱是：早餐咸菜稀饭馒头，午餐两盘素菜，主食是拉面或拨鱼儿，节假日最多加两盘肉菜。他的理论是："鹪鹩巢于深林，不过一枝。偃鼠饮河，不过满腹。"铺排那么多有什么用？校长这么一来，其他人谁还好意思讲究胡吃海喝？从教职员工到全校学生都一样简朴节俭。但是有一个问题，代经史课的孔老先生怎么办？这位校长父亲倒也没有什么过分的要求，只是每天午饭时要来二两白干，该不该予以照顾呢？问题提到校长面前，孔祥熙不得不有所考虑：作为铭贤学校的一名普通教师，每天动酒总是个事，有点特殊化，应该禁止；但是作为自己的父亲，而且是一位中年丧妻、半辈子独身、把全部心血都花在自己身上、几十年来唯有与酒为友苦度日月的老父亲，每天喝二两酒又算得了什么？怎忍心夺他杯中物呀！为这个事，孔祥熙好不作难。但最后他还是把心一狠，命令厨师断了老先生的酒。开始繁慈公不知就里，失却心爱之物不禁大为光火，及至晓得是儿子所为，也就一声不吭了，但那酒瘾上来却也端的难熬。不想这事居然传到外面，连常不出门的赵铁山也知道了，这倒有些出乎孔祥熙的意料；但也从另一面说明，人们对铭贤学校的一举一动是多么关注。

赵铁山见孔祥熙多时无语，怕他多心，就说："不过也是，要实行一种改革，成就一项事业，还非得有这种精神。你在铭贤大刀阔斧，标新立异，识者还是赞不绝口的。至于令尊方面，自可以别种方式弥补，恪尽孝道也就是了。"

"是的，是的。"孔祥熙放开心事，接过赵铁山的话茬，"所以，我今天来也正为此事，家父生日将至，很想为他好好祝寿，叫他开怀畅饮几杯。如铁山兄不弃，可否赐以寿联一副，使寿宴生辉，将不胜感激。"

赵铁山捻须狡黠一笑，说："这个自然，不劳吩咐。不过孔校长此来就只为寿联之事吗？"他故意把"孔校长"三字咬得有味。

"这个……"孔祥熙有点意外。

赵铁山哈哈大笑："我来替孔校长挑明吧。插起招兵旗，自有吃粮人。你又何必非拉我这匹老马上阵呢？"

孔祥熙一听这话，大为惊喜："铁山兄，你知道了？你怎么知道？"

赵铁山说："如今太谷城里，谁的眼睛不盯着你孔校长转？谁不知道你们铭贤缺国文老师呀？那天你一进门，我就猜出个大概了。你说是也不是？"

"正是，正是。一点不错。"孔祥熙忙不迭地说。

赵铁山笑说："可惜让那两个酒鬼给搅了。"

孔祥熙放下茶杯，正色道："铁山兄，不瞒你说，我追到榆次常家，也是为请你出山呀。铭贤的首席国文老师，非兄莫属！"

"过奖，过奖。只怕是你有刘玄德三顾之德，我无诸葛孔明万一之才呀。"

孔祥熙说："铁山兄不必客气。屈就一事，务乞首肯，有什么条件尽管说出，小弟将竭诚服务。"

赵铁山没言语，欠身给两人加满茶水，淡然一笑："说什么条件。不瞒你说，庸之兄，你不来找我，我还正要去求你啊。"

孔祥熙惊问："这怎么讲？"

"咳，"赵铁山现出一丝苦笑，"说来惭愧。古人云三十而立，可我已经虚度三十有二，困坐愁城，百无一长，不知其可也。相比之下，庸之兄走南闯北游学海外，兴学育人，建功立业，真我辈之骄傲也。"

"铁山兄何出此言？折煞我了。"孔祥熙忙不迭地说，"铁山兄家学渊源，少负才名，晋中谁不知兄？高中拔贡，得功名如探囊取物耳；弃京官不做，居乡里以精研书法，有名士风。说起书法我虽是外行，但也知道铁山兄崇尚北碑，骊珠在握；又向帖学钻研，追踪东晋二王，深谙中锋、藏锋、含蓄、高古等意，又学褚遂良所临绢本《兰亭序》，可见龙跳虎卧之观。足证兄台深得书道堂奥，绝非望道而未之见者可比。人称兄为'大江以北一人'、'三晋书坛泰斗'，非为过也。年仅而立有此殊誉，何发伤春之叹？"

赵铁山继续摇头苦笑道："庸之兄，你是只知其一，不知其二。目下谁不明白，世事维艰，即将有翻天覆地之变局。七尺须眉当以经世致用之才立身应变，搏击风云，了却为国为民之愿；虚有这泼墨挥毫之技何用？说句心里话，我倒一直羡慕你们在教之人呢。"

"是吗？"

赵铁山说："当年刘凤池先生在世时，其人品学问就令我敬佩；外国人如魏禄义、高雅格、贝如意、文阿德等，虽说种性不同，其务实献身之精神也令我感动。庚子变中，他们几乎被赶尽杀绝，像凤池老、魏牧师、贝女士，死得多惨呀！岂知短短数年后，又有大批西人来太谷，康保罗夫妇、韩明卫夫妇、贺芳兰女士，兴学施医，传道招徒，又轰轰烈烈地干起来，似乎对自己同类前所历经的杀身之祸一无所知、一无所惧。我听说他们都是大学生，与咱们的进士相类。我就纳闷，他们到底为了什么，如此前仆后继，远离故国亲人，跑来我们这样的穷乡僻壤吃苦受罪？相比之下，国乃吾国，民乃吾民，我等读书人因何就只知为己，或醉心官场行钻营之术，或不学无术混迹于名利之场，或如我般蜷缩一隅以博得浮泛空名？我想这决不会只是因为信教与否之故吧？"

孔祥熙没想到赵铁山会这么坦诚地向外人打开心扉，很受感动而且有点猝不及防，所以一时想不出得体的话应对，只好乱点头："是呵，是呵。"

赵铁山望着孔祥熙的脸，恳切地说："庸之兄何以教我？"

孔祥熙定定神儿，思忖一下，说："这个问题，铁山兄思之颇深，也是小弟经常留心之事，只是有些皮毛认识，与兄探讨。以我浅见，中西士人之所以有大不同，关键在所受教育迥异。西人早在工业革命中，其教育之事即以近世学科为中心，继 1766 年英国成立太阳学会后，接着有植物学会、地质学会、化学学会等各式专业学会，光技工学堂就有几百所；在美国，杰弗逊虽贵为总统，亦亲任包括农艺、医学、天文等实用学科在内的美国哲学学会会长，并拨给大笔款项，另一位总统泰洛还主持召开全美首次科学大会；其他如法国、德国、奥地利、瑞士、俄国等西方列强，无不改变考试制度，兴办经世致用之理工科学堂，注重务实之教育。正是这种教育，为国家造就大批经世致用之才，经商家、医生、技师、航海家，当然也包括传教士。这些人学有所长，不必为官为宦亦能立世谋生，受民众敬爱，故自有个性与人格，往往愿意为实现一己功业而不计报酬、不畏艰险，虽以性命相搏亦不稍游移。其奥妙尽在此也。再来反观我国之教育。近世以来，虽也设立各种学堂，北京有国子监和八旗官学，各省地有府学、州学、县学，以及几百所官办书院，为数不能说不多。然而所有这些学堂都在学什么呢？无一例外者皆是礼、乐、射、御、书、数六科，此六科中，前五科与现世急用之长技了无关系，第六科数学，虽然沾边，但吾兄知道，生员们谁个在这上头用功？无不把精力放在经史和文理上，因为要应付开科考试呀。只有考得好，才能金榜题名，好官任做，好马任骑，封妻荫子，美梦千古；考得不好，便全盘皆输，终生潦倒。故而天下读书人，尽入吾皇套中。君叫臣死，臣不敢不死。虽昏君当道，朝政腐败，民不聊生，亦不敢轻言改革，更不敢离经叛道为民请命解民倒悬，遑论个性人格成就自我一番事业？真乃华夏士子千古悲歌也！"

孔祥熙这一番话，直听得赵铁山心悦诚服，感慨不已，连连说道："果如兄言，果如兄言。这'教育'二字委实太重要了，太重要了。难怪兄要鼎力办好铭贤，真乃治本之道也。铁山痴长几岁，也真白活。"

孔祥熙说得高兴，脱口道："弟愚鲁，何来如此见识？兴办教育方面，中山先生赐教多多也。"

赵铁山一愣，压低声音问："中山先生？莫不是朝廷悬赏捉拿的革命党首领孙文？你见过他？"

孔祥熙自觉失口，不想扯起这个话题，遂笑笑说："在美国时有过一面之识。铁山兄，容后再谈，容后再谈。你看屈就教职一事……"

赵铁山何等聪明，不再多问，哈哈一笑说："庸之兄，三天后我一定给你准信如何？"

孔祥熙也笑道："弟静候佳音。"

两人相视，然后纵声大笑起来。

三十五、请问你从哪里来

要问在中国本土，是谁第一个走上中学生的讲堂，给他们上性教育课？这恐怕已经不好考察。但在近百年前的一个深夜，却真有人在山西省太谷县铭贤学校，为明天的第一节性教育课准备教案，他就是孔祥熙。

整套教案早在一个多小时前就完成了，包括"请问你从哪里来"、"什么是性本能"、"男女生殖器官的构造"、"手淫的危害"等十个讲题，还有与之配合的二十多幅图表，比如一个阿米巴虫裂变成两个的《无性生殖图》、精子与卵子相结合的《有性生殖图》及《男性生殖器剖面图》《女性生殖器剖面图》《反对早婚》……老实说，搞出这一套东西，对孔祥熙来说并不难，叫他费心的是明天的课如何讲？会是怎样的效果？真如有些人预言的那样有百害而无一利吗？铭贤校风及声誉将由此而一败涂地吗？……他不能不陷入长久的思索中。他想得很专注，以致身后传来的脚步声都没听见，直到一杯热腾腾的浓咖啡出现在面前，他才惊觉过来。

新婚妻子韩玉梅，穿一袭粉色丝绸睡衣，双臂搂住丈夫的脖子软语温存："后半夜了，还不睡呀。发什么呆？"

"嗨，你怎么又起来了？"孔祥熙一把将娇妻揽坐在自己腿上，关切地说。接着朝桌上努努嘴："真叫人担心呀，当年在耶鲁硕士论文答辩前也没这样紧张。"他们是上个月结婚的。婚礼是在教堂举行的，出席的只有几个人：孔祥熙的父亲、玉梅的父母、康保罗夫妇。没有大肆张扬，没有张灯结彩，没有大宴宾客，简朴得令世俗难以容忍。亲朋抱怨说"终身大事岂能如此潦草"，族人气愤道"真乃败坏门风，有辱先人"，其他人的嘴那就更没把门的了，说啥的也有，甚至说新娘是从北京八大胡同偷跑出来的，故而不敢大肆声张，以免老鸨前来闹事云云。总之，孔祥熙又给当地制造了一个大新闻。但是不管外面如何风狂雨骤，小两口的新房里照样风和日丽、雨露滋润，其甜蜜程度一点不比别人差。

玉梅随意翻看着桌上的那一堆图表，当翻到男性生殖器官剖面图时，哎呀一声就扔掉不看了，涨红脸说："这……怎么叫人看？难看死了。"

孔祥熙说："这有什么难看的，人体天生的一部分，大自然的造物，应该是非常美的。这在外国是很平常的事。"

玉梅说："可这是在中国，在山西呀。开这么一门课好吗？"

"你也不理解吗？那好，我先来给你讲一课，就算预演。"孔祥熙笑笑，喝一口咖啡，说，"玉梅，我先来给你讲一个故事，不，是真人真事，就发生在离城不远的一个村子里，是韩明卫医生碰上的，又亲口告诉了我。一对村民结婚七年没有生育，急得求神拜佛，烧香磕头，钱也花了许多，还是不顶用。有天晚上，男的偷偷来找韩大夫。韩大夫给他做了各种检查，没有发现任何异常，就说把你妻子请来做检查吧。过了几天，韩大夫给这位农妇检查的结果令人震惊，原来这位农妇还是处女！韩大夫把男的叫过一边仔细盘问，你与妻子不同房吗？对方说怎么不同房，差不多夜夜在一起。韩大夫感到奇怪，想了半天似有所悟，把他带到一幅挂图前，指着女性生殖系统各个部位给他讲解，这才揭开谜底，原来他七年来一直找错地方，误把肛门当阴道了。"

玉梅听到这儿，使劲捶了孔祥熙一拳，笑得差点背过气去："你胡说，你真坏……"

孔祥熙没笑，说："这等事猛听可笑，再一想又何其悲也。我敢断定，这样的事决不在一例两例，我们中国人好面子，有些人不说破罢了。这还不是最惨的事例，还有性无知造成更可怕的恶果。你还没进潞河书院前，有一次我们去乡村布道，碰到一个疯子，是一个长得很不错的男青年。他何以会变疯呢？是所谓的俄南之罪害了他。"

玉梅不再笑，依偎在丈夫怀里用心听："什么是俄南之罪？"

"你真不是一个好教徒。"孔祥熙用手轻拍爱妻的脑门，"《圣经·创世记》第三十八章怎么写的？犹大的妻子书亚又怀了孕，生了个儿子，起名叫俄南。犹大的长子珥被主视为邪恶，主就让他死了。犹大对俄南说，你应当与你哥哥的妻子同房，为你哥哥生子立后。俄南不愿意这样干，但又父命难违，只好与嫂子同房，但却在性高潮来临时把精液射在外面。这让主很不高兴，便叫他也死掉了。这就是俄南之罪。后来，俄南之罪就泛指男女手淫。玉梅，你懂什么是手淫吗？"

玉梅一头扎在丈夫怀里一通乱捶："你坏，你坏……"

孔祥熙握住玉梅双手让它们安静下来，笑笑说："小学生，好好听老师讲课，不准捣乱。手淫虽然不是一种好习惯，但偶尔犯上一两次对身体并无多大坏处，更不是什么罪恶。这是一般的生理常识。可惜这位乡村青年一点不懂，对自己的手淫习惯怀着深深的负罪感，但又一下戒不掉，便愈加恐惧，终至神经错乱，成了一个实心疯子。我看，在我们国家这样的受害者决不会少。当时我就想，要能早些把学过的生理知识告诉他，他决不至于成为一个废人！"

玉梅吃惊地瞪大眼睛说："真可怕。"

孔祥熙接着说："几千年来，由于国人性无知，只把性作为传宗接代的手段，与低级动物相类。这又造出更多的悲剧，早婚陋习便是其一。一个才十多岁的孩子，身体各部分还没有发育成熟，心理上更不健全，怎么就能为人父母，担当起生儿育女的责任？不但损害了他们的身体，也损害了下一代、下几代，真是贻害无穷呀！更别说耽误他们的求学立业了。这种事例太多了，你想想你们阳曲县老家是不是这样？"

玉梅点点头说："到处都一样，好像我们山西更甚，还有七八岁就娶媳妇的，媳妇倒比他还大好几岁。"

孔祥熙说："是呀。你说他们懂什么？能享受到夫妻的甜蜜吗？你说呀。"

玉梅含着一笑："我不知道。"

孔祥熙没笑，说："唉，国人无知，要我看数以性无知危害最大，政治无知、文化无知、经济民生无知，你尚可当一个下等人，性无知却连一个普通人都做不好的。一个人来到世上，不懂真正的两性之爱，过不上美满的性生活，只是一个传宗接代的工具，岂不白活一生？一个民族几千年来持续性无知状态，它能不人种退化、种族消亡吗？一个学校只知道教学生读书写字、做官发财、光宗耀祖，能培育出真正对国家有用的人才吗？……可惜千百年来，于此有大见识者几希，遑论有立志改革者。"

玉梅调皮地说："有哇，这不出了个大改革家孔祥熙吗？"

孔祥熙狠亲妻子一口作为报复："在挖苦我吗？我还真要试试。"

玉梅说："国家这么大，你一个人顶什么用？"

孔祥熙说："总得有人敢为天下先，带头干起来才好。我就要在铭贤开好这个头！"

玉梅故意撇撇嘴说："开头可以，但你未必能开好，我看你要砸锅。"

孔祥熙说："何以见得？"

玉梅说："那你就自信能开好？"

"自信当然自信，不然怎么能把潞河校花娶到手？"孔祥熙嘻嘻一笑，看到玉梅要反击，忙用嘴堵住玉梅的嘴，待一阵笑闹平息下去，才又认真地说，"是呀，明天真有砸锅的可能。别的我倒不怕，就怕听讲的人不来，或者半道退场，那就糟了。你说会发生这事吗？"

玉梅说："什么事都可能发生，甚至会有人挑唆家长来闹事，我们要从最坏处着想。"

孔祥熙故意问："怎么是'我们'？'我们'是谁呀？"

玉梅抬起拳头就打丈夫："你又钻空子，真坏。"

孔祥熙说："玉梅，明天你敢陪我去吗？"

玉梅说："怕啥？万一听众留下一个人，那就是我！"

出人意料的是，铭贤学校第一堂性教育课大获成功。

原定的听讲人是毕业班的大龄学生，全部来到，无一缺席。没想到的是教职员工也来了不少，包括孔繁慈和赵铁山这些认为属于老学究老夫子一类的人物，另外也有几位太谷城里的著名士绅，不知从何处得知消息赶来了。总之，把教室挤得满满的。

孔祥熙准时出现在讲台上，他今天特意打扮了一下，一身笔挺的新西装，系了条梅红色领带，足蹬一双锃亮的黑皮鞋，浓眉亮眸，显得分外干练有神，风度翩翩。

课堂礼仪结束后，孔祥熙让值日生帮他挂起图表，它们已经预先串在一根细铁丝上，两端扯起来一固定就得。这些图表刚一亮相，就听教室里嗡的一声起了喧哗。这些未曾见识过的图画，尤其是那几幅画有男女羞处的挂图，令人目瞪口呆，大家议论纷纷，有几个人甚至已经扭过头去。

孔祥熙平静地扫视着人们，知道这都是不可避免的反应，他耐心地等待着。过了好一会儿，喧哗声逐渐平息下来，多少双眼睛都盯着孔祥熙，看他怎样开口讲课。此时，孔祥熙觉得该自己开口了，他轻轻咳嗽一声，往上推推眼镜，用不高但清晰的声音说道："同学们，请允许我先提一个问题。"说着回身在黑板上写出如下一句问话："请问，你从哪里来？"接着又面向大家说："也可以这么问，是谁创造了你？谁能回答请举手。"

下面鸦雀无声。这么个怪问题，谁也不敢造次。

孔祥熙讲道："从前，在西方一所主日学校，老师就曾提出过这样一个问题。当时一个小男孩站起来回答说：'是我爹爹创造了我。'教师神色恐怖地立即纠正说：'不对，是上帝创造了你。'但是天真的孩子很认真，再次强调说：'是爹爹创造了我，是母亲告诉我的。'教师生气地反问：'那你说说，你爹爹怎样创造了你？'孩子哑口无言了，但看得出来，他并不服气。教师讲道：'孩子们，请打开《圣经》，翻到《创世记》，跟我读，上帝按照自己的形象创造了人，他把人创造成他的样子，创造了男性和女性。孩子们，记住了吗，我们是从上帝那儿来的，是上帝创造了我们。'当然，这是一个故事。现在科学已经向我们表明，我们每一个人真的是从父母那儿来，更确切点说，是由父母结合而产生的受精卵孕育而来。下面请大家来看挂图。"

孔祥熙利用图表，从阿米巴虫的裂变和墨角藻的卵子精子，详细讲解了生物的无性繁殖和有性繁殖，总结道："在最低级的生命形式中，如在阿米巴虫中，不存在性，只有几个同样的细胞相结合，形成一个变形体；接着，两个细胞进行结合，但它们之间没有可看得见的差别；再往下，两个多少不同的细胞或个体进行结合；最后，两个完全相异的雄性和雌性细胞或个体受精而成为一个同一体，这就诞生了新生命。我们人，就是母亲的卵子接受父亲的精子受精以后孕育而成的。所以那位小学生说是爹爹创造了他，基本上是说对了的。"

听讲的人非常专注，并没有出现预料中的种种麻烦。这叫孔祥熙大大松了一口气，无形中增加了他的信心。他清清嗓子继续讲道："说到性事，说到男女之间的关系，我们中国人总是讳莫如深。可以这么说，在我们中国人的头脑中，知之最少者莫过于性关系，简直是性无知。同学们，无知不是福呀。它是一切不幸、痛苦、罪恶、恶习和无止境悲哀的源泉。所以，要从性无知中摆脱出来，就不能不进行性教育。下面，我们来从头说起，先讲一讲男女生殖系统的基本构造。……"

三十六、不想关门办学

这天上午，从省城太原的晋阳公报社来了两个人，专程拜访铭贤学校校长孔祥熙，一个是该社总编撰王用宾，一个是山西法政学堂监督、该社总理刘绵训。二人都是名闻三晋的士林人物，尤以王用宾更为突出。他不到三十岁，中等个头，胖圆脸，肤色微黑，一副沉思多虑的样子。他是山西临猗黄斗景村人，自幼家贫，以为人打短工而刻苦求学，十五岁中秀才，少负雄心壮志，曾有题壁诗曰"英雄唯有胆，豪杰本无头"，广为世人传诵。五年前由山西大学堂中斋学生考取为留日官费生，入东京法政大学。次年即加入同盟会，因为精明强干而被任命为同盟会山西支部长，并与同盟会另一骨干人物景定成创办《第一晋话报》，在日本留学生界颇有影响。学成归国后，即被聘为《晋阳公报》总编撰。

《晋阳公报》是一张什么样的报纸呢？它是省城太原最早创办的一份报纸，民办性质。其前身是创办于三年前（1906）的《晋学报》，由山西大学堂毕业生武绍先、庞东生、郭可阶、梁硕光等人集资合办，宗旨是"欲发扬旧学，启迪新知，唤醒国魂，以振风化"。但是因故并没有正式出版，仅在社内附设《晋阳白话》，山西同盟会支部建立后，便更名为《晋阳公报》。是一份鼓吹革命的进步报纸，尤其在以同盟会会员王用宾和刘绵训分任主笔、总理后，革命色彩与战斗力大大加强，成为当时山西进步势力和正义事业的喉舌。与当时另一种专发上谕、圣谟、宫门抄、奏折和中外文牍的报纸《并州官报》相比，它的影响要大得多。

孔祥熙专心办学，但并非对外界一点不关心，恰恰相反，他十分关注校门外的一切事物及其变化，对省城的各种动态更是异常关注。学校不但订有《晋阳公报》，而且每一期他都要仔细读过；对王用宾和刘绵训心仪已久，尤其对王用宾的文采风流、春秋笔法极为赞赏，久有结识之意。如今二人亲自登门，孔祥熙真是喜出望外。他把客人迎进会客室，看座沏茶，热情款待，一番互道相见恨晚的话也就不必细表。

孔祥熙说："听二位口音，莫非皆河东人氏？"

刘绵训说："孔校长好听力。我们都是临猗人氏，乡音不雅，请包涵。"

孔祥熙说："刘先生说哪里话。河东大地人杰地灵，自古出过多少风云人物！远的不说，仅深秀志士一人，足可光耀千载。"

外面响起了下课铃声，校园里立刻活跃起来，一片青春的欢声笑语。

孔祥熙下意识地看了看壁钟。

王用宾即刻问道："孔校长还有事？"

孔祥熙抱歉地笑笑说："没什么，敝人还有一节体育课，我可以另行安排一下的。"

王用宾说："千万不可，学生的课误不得。你看这样好不好，你上你的课，我们二人先去校园各处走走，回头咱们细谈。"

孔祥熙说："这样也好。那就委屈二位了。还有十分钟，不急。"

刘绵训惊讶地说："想不到孔校长还要亲自兼课，真是事必躬亲啊。"

孔祥熙一笑说："说来惭愧，敝校新开科目较多，师资难觅，本人只好滥竽充数了。"

刘绵训说："不知孔校长还兼什么课程？"

孔祥熙说："目下还有矿物、地理、体育，数学和英语有时也兼一下。"

刘绵训说："孔校长真是全才呀，果然名不虚传。用宾兄，咱们把来意告诉孔校长吧？"

王用宾点点头，并示意让刘绵训说。

"是这样，孔校长。"刘绵训说，"敝报一直关注各种新生事物，以宣扬鼓吹为己任。贵校独闯格局，振聋发聩，早已名闻三晋，尤以开设之体育课，在全省绝无仅有，其意义和影响难以估量。敝报欲登门访察，作为一重要新闻披露天下，以为当今兴学育人之明鉴。"

不待孔祥熙作答，就见王用宾看看壁钟，说："绵训兄，我们的来意再说吧。孔校长，时间到了，请你上课吧。"

孔祥熙心想，这个王用宾实在明敏，说："如此敝人暂先告退，我安排人陪二位先生去外面参观。咱们回头见。"

操场上，出现了体育教师孔祥熙，他身穿运动服，足蹬运动鞋，胸前挂着一个亮晶晶的小哨子，蛮是那么一回事儿。对于孔祥熙来说，开设体育课固然是新式学校必需，但还另有深意。就在那次与孙中山先生的长谈中，他听到对方多次讲到要为革命积聚培养武备力量；又讲到中国青年重文轻武，从小钻在故纸堆里消磨青春，一个个四体不勤，弱不禁风，如何能为革命奔走天下，拼斗疆场；务必要从小做起，加强体育锻炼，增强体质体能，是一个非常重要又极为琐碎的事，非有心有志者不能为……这些话深深地印在孔祥熙脑子里，成为他在铭贤开设体育课的一个动力和指针。正因如此，铭贤的体育课别有特色，带有军训的色彩。孔祥熙的体育教程，就是他从美国回国前，根据美国步兵操典等外国货东拼西凑搞出来的，也算他的一大创造。体育课的基础部分就跟训练新兵差不多，立正、开步走、跑步走、正步走、稍息……后来再加上武器——一把真的指挥刀和六十五支榆木做的假步枪，再后来还搞起了军乐队，体育课真是越上越热闹，每次都吸引来不少围观者，成为太谷县的一大景观。有些看不惯的老派人物，甚至慌兮兮地放风说："了不得啦，孔祥熙要编练新军造反呀。"

今天的体育课，前半时照例是步伐训练，接下来是兵器操。只见孔祥熙提起那把不知从何处搞来的指挥刀，带领他那手执假步枪的学生们，比比画画，摸爬滚打，好不热闹。

今天围观的人不多，其中就有王用宾和刘绵训。二人头一次见到这种阵仗，觉得好新鲜，不是头条新闻是什么！所以当午饭后他们谈话时，刘绵训激动地说："不简单，不简单。百闻不如一见，果然名不虚传。我们先在校园之内转了一圈，已是大感惊喜，及至亲见体育课有声有色，顿觉眼界大开。孔校长，于此如何而想？还请赐教。"

王用宾也说："请孔校长谈谈。"

孔祥熙给客人续上茶，谦逊地笑笑："说来也没什么。二位都是留过洋的，何种世面没见过？这体育课原本也是极为平常的事。只是我国闭塞日久，科举取士，不在这方面用心，故大多数国人不知体育课为何物。便是敝人，对体育一门也不过略知皮毛。不过总觉得一个国家要立足世界民族之林，必得教育发达，而教育发达，必得包括德育、智育和体育三大方面，缺一不可。对于我国来说，体育尤显重要。我不过是想在这方面略尽绵薄而已。"

王用宾目光闪闪："孔校长，不过据我观察，贵校之体育课非同一般，似乎还有深意吧？方才我听旁观者说，每日平明，孔校长都要亲率学生在大操场做柔体操，黄昏时分又要做集体兵操，还要在军乐声中排兵布阵……种种惊世壮举立意不凡呀。"

孔祥熙此时尚不知王用宾是同盟会会员，说话不敢造次："王先生过奖了。祥熙只是不想关门办学而已。正如贵报，针砭时弊，为民请命，涉猎面极为广泛，我看也是不想关门办报之意吧？"

刘绵训哈哈一笑："大家彼此彼此。想不到孔校长百忙之中还能垂顾我们的小报，真该谢谢了。"

孔祥熙说："感谢的应该是我，让我从中了解到省内外多少事情。比如，贵报最近对交城、文水两县烟民情形多有披露，正与太谷种种传言吻合，看来那里要出什么事情。"

王用宾说："孔校长对禁烟一事也很关注吗？"

孔祥熙说："是的，不能不关注。许多学生的家长无钱供孩子上学，却有钱花在吸食鸦片上，真是岂有此理！晋中一带此风甚炽，烟源皆在交（城）文（水）一带。贵报能呼吁禁烟一事，功莫大焉。对敝校的工作也有极大帮助。"

王刘二人对视了一眼。

刘绵训说："孔校长，交文两县禁烟一事，情况颇为复杂，且有恶化之势。咱们有机会从容议论，还要孔校长到时赐教。下面，是否请孔校长就兴办体育一事发表感想，尤其不想关门办学一点，敝报愿闻其详。"

王用宾说："孔校长，若愿就此为敝报撰写一篇专文，我们将不胜荣幸。"

孔祥熙正要作答，却见有人急慌慌走进来，递上一张条子。一看是康保罗的笔迹："祥熙，请速来福音院议事。午前有清军混成旅管带夏学津率两营官兵过境南去，据说开赴交文镇压闹事烟民，恐有重大事变。见面详谈。"

王用宾听后说："果然不出所料。"

刘绵训忙站起来说："孔校长，恐怕我们得立刻赶回去。交文方面真有大事，敝报不能袖手旁观。"

孔祥熙起身送客："二位仁兄既有紧急公务，也就不再挽留。或有声援呼应之需，务请通知敝校，以尽绵薄。"

二人连连拱手："一定，一定。"

没几天，就发生了震惊省内外的交文惨案。这倒给孔祥熙开门办学提供了一个绝好的实践机会。

还得从头说起。

山西交城、文水一带山区，历来广种罂粟，盛产鸦片。清政府虽有明令禁止，但往往流于空文，形同虚设。道光之后，当权者为了扩充财源以饱私囊，实际上纵容种植鸦片，抽取重税。但是迫于全国舆论的压力，又不得不做做禁烟的样子，去年颁布出一项分期禁烟的法令。

对于这项法令，各级官僚照样阳奉阴违。文水知县刘彤光就是这么干的，他为了叫老百姓提前完粮纳税，故意纵容多种罂粟，向上却报告说已将罂粟全部铲除。交城县也是这样。有道是一级哄一级，一哄到顶。山西巡抚丁宝铨哄朝廷说，山西全省烟苗已经断绝，是执行朝廷指示的先进典型，无非邀功请赏、加官晋爵的意思吧。

事情也怪。去年天大旱，秋收无多，连麦子也没种好。交文两县农民慌了，见官府对种大烟并不着力禁止，便赶种罂粟，以取亡羊补牢之利。到今年春天，老天也助兴，几场少见的春雨过后，烟苗长得格外茁壮喜人，眼看着叶繁花茂，丰收在望。

就在这时，从京中传出消息，说朝廷即将派员下来巡察各地禁烟情况。丁宝铨一听心虚害怕，唯恐谎言败露，急命交文两县官员督促铲烟，克期完事；又派省谘议局议员孟步云亲去监办。

事到如今，可就不那么简单了。农民们眼看即将到手的救命钱要风吹，顿时急红了眼，说什么也不干。县太爷吓也罢，省议员劝也罢，反正拼死不铲烟苗！官民对立，形成僵局。丁宝铨闻信大怒，将刘彤光等人骂得狗血淋头，心想不来硬的如何能过此难关，当下命心腹爱将夏学津点起两营人马，以武力强行禁烟。

中国老百姓温顺如羊，负重如牛，不逼到连最后一口饭也不让吃的份上，是不会起而反抗的。不过，真要把他们逼到反抗的地步，那给当权者造成的麻烦，却也不比其他人逊色。且说两县民众闻听大兵即将压境，便以武陵、广兴等十多个村庄的人为主，聚集在清兵必经的开栅镇迎战。为首者是武树福、弓酒壶等六条好汉。

这天，兵民对阵，力量太悬殊了。一边是全副武装的绿营清兵，足足有千人之数；一边是手无寸铁的老百姓，人虽多些，却毫无作战能力，唯有拼死保住一己利益的血肉之躯。结果如何是不言自明的。夏学津统军无能，但欺负老百姓比谁都凶，他根本不听老百姓的申诉，立即下令逮捕为首的武树福、弓酒壶等六位代表。于是局面一下恶化，越来越多的村民从四面八方潮水般涌来，把清兵团团围定，要求放人。夏学津有点心虚，马上下令开枪射击。当场打死四十多人，又将武树福等六人拉至徐沟杀害，终于酿成轰动一时的交文惨案。

惨案发生后，丁宝铨为掩盖罪行，抢先给清廷发出奏折，声称交文地面发生"匪徒"暴乱，已被他及时镇压。满以为可以一手遮天，没想到迎头杀出了《晋阳公报》。

对于交文一带种植罂粟一事，《晋阳公报》同人早就关注，只是苦于一时难得报道要领：种植罂粟应该批驳，可老百姓为着救命又不好苛责；根子自然在官府纵容，但却有一纸法令为其遮羞。要批到痛处显然还没抓到契机。那天王用宾在太谷一听到清兵开往交文，就立刻预感到要发生什么事，可能一个良机会出现。回到省城的当天，即派访员张树帜和蒋虎臣连夜赶赴案发现场，进行实地察访，务求材料真实丰富生动，且要速去速回，写出要闻，尽早披露报端。张蒋二人不负重托，很快探访成功并写出文章，于案发仅两天后便诉诸报端，将交文惨案之真相大白于天下，在全国引起强烈反响。

丁宝铨见报大怒，简直有些气急败坏，因为《晋阳公报》不但报道了交文惨案，还外加一笔，揭发了他丁某人的一桩风流隐私。原来这位堂堂封疆大员，长期与下属夏学津的妻子勾搭成奸；夏学津之所以能飞黄腾达，妙因皆在于此。巡抚大人一向堂而皇之、道貌岸然，猝然间叫剥得一丝不挂，出乖露丑，岂能不暴跳如雷？遂咬牙切齿，丁宝铨要下死手报复。欲加之罪何患无辞。什么罪名最好呢？古今中外当权者皆有一看家绝招，丁宝铨也无师自通："交文匪徒，聚众抗官，死伤多人，自有背景。"这背景为何？乃在山西的孙文革命党暗中策动也！一旦把老百姓说成暴徒，把敢说真话的读书人打成策动者，那要抓要杀便不费吹灰之力了，而且名正言顺，王道使然。于是乎，成功地将"暴徒"四十多人"就地正法"后，又将数十名"策动者绳之以法"：两访员张树帜和蒋虎臣立即被逮捕，关押于阳曲县监狱；"煽动滋事"的省谘议局议员张士秀立即被逮捕，关押于临晋县监狱；《晋阳公报》总理兼省法政专科学校监督刘绵训、山西大学堂监督解荣辂、学部主事荆致中予以撤职，交地方官严加管束；铭贤学校校长孔祥熙等二十多人交地方官进一步查处管束；首犯王用宾虽则脱逃，下令全国通缉，并抄没家产，由其父代为坐牢……一时间，山西凡为交文一案说过公道话之学界、报界名流皆受株连。

对于孔祥熙，丁宝铨早就接到多封密报，视其为山西最危险的人物之一，这次又见孔祥熙极力为交文一案奔走呼吁，更是气上心头，遂给太谷知县下达一道密令，要求对其严加考查，坐实种种悖逆之罪，必要时予以拘押，决不姑息手软。此时，孔祥熙的处境十分危险。多亏李提摩太不知怎么得到消息，伸出救援之手，直接给丁宝铨发出一信，大意是：孔祥熙乃一纯正之基督徒，所从事之一切活动，皆是本着上帝旨意行事，改革旧俗，张扬进步，与暴乱等决无牵涉，云云。丁宝铨当然知道李提摩太在中国官场的分量，不敢不给面子。这才使孔祥熙平安躲过一难。

孔祥熙看出丁宝铨也是个怕洋人的主儿，便借着下乡布道之名，在铭贤学校组织起铭贤义勇宣讲团，下分八个队，以其宣讲内容作为队名，依次为：自由队、和平队、博爱队、奋斗队、解脱队、前进队、普济队、清洁队。每到星期天，在孔校长的一番鼓动下，上百名学生走出校门，在洋鼓洋号的欢送下，深入乡村农舍，既是布道，又是宣讲革命。在第二年发生的辛亥革命中，太谷县民众表现了较高的觉悟和斗争性，或许与铭贤义勇宣讲团不无关系。

第八章 风云际会

三十七、天翻地覆

1905 年 8 月 20 日，中国同盟会在日本东京成立。它是由孙中山先生的兴中会、黄兴的华兴会、吴禄贞的科学补习所、陶成章的光复会联合组建的，其口号是："驱除鞑虏，恢复中华，创立民国，平均地权。"同年 11 月，孙中山先生在《民报》发刊词中，首先将同盟会的纲领概括为民族、民权、民生三大主义。同盟会成立后，积极致力于武装反清斗争，在短短五六年时间里，著名的武装起义就组织发动了十多次，直到 1911 年辛亥革命成功。

1906 年春夏之间，在湖南和江西两省交界的萍乡、浏阳、醴陵地区，阴雨连绵，洪水泛滥，灾情严重，物价腾贵，老百姓苦不堪言。同盟会会员刘道一看到民众反抗情绪日益高涨，便约集蒋翊武、龚春台、刘重等同志于长沙水陆洲船上秘密聚会，计划借助当地洪江会的会党势力发动武装起义。12 月 3 日，洪江会首领廖叔保在麻石首先揭竿而起，次日萍浏醴起义正式爆发，两万多人的起义大军势如破竹，很快占领了浏阳高家头、金刚头和萍乡的高家台，一路向上栗县进发，沿途的慈化、桐木等地的会党群起响应，声威大震。清军望风而逃。上栗县迅速落入起义军手中。占领上栗县后，起义军进行整编，起名为中华国民军南军革命先锋队，以龚春台为都督，蔡绍南和魏宗铨为左右卫统领，并发布了中华国民军起义檄文，开列清廷十大罪状，提出"破除数千年之专制政体，不使君主一人独享特权于上，必建立共和民国，与四万万同胞享平等之利益，获自由之幸福"。这样一来，参加起义的人越来越多，农民、矿工、地方兵勇等数万人都集聚到义旗之下，控制地区达数县之广。

在萍浏醴起义鼓舞下，黄冈起义也随即爆发。

广东省饶平县的黄冈镇，是通往福建的交通要道。历来为会党和同盟会所关注和重视。早在1904年10月，就有革命党人许雪秋受孙中山先生派遣，在此策动起义，因泄密而遭到镇压。萍浏醴起义后，许雪秋再次受命，来到黄冈镇组织武装起义。他联合陈涌波、余既成等人多方活动，几经周折，于1906年5月22日率众起义，建立军政府，发布同盟会纲领和讨清檄文。

接下来各地武装起义不断发生。

1907年秋天，同盟会利用广东钦州、廉州一带民众的抗捐斗争发动武装起义，在王光山举事，攻占了城防，向钦州进兵。接着，孙中山先生派黄明堂为镇南关都督，准备进攻镇南关。12月2日，黄明堂和关仁辅发动起义，在镇南关守兵做内应的有利情况下，一举攻占第一、第二、第三炮台，缴获大批枪炮。第二天，孙中山和黄兴由越南河内进入镇南关，继续指挥起义，与清军血战七昼夜。

1908年3月，黄兴根据孙中山的指示，以旅越华侨二百余人组成中华国民军南军，27日，开进钦州起义，后在小峰大桥、马笃山等地多次打败清军。钦廉道的道台龚心湛亲自率领五千多清兵围追堵截，双方接战两个多月，进行大小战斗数十次之多。

1908年4月，孙中山又派黄明堂负责河口方面的武装起义，由关仁辅和王和顺协助。河口镇是云南的门户，取河口可以图全滇。4月30日，在一营清防营兵的内应下，黄明堂等率部迅速占领河口，第二天又占领河口炮台，声威大起，兵力数日之内增加数千人。起义军发布安民告示，严申军纪，继续攻取了新街、南溪等地。

早在1905年，光复会在安徽、浙江一带也进行了武装起义的工作。徐锡麟在绍兴创办大通学堂，并打入清廷内部成为捐纳道员，担任安徽武备学堂副总办、巡警处会办及巡警学堂监督等职，掌握了相当武力。到了1907年初，著名女革命家秋瑾女士回到故乡绍兴，主持大通学堂校务，暗中积极联络革命青年，组织光复军，与徐锡麟约定于7月中旬在皖浙两省同时起义，再合兵攻取南京，占领更大地区。不料由于事机不密，过早暴露了形迹，不得不提前行动。徐锡麟利用安徽巡抚恩铭参加巡警学堂毕业典礼之机，亲自出马持双枪将恩铭击毙，再率学生军迅速进攻军械局，准备夺枪起义，结果失败被捕。安徽的失败直接牵连到浙江方面。浙江巡抚派兵包围了大通学堂，将秋瑾等人逮捕，旋即杀害，整个起义失败。

1908 年 11 月，同盟会会员熊成基在安庆誓师，决心继承徐锡麟的未竟事业而血战到底。他带马炮两营一千多人进攻安庆，与清兵激战一昼夜，不下，又转攻合肥不克。

1909 年 10 月，同盟会在香港成立南方支部，以胡汉民为支部长，作为指挥南方革命的总机关，其首要任务就是组织广州起义。

早在 1907 年，同盟会会员赵声就已打入广东新军，并担任了第二标第二营管带，不久升任标统。1908 年，南方支部委派倪映典到广东新军中扩大工作，配合赵声和朱执信进行武装起义的准备事宜。在他们的不懈努力下，新军越来越多的士兵接受了同盟会的思想，有三千多名士兵和下级军官要求加入同盟会，于是各级革命组织相继建立起来，起义时机日渐成熟。这时，南海、番禺、顺德各地的民军也已组织妥当。遂决定在 1910 年元宵节后举行起义。

谁知就在起义前夕出了意外事故。新军第二标士兵华云衷，因小事与巡警发生争斗被捕，惹恼了众士兵，他们数百人手执长棍冲入城内，一举捣毁巡警道，致使事态扩大。两广总督袁树勋派兵弹压，完全打乱了同盟会的起义计划。仓促间倪映典从香港赶回广州宣布起义，并亲自枪杀清军炮兵第一营管带齐汝汉，有三千多人响应参加。他们分三路进攻广州。被推为司令的倪映典亲率一部由沙河出击，直取大东门，在牛王庙与诈称归顺的清兵吴宗禹部两千多人相遇，吃了暗算，倪映典中弹牺牲，起义军死去百余人。余部遂向燕塘撤退，次日再退白云山、石碑、东圃一带，又损失了百余人。

到了这年的 11 月，孙中山在马来亚的槟榔屿召开秘密会议，参加者为黄兴、胡汉民等同盟会骨干人物，还有南洋和东南各省的代表。议题只有一个，就是再次组织广州起义。孙中山说："决意为破釜沉舟之举，誓不反顾，与虏一搏。……内地同志舍命，海外同志舍财。"会后，大家即分头进行准备。孙中山亲自到华侨中募款，在广州布下三十多处秘密据点，组成八百多人的敢死队。起义计划是先占领广州，再分兵出击湖南、江西、福建，夺取长江中下游地区，然后大举北伐，以图全国。要与清政府决一死战！

1911 年 4 月 27 日，广州起义的枪声响起。黄兴亲自率领敢死队队员一百二十多人，臂缠白布，在海螺声中冲锋陷阵，直捣两广总督衙门，吓得总督张鸣岐落荒而逃。占领督署后，黄兴又率敢死队冲出来与清军展开巷战，双方拼死相搏，死伤都很惨重。广州民众激于义愤，不顾清政府的迫害，冒着生命危险，收殓烈士遗骨七十二具，埋葬于黄花岗，这就是流传千古的黄花岗七十二烈士。

从萍浏醴起义到广州起义，十多次轰轰烈烈的武装起义虽然都失败了，但意义非比寻常，可以说没有它们，就没有辛亥革命的成功；也就是说，1911年武昌起义成功地推翻了中国最后一个封建王朝，是在此前十多次武装起义的基础上完成的。无数死难志士真正做到了"拼将十万头颅血，须将乾坤力挽回！"

1911年10月10日，辛亥革命成功。

10月22日，湖南长沙新军起义，宣布湖南独立，推焦达峰和陈作新为军政府正副都督。

10月23日，陕西新军起义，宣布独立，推张凤翙为军政府都督。

同日，江西九江新军起义，成立军政府，以马毓宝为都督。

10月29日，太原新军起义，宣布独立，推阎锡山为军政府都督。

12月29日，全国十七省代表集会选举孙中山先生为南京临时政府临时大总统，定于1912年元旦在南京就职。

在这场天翻地覆的变局中，一向保守落后的山西，何以能成为最早响应武昌首义的少数几个省份之一呢？这是一个很有意思的问题。

义和团运动的失败，给山西民众留下了丰厚的文化遗产。一方面，人们看到不彻底推翻腐败无能的清政府，就难以抵御任何外部势力；另一方面，一批有识之士也看出自身的致命弱点：缺乏现代科学文化。基于前一点，山西人民加强了反清斗争，虽然有时仍与反教会斗争结合在一起，但反清的势头很明显。比如1903年永济县的反对征收柿酒税斗争，1905年的平阳、蒲州、解州、绛州会党起义，1910年交城、文水的抗清事件等。基于后一点，各地出现兴办新学的风气，或者支持子弟进西学读书、出国留学，表现出一种观念上的更新进步。而这种新型读书人的增多，无疑给同盟会在山西的大发展提供了人才基础。

举例来说。1902年，山西建立武备学堂，第一批招收一百二十人，三年之后选拔其中优秀者留学日本，入日本士官学校，主要有温寿泉、姚以价、李大魁、井介福、黄国梁、荣福桐、荣炳、马开崧、顾祥麟、阎锡山、张瑜、乔煦、张呈祥等人。他们中的大部分人后来都成为同盟会的骨干分子。1905年同盟会在日本成立时，即有了山西分会，干事为谷思慎，除上述大部分人员外，还有景耀月、王用宾、张起凤、狄楼海、邢殿元、王秉义、焦纯礼、焦滇、刘玉、王建基、徐西园、康佩珩、赵承经、李希鹃、齐宝玺、贺炳煌等。1906 年，谷思慎和丁致中先后由日本回国，到宁武县创办中学，又介绍南桂馨、冀学蓬、丁梦松、周象山等参加同盟会，又在静乐县发展武泽霖成为同盟会会员。

山西以一内陆省份，而留日学生之多、入同盟会者之多，都令人刮目相看。有了这么多革命火种，自然不愁革命大势不成。

根据同盟会总部"要各省加紧革命活动，实行武装起义"的指示，山西分会活跃起来。景定成和何澄奉派回国，路经太原，在山西大学堂发表演讲，鼓吹同盟会纲领。之后何回灵石活动，景则回到运城，以创办回澜公司为名，开展革命活动，先后介绍李岐山、郭郎清、关克昌、李秀等人为同盟会员。李岐山从小颇有大志，是河南名儒杨祯斋的门生，与河东各县的哥老会及陕西反清诸团体关系密切。他入会后，来太原进铁路学校，并在省城中心红市牌楼开了一家客栈，起名叫大恒客栈，作为革命联络机关，积极开展对清军工作。

此时，孙中山先生在东京组织铁血丈夫团，山西方面参加的就有五位：阎锡山、温寿泉、何澄（在灵石时间不长，即返回日本）、张瑜、乔煦。这些人后来大都成为各省武装起义的领导者或军政府的大都督。

山西同盟会的活动还表现在对军队的工作上。山西的旧军制是：巡抚直辖的参将和大同、平阳的两个总兵，各辖练军七旗，约二千一百多人；全省共二十一旗约有七千之数。改革军制后，将参将直辖的七旗改为陆军一协（等于后来的一个旅）；设督练公所，为征兵管理机构。当时规定混成协内辖步兵两标（等于后来的团建制）、炮兵一营、骑兵一营、工兵一营、辎重兵一队（等于后来的连建制）。这样编练起来的新军，协统是姚鸿法，后来是谭振德。下属两标：第八十五、第八十六标。第八十五标标统是齐允，第八十六标标统是马龙标。到了 1909 年，留日士官生先后毕业归国，其中不少人都是革命分子。当时清政府陆军部不明就里，按惯例举行一次考核，再以成绩高下委任实职。结果，黄郛和李书诚留陆军部任职；钮永建和何澄派为保定陆军军官学堂教官；温寿泉为山西陆军督练公所帮办兼山西陆军小学堂监督；阎锡山为山西新军第八十六标副标统兼山西陆军小学堂教官，不久升任标统；黄国梁接任第八十五标标统之职，前标统齐允内调军谘府；姚以价为第八十五标第二营管带；乔煦和张瑜分别为第八十六标第一、第二营管带。另外，同盟会会员杨彭龄，此时奉命来山西新军下棚当兵，专做军队基层工作。李岐山又介绍陕西革命者史宗法和张德枢，分别以弓尚文、弓尚德的假名入山西新军，专任军中司书等文职。还有山西各地不少革命知识分子，如大宁县的王承绪、王钻绪兄弟等，也都打入新军当兵。这样一来，山西同盟会在清军中已经掌握了很大的实权，为武装起义创造了极为有利的条件。

前文所写《晋阳公报》与山西巡抚丁宝铨就交文铲毒事件的那场斗争，实际上就是同盟会山西分会在武装起义前的一次有意识的演练。

山西巡抚丁宝铨在清廷官场中算得上一名能吏，而标统夏学津（上报待批中，后任命公文终未下达）在军事上也还真有一手。为此，同盟会方面认为，丁夏不除，迟早是革命之大碍。于是组织起一个专门班子对付丁夏。当时，王用宾在太谷对孔祥熙说"情况复杂"云云，便是指这段隐情。孔祥熙是后来跟大家熟识后才知道的。

且说《晋阳公报》将交文惨案有意识地大事张扬，招致丁宝铨的拼死报复，给同盟会的活动造成一定的困难，但斗争并没有停止。

首先，联络发动全国进步报刊群起策应。你山西巡抚有权扼杀《晋阳公报》，但对外省报刊却无可奈何，而我们同盟会却在全国处处有人也。北京《国风日报》、天津《日日新闻》、上海《大公报》……皆紧咬丁宝铨不放。对这一段有趣的经历，原《国风日报》主笔景定成先生，在其代表作《罪案》一书中有专文记载，题目是《"拔丁"的运动大成功》，其中写道：

> 《国风》发起的动机，固然是以鼓动革命为事；在我个人，则尚寓一番为友复仇的意思。所以一开首，便作一篇《东西两抚之罪状》，东抚是说山东巡抚孙宝琦，西抚是说山西巡抚丁宝铨！两人中，丁为主，孙为客。因从前说过的交文案，王理臣（用宾）、张实生（士秀）、张汉捷（树帜）、荆大觉诸同志，或逃亡，或系狱，心中愤恨到了极点。故《国风》前半年，几专以"拔丁"为目的，直骂得那丁宝铨，神昏志堕，无地自容！……结果老丁莫把《国风》怎么样，《国风》算把老丁推倒了。因本报每日登丁的罪状，便有人向那清当国的庆亲王，说起丁的闲话来。一日开什么政务会议，由老庆提出来更易晋抚的案子，大家都和丁没关系，且听见报上登载了丁劣迹太多，于是异口同声地说是"应该！"便把这"丁"轻轻地拔去了，换了一个姓陆的。

其次，发动官绅进京活动，让有能力的京官上本弹劾丁宝铨。山西籍御史胡思敬就狠狠参了他一本，其奏折主要内容如下：

奏为特参疆臣纵庇私人，滥杀无辜四十余命之多，欺朦入告，请旨查办，以伸冤抑恭折。仰祈圣鉴事：窃闻山西文水县禁烟肇祸一案，杀戮甚惨，全省震动。缘晋省农业向以烟土为大宗，文水出产尤富，去年下令禁栽罂粟，乡间素无储蓄，又不劝令改种杂粮，民愚无知，遂至大困。今春播种之时，聚集多人哀乞于县官，请宽禁一年，济目前急，且援陕豫事为比。县官不敢专，请示于巡抚丁宝铨。该抚遣绅士二人下乡解散，又恐人众滋事，密派黄国梁率兵备弹压，行有日矣。别有夏学津者，该抚之私人也。初该抚娶一娼妇为妾，每出必挟以俱行，其妾未脱籍时，与夏学津之妾，同时在勾栏中以姊妹相呼甚昵。夏学津因是往来抚署，如亲串然。该抚大宠任之，以一毕业生到省投效，未久即委充教练处帮办，觊缺卖差，丑声大播。至是因文水事起，思立功自见，自荐于该抚，愿效力。遂撤黄国梁不遣，改派夏学津率兵以往。初至文水，乡民迎拜马首，申前请，不应。翌日兵次开栅。奉委解散之二绅，一曰左炳南，一曰孟步云，对众演说，民皆跪听。孟绅出语大厉，众恶之。前跪之武树福、弓酒壶，麾众起哄，声大作。夏学津缚武树福至徐沟，杀之……遂移军开栅镇，以捕取逸犯为名，纵兵大掠。逼死一寡妇，轮奸一幼女。垂毙居民见事急，有四人潜登钟楼，击钟招救者。兵逐之，抛一人楼下，立殒。一人遁。余二人掷瓦石相抵，误中一卒。即该抚原奏所谓伤马兵一名者是也。兵大怒，立执二人斩钟下。近村各乡民闻钟声奔视，有辍耕荷锄者，有散学挟书策者，询知击钟者三人俱死于兵，近前与理论。夏军连放枪两排，死四十余人，伤六十余人，积尸盈道，哭声震天，时二月十三日也。该抚闻变颇惧，即具疏诬乡民为匪，匿妄杀邀功之夏学津不叙，别嫁名李逢春。是役实死伤百余人，诳云只杀数人。武树福提解未至，急诛之以灭口。又禁止太原各报不许登载种种欺饰情形，以一人床第之私，竟置百余人生命不顾，实属荡检狭民，有负疆寄。应请特派大员查办，将该抚照例惩处，该员夏学津照律治罪，以谢晋民，少泄其愤恨不平之气。所有微臣纠参缘由，谨缮折具陈。伏乞皇上圣鉴。

经过同盟会这么里外上下一折腾，还真管用。朝廷发下上谕，将交文一案"交直隶总督陈夔龙彻查，拟议具奏"。不久，丁宝铨调离山西，夏学津撤职，永不叙用。同盟会在山西又得了一分。

这就到了天翻地覆的前夜。

1911 年 10 月 28 日晚，山西巡抚衙门内宅院。

新任巡抚陆钟琦正与家人用晚餐。小儿子陆光熙坐在乃父对面，边吃边谈着他与第八十六标标统阎锡山会面的情形。这位陆光熙也算个有名人物，作为高官子弟，他是以一个翰林的身份到日本士官学校留学的，虽未参加同盟会，但思想比起父辈来自然要先进得多，归国后在京中供职。前几天，他接到山西新军督练公所金应豫和姚鸿法联名写来的信，大意是说武昌事起，山西亦恐将有变局，希望他能速来太原助其父一臂之力，共度时艰。这一段，他正为父亲担心，知道老头子愚忠守旧，不识潮流，只怕要吃大亏。陆光熙正好借机来山西走一趟。来后几天，他白天忙着拜见在新军任职的留日同学，晚上则规劝父亲要审时度势，不必做清廷的牺牲物。今天下午，他与阎锡山再次会见，初步达成秘密协议：他劝其父陆钟琦交出巡抚印信，宣布山西独立；阎锡山答应约束军队，起事中决不伤害陆钟琦及其家人。

陆巡抚依然有点举棋不定，紧锁愁眉："他们真能成事？"

儿子坚信不疑："大清气数已尽，再无生理；革命必来，其势已难阻扼。"

老子还不放心："姓阎的靠得住？"

儿子深信不疑："他是铁血团成员，骨干中之骨干，深受孙文重用。我虽与他交往不多，但在日本时也见过几面，此人喜怒不形于色，城府很深，日后左右山西局面者我看非此人莫属。"

老子长叹一声："好吧，我再想想。"

但归他去想的时间已经不多了，大约再过五个小时，他就要死在起义军的枪弹之下了。

陆光熙在太原忙乱的这几天，也正是同盟会紧锣密鼓策动起义的日子。早几天，终于定下了起义计划：取消原先从晋南晋北举事、夹击并夺取太原的设想，直接在太原发动兵变，一举夺权。在阎锡山汇报了与陆光熙的会谈情况后，这一计划成功的可能性更大了。但出现了一个难题：谁来具体领导这次武装行动？原定是由第八十五标标统黄国梁主事，但前天接到命令，让他率两个营前往风陵渡布防，很明显是上司的分兵之计。如顶住不去，反引起更大怀疑。还有一条，不出征时不发子弹。所以黄国梁决定离开太原先稳住对方。这样，黄国梁可就不能担任起义的总指挥了。于是有人提出，请第八十五标第二营管带姚以价出马，理由是：此人在第八十五标中是仅次于黄国梁的高级军官，且指挥才能杰出，军中很有威望。反对意见是：他不是同盟会会员，主观武断，骄傲自大。一时争论不休。

姚以价是山西河津县人，在日本士官学校留学时，与阎锡山、温寿泉、黄国梁等都是同期同学，又一起回国任职。他从小博学多才，诗文作得不错，免不了恃才傲物，看上眼的人不多；加之生性直爽，锋芒毕露，意气相投怎么也行，一句不合便翻脸成仇；他对革命是同情的，但不愿加入什么组织而受人节制。姚以价就是这么一个很有个性的正直军人。

双方争论的结果，还是认定指挥起义的总指挥非姚以价莫属。

然而此时，姚以价本人正躺在城内东夹巷的教会医院里治病，对起义的总计划自然一无所知。同盟会就责成杨彭龄和张煌带着起义计划去见姚以价，并定好如果姚持反对态度的话，则立即予以拘押。但姚以价态度鲜明，慨然应允："兄弟们既然看得起我姚以价，我就和大家一起推翻清王朝，虽赴汤蹈火也万死不辞。"

10月29日凌晨3时，太原城南十里狄村兵营大操场。

新军第八十五标两营参加起义的士兵和军官，齐刷刷站定在初冬的寒风中，听取总指挥姚以价的最后训示。此前，已将反对起义的军官熊国斌等处决。姚总指挥大声说："满清入关，虐我汉人二百余年，可算是穷凶极恶。现在外患日迫，而满贼仍用盗憎主人的伎俩，专以压制汉人、谄媚外人为宗旨。满贼尝说'宁与外人，勿与家奴'的话。诸位知道，家奴是谁呢？就是你我大家，就是你我大家的父母兄弟亲戚朋友。今天，我们要不当这家奴，要救我们的中国，非先推翻满清不可。"姚以价讲得慷慨激昂，声泪俱下。听者也都热血奔涌，目闪泪光，齐声大喊道："愿拼一死！服从命令！"

姚以价接着宣布作战任务和纪律如下：

任务：

第一，本军以推翻清廷为宗旨。

第二，令苗文华带第一营前、左两队直扑满城。

第三，令崔正春带第一营后、右两队夺取军装局。

第四，派杨彭龄为冲锋队队长、张煌为奋勇队队长，随本指挥直捣抚台衙门。

军法：

第一，不服从命令者斩首。

第二，不直前力战者斩首。

第三，扰害百姓者斩首。

第四，伤害外人者斩首。

誓师完毕，起义部队就在夜色掩护下向北进发，直扑太原城而去。

起义军向巡抚衙门发起总攻时，陆家父子刚睡下不久，闻变急忙起身察看情况。陆钟琦见起义军已攻破大门，势不可当，慌忙在侍卫李升和郑法的掩护下，想由后门逃向督练公所以调动军队。陆光熙大喊不可，拔出手枪带着父亲躲进签押房。此时，两位敢死队队长杨彭龄和张煌已率兵闯入内堂，乱枪击毙门卫马八牛，就要直捣签押房。陆钟琦知躲不开，即站出来大声责问道："这是怎么回事？你们想造反吗？"话音刚落，就被杨彭龄一枪毙命。

陆光熙见状大吃一惊："你们是哪一部分的？谁让你们这么干的？"

无人回话。

陆光熙发火了："我与你们阎长官有约在先，为什么不讲信义？我和你们拼命了！"说着举枪就射。起义军不明就里，当即还手，又将陆光熙打死。这天晚上陆家被打死的还有陆钟琦的妻子陆唐氏。

夺取军装局一路进展顺利。进攻满城一路遭到旗兵顽强抵抗。多亏南门外的炮兵营和工兵营及时参加起义，由工兵修路，炮兵把大炮推上城楼，照着满城一气猛轰，直轰得满城树起白旗。到吃早饭时分，太原全城已被起义军占领。当天宣布山西独立，并成立军政府，推阎锡山为都督。

三十八、本人乃太谷民军司令是也

山西起义成功的消息，像一阵暴风骤雨席卷三晋大地。距省城仅百里之遥的太谷县，当天便人人皆知。第二天一大早，在太谷县衙大门前竟然高悬起一面大旗，上书"剪除鞑虏"四字，吓得县太爷曾泉初紧闭大门不出，还以为省城的革命军已经打到这里。据说这面大旗是一个名叫公孙长子的革命党人所树，他曾在太谷城里开过回春大药店，云云，但不得其详。不管怎么说，太谷城里是轰动起来了，值此改朝换代之际，谁不考虑自己的命运呀！

要说最怕天下大乱的，莫过于家资巨万的商人，而这种人在太谷又多得成堆。面对眼前的事变，他们坐卧不安，一片惊慌。根据历史的经验，他们有两怕：一怕溃兵过境，二怕警匪作恶，而现在这两种情况随时都可能发生。

这天，太谷城里有名的富商和巨绅紧急集会，共商对策。会议由太谷商会正副会长白逵和孟广誉主持。

白逵先言开场白："诸位，大家都已看到，省城光复，清廷将灭，或有大反复亦未可知。依在下浅见，近期内必定兵连祸结，天下不得太平，或清兵，或义军，败者势将离开省城北逃南窜，而我太谷正当溃兵南逃必经之地，溃兵凶狠如洪水猛兽然，我们不能不预作防范。还有一忧，据说县衙里的巡警多是河北人，正在私下密谋掠财返乡，其贪暴不亚于外来溃兵。当此乱世，将若之何？请诸位速做筹划。"一时谁也拿不出良策，只把眼睛都望着孟广誉，觉得他一向足智多谋，应该有点什么说道。

孟广誉清清嗓子说："情况一如白会长所言，委实堪忧，钱财乃身外之物，受损或可不计，只怕兵荒马乱中身家性命难保呀。故而白会长与我商量，非有有力者出面维持地方治安，保护居民安全，方可渡此难关。只是这样的人物……难以找啊。"

见孟广誉犹豫，众人议论开了："事到如今，只好如此。""这样的人物有没有呀？""孟兄，说说你物色的人吧，你肯定有了。"……

孟广誉有意叫人们议论一番，听了多时，他接着说："事到如今，我听大家对请出强者主事已无异议，关键就是请谁为救世英雄，对吧？在下倒是早就想好一个人，他就是孔祥熙。"

"孔祥熙？"这些太谷城里的头面人物又嗡的一声争论开了。有的说这个假洋鬼子如何如何，有的说这个三十岁刚出头的后生小子如何如何，有的说他一个学校校长能如何如何，当然赞成、信任的说法也不少……

孟广誉看吵得差不多了，出面说道："诸位，静一静。在下讲几条供商量。当此桑梓临难之际，之所以非孔祥熙出面维持莫属，主要有以下原委：最要紧一条，是他与省城举义之革命党乃声气相投一派，正合潮流，其运必盛。在座有人或许记得，去年交文一案，硬是把堂堂丁巡抚赶出山西，此等事旷古罕见，非新兴之革命党不敢为、不能为。孔祥熙曾参与其事，足证是孙文一脉。再一条，他虽自幼在外求学，远走海角天涯，但毕竟根系太谷，难离故土，责任攸关；

看他回乡这些年，亦诚心办学，为教育家乡子弟殚精竭虑，有目共睹，不失为一有作为之太谷青年。最后一条，大家别忘了，要对付溃兵猛匪，不懂武备怎么行？环顾今日之太谷，除孔祥熙而外谁有此本领？孔祥熙虽然不是武备学堂出身，但在美国确也有所造就。他亲自训练之铭贤学校学生军一百多人，我与白会长曾去看过，真也威风可喜。现在学生军不但有自己的服装、建制、军乐队，年前还从美国购回一大批新式枪械子弹，颇有作战实力。加上我们的商团武装，足可与任何来犯太谷的兵匪抗衡，以保地方平安。说到这里，我还想提及一件事。去年，白会长和我请来孔祥熙训练商团兵丁，在座有人曾大不以为然。今日如何？若不是孔祥熙用新式办法训练我们的商团子弟，如今能派上用场吗？"

这时，白逮接话道："诸位，现在不是我们愿不愿请孔祥熙出面主事，而是人家愿不愿干呢。"

"噢？"众人齐声。看来大家已被孟广誉说动。

白逮说："繁慈公已病倒多时，难道诸位不知？我们去看过几回，只怕不是好病。孔祥熙晨昏侍奉，孝心感人。这也是我信服他的一条。还有那位玉梅媳妇，自己也拖着病体看护老人，真不容易。"

有人发急地问："不敢扯远。那我们怎么办呢？"

又有人督促说："此事还望二位会长偏劳，前去敦请为好。想来大局糜烂，私家怎存？覆巢之下，安有完卵！这个道理孔家父子焉能不知？二位会长只管多讲忠孝不能两全的道理，定能奏效。"

白孟二人见众人求孔心切，便也应承下来。

孔祥熙自把铭贤学校迁到城外孟家花园后，就给父亲在崇圣楼开出卧室，自己则和妻子玉梅住在紧傍崇圣楼的一个平房小院里，以便能够照顾好老人的衣食起居。几年来倒也阖家平安，天伦之乐融融。岂料清明时节，孔繁慈老先生执意要去孔家老坟祭祖，其实也是要给亡妻烧上几个纸钱，报告一下爱子这些年的出息。辛劳一天，回程中又遭受一场春雨侵袭，当夜就发起高烧。在韩明卫医生的亲自治疗下，病已大好，但不知何故，总是反反复复，难以痊愈。农历七月十五日，孔繁慈说自己做了一个怪梦，由此病势竟日见沉重起来。他几次把儿子、媳妇叫到跟前说："我怕是不行了，要走路了……也真想去见见你妈，都快四十年没见面了……"有时严重了还发糊涂，说些谁也听不清的话，似乎是在与死去的妻子讲些什么……每当此时，孔祥熙总是难受得心疼，禁不住潸然泪下。

　　这天早上，繁慈公精神不错，由媳妇玉梅喂他喝了一小碗小米粥，坐在那里想说话，问："舍儿，这两天外面有什么事？"

　　孔祥熙知道父亲是个关心世事的人，只因身体不好，不想叫他操管闲心，遂应付道："爹，没甚事。您安心养病，好了就到城里转去。"

　　繁慈公不相信："昨天韩医生过来，你俩那是嘀咕甚哩？"

　　那自然议论的是省城发生的事。怎么能叫一个病人操心？孔祥熙继续应付道："我们说您的病呢，韩医生想让您去北京好好检查一下身体。您看怎么样？"

　　繁慈公不吭声了，半天叹口气说："快别费事了，拖累你们还不够呀。"

　　玉梅说："爹，我陪您去，叫祥熙忙他的，咋样？"

　　繁慈公说："哪儿我也不去，快死的人了，还花那钱干甚。"

　　孔祥熙说："爹，您别老说这号话，病好了还要正经活，还要抱孙子呀。"

　　繁慈公看了儿媳一眼，笑了，说："那敢情好。可你眼下这么忙，玉梅也得整天帮着你，有了孩子可咋办？"

　　玉梅一笑说："爹，那就全交给您了。"

　　繁慈公咧嘴笑了，说不定他盼的正是这个："看你说的，我哪会干这个呀。"就在这一刹那，他肯定又想到自己的病，神情大变，怏怏然道："只怕等不上这一天了……唉，我这一辈子，没干成一件事，文不成，武不就，为农不种地，经商没有钱，做官无狠心，连个好丈夫、好爹、好爷爷都没当成……死了也就算了。"

　　玉梅忙上前宽解："爹，都是我不好，惹您老人家伤心。"

　　孔祥熙劝慰道："爹，您是病着，心情不好，过几天病好了，还指不定要想什么好事呢，是吧？"

　　繁慈公苦笑一下，拉紧孔祥熙的手，语重心长地说："舍儿，你别打岔。你今天让我把话说完。我方才说了，我这一辈子算白活了；可我还想，也没白活，不是还有个你嘛……"说到这里，老人深情地抚摸着儿子的手："舍儿，你要给爹争气呀……有几句要紧话，我早想对你说。我早琢磨着，这清家的天下不久长了，要出新朝了，还得有些年天下大乱。你想一辈子搞铭贤，只怕你搞不成，就像前几年满世界都闹义和团，哪家学堂还能办下去……我说这话的意思你懂吗？不要光把眼睛盯在铭贤、盯在太谷，甚至盯在山西，咱们这些地方太消磨人、太埋没人了；外面世界大着哩。你爷爷生前爱讲一句话，别把黄河看成一条线呀……当然，眼下还不行，还没遇上机缘，还得安心守在太谷。不过就是守在太谷，你也要气派再大些、眼光再宽些，该出头的事就要出头，要给自己创名声哩嘛……别老觉着自己年轻……目下就要想着给日后打基础呀……"说到这里，老人疲乏地闭上了眼睛。父子俩正在谈着，就见有人跑来传话，说有一支近五百人的溃兵从省城下来，已经过了榆次，康牧师让把铭贤师生全部带到城里暂避一时。

闻听有溃兵过境，太谷城里一片惊慌。

孔祥熙把铭贤师生带进城，把父亲安顿好，刚坐下想和康保罗说话，就见白逯和孟广誉为首，后面跟着一大群太谷城里的巨商名绅拥了进来，七嘴八舌，一齐请求孔祥熙统率学生军和商团兵丁，立马阻挡溃兵进城。人们知道康保罗与孔祥熙关系非同一般，又都把脸转过来："康牧师，溃兵离城已不到二十里了。你得说话呀牧师！"

事情确实到了危急时刻。孔祥熙与康保罗略略交换一下意见，回头对大家说道："既然大家信任孔某，我也就不再推辞。眼下事急，我先带学生军和商团前去应付溃兵，余事由白孟会长操持，全城居民务必有人出人，有钱出钱，很快前来接应我们。"说完急急地走了。

孔祥熙穿上新近从美国购得的一身军装，手提那把指挥刀，又不知从何处搞来一匹马骑上，带着他那临时凑起来的一队人马，先在全城巡视了一圈，然后下令紧关四座城门，留下适当人员把守。最后带着大队主力登上北门城头，直逼着通往太原的大道，严阵以待。

过了约莫一个钟点，果然就见从北面大路上拥来黑压压一群溃兵。说是溃兵，却并不怎么乱，似乎还是成建制的样子，有个军官模样的人骑在马上，是个管带一级的角色呢。他们来到关前，一见城头上站满荷枪实弹的士兵，那军服又鲜亮又别致，从来没有见过；枪械也很新式，更有四门过山炮蹲在一旁；为首一员年轻威武的军官，双手交叉身前，按着一把立地指挥刀，威风凛凛，杀气腾腾……这倒叫清兵管带吃了一惊，心想，上面这是何处兵马？原来依他的想法，眼见省城已经待不下去，不如到"金太谷"捞上一把，离开山西算了。岂料事出意外，清兵管带不敢怠慢，即刻盘齐自己的兵马，列成阵式，并将两门大炮推上前来，黑洞洞的炮口直指城头之上，这才发话道："嗨！城上听着。你们是哪一标的？"

孔祥熙居高临下，把一切都看得清楚，见溃兵锐气已挫，心里有了底，强硬地反问道："你们是哪一标的？"

头目略一迟疑，说："我们是八十六标火炮营的，奉陆巡抚陆大人将令，去平阳府公干。你们快快打开城门放我们进去。"

孔祥熙心想，你还以为我们不知道省城的事，那好，我先揭破你的皮，遂冷笑一声说："陆钟琦昨天已被起义军打死，何时予你将令？分明是漏网溃兵，岂能让你们脱逃！"

头目心虚，问："你们是起义军？"

孔祥熙心想兵不厌诈，便说："我们是陕西义军，奉命前来支援山西起义。从风陵渡到这里，南面一路全是我们的人马。你们快缴械投降吧！"

头目硬着头皮说："胡说八道！你到底是什么人？快开城门也就罢了，不然我就要开炮了。"

孔祥熙知道要挺住，千万不能露怯，扶扶大盖帽说："你听好了。太谷已经光复，全城都是义军。本人乃太谷民军司令是也。刚刚接到电报，阎都督所派两营人马前往平阳府设防，很快就要开过来。你们已无退路，快快投降吧！"

这下，对方有点怕了。头目弯腰与身边几个人嘀咕了一会儿，立时转换口气说道："司令先生，兄弟实话实说。我们也是赞成革命的，再不想给朝廷卖命了，打算回老家种地去。只是缺几个盘缠，难以上路。司令如果能给兄弟们筹出一万两银子的话，我保证立马退兵，且把这些枪械、马匹悉数留下，如何？"

此时，白逯和孟广誉也来到城头好一会儿了，听到溃兵开价要钱，知道事情有了转机，示意孔祥熙可以答应。孔祥熙也觉得必须见好就收，免得夜长梦多，弄巧成拙，遂说："下面听着。既然你们把话说到这儿，还算有些良知。本司令看在都是汉人的分上，决定网开一面，给尔等一条生路。本司令的条件是：第一，只给尔等三千两路费，一分一厘也不能再多；第二，必须就地遣散；第三，再不准给朝廷吃粮当兵，一旦发现，定斩不饶。何去何从，速速回话。"

几个人又交头接耳嘀嘀咕咕，似乎还有点争执。

孔祥熙又加码说："你们听着，省城义军即刻就到。如答应条件，到时我们自会成全你们，否则后果自负！"

这一招真灵。只见那头目挥手止住争吵，向城上说道："司令先生，就依你的条件。不过你得先叫人把银子送出城来，待我们过目才行。还有，只给三千两太少，我们的枪炮不能留下。"

孔祥熙故作长久思考状，其实心里早就有了谱，只求溃兵快走，要那些破烂枪械做甚？遂拉长声调说："好吧，枪炮可以不留，但必须交出子弹。"

头目也怕再纠缠下去不妙，连称"可以，可以"。

对于巨商如云、富可敌国的太谷县来说，三千白银算得了什么？换得全城免遭一劫，便是功德无量。孔祥熙城头退溃兵，被太谷人视作大英雄行为，简直无异于诸葛孔明坐城楼，片言吓走司马兵。于是，太谷各界代表人物聚会，正式公推孔祥熙为地方最高长官，军政财权集于一身。那时，省城义军未到，清廷县官溜走，新旧断裂处一片混乱，也就只好各自为政。孔祥熙看到地方实力派难得如此趋奉自己，便当仁不让，心安理得地当起民军司令来。

他首先组建自己的工作班子，成立一个叫作太谷营务处的领导机构，他自任总办，委任李步青和孙绍基为营务处副总办。另外还组成一个多达十五人的幕僚班子。接着，孔祥熙宣布铭贤学校暂时停课，全部学生都编入学生军。商团和巡警队插起招兵旗，大量扩充人员。三支武装力量集中起来居然达到一千多人，拥有过山炮四门、新式步枪一百多支、好马三十多匹，而且军装整齐……在孔祥熙的亲自统一操练下，倒也军威雄壮，气势不凡。他本人一身西式戎装，斜挂指挥刀，骑着高头大马，或在街头巡视，或在操场发号施令，或与各界头面人物应酬、洽谈、合影留念……可以说出足了风头。他日后的从政热情、掌权欲望，很可能就是从此时燃起！

不过，当时的孔司令，执政的乐趣和享受大大低于艰辛与风险。一场更大的军事冲突正在等着他。

三十九、风险娘子关

山西宣布脱离清廷后，清政府极为震惊，当即委派第六镇统制吴禄贞为新任山西巡抚，率所部就近由石家庄进攻山西，势在必夺。清军一个镇相当于现在一个师的建制。第六镇原受派遣赴武昌参加会战，行至石家庄时闻听武昌被革命军攻陷，遂暂停待命。如今得到新的命令，便做出向山西积极进取的姿态，实则按兵不动。为什么？其中有一篇大文章，容后细述。

且说太谷城里，虽然自打孔祥熙出任营务处总办，全力操练兵马，维持治安，紧闭城门，地方太平无事，但毕竟大局动荡，前景未卜，人心怎能彻底安稳？尤其听说清军第六镇逼近娘子关，风声日紧，谣言四起，更加人心惶惶，都来问计于孔司令，但孔祥熙也跟大家一样久困太谷，对外界消息并不灵通，亦深为各种流言所苦。多亏病榻上繁慈公一句话提醒了他："舍儿，你不会去省城走走？太谷几天没你塌不了天！"也真是当事者昏，多么简单的事？孔祥熙一拍脑门，说："对呀，我何不去见见阎锡山？"前些时，这位山西大都督曾派一个叫解世清的太谷籍人士，持他的亲笔信找孔祥熙，希望能在太谷给起义军筹一部分饷，顺便恳切邀请孔祥熙赴省一晤。后因事务繁忙，竟将这一节忘却了。此时不去，更待何时？

山西都督府就设在原来的巡抚衙门里。

这天，孔祥熙骑马来到太原军政府所在地，被守门军士挡了驾。他拿出阎都督的亲笔信。门卫一溜烟地跑进去通报。不大工夫，便有人殷勤相请，领着孔祥熙直入内署。老远就见一位个头不高、身形微胖的年轻人降阶而迎，没想到他就是阎锡山。这是两人头一次见面，少不得一番客套，然后相携着步入客厅。

客厅椅子上还坐着一个人，孔祥熙不认识，看年纪不到三十岁，与阎锡山不相上下。他见有人进来，忙站起问好。

阎锡山忙做介绍："你们原来也没见过呀。这位是太谷孔祥熙，这位是河东景定成……"

不等阎锡山再说下去，两人同时哎呀一声，紧紧握手，一边摇着一边说："久仰，久仰。"

景定成，字梅九，河东安邑人。少有神童之誉，十二岁中秀才，十七岁入山西最高学府令德堂（山西大学前身），十九岁保送入京师大学堂（北京大学前身），第二年即被官费派送日本留学，入东京帝国大学第一高等学校，获法学博士。在日本时就加入同盟会，任山西分会评议部部长，才华横溢，一支笔尤其了得。他早在1904年即与秋瑾女侠共同创办《白话报》，后又参与创办《第一晋话报》《晋乘》《汉帜》《国风日报》等报刊，文名卓著。这次积极参与策划山西起义，军政府成立后，被任命为政事部部长。前些时因故在京盘桓，昨天晚上才匆匆回到太原，分明是有火急大事要与阎锡山相商。

孔祥熙真心敬佩此人："梅九兄，你在《国风》上写的《东西两抚之罪状》，连载半年，我是每篇必看呀。丁宝铨碰上你这支笔，真算他倒了大霉。我早想，这位拨'丁'子的作者长得什么样儿？今天总算见到了。"

景定成爽朗一笑："我这张黑脸，可别吓着庸之兄呀。你别说，我也是早就想见你呀，李中堂赏识、外国人作传、耶鲁高才生、铭贤传天下……在在传奇，如雷贯耳……"

两人只顾互道仰慕，却把主人晾在一边，阎锡山可有点吃醋了。这位来自山西晋北小镇上的年轻人，既没有可为人道的传奇经历，也没有名扬天下的文学才华，所以能有当上都督的今日，全靠机缘、乖巧和谋划，尤其要说有城府老谋深算这一点，在座二人加在一起也比不上他，尽管他比景小一岁、比孔小三岁。

"二位老兄，别老站着呀，坐下慢慢说。我正想好好听听。"

两人这才回过神来。

孔祥熙说："你们肯定有要紧公事商议，我就暂避吧。"

阎锡山说："庸之兄这是说哪里话？你也是起义有功之人。梅九兄你还不知道吧，最近为娘子关所筹一笔巨额军饷，便是庸之兄的大功。庸之兄，实不相瞒，我派李成林专程赴京请梅九兄回来，正为娘子关战守之事，你怎么能置身事外呢？正好一起商量嘛。"

景定成也说："庸之兄不能走。"又转头对阎锡山说道："百川（阎锡山的字）兄，庸之兄的根底来历你还不全知道吧。他入道可比你我早多了，入的是兴中会，五年前就与中山先生在美国克利夫兰长谈一昼夜。庸之兄，是这样吧？"

孔祥熙谦虚一笑："那是巧遇孙先生。"

阎锡山心里咯噔一下，随即更加亲密友好地说："这太好了，更是一家人了。庸之兄，往后偏劳之处正多，务请鼎力呀。"

壁上时钟响了。

阎锡山看看钟："时间不早了，我们还是谈正事吧。请进内室。"

三人坐定，阎锡山先对孔祥熙说："庸之兄，是这样。第六镇统制吴禄贞，原来是咱们革命党人，入同盟会很早。前些天，他派副官周维桢秘密来太原，有意与我们组成燕晋联军，夺取北京。请看，这是他给我的亲笔信。"说着递过一函。

孔祥熙展开一看，主要是说："吾公不崇朝而据有太原，可谓雄矣。然大局所关，尤在娘子关外。革命之主要障碍为袁世凯，欲完成革命，必须阻袁入京。若袁入京，无论忠清与自谋，均不利于革命。望公以麾下晋军东开石家庄，共组燕晋联军，合力阻袁北上。……"

阎锡山说："事关重大，且我们对吴禄贞其人知之甚少，只怕其中有诈，岂敢贸然行事？故急请梅九兄回来。不知祥熙兄对此人了解否？"

孔祥熙摇头："我多年在外，实在不知。"

景定成问："百川兄，你是如何答复的？"

阎锡山说："我让周副官转告吴镇台，大意说吴公果诚意帮助义军，可下令旗军攻打固关。然后我军攻旗军前方，吴公攻其后方，旗军消灭之日，燕晋联军事才可商量。"他向孔祥熙解释道："这旗军原是一标禁卫军，临时编入第六镇攻打我省。若吴禄贞敢灭掉这一支旗军，方显出联合真心。"

景定成又问道："吴镇台有何回话？"

阎锡山说："没有具体回复，只要求与我方尽早会谈，有话见面再说，且把会谈地点定在娘子关火车站，时间为11月4日。会不会是个圈套呢？"阎锡山狐疑之色溢于言表。

景定成听完，微微一笑："百川兄，遇事多虑自是应该。只是对吴镇台要绝对相信，别说他是我等同志，即便没有这一层，他也绝对不是搞阴谋诡计之人。"

阎锡山点点头说："如此看来，梅九兄对他知之颇深了。"

景定成说："北方革命党人谁不识吴禄贞？要说他还是你的学长呢。"

阎锡山拖着长声哦了一下："真的？"

景定成早看出阎锡山是假装糊涂，按他的直脾气真想当面戳穿：阎锡山担心吴禄贞设圈套是表面，骨子里是怕吴禄贞会取代他当"山西王"。出于大局，他也就假装糊涂，认真地解释道："他是日本士官学校的第一期中国留学生，自然是百川兄的学长了。此人目光远大，绝非池中之物。"

孔祥熙来了兴趣："梅九兄，愿闻其详。"

阎锡山也附和道："是呀，既要合作共事，总是相知弥深为好。请梅九兄别怕麻烦，细细介绍一遍。"

景定成答应说："好吧。我们真应该相信他才对。"

关于吴禄贞，景定成介绍了下面的情况："吴禄贞与庸之兄同庚，1880年生人，家乡是湖北云梦县吴家台子。老吴家乃书香门第、官宦世家：曾祖吴鼎元是道光庚戌科进士，官至常州知府；祖父吴道亨是个优贡，先后在黄陂、公安县当教谕；父亲吴利彬是个秀才，但不热衷于科举，青壮年时泛游江湖，为游侠一类人物，至老方才回到武昌以教书为生。禄贞从小深受其父熏染，不喜子曰诗云，专爱兵书战策，舞枪弄棒，及格致之学，从而养成眼界开阔、胸怀远大、性情豪爽的风骨。可惜家道不济，尤其在父亲去世后，吴禄贞与小他三岁的弟弟祜贞不得不中途辍学，随母亲回外祖父家生活。谁知舅父却容不得禄贞习武排阵招惹是非，母亲又容不得爱子受委屈，遂带着两个儿子前往武昌谋生。为给母亲减轻负担，十六岁的禄贞进织布局当童工，一日须做十多个钟点活计，领一角多钱工钱，景况之惨可以想见。织布局乃湖广总督张之洞开办，由英国人管理，中国工头监工，待工人如牛马。一次，为着一姓袁工头对女工无礼搜身，禄贞气愤不过，即刻打了两记耳光，由此丢掉饭碗。

"做工不成，便去吃粮当兵。当时张之洞将自己在南京编练的自强军的护军前营带过来，编成前后两个营和工程兵一哨，广招新兵，条件是：年龄从十六至二十五岁；身高在四尺八寸以上，南人减二寸；粗通文字；湖北本地人；等等。禄贞样样合格，遂入营当了一名工程兵。部队由德国人任总教习，一切皆按德国章程操练，非常严格。禄贞能吃苦，爱钻研，很快成为军中拔尖人才。这时，禄贞意外地开始转运。

"禄贞母亲彭梅仙，也是出身书香门第的才女，只因家境败落，沦为打工女佣，但她自小练就一手绝活，善女红刺绣，所绣云肩最为出名，深受富家闺秀喜爱。可也是巧，正好张之洞急聘一个针线娘，教女儿针黹。略作打听，便聘定了禄贞母亲彭梅仙。这样，因为经常出入张家，慢慢与上下老小日渐熟识，连大老爷张之洞也能搭上几句话。也是合该走运，这天，张总督无意间问起彭梅仙身世，才知其子禄贞在自己麾下当兵；更令他惊叹的是，吴家曾祖吴鼎元竟与自己胞兄张之万系前后两科进士，不免惺惺相惜，深为吴家的败落惋惜，便有了救助之心。过后一打听，吴禄贞恰是一个大有出息的好兵，便有心培养其成为自己亲信，直接指名派吴禄贞入湖北武备学堂。这便彻底改变了禄贞的命运。

"禄贞在武备学堂成绩优良，且结交了两位挚友，一位就是大名鼎鼎的孙武，这次武昌首义后任湖北军政府军务部部长；另一位已成烈士，就是十年前在自立军起义中殉难的傅慈祥。十九岁时，禄贞被直接从武备学堂选送到日本留学，入东京士官学校，成为该校第一批中国留学生。

"说来好笑，朝廷花钱派出一批批留学生，原意无非要造就报效清室的文臣武将、鹰犬走狗。岂知天意难违，凡留学生，大都接纳新思想，背叛朝廷，投向革命一方。我等如此，禄贞更是如此。他到达东京之际，正是日本国利用中国赔款大力发展工业时期，到处一片繁荣兴旺景象。回首故国，却腐败不堪，专制日甚，把有心变法的仁人志士一批批推向断头台和监狱。两相对照，何其鲜明！禄贞耳闻目睹之下，痛感非改革政治，倾覆清室，不能反危为安，转弱为强，遂决心以革命反清为己任。此时，官费留日学生不过百十来人，分散于各类学校，难以展开活动。禄贞与傅慈祥、沈翔云等人发起组织励志会，联络革命人士。又约同沈翔云等走访孙中山先生，与先生一见如故，倾倒备至，毅然加入兴中会，时年才刚二十岁。

"义和团起，全国震动。禄贞即觉得有机可用，与傅慈祥等相邀回国，拟在长江一带武装举事。他分析武汉所处之战略地位说：'夏口兵冲要地，襟带江沔，依阳湖山，左控庐氵此，右连襄汉。南北二途，有如绳直。一旦骤有变，则河洛震惊，南服均阻。'又其人剽悍，轻易发怒，可劫以起事。即前往面见孙中山先生，告以欲据武汉而北伐的主张。中山先生说：'已派史坚如赴长江布置，可共同进行。'禄贞受命之后，正在苦筹经费，忽听说唐才常已组自立军即将在长江一带起义，目标正相合，便火速回国参与自立军起义。这年7月26日，唐才常在上海张园邀请沪上名流召开中国议会，推容闳为会长，严复为副会长，唐才常自任总干事。会后众人齐集汉口，将自立军分成五路：安徽大通为前军，由秦力山和吴禄贞指挥；安庆为后军，由田邦浚指挥；常德为左军，由陈犹龙指挥；新堤为右军，由沈荩指挥；汉口为中军，由傅慈祥和林圭指挥。唐才常为五路军总司令，在汉口英租界前花楼宝顺里4号设立司令部。

"且说禄贞和秦力山带领前军赶到大通镇，首先策动安徽巡抚王之春的卫队管带孙道毅和水师官兵倒戈，又联络当地会党首领符焕章共同起事。因为军饷未齐，总司令部已将起义时间推迟到8月23日，但禄贞和秦力山没能及时得到消息，仍按前定日期于8月8日发起进攻，宣布起义，向原定目标裕溪口进军。首战告捷后获得大量军火，士气更盛，一举夺得青阳、南陵、芜湖。安徽巡抚王之春大惊，急调重兵围剿；两江总督刘坤一也派出龙骧、虎威、策电三艘军舰助阵；芜湖关道道台吴景祺又派来三营清军增援。众寡悬殊，义军终于失败。唐才常闻报，决定提前于8月21日起义。岂料又被坐底密探侦知，举义未成，已遭逮捕，旋即被张之洞下令杀害。正应了他自己写的两句诗：'未曾动手先流血，偶尔粗心便杀头。'同时遇害的还有傅慈祥和林圭等二十多人。

"禄贞在起义失败后又回到日本，第二年完成了学业，返回武汉。张之洞并非不知禄贞参与了自立军起义，但他怕追究起来对自己不利，毕竟是自己保荐的人呀；再者正当用人之际，人才难得。故不仅没有处分禄贞，还先后委派禄贞充任学务处会办、营务处帮办、将弁学堂护军总教习等要职。张之洞满以为禄贞会感恩戴德、俯首听命。他哪知禄贞革命之志益坚，势在难夺。

"过了两年，清廷改革兵制，淘汰绿营，在北京设立练兵处。禁卫军统领满人良弼，与禄贞乃留日同学，私交不错，遂力荐禄贞到练兵处任职。禄贞商之于同志，皆曰可行。尤以黄兴支持最力，说：'北京地位重要，势在必争，机不可失。望兄速速入京，早有成效，日后与我等南北呼应，共成大业。'事遂定。

"这以后，禄贞北上北京，赴西北各省考察，办对日交涉，颇多曲折，一言难以尽述。倒是有一首《过华岳狂吟》诗，足见禄贞此时胸襟。诗曰：

策马过华岳，我气何雄雄！
手把三尺剑，砍断仙人峰。
问我何为者？恨汝无神功。
西陲正多事，汝独如痴聋！
不能诞英灵，为国平西戎。
累我天山路，长征雁塞风。
既辜生灵望，未免负苍穹！
待我奏凯旋，再拜告天公！

"禄贞诗文，极富才情，这里也不能细讲。拣当紧的说，就是第六镇统制事。

"北洋军第六镇原是袁世凯嫡部。因何能让禄贞实授此缺呢？这就是满族亲贵深恐袁世凯坐大，要削他权柄的内情了。不过，禄贞能达到这一步，其中也有个奥妙。去年冬天，禄贞由德法两国考察归来，眼见大革命即将爆发，同志们皆建议要多抓实权以策应。按禄贞此时声望，至少可以弄个巡抚当。试想，一手握军政大权之封疆巨吏，于革命将有多大好处？但难就难在没有白花花的银子，朝政腐败已极，弄个巡抚至少得两万两银子。可巧，同盟会会员黄凯元正好收到家里寄来的两万两银子，悉数捐出。这笔钱打点上去，即刻有了回话：'各省巡抚还未出缺，现在保定陆军第六镇统制正需人补缺，你可先去履任，再候机会调省缺给你。'卖官者如是说。禄贞就这样当上了第六镇镇统。

"清军第六镇由武卫右军和南洋自强军组成，士兵以山东和直隶人居多。原驻防京城，负责宫门守卫，并分驻南苑、海淀一带，今年初才移防保定。相继担任该镇镇统的是王士珍、段祺瑞、赵国贤等，都是袁世凯心腹人物。禄贞于去年12月23日到任后，即着手调配人事，整顿军风，可惜一时颇难奏效。不久，武昌举义。清廷急派第六镇开赴武汉会战，兵至石家庄，闻听首义成功，遂按兵不动。及至我省起义成功，又派第六镇就近来攻。

"自打执掌第六镇兵权，禄贞一直在图谋大事。二位知道，清廷新建陆军每三年举行一次秋操。上次秋操在安徽太湖举行，因革命党人熊成基起义而草草收场。今年，又到秋操之期。清廷为震慑民众，故要大办之，不仅调集各兵种参加，还特地从德国新购马克沁机关枪五十二挺，编练十三个机枪队，以壮声势。特命管理军谘府大臣载涛为阅兵大臣，并向各国驻华武官发出邀请，届时莅临观摩。值此良机，禄贞岂能白白放过？他与第二十镇统制张绍曾、第二混成协协统蓝天蔚秘密约定，要在秋操之日联合起事，消灭禁卫军，直取北京城。但恰在此时，忽然传来武昌起义的消息，载涛急忙宣布秋操暂停。起义计划也就随即取消。禄贞雄心不减，遂生燕晋联军之念。其具体想法，给百川兄的信中已说得明白。

"这便是吴禄贞以往的大致情形。"

景定成的这一番叙述，直听得孔祥熙、阎锡山屏息凝神，好半天无人出声。

孔祥熙先打破沉默，由衷赞叹道："雄才大略，真英豪也！"

阎锡山也点头附和："是的，是的。"

景定成发表意见说："百川兄，禄贞为人耿介直爽，联军事绝不会有假。所以，事不宜迟，相约会晤一节当定则定，不能游移；游移则贻误战机，有伤革命之大局啊。"

阎锡山手抚下巴，作继续深思状。

孔祥熙捺不住激情，说："阎都督，成就盖世之功只在今日。人言与有肝胆者共事。吴镇台真乃有肝胆之奇男子也！抑或有用得着祥熙之处，但凭都督吩咐，虽肝脑涂地也在所不辞。"

阎锡山目光一闪，下决心地说："好吧，如期会盟娘子关。梅九兄，还有一件要紧事情，非你莫属。省城对外面消息知之不多，故而谣言四起，影响民心军心。我想请你准备一下，先在省议会举行一次报告会，将外面革命情形介绍一番，以鼓士气而安民心。不知意下如何？"

景定成慨然允诺："你只管去专心会见禄贞，报告会一事我来办就是。"

阎锡山又对孔祥熙说："庸之兄，今日一见，便为挚友。晋中一带诸事就有劳大驾筹谋。联军事成与不成，都少不了一场生死拼杀，局势还要有变。省城安危及革命大局，还望兄能鼎力相助，尤在财政和兵源方面，劳兄之处只怕正多。"

孔祥熙说："都督不必客气。你我既为同志，自当同舟共济，患难与共。祁（县）、太（谷）、交（城）、文（水）、汾（州）、平（遥）、介（休）、孝（义），凡晋中各县，祥熙尚略有号令之力，但凭都督调遣。最不济，还有一支铭贤学生军可供驰驱。"

阎锡山高兴地笑道："如此甚好，如此甚好。"

1911 年 11 月 4 日，娘子关火车站。

　　燕晋联军组建会议秘密召开。河北方面是吴禄贞、何遂、周维桢等，山西方面是阎锡山、温寿泉、赵戴文、黄国梁、姚以价等。

　　会谈开始，吴禄贞首先开诚布公地说："百川，你放心，清室授我山西巡抚，不过是一种笼络手段，我决不会就任；山西方面的事，还靠你与诸位革命同志辛苦了。今日燕晋联军，只为直捣北京，推翻清廷。你可放胆与我合作，我绝对不会骗你。"

　　阎锡山说："吴镇台英名盖世，如雷贯耳，有幸联合，不胜荣光。"

　　吴禄贞略一皱眉："百川兄不必客套。时局不容乐观，我来介绍一些情况。至目前，全国已有十多省实行革命，宣布独立。迫于形势，朝廷权贵已决定重新起用袁世凯。此人乃革命劲敌，危害最大，不日即将赴京理事。我已有安排，或能提早除之，此乃大幸。当此你死我活之际，切不敢迟疑。我燕晋联军早一日举事，推翻清廷之胜利则早一日到来。我已派人与湖北军政府黎元洪都督联络好，又与第二十镇张绍曾、第二混成协蓝天蔚、第五镇靳云鹏等联络好，还在京汉线截得朝廷运往前线的一列军车，内有军火、被服、粮食、饷银……一切条件具备，只要百川兄下决心，推翻满清政府如摧枯拉朽。百川兄有何见教？"

　　面对如此心胸坦荡之人，阎锡山略显尴尬，当即拍着胸脯说："一切听凭吴镇台筹划。"

　　于是，双方会谈顺利成功：一致公推吴禄贞为燕晋联军大都督兼总司令，阎锡山和张绍曾为副都督兼副总司令，温寿泉为参谋长。会谈结束稍事休息，阎锡山提议让吴禄贞给义军将领训话。吴禄贞欣然应允。不一会儿，吴禄贞身穿黄呢子军服，脚蹬长筒军靴，头戴黄呢子红箍军帽，腰挂指挥刀，胸前是一颗双龙宝星徽章，出现在军官面前，引来一片喝彩声。他示意让大家坐下，笑着说："兄弟们！现在山西的成败很要紧，山西的独立使京城震动。我已和第二十镇统制张绍曾、协统蓝天蔚联系好了，山西的军队、张蓝的军队，加上我们第六镇的队伍，会师北京是一定可以成功的。现在袁世凯派人到武汉搞鬼，他是有阴谋的。如果我们早到北京，就可以把他的计划完全打乱。因此，山西的成败关系重大。山西是我们中华民族最重要的堡垒。将来中国一旦对外有事，海疆之地是不可靠的，那时候，山西要肩负很大的责任。所以，山西要好好地建设。现在朝廷命我当山西巡抚，这真是笑话。阎都督才是你们山西的主人，我是替他带兵的。"

　　听到这里，阎锡山带头鼓掌，并举臂领呼道："我们拥护吴镇台做燕晋联军大都督！"下面多是晋军官佐，于是一片欢呼声。

至此，燕晋联军组建成功，只待一鸣惊人。

那天，孔祥熙赶回太谷，见家里聚着不少人等他，便把外面的各种情况讲给大家听。因为还不知道娘子关会盟将有何结果，所以他只简单地告诉人们说："诸位且耐心等待几天，兴许会有激动人心的事情发生，一位了不起的革命将领，要把清政府赶出北京呢！当然，我们也不能坐等革命成功，要加紧练兵、扩大队伍，募集资金，作出我们太谷人应有的贡献。"

晚上，孔祥熙探过父亲的病情，又把燕晋联军的事给老人讲说一遍，快半夜了才回到自己房里。他没有惊动劳累一天的玉梅，悄悄地在圈椅上坐下，一点睡意也没有，脑子里还活跃着白天的所见所闻：才气纵横、谈吐热烈的景定成，目光机警、城府深沉的阎锡山，虽未相识但已神交的传奇人物吴禄贞，他那流离失所的童年、打工当兵的磨难、参加武装起义的生死考验、叱咤风云的将帅生涯……这是一批将会改变中国历史而名垂千秋的人物呀！想到这里，他不禁百感交集：既为能结识他们而感到庆幸，又觉着未能像他们一样在这场天翻地覆的变局中出类拔萃，而自惭形秽，而自怨自艾，而若有所失……我这样一生埋首于教育事业，长年囿身于山右一隅的太谷小县，可行吗？正确吗？值得吗？改变一下又如何？须知当今天下已经大乱，沧海横流，英雄蜂起，天赐一个风云际会的好时机呀……孔祥熙长这么大，头一回感到心乱如麻，急切间失却主心骨。

接下来的十多天里，孔祥熙说话不多，只埋头操练他的太谷民军，等待着娘子关方面的动静。

11月15日，孔祥熙刚要带队出操，忽见一队人马疾驰而来。他只认识为首一人是景定成，余者皆不识。从景定成脸上，他断定发生了重大不幸的事件。他请客人进屋说话。

景定成抹一把脸上的汗："不用啦，我们马上要赶回太原。庸之兄，大事不好，禄贞出事了。"

孔祥熙惊问："怎么了？"

景定成喘口气，先介绍身旁的几位先生："庸之兄，这是吴禄贞第六镇的几位朋友，何遂、孔庚、李敏、仇普香、公孙长子。"

一听公孙长子，孔祥熙就想起在太谷县衙前树大旗的那个人，正要问个明白，一看时机不对，遂改口说："欢迎大家光临。到底发生了什么事？"

景定成唉了一声，说："禄贞他遭了暗害。"

孔祥熙说："暗害？凶手是谁？"

景定成说："骑兵营营长马步周。这个混蛋！不过，后面还有人，袁世凯肯定是大后台，听说用两万元买通了凶手。"

孔祥熙问："详细情况呢？"

景定成说："让何先生说吧。"

何遂说："一下也说不清。反正我们从娘子关会谈归来，禄贞心境极好。有人报告说，看见已被禄贞除名的袁世凯心腹、原第十二协协统周符麟偷偷回来过，暗中叫几个人开会，其中有马步周，恐怕要使坏。我们也劝禄贞多加提防。禄贞一向坦荡胸怀，少防人之心，说，马营长是我心腹，靠得住。谁知就在次日深夜两点钟左右，正是这个一直受禄贞提拔重用的马步周，杀害了恩人吴禄贞。死得真惨呀……"何遂泪流满面，说不下去了。

景定成说："6日，我受阎都督的委托前去石家庄，就联军事再议定一些细节。与仇亮、杨彭龄、史宗法一行三人当夜赶到娘子关，住前敌总司令姚以价处。约在凌晨4点钟接到急电，说禄贞被刺。我们当即赶奔事发地点，在石家庄车站站长室里，只见禄贞躺在一片血泊中，头被凶手割去领赏，胸前还戴着那颗闪亮的双龙宝星徽章。同时遇害的还有周维桢。我们怕再生变局，急忙买棺装殓死者，并带上禄贞截留的那列军火，很快退回娘子关。"

孔祥熙想到十多天前一个活生生的伟丈夫、自己的同龄人，如今转眼不见，永难相识了，不禁悲从中来，他哽咽着问道："梅九兄，将若之何？"

景定成说："这不，速同阎都督商量去。专程绕到太谷，是想见兄一面，且有要事相托。"

孔祥熙说："但说无妨。"

景定成把孔祥熙拉过一边，沉重地说："一着不慎，满盘皆输。燕晋联军功败垂成，后果不堪设想。袁世凯已稳坐北京，决意要进取山西，娘子关将有一场生死拼搏，这是一定的。仅以现有军力，能与之抗衡多久呢？"

孔祥熙说："事已至此，也就只好拼到底了。我们太谷民军也可以上阵的。"

景定成说："也许真有这一天。不过我还不是这个意思，再以后怎么办呢？比如娘子关失守、太原失守，怎么办？"

孔祥熙说："这个……"

景定成认真地说："万一太原失守，我有个分兵南北的计划，先给你透露一下也好。"南路如何据有平阳、运城，成立河东军政府，西联三秦，东凭太行，北则固守韩信岭，与北路遥相呼应，以待时变……

孔祥熙说："不知我能做什么？"

景定成说："兄的才能经天纬地，别人不识，我可是钦佩已久。真有河东军政府成立的一天，练兵筹款，非庸之兄出马不可呀。"

孔祥熙连忙说："哪里，哪里。"

景定成说："今日先打个招呼，改日详谈。只怕将来要三请诸葛亮呢。"

燕晋联军大都督兼总司令吴禄贞被害身亡的消息，给人们心里投下阴影，带来沉重的不祥之感。谁也看得清楚，朝廷军队打进娘子关只是时间问题；一些原本就对起义军持怀疑态度的绅商已经暗中另作打算了；至于前些时龟缩不见的衙门官吏人等，更是蠢蠢欲动，有的就公开造谣生事了。太谷城里人心浮动，惶惶不可终日。

事实上，娘子关前线的形势，比人们想象的还要凶险。已经在北京组成责任内阁的总理大臣袁世凯，派人刺杀了吴禄贞还不罢手，任命张锡銮为山西巡抚，调曹锟第三镇保护新任巡抚赴任，会同由新任镇台段祺瑞指挥的第六镇，共三万人马急攻娘子关，而山西守军只有两千多人，悬殊十多倍。好在娘子关地形险要，易守难攻；加之起义军拼死抵抗，双方大战七昼夜相持不下，但前景不妙……

消息传来，人心更难收拾。在这危难关头，孔祥熙倒处变不惊，显出一副大家风范的样子。他把太谷地方实力派的代表人物召集起来，给他们分析大局说："就从最坏处考虑，娘子关失守、太原失守，也绝不会回到老样子。第一，全国已有十七省宣布独立，成立军政府，据有半壁河山，要想全部吃掉可能吗？第二，朝廷贬损袁世凯，是嫌他有野心；今日起用他，非是袁已无野心，而是事急不得不起用。如此，朝廷猜忌依然，袁世凯野心依然，故而不用很久必起争斗；第三，有消息说，起义各省正在筹建中央政府，一旦成立，必然出现南北均衡之势。均衡之下，或是对抗，抑或是和谈，二者兼而有之。我从报上得知，袁世凯已与大英驻华公使朱尔典通融，由英国驻汉口总领事向湖北军政府提议停战议和。诸位，一旦和局出现，我们还怕个什么？反过来再说，只要我们全省军民齐心抗敌，清军未必能在短期内攻陷娘子关；只要再相持三个月左右，大局必有可观。所以，我提议，抽调铭贤学生军赴娘子关前敌参战，助守军一臂之力；另外，积极筹款以充军饷。事在人为，勿须颓丧，更不能坐以待毙……"

你别说，孔祥熙这一席话，还真起到扶危定倾之功，太谷人心稍定，都想着如何助战娘子关。尤其是铭贤学校的学生军，年轻人热血沸腾，纷纷要求去娘子关参战，有的甚至写出血书请缨。孔祥熙觉得不能挫伤学生军的积极性，便答应下来。心想也好，只要铭贤带头，全县民心士气就会跟着起来，对下一步大有利。不过，一点没有实战经验的年轻学生上火线，却也不是闹着玩的事，人命关天，影响至巨至烈，绝不敢掉以轻心。为此，孔祥熙筹谋再三，决定分批分期地输送，而且头一批要少而精。经过自愿报名、家长同意、营务处挑选等一系列程序，共精选出五名学生，作为头一批参战人员，他们是：吕生才、苗荣贵、李英华、王凤楼和吴志道。人员选定后，孔祥熙尽自己所能，给他们讲解实战中的各种注意事项，虽不免仍是纸上谈兵，多少总也有点参考价值。欢送会后临出发前，几名出征者毕竟第一次上前线，自然有些紧张。孔祥熙一边亲自送他们上路，一边给大家讲娘子关的故事。他说："同学们，娘子关可能你们谁都没去过，我可是去过好多次了，东出太行走北京，非经娘子关不可。你们猜，那关门石匾上怎么写？'京畿藩屏'！关门内还有四根明柱，刻着这样的古楹联：'雄关百二谁为最，要路三千此并名。楼头古戍楼边寨，城外青山城下河。'你们不是都喜欢凭吊古迹吗？娘子关真有看头。你们光知道唐高祖李渊的三女儿平阳公主在此驻守，故叫作娘子关，但你们未必知道早在汉代，董卓就在那里的承天山屯过兵，此后历代的人文景观更是不胜枚举。所以今天我跟你们约好，作为你们的司令官，凯旋之日你们要向我报告杀敌战功；作为你们的老师，到时每人得给我交出一篇专写娘子关的作文。两项皆优者，得头奖。怎么样？"一番话说得大家都轻松起来。

孔祥熙一直把吕生才等五名参战学生送到榆次火车站，送上火车。火车已经跑得无影无踪，他还立在那里不动，心潮翻涌，泪眼模糊，不断地默默祈祷："上帝保佑，让我的学生都一个个活蹦乱跳地回来啊……"

在娘子关之战中，孔祥熙将三批三十多名铭贤学生送上火线经受锻炼。这在当时全国中学堂中可能是绝无仅有的！在那场彻底埋葬中国最后一个封建王朝天翻地覆的搏杀中，孔祥熙和他的铭贤学校功不可没！

四十、中美同盟会

这一段，孔祥熙的目光有了明显的变化，更多地关注起全国形势的演变和发展来，通过能抓到手的各种报纸，时时掌握着最新信息：

1911 年 12 月 2 日，江浙革命联军攻克南京。汉口英国领事出面调停，达成武汉地区停战三日，是为第一次南北停战协议。

12 月 4 日，起义各省代表在武昌开会，议定南京为临时政府所在地；前一日，通过《中华民国临时政府组织大纲》二十一条。

12 月 6 日，武汉前线停战延期三日，是为第二次南北停战协议。

12 月 9 日，交战双方议定，各战场自 9 日至 24 日再停战十五日。

12 月 18 日，南方代表伍廷芳，北方代表唐绍仪，在上海英租界举行首次议和会议。第二天，英、美、德、俄、日、法等国驻上海领事向南北双方议和代表递交同文照会，劝告速订和议。

12 月 25 日，孙中山先生从国外回到上海。

12 月 29 日，十七省代表开会，选举孙中山为临时大总统。孙中山致电袁世凯，告以南方组织临时政府乃权宜之计，"虽暂时承乏，而虚位以待之心，终可大白于将来"。

1912 年 1 月 1 日，孙中山先生在南京就任临时大总统，宣告中华民国成立。第二天，临时政府通电各省改用阳历。第三天，公布各部总长、次长任命名单。第四天，孙中山发表《告友邦书》。

1 月 11 日，孙中山要求列强承认中华民国临时政府，但遭到拒绝。梁士诒会见英国公使，探问袁世凯组织临时政府一事，英公使表示，"袁世凯拥有列强信任"。同日，孙中山令革命军分六路北伐。

1 月 17 日，孙中山再次要求列强承认中华民国政府被拒绝。隔一日，第三次要求承认遭拒。

1 月 22 日，孙中山提出辞去临时政府大总统的五项条件，并经起义各省代表通过。

2 月 4 日，孙中山先生对《字林西报》记者发表谈话，声明一旦袁世凯宣布赞成共和，他即辞去中华民国临时大总统职务，并建议临时参议院推举袁世凯继任。

2 月 12 日，大清宣统皇帝下诏退位，授袁世凯以"全权组织临时共和政府"。第二天，袁世凯通电全国，声明赞成共和。第三日，孙中山至参议院辞职，荐袁世凯为继任。第四天，参议院选举袁世凯为中华民国临时政府临时大总统，并通过建都南京决议。

2月18日，参议院派专使蔡元培、汪兆铭、宋教仁等人前往北京，迎接袁世凯南下就职。

3月2日，专使蔡元培等致电南京政府，陈述袁世凯不愿南下就职之原因。

3月6日，南京政府参议院退让，允许袁世凯在北京就总统职。

3月10日，袁世凯在北京宣誓就任中华民国临时大总统，并发布《大赦令》和《豁免钱粮令》。

4月4日，南京临时政府参议院议定，该院自即日起迁往北京。

5月1日，孙中山先生发表二十万里铁路计划。

……

全国形势的发展，大致没出孔祥熙的分析判断，终于出现了南北和议成功的局面，更大的无休止的战乱没再发生。不久，娘子关参战的铭贤学生一个不缺的都回到父母身边。太谷各界对他们这位处变不惊、料事如神的年轻乡党更加信任和敬重了。但是，这一切却没有给孔祥熙带来多少喜悦和欢乐，似乎恰恰相反，他显出少有的沉闷和忧虑。不明就里的人都说，那是他还沉浸在去冬丧父的哀痛之中。

不错，孔祥熙算得上是个孝子。送罢参战学生不久，老父亲病在不治，一命归天。就是在那样兵荒马乱的情况下，孔祥熙把父亲的葬礼也办得一丝不苟。他没有把父亲葬于程家庄孔家老坟，不知为什么，他一辈子都对那个生身之地程家庄不感兴趣。就在铭贤学校南面，他给父亲买到一块十多亩大的墓地，用教会的葬礼隆重安葬。又把母亲的遗骨从程家庄迁来，与父亲合葬一处，并树起一通高大的青石墓碑，上面镌刻着他亲自撰写的碑文，建起了新的孔氏坟茔。他实在想永远守候在父母身边以便尽孝，一想到母亲的早死和父亲孤苦艰难的一生，的确心头发颤，悲痛万分。

但这，并不是孔祥熙眼下心境不好的主要原因。

这天晚饭后，孔祥熙又来到孔氏坟茔，坐在父母的墓碑旁想心事。初夏的晚风里掺和着沁人心脾的花香。一轮明月悬在东天，把整个墓园装点得好似梦境。孔祥熙感到一阵轻松，不由得想起这几天城里传来的一种说法。说是孔祥熙为葬父亲，从北京请来有名的风水先生。风水先生经过三天踏勘一夜掐算，才选定这块头枕凤凰山、足蹬乌马河的风水宝地，主子孙大富大贵、位极人臣，云云。想到这个，他不禁笑出声来，心想，真乃空穴来风。

"因何发笑？"突然有人发问。

孔祥熙吃了一惊，回头一看，是好友康保罗："吓我一跳。"

前一段孔祥熙在外头忙，顾不上家里的事。多亏这位美国朋友照看生病的繁慈公，陪老人家聊天，讲报上的各种新闻，经营吃药吃饭，使老人得到一种西洋式的临终关怀，直到安详平静地故去。对此，孔祥熙既感动又感激。

康保罗在孔祥熙对面坐下，伸出两条老长老长的腿，很舒服地出了口气："讲一讲呀，刚才笑什么？"

孔祥熙说了。

康保罗也笑起来："我也听说了。这不是正中下怀吗？"

孔祥熙惊讶地问："怎么正中下怀？你胡扯什么呀？"

康保罗笑着说："子孙大富大贵、位极人臣，不是说你吗？在你们中国，位极人臣的意思不就是要做宰相吗？你要当大官啦。"

孔祥熙说："你也信这一套？真没看出来。好吧，我要当了宰相，就任命你做山西巡抚，满意吗？"

两人同时放声大笑起来。

笑过后，康保罗看着孔祥熙的脸："祥熙，你这一段心事重重，给大家都有印象，能为人言吗？"

孔祥熙不吭声，只看着对方笑。

康保罗说："那我猜猜，可以吗？"

孔祥熙笑着点点头。

康保罗思忖片刻，说："你伸过手来。"

孔祥熙伸过手去："哟，还神秘兮兮的。"

康保罗伸出自己那多毛的手指，在孔祥熙手心写了一个"小"字，然后瞪起一双亮闪闪的深眼睛盯着孔祥熙。

孔祥熙问："小，什么意思？"

康保罗说："真不知道？"

孔祥熙说："真不知道。"

康保罗意味深长地说："近来我看陈寿的《三国志》，上面说周瑜的一句话是'恐蛟龙得云雨，终非池中物也'。这'池中物'是什么呢？我不明白。"

孔祥熙说："是比喻居于狭小之处，没有远大抱负的人。"

康保罗说："那'终非池中物'，是不是说一个有远大抱负的人，不可以永远关在一个狭小之处的意思？"

孔祥熙说："大致不错。"

康保罗像个小孩一样开心地笑起来说："那我就说对了，太谷这个地方太狭小，关不住你这个有远大抱负的人了，是不是？"

孔祥熙望着这位聪颖过人、善解人意的异国知己，心里佩服极了，嘴上却不说出，故意摇了摇头。

"你还不承认？"康保罗叫唤起来，"你早就不打自招了，上周酒后你说什么来着？你给我背李贺的诗：'我有辞乡剑，玉锋堪截云。'拿着宝剑辞乡而去，你想干什么？"

孔祥熙忍不住哈哈大笑起来："保罗，你真是我的如来佛呀。"

康保罗也乐了："怎么样，猜对了吧。"

孔祥熙说："顶多只是一半。就算我想离开太谷，那也是想出去做大事，并不想做大官呀，比如宰相什么的。"

康保罗说："宰相的话当然是开玩笑。不过……在你们贵国，我也看出来了，不做大官是干不出大事的。"

孔祥熙说："不一定，孙中山先生现在辞掉总统职务，就干不出大事来了吗？二十万里铁路算不算大事？"

康保罗说："这还是一个计划呀，能否实行还很难说。要我这个局外人看，孙先生辞掉大总统是犯了一个错误。"

"是吗？"这正是孔祥熙的看法，现在叫外国朋友点出来，他反而有些不信服了，"怎么会是一个错误？孙先生可不是寻常英雄，他做什么总有一定的道理的。从实业做起，从开发民力民智做起，也许正是富国强兵之正途吧。"

与其说孔祥熙这是在和康保罗对话，倒不如说是在与自己对话。最近以来叫他为之忧思多虑的，正是这些疑问：孙先生为什么要辞职？岂不把革命成果白白地拱手相送，送给一个双手沾满戊戌六君子鲜血的告密者、一个暗杀革命元勋吴禄贞的刽子手、一个封建王朝里心怀叵测最会钻营的大官僚？是形势所迫吗？比如说列强屡屡拒绝承认、前线作战不利、各省代表意见不合，还是怎么的……就没有人劝阻孙先生吗？身边那么多能人都是干什么的？抑或是谁也劝他不听……修二十万里铁路，实业救国，真是孙先生的初衷本意吗？……孔祥熙可真是身在太谷，心系天下哩。

康保罗怕过多触及朋友的心事引出不愉快，就岔开说："前天你让人叫我过来，是有什么事吗？"

孔祥熙回过神来，说："噢，对，是有事。我有个想法。"

康保罗问："什么想法？说说看。"

孔祥熙说："这几天我想，有鉴于我们国家目下的时局，还不能说革命就算成功，前头的路正长。为此还得做更多的努力，尤其改造国民心性、增加先进素质，为最根本之要着。民众愚昧落后，对革命一无所知，大多作壁上观，也是此次革命果实难以保留的原因之一。所以，我想出这样一句话：'灌输新思想，改革旧习惯。'不知是否可做行为之纲？"

康保罗鼓励道："说下去，说具体一些。"

孔祥熙说："保罗你看，这半年多来，我们忙着革命，你们仍忙着传教布道、施医送药，各忙各的，似乎毫不相干。其实一细想，既然服务对象都是太谷民众，二者为何不能结合进行呢？特别是这'灌输新思想，改革旧习惯'，虽说《圣经》里没有明写，其实上帝福音不也有此精神立意吗？我想，要是咱们成立一个超乎宗教之上的合作机构，把布道与宣讲革命同时进行，岂不一举两得？"

康保罗听得很有兴趣，连连点头："是的，是的。看到你们起义呀，守城呀，操练呀，很忙很忙。我们却帮不上忙，外国人嘛。现在要能合作干些有益的事情当然很好啦。至于搞个什么工作机构，你想好了吧？"

孔祥熙说："也没怎么想好，可以商量，你看叫中美同盟会如何？"

康保罗品味有顷，发表意见说："太大点了吧？太谷小县……"

不等康保罗说完，孔祥熙就急着声明："保罗，我们不只在太谷搞，至少在晋中搞起，以后还要搞到全省全国去。"

康保罗笑道："怎么样，终非池中物也。"

接着孔祥熙详细说开了自己的具体行划……

正说得高兴，就见韩明卫医生急急走来说："祥熙，你光顾高谈阔论什么！尊夫人犯病了。"

1912 年 6 月 10 日，在太谷城南街基督教公理会大院里，举行中美同盟会成立大会。主席台正面墙上交叉悬挂着两面国旗，一面是中华民国的五色旗，一面是美利坚合众国的星条旗。在主席台上就座的有德高望重的外籍教士、来自晋中各地的各界头面人物。主席自然是孔祥熙，他的讲话是主要议程。

孔祥熙在讲话中首先介绍了中美同盟会的宗旨、筹备经过、活动大纲等，接着他一展雄辩的口才说："诸位，何以就叫中美同盟会呢？不叫中英或中法同盟会呢？这是因为目前在山西传教者以美国人最多，本人又在美国留学多年，结识美国朋友最多，所以暂且联络美国人士为入手工作。随着工作日渐展开，自然还要陆续成立中英、中法等同盟会……现在，虽说清廷已倒，民国建立，但我们不难发现专制余孽犹存，种种旧习如故，多数民众尚不知自由民主为何物。因此，我们中美同盟会要全力灌输新思想，改革旧习惯，将人类自由民主之精神，和基督的博爱精神，深深灌输于同胞的心田之中，以促进革命之真正成功……"

成立大会后的第三天，一块长五尺、宽一尺的大招牌，高高挂起在南街福音院的门边，上书"中美同盟会中国支部"九个大字。它一直悬挂到民国十年，即 1921 年。至于到底做了多少具体工作，那就不甚了了了。

四十一、再见与永别

接到阎锡山的一封信，孔祥熙高兴得叫起来，吓了玉梅一跳。她从病床上扭过头来问道："什么喜事？看把你高兴的。"

孔祥熙这才想到生病的妻子，收起笑容故作平淡地说："都督捎信说，孙中山先生过几天要来太原。"

"孙先生来太原？"这下轮到玉梅惊喜了，"这下可好了，你终于能与先生好好谈谈，抒抒心中块垒，不正是你所期望的吗？"说着剧烈地咳嗽起来。

孔祥熙忙上前给妻子捶背抚胸，安顿她躺好："玉梅，你正病着，我哪儿也不去，我陪着你。"

玉梅苍白的脸上浮出笑容："你这是假话，也是孩子话，更是没有出息的话。你的胸怀、你这一向的心事，我能不懂吗？好男儿志在四方，岂能因儿女情长、区区家事所误吗？你真是如此，倒是我韩玉梅认错人了。我……我，恨不能助你成大业，反而拖累了你，祥熙……"说到这里，玉梅凄惨一笑，珠泪盈盈。

这一年，孔祥熙忙在外头，根本顾不上家里的事。父亲卧床不起，全凭玉梅一个人顶着，她还要为丈夫的安危日夜操心，已经就累得够呛；不久公公去世，又是一场过度的奔忙。那天晚上守灵又感了风寒，终于在送走公公不久便旧病复发，一头病倒了。在韩明卫医生的精心治疗下，有一段时间恢复得相当不错，谁知前不久又犯了病，而且开始吐血。这些天，孔祥熙请假在家，配合韩医生，没明没黑地护理玉梅。在这个世界上，玉梅已经成了他唯一的亲人，说什么他也不能再失去她了。他坐在床边，用手梳理着玉梅那有点披散的秀发，又替她轻轻拭去泪痕，心里很不是滋味："玉梅，你不要胡思乱想，好好养病，等孙先生来了，我们一起去见他。你不是也早就想看看孙先生是什么样儿吗？"

玉梅惨然一笑："我……这辈子只怕不行了……我多想陪你去呀……"

孔祥熙再也忍不住眼泪了，他怕哭出声来，忙背过身去。

玉梅抓住丈夫的手问："孙先生多会儿到太原？"

孔祥熙本不想说出日期，但一看妻子那双真诚美丽的眼睛，不能不说实话："9月18日，也就是后天。"

玉梅点点头，说："这就好。后天是阴历八月初八，离中秋节还有一个星期，那时你该回来了吧？"

孔祥熙说："肯定回来了，孙先生只在太原停两天。我不会在外头耽搁的。"玉梅又点点头，拉着丈夫的手贴在自己脸上，柔婉地说："咱们能过一个多好的团圆节呀，你给我讲会见孙先生的经过情形，我给你弹贝多芬的《命运交响曲》，我真练得很可以了啊。好不好？"

孔祥熙笑笑说："太好了。咱们是该好好过个中秋节了。还记得五年前那个最美妙的中秋节吗？我刚从美国回到北京，咱们订婚……哎，玉梅，咱们打电报把两位老人接来吧，大家在一起过个更好的团圆节，怎么样？"

玉梅似乎没在听，她继续着她自己的思路："嗨，祥熙，我这些日子练《命运交响曲》，也不由得思考着命运。"

孔祥熙心一沉："玉梅，你别胡思乱想好不好？韩医生不是说了，要安安静静地养病。"

玉梅说："我可不是胡思乱想，我是在思考你的命运。"

孔祥熙惊奇地问："我的命运？我什么命运？"

玉梅马上变得神采飞扬，眸子亮晶晶的："你都不信，我总有一种感觉，你跟孙先生会有一种缘分，你会跟着他干出一番大事业来。有时我也不信，可这种感觉过一会儿又来了，都带进梦里了啊。"说到这里，她动情地抚摸着丈夫的脸颊，兴奋得满脸潮红，显出无比幸福和满足的样子，"祥熙，你要好好做事，别辜负了命运的安排。到功成名就那一天，还能记着我吗？……" 孔祥熙心头一阵震颤："玉梅，你都说些什么呀……我们要长相守，不分离。难道你忘记我们各自的承诺吗？就算你的丈夫日后真有一些成就，也有你的一半功劳，我们要共同分享成功的喜悦和欢乐。玉梅，我会永远带着你结伴同行的。"

玉梅忽然脸色惨白，无力地摇摇头，努力做出笑意："祥熙，这都是命运，上帝的安排……"

孔祥熙再也控制不住自己，伏在妻子胸前大哭起来。

1912年9月17日下午，孙中山先生的专车离京赴晋。随行者有胡秉柯、张继、景耀月、朱卓文、田桐、朱葆康、施㴞霖、钱应清、叶恭绰等。同车的还有温寿泉、谷思慎、南桂馨三人，他们是受山西都督阎锡山委派，专程赴京欢迎孙先生的。八天前，新任大总统袁世凯授予他这位前任大总统以筹划全国铁路全权，就算一个钦差大臣吧。他这次赴山西的由头也是前往考察铁路。所以，他让把他的包厢挂在专列的尾部，以便观察路况。但是，望着急速后退的无穷无尽的轨道，孙中山先生的耳边却响着此次赴京后才听到的一首民谣：

> 横商量，竖商量，
> 摘下果子别人尝。
> 今也让，明也让，
> 吃人的老猿称霸王。

为此，他不由得百感交集，陷入了深深的反思……

去年从国外急急赶回，自己对革命形势多么乐观！途经英国时，已和伦敦四国银行商谈好借款问题，决心联合全国各省义军，一举打到北京，推翻清政府，实现革命夙愿。谁知回国后面临的形势却令人不安，最可怕的就是在革命阵营中有一股要与袁世凯达成议和的动机暧昧的政治势力，非常强大而活跃。尽管自己已明确表示：革命目的不达，无和议可言。袁世凯是个巨奸大憝，把建立民国的大任托付给他，是靠不住的。我们革命党应该有勇气、有决心率领南方起义将士继续战斗，趁此全国人心倾向革命的时候，必然胜利可期。此时多费些气力，扫除障碍，在新的基础上建立新的国家，将事半功倍。但是，他们居然不为所动，仍以和议为其最高目标。尤其叫自己伤心的是，不少一直追随左右的老同盟会会员也一心求和，反而认为自己不赞成议和是怕当不成总统，并且联名发表什么"五不主义"：不做官、不做议员、不纳妾、不吸烟、不饮酒，以此来要我放下政权交给袁世凯。更有甚者，黄兴老弟居然拿出去年12月20日的"和约五条"叫自己看，那是苏浙沪联军代表顾忠琛和北方代表廖宇春在上海签订的，其中有一条说"先推翻清政府者为大总统"，意思是说袁世凯只要推倒清室，也可以做大总统。黄老弟也太忠厚了，竟时时记着要与大阴谋者去实践诺言……倘按照自己的大炮脾气，早就拍案而起了：你们这些不讲原则的妥协派，怎么就不听听下面民众和各军政群众团体的呼声呢？山西军政部部长温寿泉来电说："袁贼远交近攻之策……居心奸险，望早日联师北伐，除彼妖孽。"云南都督蔡锷来电说："我军乘此朝愤，何敌不破？乃甘受袁氏之愚。"安襄郧荆招讨使季雨霖在电文中说："南方共和之局日久变多，内部或生意见，彼得伺隙而图。……纵然一心求和，亦当分途北伐，海陆并进。"蜀军都督张培爵的电报也说："袁贼狡诈，和议缓兵，以备彼党准备破坏之诡计，逆迹昭彰，万人共睹。和议决无可信之理，我军万不可听……亟应取消和议，联合各省军队，陆续分进，直捣虏廷，擒斩袁贼，早定大局。"……多么好的真知灼见，你们怎么就充耳不闻呢？

呜——火车一声长鸣，开进石家庄车站。山西军政府政务部部长景定成带着一支二百人的卫队在此上车，加入到迎宾队伍中来。

专列再次开动。孙先生继续着自己的无限沉思……

好呵，说我孙文反对议和，乃恋栈之故，那我干脆辞掉总统怎么样……这当然是妥协，是退让，是我孙大炮一生最耻于为者，可有什么办法呢？个人进退原不算什么，问题是否对革命大局有利呢？这不越来越看得清楚明白了吗？袁大头一开始就先给你们来个"清帝委任"，那清帝退位诏书中说："今全国人民心理，多倾向共和。南中各省，既倡议于前；北方将领，亦主张于后。人心所向，天命可知。予亦何忍以一姓之尊荣，拂兆人之好恶？……即由袁世凯以全权组织临时共和政府，与民军协商统一办法。"堂堂共和政府应由议会选举产生，岂能由行将灭亡之封建王朝任命？真是天大的笑话！如今世人谁不知道，这诏书中最后一段话正是袁世凯本人给加进去的。当初，为了约束袁世凯，自己曾制定了三条办法：一是临时政府地点必须设于南京，一是作为新总统的袁世凯必须来南京赴任，一是临时政府约法为参议院所制定，新总统必须遵守。原意无非是调袁世凯离开他的老巢，置于革命军的监护之下。谁知亦未能奏效。这个袁大头真算是奸雄一个，为了抵制南下，不惜指派亲信曹锟率所部第三镇发动所谓兵变，在南京派去的迎袁专使下榻的宾馆和外国公使馆附近放火行劫，虚张恫吓。于是乎，列强各国纷纷以保护使馆为名调兵入京，把戏越演越真。居然连迎袁专使们也都信以为真，蔡元培的电报就说："北京兵变，外人极为激昂，日本已派多兵入京……培等睹此情形，集议以为速建统一政府，为今日最要问题，余尽可迁就，以定大局。"迁就什么？袁不来南京可也。这对袁大头来说，正是瞌睡给了个枕头，遂有如下电报："不期变生仓促……暂难南来。"接下来就一切不可收拾了，只好允其在北京就任大总统，只好允其在北京拟好内阁名单交来，只好……咳，允其为所欲为了。瞧瞧他的内阁名单：内阁总理唐绍仪、内务总长赵秉钧、外交总长陆征祥、财政总长熊希龄、陆军总长段祺瑞、交通总长施肇基、海军总长刘冠雄，实权全让他抓光了。给同盟会的人四个位子：教育总长蔡元培、农林总长宋教仁、工商总长陈其美、司法总长王宠惠。真叫可怜呀！多少志士仁人流血牺牲而换取之革命果实，一夜之间全被袁世凯掠去……让人痛心哪！

事到如今，追悔莫及。也怨自己一味退让，生怕革命阵营分裂。现在看来，自己所要极力保全之革命阵营，其实早就名存实亡了。不说别的，替袁世凯起草清帝委任诏书于先、出谋以兵变拒绝南下于后者，非是别人，而是南京政府的实业部部长、同盟会会员张謇！试问革命阵营之中，还有何人可以信任？像陆军第一军军长柏文蔚这样忠诚革命、力主北伐的同志太少太少呵。然而自己面对如此真诚忠勇之人，却说了不少伤害他的违心话，什么"只要清帝退位，袁世凯表示赞同共和，余可以立即辞职，不再侧身政界，专求在社会上做成一种事业"云云。真是违心违心太违心了……

正当孙先生思绪万端之时，只听一阵刺耳的刹车声和汽笛声，原来专车已到达山西的岩会车站了，时间是9月18日中午时分。

只见站台上军乐声起，山西都督阎锡山戎装肃立。他上车陪孙先生进罢午餐，便一起向省城太原进发。

当天下午5时10分，专列进太原火车站。省城各界三千多人在车站热烈欢迎孙中山先生的到来，仪仗队鸣放礼炮，军乐团奏起军乐，男女学生手持彩旗载歌载舞，民众夹道高呼口号，场面极为壮观。孙中山先生在阎都督陪同下，乘马车入城，当晚下榻于皇华馆。

9月19日上午10时，山西各界数千人在太原侯家巷山西大学堂集会，欢迎孙中山先生。孙中山先生做赴并第一次讲话，其主要内容是："今天兄弟初次到晋，蒙诸君欢迎，实深感激！去岁武昌起义，不半载竟告成功，此实山西之力……何也？广东为革命之原初省份，然屡次失败，清政府防卫甚严，不能稍有施展，其他可想而知。使非山西起义，断绝南北交通，天下事未可知也……盖中国现在时世，尚在危险时代，如各自为谋，不以国家为前提，无论外人虎视眈眈，瓜分之祸，危在眉睫，即使人不我谋，而离心离德，亦难有成。……

盖今是共和时代，与专制不同，从前皆依政府，今日所赖者国民。故今日责任，不在政府而在国民。必要我四万万同胞一齐努力，方可以造成共和自由幸福。且今日幸福虽人人皆知，而幸福真谛，究竟尚未达到，此时不过有幸福之希望而已。……"

中午，山西都督阎锡山在劝工陈列所宴请孙中山先生及其随行人员。

下午，同盟会山西支部召开欢迎会。景定成代表山西全体同盟会会员向孙先生致欢迎词。孙先生做重要讲话，其主要内容是："民国成功，乃吾人良心所创造，同盟会不得居功。……我辈所抱三大主义，为民族、民权、民生。今五族共和，建立民国，民族、民权两层已经达到目的。今日所急则在民生一层……昔吾党宣言有平均地权一层，即为民生主义第一件事。此事做不到，民生主义即不能实行。吾人非地不生活，而地又为人人所共有，故必地权平均，而吾人始能平等……既为民国，则国家所有亦吾人民所有，亦何惮而不为之。以中外资本办全国铁路，四十年后尽收为国有，每年可得十五万万。此按二十万里铁路计划而言。美国土地较小于吾国，铁路至八十万里，吾国铁路将来尚不止此，在吾辈毅力何如耳。……"

9月20日晨，孙中山先生在温寿泉和景定成陪同下，至同盟会事务所开茶话会。9时，至参谋司出席山西军界欢迎会。孙先生在会上发表讲话，其主要内容是："去岁革命成功，全赖军人之力，方今维持民国，亦须赖我军人。军人责任即在国防一方面，因二十世纪立国于地球上者，群雄争逐，未能至于大同时代，非兵力强盛不能立国。是立国之根本，即在军人。……今日告诸君有两事：第一存心，即军人当存一与国存亡之心。即我辈军人不愿中华民国亡，中华民国就可以不亡。诸君人人皆能以国家存亡为一己存亡，何忧外患！第二学问，中国在前清时代，对于日法战争所以失败者，在军事学问之不足……兵不在多，如能组织完全，预备周到，则可以百万人敌三百万人而有余……此次到山西，见山西煤铁甲于天下。方今为钢铁世界，有铁有钢可以自制武器，即能争雄于世界。兄弟拟在山西设一大炼钢厂，制造最新武器，以供全国扩张武备之用，要求军界诸君赞成。"

下午两点，由女学界和旅晋公会召开欢迎会。

下午3点半，在劝工陈列所召开最大规模之群众大会，包括军警界、实业界、各党派、基督教自立会、各高等学校、模范中学、公立工艺厂、农务总会等各界两万多人参加。孙先生登上劝业楼凭栏演讲，下面万众欢腾。其演讲主要内容是："……中华民国的国家与前清的国家不同，共和国体与专制国体不同。中华民国的国家是吾四万万同胞的国家，前清的国家是满洲一人的国家；共和国体荣辱是吾同胞荣辱，专制政体荣辱是君主一人的荣辱。在前清专制之下，吾同胞无一人脱离奴界；在共和民国之下，无一人能隶于奴界。以多数国民受压制于一人之下，是世界上最不平等、最不自由事。兄弟宗旨首先推倒专制，建设共和，实行民族、民权、民生三大主义。今专制推倒，共和成立，是吾同胞由奴界一跃而登之主人地位。民族、民权主义已达目的，唯民生主义尚在萌芽，吾同胞各享国家权利，要各负国民责任，各尽国民义务。吾国土地如此之大，人民如此之多，物产如此之富，何至于如此之贫穷！推原其由，实因前清专制政体，人民无权利，遂无义务的思想，无自由平等的幸福，自甘暴弃责任，毫无竞争之心，进取个性。此实吾国民至于贫困之一大原因也。……"

9月21日上午9时，孙中山先生在山西太原停留两天三夜后，离晋赴天津，由景定成陪同送至石家庄。

孔祥熙是在孙先生抵达太原的前一天进城的，住在太原基督教青年会的一间客房里。孙先生离开太原的当天下午，他也因为惦记生病的妻子而匆匆赶回太谷。这一次在太原，虽说遇到点不愉快的事，但总的来说很满意：亲自在车站欢迎了孙先生，在劝工陈列所和山西大学堂两次聆听了孙先生的演讲，最难得的是受到孙先生的单独接见，尽管只有短短的一刻多钟。

令他不愉快的是，没能前去参加同盟会和军界的欢迎会，故而未能听到孙先生在这两个集会上的精彩讲话。不是自己不想去，是没能受到组织者的邀请。这使孔祥熙觉得很丢面子，尤其同盟会支部的集会，怎么能不请我这个老兴中会会员参加呢？就因为我孔祥熙不是山西军政府的要员吗？仅仅是个下面来的中学校长吗？还是因为别的？那天晚上他很伤心，也很沮丧，心想孙先生明天就要离开太原了，只怕求见的事也要告吹了，是孙先生不记得我了吗？还是有人不予安排？只怨自己地位卑微呀……有那么一阵儿，孔祥熙已完全不抱希望了，假如不是此时有人来传孙先生约见的消息，他真就一走了之了。第二天为孙先生送行时，一位北京来的随行者告诉他，是孙先生首先问起了他并提出约见的，而且悄悄地告诉孔祥熙："没想到你们山西方面这么复杂，派系纷纭，明争暗斗。看来你四面不靠，没人为你说话哟。"接着大致给他介绍了一些有关情况。

他也恍然大悟，自己为什么受到冷遇了。不过，说心里话，对此他倒没有过分在意，一切不愉快比起孙先生的格外礼遇来，算得了什么呢？再者说了，我孔祥熙志在天下，还不想在你们这个小地盘上讨生活！

孔祥熙回到铭贤学校，正是吃晚饭时分。一桌饭菜已经摆好，且有好友康保罗夫妇、韩明卫夫妇守候在旁，而女主人系着围裙忙进忙出……看来一切具备，只等家主人席了。

孔祥熙惊讶地望着好人一般的妻子，心想谁能看出她是个病人呀？她怎么这样高兴？遂笑着问大家："你们就肯定我今天一定回来？"

快嘴玛丽说："夫人讲没问题呀，还说你一定见到了孙中山先生。真的吗？见到了没有？"

孔祥熙笑着点点头。

玉梅立即得意地说："怎么样？我的直觉一点不错吧。"

大家笑谈着入席，一边吃饭，一边打听孙先生来太原的新闻。

韩明卫问："你们中国革命者崇拜的这位孙先生，到底长得什么样？"

孔祥熙说："普通中国人的样儿，看外表并不怎么特别，但个人魅力不亚于贵国总统华盛顿。"

玉梅关心的是："孙先生还记得你吗？"

孔祥熙说："是呀，开头我也担心，还记得我吗？岂知最后还是孙先生主动约见我的。他的记性真好，八年前在克利夫兰第一次见面的情景，他依然清清楚楚。更奇怪的是，他奔走革命出生入死、日理万机，居然对咱们的铭贤学校也知道不少事情，问我：'体育课和性教育课还坚持办吗？'他是怎么得知的呀？"

康保罗说："看来他连地方小报也不放过。"

玉梅问："快讲讲，孙先生都跟你说了些什么？"

孔祥熙说："没讲多少，时间很短，他的日程排得太紧。与八年前相比，孙先生可老多了，而且看样子身体也不怎么好。我真想请他来我们太谷住几天，让韩医生为他做个全面检查，可惜不成呀。"

韩明卫也遗憾地耸耸肩："真能给孙先生服务一次，我就太荣幸了。"

一直没说话的韩夫人眉毛一挑，她是个非常关心中国革命的美国女性："孔先生，请问孙中山先生对目前的时局怎么看？"

孔祥熙说："他这次在太原共做了五次演讲，很快就会披露报端，那……"

韩夫人笑着摇摇头："政治家的公开演说不足为凭，贵国的政治家尤其如此，是不是？我想听听他对你怎么说，他既然这么信任你。"

孔祥熙点点头表示同意，沉吟了一会儿说："是的，孙先生的心情并不像在公众场合那样轻松愉快。大讲民生主义，内心一定很沉重，有些要决断的大事压着他。这就是他给我的总感觉。但更具体的话，他并没有多说什么，只是多次都提到，革命目的尚未完成，必得有一个由最忠贞可靠同志组成的革命党，方可领导革命成功。听他言下之意，似对现在之革命阵营甚为不满。最后并一再问我，是否愿意参与他的计划。"

玉梅惊喜地问："你怎么回答？"

孔祥熙说："我当然说我非常愿意，但心里并不清楚，孙先生是指他的铁路计划，还是别的什么？"

"当然不是铁路计划。"康保罗肯定地说，"祥熙，你心里难道不清楚？孙先生奔走革命凡二十年，就甘心这么将鲜血换来的成果拱手让给袁世凯？就算他本人心甘情愿，各省革命者，尤其南方各省的革命者亦不答应。自从孙先生辞职以来，6月有黄兴解职、南京留守府撤销、倾向革命之国务总理唐绍仪愤而辞职；7月有工商总长陈其美被袁免职、教育总长蔡元培、农林总长宋教仁、司法总长王宠惠等四名同盟会阁员辞职，至此，袁世凯完全控制了政府内阁；8月有袁世凯下令枪杀武昌起义功臣张振武和方维、任命死党赵秉钧为国务总理……袁世凯在一步步实现他的政治野心。对此，中国革命者决不会视而不见、袖手旁观，必定要起而反击。所以依我来贵国将近十年的经验判断，时局还会动荡，还会有革命发生。孙先生平生以革命为职志，其所说计划必定是革命之大计划。孙先生能特别约你谈话，且视为革命同道，看来对你期望不小。他没具体交代什么吗？"

孔祥熙一向对他这位美国朋友的分析判断非常信服，连连点头表示赞同，并说道："孙先生只说他会与我联系的，再具体的没有了。"

康保罗还要说什么，忽听玛丽惊叫起来："玉梅，你怎么啦？你怎么啦？"

大家循声望去，只见玉梅瘫倒在玛丽身上，脸色苍白，手中拿着的丝帕上有吐出的鲜血，显然，老病犯了。

进入1913年，政争日趋白热化。

3月20日，袁世凯派人暗杀宋教仁于上海火车站。早在去年孙中山入京之前，宋教仁经孙中山和黄兴同意，在北京把统一共和党、国民公党、国民共进会、共和实进会和同盟会合并，改组为国民党，意在实现以政党为基础的责任内阁制，与袁世凯抗衡。孙中山抵京后，亲自召开国民党成立大会。大会选出孙中山、黄兴、宋教仁、王芝祥等九人为理事，孙中山为理事长；选出张继、于右任、马君武、田桐、柏文蔚、胡汉民、李烈钧、唐绍仪等二十九人为参议。去年底，宋教仁代理理事长职务，主持国民党工作，积极展开活动，遍游长江流域各省发表政见演说，大获成功，故在今年初的国会选举中，国民党共获得参、众两院议席三百九十二个，占大多数。依照《中华民国临时约法》规定，宋教仁将出任内阁总理，组成责任内阁。袁世凯气急败坏，凶相毕露，遂指派杀手暗害了宋教仁。

7月8日，湖口起义。宋教仁被害后，革命党人义愤填膺，决定武力讨袁。江西都督李烈钧首举义旗，在湖口宣布江西独立，发表讨袁檄文，打响了二次革命的第一枪。

7月15日，黄兴迫使江苏都督程德全宣布独立，自任江苏讨袁军总司令。

7月16日，革命党人举行南京军事会议，推举岑春煊为各省讨袁军大元帅，陈其美为上海讨袁军总司令。同日，袁世凯任命段芝贵为陆军第一军军长兼江西宣抚使，对南方用兵。

7月17日，安徽宣布独立，紧接着上海、广东、福建、湖南等省相继宣布独立，起兵讨袁。

7月21日，袁世凯发布讨伐令，任张勋为江北镇抚使。

7月22日，孙中山发出电报，要袁世凯辞去总统职务。

7月23日，袁世凯宣布撤销孙中山筹办全国铁路全权。

也就在7月下旬，孙中山给孔祥熙发出急信，要他赶赴上海襄赞革命。

约在8月初，孔祥熙赶到上海，二次革命已经失败，孙中山等人再度逃亡日本。孔祥熙返回太谷，爱妻韩玉梅女士香销玉碎，不幸故去。

孔氏坟茔。

又是一度中秋月。

孔祥熙心力交瘁，万念俱灰。他依坐在妻子的新坟上，一遍遍地默诵着苏东坡的《江城子》："十年生死两茫茫，不思量，自难忘。千里孤坟，无处话凄凉。……相顾无言，唯有泪千行。……"相依为命的亲人一个个都走了，在这个世界上已经举目无亲；痴心向往的革命烟消云散，崇敬的伟人已经隔海难见；唯有孤独欺身、苦楚压心，再向何处迈步？自然铭贤仍可寄身，怎奈一颗湖海心，如何能在山右一隅关得住……

身后传来脚步声。孔祥熙不看也知道是谁。在这一生也许是最黯淡的日子里，又是康保罗这位异国挚友陪伴着他。

康保罗一言不发地坐在孔祥熙身边，这个把友谊看得比什么都珍贵的美国人，很懂得此时此刻应该怎样抚平朋友的心灵创伤，他总是善解人意，慈悲为怀。他知道，让孔祥熙从悲痛中解脱出来的最好办法，不是多说安慰话，而是要让他早日摆脱令人触景生情的老环境，进入一方新天地；何况他的这位中国朋友原本就不是久居太谷小县的人物。其实早在去年，他就为孔祥熙的再发展动起了脑子。也是机缘凑巧，那时他意外地收到一封信，是他的本国朋友、中华基督教青年会会长约翰·罗·莫特写来的。事出有因：原来这些年留日学生剧增，成为一个庞大的充满活力与希望的不容忽视的群体。以"发扬基督精神，团结青年同志，养成完美人格，建设完美社会"为宗旨的中华基督教青年会全国协会，岂能放过这个发展自己的好机会？遂不失时机地建立了东京分会，叫作中华留日基督教青年会。现任总干事是王正廷，也是个知名人物。他是浙江奉化人，早年就读北洋大学，曾留学日本和美国，很早就加入同盟会。南北议和成功后，任唐绍仪内阁的工商次长兼代总长、参议院副议长。今年4月，袁世凯指派总理赵秉钧，以处理善后为名，向英、法、德、俄、日五国银行团借款两千五百万英镑，年息五厘，以盐税和海关税等为抵押，四十七年还清，本息共计六千七百八十九万多英镑。这就是轰动全国的《中国政府善后借款合同》二十一条。当时作为参议院副议长的王正廷，随同议长张继，对这一非法辱国之借款合同，表示极大愤慨，联名通电全国予以揭露。不久愤而辞职，到日本就任中华留日基督教青年会总干事。但是随着国内形势的日趋复杂混乱，再加上王正廷本人一些举措失当，致使青年会的工作难以开展。王本人已有去意，而约翰会长也想另请高明，特意写信给康保罗，正是要后者替他物色新人。因为事情一直拖延没有结果，故康保罗也就从未给孔祥熙提及此事。最近，事情有了进展：王正廷已经辞职，而且亲自推荐了继任者，不是别人，正是孔祥熙。原来当年在美国留学时，孔祥熙与比他小两岁的王正廷有过一段交往，互相也还颇为看重。这样，两巧成一巧，看来就任中华留日基督教青年会总干事一事，只要孔祥熙点头，那就一点问题都没有了。孔祥熙会不会答应呢？康保罗心里有底，断定朋友一定会欣然同意的，但最好现在别说，过一段再说，现在要紧的是默默陪着朋友就成。

1913年年底的一天，三十三岁的孔祥熙束装就道，要远走日本东京，担任中华留日基督教青年会总干事的职务，但在他的内心里，还有着更热切的期望，那就是去追随孙中山先生，在更大的天地里轰轰烈烈干一场，建功立业，创造自己的辉煌人生。

孔祥熙这一走，有分教：这是他与三十三年的清白人生永别，与那个虽然没有名震天下但却如火般炽烈、如玉般金贵的青年孔祥熙永别。此后的孔祥熙，将会换乘一班怎样的人生列车呢？正是：

苍天变化谁料得，万事反复何所无。
寒风又变为春柳，条条看即烟蒙蒙。

第九章　扶桑行

四十二、革命成了烂摊子

1913 年冬，就孔祥熙的感觉来说，日本东京的冬天，一点儿也不比太谷老家的好。来了这一礼拜，天气总是灰蒙蒙的，风总是寒战战的，雪也是乱纷纷的，不见阳光，不见蓝天，不见鲜花和笑脸……一切都跟他眼下的心情一样糟。刚到东京的第二天，孔祥熙顾不上去青年会报到，兴冲冲地直奔灵南坂路 26 号孙中山先生寓所求见，他多么想立刻见到孙先生呀！听他讲讲时下的革命形势，接受他指派的工作任务，追随在他的左右……这不正是他东渡扶桑所向往的事情吗？其结果却大出意外：始终没得到孙先生的接见。是孙先生不记得我这个人了吗？不可能，年初不是还有召我赴沪的专函吗？是他太忙？有可能，但也不至于忙得连五分钟都抽不出来，连叫人捎出一句安慰话的空儿都没有呀？是发生了什么大事要处理？是孙先生病了？……孔祥熙好一阵胡乱猜想，却难得要领，最后认定还是因为自己人微位卑，上不了孙先生的心……想到这里，他不禁自惭形秽，伤心得很。这才孤单单地找到美土代町青年会所在地。几天来强压着满腹心事，投入到交接工作之中。

这天，与前任王正廷的交接工作终于完成，双方都不免轻松地吐了一口气。

"老学兄，怎么样？这副担子不轻吧？"王正廷伸伸懒腰问孔祥熙。他比孔祥熙小两岁，在美国进耶鲁大学也比孔祥熙晚一年，故有"老学兄"之称。

孔祥熙皱着眉头说："你这文学博士都弄不来，我又不懂日文，自然更是不行的。你这是抓我的冤大头。"

王正廷笑笑说："哪儿的话。我这是让贤呢。不过，老弟还是要感谢你，我是真怕这份差事了，多亏请出你这尊大佛爷。"

孔祥熙说："看看看，这还不是抓我的冤大头？"

王正廷又是咧嘴一笑说："不是，不是。用你们山西一句老话说，我这是不吃凉粉腾板凳。这碗东京凉粉我吃不了啊。"

孔祥熙觉着对方话里有话，便问："东京这里到底怎么样？看在耶鲁的分上，你得给我开开窍呀。这个要求不高吧？"

王正廷略一沉思，干脆地说："也好。咱们是同学加同志，定然是前世有些缘分，说不定日后还会共事深交。我看你一脸忠厚，能做个朋友。这样吧，我看你多日来心情也不大好，这些日子又忙得很，难得告一段落，明天我们出去吃点、喝点，找个地方好好聊聊。怎么样？"

孔祥熙当然乐意，一口答应下来。

第二天吃过早饭，二人穿上西装，戴上礼帽，套上大衣，拿出一副留美派头出了门。按照昨天晚上议定的程序，先是由王正廷领着去一家熟悉的服装店，给孔祥熙定做几套开春就要穿的衣服，接着去著名的上野公园游玩，再去一家叫作万花楼的中国料理店吃午饭，之后再即兴打发后半天时光。

等电车的工夫，王正廷买了一份新出的《朝日新闻》，一看头版消息，王正廷不禁呵了一声。孔祥熙凑过头去，可惜一字不识，急问："有何消息？"

王正廷说："好消息。蒋自立被刺，真是大快人心。"

孔祥熙问："姓蒋的何许人？被谁刺了？怎么回事？"

王正廷说："这个一言难尽，回头细讲。走，咱们先去做衣服。"

孔祥熙来了劲："正廷，我看咱们也别做衣服，也别上公园，先找个说话地方好吗？"

王正廷说："哟，没看出你还是个急性子。这事说起来可不轻松，只怕乱了咱们今天的日程。"他见孔祥熙认了真，也就不再坚持，便领着孔祥熙进了一家西洋料理店，要了咖啡坐下来喝。

孔祥熙迫不及待地催着王正廷开口。

王正廷似乎故意要吊吊孔祥熙的胃口，一边翻看那份报纸，一边问："详说还是简说？"

孔祥熙说："当然是越详细越好呀。你倒是快张嘴呀。"

王正廷呷口咖啡，慢慢讲出一段令孔祥熙大开眼界的话："祥熙，你可知道，如今这日本国有咱们多少中国人？我告诉你，至少有一万多人。分这么四种情况：第一种人，是一些公费或自费在这里实心求学的留学生；第二种人，是在这里经商贸易的；第三种人，是一些领着国家公费，在这里也不求学也不经商，专门吃喝嫖赌的；第四种人，是二次革命失败后，在国内被袁世凯追杀难以存身的我党同志，在这里流亡避祸的。前两种人，每天有必定的功课和业务，是不可分心的；后两种人不但占着多数，事情也就复杂多了。第三种人随后再说，先说这第四种人。足足有好几千人，都是革命的骨干分子。及至流亡到东京，境况可就惨了。绝大多数人本来就是穷学生、穷当兵的，仓促间逃到异国他乡，一待一两年，拿什么维持生活呢？挣钱没处挣，借钱没处借，有国难投，有家难归，好多人已经饿饭了，真是苦不堪言呀。

"你会问：同盟会等革命组织就不管吗？孙中山和黄兴等领袖人物不是也在日本吗？可你哪里知道，他们的日子也并不好过。就以孙先生来说，先头连住宅也租不起，一直住在日本黑龙会首领头山满女婿的旧宅里，安身的那间房子只有六个榻榻米大。吃饭更简单，每餐只有一样菜，有时尚且不好维持。

"然而，革命处在低潮之时，最怕的还不是生活困难，而是人心涣散、意志消沉、丧失信念。断送革命的最大危险是在这里。袁世凯何等奸雄，岂能放过这个机会？他心里容不下的正是这批流亡在外的强劲对手。于是，就派出一个名叫蒋自立的心腹干将，携带巨款来到东京，专门收买走投无路的流亡志士，意欲彻底分化、瓦解革命阵营。

"有句老话也真说得好，人穷志短。可怜不少流亡客难耐饥寒，失节上当，为了几个小钱，纷纷投靠蒋自立门下，发誓愿，写证书，按手模，脱离了革命。想那前清时期，也有不少志士流亡在此，一样的穷困万状，但却是热血沸腾，一听同盟会的号令，便拼着身家性命地奋斗；怎么刚过了十几年时光，面对一个袁世凯，这么多的志士仁人就变得如此软弱无力呢？

"祥熙，你定然会问：个中最大原因何在呢？其实这一点谁也明白，不是别的，只因首脑机关出了岔子。你一直僻居山西一隅，又钻在教育一行，恐怕对革命党上层内情并不了解。且听我从头给你讲起。

"民国肇始，王权崩溃，政党林立。据我所知，各类政党政团一时多达三百多个，其中以革命党和立宪党为两大主要派别。先说革命党人的同盟会，是以孙中山先生的兴中会与黄兴、宋教仁的华兴会联合而成，后来又加入以蔡元培、章太炎、陶成章为首的光复会。此外当时在国内从事反清活动的还有共进会、文学社等。后来的武昌首义就是由孙武和焦达峰领导的这两个组织发起的。再说立宪党，它的组织在国内有宪友会，在国外有政闻社、帝国宪政会等。宪友会成立于1911年6月4日，由徐佛苏、孙洪伊、雷奋、籍忠寅等为首。政闻社则早在1907年就成立了，以梁启超和蒋观云为首，就在这东京成立，第二年迁往上海。虽说是阵线清楚的两大派别，但在改朝换代的大动荡中，革命党人和立宪党人又不断地分化组合，产生出一种新的格局。在革命党方面，因为对革命之领导权及革命后施行何策发生争执和分歧，随后分裂。民国元年1月，光复会领袖陶成章被刺杀，指使人竟是同盟会骨干人物陈其美；另一领袖章太炎因见党争纷起，一怒之下脱离同盟会，与程德全等组织起一个中华民国联合会，不久又改称统一党，以章太炎、程德全、张謇、熊希龄等为理事。武汉的孙武与刘成禺合作，成立了民社，主要成员有黎元洪、蓝天蔚、谭延闿、张振武、宁调元，我本人也算一个。在立宪党人方面，张謇等参与了统一党，而宪友会一分为二：汤化龙、林长民、孙洪伊、张嘉森在上海组成了共和建设讨论会，黄远庸和籍忠寅等在天津成立了国民协进会。

"去年5月，南京临时参议会迁往北京。于是为了给即将开始的国会选举做准备，各个政党的大量活动又在北京展开。先是，章太炎的统一党、黎元洪的民社、陈叔通的民国公会、潘昌熙的国民党、黄远庸的国民协进会，共同组成共和党，以黎元洪为理事长，张謇、章太炎、伍廷芳、那彦图为理事。该党宣布以'保持国家统一，采取国家主义'为宗旨，鼓吹国权，与鼓吹民权的同盟会相抗衡。年轻活跃的宋教仁为了实现以政党为基础的责任内阁制，力主扩大同盟会，在征得孙中山和黄兴的同意后，联合其他政党共同组成国民党。1912年8月25日在北京湖广会馆召开成立大会，孙中山先生亲自参加，并发表了重要演讲。这样一来，就出现了以国民党与共和党对阵的新局面。

"到了今年年初，国会大选结果，国民党大胜。对革命党如此有利的选举结果吓坏了袁世凯，遂有3月刺杀宋教仁的阴谋得逞，遂有7月的二次革命，遂有失败后的日本大逃亡。想必你也知道详情，这里不再多说。

"问题是来到东京后，上层发生了大分裂。当然，要说分裂，其实早在去年就已经显现。宋先生被刺后，以孙先生为首的革命党重要成员，在上海同孚路21号黄兴先生家中紧急集会。孙先生力主兴师讨袁，夺回革命果实，他说：'宋案的发生，是袁世凯阴谋消灭国民党革命势力以便帝制自为，全党同志为此极为悲愤，必须趁机立即调集各省兵力，一致声罪致讨。袁世凯就任正式总统不久，对于各方面的阴谋，布置还未妥帖，推翻较易，切不可延误时机。'然而黄兴先生持有异议，认为应当以法律手段解决宋案。他说：'袁世凯帝制自为的逆迹尚未昭著，南方的革命军又甫经裁汰，必须加以整备，才能作战；民国已成立，法律非无效力，对此问题宜持以冷静态度，而待正当之解决。'两位主要领袖的思想分歧，不但导致了二次革命的彻底失败，更是导致目前革命阵营一片混乱、陷于瘫痪的主因。

"目下，在流亡日本的同志中，思想极为混乱，斗志极为消沉，可以说大多数人垂头丧气，认为现在再谈革命，既无实力又无办法，还有何意思？两年前大功已成，据有南中国十数省地盘，筹集千万巨资亦如探囊取物，且拥雄兵几十万，尚且不敌袁氏；今已一败涂地，还能有何作为？失败主义情绪甚嚣尘上。唯有孙先生砥柱中流，斗志愈锐，不舍昼夜地联络同志，整肃党纪，积极筹划三次革命。但据我所知，以黄兴为首的一批骨干人物，仍不与孙先生合作，且大有分道扬镳之势。可以说，如今孙先生处在最困顿之时。目下革命这个烂摊子只怕还要延续一段时日。你想，就在这种万马齐喑之际，忽然有人顶天立地而出，以热血性命相搏，勇刺蒋自立，给袁贼当头棒喝，真英雄也！"

孔祥熙听完王正廷这一通长篇大论，不禁感慨丛生，外面发生过这么多重大事变，自己却知之皮毛，太可怜了。一时无话可说，便问："不知这位刺蒋英雄乃何许人也？"

王正廷说："据这报上载，刺客系一青年，年纪大约二十五六岁，身高在五尺一二寸，穿着西服，披一件青绒斗篷，使的是勃朗宁手枪，也就知道这些。看来至今警方并没有得到更为有力的证据。"

孔祥熙问："会不会是孙先生派的人呢？"

王正廷说："那倒不会，孙先生是真正的政治家。再者说，目下紧跟着孙先生的几个人中，还没有谁有这种血气之勇。"

孔祥熙立即追问："目下孙先生身边都有谁呢？"显然，他对这个话题很感兴趣。

王正廷说："孙黄交恶，同志们也因以分裂。如今孙先生身边无非是陈其美、居正、戴传贤、朱卓文、邓铿、覃振几个，再就是宋家父女了。"

孔祥熙热切地请求："正廷，能不能给我详细说说这些人？"

王正廷惊讶地看了孔祥熙一眼，打趣说："怎么，莫非学兄是想打入孙先生的小班底？"

孔祥熙老实认真地说："我不知道有什么小班底，但诚心追随孙先生是真的；否则，我也不会接受这个青年会总干事，跑到东京来。"接着讲了自己与孙先生的两次会面，和孙先生邀他赴沪参加二次革命的专函。

王正廷略有些倾向黄兴的观点，对孙先生目下的一些做法不很赞同，但他不想伤害孔祥熙对孙先生的那份小青年式的崇敬之情，便热心地说："好吧，你听着，我一个一个给你介绍。"于是，便讲了上述多人的简单历史，最后临到要介绍宋家父女时，他说："这批人中，要我王正廷真心钦佩的，也只有宋耀如一人而已。"

孔祥熙问："是那位早年留学美国、英文名字叫宋查理的传奇人物吗？"

王正廷说："正是。你了解他？"

孔祥熙说："六年前在美国听过他的早期经历，但对他回国后的创业史一无所知。愿闻其详。"

王正廷一口喝干杯中咖啡，指指墙上的大挂钟说："看看几点了！走，上万花楼，咱们边吃边谈。"

二人出了咖啡馆，坐电车到尾张町下车，往左转弯走不上几步，便见一座三层楼的高大洋房，门上挂着"中国料理万花楼"的招牌，气魄很大。

孔祥熙知道自己口袋里钱不多，不由得止住了脚步。

王正廷推他一把："走呀，老兄。咱们临别前这顿饭，不能凑合。我请客。"

孔祥熙脸一红："既是为你钱行，那得我做东。"

王正廷说："别跟我客气。"说着就拥起孔祥熙进了饭店。"这是一个姓陈的广东人开的，饭菜和价钱都还行。不知老兄吃得惯粤菜吗？"

二人进来坐定。王正廷叫好菜，举杯正要劝酒，忽然停在半空，说："讲曹操，曹操到。老兄回头快看。"

孔祥熙扭头顺着王正廷的目光望去，只见从大门口走进两个中年人，一个四十出头，穿和服，是个日本人；另一个年近五十，西装革履，是个中国人。

王正廷小声对孔祥熙说："这就是大名鼎鼎的宋耀如。那个日本人，就是写《三十三年之梦》一书介绍孙先生和中国革命的宫崎寅藏。不知他们相聚何事？"

四十三、女大当嫁

宫崎寅藏是个中国通，是孙中山先生的老朋友，也是一个充满传奇色彩的重要人物。他信奉奇特的支那革命主义，主张首先在中国鼓吹自由民权主义，实行国政革命，富国强兵，建成一个理想国，再以中国为根据地，将革命扩展到日本和整个亚洲大陆。为此，他二十一岁赴华做社会调查，后结识孙中山，成为好友。他说："如孙逸仙者，实已近天然纯真境界之人也。彼之思想何其高尚，彼之识见何其卓越，彼之抱负何其远大，而彼之情感又何其诚挚！我国人士中如彼者究竟能有几人？是诚东亚之珍宝也。余实以此时以身许彼。"为了酬答知己，这位东洋志士亲自参加了孙先生组织的惠州起义；协助孙中山和黄兴组织中国同盟会；参加了孙中山就任中华民国临时大总统的庆典并参与临时政府工作；曾力阻孙中山先生北上与袁世凯合作；紧接着又积极参与反对袁世凯的二次革命；最近又致力于调解孙中山和黄兴之间的矛盾，继续为中国革命奔走效力。无疑，他在中国革命者中间享有极高的威望，人们有什么疑难事都愿意找他商议并求得帮助。

不过，宋耀如今天找宫崎寅藏求助，却并不是为了什么公事，恰恰相反，是一件真正的私事——有女当嫁。

这事后来与孔祥熙大有关联。

且说当年宋耀如从美国回到上海做传教士，不期然遇到两位在美国时结识的朋友，一个叫温秉忠，在上海海关做事；一个叫牛尚周，在上海电报局做事。闲谈中得知，这牛温二人娶的夫人是俩姐妹，一个叫倪桂清，一个叫倪桂姝。又得知，这倪家还有一个三女儿倪桂珍待字闺中，因为没有缠过脚而至今无人问津，成为倪家的一件发愁事。这倪家可不是一般人家，现在的女主人是明朝宰相徐光启的后代，上海徐家汇就是他们家的祖业所在地。如今有女嫁不出去，这于家庭门面上可不是一件光彩事。温牛两女婿也常记挂着此事，今日一见西装革履、意气风发的洋学生宋耀如，不禁同时来了灵感：何不将小姨子许配此人？真正是天造地设的一对！也是天生有缘，这事居然一拍即合，皆大欢喜。三位留美朋友娶了倪氏三姐妹，一时成为传世佳话。

宋耀如和倪桂珍夫妻和谐，琴瑟交好，一气生出三男三女六个孩子，依次是霭龄、庆龄、美龄、子文、子良、子安。就中这三姐妹日后创造出远胜其母家千百倍的绝世佳话，已为国人耳熟能详。不过还在她们青少年时期，也没有少给父母带来忧烦和苦恼。比如，眼下霭龄的婚事就让宋耀如忧心忡忡。却是为何？只因这位一向任性的大小姐，把一腔如火般热烈的初恋痴情，洒向一位她父辈的人物，而且不是一般人物，那是被万人尊为革命之父的孙中山先生。

就在前几天，在横滨海滩上，宋耀如和女儿霭龄有过一次艰难的谈话。自从女儿给孙先生当秘书以来，宋耀如虽说常与女儿见面，但都是忙于工作，而作为父亲与女儿的家常话，却一次也没有说过。其实这次谈话一开始完全出于偶然，是他见女儿一副心事重重的样子，随口问起来的。他问："我的撒旦小羔羊，你这一段是怎么了？有什么不开心呢？能告诉爸爸吗？"

二十二岁的大女儿沉默不语。

"做错了什么事，孙叔叔批评你了吧？"宋耀如再问。

女儿轻轻摇摇头，但还是一语不发。

"是身体不舒服？"

……

宋耀如愕然。这个宝贝女儿从小顽皮大胆，敢说敢闹，故而自己给她起了个爱称叫撒旦小羔羊。可她今天怎么了？这沉默不语于她是太不寻常了。作为惜子如命的宋耀如，不得不认真对待了。他一把拉过女儿，让那双年轻漂亮的眼睛对着自己，只一瞬间，他就什么都明白了：女儿正在恋爱。这倒叫他松了一口气："亲爱的，你吓爸爸一跳。原来我的霭龄长大了，要恋爱了，我是应该想到的呀。"

女儿飞红着脸笑了。

宋耀如也笑望着女儿："能告诉爸爸，你心上的白马王子是谁吗？"

女儿慌忙掉头望着大海，分明无意回答。

宋耀如打趣地说："哟，我的女儿知道害羞了。有什么可害羞的？我和你妈妈不是早就表过态嘛，对于你们所有人的婚姻大事都不横加干涉，完全由自己选择决定，我们顶多就是提一点参考意见。"

"还算数吗，爸爸？"女儿回头问道。

宋耀如说："怎么能不算数？还信不过爸爸吗？"

女儿显然有了勇气："那我就告诉您吧。他……"

"他是谁呀？"

"他……爸爸，我现在还不想说。"

女儿眼中一种不同寻常的为难之色令人不安。

"不，亲爱的，"宋耀如决心要问个明白，"你应该告诉爸爸，你向来对爸爸可是无话不说的，是吗？看在上帝的分上，你一定要给爸爸讲真话，要有讲真话的勇气，你从来都是这样做的，对吗？"

看得出来，女儿心中如海般翻腾。足足有一刻钟，她慢慢抬起头，勇敢地与爸爸对视着，一字一顿地说："爸爸，我决定要嫁给孙中山先生！"

宋耀如如闻惊雷："什么？你要嫁给孙叔叔？荒唐！"

女儿望着有点失态的爸爸，进一步发挥说："您不是叫我讲真话吗？我愿意为孙先生的革命事业贡献一切，这是我长久认真思考以后的选择。我要嫁给他，因为我爱他。爸爸！"

著名的强人宋耀如一片慌乱，他想立即告诉女儿这绝不可能，因为孙先生的年龄比你大得多，因为他已经有妻室，因为他怎么能娶自己老朋友的女儿……更重要的，还因为他会接受你这种石破天惊的爱吗？还有，这是真正的爱情吗？这只是一种对伟人的崇拜之情！一种青春女子的天真烂漫……可他却一句话也讲不出来，背转身去，坐在一块石头上望着大海发愣，心里只有一个想法：我的女儿啥时候生出这个怪念头的？

他当然不会知道，女儿的这个总统夫人梦由来已久，绝不是一时的心血来潮。最早点燃这把火的，或许就是三年前佐治亚州梅肯市的《麦肯电讯报》那篇送行文章《未来中国的改革者》，它这样写道：

> 宋霭龄小姐以优异成绩学完了她在威斯里安学院的全部课程，昨日取得了毕业证书。她在美国学到的知识和吸收的民主思想，必将在回国后引起一场闻所未闻的伟大变革！飘扬了三百年的龙旗将被她和她的同志扯下。年轻貌美的宋小姐将成为革命后中国的总统夫人。领袖的妻子是支持宝座的真正力量！由于她的英明睿智，中国已大步迈进！

富有学识的宋霭龄未必不清楚这种美国小报的信口开河，但也不能低估"总统夫人"这一类诱惑力极强的字眼，对于一个涉世未深然而雄心勃勃、虚荣心特强的女孩来说，具有多么可怕的穿透力。何况作为临时大总统的私人秘书，距总统夫人的宝座不过是一步之遥。虽说后来政局变幻，总统易位，但她坚信中国革命必将成功，未来共和国的大总统依然非孙先生莫属，故而总统夫人的梦想一定会变为现实。当然，公正地说，孙先生吸引她的绝不只是总统宝座，更多的是他的不同凡响的思想、人格、作为和一个真正男子汉所具有的全部魅力。这里确实存在着一个纯洁女子的高尚爱情。

问题是，作为父亲的宋耀如，比女儿考虑的要全面得多、复杂得多、现实得多，也严重得多：如今革命局面沉在谷底，何其艰险，此时岂能干扰孙先生？孙先生一旦知道将作何感想？岂不要笑我宋家参与革命的纯真用心吗？……女儿的单相思注定会自取其辱，得到恶果，可怎么才能劝她回心转意？事情迫在眉睫，又该向谁求助呢？……宋耀如彻夜难眠。直到天亮时分，他才终于理出个头绪：第一，明天就去东京找宫崎寅藏，也只有他才能把这件事向孙先生和盘托出，希望孙先生能设法叫发烧的霭龄冷静下来；第二，看来得给女儿认真地张罗婚事了，正所谓女大当嫁呀。

四十四、悟　道

王正廷在万花楼侃完一席乱弹，掉头回国去了，他没料到这次谈话给孔祥熙以多么大的震动和感悟。正所谓言者无心，听者有意。

好几天，孔祥熙脑海里老是跳动着"小班底"三个字：孙先生真的也有小班底不成？革命是多么正大光明的事，参加者都是同志，都是应该信任并参与任何机密的，难道还像封建官场上那样也是一团一伙、一帮一派的？王正廷是信口而说的吧？……此时的孔祥熙尚对政治这一套东西感到陌生。但是对此他又不能不信，王正廷已经把孙先生的最亲信者一一介绍了，看来这不会有假。他不禁又一个一个地想起这些幸运者来，他要仔细看看，这些人到底跟自己有什么不同。头一个，陈其美，比自己大两岁，浙江吴兴人，出身商家，六岁入私塾读书，十四岁进当铺当学徒，看来家境并不比自己强多少。1906 年留学日本，入东京警监学校学警政和法律，同年加入同盟会，之后转入东斌陆军学校学军事，未毕业即奉命回国策动革命，1909 年到上海接管作为革命机关的天宝栈，这期间还在上海筹办《中国公报》和《民声丛报》，在汉口筹办《大陆新闻》，并协助宋教仁、于右任办《民立报》。又以上海青帮大头目的身份，设秘密机关，负责联络长江流域的革命活动。武昌起义后，他于 11 月 3 日组织领导了上海起义，并出任沪军都督。袁世凯任临时大总统时，委以工商总长，不就，旋被解除沪军都督之职。二次革命起，被推为上海讨袁司令，事败后奉孙中山先生之召来到日本，也就是比自己早到东京不到两个月。接着是居正，此人生于湖北广济，字觉生，号梅川，1905 年留学日本，入日本法政大学预备部，同年加入同盟会。次年又参加共进会。1907 年赴新加坡，和胡汉民、汪精卫等人创办《中兴报》，与保皇派的《南洋总汇报》论战。1908 年在缅甸主办《光华日报》，并建立同盟会支部。1910 年回湖北主持同盟会工作，次年与孙武等人筹备武昌起义，并参与起草临时宪法。1912年任临时政府内务次长。二次革命失败后，追随孙中山先生来到日本。再下来，戴季陶，比自己竟要小上十岁。原籍浙江吴兴，生于四川广汉。十九岁留学日本，二十一岁发起成立中国留日学生会，任会长，并参加同盟会。1909年回国，先后任《中外日报》《天铎报》主编。不久参加辛亥革命，后担任孙中山先生机要秘书。二次革命失败后随孙先生来到日本。下面还有……凡是王正廷告诉他的，他都悉数记得，什么廖仲恺、胡汉民、谭人凤、朱卓文、覃振……一个个都让他羡慕得不行。他发现，这些人不管比自己年长年少、学历如何、功绩大小、职位高低，他们共同的一点就是，全都在日本留学，在日本参加同盟会。这是否就是孙先生选拔可靠同志的基本标准呢？想到这里，孔祥熙倒有些后悔自己当年的留学方向了。可是反过来又一想，也不尽然呀，宋耀如先生并非留日出身，跟自己一样是标准的留美派，不也照样是孙先生最信任的人吗？依王正廷的话讲：孙宋关系非比寻常！孙先生赴南京就任临时大总统时，宋门全家均应邀同车前往参加就职盛典，获此殊荣者绝无仅有！那么，宋耀如又是凭什么进入孙先生的小班底呢？或者换句话说，孙先生看重和借重宋耀如的什么呢？这一点自己应该好生揣摸清楚。王正廷那天都讲了这位宋先生的什么呢？

不错，孙宋他们是同辈人，结识也早得多。当年由陆皓东介绍他们认识时，他们都还是年轻人，孙二十八岁，宋三十一岁。一个搗一拳说："你真像个洋鬼子，还留胡子。"一个还一拳说："你真是个靼子，还留着辫子。"双方哈哈一笑算订交，从此成为挚友，有通家之好。对于这一点，作为晚辈的自己，当然不能与宋先生比呀。那么，宋先生对革命都作过什么贡献呢？有多大功劳能取得全家出席大总统就职典礼的资格呢？……孔祥熙努力回想着王正廷的话。想来想去，他觉得，宋耀如此人除了对革命理想的忠诚外，最突出之贡献就在于他是个经营有成的实业家，能以大量金钱无私地支援革命而不求回报。作为同盟会的秘密总司库，他历经艰难困苦和风险折磨，保证了革命的财力需求，功莫大焉！自然，以此得到孙先生的信赖和友谊是理所当然的。尤其他功成抽身、急流勇退，宁愿继续经商而力辞中华民国临时政府外交次长的高风亮节，难怪连自视颇高的王正廷也扼腕赞叹不已，说："真革命也！祥熙，你一定要设法结识他。他才是孙先生最信得过的人呢。"

孔祥熙想到这里，忽觉心头一亮。如果说陈其美、居正们的声名功绩让他感到某种震动的话，那么宋耀如先生的经历和成功，带给他的就是一种启示和感悟。他想，看来革命也不光凭行军布阵打打杀杀，金钱同样重要，甚至有时比武力还重要得多；出生入死、战功卓著可以成为统帅人物的心腹爱将，筹款理财业绩显赫同样可以成为伟大领袖的股肱之臣。而对于后一点，自己不是也完全有能力、有自信吗？问题是怎么才能发挥出来，怎么才能让孙中山先生进一步知道自己、看重自己。可以设想，假如孙先生非常了解自己祖辈都是理财好手的历史，了解自己精于数学、善于理财的天赋本领，了解自己辛亥革命中在山西筹款效力的种种作为，他不会不对自己另眼相看的，也许前些天登门求见就不会吃了闭门羹……是的，一定是这样的。如此看来，能有机会让孙先生见到自己并了解自己，对我孔祥熙说来，是迫在眉睫的事；否则，就是在东京住上十年八年也还是个基督教青年会总干事。然而，机会又在哪儿呢？谁又能帮助我得到这样的机会呢？

三十四岁的孔祥熙在苦苦盘算着、等待着。

四十五、请你来做客

圣诞之夜。

东京留日华人基督教青年会门首，立起一棵老高的圣诞树，嵌着五彩电灯，照耀着拥挤的人群。他们是来参加一次演讲会的。这样的热情近年来还是头一回出现。能有如此的效果，应该说是孔祥熙的功劳。

演讲厅内，灯火通明，乐声阵阵。主席台后面墙上挂着两面五色旗，上方是"圣诞演讲会"一排横幅。孔祥熙在那里忙来忙去，指挥着几个工作人员干这干那，一副调度有方、应付裕如的神气，不免引起人们的极大关注和窃窃私语：

"嗨，这位精明强干的主儿是谁呀？"

"你真不知道？新来的总干事孔祥熙。"

"没听说过。怎么样，有些本事？"

"留美的，耶鲁硕士，听说美国人还给他写过一本传记啊。"

"敢接王正廷这个烂摊子，想必是把刷子。"

"也真是。你想，宋耀如等人物？神秘得要死，很少出面演说。他居然请得动！看来也算个人物。"

"要不是听说今天是宋先生讲林肯，我们几个还不来呢。"

……

听着这些议论，孔祥熙暗自得意，心想，看来这个演讲会办对了。

其实，举办宋耀如专场圣诞演讲会，完全是孔祥熙的灵机一动。当时他只是想借此打开工作局面，树立自己这个新总干事的形象和威信。孔祥熙做梦也想不到竟会因此而成就他的一桩美满姻缘，而造就他的另一种显赫人生。

那天，青年会里来了一位客人，指名要见总干事本人。孔祥熙抬头一看，有点不敢相信自己的眼睛，这不是王正廷在万花楼指认的宋耀如宋先生吗？他不敢怠慢，即刻延请入室，冲一杯上好咖啡款待。几句寒暄过后，才知宋先生想了解自己当初在太谷创建中美同盟会的情况。

"受一位美国朋友的委托，想知道这方面的一些资料。听说您是山西人，故前来叨扰。"宋耀如文质彬彬。当他听说孔祥熙就是中美同盟会的当事人时，感到意外惊喜，"想不到总干事有过如此创举，这在美国很有反响呢。可惜后来怎么就有头无尾了呀？"

孔祥熙笑笑说："说来话长。不过总的来看，主观方面在我的责任心不强吧。也有一点客观原因，宋教仁先生被刺，革命局势急变，孙中山先生有书调我赴沪，故而其他事也就不能不暂时放一放。"怎么会一下说出后面这句话，连他都感到吃惊。

果然，意想不到的效果出来了，宋耀如立即追问："哦，孔先生早就认识孙先生吗？"

孔祥熙心中惊喜，嘴上愈发谦逊有礼："晚辈后学，不过在美国克利夫兰时曾有幸拜见过孙先生。去年，孙先生由京入晋逗留期间，祥熙有幸再次蒙见。仅此而已。"

宋耀如的态度明显亲近起来："来这里后没去看孙先生吗？"

"还没有。"孔祥熙脸一红。他清楚决不能说出自己求见不得的事，"孙先生一定很忙，总怕打扰他。改日拜见时，还要请宋先生多多关照。"

宋耀如满口答应，又问："听方才孔先生的话语，莫非也在美国留学多年不成吗？"

孔祥熙就怕不往这上头说，急忙答道："前后不过七年。与宋先生全家的旅美佳话不可同日而语。"

这话真叫宋耀如耳顺："请问在哪个大学深造？"

孔祥熙说："先在奥伯林，后在耶鲁。在耶鲁时，还曾有幸见过令爱霭龄小姐一面。"

"是吗？"宋耀如惊喜出声，不由得抬头重新打量这位总干事，只见他三十出头，中上等身材，白圆脸，大眼睛，西式打扮，一副精明干练样儿挺入眼。刹那触动宋耀如的那桩心事，无形中把话题可就转了向儿："这么说，你们俩见过面？是哪年呀？"

孔祥熙说："那是七年前在华盛顿。温秉忠先生赴美考察教育，召见所有留美学生，最后举行酒会。就是在那次酒会上吧。"

宋耀如笑着点头："对的，对的。其时我也在美国，为同盟会募捐了二百万美元。我要去参加酒会，也许我们早就认识了。哎，对了，你们现在见面还能认出来吗？"

孔祥熙说："我也许能认出她，可她决不会认出我。"

宋耀如笑问："这是为何？"

孔祥熙说："她是酒会皇后，多少人围着她转，她哪有工夫看别人？再说，谁会注意我这个穷小子呢？"

宋耀如哈哈大笑："穷小子好呀，我也是穷小子，林肯总统也是穷小子，穷小子能成大事呢。如今全东京不是都知道有你这么个总干事吗？"他又欣赏地注视孔祥熙良久，忽然问道："孔先生，府上还有什么人？"

孔祥熙一愣，立即预感到要发生什么，他沉思一会儿，说："父母已经过世，什么亲人也没有了。这倒也好，可以全心干一点事情。"

宋耀如还想再问什么，欲言又止，看看表，有离去之意。

这时，孔祥熙忽然有一种强烈的直觉：不能让眼前这个人轻易走开，他会给自己带来好运、带来转机、带来这些天自己所思谋的一切。可是怎么才能留住他呢？快想办法呀……也算是福至心灵吧，他忽然脱口说道："宋先生，您今天来得正好，我们青年会原准备近日去专门拜访您，送一张请柬过去的。"

宋耀如哦了一声："是吗？什么事？"

孔祥熙像煞有介事，郑重地说："宋先生，是这么回事。我们想举行一个圣诞演讲会，作为恢复青年会工作秩序的一项首选活动。经过征求各方面的意见，一致要求请您为大家做专场演讲。已经请人在制作请柬了。"

宋耀如一笑说："请我？不行，不行。您可能还不知道，我是最不善于在大庭广众下讲话的，非常抱歉。在东京的革命同志中，著名演讲家大有人在呀。"

孔祥熙使出辩才："宋先生所说情况，我初来乍到，真还不大明白。不过这个邀请是青年会集体所定，断难更改。大家以为：第一，宋先生的公开职业是传教士，在圣诞之夜发表演讲最为自然；在传布上帝福音之中宣扬民主共和，日本警方和袁党耳目都无话可说。第二，正因为宋先生一贯不慕虚荣、不事张扬、不图私利，只知埋头出力，几十年奔波颠簸，为革命募集万千资金，其功厥伟，故而声望反倒弥高。无数革命青年跟我一样，对先生的名头如雷贯耳，争欲一睹风采而难得。倘先生在圣诞演讲会露面，必引致空前盛况，必对我青年会之工作以最有力支持。第三，当前袁贼在国内倒行逆施，革命志士流亡东京凄苦彷徨，革命自是处于低潮之中，亟须有大智大勇者登高一呼，振聋发聩。而今孙先生之外能有几人堪当此任？先生众望所归，岂能放弃鼓呼革命、力挽狂澜之一时一机……"

不等孔祥熙说完，宋耀如笑着打断话头："真没看出，孔先生原是口若悬河的大雄辩家呀。好了好了，我应命就是。只是要我讲什么呢？我又会讲什么呢？"

孔祥熙说："请宋先生随意讲。"

宋耀如说："你们一定研究过的，还是按议好的题目讲吧。"

哪里有议好的题目？孔祥熙急速转动脑子。他也真有些急智，猛想起王正廷的话，说是宋耀如随身有三件宝，《圣经》、林肯像和一本林肯阐述三民主义的小册子。可见，宋耀如是最崇拜林肯总统的，何不投其所好？于是孔祥熙说："既然宋先生客气，那就请您讲讲林肯总统吧。这里的青年似乎对林肯总统了解的并不多，而林肯总统及其思想眼下对我们却又是多么重要呀！"

一提林肯，宋耀如的眼睛果然发亮，兴奋地说："可以，可以。看来孔先生也很熟悉林肯总统吧？"

孔祥熙知道得分的机会来了，说："说来惭愧，只是崇拜，理解和熟悉还谈不上。我想，任何一个向往民主、自由的中国青年，都会崇拜这位美国历史上最伟大的总统。他不但具有过人的洞察力和深厚之人道主义意识，从而拯救了美国联邦并结束了奴隶制度，而且他为人谦虚坦率、平易近人、幽默风趣，可以说是一位平民总统。我真希望能通过宋先生的演讲，让更多的国人知道林肯总统，熟悉他那些著名的演说和思想。因为，这对我们中国革命太有促进和裨益了，国人愈能理解林肯总统，便愈能理解孙中山先生，孙中山先生就是我们中国的林肯。"

"噢，孙中山是中国的林肯？"宋耀如显然对这个说法极感兴趣，很想听这个年轻人说下去，"何以见得？"

孔祥熙谦恭一笑："我怕说不好，不过皮毛之见。林肯总统当年面临着战争、国家分裂、种族制度等重重困难，他凭借非凡毅力和决心恢复联邦，推行民有、民治、民享的三民主义，废除奴隶制，发布著名之《解放黑人奴隶宣言》，终于成为国家民族的伟大英雄人物。孙先生不也同样面临着战争、国家分裂、帝制复辟等诸多威胁吗？当此革命危难之际，孙先生不屈不挠，为实现自己民族、民权、民生的三民主义奋斗不息，其思想、品格、作为，又与林肯总统何异？只要有更多的人理解他、追随他，在他的领导下共同向前，必能反败为胜，推翻袁贼政体，夺回辛亥果实，重建我中华民国。建如此之功业者，还不是中国之林肯吗？"

宋耀如听得高兴，连说："有道理，有道理。我看就不用我讲了，孔先生就是最好的演讲者呀。"

孔祥熙忙说："见笑，见笑。晚辈后学无才，这是班门弄斧了。关于林肯的三民主义和孙先生的三民主义，我正有许多不解之处，还希望宋先生在演讲中做深切阐述。"

于是乎，这才有了今天晚上的圣诞演讲会。

演讲会非常成功。宋耀如在热烈的掌声中走出会场时，已时近午夜。

孔祥熙一边陪着宋耀如吃夜宵，一边殷勤递话："宋先生的演讲太精彩了。听大家反映说，东京已多年没听到这样的演讲了。"

宋耀如红光满面，依然处在方才滔滔演说的激动之中："还是有些太仓促，有几处没讲好，那段林肯著名的演说词，要不是您提示，我还真要出洋相呢。"

孔祥熙说："这种情况谁也会有。我也是偶然记得那么几句。"

宋耀如说："不，我看不是偶然。您一定系统背过林肯总统的演讲词吧？"

孔祥熙故作忸怩状，吭哧半天说："当初为过英语关，倒是读过一遍的。"

宋耀如哈哈笑道："看是如何？我能听出来。咳，说起来，当初我也是背过的呀，可惜都快忘光了，跟你们年轻人比，记忆力差多了。就说今晚那段著名的就职演说，从前是倒背如流的，可如今居然背不下来了。对了，孔先生，能否请您用英文为我背一遍？"

孔祥熙不知对方是什么意思，犹豫着说："怕背不好。"

宋耀如兴致分外好："请不必客气。"

于是，孔祥熙清清嗓子用英语大声朗诵道：

　　我们不怀怨恨，广施博爱，坚定地用上帝给予我们的正义去对待
正义，让我们继续奋斗，努力完成我们正在从事的事业，去治疗国家

的创伤，去照顾艰苦作战的战士和他们的遗孀遗孤，尽一切努力实现并维护我们自己之间以及我国与他国之间的公正和持久的和平。

宋耀如鼓掌叫好："非常地道。想不到您满口山西话，英文口语却这般规范，比霭龄的好，确实比她的好。"

孔祥熙连忙谦虚几句。他见宋耀如提到家人，就知趣地说："今天应该是宋先生与家人团聚的圣诞之夜，却叫我们给搅了，实在抱歉得很，还请宋先生能够原谅。"

宋耀如说："这是什么话？应该说，这个圣诞之夜最有意义。要说没与家人团聚，大家不都一样吗？孔先生也是呀。"

孔祥熙说："我不同，我是光身一个，无所谓团聚。"

言者也许无心，听者却是有意。宋耀如思忖一会儿，笑着望定孔祥熙的面孔，热诚地说："孔先生，我代表我们全家，请您来做客！"

孔祥熙有些受宠若惊："不，宋先生……"

宋耀如似乎早有主意："一定。您请我参加圣诞演讲会，我请您赴元旦家宴，咱们不就扯平了嘛。"

四十六、盘根问底话票号

宋耀如一家住在横滨市海滨山的一处公寓里。

元旦前两天，全家人都知道要有一位"了不起"的客人来赴新年家宴。"了不起"一词是从家长宋耀如口里出来的，至于客人是谁，怎么个了不起，他却只字不提，分明要吊全家人的胃口。这反而激发了孩子们的好奇心，展开了竞猜游戏：有说是孙中山孙叔叔的、有说是陈其美陈叔叔的、有说是老朋友步惠廉牧师的……对弟妹们的竞猜活动，宋霭龄毫无兴趣，坐在一边想自己的心事。她是今天下午才从东京赶回来的，要不是电话上说父亲有病，她是绝对不会回来的，在孙先生身边工作太累太累，她原想趁此机会好好睡上一天。到家才知道完全上当，父亲固然有些感冒，但主要是欢迎什么了不起的客人！会有什么了不起的客人呢？最了不起的客人只有孙先生，可他是绝对不会来的。临走前，她曾专门邀请孙先生上自己家过年的，叫孙先生一口回绝了。那态度之坚决之冷淡之不容商量，以前可是从来没有过的。已经有好一段时间了，她明显感到孙先生在有意地疏远自己，真叫人又纳闷又伤心：他这是怎么了？我的工作有失误吗？我爱他的一片痴情被发现并且不愿接受吗？他是嫌我太小、无才、貌丑而不般配吗？……不愿上宋家做客，这在他可是从来没有过的事，是不可思议的事……现在却要等什么了不起的客人，见他的鬼！他就是上帝，我也不稀罕……该死！我怎么亵渎起上帝来了……宋霭龄心烦意乱。

晚宴已经准备停当，相当丰盛。全家人都换上新衣服，恭候着客人的到来。

孩子们再也憋不住了，又七嘴八舌地刺探起来。

"爸，客人就要来了，给我们透露一点没关系的。他是谁呀？"

"他是我们中国人吗？"

"他姓什么？"

"他是个大高个吗？"

……

宋耀如终于憋不住了，他狡黠地眨眨眼睛说："好吧，我给你们放一点风。他是咱们一个老乡。"

"文昌人？"子安、子良脱口说。

宋耀如摇摇头："不是。"

"咱们老家不就是文昌吗？怎么不是？"

"说不是就不是。霭龄，你猜猜。"

宋霭龄没好气地说："我不感兴趣。"

这时，文静的庆龄怕父亲难堪，开口说："我想是山西人吧？"

"二姐，怎么会是山西人？"男孩子们惊叫起来。

庆龄温柔一笑："叫爸告诉你们吧。"

宋耀如高兴起来："还是你们二姐有心。对了，是山西人。因为咱们最早的老家也在山西，我以前是告诉过你们的呀。好，再说一遍。咱们本姓韩，根在山西，一千多年前渡海南来，在文昌县定居。记住了吧。"

宋霭龄撇撇嘴说："哼，山西有什么！"

正在这时，响起了一阵门铃声。

为赴宋家这次晚宴，孔祥熙做了精心准备。他在一家高档理发店理了发，显得亮眉俊眼容光焕发；穿一身裁剪得十分考究的灰西服，配一件深蓝薄呢子大衣，胸前是紫红色领带，足蹬一双乌黑发亮的新皮靴；怀里抱着一大束鲜艳水灵的花儿；略胖的脸上目光闪闪，充满和善聪颖……整个一个气度非凡。当他以如此形象出现在门口时，宋家大小都愣了一下，无声的注目礼达一分钟之久，连最没有情绪的霭龄小姐的眼睛都有些发直。接下来的献花、问好、入座、应答……一整套标准的西式礼仪过后，孔祥熙已经稳获宋家人的好感。而等到晚宴结束时，主客双方早就打成一片，坐在客厅里继续欢谈。尤其是宋霭龄，已经忘掉烦恼，恢复了爱说爱闹、喜欢主宰一切的天性，操纵着整个谈话。

"孔先生，你刚才在饭桌上说，你的祖上是开票号的。那一定非常有钱，对吗？"这位宋家大小姐对金钱有着一种天生的敏感和兴趣，"你们家是不是最有钱的呢？"

孔祥熙的祖上又官又商，确曾显赫富有过一阵子，但到他父亲手里已经颓败不堪，难以为继了。这一点成为他平生最大的一块心病、一个忌讳，从来羞于对人言。每遇有人问及，能避开时尽量避开，避不开时则胡吹瞎编遮掩之。眼下，他当然不想叫宋家人探知根底，便巧妙地岔开话题说："咱们中国人谁愿说自己最有钱呢？所以，我也不能说。不过在我们老家太谷县，有钱人多的是，家资在三百万两白银以上的富户即有十三家之多。要不要我给你们举两个例子？"

"要，要。"宋耀如夫妇已回房歇息。宋家的下一代拍手赞同。

于是，孔祥熙给他们讲了以下两个故事："我先讲一个孙家的事。这孙家到底有多少钱？不知道。只知道他家修花园，是用汉白玉铺砌地面。这上等的建筑材料可不是一般人家可以用的，北京的故宫、西郊的颐和园、天安门前的华表，这些皇家的建筑才能用，也用得起呀。于是，有人就给皇帝写密折告孙家一个欺君之罪。皇上大怒，一连三次派钦差大臣查办孙家。但孙家仗着钱多，你来一次我收买一次，也不知道又花了多少钱，反正钦差们都是上天言好事，说孙家没有那么回事。仇家也厉害，还是上告不止，并偷出孙家几块汉白玉呈献上去以为罪证。皇上这次不管三七二十一，立将姓孙的锁拿进京亲自审问。皇上指着汉白玉问：'这是什么？'姓孙的土头土脑，痴痴呆呆、结结巴巴、战战兢兢：'这……这……不是白、白、白石头吗？我……我也不、不认得……'皇上一听笑了，这是个傻子呀！快把他给我赶走。一场天大的灾祸就这么烟消云散了。其实这也是孙家用钱买得的一条妙计，又不知花出去多少白花花的银子。"

霭龄、庆龄、子良、子安们开心地哈哈大笑。

"接下来，我再讲一个金火车头的故事。有一家姓曹的，先别问他家有多少钱，先看他家有多大的气派：曹家的商号横跨七个国家、十三个行业，大小六百四十多家字号，雇员两万多人，周转资金达六百多万两白银。你们说他有多少钱？都知道庚子之乱吧？就是八国联军进北京、慈禧太后西逃，十多年前的事嘛。那西太后逃到山西太原，穷得没钱花，怎么办？只好派人去曹家借钱，给人家打上借据，言好日后回北京必还，方才渡过难关。两年后，西太后果然回到北京，但要还曹家这笔巨债，哪有那么多现钱。没办法，只好把宫里一件珍宝拿去抵债，这就是金火车头！这个金火车头，原是法国的工艺精品，百多年前进贡给乾隆爷的。它以黄、白、乌三种纯金制造而成，重八十四斤半，是一件无价之宝呀。在曹家，像这样的稀世珍宝何止一个金火车头，什么白菜蝈蝈，什么百寿大屏风，哪一件也是价值连城！"

这回，宋家姐弟不笑了，一个个听得张大了嘴合不拢。

好半天，还是宋霭龄先缓过神来，她两眼放光地问："他们怎么会有这么多钱呢？是开票号赚的吗？这票号就是银行吗？快说说，它到底是怎么回事？"

孔祥熙看看挂钟，已经快 12 点了。他说："时间不早了。要说起票号，那得说到天亮。"

其他几个听众都看着他们的大姐。她一向是他们的总指挥。

宋霭龄不容分说："就说到天亮。"

孔祥熙只好把票号的来龙去脉介绍了一番："也可以说，票号就是现在的银行。它为什么先在山西出现呢？因为我们山西古代商业很发达。远在宋代，山西商人已经崭露头角，至明清更盛。就地域说，我们山西商人的足迹遍及全国，远至俄国和东南亚一带；就行业说，可以说七十二行全有，尤以绸缎、皮毛、颜料等最强。他们礼貌待客，送货上门，物美价廉，薄利多销，讲究信用，看重诺言，号规严明，广交朋友，故而兴旺发达近三百年。商业发达，必定促成金融业发达。我记得有个英国人在他写的一本叫作《中国的银行和价格》中说，山西商人要到所有远远近近的城市去接受订货，他们就从这样的交易中发展成为票号……早期的山西商人们贩运货物到邻近的省份，大约在公元前 600 年他们就开始从事这种活动，并且用当时通用的货币或金银来交纳税款……由于财富增多和纸张用处的扩大，才使他们发展为票号。还有一本叫《清稗类钞》的书中说：'所谓票号，就是以汇款及放债为业者，其始多山西人为之，分号遍各省，当未设银行时，全恃此以为汇兑。人以其资本雄厚，多以巨资存放号中，深信之。给息存薄，甚有无息者，故获利颇丰，后乃改依银行之例矣。'总之，票号之所以最早产生在山西，就因为晋商是当时全国最大的商帮，资本雄厚，行业范围广，经营品种齐全丰富，商业信誉高等因素所致。

"好，你们别急，下面我就说具体些。要说山西票号之创立，与平遥县的颜料商有直接关系。清雍正年间，平遥县达蒲村李家开始经营颜料铺，至嘉庆年间在县城西街开出一家西裕成颜料庄，经理名叫雷履泰，东家自然姓李，叫李箴视。随着业务不断扩大，在北京和天津也有了字号。当时，北京、天津与山西之间的货款调拨，都是委托镖局运送现银。这样运费既高，路上又不安全。于是就有人和北京西裕成经理商议，从北京往老家捎的银钱，交到西裕成，由北京写信在平遥西裕成用款，这样就免去动用镖局。起初不过是朋友或亲戚关系，两相拨兑，也不出什么汇费和手续费。后来同乡都觉得这个办法便利，请求拨兑的人越来越多，在双方同意之原则下，出一些汇费。西裕成掌柜的受到启发，觉得这种生意比其他生意利润还大，何不广为开展以专获此利？于是便开设出专营汇兑和存放业务的首家票号——日升昌票号。

"有人开了头，跟进者便大有人在。票号遂在晋中地区的平遥、祁县、太谷一带风行起来。我们太谷县交通便利，商业发达，至清代中叶，商贾足迹几遍全省，东北到燕、奉、蒙、俄，西达秦、陇，南抵吴、越、川、楚，真可谓财源茂盛，富户如云，其有钱程度已如前述。这样，开起票号来自然资本雄厚十分容易。不几年间，就有志成信、协成乾、世义信、大德玉、大德川、裕源永等几十个票号挂牌，形成了山西票号业中的太谷帮。论实力，我们太谷帮最强大，成为当时全省乃至全国的金融中心。怎么样，听明白了吧？"

然而宋霭龄还不满足："那这票号是如何赚钱的呢？也就是说具体怎么干？"

孔祥熙笑道："莫非宋小姐也想开票号不成？"

宋霭龄莞尔一笑说："开一个又怎么样？很难吗？"

孔祥熙说："真有兴趣听？可枯燥啦。你看他们全打瞌睡了。"

宋霭龄说："我不管，我想听。"

于是，孔祥熙只得又介绍了一番："据我对我祖上票号的了解，其股本大多为无限责任制。开业时投入资本一般虽只有五六万两白银，但其财东所拥有的资产则要远远超出票号资本的数倍数十倍。其组织形式是：总号设总经理，或叫大掌柜；协理，或叫二掌柜。由他们总理全号事务。下设管理号内日常事务一人，管账和信件的二至三人，跑街者三至四人。其中以管账簿信件者为主要业务人员，要求非常之高。每天晚上，各执事人等要向经理汇报当天情况，然后共同研究，根据各路银根之松紧及汇水之小组涨落，统筹规划以指导明天之业务。总号之外，在全国各地都开设分号，分号经理人选要由总号挑选任用，随身带着专用图章、砝码、川资、开办费等前去上任。分号的下属人员称为伙计，伙计的配备视本号事务之繁简而定，其职务和营业情况与总号大同小异。分号必须每天将所在地区的市面银钱行情通报总号和连号各庄，月终还必须将本月之营业情形详细造出清单，上报总号和连号各庄。年终总结账一次。

"说到票号的业务，主要有以下三种：第一是汇兑，有票汇、信汇、电汇等形式。所谓票汇就是顾客将汇银交到号里，给开一汇票，凭票到某地取款，认票不认人；所谓信汇就是汇款人交银后，写信给收款人，票号也写信通知汇款地的分号或连号，收款人接到汇款人的信，持信向汇入地的票号取款；电汇是最近这些年才有的汇兑业务，快捷但费用较高。票号的第二大业务是存款，第三大业务是放款，这与现在的银行无大区别，就不多说了。要把这些业务弄好，使票号能赚钱，可不是说句话就成，那有一套极为复杂严密的管理办法和经验。你得能审时度势，策划得当，广揽广交，多中取利，精通预测，严防呆账；你得能延揽人才，团结伙计；你得能订出严明的号章号规，不徇私情；你得能结交官府，找到大人物做靠山……不容易得很哪！"

宋霭龄忽然问道："开票号就是开票号，怎么要找大官做靠山呢？"

孔祥熙说："这你就不懂了吧？先前我也不明白。咱们中国不比美国，什么都离不开'权势'二字，做生意开票号也是如此，官商结合才能赚大钱哩。你想呀，从古至今朝朝代代，什么人来钱最快？自然是当官的，无本求利，无本万利。他们最有钱，对外还偏要显出个廉洁奉公的嘴脸，这样那些赃钱就得有个秘密可靠的收藏处。你开票号的要不跟这些官儿结交得好，能把他们的大钱吸收进来吗？再者说，你有了大官做后台，也可以壮大声势，提高知名度，也对吸收民间资金大为有利呀。故而各处票号的老板，都千方百计地与知府道台、总督巡抚，乃至皇亲国舅相结交，不惜大花血本。"

宋霭龄若有所思："这倒有些意思。"

这时，壁钟连响六声。

孔祥熙抬头一看，已经晨曦临窗；再看周围，庆龄和两名小男子汉不知何时已入梦乡，睡得东倒西歪；只有霭龄神采依旧，了无倦意。

宋霭龄向孔祥熙温柔一笑，调皮地说："孔先生，早上好！"

四十七、与主流派失之交臂

20世纪40年代初，美国女记者埃米丽·哈恩写了一本书，书名叫作《宋氏家族》，其中说："直到在日本举行的一次学生大会上，孔祥熙才有机会见到孙中山先生本人。"这真是语惊四座，足叫所有为孔祥熙作传者目瞪口呆，莫衷一是。她的证据是什么呢？可惜语焉不详。我们就只好从众而论，仍然认为孔祥熙早在美国留学时便见到过孙中山。这算一句闲话。

不过，孔祥熙真正走近孙中山，确实是在他踏进宋家门而成为霭龄小姐的男朋友以后；准确些讲，是在孙先生突患腹痛病期间。那年的 3 月 27 日，孙中山先生不知是吃坏了肚子，还是后来置他于死地的肝病的早期预演，还是别的什么原因，反正因为剧烈的腹痛而躺倒了。作为私人秘书，霭龄自然要来陪侍，但还有一个人出于强烈的无以比拟的崇敬之情，也日夜不离伟人左右，这就是二十一岁的宋庆龄。姐妹二人忙于护理，公文来往等日常诸事还是料理不过来，于是便将孔祥熙也拉过来帮忙。这对于孔祥熙来说，正是求之不得的事，到日本好几个月来，不正是要成为孙先生身边的人吗？

在为孙中山先生清理案头时，孔祥熙偶然发现了两封函件的底稿，都与银行有关。一封是《复中华实业银行代表函》，略谓：

> 前承沈公不弃，推文为"中华"、"实业"银行名誉总董。文见实业为富国之本，而银行尤为实业之母，且沈公又复革命同志，光复有功，于是慨然允诺，并为作书介绍，请南洋同志竭力相助，此去岁春间事也。后数月中华银行以沪督取消，官本无着，决意添招新股，改为商办。文以创办诸公，多民国之伟人，而军票之信用，尤赖该行以保全；且以中国之大，非有多数银行不足以济贫困，故文亦欣然从其所请，以总董名义，派人南下招集股份……今实业银行既决议暂不合并，而以两方单独进行，无害于招股之前途，则文自无不赞成……好在中国地大物博，银行愈多愈善；愿两行努力进行，勿生冲突，各尽所长，互相提携，以振我国实业之颓靡，而杜外人之觊觎，文于诸公实有厚望焉。若有需文之处，不论"中华"，不论"实业"，无不尽我应有之义务，以达提倡银行之初志……

另一封是《致日本某君函》，略谓：

> 文近拟与西人合股立一银行，专以输入外资为目的，直接则振兴中国实业，间接则抵制"四国团"……此银行各号属中国，注册在中

国，董事全为中国人，唯总司理则用西人。而欧洲股东则组织一顾问局，专助理输入外资之事。现拟各投资本千万元以成立之，八月底先交股本二百五十万元，即行开市。此银行若成，则为中国开一生路，可免种种之干涉条件也……而文一人之力，于此短期诚恐难集二百五十万元之现金，故将实情详达左右，望公有以助成之……

孔祥熙阅之再三，心中暗想，殊不知孙先生几十年来志在武装革命，却原来在经济财政上亦如此用心。以前何能知之？要论领军打仗出生入死，自己确难给孙先生助一臂之力，倘要论起开办银行筹款聚财，不正是本人的强项吗？想到这里，他眼前豁然明亮起来：对，以后就从这"银行"二字上大做文章，话往这儿说，事往这儿做。不怕孙先生不重用。

十多日后，孙中山先生的病体好转，人也有了精神。

宋霭龄把孔祥熙拉到孙中山面前，正式做一介绍："孙先生，这位是我的男朋友孔祥熙。"她出于一种十分微妙的心理，故意把"男朋友"三字咬得很重。

孙先生吃力地笑笑说："好呵，这很好。其实，我是早就认识孔先生的。孔先生，是吧？"他说着向孔祥熙伸出了手。

孔祥熙心里一热，孙先生到底没忘自己呀！他抢步上前，紧紧握住对方的手："孙先生，我们真为您的身体担心呀。这下可好了。"

孙中山说："感谢您这些天为我所做的一切，我都看到了，我很满意。您是多会儿来东京的？住在哪儿？"

不等孔祥熙答话，宋霭龄就接过去："他是东京基督教青年会的总干事。"她又把哪个"总"字咬得老重。

宋庆龄斜了姐姐一眼，抿嘴偷笑。

孙中山先生说："好呀，这个地方很重要，可以宣传革命，联络同志，组织力量，起很大的作用。过几天我们好好谈谈。"

孔祥熙正要表态，宋霭龄又插上说："孙先生，有件事请您原谅。我爸的意思，想让我跟祥熙出去几天，您看……"

孙中山先生分外高兴地一笑说："这很好呀。日本的春天最美，应该出去走走的。我要是没病，一定与你们同行。放心吧，这里有我们的小庆龄足够了。孔先生，您是头一次来日本吧？更应该四处走走，也是青年会工作的需要嘛。"

在通往箱根的火车上，孔祥熙一直疑惑不解地看着宋霭龄，闹不清她为什么要假借父亲的名义从孙先生身边走开，孙先生的病还没有好利索，作为几年来非常受信任的秘书，怎么好意思把责任都推给别人而自己去游箱根呢？……通过这两个多月来的相处，孔祥熙慢慢看出他的这位未婚妻相当不简单，别看只有二十四岁，城府倒比自己深得多，而且遇事极有主见，喜欢发号施令，说一不二……这又打的什么主意呢？

"我要给你宣布一件非常重要的事。"宋霭龄就如同钻在孔祥熙心里一样，"你也别胡思乱想了，住下来我会慢慢对你说。"

孔祥熙却不由得更加动起脑子来。

宋霭龄一笑说："你这个老西呀真多心。你是想多大的事东京不能谈，为什么要去箱根是不是？箱根是世界有名的游览胜地，我是为你着想呀傻瓜。"

孔祥熙也憨然一笑说："我知道。"

宋霭龄娇嗔道："你知道什么？"

孔祥熙说："我知道箱根距东京一百八十里，是关西与关东的分界点。因火山活动之故，箱根成为典型的三重式火山，形成了美丽的山川、溪谷、流泉和湖泊。譬如芦湖清澈湛蓝若仙境，泛舟其间如神仙，晴天里可以望到富士山。更别说温泉无数，以箱根七汤最为著名，还有什么箱根八里的雄关古道，深良用水的动人传说，以及石佛群、神社、早云寺、千条瀑、仙石原等名胜古迹。"

宋霭龄把眼珠子瞪得溜圆，惊喜地叫道："你去过箱根？"

孔祥熙说："我在书里去过。"

宋霭龄依然惊讶不已："怪不得我爸看上你了，还真行呀。"

且说二人来到箱根山下的汤本，天色已经不早，便投宿在一家叫作福住楼的旅馆。这汤本小镇紧挨的汤阪山有一股温泉流出，每个旅馆都用管子把水接进来，供客人洗浴。二人也顾不上先吃些东西，急忙宽衣泡起了温泉。

孔祥熙心里装着疑问，嘴上不说，但眼睛会说。

宋霭龄岂能觉察不出？她笑笑说："看来我不讲，你这趟箱根是游不好的呀。我还是早讲吧。"她顿了顿："祥熙，我告诉你，我打算离开孙先生。"

声音不高，但在孔祥熙听来，犹如一个响雷："什么，离开孙先生？不给他当秘书了？为什么？"

"你别大声嚷嚷呀。"宋霭龄莞尔一笑，"还用得着问为什么吗？你知道我多大了是不是？我得结婚呀！"

"结婚？"

"你不信？"

"我当然信。"

"你不想结？"

"看你说的。"

"那你眼睛瞪得多大！"

孔祥熙笑了，说："可那也用不着离开孙先生呀。"孔祥熙心想，我好不容易有机会亲近孙先生，可以追随在他身边轰轰烈烈干一场，这倒好，你却要离开他！

宋霭龄望着未婚夫的认真样儿，觉得挺可爱，有心说出全部心事，可有些话能对他讲吗？能说自己苦苦追求孙先生，数年来想他所想，忙他所忙，爱他所爱，恨他所恨，愿意牺牲和贡献自己的一切；到头来却一无所获，爱情被拒绝，爱心遭伤害，落了个自作多情！说他真以为年纪悬殊吗？说他真以为我是朋友之女吗？说他真以为自己是有妇之夫无法再娶吗？不，不是的。他是另有所爱，只是不爱我。他爱谁我知道……他是爱庆龄的呀。事情到了这一步，叫我还有什么脸面留在他身边？为了我的尊严，为了我的爱情，为了我的前途人生，我只能离开他呀！可是这既往的一切一切，能与祥熙言吗？

孔祥熙见宋霭龄一副难与人言的模样，知趣地岔开话题说："亲爱的，我们该吃饭了吧。"

一时，孔祥熙的和善、厚道令霭龄十分感动，她冲他笑笑说："不急，我们再泡泡吧。"

孔祥熙问："这事，你告诉过宋先生吗？"

"什么宋先生，该叫爸爸啦。"宋霭龄嗔道，"这么大的事，你想我敢自专吗？他早就想让我离开孙先生呢。对了，他最近和孙先生正有一场大争论。"

孔祥熙敏感地问："什么争论？"

宋霭龄说："吃过饭再说。你也应该听到一些什么吧，外界早有议论了。"

这年一开春，在流亡东京的革命者中间，发生了一次大争论、大分化。局面的焦点就是中华革命党。

过完新年没几天，革命党重要成员齐集于孙中山的东京寓所，筹谋扭转险恶局势的良策。会上，孙中山先生正式提出建立中华革命党的主张。他亲自起草的《中华革命党总章》如下：

第一条　本党名曰中华革命党。

第二条 本党以实行民权、民生两主义为宗旨。

第三条 本党以扫除专制政治、建设完全民国为目的。

第四条 本党进行秩序分作三时期：（一）军政时期。此期以积极武力，扫除一切障碍，而奠定民国基础。（二）训政时期。此期以文明治理，督率国民，建设地方自治。（三）宪政时期。此期俟地方自治完备之后，乃由国民选举代表，组织宪法委员会，创制宪法；宪法颁布之日，即为革命成功之时。

第五条 自革命军起义之日至宪法颁布之时，名曰革命时期；在此时期之内，一切军国庶政，悉归本党负完全责任，力为其难，为同胞造无穷之幸福。

第六条 凡中国同胞皆有进本党之权利义务。

第七条 凡进本党者必须以一己之身命、自由、权利而图革命之成功为条件，立约宣誓，永久遵守。

……

怎么样立约宣誓呢？孙中山先生本人写出《中华革命党总理誓约》一份，作为范本，如下：

立誓人孙文，为救中国危亡，拯生民困苦，愿牺牲一己之身命、自由、权利，统率同志，再举革命，务达民权、民生两主义，并创制五权宪法，使政治修明，民生乐利，措国基于巩固，维世界之和平，特诚谨矢誓如左：一、实行宗旨；二、慎施命令；三、尽忠职务；四、严守秘密；五、誓共生死。从兹永守此约，至死不渝，如有二心，甘受极刑。

中华民国广东省香山县孙文

（指模）

民国三年七月八日立

孙中山先生之所以要建立中华革命党，并严格纪律到要立誓约、按手印的地步，是基于这样的认识：辛亥革命成果被袁世凯窃取和反袁的二次革命失败，最主要原因是革命党内部成分不纯，混进不少旧官僚和假革命；思想混乱，争论不休；纪律涣散，各行其是，号令不一，行动不齐。所以，必须改弦易辙，重建新党。关于这一点，他在《致陈新政及南洋同志书》中有更详尽的阐述：

> 窃文自东渡以来，夙夜以国事为念，每睹大局之颠危，生民之涂炭，辄用怛恻，不能自已。因纠合同志，宣立誓约，组织机关，再图革命……唯此次立党，与前次办法颇有不同。曩同盟会、国民党之组织，徒以主义号召同志，但求主义之相同，不计品流之纯粹。故当时党员虽众，声势虽大，而内部分子意见纷歧，步骤凌乱，既无团结自治之精神，复无奉命承教之美德，致党魁则等于傀儡，党员则有类散沙。迨夫外侮之来，立见摧败，患难之际，疏如路人。此无他，当时立党徒眩于自由平等之说，未尝以统一号令、服从党魁为条件耳……盖党员之于一党，犹官吏之于国家。官吏为国民之公仆，必须牺牲一己之自由平等，绝对服从国家，以为人民谋自由平等。唯党亦然，凡人投身革命党中，以救国救民为己任，则当先牺牲一己之自由平等，为国民谋自由平等，故对于党魁则当服从命令，对于国家则当牺牲一己之权利。意大利（应为德国）密且儿（米歇尔斯）作政党社会学（《寡头统治铁律：现代民主制度中的政党社会学》），谓平民政治精神最富之党派，其日常之事务，重要行动之准备实行，亦不能不听一人之命令。可见不论何党，未有不服从党魁之命令者，而况革命之际，当行军令，军令之下尤贵服从乎？是以此次重组革命党，首以服从命令为唯一之要件。凡入党各员，必自问甘愿服从文一人，毫无疑虑而后可。若口是心非、貌合神离之辈，则宁从割爱，断不勉强，务以多得一党员，即多得一员之用，无取浮滥，以免良莠不齐。此吾等今次立党所以与前次不同者……

然而，正是在这么重大的问题上，以第二号人物黄兴为首的一股力量持有异议，他们认为亡命在日的同志已经处境艰难，不宜再加整肃；尤其不能让大家写出誓约，加按手模。两派争论激烈，相持不下，遂致分裂。黄兴以出国养病为由，偕夫人徐宗汉，幼子一美，翻译徐申伯、唐月池，秘书石陶钧、李书城等买舟赴美，拂袖而去。一批骨干人物也随之纷纷走开。

作为孙先生的挚友和同志，宋耀如也持不同看法，这位虔诚的基督徒和深受西方教育的知识分子，主要觉得个人凌驾于组织之上而拥有无限的权力，有悖于民主原则；叫人立誓约、按手印，则绝对侵犯人权。这个世界上假如有要绝对服从的东西，那就只能是上帝和民主！于是，两人一时吵翻。

这就是宋霭龄晚饭后所告诉孔祥熙的事情。她说她也同意爸爸的观点，故而再待在孙先生身边怕不大方便。她到底没有讲出自己离开孙先生的真正原因。

孔祥熙自然也想不到哪儿去，他现时考虑最多的倒是，面对这场大争论，自己将何去何从：坚决站在孙先生一边，当然很快就会得到信任，从而跻身以孙先生为首的主流派中，否则将与主流派失之交臂。但这样做的代价是，失掉未婚妻和宋家的友情，还有自己信奉不移的民主观念。该怎么办呢？

孔祥熙得到的最后结果是：与主流派失之交臂。

四十八、沉重的婚姻

据笔者所见，一切记载孔宋结婚的文字都极为潇洒，仿佛一对新人真是男欢女爱，金玉良缘。其大致描述如下：说婚礼在春天的（有说是秋天的）横滨举行，说新娘穿一身粉红色的缎面衣裙，上面绣着小鸟和牡丹图案（有说是绣着梅花图案的），新郎则是身着西服，白衬衣打着黑领结（有说是身着藏青色长袍马褂，胸前一朵大红花）；说是结婚那天早晨，忽然有大雨滂沱，但当一对新人动身去教堂的时候，却雨住云开，阳光灿烂，蓝天、白云、绿树、红花、青山、大地都如同用水洗过一样如诗如画；于是皆大欢喜，有道不尽甜蜜的洞房花烛夜……

表面说来，这个婚礼或如所述，但若从内里看，怎知一对新夫妻，不是各怀旧思绪？新婚燕尔难免万种温存，可一番销魂之后也会有同床异梦。且听笔者一段剖白。

新郎睡不着，感喟人生道：这可真是有心栽花花不发，无心插柳柳成荫呀！想我孔某人学得满腹经纶，原是不甘心埋没在太谷小县，急着追随伟人，于这革故鼎新、沧海横流之世，搏一番丈夫事业，显一回英雄本色，也不枉来世上走一遭。这才东渡扶桑流落东京。不料这伟人之门难进，革命的内宅院还恁复杂……眼下的中华革命党多红火：6月22日，在东京召开第一次大会，选举孙中山先生为总理；7月8日，正式召开成立大会，公布孙先生手订之《中华革命党总章》，领导机构及其负责人也宣布了，总务部部长陈其美、党务部部长居正、军事部部长许崇智、政治部部长胡汉民、财政部部长张静江；党机关设在涩谷附近的青山六丁目，孙先生也搬到那儿去住了，办起了机关刊物《民国杂志》，开设了培养政治人才的法政讲习所，在大森还开办了培养军事人才的浩然庐……看来这一切都与自己无关了呀。自己今年已经三十五岁，错过眼下这个机会，会不会成为终生遗憾呢？还会有这种机会吗？何时才会再有这种机会呢？……雄心未展，壮志未酬，却过早陷入儿女情长卿卿我我之中，这明智吗？选择宋家是一步人生好棋吗？原以为宋家老头与孙先生是莫逆之交，又是近二十年的革命战友，作为孙先生的财神爷和老智囊，地位至尊至要，说话最有分量；再说霭龄又当着孙先生的私人秘书，陪孙先生参加过总统就职大典，也做过踏遍全国的铁路考察，什么样的机密不参与……靠着这样的关系接近伟人，成为一个革命大员，应该说这是最得力、最便捷的了。谁会想到他们之间却还有着如此微妙复杂的纠葛，反倒耽误了自己的好事。到了这一步，还有什么好说的？也就只好先如此吧……不过反过来看，也不能说没有一点好处，身边这位年轻丰满的娇妻，得来全不费工夫，跟白捡似的。自己比她大整整十岁，又是个二婚之身，名望、地位、财产都还差得远，能碰上这么一桩美姻缘，谁又不说是天大的造化呢！再者说，我看这孙宋两家相交太深了，虽有一时之不和谐，但终归还是会亲如一家，何况宋家二小姐眼下依然留在孙先生身边，那关系也肯定非同一般。故而，这宋家的政治潜能还大得很呀。自己可说忘啥也不能忘却这一条……就说这位新夫人，往后借重她的地方多着哩，只是脾气比起玉梅来大得多……玉梅，玉梅，祥熙走这一步也是脚步赶到这儿了，泉下有知莫怪我呀……

新娘也难以成眠，想得更多：身边这位山西客，从此便是我的夫君，一年前哪会想到有这种事？娶我为妻的应该是他呀，那个让我激动、崇拜、爱慕、夜夜入梦的人……为了把他这位即将就职的大总统推向新闻界，我宋霭龄彻夜起草他的简历，那一行行优美的英文字母浸着我的心血："……他十六年流亡海外，挚爱中华的赤子之心愈加炽烈；领导十次起义十次失败，革命的斗志愈挫愈坚；他创立革命团体，提出革命学说，领导革命斗争，是中国革命的思想家、组织家和领导者。在他的影响和直接推动下，武昌起义，全国响应，中华终于光复，民国得于新生。他功比华盛顿，堪称中国革命之父……"如今，这份简历早已置入他的档案之中了，可起草人却离他而去，躺在这张陌生的婚床上。记得前年元旦那天早上，我们全家跟着他从上海出发，到南京宣誓就任临时大总统。他穿着特制的军服，镀金的大铜扣闪闪发亮，精神焕发，英武极了，根本不像是四十六岁的人。记得自己时刻不离他的左右，身穿一袭蓝色西服套裙，戴一挂红宝石项链，脸上化了淡妆，引来多少艳羡的目光！我不是为我，是为了以女秘书的可人仪表，衬托他总统的非凡风度呀。直到下午5点左右，火车开进南京下关站。江面上所有停泊着的中外舰船一齐鸣放礼炮二十一响，十多支军乐队争相奏响欢迎曲，全城张灯结彩，人如潮涌，争相目睹大总统的风采。我手提机要箱紧随其后，得留心他的安全呀。后来，在那宣誓就任中华民国临时大总统的历史时刻，就是我把誓词递到他手中的，只听他朗声宣读道："倾覆满洲专制政府，巩固中华民国，图谋民生幸福，此国民之公意也，文实遵之，以忠于国，为众服务。……"当时，人们是多么激动！我是多么激动又幸福！有那么一会儿，我觉得我不是什么女秘书，我就是他的夫人，总统夫人……可是曾几何时，这一切都烟消云散，无影无踪，真正的一场总统夫人梦呀……如今却躺在这里，躺在这位对所有这一切都浑然不觉的总干事身边……好一个总干事，这算什么官？一个忙忙碌碌的教职而已。他人不能说不是一个好人，孔子嫡孙、耶鲁硕士；摆平教案，兴办铭贤，在全国也颇有些名气；相貌堂堂，精明强干，很有致富头脑；而且要比那位年轻强健得多……应该说各个方面都远在常人以上，嫁给他绝不惹人笑话。可是，可是，他到底不是我宋霭龄最想追求的人物呀。正如一位外国友人所说："至少到目前为止，我还看不出你的孔今后在贵国政治中会有多大作为。"假如真的这样，我岂不要与母亲一样，当一辈子传教士的妻子吗？便是他将来在商界或教育界有大发展，又怎么样？不就一个实业家夫人、教育家夫人吗？天底下有多少这种角色！我宋霭龄要的是独一无二，至少也是出墙红杏三五枝！还会有这种好事吗？……更叫人发烦的是，他与庆龄的关系飞速发展，据说他已经向她正式求婚了，我的上帝！对我无动于衷，对她情有独钟，你，你也太伤人心了！不，我不能叫你们称心如意，爸爸会坚决反对的，我也会给爸爸火上浇油的，我要争回我的面子，我要出这口气……可是，这能阻挡他们吗？他的个性坚忍不拔，我太了解了；她从小就沉稳文静，但柔中有刚最有主意，我能不知道自己的妹妹吗？既然阻挡不住，是不是就不要硬上蛮干呢？一个是革命伟人，一个是自己的亲妹妹，总不能闹得他们下不来台吧？家丑不可外扬，再说，将来我们夫妻说不定还得靠人家提携，不能做自断后路的傻事吧……但问题是他们一旦结婚，我怎么有脸去参加他们的婚礼？不去又怎么办？那就只有不在东京，只有离开东京，对，离开这里回国去，反正已无所流连。就是跟祥熙回那偏僻遥远的山西也行……

　　就在一对新人鸳鸯帐里各动思绪之时，宋家老夫妇也难以安睡。他们的心情同样也是沉重的，这倒不是因为大女儿和大女婿，而是因为二女儿和她的婚事。

宋耀如怎么也没想到，庆龄会重复霭龄的故事，她不像她姐姐那么好冲动、任性、敢说敢干，平时是很听话的。但事情的发展越来越不妙，一切都证明确有其事了。即便这时，宋耀如都还没十分惊慌，心想同样的英雄崇拜情结，在霭龄身上能顺利化解，那么对庆龄来说会更容易一些。其实他完全估计错了，庆龄身上那种咬定青山不放松的精神要独特得多、强大得多，她是一个真正有主见的女中豪杰。当宋耀如感到事态严重时，又如法炮制，请一些日本朋友出面给孙中山先生做工作。可是这次不灵了，孙先生竟拿出他干革命的大无畏的气魄，表示他愿意接受庆龄的爱情，并愿为此付出任何代价，包括与原配夫人离婚在内。宋耀如傻眼了。他不得不亲自出面与老朋友论个短长。于是，发生了争论、指责等种种不愉快的场面，结果只能是不欢而散。事情陷入僵局。这叫一向足智多谋的宋先生进退失据，坐卧不安。

宋夫人只好百般劝解："查理，亲爱的！事情到了这一步，也用不着太伤脑筋。庆龄已经是二十二岁的大姑娘了，又是一个有责任心和富于理想的孩子。我们或许就默许了吧？"

"不，桂珍。问题不是这样简单。"丈夫说，"你知道，我不是一个守旧的人，我们的家庭也算得上一个开明进步的家庭。我们本不想包办儿女们的婚事，这是老早就明确了的。可我觉得庆龄更多的是英雄崇拜，而不是成熟的爱情，这会酿成悲剧的呀。另外，你知道吗？还有一层：老孙他与卢夫人已经结婚几十年，子女都那么大了。咱们庆龄插进去，一来不道德，二来她如何面对这些关系？她的人生阅历太浅太浅，闹不好要毁掉两个家庭的呀。孙先生他不是个普通人，他是个革命领袖，严格地说他已经不完全属于自己，而是属于整个中华民族，他可不能随便就让毁掉呀！"

夫人说："可事情到了这一步，也不能全怪庆龄，孙先生也很主动呢。我听说他对房东梅屋夫人讲，他已经离不开庆龄；如果能与她结婚，第二天死去也不后悔什么的。想不到老孙他竟如此看重感情。"

丈夫说："重感情原本不错，这也是他与我们能够成为老朋友的原因。可是，可是……唉！"

夫人说："查理，查理，别折磨自己了。不妨就听其自然吧？"

"不，决不！"宋耀如的执拗劲上来了，"为了大家都好，为了革命事业，我得阻止他们。"

"你怎么阻止？莫非能强行分开他们？办不到，查理。"

宋耀如间隔了好一会儿，果决地说："桂珍，我们回国去，带着所有的孩子们立即回上海。"

到了 1915 年春天，孙中山先生的重建政党工作进展顺利，新的领导核心已经形成，他本人的革命威望空前提高，反袁倒袁的斗争方略也已确立并开始实施，一切都令人满意。唯独身边一下少了宋庆龄，叫他心情怅然。事情到了老朋友反目、强行带走自己已经成年女儿的地步，他才一下感到问题的严重性，感到这是一种不寻常的沉重的婚姻。这天，他翻捡着办公桌上的信件，心情又烦起来，平时哪用自己劳神？这一切早就叫庆龄整理得井井有条了。这时，有人报告说，孔祥熙先生求见。他立即说："快请他进来。"他知道现在宋家留在东京的人只有霭龄和她的这位丈夫，或许能听到庆龄的一点消息。他没想到孔祥熙也是来辞行的。

几句寒暄过后，孙先生就先开口说："孔同志，你最近在青年会组织的几场演讲会，对鼓吹反袁革命、团结更多志士一起奋斗很有作用，反响很大。我得谢谢你呀。还能不能再搞几场？演讲者的范围也可以再扩大一些，各种色彩的人物都请一请，没多大坏处，听听各种意见嘛。我还很想去讲一场，怎么样？"

孔祥熙抱歉地一笑："孙先生，您的指导非常好。演讲会也还要办下去。您能亲自去演讲，那一定非常轰动。可惜的是，我不能为先生亲自料理了。真对不起，孙先生。"

孙中山先生愣了一下："为什么？"

孔祥熙有些不好意思地说："霭龄接到宋先生的来信，要我们也很快赶回上海去。他说生意上的事很忙，像是要扩大经营规模。所以我来……"

"所以你是来向我辞行的，对吧？"孙中山先生好半天沉默不语，后来用很伤感的口气问，"霭龄怎么不来呢？"

孔祥熙还未开口脸就红了，因为他下面要说假话了："她原先说是要来的，可忽然患了感冒，就……"

孙中山先生微微一笑："怕不光是感冒吧……瞧我这人，把老朋友一家都得罪了，真不应该的。祥熙，我还正想把你和霭龄请过来给我帮忙，尤其是你，英语口语和笔下都不错，很难得。不然你看看，庆龄这一走，我这里都快乱套了。

真不巧，你们也要离开我了。"

孔祥熙坐在那里感到非常难受，从内心讲，他是巴不得上孙先生这边来，但却是身不由己，只好一个劲地道歉："对不起，孙先生。对不起……"

孙中山先生宽厚地笑笑："用不着这样，用不着这样。准备何时动身？"

孔祥熙说："霭龄正在搞船票。"

孙中山抬起灼灼目光望着孔祥熙："我说过要与你好好谈谈，可是这一阵太忙乱，竟没能实行，很可惜。祥熙，你回国后都有什么打算？"

孔祥熙今天来是有准备的，故而从容答道："孙总理，虽然我因为教职所限而未能追随先生左右，未能亲身参与中华革命党的各种活动，但对总理及革命之向往、之忠诚，决然不改初衷。目下为处境所限即将返国，极愿得到总理面示。祥熙不才，唯觉我党同志多在军事方面颇有建树，人才济济，而对经济实业，尤其是财政金融诸方面似乎留心者不多，精通者更鲜。故祥熙欲在办好铭贤学校之余，不妨试办一下实业和银行，或能有所长进，为总理和革命贡献绵薄。不知思之成理吗？"他是看到过孙先生有关办银行的文稿的，自然是有的放矢。

孙中山先生一听果然高兴，满意地点着头："有此想法，极好，极好。应该回到你们老家山西去，那里明清几百年来是全国之金融中心，资本和经验都不容忽视的。据我记得，你的祖上也是经营票号的大家族，亦商亦儒，是吗？你可以光大家风，成为我们革命的实业家、银行家嘛。"

孔祥熙诚恳地说："是的，是的。我听总理安排。"

孙中山先生想了想又说："当然，亦不能埋头只管经济，还得留意时局之大变化，尤其是北方的政治动向。我党一直有个缺憾，多年来在南方活动，而在北方的力量相对不足。所以希望你利用商业活动之便，留心北京等地的消息，有意结交各种上层人物，以为我用。"

孔祥熙说："我会的，请总理放心。"

说完这些话，孙中山先生似乎意犹未尽，却又有难言之隐的样子。

孔祥熙何等精明，已大体猜个八九不离十，一定是与宋家的关系问题，但他当然不便点出，只是问道："总理还有什么吩咐吗？"

孙中山先生思忖良久，说："祥熙，霭龄是个很出色的女子，有谋略，有才干，有气魄，是个非常难得的贤内助。只是有些任性，身上有一种叫人捉摸不透、不怎么安分的东西。你要善待她，也要帮助她……她在我这里待了很长一段时间，给我帮了很大的忙，我是有点让她伤心了。还有她的父亲，我多年的老朋友，这次也非常伤心，都是我无意中伤害了他们，我很抱歉。希望你见到他们以后替我致意好吗？"

孔祥熙说："这个，总理不必太过操心。他们会理解您的。再说宋先生与您相交几十年，这种友谊是牢不可破的，一时的误会又算得了什么。当然，祥熙会向宋先生全家转达您的问候的。"

孙中山先生笑了，说："如此甚好，我就放心了。"

1915 年初夏，孔祥熙、宋霭龄夫妇带着满足与遗憾、甜蜜与苦涩、希冀与迷茫，登上了返国的轮船。对于这一对年富力强、时刻梦想出人头地的夫妇来说，等在前面的风景并不美妙，叫作十年一徘徊。

第十章　十年大盘旋

四十九、上　海

在船上时，宋霭龄若有所思地说："霞飞路这个新家也不知是什么样子。"宋耀如在给宋霭龄的信上说，他在霞飞路新购置了一座砖结构的房子，与虹口那个老家自然不能相比；但它位于法租界里，比较安全。再说还有青帮大佬黄金荣任法租界里的警探头子，他是个没人敢惹的人物，有他保护，袁世凯就不敢轻易动手加害。

孔祥熙对上海的地理概念可以说是一片混沌，见妻子已经多次提到虹口那个老家，口气里无限的留恋，就问："虹口那个家到底怎么个好法呢？"

宋霭龄说："要说房子本身多么好，当然也不是第一流的，不过一座中西合璧的二层小楼，后面一排平房，整套生活设施还算不错。叫人留恋的是，它体现了爸爸的一种个性、一种风格、一种人生理想。你别瞪大眼睛，真是这样的。当初，上海开始繁荣，一般的外侨、官宦、商人等有钱人，都拼命往市区拥。可老爸却一反常情，在远离市区的虹口买下一块地皮，四周还是荒田旷野。许多人都觉得不可思议，认为是瞎胡闹。岂料经过一番规划修建，居然建成一座风格独特、充满魅力的好住宅，门前有一条小河流过，四周围是绿茵茵的庄稼地，林木茂盛，鸟语花香，一派田园风光。追求大自然里的自由和谐，追求家庭里的自由民主，追求个人生命里的自由奔放，绝对是爸爸的风格。他的全部心血都在我们孩子身上，就是希望我们从小能在一个自由美好的环境中健康成长。"

孔祥熙感动地说："宋先生真是一位好父亲。"

宋霭龄忽变忧伤："是呀。可我们一个个太叫他费神了……信上说他的身体很不好，现在也不知道怎么样了。"

孔祥熙宽解地说："不会有事的，一定早就好了。"

宋霭龄摇摇头："未必。你不知道……我觉得要发生什么事似的。"

霭龄的预感一点不错，宋家的确又发生了一件石破天惊的事：被软禁在家的二小姐宋庆龄，得到一个女仆的帮助，从家里脱逃出来，只身奔了日本东京。谁又能看出，平时这位显得最文静的姑娘，关键时刻却胆大包天，敢作敢为。这里不妨把一段后话提前叙出：宋庆龄一口气跑到孙中山先生身边，数月后居然先斩后奏，举行了婚礼，只把一纸婚约寄给父母。那婚约如下（宋庆龄解释，婚约上用"琳"字代替"龄"字是因为"琳"字容易写）：

    此次孙文与宋庆琳之间缔结婚约，并订立以下诸誓约：

    一、尽速办理符合中国法律的正式婚姻手续。

    二、将来永远保持夫妇关系，共同努力增进相互间之幸福。

    三、万一发生违反本誓约之行为，即使受到法律上、社会上的任何制裁，亦不得有任何异议；而且为了保持各自之名声，即使任何一方之亲属采取何等措施，亦不得有任何怨言。

    上述诸誓约，均系在见证人和田瑞面前各自的誓言，誓约之履行亦系和田端从中之协助督促。

    本誓约书制成三份，誓约者各持一份，另一份存于见证人手中。

誓约者　孙文（章）

同　　　宋庆琳

见证人　和田瑞（章）

千九百十五年十月二十六日

宋耀如近年来身体本来就不好，这一气一急，便病倒在床。大女儿和女婿到家的这几天，他刚能下床与客人说会儿话。

这天，他刚送走一位客人，就把祥熙和霭龄叫到跟前，问："知道刚才那位客人是谁吗？"

女婿、女儿摇摇头说不知道。

宋耀如以十分赞叹的口吻说："此人了不起哪。他叫陈光甫，镇江人，比祥熙可能还要小一点。对了，也是留美生，专攻商学，好像是学士学位。如今已经是江苏省银行总经理了，后生可畏。目下他雄心勃勃，想在上海创办一个商业储蓄银行，拉我合作。瞧我现在的身体能行吗？不参与呢，又觉得是个绝好的机会，咱们的事业要发展，必须得有自己的银行，这个趋势再清楚不过。所以，我就想到了你们，想到了祥熙，为何不上手干呢？一定要干。刚才你们外出了，没能见面，再说吧。不过这个事你们觉得怎么样？"

孔祥熙看看霭龄，意思叫她先说。

霭龄诡秘地一笑："爸，开银行是他们孔家的看家本领，回来船上还提到这事哪。祥熙已经有一套不错的计划。"

孔祥熙急了，脸涨得通红："你怎么能……我哪里有……她是信口……"

宋耀如笑了，他知道自己的女儿最会恶作剧，祥熙的窘相反而使他对这位女婿增加了好感：真是个老实巴交的北方人。"祥熙，她是跟你开玩笑。不过，对这件事你如何想呢？"

孔祥熙在沙发里动动身子，想了一会儿说："宋、宋先生……"

霭龄大声拦住说："叫爸呀！"

宋耀如瞪了女儿一眼："说正经话，别打岔。听祥熙说。"

孔祥熙说："我，确实还没有认真想过……从前票号的事我虽然知道一些，但跟如今办银行必定不一样。所以我想对大局情况做一番考察之后，才会……"

"很好。理应如此。"宋耀如连连称道，"霭龄，以后每遇重大决策，都应该像祥熙这样，必得把握吃透全局之后方可行事。开办银行之举，在我们中国委实是最近几十年才发生的。对此，我也做过一些了解，可以先给你们介绍出来。"接着他介绍了以下的情况："银行之设，源于西方。世界上最早的银行出现于意大利之威尼斯，迄今已有近四百年的历史。我国出现银行仅有不足七十年的时间，且最早的一批银行皆系外国银行在华之分号。比如，英之麦加利银行、美之花旗银行、法之汇理银行、德之德华银行、俄之道胜银行、日之正金银行……最早足有十多家。它们几乎完全控制了我国之外汇市场。国内最早之银行乃中国通商银行，由盛宣怀于1895年在上海创办，名为商办，实际上是官商合办。此后各类官办、商办、官商合办之大小银行陆续建立，至今已有近二十家。就日后发展看，上海必是银行业的风水宝地，目前除中国通商银行外，大者尚有李云书、虞洽卿的四明银行，周廷弼的信成储蓄银行，以及川源、信义、裕商等。去年，杭州的浙江兴业银行也将总部迁来上海。照此下去的话，以上海为中心的江浙地区必然有大财团出现。出色人物已有这个陈光甫、虞洽卿、张公权、钱新之、张嘉璈，还有你认识的那个王正廷等人。这些天他们正在筹办上海银行公会哩。有志于实业报国者，皆应在金融界占一席之地，方显出英雄本色。故而，我也极想叫你投入进去，一试身手。"

孔祥熙听着介绍，想着孙中山先生关于办银行的手书底稿，无形中产生了跃跃欲试的冲动："宋先生既然有这样的考虑，自然不敢推辞，只是我这多年来埋头办学，于经济方面留意不够，人事上更觉生疏，上海方面的情况也不熟悉，还望宋先生能多多指点。另外就是……在资金上……"

宋耀如见孔祥熙答应得很痛快，十分高兴，说："好，有敢干的劲头就好。至于资金方面，陈光甫的意思，一开始也不想铺得太大，几个人分摊一万两万的，先凑齐十万元就能开张。我答应他咱们先出一万元，我这里准备了五千元，另外一半么，我想还是由你去筹措为好。你说呢？"

孔祥熙知道老丈人是要看看他的筹款本领，就毫不犹豫地应承下来。但应承归应承，款从何来？五千元不是个小数目。他身上的钱，大都是铭贤的公款，这次回来前在东京采办了一批教学器材花去不少，还留下不少。但这是公款，不敢动的。属于自己的钱实在少得难以启齿。

宋耀如看出女婿的为难之色，关切地问："有困难吧，祥熙？"

孔祥熙强打精神充硬汉："不，没困难。我是在考虑，得回山西取钱去，不知这边能宽限多长时间？"

宋耀如放心了："这倒不在乎十天半月的，一两个月也还来得及。只要你觉得有地方取钱就行，我会叫他们等你。"

孔祥熙再无退路："那好，我这一半天就动身。"

五十、太 谷

回太谷的路上，孔祥熙只想着一个"钱"字，但不只是想这五千元，他想的是一个大"钱"字。他看得清楚：眼下革命要出现新的高潮还为时尚早，像自己如此地位的小人物，要想在政治上大展宏图恐遥遥无期；明智之举只有先安下心来搞些实业，多赚些钱，把自己的经济资本捞足，最好能像岳父大人那样，变成一个革命离不开、少不得的财神爷，那一切都好说了。钱能通神，看来也能通革命呀。当然，有一点不能像岳父。为革命花了那么多钱，受了那么多苦，冒了那么大的风险，大功告成之日，却不愿做中华民国的实业部部长，宁肯继续传教当商人。老泰山也真太美国化了，你在中国不想做官怎么行？……按照他的想法，一定要尽快筹集大量资金，眼下是先参与办好这个商业储蓄银行，之后再寻找大的投资项目，再开办独资银行，争取在一两年内打开局面。至于筹资从何下手，这几天他已选准了目标。

孔祥熙的先祖原为山东曲阜纸坊户，他是孔子七十五代裔孙。其五十六世祖孔希嘉在明代万历年间中了进士，派来山西做官，后来就留居太谷。在孔祥熙的曾祖一辈，出了一位理财能手孔宪仁，他投资票号，频频得手，一度成为太谷最大票号志成信的老板。后来，他把偌大家业传给儿子，也就是孔祥熙的叔祖父孔庆丰。这位孔庆丰也很有本事，不但能守住祖业，而且能发扬光大，除继续担任志成信票号的老板以外，还创办了一家广茂兴药材庄，于是日进斗金，家资巨万，成为太谷一带有名的殷实大户。他死后，儿子孔繁榕虽然接管了广茂兴药材庄，但经济实权落在小老婆胡氏手中。这位孔胡氏论年纪比孔繁榕还小，但见识和胆量却要大得多。举一个例子：当初，孔庆丰和全体孔门族人都看不惯孔祥熙父子入教一事，对孔祥熙进洋学堂以及出国放洋等项，视为异端而大加反对。唯独这位名不上家谱的偏房人却心怀良善，虽不能替祥熙父子遮风挡雨，可嘘寒问暖也就很难得了。她尤其喜欢孔祥熙，只要一听说祥熙从外面回来，总要过来送些好吃的，总要让洋学生给她讲讲外面有趣的事，临走前总要悄悄塞给一些零花钱……

孔祥熙对他的叔祖父孔庆丰自然印象不佳，但对这位本家奶奶却恭敬有加。从北京回来也罢，从美国回来也罢，都要带着礼物去拜见她。特别当她寡居在家、与孔繁榕关系紧张的日子里，孔祥熙只要有机会，都会给这位未亡人以心灵抚慰和生活勇气。

辛亥年孔祥熙担任太谷民军司令时，为拒散兵要筹款，一开始局面冷清，就是这位富孀带头出钱，给孔祥熙拾回一个大面子。后来娘子关失守，形势急转直下，孔祥熙决定赴上海找孙中山先生。这期间，孔胡氏把孔祥熙叫到家里，取出价值十多万元的珠宝首饰，让他去变卖成钱，"想用多少用多少"。孔祥熙婉言拒绝，他说："老奶，现在兵荒马乱，上哪儿兑去？您老了，留着有用，可别露白呀。再说我也有钱，足够用的。"孔胡氏只好又收起来，说："祥熙，你眼下不用也行，我就先收起来。你多会儿想用了，只管来取。奶奶从小看你就是干大事的人，给这钱也能派上好用场。我一个快死的人，要它们有啥用？"孔祥熙大受感动，记住了这些话。如今用钱事急，他便又记起了这笔钱。"只是它们还在吗？老奶还活着吗？"这就有点叫孔祥熙犯嘀咕了。

五十一、天　津

1915 年秋天，在票号林立的太谷城里忽然冒出一个裕华商业储蓄银行，老板不是别人，正是孔祥熙。他春天回太谷那一趟，事情办得既顺利又隐秘，很快从庆丰奶奶手里筹到一笔可观的资金，旋即返回上海，与陈光甫、庄得之等人办起了上海商业储蓄银行。该行在中国的金融史上有点说道，它提倡小额储蓄，举办小额工商放款等业务，很有特色。后来与浙江兴业银行、浙江第一商业银行和新华信托储蓄银行，合称为南四行，成为中国三大财团之首的江浙财团的骨干金融机构。一切就绪之后，孔祥熙没在上海多待，领着已经怀有身孕的妻子匆匆返晋。

山西是个什么样子？全是山吧？肯定荒凉穷困极了。太谷人真的有钱？太谷街道比纽约的马路还宽？肯定是丈夫哄人呢。宋霭龄一路上胡思乱想，对一无所知的婆家心怀不安，做好了最坏的打算。好在她对丈夫越来越满意，宽容、体贴、知趣，又精明强干。这次在上海出面办银行一炮打响，让周围所有的人都刮目相看，很给自己争脸；再说如今又怀上了他的孩子，这辈子还能分开吗？……总之，我宋霭龄今生就跟定他了，随便上哪儿都成。

出乎她意料的是，山西真还是个很不错的地方呢。一进娘子关，那道驰名中外的大瀑布就先声夺人，叹为观止；那太原古城还相当繁华，有点帝都气象，不愧是几朝天子的发祥地呀；太谷一带更是山清水秀，不亚于江南风光，城里街道果然整齐通畅，一色色建造精良考究的高楼大院，各种字号的大招牌目不暇接，市声沸沸，人头攒动，真不愧"金太谷"之称。

真正叫宋霭龄吃惊的还是铭贤学校，这倒不在乎全体师生排在校门外热烈欢迎她这位校长夫人，而是这所学校的景观太美了，完全可以与自己在美国住过的学校相媲美。生活条件才高级呢，居然有全套的卫生设备，电、电话、热水样样不缺，比自己上海的家还阔气得多。头天夜里，她是那样感激地扑在丈夫怀里，一觉睡到大天亮，"我从来没睡过这么安稳甜蜜的觉呢！"

孔祥熙安顿好妻子，料理完一番校务，便急忙把主要精力投到筹办自己的私人银行——裕华商业储蓄银行上去了。之所以这般着急，与他前不久的天津之行大有关系。从上海回来不久的一天晚上，他请来老朋友康保罗夫妇和韩明卫夫妇聚餐。席间得到这样两个信息：据美国驻华使馆商务参赞透露，由于第一次世界大战在欧洲打得正烈，美国军火商急需购进大量铁砂，有多少要多少，每吨出价一美元。孔祥熙真是富有经商天赋，当下感到有大利可图，因为几百里以外的阳泉就有大量铁砂，一吨只要一块银圆，一美元能兑一块五银圆，转手就是对半利呀。另外一个信息是，美国的美孚石油公司和英国的亚细亚石油公司，都急于在中国各省寻找经销煤油的商家，给买办们让利很大，保证金也不高。若能成为该公司在山西的代销人，也是大有油水可捞的生意。孔祥熙说行动就行动，连夜坐车便奔了天津口岸。

铁砂的事很快办好。当煤油经销人的谈判有些周折。孔祥熙先去的是美孚石油公司，因为这家公司在所有三家推销煤油的外国企业中名气最大。这家公司推销有术，在做广告上舍得大把花钱，允许消费者免费试用，并且特赠一种铁皮座玻璃罩的洋灯，上有"请用美孚煤油"的字样。所以该公司的鹰牌和虎牌煤油在中国很有市场。孔祥熙正是看准这一点，才首登其门的。但出师不利，人家没把这个山西人看在眼里，只答应少量供货，要想做全权经销人，你先给我们找一家愿意担保的银行来。孔祥熙作难起来，到哪里找一家肯担保的银行呢？上海商业储蓄银行是合办的，自己才有十分之一的份子，银行是决不会出面担保的，其他的银行就更不沾边了。思来想去，他觉得最好的门路就是搞一个属于自己的独资银行，除此别无良策。于是，他又赶紧返回太谷筹划此事。手头倒是还有些款子，先在城里南门楼道巷租下地方，给银行起好名字叫裕华，写好招牌就亮出来。请谁当经理呢？自己还有别的事，不能全贴进来，再说自己对业务也并不精通。选来选去，他选中了原协成谦票号的老板牛九宜。有银行做担保，美孚公司顿时另眼相看。但孔祥熙的经济脑瓜一转，反而不买美孚的账了，倒跟英国的亚细亚石油公司搭上关系，原因是后者的保证金只要两万五千英镑，比美孚要少。与亚细亚的合同敲定，孔祥熙火速跑回太谷，把经销公司建起来，地址选在西大街，起名叫祥记公司，既表明是自己的公司，又预示着吉祥如意。

至此，孔祥熙建起完全属于自己的最初的经济实体，在商界牢牢地站稳了脚跟，成为日后越发越大的孔氏财团的母体，成为他跻身政界官运亨通的看家资本。

也许是老天有意奖掖孔祥熙的成功，又赐给他以另一样无价之宝：这年的9月19日，他们的第一个孩子孔令仪出生。

五十二、铭　贤

初步建起自己的商业金融体系之后，孔祥熙把注意力又转回铭贤学校，这里是他最早的发祥地，是使他饮誉三晋乃至全国的风水宝地，绝不能放手的。他心里比谁都清楚，想在政治上求发展，金钱是基础，名声是阶梯，两者都不能少。而在中国这么一个历来重儒轻商的社会里，办教育是最能提高清誉的途径之一。孔祥熙终其一生，也没有放手铭贤学校，道理就在这里。

孔祥熙深谙"种瓜得瓜，种豆得豆"的古老哲理，历来在铭贤学校身上非常舍得投资，不光是金钱的投入，还有大量感情的投入。如果说他过去这么做是君子古风使然，那么如今他可有了一种政治上的自觉和功利考虑了。这次从日本回来，他甘受一番辛苦周折，带回一批最新图书和仪器设备，使全校师生欣喜若狂。纯洁可爱的青年学生，仍像从前一样爱戴他们的孔校长，甚至比从前更热爱他了。他们自发集资为东渡归来的校长举办欢迎会，还给年轻美丽的师母送上一只金手镯。

孔校长夫妇当然更不含糊。两人利用课余时间和节假日，不断邀请一些师生来家做客，喝牛奶、咖啡，吃面包、冰淇淋……一次开洋荤，叫人难忘情。再就是组织大家常去乌马河郊游联欢。乌马河是太谷第一大河，《水经注》上称作蒋谷水，距县城五里。这里景色极为秀丽，大有江南风光，而且流传着许许多多美丽动人的民间故事。校长夫妇带着学生到此一游，在大自然的怀抱里尽情嬉戏，唱歌跳舞，游泳野餐，平等自由地畅叙心曲，其乐融融。

这天，大家又在乌马河畔玩得高兴，反复提到一个叫赵友琴的人。孔祥熙觉得陌生，就询问起来。原来此人原先是个模范军人，在新军里当过团长，在征蒙之役中建有殊功，一时成为山西青年学子崇拜的偶像。孔祥熙忽然来了灵感：既然有如此的好榜样，何不请来铭贤与学生们见见面呢？何不学外国的样子办一个大型夏令营，请全省各地的学生代表都来参加呢？这不是提高自己知名度

275

的好机会吗？他甚至当下就想好了，这场盛事就在著名的凤山酎泉亭举办。

凤山又名凤凰山，在县城南十二里处，山顶有禅林、佛塔，半山有龙泉寺，离寺二里就是著名的酎泉，乃太谷第一名胜。酎泉以泉名，因泉水甘洌可酿，故以"酎"名。泉从山麓下流出，泉上有石崖如屏风，崖上黄色砂岩长着绿树，崖头有大书法家米芾所题"第一山"摩崖石刻，整个一片天然美景，犹如以马牙皴画出的重彩山水画儿。酎泉池呈椭圆形，长八丈余，宽丈余。池中起四明亭，横贯中央，龙头吐水，潺潺流入池中，昼夜不息，池水清可见底，鱼游往来悠然自得。整个景区楼台亭阁，雕梁画栋，曲径通幽，林木森疏，真个避暑胜地也。孔祥熙欲把全省第一届夏令营办在这里，真是得了个好地方。可惜的是，有关这次史无前例的青年活动的资料奇缺，仅有如下一段文字记载："夏，先生在太谷酎泉亭举办山西全省第一届学生夏令会，聚各校青年于一堂，彼此交换知识，研究学术，使学生德智体充分发展。"不过可以推断，此次活动肯定在省内外引起了一定的反响，使铭贤学校及其校长孔祥熙的知名度更高了。这在以后完全得到了证实，先且不表。

就在轰动全省的铭贤夏令营之前，春天里，孔祥熙还干过一件非常得人心的事，那就是公开发表《上袁世凯书》，洋洋千言，冒险犯难，坚决反对袁世凯登基做皇帝。

去年12月12日，袁世凯发表了接受帝位的声明；13日，在居仁堂接受百官朝贺；12月19日，帝制大典筹备处公开进行登基大典的准备工作，要将太和殿改称承运殿，中和殿改称体元殿，保和殿改称建极殿；由北京瑞蚨祥绸布庄承制龙袍，耗资八十万元；改1916年为洪宪元年，元旦日举行登基大典。这一系列倒行逆施引起进步人士的强烈义愤，纷纷起来口诛笔伐。山西的当权者态度暧昧，不少人还为袁贼登基大上贺表，反袁的革命力量不大。在这种情况下，孔祥熙还算有胆量，奋笔写出反袁檄文《上袁世凯书》。节录如下：

吾公将谁欺？欺天乎？他人数吾公以十大罪状，或八大罪状。熙不再深责。即以称帝而言，已属罪在不赦，何况其它？尝思吾公之称帝，不是不智，即为不仁。不智不仁，两者必居其一。然一再思索，二者竟兼而有之。此吾公所以为国人所弃绝而势不两立也！……然吾公不图报效，不图尽责，乃欲推翻共和自立称帝，丧心病狂，一至如此，尚何言哉？唯有已至此，熙为吾公计，为吾公子孙计，亟应悬崖勒马，翻然改图，通电自责，退栖山林。且将吾公承认之二十一条，宣布取消。
如此尚不失为勇于改过之英雄，国人亦必能见谅，而予以自新之余地。
否则，若执迷不悟，冒天下之大不韪，以断送吾黄帝子孙之大好河山，
则身败名裂，在指顾间耳，何暇作皇帝迷梦焉！

　　这道檄文在报上一经发表，至少在山西引起一定震动，为革命者所快，为
帝制派所惊，也使孔祥熙的名气大增，成为三晋政坛上一个越来越有分量的人物。

　　这年的12月10日，孔校长的"硕士第"双喜临门：他们的第二个孩子，
也是第一个男孩子孔令侃出生；奉天都督张作霖派来专使，携其手书和聘书，
特邀孔祥熙出任督署参议。

五十三、沈　阳

　　孔祥熙来到沈阳已经三天了，就住在奉天督军府里的高级客房，得到上宾
的礼遇。在东北谘议局副议长袁金铠的陪同下，几天来浏览市容，参观名胜永
安石桥，听戏，赴宴，舒服得很。但舒服归舒服，心里却不踏实：袁金铠是举
人出身，颇有文才，在辽南一带有些名气，是张作霖结交的第一个文人朋友，
现已成为张的首席智囊。当地有一种说法"想当官，去找袁洁珊"（袁字洁珊），
可见其权威程度。这样的人物整天陪着自己吃喝玩乐，什么正事都不谈，这葫
芦里到底装的啥药呀？再者，是你张督军几次来人来函催我，我来了，你却只
在接风宴上露了一下面，再也没了踪影，你这搞的甚名堂？

　　这天晚饭后，袁金铠说："庸之兄，明天咱们跑远点，去大连玩几天怎么样？"
他喜欢叫孔祥熙的字。

　　孔祥熙说："洁珊兄，盛情我心领了。只是叨扰多日，祥熙深为不安。祥熙
何人？不过山右一教书匠而已。怎敢枉劳袁议长的大驾？"

　　袁金铠一笑说："庸之兄客气了。您是张督军请来的贵客，我能奉陪左右实
乃荣幸之至。张督军交代了，他这几天有些意外事情要处理，叫我一定将山西
贵客招待好。我的责任重大呀，庸之兄。"

　　孔祥熙问："敢烦洁珊兄透露一二，张督军召小弟来此到底有何见教呢？"

　　袁金铠又是一笑说："大红聘书写得明白，奉天督军府参议呀。"

　　孔祥熙说："见笑，见笑。祥熙粗质曲材，怎能滥竽充数。我是百无一长呀。"

　　袁金铠说："庸之兄又客气了不是。听张督军盛意，兄或主持外交，或主持

教育，总之要大大借重不可。依在下看来，东北目下外事吃紧，与日俄之间都有麻烦，正好由兄领衔处断。"

"哦，有什么吃紧？"孔祥熙来了点兴趣。

袁金铠也来了劲头，不无卖弄地说："庸之兄问得好，这事只怕别人还给您说不明白。一言难尽啊。庸之兄真有雅兴听我啰唆？"

孔祥熙牢记着回国前孙中山先生的交代，对北方各界上层的人和事非常留心，尤其是政坛变化和人物浮沉更是处处关注。假如不是因为这一层原因，他怎肯上东北来？张作霖是什么人？杀人如麻的红胡子出身，残害以张榕为首的奉天革命党人的刽子手，卖身投靠袁世凯的混世枭雄。孔祥熙当然知道得一清二楚，给他当参议岂不是为虎作伥吗？那是绝对不会干的。他这次决定来，一是想当面说明难以应聘的理由，以示郑重，因为还不能跟这种人物把关系搞僵；二是想借机见识一下这种人物，了解一下东北方面的情况，收集一些于革命有用的信息。既然如此，孔祥熙岂有不想听的道理吗？所以当下他说："与君一席话，胜读十年书。谁不知洁珊兄是东北才子？祥熙有幸聆听高论，敢不三洗贱耳以恭听！"

这一碗迷魂汤灌得袁金铠发晕，于是讲出下面一段话："要说东北最早的外国人还是俄国人，他们依据 1896 年 5 月的《中俄密约》，得到了南满辽东半岛的二十五年租约，包括旅顺和大连的港湾，得以在满洲修筑中东铁路南满支线，并可以开发铁路沿线的森林和煤矿资源，进而谋求实现政治和军事上的实际控制。庚子事变后，俄国人的地位更强了，开始对朝鲜用劲，这就导致与日本人的关系恶化。最后是将近一年的日俄战争。外国人在中国的地面上打来打去，俄国人栽了，便把它在中国得到的所有权利、特权、财产等，一股脑儿送在日本人手里。俄国人当然不甘心，从此便与日本人在东北斗起法来。到了 1907 年，日本人就在东北站稳了脚跟，再加上前年跟政府签了二十一条，把辽东租借地和南满铁路特许权的期限延长为九十九年；开放南满全境，允许日本人居住、经商和设厂。向人家提供更多的矿区以便居住，承诺日后给予日资以贷款优先权以及南满和东部内蒙古聘用日本人充当政治、军事和治安顾问的优先权。从此，关东成了日本人的天下，出书办报、穿和服、过日本节、用日本钞票、开日本学堂……全不把咱中国人放在眼里。他们以为张督军是好捉弄的吗？狗日的想错了。正在想法儿对付他们呢。请您来便是要您助一臂之力呀。"

孔祥熙对张作霖是否真心要对付日本人半信半疑，怎么能指望一个镇压革命党的土匪头子去爱国呢？但他又不好提出异议，便打起哈哈来："不料事情果然棘手得很。祥熙不谙外交，实在难以应命。"

袁金铠却也不多在此纠缠，话题一转说："庸之兄乃是全才，什么不精通呢？为请您来，督军煞费苦心……"说到这里，他忽然顿住不说了，诡秘地嘻嘻一笑，拍拍孔祥熙的肩膀："不说了，不说了，咱们上大连去。"

远在东北的张作霖，要礼聘人在山西、位在中下的孔祥熙，这事出乎意外而且耐人寻味，连孔祥熙本人都还没琢磨透。

张作霖其人，别看大老粗一个，却是极有心计者。他人在东北奉天城，可对全国的事情了如指掌。这些年，一个孙中山，一个袁世凯，在关内你来我往斗得激烈，都是举足轻重的领袖人物。张作霖想，他们谁上台都能左右自己的命运，谁都不能开罪，都得把他们糊弄住。这两年袁党得势，且袁本人正在朝天下至尊的位置靠近，似乎大局已定。为自身计，他赶快派人进京输诚，不惜花掉大把银子，买得袁大总统的信任，终于搞到一个盛武将军的头衔和奉天督军的实缺。不料才刚得意几日，袁世凯的八十三天皇帝梦便破碎了。而孙中山的革命党却大有野草春风之势，安知明日之天下不姓孙？虑及此，他便开动自己的智囊机器，千方百计要与孙中山搭上关系。也真难为他们，居然能挖出一个孙先生的连襟来。你别说，这还真算是神来一笔呢！依张作霖看，别觉得姓孔的目下冷在山西一隅，在革命党里排不上要紧座次，可他娶的娘们儿是孙中山的大姨子呀。在中国这可是了不得的本钱！趁人未发迹时烧冷灶，历来是决胜政坛的奇胜之招。我张某人岂能轻易放过？我一定要不惜血本地将这个孔祥熙挖到自己手中。而且，他已想好了种种步骤，比如其中一步，他要有意让自己的爱子张学良与孔结交，他相信这肯定是一笔好赌注。

沈阳城大南门里张督军府上大排夜宴，督军父子亲为孔祥熙摆酒饯行，相陪的有袁金铠、张仙舫、王光烈等名士。

个头不高的张作霖把酒说道："我老张造化不高，今次还留不住庸之先生。不过，您能来东北一趟，就给我面子不小。来，我敬酒一杯。"

孔祥熙也急忙忙站起："惭愧，惭愧。祥熙承蒙大帅看得起，不胜感激之至。确因敝校目下杂务缠身，难以应命，有负大帅重聘了。不过，一俟祥熙物色好替代人选之后，必将飞身前来以尽绵薄。"

张作霖放声一笑："那好，够朋友。咱一言为定，我老张就在此恭候，多会儿来都成！来时别的什么也不用带，就带上您的夫人宋女士。我老张还没见识过留洋美国的娘……"他差点溜出个"娘们儿"，一想不对，赶紧关门："来来来，喝酒喝酒。小六子，还不给你孔叔敬酒。"

小六子是张学良的乳名。这年他十六岁，即将去上东北讲武学堂。昨天已经正式拜见过孔祥熙，彬彬有礼，气质在乃父之上。孔祥熙隐隐觉得，此子日后必有一番大作为，便也有心结识。

张学良端起一杯酒说："孔叔，承蒙昨日一番教诲。一旦有机会，学良即如孔叔所言，必去欧美及东洋各国游历采风，以增广见闻，不负厚望。来，我敬孔叔一杯薄酒。"

孔祥熙喝了酒，趁机再给张作霖灌一碗迷魂汤："大帅，真是将门虎子呀。贤侄前程不可限量，大帅霸业后继有人，可喜可贺！"

张作霖好不高兴，执意要请孔祥熙立马去参观他新建的帅府大楼。

帅府大楼就修在离此不远的东北角上，是一座三层楼房，最时新的洋灰钢筋水磨石。进正门一座假山，假山缺口处，嵌着一条横石，上刻"天理人心"四字，是张作霖的手书。大楼厚实坚固，基座就高达五尺开外。迎正门是三通石阶，环楼是宽敞走廊。东侧有一大晾台，台中心有一雕刻精美的汉白玉仙人承露盘，围着八尊云龙透刻坐墩。进得楼里，一应家具陈设已经布置停当，团龙地毡、硬木桌椅、西洋沙发转椅……相当考究。正有一批工人在往下撤换名家书画，挂上一些诸如《桃园三结义》《大战长坂坡》《封侯挂帅》之类的重彩工笔，反而显得不伦不类的。

孔祥熙惊讶地问道："那么好的画为什么要换下来？"

众人不言，都看着张大帅。

张作霖说："那有什么好！全妈拉巴子看不懂，不如这些刘关张带劲。对了，等您再来时，就在这楼里给您接风了。"

孔祥熙嘴上应道："不敢叨扰，不敢叨扰。"心里却想，谁会再来呀，你这个红胡子大军阀！

第二天孔祥熙上路时，张作霖除给足一笔可观的盘缠外，尚有狐裘一袭、两棵长白山棒槌参，每棵足有七八两重。

五十四、中华书局

提起《辞源》，就想到商务印书馆；提起《辞海》，就想到中华书局。这两家文化机构在中国文化人中可以说无人不知无人不晓，但对它们的创建史，尤其是两者之间的一段竞争史，则未必人人皆知。要说孔祥熙还曾活跃其中，且留下重要一笔，就更鲜为人知了。

清朝败亡，民国肇兴。民众的思想和生活发生了巨大变化，表现在文化教育方面，最突出的动向就是四书五经之类的古旧读物逐渐淘汰，各种新教科书和报纸杂志的大量出现。此外，许多关于资产阶级民主政治和科学知识的撰述译著也纷纷出版面世。这种形势给现代出版印刷业的发展提供了历史舞台。作为代表的商务印书馆和中华书局就是在这样的背景下崛起的。

如上所述，由于广大民众阅读面的急速扩大和内容的渐次更新，以及求知欲的普遍高涨，导致了对新式辞书的迫切需求。原有的《康熙字典》《尔雅》等传统字典、字汇、类书等，已无法适应社会的广泛需求，一种新型辞书便应运而生了。首先是一批字典的问世，当以中华书局出版的《中华大字典》为最早代表。它一共收有四万八千个单字，比从前最有权威的《康熙字典》还要多上一千多个单字；全书按部首编排，用反切和直音注音，分条解释字义，引例注明篇名，并收籀、古、省、俗、讹诸体，一一辨明，较《康熙字典》更为详备。

说到这部《中华大字典》，不能不提中华书局；说到中华书局，不能不提陆费逵；说到陆费逵，又不能不提商务印书馆。

商务印书馆是我国近现代出版史上历史最悠久的文化出版机构，于 1897 年 2 月 11 日创建于上海。它的前身只是一个很小的印刷厂。印刷工人夏瑞芳、鲍咸恩、鲍咸昌等人接受了西式启蒙教育，想有所作为，便在上海江西路德昌里租了两间房子，共同创办了一家印刷厂，起名叫商务印书馆。他们当时可一点没料到，这个随便叫出来的名字，日后将会在中国出版史上占一席多么辉煌的位置。

十五年后的 1912 年，商务印书馆已经颇具规模。此时的出版部部长兼教育杂志主编陆费逵，不安于现状，有了新打算，与商务国文部编辑戴克敦、发行所的沈知方筹划一番，决定秘密编辑一套新的教科书，并集资创办新的出版机构。这就产生了中华书局，出版了《中华小学教科书》。陆费逵原名沧山，字伯鸿，比孔祥熙要小上六岁。他原籍是浙江嘉兴，但出生地却在北方的汉中。从小文才出众，十九岁担任《楚报》主笔，之后历任上海昆明书店支店经理兼编辑、图书月报社主任、商务印书馆出版部部长等职。这次创办中华书局，他先后出任经理、总经理兼编辑所所长、董事长。上面提到的《中华大字典》就是由他一手主持出版的。

对于陆费逵的反水，对于《中华大字典》的成功，商务印书馆岂能坐视不问？

那是一定要反击的。果然，商务印书馆很快推出由陆尔奎、方毅、傅云森等人编撰的《辞源》正编（1931 年出了续编）。这是我国第一部大型综合性词典。它以旧有的字书、韵书和类书为基础，吸取现代词书的特点，一方面从词语的角度，收集单字、复词、成语、熟语等，另一方面又从实用的角度，选辑常见的人名、地名、书名和各类知识性条目，汇为一编。全书共收有单字一万余个，词目近十万条。因其收词多、范围广、内容丰富、查检方便，很快在学术界、文化界和自学青年中广泛流传，一时风行全国，销路之广与获利之多，无人能比。

商务印书馆的反击，还表现在教科书上。前面说了，中华书局一创办，首先成功推出的是《中华小学教科书》。这也叫商务印书馆气不顺，因为出版教科书原是它的一项首创，怎么能让中华书局占去风流呢？于是，它利用自己的经济实力，迅速出版了一套《共和国新教科书》，其宗旨、内容、编辑方针等方面都别出心裁。

以教科书之争为始，两家揭开了旷日持久的竞争序幕，你来我往，明枪暗箭，互有胜负。比如，商务印书馆利用日本金港堂来上海开办印刷厂的时机，欲同其合办，以便借助日方股金更新设备扩大生产。中华书局就抓住这一点，强调自己"完全华商自办"的色彩，攻击商务印书馆是靠洋人装门面。果然搞得商务印书馆很被动，只好把日方股金买过来独资经营。反过来商务印书馆又在发行方面实行薄利主义，在售价上公开用折扣来争取客户，充分发挥自己经济基础雄厚的优势，压过中华书局一头。

两家竞争到 1917 年初时，中华书局由于基建投资过多，资金周转不灵，一时陷于经济危机。陆费逵四处奔波，成效不大，无奈之中只好听从印刷界元老宋耀如的点拨，找他的女婿孔祥熙求助。

此时的孔祥熙在商界金融界左右逢源，吉星高照，异军崛起，不但在山西、北京、天津等北方地区声名鹊起，便是在十里洋场的上海滩也颇有影响了。他手头有的是闲钱，正愁没有投资处，这下正好，瞌睡时给了个枕头。孔祥熙立即以大量资本投入中华书局，大有喧宾夺主之意。这又引起陆费逵和原有股东们的疑忌，他们就采取一边利用一边限制的策略对付孔祥熙，一种内部的旷日持久的争斗又暗中宣告开始。运转资金的难题解决之后，又赶上美金、法币等币制贬值，书局股息不得不一降再降，中华股票价格也迅速跌落下来。这时，孔祥熙提出要收买全部股票。陆费逵一听吓了一跳，这怎么行？岂不是想盘走我的老底儿吗？坚决不答应！二人由此互相猜忌，面和心不和。一直到 1941 年，陆费逵去世，孔祥熙才把自己的亲信人物李升明扶上中华书局总经理的宝座，而他自己则做实权在握的董事长，经过几十年的争斗，方才把中华书局完全抓到手。当然这是后话。

五十五、华北运动会

孔祥熙的迅猛崛起，在省内外引起了广泛注意。山西督军阎锡山坐不住了，后悔当初有些小瞧此人。如今看来，凭他的经济实力，凭他的交际能力，凭他的东西洋背景，尤其是凭他与孙中山先生的特殊关系，此人之发展前途决不在自己之下，一只即将出山的猛虎呀！于是，急忙施行亡羊补牢之策，派赵戴文亲赴太谷，迎聘孔祥熙为山西教育厅厅长。这位赵戴文可不是一般人物，现在的职务是山西省秘书厅厅长、督军公署参谋长兼晋北镇守使、将校研究所所长、陆军第四混成旅旅长；从内里说，他是阎锡山最信任的心腹和高参，实际上就是山西的第二号人物。他能屈驾来太谷，就跟阎锡山亲自出面差不多。这个规格够高了。

但是，孔祥熙推辞不就，理由仍是对付张作霖那一套。深层原因嘛，一是不想在山西这个地方求发展，辛亥年前后跟省城上层人物打交道的结果，使他对山西政界没留好感，思想陈旧，派系纷杂，目光短浅，死气沉沉，令人很难有所作为；二是不想刺激张作霖，刚回绝了那儿，又答应了这儿，于口碑上有碍；三是自觉羽翼尚欠丰满，实力还不够大，出山只能仰人鼻息。

孔祥熙的态度更叫阎锡山欲罢不能，一再热情相邀，手书不断，说什么虽不念同乡之谊，也该记同志之情，皆为孙总理信徒，怎能不携手共进？说什么锡山才力不逮，虽有村政改革之举，迄今收效甚微，而先生多年来在太谷兴利除弊成就斐然，若无先见之明何来先得之功？岂能不有以教锡山乎？兄之高才，锡山仰慕已久，殷殷翘首，不胜企盼之至……

孔祥熙自然也不愿把关系搞僵，推了一阵子便见好就收，答应就任山西省督军公府参议之职。

这里有必要把阎锡山在山西搞的村政改革即"六政三事"略加介绍，因为孔祥熙为此曾竭尽全力帮办。阎锡山当年在日本是铁血丈夫团的成员，对孙中山先生是极忠诚的。民国元年孙先生访晋时曾有秘密指示说，"要保守山西这一块革命基地"。袁世凯当权期间，阎锡山采取两面手法，一方面向袁政权纳诚应付，一方面推行保境安民、壮大自身的政策。村政改革就是在这种背景下提出的。

具体来说，就是"六政三事"。哪六政？水利、种树、蚕桑、禁烟、天足、剪发。哪三事？种棉、造林、牧畜。为推行他这一套东西，又发了"八条通告"和"六则规定"：

山西督军兼省长阎　告谕人民八条

（一）当兵纳税受教育，为国民三大义务。不可不知。

（二）身体不壮，为人生之大不幸。不可不知。

（三）尚武为国民必要之精神。不可不知。

（四）人能有所发明，才算真本领。不可不知。

（五）卫国以武，备战以财。不可不知。

（六）亡国之民，不如丧家之狗。不可不知。

（七）治病要在人未死亡前努力，救国要在国未亡前努力。不可不知。

（八）军事能力的军队，抵不住政治能力的军队。不可不知。

山西督军兼省长阎　立身要言六则

（一）公道为社会精神、国家元气，故主张公道，为国民之天职。

（二）桀骜不驯，为野蛮人之特性。

（三）真血性男子，脑筋中有国家两字。

（四）欲自立，先从不依赖人起。

（五）欲自由，先从不碍人自由起。

（六）能忠于职务者，才是真正爱国。

孔祥熙对阎锡山这一套村政改革是衷心拥护并且身体力行的，他认为这与自己多年来所从事的提倡教育、振兴实业是大同小异的。也正是由于有孔祥熙这样一批知名人物的赞助和宣扬，阎锡山这个村政改革一时搞得轰轰烈烈，使山西成为闻名全国的模范省。1919 年夏，声势浩大的华北运动会能在山西省府太原召开，与"模范省"三字大有关系。

在 20 世纪初，举办体育运动会绝对是新鲜事。1910 年 10 月，上海基督教青年会发起举办全国学校区分队第一次体育同盟会，后来这被定为第一届全国运动会。在北方，到 1913 年才有了正式的体育组织——华北联合运动会（1929年改称华北体育联合会）。它在华北地区不断组织一些体育比赛，规模都不大，所以这次在太原举办的华北运动会就显得不同以往。连美国、英国、瑞典等国的公使、参赞、武官及随员都要前来观摩。当然，这些外国人想借此机会实地考察一下模范省，也是主要目的之一。

这下急坏了阎锡山，他既不懂体育，更不善于跟西洋人打交道，除略知一点点日语外，其他外语一概不通。何况这次又全是外交官，不好对付呀。为此，他把孔祥熙请来做紧急商量："庸之兄，您看这事……"

在孔祥熙看来，这样的事当然不算什么，尤其与外国人打交道，也算曾经沧海了。他说："百川兄，何必多虑。四年前我们省里不也搞过中学生运动会吗？如今不过增大一点规模而已。不同者，将有外交官们出席，我们以礼相待也就是了。这方面事，如蒙不弃，祥熙可以为兄代劳。"

阎锡山顿觉放心，笑道："如此甚好。有您这话我就不愁了。对了，说起那次娃娃运动会，您在日本没回来，实在有趣哩。你们铭贤学校就出了二十多人参加，啥名堂也会，叫大家大开眼界。"

孔祥熙当然知道那次运动会，虽说他没能赶回来，但对一切经过都清清楚楚。在山西中等以上学校中，铭贤中学是最早开设体育课的，各种体育尖子都有，而且有统一的比赛服装。所以在开幕式上，身穿崭新背心、短裤的铭贤选手一经亮相，顿使全场轰动。许多贵妇名媛立刻尖声大叫："赤臂露体，野人野人。"可还是看得津津有味。比赛下来，铭贤选手囊括了二百米、四百米、铅球、平跳、跳远、撑竿跳等项目的全部冠亚军，奖牌数遥遥领先。尤其是撑竿跳这个项目，山西人从没见过。时任教育厅厅长的虞铭新两眼都瞪直了，非要让苟光荣和吕生才两位选手给他反复表演，以为这简直是匪夷所思……

阎锡山问："庸之兄，贵校那些体育长才都还在吧？"

孔祥熙说："大多还在。"

阎锡山高兴地说："那好，一定叫娃娃们表演好，让外国人不敢小看咱们。"

就在孔祥熙回校组织体育队的当口，五四运动爆发了。

对于这场学生运动的发生，孔祥熙早有预感。年初，孔祥熙曾收到王正廷的一封信，说他作为中国出席巴黎和会代表团的次席代表，不日将离国赴法，并对会议前景深表忧虑，声明自己不论谈判前景如何，都要不负使命、不负国人，云云。这使孔祥熙和一切关心国事的人一样，几个月来都十分关注巴黎会议的动向。

1月18日，巴黎和会在凡尔赛宫开幕。27日，五大国会议准备讨论中国山东问题。所谓五大国会议，由英、美、法、意、日组成，是巴黎和会的最高机构，一切领土及权利分配问题均由它来裁定。这天下午 1 点左右，和会方面临时通知中国代表将应邀到会表明对山东问题的立场。这种突如其来的安排，令人措手不及，因为在事先拟定的方案中，由于山东问题不占重要地位而没有搞出具体的交涉计划。怎么办？不去不行，去了不表态更不行。当此紧要关头，身为团长的外交总长陆征祥居然知难而退，以有病推托不去，要王正廷和顾维钧二人出席。二人为国家计，不能不应命前去，商定由顾维钧届时发言。顾维钧字少川，江苏嘉定人，时年三十一岁。他是美国哥伦比亚大学的法学博士，专攻国际法。曾任驻墨西哥、美国、古巴公使，是一名正直干练的外交家。他一看准备发言稿肯定来不及了，便用仅有的时间先去拜会熟识的美国外长兰辛，以求得支持，然后匆匆赶到会场，以山东问题事关重大的事实，要求会长"应允许中国陈说理由后再进行讨论"，取得同意。这就机智地赢得了一天的准备时间。经过一夜的钻研，顾维钧在第二天的大会上侃侃而谈，从中国对山东有着不可辩驳的主权入手，表明将山东归还中国，是中国正当之权利要求，坚决要求"本全权绝对主张，大会应斟酌胶州湾租借地及其他权利之处置，尊重中国政治独立、领土完整之根本权利！"

顾维钧的发言非常成功，受到与会各国代表的赞赏，但正应了弱国无外交那句话，一次成功的发言怎能扼制列强的侵略野心？形势很快恶化，西方列强竟不顾中国代表团的强烈反对，将德国在山东侵占的权益拱手转让给日本，并决定将此写进对德和约。面对强敌，软弱的中国政府居然不敢表态，把是否签字的权利下放给代表团。于是代表团内顿时大乱：驻法公使胡唯德主张签字承认，代表团团长陆征祥不表态，王正廷、施肇基、顾维钧坚决反对在和约上签字。相持不下，陆征祥故伎重演，称病住进了巴黎圣克卢医院。6 月 28 日，对德和约签字仪式即将举行。以顾维钧为首的几位中国代表，在多次交涉、抗议无效的情况下，正式向大会表明如下态度："共同决定，不往签字！"

轰轰烈烈的五四运动就是在这种历史背景下发生的。为响应北京学运，孔祥熙率领铭贤师生最早走出校门，举行集会，发表演讲。据孟天祯先生记载，孔祥熙当时有如下言论：

> 欧战以后，日本极欲承继德人在我国的种种权利，既诱迫袁世凯承认"二十一条密约"，又强订"济顺高徐路秘密条款"。我国代表王正廷、

顾维钧在巴黎和会席上揭露中日各项密约全貌，表示其抗争废约的坚决主张。就在这个时候，北京学生痛斥中日密约签订的关系人物曹汝霖、章宗祥、陆宗舆等人，大举外交示威运动。这是有胆有识的空前壮举，不但在我国历史上闻所未闻，即使在欧美先进国家亦不多见。他们焚毁曹汝霖的住宅，殴辱章宗祥，可以说是势所必然。须知中国青年的热血已臻沸点，对于卖国求荣的曹、陆、章等，恨不能食其肉而寝其皮！仅只纵火殴辱，那还是便宜了他们。

接着，他组织学生分赴各地，向老百姓宣传五四运动。他的言行在当时全国中学校长中恐怕是最突出者之一了。

铭贤学校的运动员也是怀着这种爱国激情步入华北运动会赛场的。

在华北运动会开幕的前一天，孔祥熙代表山西政府和人民，远去石家庄市欢迎各国驻华使节，乘专列直达太原，下榻于最高级之正太饭店。在外国人眼中，孔祥熙的知名度非常高。这些外交官觉得能由孔先生陪同他们而大感荣幸。他们兴致勃勃地观摩完运动会所有的比赛项目，意犹未尽，又出游了三晋名胜晋祠、五台山、永祚寺等地。一路上细听孔祥熙解说山西的教育、历史、政情诸多方面的信息，对山西一片赞美声，表示他们还要再来。也真是不假，美国公使克莱恩不久后居然亲率其大批馆员二次赴晋，且专程参观了铭贤学校。

这年的9月5日，农历七月十二日，孔祥熙和宋霭龄的第二个女儿出生，取名孔令伟。这个属羊的女婴不知秉受何种宇宙之气，日后竟闹得孔氏一门天翻地覆，给后人留下无穷之话柄。

五十六、保 定

1920年初夏，直皖战争一触即发。很快就要变成血火战场的京、津、保地区沉浸在短暂的平静中。

这天上午，保定市最有名的游览胜地古莲花池的君子长生馆里，坐着两个中年人，白胖者是孔祥熙，黑瘦者是吴佩孚。当年前者四十一岁，后者四十七岁。他们一个是山西人，洋学生出身，服膺革命伟人孙中山；一个是山东人，中过清末秀才，身为北洋军队的中将师长，两人又怎能像老朋友一样坐在一起呢？

孔祥熙有个五叔孔繁杏，是清末附贡，历任河北新城、盐山、衡水县知县。他在新城任上，结识了保定陆军速成学堂的吴佩孚。二人都喜欢舞文弄墨，气味相投，遂成莫逆。孔祥熙最早知道吴佩孚，正是得之于乃叔口中。知道他生在山东蓬莱县城，就是从前那有名的登州；知道他的父亲不过是个小杂货店老板，而且死得很早，害得他不得不中途辍学，只好到水师营去当兵吃粮；二十一岁去应考，却意想不到地中了第三十七名秀才；原来秀才也不能当饭吃，又只好跑到聂士成标下当兵，给一个管带充戈什哈；不久时来运转，得郭绪栋之助进了军校，从此一步步大发起来……

孔祥熙与吴佩孚开始有交往是前年的事。这时的吴佩孚已今非昔比，身为北洋军第三师师长，授孚威将军，是大军阀曹锟手下的第一员大将。此时，张勋复辟失败，黎元洪下台，北洋派直系首领冯国璋代理总统，皖系首领段祺瑞在日本人的支持下，以国务总理身份总揽北京政府大权，拒绝恢复民国初年的国会和《中华民国临时约法》，欲以武力统一中国。孙中山为首的国民党人，联合西南桂系、滇系等地方军阀，在广州成立了护法军政府，由孙中山、岑春煊、唐继尧、伍廷芳、陆荣廷、唐绍仪、林葆怿等七人为军政府政务总裁，决定北伐作战。段祺瑞对此岂能容忍？遂举兵南征。这就展开了中国历史上有名的护法战争。作为北军的一支主力，吴佩孚除率领自己的第三师外，尚统辖王承斌的第一混成旅、阎相文的第二混成旅、肖耀南的第三混成旅，气势汹汹不可阻挡，取云溪，占岳阳，破长沙，直逼两广，被人捧为"常胜将军"。他的野心是要做湖南督军兼省长。岂知段祺瑞视他为异己，偏将这一肥缺赏给寸功未建的张敬尧。吴佩孚气得发昏，便借口粮饷军械供应不周，在长沙城按兵不动。为报复计，他在曹锟的支持下，突然发出一封反对战争主张和平的"阳电"，说"武力统一是亡国政策，政府误听宵小奸谋，坚持武力，得陇望蜀，援粤攻川，直视西南为敌国，意以和议为逆谋"；说"政府以金钱大施运动，排除异己，援引同类，被选议员半皆恶劣。此等国会不但难望良好结果，且必以立法机关受行政指挥而等赘疣，极其流弊，卒以政府不受法律约束，伪造民意，实等专制，酿成全国叛乱"；说"日本乘我多难要求出兵，而丧权协定以成。……内争年余，军费全由抵借，以借款杀同胞，何异饮鸩止渴！"……过了十多天，吴佩孚又给代总统冯国璋发出一个"马电"，请他"颁布全国一体停战之明令，俾南北军队留有余力一致对外"；倡言"文官不贪污卖国，武将不争地盘"；表明自己"今生今世不做督军、不住租界、不结交外国人、不举外债"等。并将该电内容送交各国各报刊登，广为散发。紧接着五四运动爆发，吴佩孚更是抓住这一契机不放而大做文章，及时发表了《上大总统请释北京被捕学生》的公开电："……

大好河山，任人宰割。稍有人心，谁无义愤。彼莘莘学子，激于爱国热忱，而奔走呼号，前仆后继，以草击钟，以卵投石，既非争权利热中，又非为结党要誉。其心可悯，其志可嘉，其情更有可原。纵使语言过激，亦须遵照我大总统剀切晓谕四字竭力维持。如必以直言者为有罪，讲演者被逮捕，则是扬汤止沸，势必全国骚然……仰恳我大总统以国本为念，以民心为怀，一面释放学生，以培养士气。一面促开国民大会，宣示外交得失缘由，共维时艰，俾全国一致力争，收回青岛，以平民气，而救危亡。时机危迫，一发千钧……"

吴佩孚这一系列言行，虽说有出于个人野心的一面，但在当时却也颇合国情民心，所以一时深受全国各界赞誉，包括以孙中山先生为代表的革命党人。孔祥熙也正是目睹了这一切而满怀钦敬之心，认为北洋军阀中竟有如此爱国忧时、敢作敢为的人，当为之贺，当与之交。遂立即拍出一封"代电"，称赞吴佩孚为有胆有识之当世英雄。可巧吴佩孚也正好从堆积如山的贺电中看到了这封电报，极为兴奋，因为孔祥熙此人，不仅自己早就知道，近几年更是如雷贯耳，早有结交之意。于是当下便亲笔回信，推孔为平生知己，并殷邀来军中参赞大事，代为运筹一切……孔祥熙虽然没有应邀而往，但二人从此书来电往，神交已久，互盼聚首之日。

前几日，报端忽登出这样一条消息，说是新任大总统徐世昌日前下令："吴佩孚着即开去第三师师长署职，并褫夺陆军中将原官，暨所得勋位、勋章，交陆军部依法惩办。其第三师原系中央直辖军队，应由部接收，切实整顿。……"孔祥熙看罢，倒有些替这位秀才将军担心起来。正好他有事要去北京，便决定顺路在保定盘桓数日，看望一下这个神交已久的朋友。这就是二人今天能坐在一起的原因。

君子长生馆是这古莲花池的十二景之一。面阔五间，进深二间，背西面东，歇山顶，前有卷棚抱厦三间，四周庑廊环抱，台基延伸入池，可凭栏赏荷垂钓，因而在同治年间时曾被叫作钓鱼台。南北有配房两座，南曰小方壶，北曰小蓬莱。整个建筑典雅清洁，纤巧空灵，水色映帘，阁影浮波，天然妙境也。门匾的"君子长生"，寓君子之德与世长存之意。两边有楹联，上句是"花落庭闲，爱光景随时，且作清游寻胜地"；下句是"莲香池静，问弦歌何处，更教思古发幽情"。

"……想不到竟会如此。"孔祥熙听完吴佩孚的一番解释，方知撤职一事的内情。原来吴佩孚在长沙城按兵不动，完全打破了段祺瑞武力统一全国的计划，双方之间的矛盾急剧激化。段祺瑞充分利用自己掌管国家权力的优势不断施压，而吴佩孚则以实力拼死相抗。他与南军的程潜、赵恒惕等十七人，北军的冯玉祥、张宗昌等十二人，共二十九名高级将领，联合发表停战反段声明，通电全国，而且一不做二不休，于今年5月25日，自作主张下令撤军北归。从衡阳的水路乘船起程，运兵船首尾相接浩浩荡荡，早就想回家的北方将士们一路高歌，唱的是吴大帅为他们写的《满江江·登蓬莱阁歌》，歌词是："北望满州，渤海中风浪大作！想当年，吉江辽沈人民安乐，长白山前设藩篱，黑龙江畔列城郭。到而今，倭寇任纵横，风云恶。甲午役，土地削，甲辰役，主权堕，江山如故，夷族错落，何日奉命提锐旅，一战恢复旧山河！却归来，永作蓬山游，念弥陀。"大军一退，等于段祺瑞的军事计划彻底泡汤，故而恼羞成怒，威逼没有实权的大总统徐世昌出面，下令对吴佩孚撤职查办。"子玉兄，事态很严重吗？"孔祥熙关切地问道。

吴佩孚正在出神地欣赏那副楹联，听见孔祥熙问他，方才回过神来，哈哈一笑说："我远在保定，与十万将士在一起，谁又能奈我何？如今天下大势，正是大泽龙方蛰，中原鹿正肥。且看鹿死谁手，方显英雄本色呀。"说这话时，他一脸天下英雄舍我其谁的神气。

孔祥熙说："听子玉兄的口气，是不是马上要开战了？"

"迫在眉睫。"吴佩孚脱口而出，正想再往下说，忽然想起这是军事机密，遂改口说，"身为军人，只能驰驱疆场。何时能……"他把目光又投向那副楹联，久久不说话。

"永作蓬山游，念弥陀。"孔祥熙应对入时。

吴佩孚高兴了："庸之老弟名不虚传，博闻强记，果如繁杏公所言。对了，还是那句老话，何时能留在敝营，以便愚兄朝夕领教呢？这次就别走了吧。"

孔祥熙以理坚辞。

吴佩孚也没过分强求，因为他知道用不了几天，这里就是一场生死大战。前天晚上，曹锟和他会同江苏、江西、山东、河南、吉林、黑龙江、绥远、察哈尔等省的督军代表，还有亲自赶来的张作霖，已然开罢秘密军事会议，要从杨村和长辛店分两路进兵，与段祺瑞的军队决一死战。他不想再提战事，便岔开话题说："庸之老弟，我这里有个旅长，比你小两岁，名叫冯玉祥，字焕章，很能打仗，也很爱读书，是个难得的人才。他说他早就知道你，想见见你，见不见？"

孔祥熙时时记着孙中山先生的嘱托，处处留心结交天下英雄，送上门来的冯玉祥岂能不见？他赶快说："此人我也早已闻名，你们二十九人通电上不就有他吗？能安排一会儿，也是有缘哩。"

"那好，我来安排。"吴佩孚很痛快，但接着用半认真半开玩笑的口气说道，"可是有一条，你少说孙文那一套主义，大战在即，你不能乱我军心。你的底细我清楚，不光是会赚钱的商人。对吧？"

两人心照不宣，相视一阵——哈哈大笑。

孔祥熙与吴佩孚之交，虽然见面不多，但音问不断，直到1939年吴佩孚死在北京以后方才结束。其间，最重要的一次交往是孔祥熙听说日本人极力拉拢吴佩孚做在华代理人，曾密电致意说："……迩来道路流传，奸人妄思假借名义，以资号召，遂致愚氓揣疑，谣诼繁兴。弟及中枢诸同人深知先生正气凛然，不可侵犯，唯念居处困难，辄为悬系不已！……"吴佩孚复信表示："弟处境安如泰山，应付绰有余裕。"到底没当汉奸，晚节不失。吴佩孚死后，孔祥熙作为国民党政府的行政院副院长，亲撰祭文志哀，对吴评价极高："赫赫吴公，能武能文。嘘气寒天，上薄浮云。手握韬钤，取威定霸。虎视中原，喑呜叱咤。役驱风雨，嘘噏雷霆。玄女之诀，握其之经。孙吴镇直，以逮壮缨。说礼敦诗，是式是鹄。糅综诸教，贤圣佛仙……"

五十七、修筑晋西、晋东公路

这一年，娘子关外烽火连天，直皖战争打得不可开交，而娘子关内的山西省虽说没有战事，却大旱成灾，颗粒无收，照样是死人无数。你说这老天爷也真叫个公道。所谓的中央政府鸡争狗斗不成体统，阎督军面对巨灾一筹莫展坐困愁城。最苦的还是老百姓，真个是哀鸿遍野呀！此时谁能解民倒悬，那才叫功德无量。那积的是阴德！

也许是出自基督教义，也许是出自传统道德，也许是二者兼而有之，孔祥熙从北京一回来，目睹灾情，挺身而出。他挺聪明，知道开义仓、设粥棚不是根本解决之法，得有大举措才行。到底给他想出来一个办法，叫作以工代赈。具体说就是：由他向中美华洋义赈会贷款一百万元，让灾民出力修筑晋西公路和晋东公路，日后以公路收益归还贷款。这样既全活了灾民，又发展了山西交通，岂不是一举两得？

看来是突发灵感，实际上也不很意外。孔祥熙从小就外出，对行路难有切身之感受。尤其是贫穷落后的山西，道路更是糟糕。从美国留学回来，一比较人家的发达交通，对故国家园的道路就难以容忍了，早有改造更新之念，这次不妨一试。为选择投资目标，他认真翻了一遍山西志书，考察古代道路。他发现，山西古代交通并不差，夏商周三代甚至说很发达。《尚书·禹贡篇》记载夏都安邑距黄河很近，故以黄河水道为主形成一个十分发达的交通网，全国各州的贡品源源不断地直达都城。周代，又建立了以宗周为中心的陆路交通网，四通八达，很规范化。据《周官》记载，当时道路分五等：小路称径，通牛马；略大者称畛，通大车；大路称途，通乘车一轨；再大者称道，通乘车二轨；最大者称路，通乘车三轨。《诗经》里称赞说："周道如砥，其直如矢。君子所履，小人所视。"就是到了隋唐至宋以前，由于山西龙脉兴旺，是隋炀帝杨广、唐高祖李渊、唐太宗李世民、后唐李存勖、后晋石敬瑭、后汉刘知远、北汉刘崇等帝王的发祥之地和大本营，故驿路交通相当发达，由京城长安沿渭河河谷东行过黄河，再向北至北都太原，再向东北至范阳的交通线，是唐代全国四条主干线之一。《魏书·高祖纪》载，由京都"东至宋汴，西至岐州，夹路列店肆待客，酒馔丰溢，每店皆有驴赁客乘，倏忽数十里，谓之驿驴。南诣荆襄，北至太原、范阳，西至蜀川、凉府，皆有店肆，以供商旅，远适数千里，不持寸刃"。那时候，连太原到离石这条最偏僻的路都很畅通，由太原经汾州至离石，再通柳林过黄河可达绥州乃至以远。后来，随着封建社会进入末期、京城远离山西等多种原因，山西的交通也越来越落后，别说晋西和晋东方面的路糟糕透顶，往南往北往京城的大路也不敢恭维。如今想全面大修根本不可能，那是将来子孙后代的事了。眼下当紧的、可以对付的，也就是两条：一条，由平遥经汾州至离石、军渡之晋西公路；一条，由平定、阳泉至和顺、辽县（今左权县）之晋东公路。

孔祥熙这个以工代赈、兴修公路的计划上报给山西督军阎锡山之后，正在发愁的阎锡山大喜过望，好一通赞赏、感谢，当即表示全力支持，必要时甚至可以兵工参与。孔祥熙说那倒不必，但须选派一个得力之人督办此事，并提议由帮助搞过中学生夏令营的赵友琴来担任。阎锡山自然满口答应。

大灾之年修路，虽说都知道是大好事，虽说也打着督军府官办的招牌，但要真干起来还是千难万难，最头疼的是缺乏技术和管理人员。赵督办热情有余，办法不多，就死活拖住孔祥熙。孔祥熙一看躲不过，也不该躲，便推开一切事务，全力以赴指挥修路，而且把自己所有的教会朋友、铭贤学校的毕业生都动员起来，把那位当年赴娘子关作战的勇士、全省撑竿跳高冠军、得意门生吕生才，提拔起来做赵友琴的副手……真可说是竭尽所能了。据赵友琴后来对人讲，为修路孔祥熙差点赔上自己的一条腿：有一次他和孔祥熙去工地回来，天黑路生，汽车抛锚，只好步行回太谷。孔祥熙一不小心跌进深坑摔伤了腿。说像这样的事也不是一件两件。不管这种说法是否可靠，但孔祥熙曾为修路劳心出力总是事实吧。

在古老的中国，无论哪朝哪代，架桥修路总是人人称颂的善举。不仅老百姓记在心里，当政者也会予以肯定，可以达到少有的官民一致。这次孔祥熙的善举也不例外，他一共得到三项大奖：其一，民国大总统黎元洪颁赠的"急公好义"匾额一块；其二，山西督军阎锡山颁赠的"扶危济困"匾额一块；其三，太谷全县民众敬立的功德牌一副。功德牌文曰："太息大旱成灾，莫道救荒无善策；幸得以工代赈，须知实惠济斯民。"

五十八、从济南到沈阳

在晋中一带流传着一种说法："南庄的火，太谷的灯，徐沟的铁棍爱煞人。"火是焰火，灯是花灯，铁棍指一种类似于舞狮、旱船的民间热闹。每年正月十五元宵节，太谷城里的灯会最有名。自正月十三日起，城内四街高搭彩楼，家家挂灯，鼓乐不绝。花灯分纸灯、纱灯、玻璃灯三种，论式样有宫灯、动植物肖形灯、走马灯、墙灯、手提灯、书诗歌的诗灯、书灯谜的谜灯……五花八门，叫人目不暇接。灯会时，满街筒子都是人，一家老小齐观灯，真个是花海人海，热闹非凡。

1922年的元宵节分外红火，度过灾荒的老百姓总算有了点心情。人们高兴地发现，孔校长一家也出现在灯会上，纷纷打招呼。孔祥熙肩上坐着两岁的小儿子孔令杰，屁股后跟着八岁的大女儿孔令仪，旁边是夫人宋霭龄，左手拉着七岁的孔令侃，右手拉着四岁的孔令伟，一家六口兴致蛮高。他们一边看灯猜谜语，一边吃这个吃那个，什么糖三角、牛舌头、绿豆糕、豆沙馍馍、驴油炒灌肠……享不尽的天伦之乐。不长个头光长心眼的小三子最淘气，像个男娃娃，稍不留神就往人缝里钻，了无畏惧。这会儿可能是走累了，说啥也要爸爸把她扛上肩。孔祥熙哄劝说弟弟还小，跟不上走路，你和妈咪在一起多好，但说什么也不管用，非得让弟弟下来，她上去。说着说着说不通，她就一骨碌躺倒在地又哭又闹。孔祥熙示意叫夫人管管她。但宋霭龄却不以为然，还笑嘻嘻地鼓动说："快去，抱爸爸的腿，看他怎么办呀。"孔令伟果然翻身爬起，紧紧抱住爸爸的双腿。孔祥熙真好脾性，只好把小儿子交给夫人抱，自己把小女儿扛上肩，咧嘴苦笑道："真拿你们没办法呀……"这时，他们还想不到，有一封加急电报正放在家里的桌子上。

从去年 11 月 12 日至今年 2 月 6 日，后来被称作华盛顿会议的一次国际会议在美国开罢，与会国是美国、英国、法国、意大利、日本、葡萄牙、荷兰、比利时和中国。会议由前五国主持，签订了美、英、法、日四国公约；签订了美、英、日、法、意五国《限制海军军备力量条约》；还签订了《九国关于中国事件应适用各原则及政策之条约》，即《九国公约》，决定将山东主权由日本手中交还中国。以徐世昌为总统的北京国民政府，为落实这一会议成果起见，决定成立一个专门的办事机构——鲁案善后督办公署，任命参加过巴黎和会的王正廷为公署督办。一个好汉三个帮。王正廷想，这么大这么复杂的事，没有几个贴心干员相助怎么行？选来选去，他觉得有一个孔祥熙足够，其他几个具体办事人员那还不好找？就这么着，他给太谷拍出一封特邀急电。

夜已深，累坏了的孩子们早就呼呼大睡。孔祥熙夫妇围绕王正廷的电报喁喁私语。以孔祥熙的想法，对去山东任事兴趣不大，原因有三：其一，这几年跑个不停，四个娃娃一个家全扔给霭龄，也太难为她了，心中不忍。其二，自家商运正通达兴旺，有几笔大买卖耽误不得，都是十几万、几十万的进项呢；再说铭贤的校务也有不少大事要决断施行。其三，最要紧的，是山东这档子事到底有多重要？比继续结识联络北方上层人物还重要？北京政府最近走马灯一样换人，光一个国务总理，靳云鹏辞职了，颜惠庆不干了，梁士诒上去了；上海开过了中国共产党第一次代表大会；吴佩孚成了两湖巡阅使；冯玉祥成了陕西督军……多少大事等着去了解，多少关键人物等着去联系，比较下来孰轻孰重呢？"霭龄，你说说。"

宋霭龄的想法有所不同。在她心里有个老主意，就是一定要把自己的夫君推上中国政坛的最高层，达不到一人之下万人之上，至少也是声名显赫的中央大员，自己实现不了的梦想一定要通过丈夫来弥补。为此，她甘愿在这未发之际忍受一切艰难困苦、寂寞忧愁、夫妻分离……她做梦都停留在十年前那总统就职盛典的无限辉煌之中，她相信她还会有这样的黄金时刻到来："祥熙，你得去。"

孔祥熙说："山东、山西有多大区别？不都是个省吗？"

宋霭龄说："你听我说，不一样。不错，鲁案善后只是一个临时差事，办完就完了，也弄不成个什么官。可你别忘了，这事是华盛顿会议定的，大总统亲自出面的，南北各大派都盯着的，还有，是全国老百姓，尤其是青年学生决不放过的！所以，干好了是笔谁也抢不走的大本钱，由此发达真还不好说。再者，王正廷目下的位置有戏，南北都能接受，举足轻重呀。他诚心邀你，多大的面子！你拾起它，有百利而无一害，顺流而下，又不费吹灰之力；驳了它，则公私失据，有百害而无一利，说不定就堵死你的前程。孙先生远在广东自顾不暇，眼下有用的大人物除了王正廷，咱们还有谁？莫非张作霖、吴佩孚能指望？莫非你们山西这位阎督军能给咱们分一杯羹？嘿，不是我小看他，他一辈子也就只能在娘子关里称王称霸。你信也不信？"

孔祥熙说："你还真会打动人。不过，只是……"

宋霭龄说："只是什么？我知道，不就一个生意、一个铭贤吗？班底不都理顺了吗？具体事让人家放手去办，塌不了天。我来你们太谷这也七八年了，孩子都生出四个，还看不住你这个家呀！"

孔祥熙嘿嘿一笑："亲爱的，这几年也真委屈你了。我这一走，也是怕……"

宋霭龄一下打断丈夫的话："瞧你那样，又来了。祥熙，我说过几次了，你这人什么都好，就是一样，太温、太软，别说当机立断、快刀斩乱麻，要紧时你怎么连刀都举不起来？"

孔祥熙又是嘿嘿一笑："由你举刀还不行吗？"

宋霭龄半开玩笑地说："我看也是。"

"祥熙，收到孙先生的电报了吧？"一见面王正廷就问。

孔祥熙奇怪："孙先生什么电报？"

王正廷说："催你赴任的电报呀，怕你不上山东来。"

孔祥熙感到惊喜："孙先生知道这事？"

王正廷说："当然知道，很看重你呢。还说希望你办完山东这事能去他那儿就职。祥熙，大有作为呀。"

孔祥熙心情振奋，嘴上却说："取笑了。哪能跟你比，国际代表也当上了。"这是在济南城大明湖上说话。一湖烟水，满目绿树，碧波间葭苕映日，清香四溢。清人刘凤浩有句"四面荷花三面柳，一城山色半城湖"，此之谓也。二人说话间船到历下亭，但见它八角重檐，中悬乾隆皇帝御书"历下亭"木匾。亭前回廊临水，岸有临湖阁。大门楹联为清代书法家何绍基书杜甫句："海右此亭古，济南名士多。"

　　孔祥熙一身清爽，临景感叹道："真是好地方。从前总是路过，这回可以饱览山左风物了。什么时候去趵突泉？"

　　王正廷说："比你们太谷好吧。抓紧游玩几天，谈判一开就没空了。担子不轻呀老兄。"

　　孔祥熙说："对了，鲁案这事你先得给我说说，对此我可是一问三不知，回头别出了洋相。"

　　王正廷想了想："也好。咱们上那边茶座去。胶州湾事件发生于光绪二十三年（1897）11 月 14 日，德国人硬说他们两名传教士在巨野被杀，遂出动军舰强行占领我们的胶州湾，并占胶州和即墨等地，总面积有五百二十多平方公里。第二年 3 月，逼迫清廷签订了《胶澳租界条约》，租期长达九十九年。他们还取得在山东修筑三条铁路，并在铁路沿线两边十公里内开采矿产的特权。自那以后，德国人像对待殖民地一样统治着胶州湾，并试图通过其铁路和矿山的特权来控制山东全境。青岛被外国人称为'远东的布赖顿'。在伸向海湾的南坡上，建起了青岛'欧洲城'，绿树成荫的街道两边盖满德国人的花园别墅，别墅后面的'苦力屋'才是中国仆人的住处，而中国老百姓的住区则被远远隔开。中国的地方成了外国人的乐园。这情形一直到十六年后的 1914 年才有了变化，不过不是变好，而是变得更糟！日本人利用第一次世界大战的机会，把胶州湾从德国人手里抢到自己手里，成为新主人。他们的野心更大，想把山东的铁路和满洲的铁路连接起来，以便控制整个东北、华北地区。大前年的五四运动中，国人强烈要求收回山东主权，但巴黎和会未能予以解决。去冬九国在华盛顿开会，重又提出山东问题。这次美国人态度积极，在其倡议下终于签订了《九国公约》，决定把山东主权交还中国。别以为是美国大发慈悲，是列强不想让日本独占山东，也好给他们分一份利益。不管怎么说，山东总算要回到我们中国手上了，下面就看我们跟日本人如何谈判了。"

　　中日双方的交接谈判从 3 月 12 日正式开始。孔祥熙的具体责任是，领衔与日方代表矢野真等人谈判邮电业务。事情还算进展顺利，大约经过七个月的努力，双方就交接事务达成协议。协议签字后，便赴青岛进行具体接收。孔祥熙松了一口气，心想用不了多久就可以离开山东。不料山东省长熊秉琦却盯上了他，想让他担任青岛电话局第一任局长。孔祥熙百般推托也无济于事，最后只好答应暂时代理。熊秉琦也一再保证，一俟有了合适人选，便放"庸之兄另谋高就可也"。不过没过多久，王正廷出面救了孔祥熙的驾，请他任中俄交涉事务公署坐办。总办自然是王正廷本人。

中俄之间的外交关系，远比中德关系要复杂棘手得多，鸦片战争以后短短几十年里，光屈辱的卖国条约就不知订了多少！1858 年 5 月 28 日的《中俄瑷珲条约》、同年 6 月 13 日的《中俄天津条约》、1860 年 11 月 14 日的《中俄北京条约》、1881 年 2 月 24 日的《中俄伊犁条约》、1896 年 6 月的《中俄密约》……苏联十月革命成功后，苏联政府于 1919 年 7 月 25 日发表致中国人民及南北政府的宣言，宣布废除沙俄与中国签订的一切秘密条约，放弃沙俄在中国东北等地用侵略手段取得的土地，废除沙俄在中国的领事裁判权和租界，放弃庚子赔款的俄国部分和在中东铁路方面的一切特权。1920 年 9 月 27 日，苏联政府发表第二次对华宣言，重申废除沙俄对中国的一切不平等条约，放弃以前夺取中国的一切领土和在中国攫取的一切特权，建议两国恢复外交关系，并缔结友好条约。就在去年（1922）8 月，苏联政府派特使越飞访华，同孙中山先生交换有关中国革命和两国关系的意见。于今年元月 26 日发表《孙文越飞宣言》，声明中国革命的中心任务是争取国家的真正独立和统一，在实现这一事业的斗争中，中国将得到苏联人民的真诚援助。当时北京政权掌握在段祺瑞手里，也打算在外交方面有所作为，拟与苏联恢复邦交，派王正廷任中俄交涉事务公署总办就是这么一个来历。公署办公处设在北京，下设会务处，处长是裘汾龄；总务处，处长是吕咸；秘书室，由樊光负责，秘书有潘益民等人。总办王正廷以下的两个要员，一个是会办郑谦，由东北王张作霖保荐；一个就是坐办孔祥熙。苏联政府的谈判代表是加拉罕，先到沈阳与张作霖开始谈判。王正廷为了掌握东北会谈的进展情况，委孔祥熙为驻沈阳代表，时常来往于沈阳和北京之间。这时跟着孔祥熙办事的主要有汪纪南、李青选、潘益民等人。鉴于国内南北政府对立、地方军阀割据的复杂局面，中苏谈判实际上不好进行。公署之内时常无公可办，孔祥熙和他手下的人大多时候都处在"案牍劳形看报纸，职权行使唤茶房"的状态。公余之暇，他们吃馆子，泡茶座，打卦算命，自得其乐。没想到多年以后这几个人都成了孔祥熙的得力干将。孔祥熙一步登天身任国民政府的堂堂部长时，汪纪南做他的秘书长，李青选做他的高级参事，潘益民任沈阳国货银行的要职。

五十九、广 州

1924 年元旦刚过，孔祥熙回到太谷计划与家人共度春节。前脚刚进家门，后脚就跟来一封电报。孙中山先生催他速赴广州有要事相商。

这里有必要将孙中山近年来的情况略做交代。

1916年5月初，孙中山先生由日本回至上海，指导全国各地的武装反袁斗争，因为早在1915年3月里，他就派陈其美回上海、胡汉民回广州、于右任回陕西、居正回青岛，分四路筹建中华革命军的东南、西南、东北、西北方面军；派张民达、朱执信、邓仲元等人赴南洋筹款，要在全国开展大规模的反袁武装斗争。6月6日，袁世凯一命呜呼之后，孙中山先生发表讲话，强调中国革命"不徒以去袁为毕事"，"决不肯使谋危民国者复生于国内"。

1917年，张勋复辟失败。段祺瑞重任国务总理，拒绝恢复《中华民国临时约法》和国会。7月，孙中山先生率海军由上海南下广州，号召全国陆、海军反段，并于8月成立军政府，被选为大元帅，决心以武力护法。

1918年护法战争失败，5月21日孙中山先生离开广州，行前发表辞大元帅通电。又回到上海，孙中山先生开始关注苏联的革命经验，致电列宁称赞说："中国革命党对贵国革命党所进行的艰困斗争表示十分钦佩。"

五四运动爆发后，孙中山先生非常振奋，在上海接见全国学生联合会代表团，政治上予以鼓励，经济上给以支持。1919年10月10日，中华革命党正式改组为中国国民党，要揭开一个革命的新局面。

1920年11月，孙中山先生再由上海南下广州，重组军政府，并开始关心工人运动，允许香港海员工人组织在军政府内部登记，并命名为中华海员工业联合总会。

1921年5月，孙中山先生就任广州军政府非常大总统。12月4日抵达桂林，成立北伐大本营。23日接见共产国际代表马林，对马林提出的组织联合工农在内的各阶层的政党和建立军校的主张极为赞同。

1922年6月，陈炯明叛乱。孙中山先生乘永丰舰向叛军反击。8月9日离开广州赴上海，于14日到达。很快会见去年成立的中国共产党的领袖李大钊，多次讨论"振兴国民党以振兴中国"等问题。9月6日，成立有中国共产党人参加的中国国民党改进案起草委员会。

1923年1月26日，发表《孙文越飞宣言》，积极接受苏联的革命经验。2月21日重返广州就任军政府大元帅职务。8月16日，孙逸仙博士代表团由上海起程赴苏考察。11月12日，发表《中国国民党改组宣言》，积极筹备中国国民党第一次全国代表大会。

孙中山先生就是在联俄联共倾向日益明显的背景下，急速电召孔祥熙南下的。

这是他们俩头一次从从容容坐下来共商革命之事。

孔祥熙发现，将近十年不见，孙先生苍老多了，而且面色黑灰、憔悴，只有一双眼睛闪烁如故。"大元帅您要保重身体呀！"他不由得说道。

孙先生眨眼一笑："您也一样呀。今年快四十岁了吧？"

孔祥熙答道："四十五岁了，几近知天命之年了。"

孙先生轻轻叹口气："真快哟。时不我待，要干的事太多太多，不抓紧不行哟，是不是？说说北面的情况吧？"

孔祥熙便简要地做了一番汇报。

孙先生很仔细地听完，抬头问道："听说你已经接触过冯玉祥将军多次，此人究竟如何？我想听听你的看法，随便说。"

孔祥熙先讲述了冯玉祥的出身履历，然后说："此人虽然出身于旧行伍，但却绝不同于一般军阀。他青年时就立下救国济民的志气，反对外国侵略，反对封建恶势力，爱兵如子，而且是个非常虔诚的基督徒呢……有好多好多故事在流传。"

孙先生感兴趣地问："哦，都有些什么故事？"

孔祥熙说："多的一下也说不完。什么禁赌禁酒禁烟呀，居官不忘穷乡亲呀，比武选将呀，拒贿放粮呀，让外国人赔牛呀……"

孙先生笑笑说："这个人蛮有人情味的。那么，他当前的政治动向和军事态势又如何呢？"

孔祥熙想了想说："他虽属曹锟、吴佩孚的直系，但最近受到排挤，尤其与吴佩孚的关系十分紧张。上次直奉战争后，吴佩孚如日中天，掌握着直系最多的兵力和权力，顾盼自雄，目中无人，一心要以武力统一直系。这样，冯玉祥就成为他首要扫除的障碍。因为冯玉祥在北洋军人中是个比较有思想的人物，自辛亥革命后又十分钦敬先生您；再就是敢作敢为，常常不听上峰的指令；而最重要的一点是，他统兵有方，练兵有术，目下手中之兵力和战斗力都仅次于吴佩孚；故此成为直系的心腹之患，而深遭猜忌和排斥。前年10月31日，在吴佩孚的暗中策动下，北京政府调任他为徒有虚名而没有地盘的陆军巡阅使。吴佩孚趁风扬沙，下令冯在上任时只能带走一个师，并且派员监督调离。冯在信中告我说：'其用意即要置我们于绝境，使我们即不饿死，亦必瓦解。'以此看来，冯玉祥对直系肯定已怀二心，再发展下去很可能反戈一击。我这是随便说说……"

"不，说得极好。"孙先生首肯道，"知道吗祥熙，我们如今北伐的目标是谁？就是北伐曹吴！上次直奉战罢，张作霖退守关外，北京政权即为直系独霸。他们说什么'直系即中央'，可为证据。之后，逼徐世昌下台，扶黎元洪做傀儡，镇压工人运动，曹锟贿选，控制国会……一步步将势力范围由黄河流域扩张到长江流域，扬言要武力统一中国。尤其是这个你所认识的吴佩孚，已把南进的主要目标对准咱们。那么，我们怎么办才好呢？你想过没有？"

孔祥熙说："没好好想过。"

孙先生说："一定要好好想想。比方说，冯玉祥将军如你所讲已成为直系之心腹大患，那对我们来说又是什么？"他引而不发。

孔祥熙自然一点就通："对呀，我们完全可以借重冯将军。"

孙先生满意地笑了，说："是的，是的。据我判断，直奉之间很快还会有一场战争，时局还会有对我们比较有利的变化。冯将军将会是这场变局中一个举足轻重的关键人物。所以……对了，我请你先来看一样东西。"说着，他取出一份材料递给孔祥熙。

孔祥熙展开一看，原来是孙先生手书的一套《建国大纲》，正要细读，却听孙先生说："你拿回去看，给你三天时间，一定要提出自己的看法和意见，好吗？"

孔祥熙点头说："可以。"

孙先生说："那好，现在你再给我讲讲冯玉祥的故事，讲一个具体的。"

半个月后，孙中山先生这份手书《建国大纲》原件，已经放在冯玉祥将军的南苑军营书桌上。这当然是由孔祥熙亲自带来的。此前他在上海花五千元把《建国大纲》赶印三万份出来，之后，便带好原件直奔冯玉祥。

这两年冯玉祥的心情糟透了，政治上受排挤，军事上遭控制，思想上挺茫然；空有一腔报国为民的志向，老也没个痛快使劲处。回想自己从十一岁入营当兵，如今已经早过不惑之年，竟然没能按自己的计划干成一件事，总是受人指使、牵制、愚弄。看看他们都是些什么人呀！不是政客就是兵痞，要不就是混账无赖，要文墨没文墨，要抱负没抱负，只知道捞钱、捞官、捞女人、捞金银财宝万贯家产，谁把国家人民放在心上？出了个秀才将军吴佩孚，也没好到哪儿去，甚至野心更大、手段更坏，居然要独霸军界、独霸天下，想把别人都置于死地而后快。真他妈叫人气儿不顺！但是该怎么办？怎样才能打破这种鬼局面而一展雄心？甚至下一步中国会出现怎样的变化……自己却又理不出头绪来。

就在这时，孙中山先生的《建国大纲》像指路明灯一样出现在眼前。冯玉祥读罢《建国大纲》的二十五条内容，心胸豁然开朗，以三民主义和五权宪法为指导，分军政、训政、宪政三个时期，建设一个自由民主的中华民国，这是一幅多么宏伟壮丽的神州蓝图！自己要能为实现这样的理想奋斗一生，建功立业，平生之愿足矣！他一口气读了两遍，极为惊喜，极为振奋，在日记里写道："孔庸之先生送来《建国大纲》……我仔细读了两遍，觉得太好了，太完全了。"并情不自禁地对孔祥熙说："庸之兄，我读完之后，心里涌现起一种兴奋钦慕之情。这是我们中国唯一的对症药方。必定照着这样办，中国才能成为自主的现代国家，卓然独立于世界之上。"如果说冯玉祥早就崇敬孙中山先生的话，那么通过这份《建国大纲》，他已经由一个普通的崇敬者变成一个三民主义战士。

后来，围绕这份《建国大纲》，还发生了一段有趣的小插曲。

冯玉祥读到《建国大纲》大约一年多以后，孔祥熙风尘仆仆地又来了，他要收回它。原因是孙夫人庆龄执意要收藏这份珍贵的革命文献。当初孙中山先生亲笔书写的《建国大纲》共两册，一册给了儿子孙科，一册即给了冯玉祥。孙夫人不好向孙科讨回，便只好委屈冯将军了。孔祥熙有点为难：当面讨回，岂不要伤冯将军的心吗？引起误解怎么得了！不讨回吧，孙夫人的面子往哪儿搁？也使不得。孔祥熙为难好久忽生急智：我何不在讨回之时，请冯将军为《建国大纲》写一个跋，给冯将军一个天大的面子呢？这样双方皆大欢喜，又为历史留下珠联璧合的一件瑰宝，岂不最好？后来事实证明，这样做确实是最佳选择。冯将军的跋写成于十二年后的1936年，原文如下：

跋总理手书《建国大纲》

祥自有民族思想以来，即从事革命。初以为求良心所安，廓清弊政，革命之义尽于斯，未尝预计建国纲领也，故屡兴屡蹶。滦州起义，参加护国，声讨复辟，及武穴主和诸役，皆不能达预期之良果，虽胜亦败。十三年一月，孔先生庸之来，奉总理命，以亲书之《建国大纲》惠赐，环诵之余，见建国之方井然。因与胡笠僧、孙禹行二友共作深刻研究，思有以实现之。几经商讨，以首都为政治中心，若革命自此地始，最易摧毁反革命之主力，乃能实行总理一切主张。备历艰险，终完成十月二十三日之首都革命，并排除各种障碍，欢迎总理北上，使革命思想得广播于北方。且将《建国大纲》归纳为二十五条，以对外公布。所谓建设廉洁政府，对内实行亲民政治，对外以人道正义为根基等，皆本总理之意，出以含浑之辞，作第一步之尝试。十四年春，不幸总理见背。五月，庸之来告，孙夫人欲保存遗墨，祥慨以奉还。唯念祥因此得革命真知而辟新径，虽艰阻丛生，未获全部实现，然私心深信胜利终属革命者，当继续努力，庶不负总理以亲书《建国大纲》惠赐之至意，此祥区区之愿也。庸之索还原件时，即嘱作跋，以纪史实；唯以从事革命，分离日多，迁延未果。今岁二月，同聚首于史料编撰委员会，再度述及，乃补赘数语，以志不忘。

冯玉祥敬识

民国二十五年三月

其实，早在此前的 1935 年 11 月 20 日，冯玉祥将军还曾为孙科先生保存的那份《建国大纲》写有一跋，至为珍贵，不妨一并录之于下：

跋孙哲生先生所持总理亲书之《建国大纲》

玉祥家素清寒，自幼入行伍，睹政治之腐败，痛民族之沦亡，复受总理革命主义之影响，乃纠合同志，发动滦州革命。民七反抗北洋政府援湘命令，独立于武穴。九年兵驻常德，北伐军引为友军，互不攻击，并借钮惕生、徐季龙二先生之介，与先生函电往来无间。十二年督兵南苑，庸之同志衔命北来，并以先生手书《建国大纲》装订成帙见遗。朝夕研读，益恍然于建国之轨范。十三年乃与孙禹行、胡笠僧二同志，讨伐贿选政府，驱逐帝制余孽成功，恭迎先生北上，主持大计。方冀建国规划，得以实施。讵知反动势力，诪张为患，先生竟溘然长逝。祥又被迫退处张垣。庸之同志来述孙夫人言，此幅原系先生书以遗夫人者，当时假以遗祥，原拟再书一幅以偿夫人。奈先生瘁身党国，卒未暇果愿。故急欲索还此遗墨，以为纪念。祥乃不敢自私，检箧中，举而奉还。又以此幅与祥有此一段关系，特嘱写一长跋，而祥或以困劳师旅，或以读书山中，迄未报命。谨按先生建国规划，重在民生、民权及民族革命之一气完成，而跻中国于真正自由平等之域。奈自北伐成功以来，迅逾十载，先生之遗训，犹待贯彻实行。近且外患内忧，日益严重，党国倾亡，迫于眉睫。当此千钧一发之际，舍死图生，唯以大无畏之奋斗精神，求建国规划之贯彻。二十四年十一月祥到京出席六中五会，懔于救亡图存之义，益思先生昔日手订《建国大纲》之意义深远也。今见哲生先生保有之亲书《建国大纲》，谨先述此一段因缘如右，至于孙夫人者，敬当俟之异日。

冯玉祥

民国二十四年十一月二十日

六十、北　京

孔祥熙离开冯玉祥以后，这一段就待在北京中俄交涉事务公署。他明显地感觉到，一场新的直奉大战迫在眉睫。孙中山先生的预见非常准确。但是，这场军阀混战会产生怎样的后果？引发出怎样的重大事件？以及会给自己带来怎样的人生契机？孔祥熙做梦也想不到。

这时的北京政府，已经完全被曹锟、吴佩孚的直系势力所把持。他们利用中央权力，为实现全国武力统一的目的，连续对南方用兵，使广东、广西、四川、云南、福建、浙江、江苏、江西等省人民饱受战争之苦，从而引起全国人民和各派反直力量的反抗。

上次直奉大战中败北的军阀张作霖，经过一番整军备战，目下已拥有步兵二十七个旅、骑兵五个旅、炮兵十个团，总计兵力达二十五万人；另有作战飞机二百五十架左右、大小海军舰只二十一艘，兵威复振。时刻都想着报复的张作霖觉得时机成熟，便决心与直系再较量一番。他的有利之处还在于：一是孙中山的北伐军可做策应，一是皖系的卢永祥等人也可做策应。这样便形成一个反直三角同盟。另外还有一个也许是最重要的有利因素，就是对手的内部不稳定，冯玉祥将军将有所作为。在分析了这些情况之后，张作霖动手了。1924年9月15日，他自任镇威军总司令，亲率六个军的兵力，向热河、山海关、九门口等地铺天盖地而来。

北京这里，吴佩孚也不客气，于18日晚在中南海四照堂召开紧急军事会议，参加者有国务总理、陆军总长、海军总长、航空署长和师旅级以上高级军官共六十多人。吴佩孚宣布：他自任总司令，王承斌为副司令。前方兵力分为东、中、西三路。东路第一军约十二万人，彭寿莘任司令，出山海关直攻辽沈；中路第二军约五万多人，王怀庆任司令，出喜峰口攻热朝；西路第三军约两万六千人，冯玉祥任司令，出古北口直攻开鲁。后方援军分十路，张福来任司令。

1924年9月17日，第二次直奉大战开始。

奉军先发制人，采取的战略是：将主力集结于山海关和九门口一线，准备在此给直军以毁灭性打击，但先从热河方面攻击前进，抵达与山海关、九门口一线齐平时发动主力进攻，以期三路齐头并进。战事首先在热河地区打起。驻守在这里的中路直军抵抗不力，打援的王怀庆第十三师也力不能敌。当月底，奉军接连攻占朝阳、开鲁、建平、凌源等地。随后挥师扑向直军主力所在的东路，顿使山海关方面战事吃紧。10月9日，奉军攻陷九门口，从而在直军防线上撕开一个大口子，可以长驱直入，西可取石门寨，南可压山海关。战局向有利于奉军的方向发展。

一向自负高傲的吴佩孚大惊失色，不得不亲赴前线督战，调整兵力部署，催调援军，稳住阵脚。自10月中旬起，两军在山海关一线形成对峙局面。这时，吴佩孚想到冯玉祥的西路军尚未参战，便让参谋长发出急令："此间形势急紧，不有意外胜利，恐难挽回颓势。令火速进军，大局转危为安，在此一举。"

再说此时的冯玉祥，已经成竹在胸。吴佩孚四照堂点将，故意把冯玉祥调为西路军司令，这一路交通不便，穷乡僻壤，所以行军困难，补给困难，对大军极为不利。叫你冯玉祥"败则军法从事，胜则无功可叙"，自认倒霉吧。他完全小看了冯玉祥。岂不知这正中冯玉祥下怀。冯将军的计划是：拥兵不动以观其变。如果吴军取胜，则兵挡榆关，不让吴军回到关内，压曹锟任命吴佩孚为东三省巡阅使，把他赶到东北去；如果吴军失利，则挥师急返北京举行政变，推翻曹锟贿选政府，速迎孙中山先生北上，另建革命政府。为此，冯将军命部队缓慢行军，一日仅行二十多里，到达古北口后，又以筹措给养为名按兵不动。现在一看吴佩孚急了，他反而更不急了，坐等一个重要内线消息的到来。不久，密电传来："前方战事紧急，吴已将长辛店、丰台一带所驻之第三师悉数调往前方增援。"第三师是吴佩孚的老本，既然已全部调离北京，说明后方彻底空虚。此时不回师北京更待何时！ 10月21日，冯玉祥命令所属部队后队变前队，偃旗息鼓，强行军回师北京。23日凌晨以迅雷不及掩耳之势发动了震惊世界的北京政变。与胡景翼、孙岳共同行动，包围总统府，囚禁贿选总统曹锟，以内阁名义解除吴佩孚的一切职务。宣布所部改称为中华民国国民军，表示倾向广东孙中山先生的国民政府。11月5日，国民军将清废帝溥仪驱逐出宫。同时电请孙中山先生北上共商国是。

直奉开战之初，孔祥熙就带着各种信息去见孙中山先生，冯玉祥电请孙先生北上时，孔祥熙就在孙先生身边。

10 月 31 日，孙中山先生在大元帅府召开会议，讨论北京政变后的形势发展及应对方略。决定命胡汉民留守广州代行大元帅职，谭延闿驻守韶关负责大本营事务，主持北伐军事，由他偕夫人宋庆龄、汪精卫、李烈钧、戴季陶，以及秘书黄昌谷等二十多人北上赴京。

这天晚上，孙先生回到家，见夫人正与孔祥熙说话，便笑笑说："正好你在，我还想叫人去请你啊。"

孔祥熙问："先生有什么吩咐吗？"

孙中山先生坐下说："这次北上，前景难卜，只怕还有变局，所以大本营得留足力量。我已让汉民、仲凯他们原地不动。这样随我北上的人员显得不足。祥熙，你能一同赴京吗？"

孔祥熙看了妻妹一眼，说："我跟庆龄还正说这事。她的意见……"

宋庆龄接上说："孔先生去北京是一定要去的，只是他得在上海多住几日。母亲最近身体不好，再说父亲去世后还留下一些商业事务，非孔先生出面不可。所以您看……"

孙中山先生说："可以两不误的。到上海后，我们绕道日本先去天津，祥熙料理完一切后可直接赴京。说不定他还要先到北京呢。"

宋庆龄对孔祥熙说："孔先生，一家人不说两家话。此次赴京事关重大不论，且风险确也不小。孙先生这一段身体不好，您也知道。您久在北方，诸方面比别人都要熟络，且年长稳重，遇事有方，一切可就仰仗您了。"

孔祥熙说："夫人放心。我会尽心尽力的。"

宋庆龄："那大家都放心了。记住，有重大事宜，您可以直接找我。"

孔祥熙说："知道了。"

1924 年 11 月 10 日，孙中山先生发表《时局宣言》，即《北上宣言》。12 日，在广州各界欢送会上，孙中山先生发表《北上之意义与希望》的演讲。13 日，孙中山先生夫妇一行二十多人乘永丰舰起程北上。14 日，抵达香港转乘春阳丸轮船直赴上海。21 日，孙中山先生一行由上海取道日本赴天津。24 日，船抵日本神户，盘桓七天后，于 30 日乘日本轮船北岭丸驶往天津。12 月 4 日中午，孙中山先生一行终于抵达天津。码头上人山人海，到处是欢迎的人群，工人、学生、市民等各阶层人民足有五万多，热烈欢迎孙中山先生的到来。当天下午，孙中山先生不顾旅途劳顿，即前往海河北曹家花园会见张作霖。回到下榻的张家花园，当晚就病倒了。12 月 18 日，孙中山先生在病床上接见段祺瑞派来的代表叶恭绰、许世英。经过与张作霖和北京来的代表们的接触,孙中山先生已明白,政局有了重大而不利的变动。

事情还由冯玉祥将军引起。北京政变成功后,为联络皖系势力抵御长江直系势力的北上反扑,冯将军于 11 月 15 日与张作霖、卢永祥、胡景翼、孙岳五人联名致电躲在天津的段祺瑞,请他出面担任中华民国临时总执政,暂主政局,等待孙中山到来共商国是。实际上这是一着驱狼引虎的败招。转眼之间中央大权又落入大军阀之手。段祺瑞一朝权在手,便把令来行,先撤销国民军的称号,接着把冯将军调离北京,派到张家口担任西北边防督办。更厉害的一招是,趁孙中山先生在天津病倒,他很快抛出一个能使自己统治合法化、能叫各派军阀利益均沾的方案——召开所谓善后会议。12 月 24 日,段祺瑞独断专行,抢先公布了善后会议条例,规定与会代表为以下四种人:一是有大勋劳于国家者,一是讨伐贿选、制止内乱各军最高首领,一是各省区及蒙、藏、青海军民长官,一是有特殊资望学术经验由执政聘请者不逾三十人。若依这个规定,此会必然变成封建官僚、军阀头目、投机政客、革命变节分子的政治交易所。

为了制止这种局面的发展,孙中山先生于 1924 年的最后一天即 12 月 31 日,抱病入京。入京当天便发表《入京宣言》,重申北上之目的及意义:"文此次来京,曾有宣言,非争地位权力,乃为救国。十三年前,余负推倒满洲政府、使国民得享自由平等之责任。唯清廷虽倒,而国民之自由平等早被其售与各国,故吾人今日仍处帝国主义各国殖民地之地位。因而吾人救国之责,尤不容缓。至于救国之道多端,当向诸君缕述,唯今以抱恙,不得不稍俟异日。"不幸的是,孙先生病势日重,至 1925 年 1 月 20 日以后,体温高达四十一度,不得不住院治疗。于 26 日入住协和医院,诊断为肝癌晚期,当日 6 时即施行手术。但已不可救,随即缝合。尽管病成这样,孙中山先生依然心系国事,力图阻止善后会议的召开,遭到拒绝后,便指示中国国民党中央执委会向全党发出通知,坚决不参加善后会议。

段祺瑞一意孤行,趁着孙中山病重这一良机,于 2 月 1 日强行召开了由南北军阀、官僚、政客控制的所谓善后会议。

此后,孙中山先生的病情日益恶化。2 月 17 日,协和医院代理院长刘瑞恒先生以英文函告孔祥熙,让孔祥熙转告孙先生家人,内容如下:

孔庸之先生转孙先生家属暨国民党员诸君览:

孙先生入本院即发觉所患癌最末时期,为不治之症。经予剖割及将癌之外皮用显微镜考察，证明诊断正确，病自不好而至极不好。余等以孙先生之生存为无希望矣。

协和医院代理院长刘瑞恒
二月十七日下午一时

24 日，院方告知准备后事。当时在场众人由孙夫人做主，一致公推孔祥熙、宋子文、孙科、汪精卫四人，以孔祥熙领衔，趋前征询中山先生的最后遗嘱。

孙中山先生《国事遗嘱》内容如下：

余致力国民革命，凡四十年，其目的在求中国之自由平等。积四十年之经验，深知欲达到此目的，必须唤起民众，及联合世界上以平等待我之民族，共同奋斗。

现在革命尚未成功，凡我同志，务须依照余所著《建国方略》《建国大纲》《三民主义》及《第一次全国代表大会宣言》，继续努力，以求贯彻。最近主张开国民会议及废除不平等条约，尤须于最短时间，促其实现。是所至嘱！

孙中山先生《家事遗嘱》内容如下：

余因尽瘁国事，不治家产。其所遗之书籍、衣物、住宅等，一切均付吾妻宋庆龄，以为纪念。余之儿女已长成，能自立，望各自爱，以继余志。此嘱。

孙中山先生《致苏俄遗书》内容如下：

苏维埃社会主义共和国大联合中央执行委员会亲爱的同志：

我在此身患不治之症，我的心念此时转向你们，转向于我党及我国的将来。

你们是自由的共和国大联合之首领。此自由的共和国大联合，是不朽的列宁遗于被压迫民族的世界之真遗产。帝国主义下的难民，将藉此以保卫其自由，从以古代奴隶战争偏私为基础之国际制度中谋解放。

我遗下的是国民党。我希望国民党在完成其由帝国主义制度解放中国及其他被侵略国之历史的工作中，与你们合力共作。命运使我必须放下我未竟之业，移交与彼谨守国民党主义与教训而组织我真正同志之人。故我已嘱咐国民党进行民族革命运动之工作，俾中国可免帝国主义加诸中国的半殖民地状况之羁缚。为达到此项目的起见，我已命国民党长此继续与你们提携。我深信，你们政府亦必继续前此予我国之援助。

亲爱的同志，当此与你们诀别之际，我愿表示我热烈的希望，希望不久即将破晓，斯时苏联以良友及盟国而欢迎强盛独立之中国，两国在争世界被压迫民族自由之大战中，携手并进，以取得胜利。

谨以兄弟之谊　祝你们平安！

1925年3月12日上午9时30分，伟大的孙中山先生与世长辞，享年五十九岁。噩耗传出，全国人民和全世界进步人士深感哀痛，中外各报纷纷发表悼念文章。当时，鉴于孔祥熙与孙宋两家的特殊关系和他的年长能事，一致推他主理丧事。很快国民党中央执委会也做出决定，由孔祥熙、张人杰（即张静江）、汪精卫、林森、于右任、邵力子、宋子文等人，共同组成葬事筹备委员会。

孔祥熙当仁不让，全力以赴，辟出自己在西总布胡同的住宅房间，专门收放各界送来的花圈挽幛。实际上，孙先生从病倒住院到后来的治丧诸端，一切花费开销皆由孔祥熙一力承担。孔祥熙的挽中山先生联是："功高华盛顿，识迈马克思，行易知难，并有名言传海内；骨瘗紫金山，灵栖碧云寺，地维天柱，永留浩气在人间。"后来到1929年，孙先生遗体移葬南京紫金山中山陵，举办盛大之奉安大典，孔祥熙也是头面人物，被任命为中国国民党总理奉安迎榇指挥兼总理奉安委员会办公处总干事，期间确曾出力不菲。中山陵建成之初，孔祥熙还曾亲撰《祭孙总理文》一篇，其文曰：

太谷孔祥熙谨于中央党部祖饯之辰，爰献鲜花素果，致祭于灵前而言曰：
　　翳日月之易迈，伤圣哲之速迁，怅音容之久隔，奄忽愈乎四年，青旗明于薄海，灵风郁其高骞，溯丹心之救世，如白日之经天，发端绪于三民，致治平以五权，蕲大同之速跻，谁审识乎知难，为众生之先觉，予群迷之指南，留福音于六合，虽百世其莫殚，藉旍旐以表德，斩古今而谁先，窃微生之多辰，得追随于生前，敢致谏乎鸿烈，唯略陈其私言，忆负笈于彼美，接清尘于逆旅，密谈娓其珠霏，高论纷如花雨，讶天禀之职睿，喜经邦之洪绪，愤昏淫于虏廷，怀侨压而危惧，幸同气以相求，忝谋国之必兴……誓努力于未死，期无负于九原，哀江南兮魂归，昭万古兮埃尘，呜呼尚飨。

孔祥熙为料理孙中山先生丧事及善后诸端，前后在北京滞留经年。可以说，他是于此最为有功者之一。正是他这次的慷慨解囊、遇事不慌且调度有方、埋头肯干、与人为善、左右逢源……诸多良好表现，给在京参加葬礼的国民党各派元老勋臣及各界人士，留下了深刻而极好的印象。从而为他不久后一跃而成为党国权要捞足了本钱，铺平了道路。孔祥熙实现自己当大官的夙愿，如今是万事俱备，只欠东风。这东风不是别的，只是机缘了。

第十一章　角色转换的奥秘

六十一、尴尬的调停人

1927 年 4 月 3 日，孔家正在全力以赴地准备午宴，这次宴会不算盛大，几乎是保密的，但却注定要在历史上留个记号。

孔祥熙夫妇在上海的住宅，坐落于旧法租界霞飞路和西爱咸斯路，拥有 50 号和 51 号两座楼房，两层西式建筑，装潢得富丽堂皇，楼前楼后都是花园。50 号楼二层有一间豪华的会客室，连着一间大餐厅，即将开始的午宴将要在这里举行。

猜猜谁来赴午宴？来头不小！一个是四十初度的蒋介石，时任国民革命军总司令；一个是四十四岁的汪精卫，时任国民政府主席。此二人的关系，正应着"一山难容二虎"的老话，争斗得一塌糊涂。今日却要坐到一个屋檐下，这是为何？必须从头道来。

古今中外，你就看吧，每当任何一个政治空间的主宰者消失以后，必定立即引发一场你死我活的权力之争，转眼间亲朋成仇敌，战友动干戈，其惨烈、其血腥、其不择手段无所不用其极，一点儿也不亚于跟外部敌人的较量。孙中山先生过世之后，国民党自然也难逃此劫。

孙中山先生生前并没有指定自己的接班人，也许是对谁都不完全满意。但据何香凝的一种说法，孙先生生前曾非正式地表示过：将一切党务、政治、军事的中心，托付汪精卫、蒋介石和廖仲恺三同志。这也难以确认了。不管怎么说，孙中山先生逝世之初的实际情况是：最有问鼎实力的是胡汉民、汪精卫、廖仲恺三人。比起这三个元老重臣来，蒋介石当时还上不了台面，但随后一场持续近两年的你争我夺之后，情况可就大不一样了。

这里，有必要把三位问鼎者的履历简介一番。

胡汉民，比孔祥熙大一岁，但追随孙中山先生闹革命的资历要老很多。他原名叫衍鸿，字展堂，生于广东番禺，原籍江西吉安。兄弟姐妹七人，只活下来三个：长兄衍鹗，字清瑞；七妹灵媛；汉民行四。幼读经史，才气不凡，词锋锐利，与其兄一时名重当地文坛。二十岁中举后，随着西学东渐，他以提倡新学自任，写有著名春联："文明新世界，独立大精神。"一时振聋发聩。1902年，二十三岁的胡汉民与吴稚晖等人东渡日本留学，入东京弘文学院师范科，一年后回国。1904年二次东渡，入法政大学速成法政科。1905年加入同盟会，即不离孙中山先生左右，不久又出任同盟会机关报《民报》编辑，在与保皇派的《新民丛报》的论战中大出风头。1909年，他受孙中山先生之托，办理南洋党务工作，同年10月就任同盟会南方支部支部长。武昌起义后广东独立，他被推为都督。1912年元旦，孙中山先生就任中华民国临时大总统，他被任命为总统府秘书长。1914年7月，孙中山在东京成立中华革命党，他被任命为政治部部长，主编《民国》期刊。回国后历任广州护法军政府交通部部长、非常大总统总参议等要职。1924年1月，国民党第一次全国代表大会召开，他参与大会宣言等重要文件的起草工作，并被选为第一届中央执行委员。同年年底，孙中山先生北上和谈，命他代行大元帅职权而坐镇大本营，已大有一人之下万人之上的光景。

汪精卫要年轻些，比孔祥熙小三岁。本名汪兆铭，字季新，祖籍江西婺源，后来迁居浙江绍兴，生于广东番禺，出生地与胡汉民相同。其父汪省斋是个小官，死得早。他在长兄汪兆镛的监管下学有所成，国学基础深厚。十九岁中秀才，且出落得一表人才，后来有人把他和梅兰芳、顾维钧称为中国三大美男子。1903年，二十一岁的他考取日本法政大学官费留学生，来到东京。1905年加入同盟会，并担任同盟会总部的评议部部长，也一度作为同盟会机关报《民报》的主要撰稿人之一而写过不少好文章。此后数年，跟着孙中山先生到东南亚一带开展革命活动，协助筹建了同盟会南洋分会，深得孙先生赏识。1910年，正当同盟会多次起义均遭失败的革命困难时期，二十七岁的他乔装进京，决心暗杀清廷摄政王载沣，不幸暗杀失败被捕入狱。他抱必死之心，赋诗明志，诗之后八句曰：

慷慨歌燕市，从容作楚囚。

引刀成一快，不负少年头。

留得心魂在，残躯付劫灰。

青磷光不灭，夜夜照燕台。

这把青年汪精卫的声望推到了顶峰。辛亥革命后他被释放出狱，即与南洋巨商之女陈璧君结婚，婚后径赴法国度蜜月。1919年，他回国就职于广东政府。1924年1月，在国民党第一次全国代表大会上，他被选为第一届中央执行委员。同年底，即随孙中山先生北上和谈，成为万众瞩目的显要人物。

廖仲恺比胡汉民和汪精卫都要大好几岁，比孔祥熙还要大三岁。他是广东惠阳人，原名恩煦，出身于美国旧金山的一个华侨家庭。十七岁回国，二十六岁留日，旋即参加同盟会，担任总部会计长，成为孙中山先生的忠实助手。辛亥革命后，他出任广东都督府总参议兼理财政。1921年任非常大总统府财政部次长、广东省财政厅厅长。1924年后，历任国民党中央执行委员会常委、工人部部长、农民部部长、黄埔军校党代表、广东省省长、国民政府财政部部长、军需总监等职。1924年底孙中山先生北上后，他是留守大本营的核心人物之一。

孙中山先生身边这三位关键人物，廖仲恺是著名的左派领袖，胡汉民是右派势力的公认代表，汪精卫忽左忽右，一般认为是中间派。那么这左、中、右的划分，主要依据是什么呢？不是别的，就是看他们对待孙先生联俄联共扶助农工的三大政策的态度：坚决拥护并贯彻执行者就是革命左派，阴谋反对并处心积虑加以破坏者就是反革命右派，阳奉阴违、投机取巧者就是中间派，实际上也是右派。

孙中山先生从事革命数十年，组织过十一次武装起义，领导过反袁、反段的护国护法战争，吃够了失败的苦果，陷于深深的苦闷之中。他痛苦地认识到国民党的严重局限性，虽几经整顿改组，其内部复杂的矛盾仍叫他难以有效地进行革命，国民党中不真心革命的分子太多太多了。怎样把革命事业进行下去，这是孙先生晚年思考最多的问题。他真心实意地感谢列宁和他的思想，感谢出了个中国共产党，使他在几近绝望之中看到了光明。正如孙夫人后来所说："在十月革命的影响和中国共产党的推动下，孙中山开始觉悟到建立革命武装的重要性，并逐步形成'非以俄为师断无成就'的思想，确立了'联俄联共扶助农工'的三大政策。一个人能够随着时代发展不断前进可不容易呵！"

孙中山先生是个伟大勇敢的革命实践家。于 1922 年 9 月 4 日在上海召开了改进国民党的会议，正式决定改组国民党，并指定包括有共产党员在内的九个人组成改进案起草委员会。接着发表《中国国民党宣言》，指出今后革命必须依靠民众力量。他尖锐地说："国民党正在堕落中死亡，因此要救活它就需要新血液。""国民党里有中国最优秀的人，也有最卑鄙的人，最优秀的人为了党的理想与目的而参加党，最卑鄙的人为了党是升官的踏脚石而加入我们这一边。假如我们不能清除这些寄生虫，国民党又有什么用处呢？"他面对党内那些"最卑鄙的人"的强烈反对而毫不妥协，发表《致全体党员书》以张扬真理批驳谬论，并且在行动上一点不手软。召开国民党第一次全国代表大会前夕，只因他的亲生儿子孙科发表了反俄反共言论，其名字便被从中央委员候选人名单上一笔划掉，说："把这个名额留给真正赞成改组的同志！"正因为如此，在他生前，左派人物扬眉吐气，右派人物敢怒而不敢言，中间人物伪装得更加巧妙。一场暴风雨般的内部决斗暂时处于爆发前的平静之中。

孙中山先生刚一去世，争权之战立即开始。

汪精卫觉得自己稳操胜券，原因如下：第一，这些年自己洞察孙先生心事，故而对三大政策极力宣扬鼓吹，不仅得到孙先生夫妇的赞赏和信任，而且得到左派领袖廖仲恺、共产国际代表鲍罗廷以及中国共产党的赞赏和信任，在党内外享有很高的声望；就在昨天深夜，自己与廖仲恺的一次长谈之后，廖已坦然表态说，不管是谁，只要信守并贯彻孙先生的三大政策，他廖某人就支持拥护谁，而不计个人之名誉地位。他真是个好对付的呆子。第二，北京之行，使自己在政治上处于最为有利的地位，试问当今天下，替孙先生起草临终遗言者能有几人？唯自己一人耳！这意味着什么？这岂不意味着自己业已取得孙先生合法继承人的资格？第三，眼下真正的对手唯胡汉民一人，他有利条件固然不少，但此公有一致命弱点：过于自负，目中无人，锋芒毕露，尖酸刻薄，人缘不好。以我汪某的热情谦和、广结善缘，选举中不怕打不败他。第四，也是最重要的，自己与军界关系不错。军队的支持可是至关重要呀！如今身边以许崇智的粤军兵力最多。自己与许的关系没说的，而他胡汉民跟许崇智之间的过节可就大了，解不开。要以军队的素质和战斗力论，蒋介石的黄埔军最厉害。要讲与蒋介石的关系，他胡汉民也不行，平日爱摆出一副党国重臣的架子，对后生晚辈瞧不上眼，早得罪下人了，而自己却处处降尊纡贵，礼贤下士，与之感情相投。不错，这位蒋司令是大有野心的，不能不防。不过眼下他在地位、资望、影响诸方面还差得多，不足以构成对自己的威胁，正好为己所用……这就是汪精卫的如意算盘。

胡汉民又怎么想呢？也很得意。他觉得汪精卫算不得什么，怎能跟留守大本营、代行大元帅职务的人比呢？一个小白脸，文不文，武不武，表面坚定，实则流质易变，反复无常。你小子不是有胆刺杀摄政王吗？何以一经免去死罪你又折服自悔。南北议和时，你既是南方政府代表的公开参赞，何以又暗中为袁贼世凯效力，且与杨度等组织什么国事共济会。就说你如今无时不盛赞三大政策，何以又于前次党务会上反对共产党员以个人身份加入我党？后来你是见孙先生态度坚决，方才又是一变，以更加激烈之言辞颂扬改组……凡此种种，我胡某人只要稍加揭露，你小子就会原形毕露，一钱不值。还想与我争天下吗？真正难对付的倒是廖仲恺呀。此人论资望决不在我以下，论实权一直掌管经济财务，论人品无可指摘、刀枪不入，加之有苏俄、中共做依托，有宋夫人的信任与支持……不好办得很。

孙中山麾下三杰廖、胡、汪，各自盘算，明争暗斗，选举大会见分晓。1925年7月1日，广东国民政府宣告成立。国民党中央政治会议十一名委员无记名投票选举国府主席，一经揭晓，汪精卫竟全票当选。胡汉民落选，胡派大怒，一是大骂汪精卫无耻，居然自己投自己的票；一是迁恨于左派廖仲恺，认为是左派成全了汪精卫，扬言要施以报复。

果然事过不久，廖仲恺血洒长街，夺权斗争顿显你死我活、不共戴天之势。对于刺廖经过，廖夫人何香凝有过一段现场描述：

> 8月19日夜晚，仲恺又忙于替黄埔军校筹款，到家已经很晚了。第二天8月20日的早晨，刚过8点，又有人来向他请示公事，等他把公事交代完毕，已经是8点多钟差不多快9点了，仲恺还没有吃早餐。因为我们预先接到通知说是9点开党中央的常务会议，我催他说："快点吧！开会的时间到了。"仲恺于是匆匆忙忙地只吃了几口白稀饭，就和我一起出门。唉，现在想起来，也真像催他去死一样。车子向着惠州会馆（国民党中央党部所在地）开去，在路上遇着陈秋霖同志，他正要上我们家里商量事情。仲恺一看见就招呼他说："你是找我吗？"陈同志说："是的。"仲恺说："那就请上车一同到中央党部去吧！"陈同志便登上车了。汽车开到中央党部门前停下，我们先后下车。我刚

一下车，抬头看见一位女同志，就止住脚步向她说："停二十分钟我就到妇女部，我有事情和你们商量，请等着我。"正在这说话的时候，我就听见啪啪、啪啪、啪啪啪地好像放爆竹的声音，我心里还以为谁在放爆竹呢？可是，一转过脸来，看见仲恺已倒在地上。陈秋霖同志痛楚地挨着两枪，也倒下去。在我身边的卫兵，也已受伤躺倒了。四人同行，三个男的都中枪了。我才意识到有人行刺。一面大喊捉人，一面俯身抚着仲恺，当时仲恺已不能回答。当我刚刚低下头去抚仲恺的时候，又是一阵枪声。头上嗖嗖地有枪弹飞过，我头皮还感觉到热气。那时我若不是弯身去抚仲恺，一定也是完了。在我大喊"快些捉人呀"的时候，就有五六个凶手从中央党部门前骑楼底下的石柱后面窜出来，原来凶手是预先躲在中央党部门前的。平时中央党部总有警察站岗，但那时却迟迟不见警察来捉人。只有一个在妇女部工作的女同志刘家桐从里面跑出来帮助我。把仲恺架了起来，只见满地殷红，他衣服上的鲜血，还点点往下滴。那时我的心里，说不清是悲痛还是愤恨，但没有惧怕。到了医院，仲恺已是不救了。大概是在路上就绝了气。陈秋霖同志也在负伤后几天牺牲了……

血案发生，引起公愤。以汪精卫、许崇智、蒋介石三人组成特别委员会开始调查。幕后主谋者到底是谁？胡汉民难逃最大嫌疑。胡汉民百口莫辩，因为他的堂弟胡毅生与此案牵连甚大，有证据表明，案发前胡毅生等曾在堂兄家议论过倒廖事宜。你胡汉民至少有失察之罪。汪精卫以共产国际代表鲍罗廷的名义出面，劝胡汉民不如去苏联考察一走了之。到了这般时候，胡汉民看着对手得意的面色虽然怒火中烧，却也无可奈何，只得打点行李走人。这一个大回合算是汪精卫赢了。

廖仲恺捐躯，胡汉民隐退，党争就平息了吗？汪精卫高兴得太早了点。他没想到转眼间蒋介石反而成了他的死对头。他想到，前不久西山会议派邹鲁、谢持那一帮子老右们到处写文章骂他时，这个蒋介石不是还挺身而出，亲撰发表《忠告海内外各党部同志书》，专为自己辩诬吗？通篇多么慷慨激昂！要紧部分他都能背出来：

关于汪精卫同志，上海民国日报加之罪者凡三，盖无一而非任意捏造。共产党为欲先求中国国民革命之实现，而来加入本党，谓其唯以消灭本党为策略，又何异谓共产党唯求自杀。此语既诬，则谓精卫同志对于共产党挑拨离间，排除本党同志之言动，一一实行，自无一而非诬矣。精卫同志在痛悼廖先生之时，谓革命的反帝国主义的向左去，不革命的不反帝国主义的向右去，此为极沉痛极明彻之词。所以警勉同志共同努力于革命，乃以此为叛了总理，真不知民国日报记者是何居心也。是真自不知早已向右去，立于反革命地位，而徒怨他人分别左右，岂不可怪。如精卫同志向左向右之说为不当，乃反不如直言之曰革命与反革命二者之分为当乎，吾同志盍不自反而徒责其人也。至谓精卫同志先不主张讨伐刘（震寰）、杨（希闵），而其后乃攘人之功。中正躬与是役，敢为切实之声明：精卫同志本年五月自北京归粤，先抵汕头，而于讨伐刘、杨之议决策之际，实先得精卫同志之赞同。唯今日反对精卫同志最力之人，乃真有于讨伐刘、杨时避居香港者。革命本非求功，而谓其攘人之功，尤不知何指也。呜呼，赤化也，共产也，俄人掌握政权也，帝国主义与军阀之所以诬陷我者，今岂将一一出于同志之口耶？

汪精卫记得，自己深为蒋介石的忠诚敢言而感动，决心投桃报李，对其两次东征和讨伐刘杨之功亲自出面大事表彰，那内容当然还记得清清楚楚：

接诵捷报，欣慰奚如。我兄以十月六日自广州启节，到十一月六日而税驾汕头，屈指行师恰盈一月，群贼就歼，东江大定，破惠州之天险，覆逆敌之穴巢，乃在罗经坝出奇制胜，使群贼敛手受擒，无能漏网，尤为此次战役中最有特色之事。我兄建此伟功，承总理未竟之志，成广东统一之局，树国民革命之声威，凡属同志，莫不钦感。

不正是由于自己对他蒋介石如此抬举，才使他声望日隆，大出风头，在党的第二次全国代表大会上达于顶点。当他步入会场时，掌声雷动，有人高呼"请全体代表起立向蒋同志致敬，并勉其始终为党为国奋斗！"大会选举结果，他仅以比自己少一票的纪录当选为中央执行委员会委员，紧接着在二届一中全会上又当选为中执委常务委员、国民革命军总监，一跃成为与自己平起平坐的核心领导人物。多快呀！是不是太快了？……是的，一定是太快了，他敢于跟我作对不就是从那时候开始的吗？

事实上，蒋汪关系的恶化正是从国民党第二次全国代表大会之后开始的，爆发点是著名的中山舰事件和整理党务案。

国民党第二次全国代表大会，在宋庆龄和左派人士以及共产党人的共同努力下，开得很成功。大会通过了《接受总理遗嘱决议案》《弹劾西山会议决议案》《处分违犯本党纪律党员决议案》等重要决议案，重申进一步执行联俄联共扶助农工的三大政策，尤其重要的是选举后的国民党党部中，共产党员几乎全部掌握了关键部门的领导权。后来因为陈独秀、张国焘等人的妥协退让，才使国民党右派在中央执行委员会和监察委员会占了绝对优势。这样的政治格局，当然是国民党右派势力所不想看到的，他们的反扑是必然的。在各种具体原因的促使下，蒋介石终于揭去左派的面纱，充当了右派势力的新代表。1926 年 3 月 18 日，黄埔军校驻省城办事处通知海军局，说奉蒋介石命令，调派军舰到黄埔候用。海军局代理局长共产党员李之龙，当即派出中山号和宝璧号二舰前往。当军舰到达黄埔后，蒋介石却声称他本人并无调舰命令，认为这是共产党要阴谋暴动。3 月 20 日，蒋介石调集军队宣布戒严，逮捕了李之龙，扣留了中山舰及其他海军舰只，包围省港罢工委员会和苏联顾问住所，驱逐了黄埔军校及国民革命军第一军内的共产党员，篡夺了第一军的军权。这就是中山舰事件。当时，汪精卫对蒋介石这一举动居然事先一点不知（有一种说法是，中山舰事件的起因就在汪精卫，是他要先发制人地搞掉蒋介石，反而激蒋先动了手。总之，此事与刺廖案一样，成为中国现代史上的著名悬案），觉得有伤政府首脑和左派领袖的面子，不禁恼羞成怒，愤而辞职，又去了法国。

蒋介石既然已经撕破脸皮，便一不做二不休，要置国民党左派和共产党人于死地。他于 1926 年 5 月国民党二届二中全会上一气提出四项所谓整理党务决议案，有的是他一个人提出的，有的是他与别人联名提出的。主要内容是"规定共产党员在国民党中央党部、省党部、特别市党部任执行委员的名额，不得超过各该党部执行委员总数的三分之一；共产党员不得担任国民党中央机关的部长；共产党须将加入国民党的党员名单交国民党中央保存；共产党发给国民党内党员的指示，须先经过两党联席会议讨论通过"等。这些决议案的提出和通过，旨在打击和排斥中国共产党人，是国民党右派篡夺党权的一个重要步骤。这就是整理党务案。

面对蒋介石的背叛，以宋庆龄和何香凝为代表的国民党左派奋起反击。当北伐中的国民革命军推进到长江流域时，国民党中央决定将国民政府迁都于武汉。1926 年 11 月 16 日，宋庆龄和孙科、徐谦、宋子文、陈友仁、鲍罗廷等六十多人，作为国民政府的先遣队，离开广州前往武汉。10 月 7 日，国民党二届三中全会召开于武汉。大会重申了国民革命的反帝反封建方针，通过了维护孙中山三大政策的决议。同时，新成立的武汉国民政府，吸收共产党直接参加政权，形成两党联合执政的局面。为了共同对付蒋介石，又发动了声势浩大的欢迎汪精卫回国复职的运动。因为此时的汪精卫还被公认为左派领袖，足可与蒋介石相抗衡。于是，兴高采烈的汪精卫于 1927 年 4 月 1 日上午回到上海。

蒋介石的态度越来越强硬。1926 年底，以宋庆龄为首的国民党左派，与蒋介石在庐山牯岭举行会谈，讨论迁都、军事、外交、财政等问题。经过坚决斗争，迫使蒋介石签署了《关于汪精卫复职和国民党政府设在武汉的协议》。但是，蒋介石转脸就变，当国民政府先遣队迁来武汉之际，他却把他的北伐军总司令部迁到南昌，同时扣留了途经南昌去武汉的几位中央委员和国府委员，并于 1927 年 1 月 3 日在南昌私自召开了中央政治会议第六次临时会议，非法决定"中央党部与国民政府暂驻南昌"。分明是建立自己的独裁政权，要与武汉政府分庭抗礼。面对如此尖锐的形势，蒋介石能不能真心与汪精卫和其他左派人士坐到一起共商国是，就成了事关国民党分裂与否的当务之急。各派力量都紧盯着事态的演变发展，以决定自己下一步的应对方略。

孔祥熙当然也不例外。

应该说，孔祥熙比谁都分外关心蒋汪关系的发展动向。

自日本东京回来之后，孔祥熙要做大官的欲望越来越强烈。经过十年大周旋，纵横捭阖，他觉得自己实力大增，羽翼已丰。在北京料理孙先生身前身后诸多事体，更使他名声大噪，获得殊荣。之后，他去美国考察，荣膺奥伯林大学法学博士学位，身价又是一涨。至此，他深信做大官只是一个时间问题了。果然，就在 1926 年年底刚从美国归来，即被广州国民政府任命为代理财政部部长兼广东省财政厅厅长。前几天，又被迁来武汉的国民政府任命为新增设的实业部部长，正经中央大员了。大有可为呀！然而想不到的是，蒋汪对立，分裂在即，出现两个中央的局面随时可能发生。这怎么得了？假如真的如此，他首先要考虑的是何去何从的问题，一步走错，别说继续升官，只怕连刚煮熟的这只鸭子也得飞掉！所以最好是能让蒋汪二人尽释前嫌，重归于好，维持一个统一政府，方才于自己的仕途有利。正是基于这种精明的盘算，孔祥熙把刚到上海的汪精卫热情地接进自己家中，并决定趁大摆接风宴的机会，也把蒋介石请来，唱一回将相和。他觉得凭自己与这二位的交情，这个调停人还当得。果然，蒋汪二人都给了他一个不小的面子。

这就是今天孔府大排筵宴的来龙去脉。

参加午宴的就四个人，蒋汪二位客人之外，孔祥熙、宋霭龄夫妇作陪。

开头的气氛还不错。两位政敌见面，嬉笑寒暄，握手言欢，一如老朋友多日不见。二人都已中年，正是人生辉煌时，原本一表人才，眼下更是威仪赫赫，加之都故意拿着架子，更显得风度过人。

蒋介石首先说："汪主席，中正这厢有礼了。大驾去国年余，中枢失主，中正与国人一样朝夕盼归，有如久旱思雨。这下可好了。"

汪精卫哈哈一笑："有中正兄这句话，吾知足矣。"

蒋介石作十分真诚状："中正对汪主席岂能是一句空言！请看。"话音未落，便摸出一份当天的报纸递上来。

汪精卫展开一看，赫然登着蒋介石的欢迎电：

> 汪主席在党为本党最忠实同志，亦中正平日最敬爱之师友。……中正深信汪主席复职后，必能贯彻意旨，巩固党基，集中党权，完成革命，以竟总理之遗志。……自今以往，所有军政、民政、财政、外交事务，皆须在汪主席指导之下，完全统一于中央。中正统率各军而服从之。至于军政军令，各有专属，军政大计应归中央统筹；中正唯司军令，以明责任。

汪精卫看罢，又递给孔氏夫妇。孔祥熙见汪精卫脸上有一种似笑非笑的神色，只怕他说出不怎么好听的话来，忙插嘴说："请二位入席，有话咱们边吃边说。"宋霭龄更是机灵，把话题岔得更远："今天是便宴，不成敬意。也没从外面叫菜，都是自家三个厨子做的。我们家这三个厨子呢，一个只会做广东菜，一个只会做山西菜，一个只会做西餐，所以今天这顿饭呀，是大杂烩。也不知二位贵客吃得下去吗？"

蒋汪二人也只好随着主人打哈哈，但内心如何能平静？

汪精卫一见蒋介石的欢迎词，立马就想起当初他在广州的颂扬话，不跟这一样好听吗？可转眼间怎么着，一个中山舰事件，逼得我汪某人辞职逃国呀！可不敢再信这家伙的。不过呢，话又说回来了。这家伙如今手握重兵，举足轻重，加上有一批党内元老如吴稚晖、张静江、蔡元培等护持着，还有上海滩一批工商界和青帮的狐朋狗友……合在一起不敢小瞧呀。想要坐镇党国天下太平，还真得笼络住这小子。这也就是汪精卫为什么愿意受点委屈，与他蒋介石坐在一起的原因。

同样，蒋介石今天能来，更是打好了自家的算盘。二届三中全会上的倒蒋旋风，一场政治大败仗，使得头脑发热的蒋介石有点清醒，看到左派实力依然雄厚有力，共产党人和俄国人依然很得势，眼下想硬拼还弊大利小。要想破他们这个大联合，汪精卫这小子是个好目标。以他现在的地位和声望，真要能与自己联手干，清党灭共大有可为。一定要沉住气，多叫他几声汪主席，多许他些甜甜蜜蜜、实实惠惠的愿，多把自个儿打扮得唯唯诺诺、甘拜下风……大丈夫能屈能伸，小不忍则乱大谋哟。

蒋汪各揣着如此的心思，故而酒席宴上虽也免不了唇枪舌剑你来我往，到底没有闹翻。再说孔氏夫妇居中调停全力周旋，这次蒋汪聚会还算不恶。

以孔祥熙这次出面调停为始，接连几天蒋汪分别又在孙中山故居等地多次会谈，最后双方达成妥协。据当时的上海《申报》披露，其内容大体如下：尽快召开国民党二届四中全会，以和平方式"分共清党"，不搞武力流血"清党"。在四中全会召开之前，先通过中共首领陈独秀，立即制止共产党员在国民政府辖区暂停一切活动，听候开会解决；鉴于武汉国民政府已被共党操纵，所以对所发命令中凡妨害党国前途者，可以拒绝接受；军队应饬令各该管长官，取缔有共党分子捣乱之党部、团体；工人纠察队及其他武装团体，应服从总司令指挥，否则应视为反革命组织，予以立即取缔。双方议定4月15日在南京召开国民党中央二届四中全会。

看到这个结果，孔祥熙喜出望外，一晚上都跟夫人念叨此事。他说："这下好了。二人关系，我看并不像外间传说那样势同水火，蛮能讲通道理的嘛。"

宋霭龄没吭声，她冲好咖啡，递给丈夫一杯，自己端着一杯在对面坐下来，看着丈夫的脸问："亲爱的，你回答我。假如在蒋汪二人中只能选择一人，你跟哪一个？"

"怎么这样问？"孔祥熙惊讶地扬起短小的双眉，他看到夫人的眼神认真而高深莫测。"这个，我可没想过。"他笑笑说。

宋霭龄依然看定丈夫的脸："祥熙，从现在开始，你就得给我想这个问题。你别笑。你半年多不在国内，再说你对蒋汪二人又知道多少？事情没那么简单。就说这两天在上海，你知道他们还干了什么？"

孔祥熙问："还干了什么？"

宋霭龄放下咖啡，说："好，我叫你开开眼。就先说姓蒋的。他从 3 月 26 日来到上海，几乎天天和张静江见面，长谈不下四次。这个张跛子你还不了解，那是小蒋的军师，摇羽毛扇的张孔明。此人乃湖州望族之后，早年经营古董贸易，富埒王侯。当初我在孙先生身边时，每到经费万难为继时，只要孙先生往国外一个固定地址发封电报，很快就能收到一笔款子。电文是 A，收一万元；B，两万元；C，三万元；以此类推，从无失信。我就奇怪，这是个什么神秘人物呢，居然如此神通广大？孙先生这才讲了这个张人杰。这是他的另一个名字。"

孔祥熙点点头说："这个我也听说过，是个传奇人物。"

宋霭龄说："此人见多识广，颇善知人，目光远大，舍得花钱。他看准了蒋介石，就往他身上大把大把投资，听说小蒋老家溪口那个玉泰盐铺就有张家钱，至于多年前小蒋办证券交易所，还不全靠张人杰撑着？两人的关系从那时就铁定了。这些年里，张静江出钱、出点子，一步步把蒋介石推到今天这个地位。就说这次吧，小蒋从二届三中全会上狼狈而回，有点乱了方寸，不知该不该继续与武汉国府对抗下去，该不该再搞'武力清党'。但与张静江几次深谈下来，又稳住阵脚，信心大增。你说这张跛子多精明，一句话就点醒了蒋介石。"

"一句什么话？"孔祥熙来了兴趣。

宋霭龄说："四个字：李、白可用。"

孔祥熙不解："什么李白、杜甫的。"

宋霭龄说："你自然听不懂。桂系头目李宗仁、白崇禧呀。要蒋介石与他们联手清共，共同对付武汉政府。这一着棋妙呀。我告诉你，就在他二人在咱家吃饭这工夫，李宗仁早到上海了，正和白崇禧、何应钦、吴稚晖、李石曾、蔡元培们，都在张静江家里密谋策划哩。"

孔祥熙瞪大了眼睛："真有这事？"

宋霭龄又端起自己的咖啡杯一口喝干，说："这算什么，连行动方略都决定了呢。吴稚晖和李宗仁不是中央监察委员会的委员吗？由他二人联名写了个《弹劾共产党议案》，已定稿了。军事上，李宗仁已下令他的第七军三日内赶赴芜湖集结待命，主要用意是阻止武汉方面侵扰南京，解除南京左派驻军的武装；把上海严重赤化了的第二军，由白崇禧代理参谋总长负责将其调离，派他们去和直鲁军打仗去；程潜之第六军第十九师已经完全被共产党操纵，应予缴械；为配合'武力清党'，应提前与各国驻上海领事秘密交涉，以获得租界当局的支持。"

孔祥熙不禁倒吸了一口冷气："这么厉害？那他还跑来见姓汪的干什么，一口一个汪主席，叫得多谦恭！"

"这就更是了不起的地方。"宋霭龄评断道，"利用汪的身份、声望一起干，当然是上策；当面掂量掂量你姓汪的态度，看你要是不干，对不起，我姓蒋的一个人也要干，连你姓汪的一齐干掉。两手准备，一个决心，你觉此人手段如何？"

孔祥熙摸着下巴噘起嘴，像是自言自语："在东京也常上我们青年会来，看起来那么年轻，还真没把他当一回事。此人的根底我真还不大明白。"

宋霭龄似乎就等这个机会，说："那好，我来给你补课。亲爱的，谁要想在以后二三十年里升官发财，都得补这一课。蒋介石生于清光绪十三年（1887），比你小七岁。祖上以贩盐为业，不是什么书香门第。这一条当然比不上你们家。他家谱上名字叫蒋周泰，祖父给他取名瑞元，学名叫蒋志清，投奔孙先生以后改名蒋中正，介石是字，在日本办《军声》杂志时起的。小时候还有个绰号叫'瑞元无赖'，因他自小不喜读书，专爱带一群男孩子溪边械斗，竹刀木棍、土块沙石，直打到头破血流。老师要打他手心，他倒先行滚翻在地哭闹起来。十六岁入奉化县城凤麓学堂，又有了一个新绰号是'红脸将军'，因为他动不动就跟人翻脸吵架，面红耳赤的。十八岁转学到宁波城箭金学堂，在这里头一回听到孙先生的名字，非常崇拜。主讲老师顾清廉思想进步，倾向革命，喜欢蒋介石，就把一套《孙子兵法》借给他读。从此，蒋介石立志学习军事，日后领兵打仗，建功立业。十九岁时要留学日本，为表决心竟剪下辫子寄回老家，吓得'全族以为大不敬，乡人骇然'。

"我第一次见到此人是在东京孙先生办公室，时间是民国二年（1913）冬天。他得到中山先生的单独接见，是陈其美一力举荐的结果，具体接见是我给他安排的。一个瘦瘦的年轻人，当时大约有二十六七岁的样子，目露精光，看起来很有点心计，要比他同龄人显得深沉。那一次接见时间不长。孙先生也是头一次见他，估计也不会深谈多少。他走后听孙先生说了一句，这位蒋同志是学军事的，我们缺这种人才呀。原话记不太清，就这个意思。这么年轻能得到孙先生单独召见，为数不多，所以就给我留下个印象。后来我才知道，原来他和陈其美、黄郭是桃园三结义，磕了头的把兄弟。尤其是陈其美，与他的关系非同一般，还很有些说头。

"陈其美在日本的情况你当然清楚，但此人早先在上海的行迹你未必知道。从小在当铺做学徒，二十二岁来上海同康泰丝栈当助理会计，以后入了青洪帮又参加了革命，经营天宝客栈作为秘密机关，直到辛亥革命上海光复做了大都督，算得上一个了不起的人物。说也怪，他对比他小九岁的蒋介石特别器重，义结金兰不说，还处处袒护提携，不遗余力。可以说没有陈其美就没有蒋介石。反过来蒋介石对陈其美也视为恩师益友，言听计从，两肋插刀。最出名的一件事，莫过于刺杀陶成章一案。你听说过吗？

"陶成章也是革命人物。他与陈其美同岁，两人之间原先也没什么。陶是绍兴人，早年就具有反清新思想，1902年留学日本，参加革命活动。1904年回国，在浙江联络会党，响应黄兴等在长沙发动起义。同年4月初，在上海参加中华教育会活动，与蔡元培组织光复会。1905年，与徐锡麟在绍兴创办大通师范学堂，召集会党，训练干部。接着再次东渡日本加入同盟会，被推为留日会员的浙江省分会会长，一度担任《民报》主编。1910年，因与孙先生意见不合，离开同盟会，和章太炎成立光复会总会。1911年，回上海组织锐进学社，准备武装起义。武昌起义后，他又发动上海、浙江、镇江等地的光复军起义，直到1912年1月13日，被蒋介石设计暗杀。幕后指使人便是陈其美。

"蒋介石为何要刺陶？有人说是因为陶与孙先生反目，诬蔑孙先生吞噬华侨巨款并分裂同盟会，为安革命全局，故而除陶。其实非也。据我所知，孙陶之争是1908年的事，何以要待事息四年之后方才动手？再说孙先生是决不会同意刺杀一个革命者的。唯一的推论是，刺陶是陈其美的私欲使然，原因是，陈其美视江浙两省为自己的势力圈，岂能容陶来染指？正所谓'卧榻之侧，岂容他人酣睡！'蒋介石为义兄赴汤蹈火在所不辞，故此不惜铤而走险，杀人害命，弄出一桩惊天动地的事体。于此可见此人一种性情。三年后陈其美在上海萨坡赛路寓所被袁党刺客暗杀，又是蒋介石闻讯赶来，将血尸移到自己在蒲石路新民里11号的寓所，举哀成殓，厝柩于打铁浜苏州集义公所，次年安葬于陈的老家湖州碧浪湖畔。对陈的两个侄子陈立夫、陈果夫，更是关照备至，视如亲子侄。

"你问他与孙先生的关系究竟如何？别急，听我慢慢讲。二次革命失败，大家都跑到日本。孙先生筹建中华革命党时亲口说：'国事未定，则吾人须有不可侮之实力，置言之，即是武力。''要以武力去彼凶残'，打倒袁世凯，但黄兴一派的军事干部在建党和武力反袁上不与合作。孙先生可以依靠的军事人才只有许崇智、邓铿、陈其美、朱执信、居正数人。其中，陈其美是学警监的，并非专攻军事；朱执信和居正又都是文人出身；正经军事学堂毕业的就是许崇智、邓铿二人。在这种情况下，年仅二十七岁的蒋介石被举荐出来，自然很受孙先生的重视。1914年初夏，孙先生派蒋介石回国参与沪宁讨袁的军事行动。当时他刚得到孙先生单独接见的殊荣，意气风发，准备分三路进攻上海，自任第一路司令官，设司令部于小沙渡，要不辱使命。可惜事机败露，遭到通缉，他先躲在张静江家中，后来即返回日本。

"蒋介石6月回到东京，7月就又受孙先生委派，回东北三省考察革命。其间，他给孙先生写回一信，从第一次世界大战爆发后的国际时局及国内各种态势出发，提出中华革命党今后倒袁发展的完整计划。孙先生对此非常激赏。当时我在场，看得很明白。第二年，孙先生再派陈其美和蒋介石返回上海，策动武装起义。他们又故技重演，利用淞沪镇守使郑汝成前往日本领事馆庆贺日本天皇加冕典礼之机，在外白渡桥设伏，将其当场处死。三年后，孙先生电召蒋介石到广州，任援闽粤军总司令部作战科主任，着意栽培。不久升为第二支队司令官，在一篇建军文告上，他这样写道：'伏愿而今而后，战必胜，攻必克，统一中华，平定全亚，威震寰瀛，光耀两极，完成革命伟大之盛业，皆自神灵所赐也。'跃跃乎有称霸之志。民国九年（1920），他有病住院。孙先生居然亲往医院探视，劝慰有加。于此可见其被器重程度。民国十一年（1922）6月，陈炯明谋叛。孙先生紧急电召蒋介石：'粤局危急，军事无人负责，无论如何请兄即来助我，千钧一发，有船即来，至盼。'6月16日，陈炯明炮轰总统府。孙先生与二妹乔装打扮，躲上永丰舰。孙先生再次致电：'粤局危急盼速来！'蒋介石闻电由上海直奔永丰舰。孙先生见到他不胜惊喜，当即将海上军事指挥权全部移交于他。事后对人言：'蒋君一人来此，不啻增加了二万援军。'平息陈炯明叛乱后，孙先生更把蒋介石比作'如身之臂，如骖之靳'。转年即命他为孙逸仙博士代表团团长，率团前往苏联考察三个月。再转年，孙先生又特任蒋介石为黄埔陆军军官学校校长兼粤军总司令部参谋长。再后来你就知道了，中常委、革命军总监，如今又想当中央和国民政府的首脑了。他今年才四十岁呀，我的上帝！我亲爱的！"

听完夫人这一通长篇大论，孔祥熙半天没作声，也真不知从何说起。过了好一会儿，他忽然笑笑说："'刘项原来不读书。'看来他也是市井、行伍之辈了。"

宋霭龄说："中国古来成大事者，还不就是这种人？马上天下，铁血帝王。"

孔祥熙闭起眼睛问夫人，更像问自心："你说他……真能成事？"

宋霭龄十分肯定："得天下非他莫属！眼下能与之争锋者不就个汪精卫吗？可他一无军权兵力，二无财政来源，三无可靠地盘，哪有争斗实力？目下所能凭持者唯有共党和俄国人在撑着。可你想，他最终能接受阶级斗争、工农坐天下的局面吗？必定不行。到那时人家抽掉梯子，他不从半天空摔下来才怪。彼时，汪主席除了资格老、会作诗演讲外还有什么？屁也没有！他骨子里毕竟只是个文人，中国文人从古至今谁能成王霸之业？有那么几个不也都是亡国之君么……你说是不是，亲爱的？"

孔祥熙点头如捣蒜，问道："那你说咱这调停人……还怎么当？"

宋霭龄似乎胸有成竹："到此为止吧，听我的没错。告诉你吧，马上就有好戏看。"

孔祥熙说："这里要没事，我是不是得去一趟武汉？我这个实业部部长总得报个到呀。前几天子文来，不是说孙夫人在催吗？今天汪主席也有这个意思。"

"不去。什么孙夫人！"霭龄立即没好气地嚷道，"你现在不是去不去武汉的问题，是必须马上跟他们断绝关系，站到姓蒋的这边来。祥熙，事到紧急，你不能心软。"

孔祥熙犹豫："这样不好吧，那么多朋友在武汉，要分手也得打个招呼吧？从大处说，武汉方面毕竟代表着孙先生的三大政策，一刀两断也未免太狠了。我还是去一趟，见见孙夫人，于公于私都较为妥当。"

宋霭龄瞪丈夫一眼："你真糊涂。去了还回得来吗？两边都在拉拢人，那边决不会放你。你要这一步走错了，后悔也来不及。听我的，不但你不能去，子文既然回来了，他也不能再返回去。"

孔祥熙说："这不可能，子文对姓蒋的从没好感。"

宋霭龄说："要你干啥？不会去劝劝？子文对他这个大姐夫也反感吗？"

孔祥熙惊叫起来："哎哟，又要我改当说客啦？"

"叫什么叫！"宋霭龄伸手要捂丈夫的嘴，用手指指隔壁，压低声音说，"怕姓汪的听不见？——不当说客，你拿什么当进见礼？"

六十二、说客行状

这天午后，孔祥熙按响莫里哀路 29 号的门铃，真的来当说客了。

这里是孙中山先生的故居，坐落在上海法租界一条叫莫里哀的小马路上，是一座西式的花园别墅，深灰色的二层小楼设计巧妙，外面几乎被爬山虎、紫藤覆盖；楼前有一块草坪，以冬青、香樟和玉蓝绕之，十分雅观；房屋不多不大，但设计合理，非常实用；最别致的是，有一个通体长廊式大阳台，几乎与楼身一样长，被盆景装扮得花团锦簇……只可惜这里已失却了往日的勃勃生机，显出几分冷清、几分悲怆：男主人一代天骄，如今魂归天国；女主人形单影只，远走武汉三镇……

孔祥熙为何来到这里？因为他要找的宋子文暂居此处。

宋家子女中，数子文与二姐庆龄最亲近。他佩服二姐的纯真庄重、学养深厚、胆识过人、热烈执着、志趣高洁，富有献身精神。当年在宋家人中，他是唯一自始至终都赞同二姐婚事的人。所以，自打 1917 年从美国学成归来后，就义无反顾地投身到孙先生和二姐的事业中去，从没有过二心。岂料如今出了个蒋介石，把美好的一切都搞得乱七八糟，害得自己躲在二姐的空家里也不能安生。瞧外面，那几个搞监视的青帮喽啰又晃悠过来了。"这个上海滩的流氓！"他不禁在心里狠骂蒋介石一句。

宋子文生于 1894 年，今年才三十三岁，但却是当今中国最年轻的中央大员。他十几岁进上海圣约翰大学少年班，接着是大学班，之后像他的两个姐姐一样漂洋过海赴美留学，入最负盛名的哈佛大学攻读，二十一岁获经济学硕士学位。他于 1923 年 10 月抵达广州追随革命，被孙中山先生委为陆海军大元帅大本营秘书，从此踏上政坛。当秘书不到一个月，他的理财本领即被发现，当下被任命为两广盐务稽核所经理，不久又命他挑起筹建中央银行的重担。经过一年筹备，中央银行于 1924 年 8 月成立，他为第一任行长。孙中山先生逝世，他被急召北上，参与料理孙先生的丧事。从北京回到广州后，被任命为国民政府财政部部长兼中央银行行长、广东省财政厅厅长和商务厅厅长。三十一岁大权在握，他开始了自己雄心勃勃的财政改革计划，计有清理田赋、清理厘捐、整顿盐务、改革印花税、整理沙田耕地、设立筹饷局、募集国内公债票和金库券等多项内容。雷厉风行，成效显著，使国民政府的财政收入由原来的一千零三十一万多元，猛增至一亿零一十三万多元，翻了将近十倍。随着北伐战争的节节胜利，革命中心向北转移，国民政府迁都武汉。1926 年的 12 月 10 日，他载誉来到新都武汉，受到盛大欢迎。接着先后被选为中央执行委员会政治会议武汉分会成员、军事委员会委员、国民政府常务委员等。当时的常务国务委员只有五人，其他四人是孙科、汪精卫、徐谦、谭延闿，都是老资格的政治家，唯有他才三十二岁。

不过，武汉政府的财政问题越来越严重，要想解决非常困难。为此，他下决心要控制上海和江浙地区的财政金融界，因为这里的财政年收入占到全国收入的四成左右。武汉政府专门为他的上海之行发布一道通令："为实行财政统一，派财政部长宋子文到上海主持，并令江浙两省财政，非经宋办理，概不承认。"

3月27日，他来到上海，不得不跟讨厌的蒋介石打交道。从他多年前见到这个人的第一面起，就讨厌蒋介石：没有受过高等教育，没有文化，上海滩的青帮分子、行伍出身的强梁、吃喝嫖赌的纵欲狂、一个目露凶光的家伙……如果说他先前讨厌蒋介石还多为其个人道德品质低下，那么，现在则主要因为这个人政治野心和政治手腕太可怕、太卑劣无耻了。瞧这个独夫民贼最近都干了些什么！自从迁都之争发生，他先是在南昌另立中央，扣留中央大员，二届三中全会上痛遭声讨、反击，但他不思改过，反而变本加厉地蛮干起来：3月10日，南京十万群众向他请愿，他下令开枪，打死请愿民众数十人；11日，在杭州大批逮捕共产党员和革命者；12日，就在自己目睹之下，他大开杀戒，发动反革命政变，解除工人纠察队武装，打死打伤三百多人；13日，二十万工人总罢工，六万多人游行示威，在宝山路惨遭镇压，被杀害一百多人；接着在三天之内，再有三百多人被杀、五百多人被捕、五千多人失踪……哪里还有人权法治！15日，他在南京召开会议，宣布要另立国民政府，公然与武汉国民政府相对抗；18日，悍然举行南京国民政府成立大典，由他和胡汉民等为政府委员，由他再任国民革命军总司令，发出的第一号政令就是《秘字第一号命令》，实行清党，通缉共产党领导人。就在同一天，武汉革命政府和国民党中央做出紧急决定：不承认非法的南京政府，开除蒋介石国民党党籍，免去其本兼各职，将其所统率的第一集团军改归军委会直辖，并下令全体将士和革命团体将蒋介石拿解中央，按反革命罪条例惩治，开展声势浩大的讨蒋群众运动，但这也丝毫没能阻止蒋介石的反革命步伐。这个铁石心肠的恶棍！好家伙，居然又向我宋子文伸出了魔爪。

宋子文记得，自己来到上海的第二天，就去拜会他，说明中央意图，商议接收江浙财政事宜。没想到他答应得很痛快，愿意以国民革命军总司令部的名义颁发有关布告，支持对江浙财政进行接收处理。后来才知道这个家伙的真正用心，是想利用我为其筹措军费。当自己要代表政府行使财政部部长职权，着手设立分别管理债券、国家预算、银行和商业的三个委员会时，他终于露出狰狞面目，于前天封闭了自己的上海办事处，并派出青帮恶徒来监视自己，已经整整两天了……想到这里，宋子文不由得又气又恼，还有几分茫然不知所措。

昨天，他已向武汉汪主席和二姐发出急电，请求对策。他们会叫我如何办呢？……刚想到这里，忽听门铃声大作。

宋子文没料到，来的会是孔祥熙，他惊讶地问道："你还没回武汉去？"

孔祥熙一笑说："进去说，进去说。"

不等坐定，宋子文又问："你真的没走？"

孔祥熙说："看把你急的。告诉你吧，我回去过了。"

宋子文奇怪："那你怎么又回来了？你别骗我。"

孔祥熙真没骗他小舅子，前几天他真的去过武汉，带着蒋介石给宋庆龄的一封亲笔信。信的内容可想而知，无非要宋庆龄支持他。这个信使当得不光彩，自然不能对小舅子提起。孔祥熙端出他的那副天生忠厚相，当面说起假话来："汪主席有命令，你又捎来话，我能不回去吗？"

宋子文人很单纯，且一向对这位未进政界的姐夫没有恶感，此时信以为真，高兴地说："那你见我二姐了？她没说收到我电报的事？"

"我没见到孙夫人……那边情况，很糟呀。"孔祥熙声音发软，毕竟是头一回在政治上撒这么大的谎。

宋子文想不到已经踏进政坛的姐夫在说瞎话，只急着问："武汉那边咋啦？"孔祥熙端起茶杯喝水，借以平静一下心情，这才说："国府内部不稳呀。汪主席现在指责工农运动太过火，是俄国的产物，不能再搞民众运动，要去郑州找冯玉祥开会，共商反蒋事宜。后面跟着陈公博、谭延闿等人起哄。最可怕的是，一批军事将领联名致电国民政府，要求排共和驱逐苏联顾问鲍罗廷，他们暗里都与南京方面有来往的。"

宋子文一听紧张起来："我二姐他们的态度呢？"

孔祥熙说："孙夫人很孤单呀，就留下邓演达和陈友仁还行。孙夫人也真不简单，在汉口华商总会中央党部会议室，当面指斥汪主席有叛徒行径，说你一个堂堂国府主席，跑去郑州求一个集团军司令，成何体统！并且要求国民政府发布命令，惩治那一批干政乱政的军事将领。孙夫人也太认真了，有危险的。我听说右派军官三十五军军长何健，竟然派兵非法搜查孙夫人的住宅。"

宋子文大惊失色："有这种事？那二姐太危险了……怎么搞成这种样子嘛，这怎么办？"

孔祥熙见有了效果，再加码说："看来只会越来越糟，武汉国府之分裂已成必然之势，仅仅是时间问题而已。相反，南京方面却先声夺人，步步紧逼，以搞垮武汉国府为能事。蒋介石也够聪明，集党政军大权于一身还不满足，还要把孙先生的葬事筹备委员会也抓到手。前不久他讲，孙先生逝世时我们这些在京的人已经'散处各方，奔走未遑，何暇兼顾，自是本会每决一议，办一事，在在均感负责无人之苦'。应该加进他等七人为筹备委员，并下令将葬事筹备委员会迁去南京。好像他才是孙先生的真正继承者。唉……"

"这个无赖！小人！恶棍！"宋子文气得不行，"拉大旗做虎皮，欺世盗名。正是他背叛孙先生的三大政策，清党反共，屠杀民众，搞得党国分崩离析，算什么继承者！颠倒黑白，真不讲道理呀！"

孔祥熙假意应和道："谁说不是，可他姓蒋的还说他最有道理。"

宋子文没好气地说："他还有什么道理不成？"

孔祥熙说："强词夺理呗。比方他说，4月12日事变，是因为共产党连续三次发动工人武装起义，是共产党要夺取上海，所以不能不反击。比方他说，什么共产党帮助国民党搞革命，是要最终取代国民党，消灭国民党；中共已有六万党员，是心腹之患。比方他说，什么工农运动，都是共产党搞阶级斗争，暴力革命；目前不讲工人如何闹事，光农协会员，湖北就有二百五十万，江西九万，仅六省就达到九百万之众；他们有组织，有武装，杀什么土豪劣绅，专革有钱财家业者的命，这不是要翻天么！所以他要扭转这一切。他的道理多啦……"

孔祥熙这一通狡猾的正话反说，不知怎么竟说得宋子文一语不发，陷入沉思之中。良久，他反问道："孔先生，你觉得他有道理吗？"

孔祥熙想了想圆滑地说："子文，你知道我一向对政治不大过问。你忘了，咱们一起在北京陪侍孙先生时，孙先生不止一次地鼓励我要多多发挥革命作用，实际上是在批评我呀。我对共产党和他们的理论就更不关心了，谁知道他们想干什么？不过有一点我一直很怀疑，你说像这样无休止地鼓动工农民众暴动造反，不尊重私人财富和价值观，会是一种怎样的结局呢？共产共妻我倒不大信，但闹到没收我们几代人好不容易创造出来的工厂、公司、银行和家庭财产，有没有这种危险呢？真有这么一天的话，我们革命岂不革到自己头上？岂不是搬起石头砸自己脚、自掘坟墓的大傻瓜吗？"

宋子文被深深打动了。

孔祥熙看准火候，再朝宋子文最操心的部位猛敲一锤："当然啦，你不像我那样世俗，只关心个人的钱财和幸福。你是公认的绅士，从小接受系统完美第一流的家庭教育和学校教育，深得现代文明之真谛；你最崇尚的是事业、荣誉、民主、自由，视它们为神圣不可侵犯，愿意为之施展自己的抱负和才干，乃至贡献一切。然而，在一个充满阶级暴力和无知民众专政的社会，你还会有所作为吗？"

"可是在他姓蒋的专制下又能怎么样？不也照样无所作为吗？"宋子文搓着手说，口气已经大不一样，"封了我的办事处，还派人去广州查封我银行里的财产，他又比乡下农协的暴徒好多少？"

孔祥熙大装糊涂，故作惊讶地说："有这种事？"

宋子文又端出自负高傲的一贯派头："还有更甚者。你去朝大门外看看，那儿有什么？在日夜监视我嘛！等于软禁我嘛！"

孔祥熙不惜挪动比对方多长了十三年的躯体，真跑过去看了又看，大声生气地嚷道："这也太不像话，这也太不像话。"他抬头扫一眼壁钟，心想该说的都说了，自己得抽身走人："哎呀，时间不早了，我还得给老太太寄中药去。"

宋子文忙问："我母亲来信了？"

孔祥熙说："是的。你抽空过去看看。也多亏在事变前把老太太送到日本，要不然，前一阵子炮火连天杀人放火的，还不把她老人家吓着。"

孔祥熙也始料未及，自己的三寸不烂之舌有多么厉害。

数日后，又有人按响了莫里哀路 29 号的门铃，是外国记者文森特·希恩。前不久，宋子文介绍他到武汉去采访二姐宋庆龄。这位热心的洋人顺便告诉孙夫人，你的兄弟在上海处境艰险，心情很坏，急着要从蒋司令的压迫下回归武汉；并且自告奋勇地表示，只要孙夫人同意，他一定会把"你亲爱的弟弟"解救出来，安全送回武汉。在征得孙夫人的首肯后，他这又返回上海，按响了门铃。在善良的希恩心里，已经想好一个近乎天真烂漫的解救方案：要宋大公子化装一番，作为他这位外国人的私人翻译，避开军警、青帮的耳目，乘一艘英国轮船直达武汉。

出现在大门口的宋子文，依然面容忧戚、心绪欠佳，但是当希恩说明来意后，他却一改口风，面目大变："我没必要去武汉。"他甚至激动得又犯了小时候的口吃病："你看，事实是，我不是一个社会革命者。我不喜欢革命，不相信革命。如果劳工政策使所有商人和工厂老板吓得不敢开业，我怎么能平衡预算或者使货币流通呢？我无法使中央执行委员会理解……看看他们把我的钞票弄成什么样子了，我的多好看的钞票啊……它们膨胀得一文不值了……"

希恩目瞪口呆之后有点语无伦次："可是，您的姐姐，伟大的孙夫人，她是爱您的呀！是她派我来的，而且，您不是也……"

宋子文开始有些不耐烦了："唉，我姐姐……我姐姐不理解。谁也不理解有多么困难。我怎么知道回汉口后不会被暴民拖出财政部，撕得粉碎呢？我怎么知道我能制止货币贬值？如果他们不断鼓动罢工和群众集会，那么干什么也不济事。他们让人民处于想入非非的激动状态，他们肯定要失望的……请想想，我是不讨人喜欢的。我从来没有讨人喜欢过。那些暴民不喜欢我……他们都知道我不喜欢罢工和群众集会……我、我、我能怎么样？"

希恩望着与前不久判若两人、在美国受过良好教育的宋子文，大感不解地耸耸肩，又无可奈何地咧咧嘴苦笑起来。他哪里知道，中国几千年历史中那片称作三寸不烂之舌的东西是何等了得。

最惊人的一幕还在后头。

在武汉，当国民政府中以汪精卫为首的假左派蠢蠢欲动，要步蒋介石后尘向革命再举屠刀的前夕，大无畏的孙夫人宋庆龄挺身而出，于7月14日发表了震惊中外的《为抗议违反孙中山革命原则与政策的声明》。最早，在美国友人雷娜·普罗梅等人的帮助下，刊登在7月18日汉口的英文报《人民论坛报》和上海的《密勒氏评论》上，接着，中文稿则印成传单，洒遍武汉三镇的大街小巷，并刊登在7月24日的《晨报》上。

在这份声明中，宋庆龄一开头就严正宣告：由于蒋介石和汪精卫们所控制的国民党已经"违背了孙中山的意思和理想"，故而她决定退出国民党中央执行委员会，"对于本党新政策的执行，我将不再参加！"声明的重点部分深刻指出："如果党内领袖不能贯彻他（指孙中山先生）的政策，他们便不再是孙中山的忠实信徒；党也就不再是革命的党，而不过是这个或那个军阀的工具而已。党就不成为一种为中国人民谋未来幸福的生气勃勃的力量，而会变成一部机器、一种压迫人民的工具、一条利用现在的奴隶制度以自肥的寄生虫。"这些革命的叛徒们"动摇了党的基础，出卖了群众"，"并延迟革命的成功"。当然，"我对于革命并没有灰心"，"孙中山的三民主义终究是要胜利的。革命在中国是不可避免的！"而那些违背三民主义的叛徒们则"注定要失败！"

这是一篇了不起的战斗檄文。作为一位女性，在敌人无比强大嚣张、同盟者被迫转入地下、友邦爱莫能助、内部四分五裂的处境下，能够不畏强暴、不计后果地孤军奋战，真是惊天地泣鬼神！她在全世界的舆论面前，撕去国民党右派和假左派真右派们的假面具，使他们再也难以孙中山先生的正统继承人的面目招摇撞骗，欺世盗名。他们的丑恶嘴脸和反动本质彻底暴露无遗，再也难以伪装下去了。

宋庆龄的声明揭露打击了敌人，同时也就激怒惹恼了敌人。她的处境益发艰难而危险。对二姐满怀深情厚谊的宋子文在上海心急如焚。为了解救危难中的二姐，他不惜委曲求全地去见蒋介石。于是，蒋介石叫他带上自己的亲笔信，由孔祥熙作陪，前去武汉软化拉拢宋庆龄。一个姐夫一个小舅子，一个老说客一个新说客，就这么束装上路了。

但是，在中国历史上，从来都有说客说不动的角色。宋庆龄打开蒋介石的亲笔信，只见上写："中正等望夫人来沪如望云霓，务请与子文、庸之即日回沪，所有党务纷纠必以夫人之来有解决办法也！"宋庆龄冷笑一声，即将其一把撕碎。她连孔祥熙看都不看，只对着宋子文果决地说道："你们回去告诉他，决不与南京政府合作！即使武汉政府垮台了，我也要同他作斗争！"说罢扭身离去。

孔祥熙这回嘴巴不灵了，愣在那儿作声不得。宋子文喊一声二姐，就追了上去。他贴在二姐的耳根，带着哭音悄声说："二姐，他们、他们……有行刺您的阴谋呀。"

宋庆龄似乎没听到这句话，她伸手摸了一下弟弟的脸颊，却意外问道："子文，你的英文名字叫什么？"

宋子文一愣，不知这般危急时刻，二姐为何还要如此发问，就说："保罗呀。问这干什么？"

宋庆龄动情地说："亏你还记得自己的名字。可是你忘了父亲为什么叫你保罗了。他希望你长大能像圣保罗一样，在中国传布主的福音，能将民主政治、和平幸福奉献人世间。可是，子文呀，你让父亲和大家都太失望了，太失望了呀。"说完她飘然而去。

宋子文本想拉着二姐大声地说："我太难了，太难了。二姐您要理解我，要原谅我呀。"可他却一个字也说不出来，流着眼泪无所适从地站在那里一动不动。

作为一名说客，在1927年这个发生历史性转折的重要年份，孔祥熙的另一个"杰作"，就是替蒋介石成功地争取了冯玉祥将军。

如前所述，孔祥熙举行家宴、充当蒋汪调停人的努力归于失败。蒋介石一面吹捧拉拢汪精卫，一面磨刀霍霍准备武力清共。汪精卫则一面与蒋介石讨价还价，一面私下单独会见共产党领导人陈独秀，发表《国共两党领袖汪兆铭、陈独秀联合宣言》，以增加自己讨价还价的本钱。于是蒋汪对立更趋尖锐。形势急转直下：蒋介石悍然发动四一二反革命政变，进兵南京，将亲汪的程潜部和张发奎部三个师缴械收编，向武汉政府发出示威性通电，内容如下：

> 武汉汪主席、谭代主席，南京程军长、何军长，上海胡委员、吴委员、
> 蔡委员、李委员，南昌朱军长鉴：
>
> 中正已于本日进驻南京。东南虽已底定，北伐尚未成功，各项进
> 行事宜亟待解决，务请诸同志于本月十四日以前驾莅南京，筹商一切，
> 不胜盼祈！

通电仅发出九天，蒋介石就于 4 月 18 日在南京强行组成国民政府，与武汉
国民政府公开对抗，必欲搞垮对方。汪精卫也不甘示弱。他从上海潜回武汉后，
针对蒋的行为，也做出一系列强硬反应。先是两封讨蒋通电如下：

其一：

> 蒋等竟敢使西山会议，继续开演于南京，竟于上海屠杀工人，如
> 此丧心病狂，自绝于党，自绝于民众，纪律具在，难逃大戮！

其二：

> 蒋等在南京非法召集谈话会，并竟于上海屠杀民众，既违反中央
> 命令，且与总理扶助农工策略大相悖谬。悍然行之，无疑甘为民众之
> 公敌。自此，国民政府以下各级政府，断绝与蒋合作。

就在南京国民政府成立的 18 日，武汉召开声势浩大的声讨蒋逆大会。汪精
卫发表激昂慷慨之演讲如下：

> 蒋介石对付民众、捉拿革命党人的手段，比北洋军阀还要凶狠；
> 巴结帝国主义，比北洋军阀还要肉麻；将中国送入民穷财尽的陷坑里
> 去，比北洋军阀还要加紧。蒋逆之所为，完全是军阀之所为，完全是
> 反革命之所为。蒋逆之反共产，只是一种借口。他已成为民众之公敌，
> 帝国主义之工具……

蒋介石再反击过去，先发宣言如下：

> 在此国民革命急速进展与民众热烈盼望国民革命完成之时期中，政府谨遵总理遗志，接受多数同志之主张，依据中央政治会议决议，于四月十八日在南京开始办公。南京地位在党务上、政治上、军事上、地理上均较武汉重要，定都以后，本政府所负领导国民革命与建设民国之责任愈益重大……

又发国民政府《秘字第一号令》如下：

> ……查此次谋逆，实以鲍罗廷、陈独秀、徐谦、邓演达、吴玉章、林祖涵等为罪魁，以及各地共产党首要、次要危险分子，均应从严拿办。着国民革命军总司令、各军长官、各省政府通令所属一体严缉，务获归案重办。

双方调门越拉越高，蒋汪互不相让，宁汉势不两立。在这种情况下，谁能占上风呢？冯玉祥忽然成了关键人物。

关于冯玉祥，前文已经提到，但对他的出身经历，这里应该补叙一下。他祖籍安徽巢县，出生地却在河北省青县兴集镇。父亲地位卑微，不过一个泥瓦匠兼雇工。家境可想而知，是无法供养孩子上学的。所以，冯玉祥十一岁就入军营当小兵。在军营中，他一面研习军事学识，一面补习文化，也有了一个表字叫焕章。二十岁当正兵，一年内升副目、升正目再升哨长；二十三岁后又升排长、队官、管带等职；三十一岁升团长，三十二岁升旅长，三十八岁就当上陕西督军。四十二岁成功领导了震惊世界的北京政变，名扬天下。孙中山先生逝世后，北方革命形势逆转，段祺瑞勾结奉系军阀张作霖压迫冯玉祥。他采取以退为进的策略辞去本兼各职，赴苏考察。也就在这一年，他加入了国民党。1926 年 9 月回到国内，在陕西五原县与于右任、邓宝珊宣布组建国民军联军，他被推为总司令。9 月 17 日，举行了著名的五原誓师，聘请苏联顾问乌斯曼诺夫参与政治军事决策，任用刘伯坚、邓小平等共产党人负责全军党务、政治宣传和组织训练工作，由于右任等着手组织军中国民党特别党部，军威一时大振。兵力号称五十万，实际为三十万。新增苏式先进火炮二百门，有机枪二百挺、步枪二十万支，成为一支举世瞩目的军事力量。

武汉政府汪精卫首先看好冯玉祥，觉得只有联冯方能有实力与蒋介石抗衡。所以不惜降尊纡贵，于6月上旬前往郑州与冯玉祥会谈，提出以武汉国民政府的名义，把河南、陕西、甘肃三省的党政军大权悉数交给冯玉祥，条件是冯部按武汉国民政府颁布之序列，改称国民革命军第二集团军，冯玉祥任总司令，今后完全拥护武汉政府的一切命令和决议。冯玉祥答应了下来。

蒋介石大呼晚了一步，他知道事情有多么严重，一旦冯玉祥的几十万大军倒向汪精卫，后果不堪设想！于是，他紧急会见孔祥熙，要他全权代表自己，不惜一切代价地把冯玉祥拉过来。

孔祥熙再次充当蒋介石说客的详情，今日已难查到更多的文字记载，但他的这次河南之行肯定是颇为有效的。因为就在孔祥熙秘密会见冯玉祥数日之后，6月14日，冯玉祥欣然应蒋介石之约乘专车赴徐州，举行了三天的秘密会议，这就是有名的徐州会议。参加会议的有李宗仁、胡汉民、白崇禧、吴稚晖、张静江、李鸣钟等。会议决定反共、反苏、宁汉合作，要求武汉政府解聘苏联顾问鲍罗廷，驱逐共产党员出国民党。蒋冯还议定对北洋军阀等联合作战的计划。作为回报，蒋介石允诺从7月起每月接济冯部军饷二百五十万元。以徐州会议为转折点，冯玉祥的政治态度急剧右倾，于7月28日发出通电，说他冯玉祥已决定就任南京国民政府军委会委员，并屯兵武胜关，若武汉方面不愿合作且进逼南京的话，他的西北军将渡江攻打汉口。接着又在自己的部队和辖区遣送共产党人离军出境。最能说明冯玉祥此时政治思想态度的，莫过于他在8月6日发表的《敬告全国同胞及国民军同志书》。

全国同胞暨革命同志公鉴：

窃玉祥此次转战七千里，率领革命健儿，只知誓死救国。对于本党，实为后进，本不敢有所主张。及出潼关，始悉党务纠纷，已成分崩之局。双方同志，皆平日极所服膺，尊为救国师友者，今皆卷入漩涡，自成水火。而环顾长江各省，则遍地纷纭，几已酿成大恐怖之时局。夫大敌未除，军阀犹作困兽之斗，人心惶惑，更有不知所届之危。玉祥终夜彷徨，唯恐革命之功，亏于一篑。爰在郑州军次，求教于武汉方面之革命同志。凡所建议希望暂息党争，一致北伐。更趋徐州，会见南京方面之革命同志，并与蒋总司令联名通电，一致北伐。所以成全双方意志，去除误会，联合同志，一致讨贼之苦心，或当为双方同志谅解。所有本党内部之争，概俟军阀扫除后，开全国代表大会，根据党章，合法解决。现在各同志均勿凭臆说，武断是非。对于共产党同志，更愿极口苦劝，如其所取革命方法，不能与国民党三民主义之革命完全一致者，请暂时退出国民革命之联合阵线，停止农工运动之阶级斗争，免使天下汹汹，误会诸同志在后方分裂国民革命之实力。否则，两败俱伤，反使军阀得以苟延残喘，再谋死灰复燃。帝国主义者从旁威慑，不平等条约永无取消之期。苏联同志来中国，本为赞助我国民革命，若被人误会为另有阴谋，不如及早将处事不善者退去，否则以前美意，转成丛怨之渊，民族感情暌离一旦，良可惜也。现在农工运动之阶级斗争，到处已自崩溃，放火不收，燎原自焚，不速早退，杀身可虞。故现在为保全民族感情起见，不背总理联俄政策起见，苏联同志之处事不善者，应急速自行退去，远避嫌疑，此所愿为苏联同志告者也。中国为产业落后之国家，全民族皆在帝国主义经济侵略之下。此外全国并无阶级可分，斗争何有？否则，必演成民与民间之仇杀，使社会大乱而后已！故在中国只有国民革命，断无阶级斗争！国民革命成功，欲求解放工农，实行平等，尽可制定文书法令，制止资本家之产生、农工阶级之被掠。何为计不出此，必欲于无阶级的社会，妄造阶级，自取溃崩？用此不经济之革命手段，诚无谓也！中国革命不成，世界革命决然无望。中国革命若成，世界帝国主义者或见大势已去，而有憬然自悟之一日，亦未可知。若必欲一蹴而成，殉中国全民族为牺牲，稍有仁心，不应出此。是所欲为中国共产党同志告者也。总理逝世，以革命未竟之功托付后死同志，在天之灵，无时不鉴临我辈。况前敌将士，死伤者五六万人。今日全国同胞方在水深火热之中，万恶军阀已成强弩之末，我革命同志断无可以自相残杀、置大敌于不顾之理。玉祥对于革命领袖，一律主加爱护。数十年生死与共，道义相知，忽一日变成寇仇，于心何忍？且人民受如此重大之牺牲，数十万革命军队之生命，亦决不能供少数人意气之争，新学说试验之用。玉祥所从之军队，及一般革命同志加入之初，只知内以扫除国贼，外以取消不平等条约，求中国民族之自由平等，为唯一职志，初不料本党内部之争，尚有如此者。玉祥敢谓今日全国同志之中，抱如是观念者，实非少数。迄今日而欲其为左袒右袒之分，使全国同胞受赤色白色之恐，兵连祸结，报复循环，使除暴顿成复仇，革命演为混战，此玉祥之愚所以为大不可者也。玉祥对于双方同志，皆不能信其有蓄心害党国及反革命之行动。徒以事实纷纭纠结，莫从解说，以致卷入漩涡，无从自拔。然时势至此，唯有用快刀斩乱麻之方法，以前纠葛，一概割除，今日新猷，重为建立。爱本素志，表白本人之主张态度，而致其忠诚苦口之劝。幸全国同胞及革命同志谅察焉。

在这里，冯玉祥貌似公正，实则已完全倒向蒋介石一边，给汪精卫以极大之压力，加快并促成了宁汉合流反共局面的形成。这里面，自然也有孔祥熙的一份"功劳"。新格局中，蒋介石任总司令，汪精卫任国民政府主席。说客孔祥熙也给自己挣到一顶工商部部长的乌纱帽。

六十三、夫妻大媒人

在中国历史上，谁是最大的媒人？得到过多大的回报？查无记录。

孔祥熙和宋霭龄夫妇，给蒋家王朝的创始人蒋介石说媒，是不是有史以来最大的媒人？他们所得到的回报，是不是有史以来最大的回报？谁又说得清。

1927年9月16日，在上海塞耶路孔宅，由孔夫人宋霭龄主持召开了一次中外记者招待会。她以他们夫妇的名义宣布：蒋总司令即将与他们的三妹宋美龄结婚！第二天，9月17日，美国《纽约时报》头版头条消息题为《蒋总司令即将与宋美龄女士结婚》。该报驻上海记者米塞尔维茨这样写道：

> 这场在中国空前隆重的婚礼正在紧锣密鼓地进行。据说蒋已请来了一位英国著名裁缝正在为他赶做礼服、礼帽，宋家正在为其妹赶制嫁妆。据说这份嫁妆价值三万五千美元，是中国姑娘中至高无上的。据说蒋总司令已同结发之妻毛福梅离婚，采取的是中国最传统的做法——休妻制，宣布她再也不是他的老婆了。除了原配夫人外，蒋似乎还送走了另外两个"老婆"。另外宋美龄也同她的情人、当年赴美留学生刘纪文分手。……种种迹象表明：即将举行的美龄的婚礼没有因为这些形形色色的蒋夫人的存在而推迟，他们之间的婚姻完全是以双方的爱情为基础的。蒋同宋家的罗曼史将使蒋身价倍增，成为中国第一人……

就在这年的12月1日，上述惊动中外的这场蒋宋婚礼，在上海如期举行。

婚礼分为两次举办：基督教式婚礼在西姆路宋家宅邸举行，由中国基督教青年会全国协会总干事余日章博士主持；中国传统式婚礼在大华饭店举行。对于后者，第二天的《上海时报》是这样报道的：

　　这是近年来的一次辉煌盛举，也是中国人的一个显赫的结婚典礼。这次婚姻使得南京军队过去最强有力的领导人和新娘的哥哥、宋子文博士的家庭以及国民党创始人、已故孙中山博士的家庭联结成一体。

　　昨天下午举行婚礼时，大华饭店的舞厅里足足有一千三百人。当蒋总司令同男傧相一起出场时，桌边的椅子上坐满了人，还有许多人站着，鼓掌欢迎这位前军事领袖。

　　上海以及其他地区的中外知名人士在这里济济一堂。高级领事埃德温·查尼汉姆先生、英国总领事西德尼·巴顿先生、挪威总领事阿尔先生、日本总领事矢田七太郎先生、法国总领事纳吉亚尔先生，以及其他一些国家的总领事出席了这次结婚典礼。美国太平洋舰队司令马克·布里斯托尔海军上将、华北方面军司令官约翰·邓肯少将，以及其他外国高级将领，也身穿便服出席了结婚典礼。

　　……在大华饭店举行的中国式结婚典礼，是由北京大学前校长、南京政府教育部长蔡元培先生主持的。结婚典礼开始之时，管弦乐队奏起外国乐曲。舞厅里的人们屏住呼吸，伸长了脖子。蒋介石在男傧相刘纪文的陪伴下步入舞厅。摄影机开始转动。

　　人们又一次屏住呼吸，又一次伸长了脖子，后面的人因为被人挡住了视线而登上了椅子。伴随着《新娘来了》的古老名曲，宋小姐挽着她的哥哥、前财政部部长宋子文先生的臂膀走进来了。此时，摄影机快速地转动着。

　　宋小姐捧着一大束白色和粉红色的玫瑰花。在结婚仪式举行之前，她和新郎摆好姿势拍了照片。然后向位于讲台正中的孙中山博士的肖像三鞠躬……

　　一个中国人开始宣读结婚证书，然后证书上盖了公章。接下去的程序是，夫妻对拜；向证婚人鞠躬；向全体来宾鞠躬。

据《字林西报》报道，还有这么一段与众不同之处：

新娘穿着一件漂亮的银色旗袍，白色的乔其纱用一小枝橙黄色的花别着，轻轻地斜披在身上，看上去非常迷人。她那美丽的桃花透孔面纱上，还戴着一个由橙黄色花蕾编成的小花冠。饰以银线的白色软缎拖裙从她的肩上垂下来，再配上那件长而飘垂的轻纱。她穿着银白色的鞋和长袜，捧着一束用白色和银色缎带系着的淡红色麝香石竹花和棕榈叶子。

新娘由四位女傧相伴随着，她们是郭珀尔小姐、王月懿小姐、孔令仪小姐和倪杰西小姐。……女傧相后面，跟着撒花的小女孩周小姐和陈小姐。……走在最后的是两位小侍从孔令伟小姐和孔令杰少爷……新娘的母亲身着紫红色丝绒旗袍，脚穿黑色鞋袜。

如此显赫的婚礼能够顺利举行，如此高贵的婚姻能够成功，关键人物是孔祥熙、宋霭龄夫妇。是他们处心积虑、精明策划、百折不回、不惜血本、连闯六关，终于促成了这桩至今评说不尽的政治婚姻。

一心想把妹妹宋美龄嫁给蒋介石，第一关，你得要妹妹本人同意才行。宋美龄在美国留学十年，1917 年回国，出落成一个才貌双全、风华绝代的十九岁的漂亮姑娘。她在第一次见到蒋介石时，对这个在国民党内还排不上座次的青年军官毫不在意。那是一次盛大的圣诞晚会，多少有头有脸的男子都围着她的裙子转。她的头像孔雀一样高高扬起，怎么会看到他蒋介石呢？要不是大姐一再介绍，连那曲舞都不会跟他跳的。何况，她还有她的白马王子刘纪文啊。

"我游遍了美国，实际上，美国的每一个州我都去过。每年暑假，要么就是同我父亲的朋友们在一起，要么就是去拜访我的同学。"后来宋美龄这样回忆她在美国的课外生活。就是在这种广泛的游历中，她结识了高大英俊的留美学生刘纪文并一见钟情，双方陷入爱河。在那样一个自由开放的国度，他们的爱情之花饱满灿然艳丽夺目。回国之后，两情热度不减，在大上海出双入对，已为人们心目中一道固定的靓风景儿。但是令人奇怪的是，他们对婚嫁之事却从未提起过。原因当然是在宋美龄身上：她总希望刘纪文永远做他的梦中情人，而不想让他做自己现实生活中的丈夫，这种抉择完全出自她的门第之见和一种天性。关于她的这种天性，她的美国老师在鉴定中一语中的："她对权威总是具有发自内心的恭顺。"也就是说，她崇拜和向往有权有势、名高位重，看不起和排斥平凡微贱。恰恰在这一点上，刘纪文怎么也满足不了宋小姐的虚荣心。何况在她三小姐的面前已经堆起两座高峰：富可敌国而政治身价不断看涨的大姐夫孔祥熙，和曾经贵为大总统的二姐夫孙中山。自己未来的夫婿还能比他们差吗？不，只能超过他们，叫他们望尘莫及才行。所以，她一面与刘公子继续做着缠绵无限的爱情游戏，一面瞪大眼睛耐着性子寻觅着、等待着，直到精于谋算的大姐和善于经营的大姐夫为她做成套子。

有资料指出，宋霭龄对蒋介石早有研究，认定孙中山之后的中国非此人莫属，故而下决心要攀住他。思来想去，最好之法就是将自己的小妹许配给他。这种说法的可靠性到底如何且不论，但最早说动三妹嫁给蒋介石的正是宋霭龄。如果说 1922 年宋美龄初见蒋介石时并不在意的话，那么到了 1927 年这会儿，蒋介石已将国民党的党政军权集于一身，成为炙手可热的大人物，她宋美龄可就不能不动心了。自己已经快三十岁，好花还有几日红？再说自己多年来东觅西寻，不就是要找蒋介石这样有权有势、能叫自己当"第一夫人"的人吗？千载难逢的机缘怎能错过！目前叫宋美龄割舍不下的唯有一样：此事如何向痴迷情人刘纪文说起？据说她很痛心地问大姐："难道非要牺牲一个来换取另一个吗？"大姐板着面孔毫不留情地说："必须这样！你别管了，我找刘纪文。"

刘纪文如雷轰顶，痛不欲生，死不回头。宋霭龄目睹这个情种的种种可怜状而无动于衷，脸上甚至挂着几丝欣赏受害者的残酷。她胸有成竹地等待着，等待着失败者的妥协与求助。原本她想让丈夫来对付刘纪文的，但后来还是决定自己来办，丈夫有时心太软会误事。她看准机会说出下面一段话："纪文，我知道与情人分手是什么滋味。但是，该分手时必须分手。爱情可以疯狂，可以一切都不管不顾；婚姻却不行，它得有责任。我们家美龄的丈夫，要有最高之名誉地位、最强之权势作为，要能经邦济世功垂千秋。你能吗？你不能。所以，你就得适时走开，走开得越早越远越好，对谁都好，对你尤其好；否则你很明白，对谁都不好，对你尤其不好。你明白我的意思吗？"刘纪文不是一个强者，他痛苦过后终于明白，一切都将成为过去，不可挽留，否则必定祸从天降。情人背后是雷区啊！这个人格欠缺者捧着对方"一个大市的市长"的肥缺加一百万现钞的许诺，悄然而退。

孔家夫妇攻下了第二关。

第三关的守关者陈洁如要难对付得多，因为她不是一个情人，而是明媒正娶的妻子。要平白无故地把一个丈夫从妻子身边夺走，那是不大容易的，但这难不倒孔祥熙夫妇，他们早在两年前就开始琢磨办法了。经过再三推敲，他们认定最好一法还在蒋介石身上。此时的蒋介石，为了得到垂涎已久的宋三小姐，已经言听计从，什么事都愿意干了。他是怎样依计攻下爱妻的？且听陈洁如的说法：

> 他们二人（指宋霭龄和蒋介石，二人曾相约在九江一条船上见面密商）在船上进行了二十四小时会谈之后，孔夫人就径自返回汉口……介石看着我说："我已走投无路。她开出很凶的交换条件，但她说的话却有道理。我不能期望汉口方面再给我任何金钱、军火或补给，所以，如果我要继续贯彻我那统一中国的计划，她的提议乃是唯一解困之道。我现在请你帮助我，恳求你不要反对。真正的爱情，究竟是要以一个人甘愿作多大的牺牲来衡量的！"
>
> "你要我做什么呢？"我问。
>
> "避开五年，让我娶宋美龄，获得不理汉口、继续推进北伐所需要的协助。这只是一桩政治婚姻。"
>
> 我的心跳几乎停止。自从我们结婚之后，我的生命已牢系在他的身上，而如今却要我避开一旁，好像我们的婚姻只是个儿戏……他此时仍恳求着说："你愿意去美国攻读五年吗？……这只是短短五年而已。你返国时，南京政府将已成立，那时我们恢复共同生活，我们的爱情将始终如一，我可发誓信守不渝。"
>
> "你知不知道，发誓就是祈求神明见证你的誓词？但是，如果你故意说谎，那就当心天打雷劈！"我说。
>
> "当然，我心口如一，我可以为此发誓！你还不相信我吗？"他争辩似地说。
>
> "好，那么我们听你在佛前立誓！"我说，同时走向佛坛，我拿起三炷香、一对蜡烛，点燃它们，插在香炉中。香炉发出闪亮的光。介石毫不犹豫，走往佛坛，在佛像前立正站定，起誓说："我发誓，自今日起五年之内，必定恢复与洁如的婚姻关系。如果违反誓言，没有将她接回，祈求我佛将我殛毙，将我的南京政府打成粉碎。如果十年、二十年之内，我不对她履行我的责任，祈求我佛推翻我的政府，将我放逐于中国之外，永不许回来。"誓毕，他看着我，问道："你现在相信我了吗？"

我哽咽着说："五年是一段长时间，你用不着许啥愿，发什么誓！这些，我已听够了。我仍然记得，你在上海法国公园里，对我说的那些永爱不渝的海誓山盟，甚至你要切断一根手指，以证明你的诚心。我也记得你在溪口龙脉上所发的誓言。到现在，你的一切许诺都已一文不值！"……

介石眨着他乌黑的眼睛，竟转变了他的策略。他不再露出笑容，而变成严肃凝重，一顿一顿地说："……我要实现我们总理的主义，而这件事对我，比生命中任何其他事都更具意义。不如此，我宁肯死去！"……此后的时日，介石则变得极端和蔼，对我体贴备至，总是夸奖我这个那个。有几次，他伸出臂膀，好像要拥抱我……那真是一种令人难以忍受的情景。

你看，为了逼走妻子陈洁如，蒋介石要死要活，软硬兼施，赌咒发誓，百般取闹。更绝的一招是，他为了把妻子心中最后的一点恋情消磨掉，竟将他写给宋霭龄和宋美龄的两封信拿给妻子看，并交代说："请你看过后，交给阿顺去寄发。"下面，选他给宋美龄的这封信示众：

美龄女士：

我料想令姊已代转我给你的专函。今夜，我将离开九江向前进发，途中将在安庆停留数日，以等待你的回信。我收到你的信后，将上前线。

你的态度如何？请来函详示。你可否赠我一帧最近的玉照，以使我得以经常见到你的芳影？我的想法是：令堂、孙夫人、孔夫人暨男女公子，以及你自己应当即速离开汉口，赴牯岭定居，如此较为妥适。你因我仍在江西，以为不便来与我晤面（由于我的妻子）。但我今已离开江西，你大可不必再存此种令你不安的疑虑。

中正

一九二七年三月十九日

陈洁如再也忍受不住这最后的折磨和打击了。她怀着一颗破碎的心，洒泪而去。路上，她才恍然记起四年前何香凝的警言来："啊！亲爱的，你太天真了。你看不出在你身边冒出来的危险吗？你一定要当心。敌人就躲在你的周围……

你必须小心谨慎,不可太轻信别人!""离开那个女人(指宋霭龄)远远的!""那个女人恶名昭彰,尽人皆知她会不择手段,只要她想得到,她就不顾一切,抢给你看!""你必须记住她还有一个待字闺中的妹妹。啊,这就是主要危险之所在。我看得一清二楚。"……如今,全让廖夫人给不幸言中了呀!

孔家夫妇攻下了第三关。

在蒋宋婚姻面前,一直还站着三位坚决的反对者,这就是宋老夫人倪桂珍、宋家长子宋子文、二姑娘宋庆龄。这无异于是三道雄关。

在夫妻大媒的总体部署中,老夫人这一关被放在最后,为此在当年的4月初,以躲避战乱和探望老朋友为名,已经把她老人家打发到日本去了。接下来先攻宋子文这一关。早几年,宋子文出于对蒋介石人品、学问的轻蔑,在小妹的婚事上态度固执,言辞激烈,曾表示宁可断绝兄妹情分也在所不惜!可此时的宋子文,已不复有前两年的气势如虎,他已经被那个他一直骂作"流氓"、"无赖"的蒋介石搞得心乱如麻,闷闷然躁躁然怏怏然不可终日。他那最易遭到袭击的部位早已暴露无遗。刁钻的宋霭龄看得明白,她嘴角一撇对丈夫发话道:"这回,用不着你亲自出马了。你去,给我找谭延闿先生,这事准成。"她附耳如此这般交代了一番。

这谭延闿字祖庵,是湖南茶陵人,其父是做过湖广总督的谭钟麟。他二十三岁中举,二十五岁中进士,授翰林院编修,后来成为立宪派人物。辛亥革命时,又被拥立为湖南都督。北洋军阀统治时期,他又先后出任湖南都督兼省长。1923年2月,孙中山先生在广州成立军政府。他正好率本部湘军驻广州,表示拥戴孙先生的革命,便先后在军政府内任内政部部长和建设部部长。1924年1月国民党召开一大,他被选为中央执行委员和中央政治会议成员。1925年7月广州国民政府成立,他又成为国府委员和军委委员。几朝的政坛沉浮,使他变得八面玲珑,处事圆滑。早几年宋子文初涉政坛,年轻气盛,锋芒毕露,故而遭人忌恨,颇不得意,自觉怀才不遇,十分苦恼。是谭延闿老谋深算,慧眼识珠,力排众议,保其才堪大用。这样一来,宋子文方绝处逢生,官运大开。为此,他视老谭头为恩师,礼敬有加,言听计从,执弟子礼甚恭。有了这层特殊关系,再加上老谭头也看出姓蒋的必将大发,于是分外卖力游说,还会有攻不破的山头?

至于宋庆龄,对于蒋介石向宋家的求婚,更是断然拒绝,态度比早先的宋子文还要决绝。早在蒋介石初见宋美龄的1922年,他不顾尚在与陈洁如的新婚蜜月之中，就向孙中山先生打探，能否出面成就他娶宋美龄为夫人的心愿。孙中山还真的当成一回事，就去问夫人。宋庆龄冲口就是一句话："我宁愿看到小妹死掉，也不愿她嫁给一个还没有结婚光在广州就搞了两个女人的男人。"如今，宋庆龄已视蒋介石为犹大式的人物，在这桩婚事上的反对态度达到什么程度可想而知。但是，此时的孙夫人，正为国事忧心如焚，也就顾不上什么家事。为了进一步揭露和对抗蒋汪合流的反革命行径，寻求实现孙中山三民主义理想的新途径，她已与苏联顾问鲍罗廷，同志者邓演达、陈友仁等商定，暂时撤离武汉，分三批赴苏。第一批是邓演达与苏联部分军事顾问，第二批是鲍罗廷和他的顾问团，加上美国记者安娜·路易斯·斯特朗等，第三批是宋庆龄、陈友仁及其两个女儿等。1927年的7月17日，宋庆龄一行来到上海，等待赴苏船班。此时蒋宋婚事正闹得欢。蒋介石错以为孙夫人改变主意，跑来投奔他的南京政府了，觉得这正是要她答应婚事作为交换条件的大好机会。于是立即发出通电，盛邀孙夫人乘专车赴南京。宋庆龄怎会上他这个当呢？遂于7月30日向新闻界宣布："近日谣传余将在宁政府活动，纯属无稽之谈。……此后余之行止，将如余前在汉口所发之宣言，在国民党现行政策不改变之前，余决不参加任何活动；于革命事业不纳入中山主义轨道内时，余决不担任任何党务。"这期间，孔祥熙夫妇也大量活动，还想劝说孙夫人不要出国，留在南京政府与蒋合作，"于家国均极有利"云云，自然也就包括蒋宋婚事在内了，但这更是无济于事的。8月23日，宋庆龄一行冲破国民党政府和家庭的重重阻力，毅然北上苏联而去，开始了长达近两年的旅苏旅欧生活。至于蒋宋联姻一类的烦心事，她一概暂抛脑后了。对此，孔家夫妇相视一笑，心想，这样也好，省得再费手脚。于是，全力向最后一关发起总攻的时刻到了，只要再拿下宋老夫人，这就齐了呀。两位夫妻大媒人精神大振。

宋老夫人反对蒋介石的主要原因是：他不是基督徒，而且已经结过三次婚，这与基督教义决难相容。其次，这个人要比自己的小女大上十岁还多，年龄悬殊太大，不合适。再次，听说此人乃一介武夫，并非书香门第出身，人品、学问肯定不怎么的。故而，他想娶我女儿坚决不成。

前面说过，孔家夫妇对付老太太的第一招，是先把她送去日本隔离起来，免得以她为中心形成一个强力集团。这一招还真灵，少去不少的麻烦。第二招呢，就是先让他们二人把生米做成熟饭，看你老太太还有什么说的！为此，早在5月中旬的时候，在孔宋二人的精心安排下，蒋介石带着宋美龄出游镇江焦山，来个招牌未挂先开张。十天下来，琴瑟和谐，那就谁也不好拆分了，乐得宋霭龄大发感慨："这姓蒋的也真好手段，怎地就一下搞得妹妹神魂颠倒，声言此生非介石不嫁。"

接下来这就要渡海作战了。此前，已有多种小规模出击：先是蒋介石一封接一封的问安电报，雪片似的落在宋老夫人面前，你到长崎它们跟到长崎，你到镰仓它们跟到镰仓；随后就是大女儿的信，后来加上小女儿的信，长长的，一封一封的，反正不离那件事。到8月初，就不是电报和信了，而是宋子文渡海前来打前站，以爱子之舌，动慈母之心了。最后，总攻开始，蒋介石全副披挂，于8月28日择吉过海，来到日本神户有马旅社，拜倒在宋老夫人的膝前，一句一个"妈"！即如当初面对陈洁如的母亲。他又指天画地，发誓要皈依基督教，要终生善待美龄决不抛弃……宋母不是傻子，她一看自己已经孤立无援，事情到了这一步，还有什么说的！除过点头答应，岂有他哉?

至此，一宗长达五年多的"天字第一号"婚姻，终以夫妻大媒人的完全胜利而告结。他们得到的回报是最高的国价："作为交换条件……你要答应一俟南京政府成立，就派我丈夫孔祥熙担任阁揆，我弟弟子文当你的财政部部长。"——这是悲剧人物陈洁如女士记录下来的交易内幕，准确可靠到什么程度，历史已经做出回答。

六十四、持股的仆人

在中国的现代词典中，可以查到"四大家族"这样一个名词。依照《辞海》的权威解释是这样的："以蒋介石为首的封建买办统治集团，即蒋介石、宋子文、孔祥熙和陈果夫、陈立夫。他们是国民党官僚资产阶级的代表。1927年蒋介石发动四一二反革命政变，在南京建立'国民政府'后，四大家族就开始与美、英等帝国主义相勾结，与本国地主阶级和资产阶级相勾结，利用反动政权，掠夺人民财富，垄断全国的经济命脉，迅速形成买办的封建的国家垄断资本主义，成为蒋介石集团的经济基础。这个以四大家族为首的国家垄断资本主义，在抗日战争期间和日本投降之后，达到了顶峰。尤其在日本投降后，他们利用'接收'的名义实行空前的吞并和掠夺，而在反人民的内战中，又从通货膨胀、商业投机、征粮征税和各项经济统制中，大规模地搜刮中国人民的血汗，集中了二百亿美元的财富。中华人民共和国成立后，没收四大家族的官僚资本，成为社会主义国营经济的组成部分。"

关于蒋、宋、孔、陈四大家族，民间有个说法是："蒋家天下陈家党，宋氏姐妹孔家财。"对于前三家，我们已印象深刻；至于陈家，这里要补叙一下。

前文表过，蒋介石一生视陈其美为恩师、盟兄、好朋友，有过种种的报答。其中，终生关照提携他的两个侄子陈果夫、陈立夫，可算作最大的报答了。陈果夫，生于1892年，二十岁毕业于浙江陆军小学，入南京陆军第四中学。叔父陈其美被暗杀后，他回家养病。后到上海晋安钱庄打工，自己也做些生意，逐渐富裕起来了。1920年秋，孙中山先生要求上海革命党人设法筹款救济革命先烈遗族。蒋介石遂让陈果夫出任上海交易所54号经纪人，号名茂新公司，做棉花和证券交易。此人精于理财，很快致富，除供弟弟立夫上学和自家享用外还大有盈余，便悉数捐给革命。这给他赢得殊誉，奠定了在国民党内的地位。黄埔军校创办时，他负责上海方面的招生工作，并筹办学校所需一应物资。国民党二大上被选为中央监察委员。1926年，他紧跟蒋介石反共步伐，出任中央组织部秘书长兼代理组织部部长职务，积极参与打击中共和左派的中山舰事件、整理党务案等活动。蒋介石发动四一二反革命政变后，他负责清党委员会，专门对付共产党人。蒋介石第一次下野后，他组织中央俱乐部，联合亲蒋势力，组成ＣＣ系的最早核心组织，排挤压制国民党内的其他势力。此时，他开始掌握国民党的组织人事大权，大力发展由他弟弟陈立夫所控制的中央调查统计局，即一般所称的中统。陈家兄弟为求在政治上的更大发展，于1926年还创办了国民党党政训练所，陈果夫任所长。第二年发展为中央政治学校，他又先后出任总务主任、校务委员、代理教育长。不久以后，他被国民党中央常委会任命为监察院副院长。在国民党三大上，他与其弟陈立夫双双列名中央执行委员。陈立夫比哥哥小七岁，少时喜读书，古文基础甚好。十六岁考上南洋路矿学校中学部。毕业后考取北洋大学，之后留学美国匹兹堡大学，得矿学硕士学位。1925年回国后，在中兴煤矿当了一段时间工程师即投奔蒋介石，在黄埔军校校长办公室任机要秘书。1926年任中央组织部党务调查科科长，国民党三大后，一跃而成为中央执行委员、中央党部秘书长。从此，兄弟二人成为蒋介石集团的核心成员，成为四大家族中的陈家党。

四大家族虽为平列四家，但各自的分量绝不相同。在这里，蒋家是他们的头，蒋介石是他们的万岁爷。用宋子文一种自嘲自叹的叫法，他们都是蒋介石的一条"走狗"！这话可能有点过分，比较客观的说法或者应该叫作持股的仆人。这个称呼放在孔祥熙头上尤其妥帖。

1933 年夏，刚从欧美访问回国的宋子文，就和他的顶头上司兼妹夫的蒋介石大吵一架，后者还当场抽了前者一记响亮的耳光。这成为轰动一时的"国吵"。此时，蒋介石身为国民政府主席、陆海空军总司令兼行政院院长和教育部部长。宋子文身为行政院副院长兼财政部部长。如此显赫的大人物，又同在四大家族，何以会不顾体面地大打出手，一如市井泼皮呢？说来话长。这要从宋子文 1932年的辞职讲起。

1932 年 6 月 4 日，宋子文递上辞呈，要求辞去本兼各职。起因是在军费问题上与蒋介石发生激烈冲突。20 世纪 30 年代初期，中日关系日趋紧张。日本帝国主义意欲以武力侵占东北，实现称霸远东的目的。开始，宋子文的对日态度与蒋介石没什么两样，对 1931 年 8 月 16 日蒋介石致张学良"不论日本军队此后如何在东北寻衅，我方不予抵抗，力避冲突"的电报也未持反对意见。就是在九一八事变发生后，宋子文也还把解决问题的希望寄托在国联的调停上，但是日本人的贪得无厌和蛮横无理刺痛了他，日本人不仅要占领东北华北，还要侵占华东，于 1932 年发动了一·二八事变；3 月 1 日，上海日军展开全面进攻。在这种情况下，宋子文对蒋介石的"攘外必先安内"的主张就不满起来。此时他刚代理行政院院长职务，便利用这个机会，联络孙科等人提出了一个抗日议案，主张将军队集中于热河、察哈尔和河北地区，以对抗日军进犯，如有可能则进入东北收复失地。但蒋介石不这么看，他依然认为共产党比日本人更危险，必须继续采取先剿共的政策。为此，要求财政部部长宋子文将剿共军费开支由原来每月一千三百万元增至一千八百万元。这叫宋子文难以接受。6 月 3 日，蒋宋二人的争论达到顶点。宋子文公开抨击蒋介石的政策说："这个方针存在着毁灭、政治不稳及最后的灾难。赤字和短期借款的恶性循环，此中痛苦我久经饱尝……我愿继续做纠正'自杀方针'的人。"宋子文还进一步对蒋介石的反共理论提出质疑："难道匪患和共祸仅仅是军事问题，我们能希望用陈旧和劳民伤财的军事征伐获得成功吗？匪共之患不就是因政治、军事和经济失调而滋长起来的吗？倘若他们在政军经几方面得到合理的对待，那么即使并非洋洋大观，他们岂不将报之以较好的反响吗？……"宋子文辞职后，蒋介石、汪精卫、林森等人极力挽留，蒋介石并且表示妥协，将所要求的军费减少三百万元。经过一番努力，宋子文总算收回辞呈。

1933 年 2 月 18 日，宋子文在张学良的陪同下视察抗日前线，二人联名发表抗日电报。宋子文还表示："本人代表中央政府，敢向诸位担保，吾人决不放弃东北,吾人决不放弃热河,纵令敌方占领我首都,亦无人肯作城下之盟。"随后,宋子文不仅帮助张学良拟订了热河保卫战的作战计划,而且在5月出访欧美期间,亲自制订出抗日经济计划。这个计划的目的,就是要促进中国经济而削弱日本在华的经济力量,其要点包括:结束日本关税特惠待遇,以美国贷款设立发展经济的机构——全国经济委员会,争取国联派技术代表团来华,组织中外金融界的咨询委员会以代替原来的银行借款团,等等。这一连串的举动,使宋子文一跃而成为中国政府高层对日外交的鹰派代表人物。从而立即引起日本当局的强烈反对。8月,当宋子文结束欧美之行动身回国时,日本报界对他发动了集群进攻,指责他的所有决策。船经横滨,日本政府居然宣布宋子文为"不受欢迎的人",拒绝其登岸访问。更有甚者,日本驻华公使有吉明、前国联理事局副秘书长杉杨太郎,一再压迫蒋介石要求将宋子文免职。

宋子文受父亲也就是受美国式的西方文化影响至深,是一个非常注重个人独立人格的人,凡事有自己的思路和思想、主意和主张,不谙中庸之道。回国以后,正想把自己的一套对日想法、做法汇报给蒋介石,没料到蒋介石却趁他不在国内的机会,专断地突破原定预算,把大笔钱款调用于剿共军事行动。本来,宋子文受到日本政府的冷遇和攻击,正窝着一肚子火,现在又见蒋介石独断专行,践踏民主与法制,人格一下受到双重伤害。他再也忍无可忍了,拍桌子大声痛斥蒋介石是无耻小人!投降卖国!流氓无赖!他可真碰上流氓无赖了,蒋介石上去就是一耳光。

宋子文这次辞职成功了。不过,与其说是他的成功,不如说是他的大姐夫孔祥熙的成功。

对于宋子文的辞职,蒋介石这回毫不挽留,当即照准。很快任命孔祥熙接替宋子文的几个主要职务:行政院副院院长、财政部部长、中央银行总裁,只给宋子文保留了一个全国经济委员会主席的头衔。历来当权者都容不得不听话的人,不管这个人是否与他沾亲带故。其实早在多年之前,蒋介石对他这个大兄哥的洋派头就不服气。你看不起我,我还看不起你呢!我的大好婚事,他妈的差点毁在你的手里。就数你事情多,一会儿民主自由啦,一会儿人权法制啦,一会儿反对独裁专制啦,凡事都要有你一套说法,真烦死人!不是我姓蒋的打出天下,你他妈能当什么官?多会儿也不听招呼、不听使唤,要你干什么……自从去年的辞职风波后,蒋介石就暗下决心,一旦这个大兄哥再不听话,立即叫他下台滚蛋。他这么决定可不是出于一时赌气,而是早就物色好最佳接替人选,有备无患的了。这个最佳人物不是别人，正是他的连襟孔祥熙。说心里话，蒋介石对孔祥熙是感激的、满意的、放心的，一直想要重用，尤其对他近年来所做的三件大事极为赞赏。

孔祥熙是 1928 年就任南京国民政府工商部部长的（后工商和农矿两部合并为实业部，孔仍为部长），时年四十九岁，可谓大器晚成者。多少年的蹉跎等待，钻营周旋，耗去多少年华与心血，在这几达知天命之年终于看到柳暗花明之美景，遂使做大官的宿志如愿以偿。对此，他当然是格外珍惜。故而在上任伊始便埋头苦干，力图有所作为。他全力经办的第一件事，就是建立健全经济领域的各种法制法规，以便把国家的经济生活法治化。三年之中，他主持制定公布的各类新法约有一百二十多种，其中最重要者有：工会法、商会法、票据法、公司法、海商法、工厂法、船舶法、商标法、交易所法、保险法、专利法等。

他经办的第二件事，实际上也是蒋介石交办的，就是以中华民国考察欧美各国实业特使的身份，前往西方各国考察，真正目的是考察西方军工生产，为建立中国空军做准备。因为在刚结束不久的淞沪抗战中，中国军队缺乏制空权而吃尽了日本人的苦头，组建自己的空军已成为朝野共识、当务之急。

这里，有必要把民国时期的空军史简述一下。

孙中山先生思路开阔，早就有"航空救国"的主张。1911 年 11 月，他还在广州军政府时，就派号称"民国第一飞行家"的冯如先生，组建了中国第一个航空队——广东军政府航空队。1923 年 3 月，被孙中山先生亲口誉为"革命空军之父"的杨仙逸先生，研制成功我国第一批洛士文式侦察战斗两用机。说起飞机的命名，还有一段佳话。这种飞机共有两个座位，除飞行员外还可以坐一个人，但那天在大沙头机场试飞时，万人围观，却无一人敢于陪飞行员上天一试。此时观礼台上却站出一人愿意上天，不是别人，正是孙夫人宋庆龄！她在众人目瞪口呆之下毅然登上飞机，直插云天，一次试飞成功。为了表达对如此勇敢女性的无限崇敬之情，飞行员联名请求军政府，应以孙夫人的名字命名该飞机。宋庆龄在美国上学时用过一个英文名字叫洛士文，于是成了这种国产飞机的正式名字。1924 年，军政府航空局在广州大沙头建立了广东航空学校，由苏德两国的专业人士当教员，培养空军队伍。以后在北伐军激战的汀泗桥、贺胜桥等战场，都能看到中山航空队这种标有青天白日红外圈的洛士文在协同作战。

其实，我国第一次使用飞机作战的战例在 1922 年 4 月 28 日。第一次直奉大战的战场上，由于直军派出飞机作战，使奉军土崩瓦解。张作霖当即敏感地说：
"飞机今后将成为军事上不可少的新式武器，要与别人争个高低，没有空军是不
行的。"他说干就干，立即任命自己的儿子张学良为航空处总办，积极发展空军。
张学良采取人机并举的方针，一方面延揽技术人才，一方面引进先进设备。他
不断从陆军年轻军官中选拔最优秀者出国培训深造，不惜重金购进各类新式飞
机五十多架，编成飞龙、飞虎、飞鹰三个飞行队，使东北空军在 1923 年时就已
经初具规模。次年的第二次直奉大战中，东北军终于靠空军优势一举战胜直军，
报了一箭之仇。之后，张家父子又扩充了飞鹏、飞豹两个飞行队，入关后成立
了航空司令部，张学良任司令。1927 年，张作霖就任陆海军大元帅时，专门在
军事部里设有一个航空署。此为我国以空军做独立军种之始。东北空军全盛时
期至少拥有各种军用飞机三百多架，居全国各派军事势力之冠。

　　另外就是陈济棠的空军。1928 年以后，陈济棠控制广东，拥有两队飞机。
在 1930 年联合桂系张发奎共同反蒋作战中，空军发挥了巨大作用。广东空军
编成六个中队，每个中队下辖三个分队，共有飞机六十六架，而且还自建飞机
制造厂加紧制造飞机，拟再成立三个飞行中队。除此之外，云南、山西、湖北、
湖南、山东、四川、广西、贵州、江苏、浙江和新疆等省份，也都有大小不等
的空中力量。不过在此以前，还没有一支由政府统一掌握的强大空军。

　　现在，组建这样一支大空军的前期工作，就落到孔祥熙的头上。

　　1932 年 3 月 13 日，孔祥熙、宋霭龄夫妇肩负重大使命，由上海空港起程
出国考察，第一站是他们曾经留学多年的美利坚合众国。随行者中最显眼的是
他们十五岁的长子孔令侃，很明显，他身上寄托着父母的厚望。这种着意栽培
的父母心终究会得到怎样的回报，以后才能加以评断。前往机场送行的人虽然
不算多，但规格最高，蒋委员长亲自出马，以下各路大员纷纷露面。

　　关于这次孔氏夫妇一家三口的欧美之行，全过程及详细情节已不可考。但
许多年来，外界有关传说记载却一片纷纭，而且褒贬之间落差极大，让世人莫
衷一是。究竟哪种记录比较可靠？不妨从褒贬两极各选一种实录，供世人比较
参详，得出自己的判断。

　　郭荣生先生所编著之《孔祥熙先生年谱》载：

　　　　民国二十一年壬申（1932）53 岁，3 月 13 日国民政府特派先生为"中
　　华民国考察欧美各国实业特使"，赴欧美考察。实际任务，乃奉蒋委员

长秘密委托，与友邦接洽军械飞机之购买与设厂自制事项，准备对日抗战。先生至欧洲，特别重视意大利和德意志。时意大利正值墨索里尼（1888—1943）任首相，意国空军相当发达。至于德国，其轻重武器之精良，军队训练的严整，值得我国模仿学习。德意二国与中国无利害冲突，对中国复兴大业，倾心相助。墨索里尼对先生称："贵国建国，应从空军着手。空军发展起来比较快，所需经费，较海军为少。且将来战争之胜负，取决于空军。日本为海军先进国家，贵国欲赶上日本，非仓促可办。空军则三五年内可见成效。"先生将此意报告国内，蒋委员长深以为然。于是在杭州笕桥设立中央航空学校，在南昌设立飞机制造工厂。在杭州、西安、南昌等地辟建飞机场，并聘请意大利人为空军顾问，协助我国建设空军。更向意大利厂商，订购军用飞机一批。

张建平、李安先生合著的《孔氏家族》中却这样写道：

> 刚到美国时，他们被表面洋溢着的热情友好的气氛所陶醉……但不久，这种彬彬有礼的气氛便被媒体的传闻打破。美国的《华尔街日报》率先刊登了蒋介石在上海向宋美龄求婚的秘闻，并称这种联姻与其说是出于爱情，不如说是出于政治的需要，"中国唯一能够控制现代军队的人和中国唯一能够控制财政混乱的人成了郎舅"。还说孔祥熙、宋霭龄极力促成这件婚事是为了找到自己发财致富的机会……不久，其他报刊也纷纷报道类似的消息，有的还添油加醋无中生有，把一些似是而非的传闻说得活灵活现，弄得孔祥熙、宋霭龄自觉如过街的老鼠……在美国一些同学的关心下，宋霭龄的恐惧和苦恼情绪渐渐被化解。她又打起了精神开始投入了她的外交使命。为了在美国公众中树立起她和孔祥熙正面的形象，她竟破天荒地向美国新闻界宣布，从个人的积蓄中拿出一笔巨款，以奖学基金的名义，献给母校威斯里安女子学院。但这只是为了在美国公众面前挽回一点面子的权宜之计罢了。如上所述，他们并没有完成蒋介石交给的"接洽军械飞机之购买及设厂自制事项"。在最后匆匆礼节性拜会了美国总统胡佛后，他们带着抑郁和遗憾，离开了此前不久还是梦寐以求的美国。

在王琪、张洁编著的《孔氏家族秘史》中这样记载：

在意大利期间，墨索里尼还安排其女婿、后来任驻华大使、不久又回意任外交部部长的齐亚诺，招待孔祥熙参观空军，协议购买飞机等具体事宜。经过几度接洽，孔祥熙购买了大批飞霞式飞机，并且延聘了以劳地为首的意大利顾问团来华协助建立空军。意大利之行后，孔祥熙又到了德国和捷克。在德国，纳粹党的元首希特勒会见了孔祥熙，双方交换了意见，经几次会谈，孔祥熙为南京政府订购了二千五百万美元的德国军械，聘请军事顾问，为蒋介石继续"围剿"工农红军效忠尽力。

孔祥熙经过近一年的游历，于1933年3月回国。他向蒋介石详细汇报后，蒋介石非常满意，认为他对空军建设立有殊功。中央航空委员会成立后，蒋介石自任委员长，宋美龄任秘书长，孔祥熙任委员，负责对外事务。从孔祥熙的内心讲，他原是想做航空部部长的，但这一美梦难以成真。

第三件事，也是最叫蒋介石满意的一件事，就是为剿共筹款。1933年4月，宋子文先辞去中央银行总裁之职，要去欧美访问。蒋介石便将这一肥缺给了孔祥熙，这自然也有试试你姓孔的到底给我办不办事的意思。

孔祥熙这个人，虽说从小就接受教会教育，又在美国留学多年，但西化程度并不太高，骨子里还非常中国化，日常生活中不仅是长袍马褂打扮，吃山西老家饭菜，在为人处世上也谨守中庸之道，注重人情关系。比如，乡里乡亲谁要向他借个钱呀，他很少有不出手的；同僚们谁要安排个子女亲朋什么的，他也是积极帮办负责到底；下属或朋友们谁有个病的话，也总能得到他的一些药品钱款，而且对人随和极了……故而他上下左右的人缘挺好，说他"厚道"、"讲交情"、"够朋友"什么的大有人在。因他英文名字的缩写是H－H，人们便一齐称他为"哈哈孔"，倒也名如其人。像他的这一套做派，完全西方绅士派头的宋子文是不屑一顾的。但是，在中国这么一个传统文化根深蒂固的大环境里，孔祥熙的这一套还真管用。就说现在，你蒋委员长不是把中央银行总裁的位子叫我坐了吗？那好呀，我孔某人也总要叫你放心满意。你不就是要剿共军费吗？好，你要多少我给你弄多少！你就安心坐镇南昌全力剿共，我先给你弄一亿元公债怎么样？不够的话，我再想办法，我有的是办法，反正羊毛出在羊身上，中国有四万万只老绵羊呢！可笑我这个宋家小舅子，开口闭口什么平衡预算、削减军费、收紧银根……真是吃美国面包撑的！不错，一个现代国家离不开预算审计制，这也是制定规划、投拨经费时应该遵守的国际惯例。建国之本在于法，经济运作的根本在于制度，一个民主国家理应有一套现代财经制度，国家收支要有计划，费用要有预算，预算要经过审计核准，决不允许随意超出……这些我都懂，我比谁都懂。可你别忘了，这是在中国。蒋委员长是什么人？他就跟从前九五之尊的皇上没两样呀！普天之下莫非王土、莫非王臣呀！君要臣死，臣不敢不死。他要你的命都得给，他要国库的钱你能不给吗？几千年都是这样子，你今天就想改变吗？你还跟人家闹，使性子，撂挑子，人家莫非还怕你吗？不是人家娶了你妹子，你早就玩完啦……我可没你这么傻，再说我也没你那本钱，我已五十多岁了，没你那么年轻有奔头，我得谨慎从事，瞻前顾后，左思右想，装作什么主张也没有，什么野心也没有，随声附和，言听计从，百依百顺……伴君如伴虎呀！我到今天这一步容易吗？

新任中央银行总裁孔祥熙抱着以上态度行事，使蒋介石的剿共战争在花钱上得心应手，对孔祥熙非常满意。此时，虽然还没有发生那场耳光风波，但蒋介石心里已经敲定：下一步的财政部部长非"哈哈孔"莫属！

孔祥熙是1933年11月1日正式就任财政部部长的。此时，蒋介石正在调集百万大军准备对工农红军进行第五次大"围剿"。孔祥熙上任伊始，就公开对中外记者发表谈话："平衡预算固然重要，但剿共作战的胜利比保持预算平衡更重要。"接着在对财政部僚属发表的就职演说中进一步发挥说：

> 理财之道，不外开源节流。唯须开应开之源，节应节之流。如专以聚敛为开源，无异竭泽而渔。如专以减政为节流，势必百事俱废。故欲开辟新的税源，还须从培养旧的税源着手。否则徒持高论，无补事实。境养之法，在消极方面，对于经征官吏之监督，征收方法之严密，固属行政方面之事务。而其重要根源，则在积极方面之振兴社会繁荣，运用金融灵活，使商货流通。市场销路，日益畅旺，则不待税率之增加，收入自能充裕。凡此与农业之改良，农村之复兴，交通之便利，匪患之肃清，都有关系。这些重大工作，绝非财政部所能单独进行。仅就财政计划言，总以不因征敛而伤民为要。举办税项，必须注意轻微而普遍，并且负担公平，使能生息孳乳，方能培养税源。至于节流方面，

不外确守预算，抱同甘共苦之决心，节省无益的靡费，以增加行政效能为主。但有急需非增加不可的新预算，亦不能因为节流而停止。总之，我们要抑定决心，针对现实，兴利除弊，树立信用，稳扎稳打。并提出数项原则，以示同人，希望大家细心擘画，确实做到。大致如下：一为国防民生兼顾原则。二为培养税源原则。三为人民平均负担原则。四为建立制度化原则。五为鼓励生产原则。六为量入为出原则。

孔祥熙担任行政院副院长兼财政部部长，是他正式踏入国民党最高权力中心之始，是他个人生命中最显赫辉煌十年之始，也是他把自己全部灵魂当作最后赌注交给政治这个魔鬼之始。至此，最早那个青年学生孔祥熙已踪迹不见，后来那个边经商、边革命的孔祥熙也面目全非，一个大官僚孔祥熙、一个身为蒋记政治公司主要股东兼忠实仆人的孔祥熙，开始活跃在人们眼前。

常言道："兵马未动，粮草先行。"蒋介石在把孔祥熙摆上被人们称作"橡皮图章"和"军需官"的位置以后，已无"粮草"之忧，于是大举向江西苏区用兵。1934年1月22日，他从建瓯飞回南京，出席国民党四届四中全会。在大会上"再度动员主力进行第五次的剿匪战争"，并任命张学良为鄂豫皖三省剿匪副总司令官，把东北军也拉入反共战场。这之前，已用两千九百多个碉堡将江西中央苏区团团围定，志在铁壁合围，一步步缩小包围圈，彻底消灭"共匪"在此一举！

到了9月下旬，蒋介石已经认定第五次"围剿"胜券在握，已经在考虑如何于占领江西共区后，首先开展他的新生活运动，以"改革受共产党影响最甚的江西苏区的人心"。这个新生活运动，是他在今年2月19日南昌行营的总理纪念周上提出来的，照他的解释，"国家民族之复兴不在武力之强大，而在国民知识道德之高超"，"提高国民知识道德，在于一般国民衣食住行能整齐、清洁、简单、朴素，过一种合乎礼义廉耻的新生活"。随后专门成立了新生活运动促进会，他自任会长。不管蒋介石把他的新生活运动炫得多厉害，但全国人民对他的"攘外必先安内"的政策却越来越不满，尤其北方人民反对的最为激烈。对此，蒋介石也不得不重视起来。为了平息全国舆论，"收最后围歼红军之功"，他决定离开南昌行营一段时间，去北方进行视察。1934年10月4日，在夫人宋美龄、张学良、端纳等人的陪同下出发，于双十节来到洛阳。此前，他已指派对北方情形比较熟悉的孔祥熙，先期赴山东、河北、陕西、河南、山西等省活动，说好最后在太原城会合。

这里出现了一个外国人端纳，他在近现代中国政坛上活跃了将近四十年，但人们对他却知之甚少。他于1875年出生在澳大利亚新南威尔士州小城里斯峪，二十七岁时就离开自己的国家来到远东地区。辛亥革命前，他辞去香港《德臣报》记者职务来到上海，任纽约《先驱报》记者。不久担任孙中山先生的私人顾问，并成为最早目击并且报道了辛亥革命经过的少数几个西方记者之一。1920年任北洋政府顾问，1928年任张学良私人顾问，后转任蒋介石政府的顾问，在那个时期，重金聘请洋顾问一时成风，而唯有这个端纳不聘自到，是毛遂自荐来中国的，不求任何报酬。他认为中国是一只睡狮，就应该让它觉醒，而"我不忍心给这个贫穷的国家再增加什么负担"。他主张在中国实行民主政治，建立统一政体，以便对抗外国侵略。这一思想自然受到外国列强的猜忌，尤其是日本人，攻击他是"煽起中国人反对日本天皇的西洋鬼魅"，多次以重金悬赏捉拿他。虽然他来蒋介石身边不久，但此前已参与宋子文的一系列财经改革计划，包括建立中央银行、统一币制和规范税制等。如今，他又要在蒋介石的新生活运动中扮演重要角色了。

且说蒋介石一行离开洛阳后，又前往西安、兰州、宁夏、开封、北京、张家口、绥远等地视察一番，于6月下旬来到山西太原。孔祥熙已早到数天在此恭候。为了表示对大姐夫的感谢和信任，蒋介石欣然答应前往孔祥熙的老家太谷县跑一趟。

山西土皇帝阎锡山不敢怠慢，亲自安排蒋委员长的接待及保卫工作。他要求驻防太谷的晋军将领杨耀芳具体负责，在太原通往太谷的一百二十里沿途布岗设哨，并派出一个加强排作为随身护卫力量。接待重任主要压在太谷县县长刘玉玑头上，要他不惜代价地搞好接待工作。另外，陪同蒋委员长前往太谷的山西军政大员有：徐永昌、赵戴文、杨爱源、傅作义、孙楚、王靖国、赵承绶等。

这天下午3时左右，午睡起来的蒋介石精神焕发，在一大批陪同和警卫的簇拥下上了汽车，浩浩荡荡向太谷开去。4时许，车队到达太谷城北五里的乌马河大桥时，受到先一天回来的孔祥熙夫妇、县长刘玉玑、太谷著名乡绅和民众代表的夹道欢迎。紧接着，在铭贤学校大门口，又一次受到师生们的夹道欢迎。在校长办公室休息了片刻，蒋介石即身着长衫，头戴礼帽，十分潇洒地出现在欢迎大会上。他首先大讲此次"围剿"共产党的成功，讲到要警惕日本的侵华野心，讲到铭贤学生应该好好读书上进，将来报效党国，云云。简短的欢迎会后，是合影留念。之后是参观铭贤学校。此时，天气已经不早，虽说夏天天长，但晚霞已映红西方。蒋介石忽然提出："庸之呀，这个伯父、伯母的坟茔在何处呀？我想去祭扫一番。"

这话一出，如闻雷声。别说孔祥熙激动得不行，就连在场的所有人都感动得想哭。这真是天大的面子！孔祥熙连忙客气地劝阻说："委员长，就不必了吧。委员长多日来巡视奔波，鞍马劳顿，再说天色已然不早，刘县长的晚宴……"

蒋介石要的就是这种效果。他打断孔祥熙的话说："不必客气，庸之。我是一定要去去的。我们这些人献身党国，难得孝敬父母，有的临终也难见上一面，实乃人生之大憾呀。故而，每一同志之父母，我们都应该视为大家之父母，活着孝敬，死后祭拜，呵，对不对？"

于是一片赞美声。

孔祥熙也就不再说什么，带着蒋介石等一大批人来到校园南面的孔氏坟茔。早有人送上香烛祭品。蒋介石净了手，接过香烛行礼如仪，毕恭毕敬地向孔祥熙父母的坟头三鞠躬。所有在场的人也都跟着行礼。孔祥熙感动得热泪盈眶。

天擦黑时，蒋介石的车队进入太谷城南门，顺南大街拐入上观巷，来在孔宅门前。蒋介石一见张灯结彩中的孔家门楼非常气派，禁不住赞道："哎呀呀，庸之，好气派呀！想不到内地山西还有这么好的宅院呀。金太谷，金太谷，看来名不虚传。"孔祥熙一面笑哈哈地应和着，一面招呼着老蒋进门。

蒋介石不知道，这处宅院并不是孔祥熙的老宅，老宅在城西五里的程家庄村，一座堪称逼仄寒碜的普通民宅。眼下这座园林式的阔绰宏大的华宅，转到孔祥熙名下还不足五年。说起来还有些文章。这座始建于清代乾隆年间的巨宅，地处闹市之中，东临千年名胜白塔寺，北通上观巷，南隔民居通南寺街，西靠杨庙巷，地脉风水不错。全宅包括有正院、书房院、东花园、西花园、西侧院、厨房院、戏台院、墨庄院等。每个套院均沿中轴线方向分割为多个四合院。各院之间皆用带明廊与抱厦或面宽二至五间的过厅相隔。主要建筑物使用斗拱飞檐，造型壮丽，木结构部分饰以上五彩，雕梁画栋，堆金沥粉，具有"廊腰缦回，檐牙高啄，各抱地势，钩心斗角"之势。各院之间有垂花门、宝瓶门和八角月洞门相通，相邻的院与院之间的房间与间隔墙上，有六角、八角、长方或圆形等各式窗户，一方面是为了加强采光与装饰墙面，另一方面还可以作为窥视邻院景物之用。全院东西宽二十七丈多，南北长二十一丈多，面积将近十亩地，另外东西花园约有三亩多地。在名宅如林的太谷县，这座宅院虽说数不上第一，却也名列前茅。可惜并非孔氏祖产，而是孟家兴建起来的。四年前，孟家后代败落不堪，方以两万银圆卖给孔祥熙。

当日晚宴罢，蒋介石下榻于戏台院西厢房。这却有个讲究。按说上好客房并不在戏台院，这里只是客人饮宴观剧之所。但是，这间西厢房从东门而入，往南有门可通墨庄院东厢房，有好退路；再说北墙上那个大壁橱，实际上是个暗道，可通墨庄院正房进入后花园。原来是个可保安全的好处所。

第二天上午，孔祥熙陪蒋介石参观了太谷城里有名的孙家花园。因为昨天晚上，蒋介石几次流露说："我要有庸之兄这样的一所住宅，将来告老还乡也就有个归处了。"他也许是情之所至随口而说，但孔祥熙却灵机一动有心讨好，想来想去只有孙家花园可以考虑。参观之中，蒋介石对孙家花园果然赞不绝口，尤其在院中珍藏的两通宋碑前流连不去。一通是岳飞的字，一通是朱熹的字，都相当有价值。孔祥熙看在眼里，记在心头。在蒋介石离开太谷不久，他就先叫人把两通宋碑买下送往南京，之后又说服孙家，自掏腰包买下了这座华美巨宅，送给蒋介石。不过，蒋介石此后却再也没来过太谷，自然也就住不上这所太谷名宅了。

吃过午饭，蒋介石忽然问道："庸之，那个书写长联的赵铁山先生还健在吗？就是挽孙先生的那一副长联。"

孔祥熙说："在，当然在。昨天欢迎会上，坐在主席台后排那位布衣先生就是呀。"

蒋介石说："那我要会会他。"蒋介石这次出巡，各级地方官倒不一定都召见，但对一些有影响的地方名人、社会贤达，他却力争都要见，其用心不言自明。这赵铁山的人品、书法名闻遐迩，被康有为誉为"大江以北无出其右者"。蒋介石当能放过这样一个"礼贤下士"的机会？据说后来他当着赵铁山的面，首先一字不落地背出那副一百二十四字长联：

千秋定论，万宇衔哀，亘古一元勋。羡主义皇皇，汗青彪炳，正翘企昭回云汉，耿耿南天，桃李挹恩光。萃一生湖海遗踪，荡成浩气，却愁泪堕春风。痛矣！丰碑余姓字。

行易知难，惩前毖后，奇筹三巨著。念襟期磊磊，清白彰徽，更绸缪寥落幽燕，凄凄北岭，松楸悲化雨。怅三晋邱陵系梦，展得英灵，恍忆心寒夜月。伤哉！硕果弃江山。

这副铭贤师生当年敬赠孙中山先生的挽联，由北京孔教大学毕业的铭贤教师赵铭箴撰，赵铁山书写。二赵的这一珠联璧合的佳作，曾在 1926 年上海举办的全国书法展中一鸣惊人，大放异彩。蒋介石对赵铁山赞慰有加，并求墨宝。赵铁山当场挥毫书赠蒋氏，并从自己的作品中挑出数幅上乘之作敬赠。蒋介石要奉送巨额润笔费，赵铁山坚辞不受，只提出说，希望蒋介石能抗倭御侮。

蒋介石和宋美龄对铭贤学校赞扬备至，并答应兴建一座科学楼。后经宋家姐妹和孔祥熙共同议定：由宋子文出资修科学楼，命名为嘉桂科学楼，系由宋父嘉树、宋母桂珍两名中各取一字组合而成；由孔祥熙出资在科学楼对面再修一座图书楼，照例从孔父孔母名字中各取一字组合而成，楼名亭兰图书馆。这两座楼当年施工，于第三年即 1936 年正式落成。至今，它们仍以其独具特色的风姿耸立在铭贤学校故址，现今的山西农业大学所在地。

蒋孔的太谷亲近，标志着他们集君臣、主仆和股东伙计之间的复杂关系为一体，开始了配合默契、亲密无间的蜜月期，在长达近十年的中国政坛上纵横捭阖，演出名堂不同、性质有异的种种剧目。

第十二章　在西安事变中

六十五、早有预感

发生在 20 世纪 30 年代的西安事变永载青史。七十多年过去了，有关它的文献资料汗牛充栋，影视作品层出不穷，代代后人津津乐道。然而，整个事变的起根发苗、前后经过、细枝末节、人物故事、善后风波……至今依然谜团阵阵，左右各派争论不休，真个是剪不断，理还乱。与西安事变有直接关系的当年人物，已如木梳掉齿般一个个离去，只怕好多疑团就要变成千古之谜了。

好在长期拒绝撰写回忆录的张学良先生，忽然改变态度，从 1991 年起，开始在美国哥伦比亚大学口述那段历史。他是应该大学口述历史研究室之邀才这么做的，并且决定把所有私人文件和口述资料全部捐给该校，唯一的条件是：从完成口述历史的 1996 年 10 月算起，必须在六年后，也就是 2002 年方能公诸于世。哥大为感谢张少帅的厚赐，在从张闾琳先生（张学良与赵一荻之子）手中接过全部资料时起，就决定将收藏它们的房间命名为张学良及赵一荻阅览室。另据说，张学良还对美国国会图书馆中文部主任王冀先生，口述有关历史八小时，条件是口述人死后方可公开。既然如此，相信这位西安事变最主要的当事人，必能拨开笼罩在这段历史上的重重迷雾，给子孙后代留一份权威的信史。这算一点开篇闲话。

据孔祥熙后来回忆说，他当初对西安事变之发生早有预感，在事变发生的三周前，就曾多次劝蒋介石速离西安，但蒋介石不听，"其时蒋公已驻节华清池，正邀蒋夫人西行"。于是孔祥熙又写信托宋美龄带去，坚持劝驾返京。不料宋美龄因病未能成行，却也躲过一难。

蒋介石为什么要黏在西安不走呢？还是为"围剿"红军，搞他的"攘外必先安内"。1935年8月1日，中共中央在长征途中发表了著名的《八一宣言》，也就是《为抗日救国告全体同胞书》。其要义为：全国各党各派无论过去和现在有何政见与利益不同，无论各界同胞有何意见和利益上的不同，无论各军队过去和现在有何敌对行动，大家都应当停止内战，以便集中一切人力、物力、财力、武力，共同为抗日救国的神圣事业而奋斗。一切愿意抗日救国的人民，共同组织国防政府和抗日联军。中国共产党愿做这一政府的发起者，红军首先参加抗日队伍。为了表示联合抗日的诚意，中共中央还三次致信蒋介石，一次是由覃振转送，一次是由胡宗南转送，一次是由邵力子转送，希望团结抗日，表示红军可以接受改编，毛泽东甚至表示只要能团结抗日，他本人愿意离开红军出国考察。

但是，蒋介石利令智昏，非赶尽杀绝不可。这年10月1日，蒋介石赶到西安，设立西北剿共总司令部，他自任总司令，调武汉行营主任张学良为副总司令，代行总司令职务。决心以十倍于红军的兵力，将刚刚经过二万五千里长征后到达陕北的中央红军，一举消灭在立足未稳之际。10月22日，蒋介石偕宋美龄再赴西安，具体部署东北军和西北军对红军作战事宜。10月29日，又赶赴洛阳，部署中央军和宁夏马鸿逵部队进攻红军。到了1936年，蒋介石不顾日本侵华势力不断扩大、全国人民抗日救亡热情更加高涨的现状，继续加快剿共步伐。又先后两次亲赴西安督剿，行辕就设在著名风景区华清池。

但是，事情并不会按照某一个人的心愿发展，事与愿违是常有的结果。

就在蒋介石身边，一下站起两位不按他心愿办事的人，这就是张学良将军和杨虎城将军。

张学良是张作霖的长子，小名六子，1901年6月3日生人。十一岁生母赵氏病故，他与胞弟学铭由大姐抚养成人。七岁从师学习四书五经和西式文化科学，后入陆军讲武堂学习军事，毕业后下营当兵。1919年授炮兵上校衔，年底任暂编第三混成旅第二团团长，不久升任该旅旅长。1920年授陆军少将衔，时年二十岁。接着，二十四岁任奉军第三军军长，二十七岁任奉军第三军团总司令，下辖万福麟第八军、高维岳第九军、王树长第十军、富双英第十一军、于学忠第二十军、邹作华炮兵军，成为实力雄厚的奉军主力部队。1928年父亲张作霖在皇姑屯被日本人炸死后，他被东三省议会联合会公推为东三省保安司令兼东三省巡阅使，开始掌管东北军政大权，时年二十八岁。这年的 12 月 29 日，他和张作相、万福麟联名发表通电，宣布东三省和热河省"易帜"，归服南京国民党政府，旋被任命为东北边防军司令长官。1930 年 10 月 9 日，因为在中原大战中助蒋有功，被任命为陆海空军副总司令。九一八事变发生后，他根据蒋介石关于"为免事件扩大，绝对不抵抗"的指示，将东北军撤回关内，把东三省拱手让给日本帝国主义侵略者。接着，他被任命为华北抗日集团军总司令，负责华北抗战而又遭败绩，引起全国人民的极大愤怒。他不得不引咎辞职出洋考察。直到 1934 年 7 月，他才又被蒋介石重新起用，出任鄂豫皖三省剿共副总司令，坐镇武汉行营指挥进攻红军。1935 年才任现在的职务：西北剿总副总司令，代行总司令职权。这就是张学良的既往历史。

再说杨虎城。他与张学良的出身、经历大相径庭。他于 1893 年出身于陕西蒲城县一贫苦农家，比张学良要大上九岁。幼时上过两年私塾，后为家境所困只好去当杂工。十五岁时父亲被官府处死，使他对清王朝恨之入骨，开始走上武力反抗道路。1911 年辛亥革命起事，他即率众参加陕西民军。两年后退伍还乡，继续组织乡民抗捐抗暴，成为当地有名的江湖刀客。二十三岁参加陕西反袁护国军，第二年即因战功任陕军第三混成团第一营营长。二十六岁追随靖国军司令于右任，被任命为第三路第一支队司令。1924 年加入国民党。不久成为冯玉祥系统国民军第三军第三师师长。三十五岁成为冯玉祥的国民军第十军军长。此后，冯玉祥向右转，拥蒋反共。他由于有长期与共产党人魏野畴等人的合作历史，遂对冯玉祥开始疏远，以致最后分离。1930 年蒋冯交恶，他投靠蒋介石，并在中原大战中为蒋屡立战功，被任命为第十七路军总指挥。1930 年11 月进占西安，被任命为陕西省政府主席。但随之与蒋的关系发生变化：蒋介石逼他将共产党人南汉宸从省政府秘书长的位置上撤走，不久又以邵力子取代他而担任了省政府主席，军事上则以顾祝同和马鸿逵从东西两面牵制他。于是，他的反蒋之志日益明显，对蒋的"攘外必先安内"的政策越来越不满，暗中与红军建立了联系，给红军提供了一些物资采购上的方便。

张学良自从 1928 年"易帜"投奔南京政府以后，对蒋介石都是绝对服从的。在中国第一个喊出"拥护领袖"口号的正是张学良。但是，丢了东三省，接着是山海关和热河省相继落入日寇之手，全国舆论哗然。张学良不能不受到极大震动，不能不对委员长的国策发生怀疑，不能不对自己的所作所为深感痛心。1933 年 3 月 8 日，他打电报向南京政府提出辞职。3 月 9 日，蒋介石约张学良在保定会晤，居然开口就说："我接到你的辞职电报，很知道你的诚意。现在全国舆论沸腾，攻击我们两人，我与你同舟共命，若不先下去一人，以息全国愤怒的浪潮，难免同遭灭顶。所以我决定同意你辞职，待机会再起。"张学良没想到就这么快地做了替罪羊，不禁痛哭失声："人骂我不抵抗，我也不辩。但下野后，天知道我这不抵抗的罪名要背到哪天呢？"这年的5月31日，新的丧权辱国条约《塘沽协定》签订。根据这一协定，中国军队立即撤退至延庆、昌平、顺义、通州、香河、宝坻、芦台所连之线以西和以南地区，不许进行"一切挑战扰乱之行动"。事实上等于承认日本占领东北、热河的合法性。协议还把长城以南的察北、冀东二十余县划为不设防地区，使整个华北门户洞开，平津随时可能失陷。果然，日寇得寸进尺，借口义勇军孙永勤部进入滦东非武装区，破坏了《塘沽协定》；天津日租界有两个汉奸报社社长被杀，是有意排日行为。遂向国民党北平军分会代理委员长何应钦提出：中国应从天津、河北撤军，撤销党部和军事委员会，撤销河北省主席于学忠的职务等无理要求。蒋介石一心剿共，对日寇有求必应，下令撤掉了于学忠，但这并没有满足日本人的胃口。6月9日，日本关东军天津驻屯军参谋长酒井约见何应钦，进一步提出五条要求：（一）取消河北省境内一切党部，包括铁路党部在内。（二）撤走驻河北之东北军第五十一军、中央军和宪兵三团。（三）解散国民党军分会政训处及蓝衣社和励志社等机关。（四）撤免日本指名的中国官员。（五）取缔全国一切反日团体及活动。以上条款限二十天答复，否则日军将采取"自由行动"。6月10日，国民党政府发布《睦邻敦交令》："凡我国民对于友邦务敦睦谊，不得有排斥及挑拨恶感之言论行为，尤其不得以此目的，组织任何团体以妨国交。"当日，何应钦面复日寇说"全面承诺日方要求"。第二天，华北驻屯军司令官梅津美治郎派人送来一份备忘录，表示对中方的口头承诺不满意，必须有文字协议。何应钦吓得不敢在日方备忘录上签字，但迫于压力，最后以书面形式对日方备忘录予以认可。这就是有名的《何梅协定》。

到了这时候，张学良对蒋介石可以说彻底失望了，觉得要让此人积极领导抗日、帮助自己打回东北去报父仇雪国耻，是万万不可能了；他只关心的是用东北军、西北军去打败红军，消灭共产党，叫你们两败俱伤，同归于尽最好。张学良还认识到，为了实现自己收复失地的心愿，洗刷掉自己"不抵抗将军"的罪名，必须另有所图，走一条自己的路！但究竟该如何做起？他心中还没有定数。这要到三个多月后，他与红军三次交战三次败北、四个师被歼灭击溃之时，方才绝境猛醒，有了主心骨。

　　当时，开进甘陕的东北军，有于学忠部第五十一军、董英斌部第五十七军、王以哲部第六十七军、何柱国部骑兵军、刘多荃的第一〇五师，以及炮兵、工兵、通信兵等部队共约三十万人马，而红军只有不到三万人，而且武器装备更要差得多。但是两军对阵第一战，东北军王以哲军的第一一〇师，在甘泉大小劳山之役中被红军消灭，师长何立中战死。接下来，在榆林桥战场，第一〇七师第六一九团又被红军围歼，团长高福源被俘。这样王以哲的第六十七军居然陷于红军的重重包围之中。董应斌的第五十七军连忙派出第一〇九师前去救援，但富县直罗镇一战，也被红军一举歼灭，师长牛元峰战死。第一〇九师和第一一〇师都是东北军有名的精锐之师，居然在整体处于劣势的红军面前一鼓就歼，不能不给张学良以极大震动。一方面，他看到工农红军的不可战胜；另一方面，他也看出自己的子弟兵心系故土，无意恋战，战斗力正在削弱，乃至有瓦解的可能，再这样打下去，只怕连老本也会丢光。更叫张学良不能释怀的是，蒋介石对他损失的这两个师，一不表彰，二不抚恤，三要取消番号撤出建制。这不等于落井下石吗？10月下旬，他趁赴南京参加国民党四届六中全会之机，向蒋介石谈起这两个师的补充问题，但蒋介石不予理睬，蒋手下的何应钦、陈诚之辈反而幸灾乐祸，冷嘲热讽，出言不逊。这些都让张学良伤透了心。接下来还发生了这样的一件事：张学良想调钱大钧做自己的参谋长，因为二人以前在武汉行营期间相处融洽。但也正因为这一点，蒋介石不允，而改派自己侍从室组长晏道纲去做张学良的参谋长。很明显，这是对张学良信不过派去一个监军，哪里是什么参谋长！

　　张学良窝着一肚子火回到西安，整个东北军也就窝上了一肚子火。晏道纲到任后，东北军和杨虎城的第十七路军，还有蒋系的中央军的高级军官们，在西京招待所联合公宴他。席间，第六十七军军长王以哲借酒发火，摔碎酒杯高声讲道："不要拉扯我，让我讲几句话。我们东北军，拥护委员长，是诚心诚意一点折扣都没有。我们的老家在东北，被日本鬼子占了，我们认为只有委员长才能领导我们打回老家去。我们从东北到华北、华中，这次又到西北，辗转数千里，无非是想实现打回老家去这一夙愿。谁想到陕西打仗，损失得不到补充，牺牲的官兵和家属，得不到抚恤，一一〇师、一〇九师阵亡的遗族，流落西安，一点救济办法都没有。尤其张副司令的处境，更使人伤心，他每月的特支费，中央仅给十万元，已经丢了老家的东北军政人员和同乡们，跑来跑去求他，他毫无办法，甚至送点路费都相当困难。他是负军事全责的副司令，还赶不上胡宗南一个师长，每月的特支费竟是十二万元，真令人伤悲……"说罢号啕大哭。

王以哲的这一场哭闹，也许可以看作是西安事变最早的征兆之一。此后，张学良丢掉幻想，认识到非抗日不能救国，非联共不能抗日，非停战不能联共。于是，他开始主动与中共接触，探求停止内战一致抗日的新格局。同时，与先他而觉醒的杨虎城将军也加强了联系。从1936年开始，他采取了一系列的重大行动。

3月4日，张学良飞往洛川秘密会见中共代表李克农。原来早在2月间，驻洛川之第六十七军军长王以哲发来密电，称以前被俘之第六一九团团长高福源归来，有重大事项报告张副司令，因西安耳目众多，请能来洛川接受报告。张学良预感到可能有中共方面的什么信息，遂乘私人座机直飞洛川。果然不出所料，中共让高福源带信说，如果东北军能够转变立场，接受抗日民族统一战线，中共方面可以派出正式代表共同协商合作抗日问题。他与王以哲反复磋商后，同意中共这一提议，要求中共速派正式代表来洛川会谈。2月21日，中共中央派李克农为代表来到洛川。张学良则于3月4日飞抵洛川。双方对红军和第六十七军合作抗日达成一致协议，但在反蒋抗日还是拥蒋抗日这一点上各自保留看法，等待进一步会谈解决。张学良最后提出，希望能与毛泽东主席或周恩来副主席会面，以便商谈成立国防政府、组建抗日联军、成立抗日联军委员会等高级别议题。洛川会议后，中共中央派刘鼎前往西安工作。这是因为张学良曾授意在上海的李杜将军，秘密探询一下共产国际与中共在上海的组织，力争接上关系。上海地下党于是应李杜的要求，经中共中央批准，选派刘鼎去西安，以满足张学良的要求。张学良对刘鼎的到来很欢迎，为了方便以后的合作，他以推进剿共为名，致电蒋介石："预定设前进指挥所于洛川，学良即日赴前方督剿，以期早奏厥功，释解委座两顾之忧。"蒋介石也有发呆的时候，居然复电说："陕北军务，得弟亲往督饬，收进击之巨效，立歼灭之大功，在此一举。"

4月9日，张学良赴延安会见周恩来。这是一次极为秘密的会见。地点在延安清凉山下桥儿沟一座天主教堂里。中共中央方面，周恩来副主席、李克农和刘鼎三人；西安方面，张学良和王以哲二人。双方会谈结果，达成如下共识：（一）南京政府必须改组，蒋介石的"安内攘外"政策必须取消，如果做不到，就另组国防政府领导抗日。（二）停止内战，先由红军、东北军、第十七路军组成抗日联军，造成抗日的既成局势。（三）红军主力取道绥远开赴抗日前线，由张学良去做通傅作义的工作。（四）东北军的第五十三军，现驻保定、石家庄一带，派黄显声为该军副军长，再接替万福麟为军长，以配合进出冀绥方面的红军对日作战。（五）由张学良出面，必要时与新疆盛世才、甘肃于学忠、宁夏马鸿逵，在西北形成四省大联合，对蒋介石施加压力，逼其抗日。这次会谈，也是张学良第一次见到周恩来，给他印象极深。周恩来说："张副司令既是集家仇国难于一身，也是集毁誉于一身的，张先生处心积虑要雪国耻报家仇的心情，只有我们中国共产党人能了解并同情你，并会帮助你。可惜张先生把路走错了。袁世凯想在中国搞独裁，失败了；吴佩孚要武力统一中国，也失败了；谁想在国难当头的现在搞独裁，而不去抗日救亡，谁就是历史罪人、民族罪人，必然也要失败。中国共产党人今天呼吁大家停止内战，团结抗日，枪口一致对外。如果蒋介石真能如张先生期望的那样真正抗日，我们是可以联合他并拥护他的。但他必须是真抗日，而不是口头上的假抗日……"事后张学良想到这段话，不由得对王以哲感慨地说："美髯公周先生，的确是位伟大的政治家，共产党有这样的人物，必将成大功。我很钦佩他对事物的洞察力，他提出的办法，是切合实际而可行的……天主教堂我结识了美髯公，是很有收获啊。"

10月20日，张学良秘密飞往太原会见阎锡山。张学良在与第十七路军杨虎城和中共中央沟通、协调好关系之后，便开始专心争取实力派人物阎锡山。张学良和阎锡山早就打过交道，互有恩怨：1927年，奉军主力在河北与北伐军对阵之时，阎锡山忽然背信弃义，东出娘子关拦击奉军，造成极大威胁。反过来，1930年中原大战时，张学良却出兵助蒋，把阎锡山打败，报了一箭之仇。两家就算扯平了。现在搞联合还是有可能的。再说阎锡山的处境并不比张学良好多少。8月里，日本人已指使伪蒙军侵犯绥东，威胁山西；紧接着红军东征进入山西；再接着蒋介石以追剿红军为借口，命陈诚率十万中央大军也开进山西。于是阎锡山大为惊惧，形容自己处境不妙，说他是在三个鸡蛋（日、共、蒋）中间跳舞，踩破哪个也不成！面对如此现实，老奸巨猾的阎锡山，首先要顾及的当然是图存问题。这就是张学良看准阎锡山的理由。9月末，张学良先派司令部秘书李金洲，以私人身份前去太原试探阎锡山。李金洲几年前曾在太原公安局任秘书长，与上层人物关系不错。他到太原后，先去拜访山西省主席赵戴文，曲意表白一番。谁知山西方面一拍即合，正有点求之不得。赵戴文立刻引着李金洲去见阎锡山，而阎锡山则明白表示：对内就无法对外，剿共就不能抗日，剿共不是好政策。他要李金洲转告张学良，他愿意与之合作，"联合向委座进言"，拥蒋抗日，并且还给张学良写了一封亲笔信。

到了 10 月初，张学良再派自己的参谋长戢翼翘二上太原。戢翼翘与赵戴文和晋军参谋长朱绶光均为留日士官学校同学，而且数年前刚打过交道，关系不错。张学良对戢翼翘说："你告诉阎先生，希望将来在蒋先生面前一定要支持我们。另外，东北军北上抗日，要借道山西，也请他答应。再告诉他，我要亲赴太原见他，请他不要宣布，不要接我，保守秘密。"随后，他还给阎锡山写了一封亲笔信：

百公赐鉴：

　　李金洲返，述尊意并手教，拜聆之下，不胜雀跃。国事急矣！有我公一呼，抗敌之士必皆追随而起，可促成政府抗战决心。事可为矣，国有济也，岂限于华北秦晋乎？兹嘱戢劲成兄进谒，俯乞进而教之。

　　专肃，并颂

勋祺

弟学良顿首
十月三日

戢翼翘的太原之行依然圆满成功。阎锡山对张学良的要求全部答应，并且亲笔回信一封：

汉卿仁兄勋鉴：

　　劲成兄莅并，并赍到手翰，并共洽谈，敬悉一一。（日本）对绥远势在必得，得兄慨允协助，弟胆壮多矣！抗战而胜，国家之幸；抗战而败，我辈亦可了矣。此后情形，弟随时奉闻。目下状况，统乞劲成兄代达。专此奉复。

　　敬颂

勋绥

愚弟阎锡山上
十月十三日

就在张学良积极准备赴太原之时，忽接南京政府通知，蒋介石要于 10 月 22 日飞来西安。原来蒋介石安插在西安的三个"监军"曾扩情、晏道纲、闵湘帆，也没有闲着，尤其是曾扩情，亲赴南京面见蒋介石，报告说西安方面有异动。

蒋介石一听急眼了，便立即决定亲来西安坐镇。张学良更急了，一旦蒋介石到来，太原之行必定告吹。于是他当机立断，于20日秘密飞抵太原与阎锡山会见。据现代史学者毕万闻先生的考证，张阎会谈的内容大约如下：（一）既然蒋介石即将莅陕，阎锡山表示决心亲赴西安晋谒蒋委员长，请求他领导全国军民，联合红军，一体抗日。（二）请中央拨款，加强绥远国防工事，并调十个师加强绥远、宁夏、山西的国防力量。（三）倘若蒋介石不同意，阎锡山表示，他决意让晋军与红军和东北军联合起来全力抗日。（四）阎锡山准备将绥远的固阳、包头、五原、安北、临河五个县让给红军。阎锡山问张学良：（一）共产国际能否批准红军开赴绥远前线？（二）共产国际能否接济抗战中的红军、晋军和东北军？（三）红军能否服从联合作战中的统一指挥？

张学良在得到阎锡山的信誓旦旦以后，于第二天又秘密飞回西安，准备迎接蒋介石的到来。

10月31日，张学良偕阎锡山赶往洛阳，利用参加蒋介石五十大寿庆典活动之机，最后一次劝蒋介石领导抗日。头天里，阎锡山飞抵西安，当夜与张学良再次长谈，并同乘专列前赴洛阳。此时的蒋介石正处在兴奋状态，因为他的心腹爱将胡宗南和关麟征给他发来了"捷报"，在甘肃东部靖远一带将正欲西渡黄河的红军拦腰截断，使红军打通国际路线、背靠苏联以求抗日和发展的计划受挫，河东河西的红军陷入更加困难的境地。于是蒋介石马上头脑发胀，以为彻底消灭红军指日可待。假如这时有人来劝他联共抗日，会得到怎样的结果可想而知。

果然，张学良和阎锡山大触霉头，尤其是张学良。原来蒋介石22日到西安后，就抱怨东北军和西北军剿共不力，心里憋着火，心想我还没有找你张学良算账，你倒又来跟我捣乱，于是大光其火，恶声训斥道："张学良你是中了共产党的魔了！""是我该服从你们呢，还是你们该服从我！""在杀尽红军、捉尽共匪之前，决不轻言抗日。'攘外必先安内'是我们既定的国策，你们决不可被共匪蛊惑！"……

阎锡山见机不语。

张学良心里不服，热泪盈眶地坚持说道："委员长，我们损失的兵力无法补充，遗下的孤寡无法抚恤，广大官兵的家乡沦入敌手，不图收复，却要我们来西北剿共。共产党与日寇，究竟谁是我们真正的敌人？"

蒋介石更加暴怒，决然地说："一派胡言！你们若是非要坚持，那就等我死了以后再去抗日好了！"说罢拂袖而去。

11月23日，国民党上海当局逮捕了全国各界救国会领袖沈钧儒、邹韬奋、李公朴、章乃器、王造时、沙千里、史良等七人，史称七君子事件。顿时激起全国人民的公愤和抗议，掀起更大的抗日救国热潮。

11月24日，傅作义将军打响抗日第一枪，在绥远前线一举收复百灵庙。事发于这个月的14日，日伪军经过长期策划和准备，分兵三路大举进犯绥东，在飞机的掩护下，向红格尔图发动猛攻。守军傅作义部奋起抵抗，连续打退敌人七次冲锋。16日，傅作义将军亲临前线坐镇指挥。这位当年在北伐战争中因为坚守涿州三个月而一举成名的山西名将，决心给不可一世的日寇狠狠一击。18日0时，他采取里应外合的战术发起全面反攻，与装备精良的日伪军激战七个钟头，使敌人全线崩溃。敌人在红格尔图受挫后，又增兵百灵庙，企图以此为基地组织反扑。傅作义将军岂能给敌人以喘息机会？于22日将主力部队悄然运动到有利进攻位置，23日0时发起总攻，激战近八个钟头，全歼日伪军，缴获大批日伪文件和武器弹药，胜利收复百灵庙。接着又一鼓作气收复了另一个战略要地大庙，迫使伪军石玉山、金宪章、安华亭、王子修等首领率所部四个旅火线反正。至此，绥远抗战取得大胜，粉碎了日军不可战胜的神话，鼓舞了全国军民的抗战斗志，被誉为"中国人民抗日的先声"。中共中央率先发出贺电，又密派南汉宸携带锦旗赴绥慰问，并两次致电蒋介石，指责他对傅作义将军的绥远抗战坐视不救。全国各界人士纷纷发起援绥运动，北平学生自动绝食一天，以节资援助绥远军队，全国一时有八十多个慰问团奔赴绥远前线。刚刚结束两广事变的李宗仁、白崇禧也发出通电，要求将在西北剿共的中央军和自己的广西军全部开上绥远战场，"愿为反对侵略者而牺牲"。山西实力派人物阎锡山，遵从其父生前遗愿，将八十七万元悉数捐给绥远抗日将士。连广东军阀余汉谋都派其部下王庆贞组织出察援绥军，准备北上赴敌……

激起全国人民义愤的七君子事件，和令全国人民振奋的绥远抗战，都让回到西安的张学良受到极大震动和感染，激情所至，立撰一封《请缨抗敌书》送给蒋介石。其文曰：

委员长钧鉴：

叩别以来，瞬将一月。比闻钧座亲赴晋鲁，指示一切，伏想贤劳，极为钦佩。绥东局势，日趋严重。日军由东北大批开入察境，除以伪匪先驱并用飞机助战外，已将揭开真面，直接攻取归绥。半载以来，良屡以抗日救亡之理论与策划,上渎钧听,荷蒙晓以钧旨,并加谕勉,感愤之念,与日俱深。今绥东战事既起,正良执殳前驱,为国效死之时矣。日夕磨砺,唯望大命朝临,三军即可夕发。盖深信钧座对于抗日事件,必有整个计划与统一步骤,故唯有静以待命,无须喋陈。乃比大军调赴前方者,或已成行,或已到达,而宠命迄未下逮于良。绕室彷徨,至深焦悚。

每念家仇国难,丛集一身,已早欲拼此一腔热血,洒向疆场,为个人洗一份前愆,为国家尽一份天职。昔以个人理智所驱与部属情绪所迫,迭经不避嫌忌,直言陈情,业蒙开诚指诲,令体时机。故近月来,对于个人或部属,均以强制功夫,力为隐忍,使之内愈热烈,外愈冷静,以期最后在委座领导下,为抗日之前驱,成败利钝,固所不计。今者前锋既至,大战将临,就战略言,自应厚集兵力,一鼓而挫敌气,则遣良部北上,似已其时;就驭下言,若非即时调用,则良昔日之以时机未至慰抑众情者,今已疑为曲解。

万一因不谅于良,进而有不明钧意之处,则此后统军驭使,必增困难。盖用众必有诚信,应战在不失时机。凡此种种,想皆洞鉴之中。伏恳迅颁宠命,调派东北军全部或一部,克日北上助战,则不独私愿得偿,而自良以下十万余人,拥护委座之热诚,更当加增百倍。凤荷知遇优隆,所言未敢有一字之虚饰。乞示方略,俾有遵循,无任企祷之至!

张学良敬叩

十一月二十七日

12月2日,一腔热血的张学良等回了什么?蒋介石不咸不淡六个字:"时机尚未成熟。"还要等什么时机!张学良怒不可遏,即于第二天亲驾飞机直奔洛阳,再陈抗日愿望,并要求立即释放抗日救国的七君子。面对蒋介石的强硬态度,他再也忍无可忍,起而指斥道:"你这样听不得劝谏,这样专制,这样摧残爱国人士,同袁世凯、张宗昌还有何异!"

蒋介石也气得发抖:"全中国只有你一个人这样放肆!除了你张学良,没有人敢对我这样讲话!我是委员长,我是革命政府的领袖,我这样做就是革命,不服从我就是反革命!"他放缓声音又说:"学良呀,共产党那套,我比你清楚,我去过俄罗斯,实地考察过。你是个军人,打仗打不赢,就想投降敌人,还有点军人气概吗？剿共是既定国策，决不动摇，就是有人拿枪打死我，也不能改变国策。"张学良知道不会再有什么指望，也只好改变口气说："委员长，自从国难发生以来，各方面怨谤集中在我一身……对于陕北的事，我没有什么徘徊瞻顾的。我是在想孙总理当年也搞过国共合作，委员长是今天的总裁，仿照总理先例，和共产党联合一下，也许是国难期间一个办法。既然委座认为这行不通……要使全体将领都能明了委员长的精神，接受教训，为剿共多作贡献，请委员长能再度入陕一行。我集合前方将领听训，提高认识，振作军威。"

蒋介石想了想说："好吧，我明天就去。我倒要看看，东北军是听你的，还是听我委员长的！"

12月9日，西安青年学生举行抗日游行请愿活动。第二天，蒋介石把张学良召到华清池训斥道："昨天学生闹事，你为什么不用机枪扫射他们？"

也是在昨天，一位仰慕张学良已久的姑娘郑露莹，送来一封蒋介石写给陕西省政府主席邵力子的密信，要邵以政府名义下令《大公报》发布如下消息："蒋鼎文、卫立煌先后到西安。闻蒋委员长已派蒋鼎文为西北剿匪军前敌总司令，卫立煌为晋陕绥宁四省边区总指挥。陈诚亦来谒蒋，闻将以军政部次长名义指挥绥东中央各部队。"张学良在问清消息来源之后，相信这是蒋介石要用陈诚等心腹爱将取代自己，对自己和杨虎城要最后下手了。经与杨虎城一夜密商，认识到事情已经到了无可挽回的地步，与其叫蒋介石夺走兵权，不如实行兵谏逼蒋抗日，成败在此一举！方略既定，故而现在张学良反而冷静得多，面对蒋介石的斥问，他也自有回话："委座，我的机枪是打日本的，不是打学生的。"

蒋介石脸色发青，有点气急败坏："那九一八的时候，日本人到你眼皮底下，你为什么不打？"

此话深深刺痛了张学良，多年强压在心的怒火喷发而出，他无比恼恨地怒吼道："我怎么打？我用电报请示你，你不是命令我不准打吗？你就知道打内战、打内战、打内战！优秀将才一个个战死沙场，再这样打下去，你就是民族罪人、袁世凯第二！"

蒋介石气得要死，连连骂道："你诬蔑我，你犯上作乱……"

蒋介石与张学良的关系一步步发展到不可收拾，西安城里里外外演绎出多少故事，连一般人都预感到此地将要发生非比寻常的事变。身为国民党政府行政院副院长的孔祥熙岂能没有预感？但是，对于将要发生像西安事变这样惊天动地的事件，他孔祥熙倒是做梦也想不到。

六十六、坐镇中枢

1936 年 12 月 12 日下午 4 时，上海孔宅。

孔祥熙正倚在床上与他的犹太籍保健医生说话，忽见管家姚文凯急慌慌地走进来，一副有机密事要报告的样子。大胡子犹太人见状，知趣地告退而去。孔祥熙忙问："有甚事？"

姚文凯压低声音说："先生，南京打来电话，西安发生兵变，委员长下落不明。催先生快过去。"

孔祥熙一听，心头猛抽几下，脸色顿时发白，气就有点喘不上来。他这一向正是因为心脏不太好而养病在家。姚文凯一看不好，连忙要去喊医生。孔祥熙示意不必了，问："还有什么情况？你仔细说说。"

姚文凯说："电话上没再说啥，只是请先生快回南京。您看何时动身？"

孔祥熙抬头看看壁上挂钟，沉吟道："已经快 5 点钟，晚上不是还要宴请日本议员吗？……这样吧，你先给我通知吴市长和杨司令，叫他们马上来见我。晚上的安排不变。"依他的想法，真要出了这么重大的事变，上海这个摊子先得稳住。所以叫来上海市市长吴铁城和警备司令杨虎，要对他们交代一番。如果可能，还要将上海商界、金融界的头面人物都请来，好生安顿一下。

晚上 8 点多钟，孔祥熙正设家宴款待日本访华议员，又见姚文凯急急走来，附耳报告说："军政部何部长来电话。"孔祥熙只得向客人道过歉意，连忙到另一间屋子接电话。

军政部部长何应钦在电话上焦急地问："庸之兄，委员长近日与你有联系吗？他是在临潼还是在西安？"

孔祥熙说："几天前我催他速离西安，可没得到他的回音，故而详情我也不大知道。敬之兄，兵变究竟是怎么回事？"

何应钦说："真急死人！西安城门紧闭，时而有枪声响起。西安往临潼道上，军车和部队调动频繁，而委员长驻跸之华清池一带，却是一片沉寂。看来委员长处境险恶。庸之兄，你要赶紧通知蒋夫人，一起快来南京吧。"

孔祥熙接完电话，作一切没有发生之从容状，继续与日本客人周旋。他觉得国家发生如此重大变故，决不能叫外国人先看出端倪，去做什么文章。待宴会结束时，天已不早。现在去见蒋夫人好不好呢？她近来也是有病，肯定已经歇息……孔祥熙想到这里，觉得情况尚未吃透，还是明天再说吧。他回到卧室，刚想洗个澡，却见姚文凯送来一封急电，乃张学良和杨虎城的兵谏通电。电文如下：

南京。

中央执行委员会、国民政府林（森）主席钧鉴，及各院部会勋鉴，各绥靖主任、各总司令、各省主席、各救国联合会、各机关、各法团、各报馆、各学校均鉴：

东北沦亡，时逾五载，国权陵夷，疆土日蹙。淞沪协定屈辱于前，塘沽何梅协定继之于后，凡属国人，无不痛心。近来国际形势豹变，相互勾结，以我国家民族为牺牲。绥东战起，群情鼎沸，士气激昂。于此时机，我中枢领袖应如何激励军民，发动全国之整个抗战！乃前方之守土将士浴血杀敌，后方外交当局仍力谋妥协。自上海爱国冤狱爆发，世界震惊，举国痛愤，爱国获罪，令人发指。蒋委员长介公受群小包围，弃绝民众，误国咎深。学良等涕泣进谏，屡遭重斥。昨日西安学生举行救国运动，竟嗾使警察枪杀爱国幼童。稍具人心，孰忍出此！学良等多年袍泽，不忍坐视，因对介公为最后之诤谏，保其安全，促其反省。西北军民一致主张如下：（一）改组南京政府，容纳各党各派，共同负责救国。（二）停止一切内战。（三）立即释放上海被捕之爱国领袖。（四）释放全国一切政治犯。（五）开放民众爱国运动。（六）保障人民集会结社一切之政治自由。（七）确实遵行总理遗嘱。（八）立即召开救国会议。

以上八项，为我等及西北军民一致之救国主张，望诸公俯顺舆情，开诚采纳，为国家开将来一线之生机，涤以往误国之愆尤。大义当前，不容反顾，只求于救亡主张贯彻，有济于国家，为功为罪，一听国人之处置。

临电不胜迫切待命之至。

张学良　杨虎城　朱绍良　马占山　于学忠　陈诚　邵力子
蒋鼎文　陈调元　卫立煌　钱大钧　何柱国　冯钦哉
孙蔚如　陈继承　王以哲　万耀煌　董英斌　缪征流等叩文
一九三六年十二月十二日

看完电文，虽说对事变经过依然不得要领，但电文中"保其安全"一句也还是叫人略为放心一些。孔祥熙凭自己对张学良的了解，觉得这话还是应该可信的。眼下最关键的是要尽快掌握事变真相和发展趋势，而后方可考虑其他。

那就必须立即回南京去。想到这里，他命姚文凯马上替他做出门的准备，自己则电话通知蒋夫人一起回南京去。

就在孔祥熙即将出门前，一连又见到两封电报：一封是张学良给他拍来的私人电报，内容由他南京的秘书处转达；一封是他的及门弟子、第二十八师师长樊崧甫的密电。

张致孔电：

> 伏思中华民国，非一人之国家，万不忍以一人而断送整个国家于万劫不复之地。弟爱护介公，八年如一日，今不敢因私害公，暂请介公留驻西安，促其反省，决不妄加危害。

樊致孔电：

> 限即到。
> 南京行政院副院长孔、军政部长何：密。张副司令（指张学良）致炮六旅黄旅长永安电云：
> 西安事变，着该旅长将洛阳机场监视，不准有一架起飞，并将各银行封闭等语。查西安电话线，业已断绝，恐有事变，除以二十八师集中潼关，对西警戒侦察外，甫并亲率七十九师二三七旅续进，其七十九师主力，仍任巩洛线呼警护。乞速应机处置，加派部队来洛为盼。

孔祥熙又退回室内，略作思忖，即口授一封回张学良电，内容如下：

> 急。
> 西安张副司令汉卿吾兄勋鉴：
> 密。
> 项由京中电话告知我兄致弟一电，虽未读全文，而大体业已得悉。保护介公绝无危险，足征吾兄爱友爱国，至为佩慰。国势至此，必须举国一致，方可救亡图存。吾兄主张，总宜委婉相商，苟能有利于国家。介公患难久共，必能开诚接受，如骤以兵谏，苟引起意外枝节，国家前途，更不堪设想，反为仇者所快！

辱承契好，久共艰危，此次之事，弟意或兄痛心于失地之久未收复，及袍泽之环伺吁请，爱国之切，必有不得已之苦衷，尚须格外审慎，国家前途，实利赖之。

尊意如有须弟转达之处，即乞见示。先复布意，伫候明教。

弟孔祥熙叩文亥沪寓印

此时，已经是第二天，即 12 月 13 日两点多钟了。孔祥熙夫妇各吃了一小碗人参鸡汤和两块太谷煎饼，就匆匆乘车去接蒋夫人宋美龄。于 7 点多钟回到南京。刚坐下要喘口气，有人报告军政部部长何应钦求见。

何应钦，字敬之，1889 年 2 月 13 日生于贵州省兴义县黄草坝泥荡村。从小就离开家乡外出求学，十九岁以第一名的优异成绩从武昌第三陆军中学毕业，由清政府陆军部考选留学日本陆军士官学校第十二期。武昌起义爆发后，他回到上海投奔陈其美，任营长。二次革命失败，他再赴日本完成士官学校学业。毕业时年方二十七岁，回到家乡任黔军第一师第四团团长兼讲武堂学生营营长，不久又陆续升为步兵第二旅旅长、第五混成旅旅长、省警务处处长等职。1924 年，蒋介石任黄埔军校校长，因为当年都在陈其美麾下做过事，加上密友王柏龄对何敬之的举荐，还听说何在贵州时练兵有方，蒋介石遂报请孙中山同意，委何应钦为大本营参谋处军事参议，协助办黄埔军校。从此二人定交。不久，何应钦升任军校教授部少将总教官。军校组建教导团，何又出任团长，1925 年 3 月，他率第一团在首次东征之棉湖战役中大获全胜，粉碎了陈炯明部将林虎包抄东征军的阴谋，很快升任第一旅旅长、第一师师长。在国民党二大上，当选为候补执行中央委员。1926 年 2 月，黄埔军校易名为中央军事政治学校，何应钦任教育长。北伐开始后，蒋介石出任国民革命军总司令，何应钦继蒋当了第一军军长，率军镇守潮汕，警戒福建方面。10 月，他率第一军向北洋政府闽督周荫人部发起进攻，在松口附近大败周部，不久攻占福州。旋被任命为东路军总指挥，一路攻占杭州、上海，再入南京，出任第四路军总指挥。8 月，他率第一军，和李宗仁、白崇禧的第七军等部，一举击败孙传芳的七万之众，声誉大长。9 月 16 日，宁汉双方协商成立最高权力机构中央特别委员会，何应钦被武汉、南京、西山会议派共同推为委员，并兼任国民政府委员、军委委员和主席团委员。1928 年 1 月，蒋介石在第一次下野后复出，仍任国民革命军总司令，任何应钦为参谋长。6 月，北洋政府倒台，北伐完成。10 月，何应钦开始兼任浙江省主席。

1930 年 3 月，出任国民党政府军政部部长之职。从 1931 年开始，何应钦被蒋介石调至江西剿共战场，任南昌行营主任兼代陆海空军总司令、前敌总司令等职。1933 年 3 月，调任军事委员会北平分会委员长，负责对日谈判。上任伊始，面对国难当头的局势，尚能组织抗日活动，但很快变得一味追随蒋介石的"攘外必先安内"政策，压制国内军民的抗日行动，媚日反共，直到与日本帝国主义者签订丧权辱国的城下之盟——《塘沽协定》，以及臭名昭著的《何梅协定》，成为国人指斥的亲日派人物。

孔祥熙在国民党政府中，被视为亲英美派人物。他对何应钦在对日谈判中的表现不是没有看法，但事关"委座既定攘外安内之国策"，老于世故的他就比宋子文要聪明得多，睁一只眼闭一只眼，来个唯委员长马首是瞻。表面上对何应钦还特别的亲热和气。如今何应钦登门求见，孔祥熙自然是降阶而迎。

何应钦是来给孔祥熙通报重要情况的。原来在昨天晚上，国民党中央召开在京中委紧急会议，商讨对西安事变的应对之策。因为事出突然，这些大员们一个个目瞪口呆，只知道大骂张学良和杨虎城。第一个跳出来骂娘的是考试院院长戴季陶，这位替蒋介石一手制定了"攘外必先安内"政策的理论家，用四川广汉腔调大叫大嚷道："张杨此乃犯上作乱，大逆不道，如不明令讨伐，则主不为主，国将不国！"在他的鼓动下，主战派一时占了绝对上风。当下形成如下决议：（一）免除张学良本兼各职，交军事委员会严办，所属部队，归中央军委会直接指挥。（二）张学良背叛党国，交中央监察委员会议处。（三）行政院在蒋院长返京之前，由孔祥熙代理院长职务。（四）军事委员会由原来的五人增为七人，并推举何应钦、程潜、李烈钧、朱培德、唐生智、陈绍宽为该会常务委员。（五）军事委员会由副委员长冯玉祥负责。（六）军队指挥调动由何应钦负责。

对西安动武的做法，孔祥熙是不赞同的。他正在思谋该怎样表达自己的想法时，却见宋美龄一头闯进来，向着何应钦大发其火："何部长！你来得好。我倒要问你，委员长现在生死不明，你却不管三七二十一要讨伐西安，是何用意？你要发动战争是吧？要派飞机轰炸西安是吧？这能救出委员长吗？我现在老实告诉你，你是想谋杀委员长！"

何应钦一向就怕这位第一夫人，这时见她话头太可怕，急忙分辩说："夫人，这是会上大家定的，并不是我……"

"胡说八道！"宋美龄指着何应钦的脸说，"谁的主意我清楚，想干什么我也清楚。何部长，我还告诉你，你立即给我停止讨伐，把委员长给我活着救出来，他要有个三长两短，你别想跑了……想不到，你何应钦太辜负蒋先生了。"说罢，红着眼圈又一阵风似的出去了。

何应钦愣了一阵，慢慢擦去头上的汗珠，求救似的望着孔祥熙，自我解嘲地笑笑说："孔院长你看这事情……我也是一片好心，谁不想早日救出委员长？结果倒成了我的不是。"

孔祥熙心里说："你呀，也就该叫宋美龄收拾。"但嘴上却哈哈一笑道："敬之兄，你可别上心。她就是这号脾气，对我发起火来更厉害呢。不过说回来，敬之兄，西安这事不能操之过急，当前最要紧的倒不是讨伐呀谈判呀，而是大情况不明，比如委员长现在究竟身在何处？生死安危如何？张杨之用心究竟是什么？是否有共党和其他势力插手？我们都还没完全掌握呀！"

何应钦无话可说，心想情况确实不明，倒真让这个"哈哈孔"给说到点上了："那依孔院长的意思……"

孔祥熙谦虚地说："我个人的意见不算什么，还是要听大家的。何部长，你看是否应该提议召开一个中常会和政委会紧急联席会议？另外我想，总得赶快派人去西安看看，光看电报听电话和道听途说总不是个办法，怎么敢决策呢？你说是不是？我看就先请端纳先生跑一趟如何？"

何应钦点点头说："孔院长考虑得周全，理应开个联席会的。"心里却想，真没看出，这个平日圆溜溜的"哈哈孔"，遇事还大有棱角。往后真还不敢小瞧他。临走便给孔祥熙留一顶高帽子："孔院长，眼下中枢空虚，首都一片惊恐混乱，可谓群龙无首。孔院长众望所归，党国安危就拜托孔院长坐镇运筹了。责任重大啊！"

12月13日下午，国民党中常会和政委会联席会议紧急召开。关于这次会议的情况，后来孔祥熙有过文字记载：

> ……同人以事出仓促，猜测不一，其对策尤见纷歧。综括言之，可分甲乙两说。甲说：张杨此举必有背景，且必有助力。其背景与助力，在内为不尽悦服蒋公之疆吏与将领，如山东之韩复榘、广西之李济深，甚至如河北之宋哲元、四川之刘湘，皆可引为同路；在外为垂竭待尽之共产党徒，甚至如第三国际之苏联，皆可暗中联络。张杨既藉此背景与助力，出以劫持统帅，则必以蒋公之生死为政治上之要挟。中央既不能曲从其狂悖，陷国家于沦胥；又不能过于瞻顾蒋公之安全，置

国家纲纪于不顾。昔项羽囚太公，汉高不屈，而太公幸还；清廷囚郑父，成功不屈，而郑父竟死。此中关键，固须审慎，然千秋后世，终必赞果断而贬屈服。故中央对策宜持以坚定。况蒋公安全尚不可知，示张杨以力，蒋公倘在，或尚可安全；示张杨以弱，蒋公虽在，或竟不能安返。乙说：对于甲说之揣测虽不否认，但不信学良等之通电将发生若何之效力。且谓蒋公抗日，早具决心，凡在帷幄，均所熟知。张杨此举，如真只以抗日为范围，则在国策上，只有时间上之出入，而非性质上之枘凿，此中已饶有说服余地。况张氏既有保证蒋公安全之电报，自须先探蒋公之虚实，再定万全之决策。如即张挞伐，无论内战蔓延，舆情先背，而坐弱国力，益以外患，国将不国，遑论纲纪。

当时会上，孔祥熙力主乙说，但双方争辩激烈，而甲说仍占上风。

那天晚上，孔祥熙彻夜难眠。回忆白天会上每个人的发言，细揣其内心动机，甚感局势复杂，云诡波谲，危机四伏。尤其是以何应钦为首的一批主战派人物，太叫人放心不下了。对于何应钦利用此次事变使自己黄袍加身这一点，孔祥熙倒觉得可能性不大，他姓何的还没这个资望，更没这个胆量。但是，利用这个机会干掉委员长以便乱中渔利，这个心思不能说没有。他是很清楚蒋何之间的关系的，最近几年是越来越紧张呀。早在1925年，是何应钦亲率黄埔军两次东征，进行了著名的淡水、平山河婆之战，基本完成了广东的统一。在3月12日的棉湖之役中，第一团与叛军林虎部主力相遇，当即展开激战，一直打到下午4点还未分胜负。由于第二团团长钱大钧延误战机，致使林军一下包围了指挥部。蒋介石和苏联顾问都在其中。此时的第一团已经伤亡过半，形势极为严重。面对即将被活捉的危机，蒋介石把希望都寄托在何应钦身上，他几乎是流着眼泪对何应钦说："敬之兄，你必须设法坚持，挽回局势，决不能后退一步，否则一切都完了。"何应钦临危受命，即刻带领残余兵士冲了上去，大声叫道："同志们，为了革命，为了总理，为了校长，跟我冲啊！"终于一鼓作气打垮了叛军。从此，蒋介石对何应钦推崇备至，遂成莫逆之交。

自棉湖之役以后，蒋何二人关系超常发展。何应钦全力支持蒋介石打击国民党左派和共产党人，蒋介石则视何应钦为心腹近臣，委之以重任。何应钦很快就完全控制了蒋介石的王牌第一军，成为军中仅次于蒋介石的实力派人物，羽翼丰满，雄心勃勃。也许就是从这时开始，二人的关系发生了微妙的变化。

最明显的标志就是蒋介石第一次下野时何应钦的表现。1927 年 7 月下旬，面对宁汉分裂和北洋军阀的反扑，蒋召集何应钦、李宗仁、白崇禧等在南京开会，商讨军事对策。蒋介石坚持要白崇禧攻打武汉政府。李宗仁和白崇禧不干，明显是另有所图。蒋介石早就看出桂系的这两位大佬有取代自己的打算，此时就赌气地说："好，你们不干，想与武汉搞到一起，那你们就和好去吧，我走开好了。"他一边说着，一边看着何应钦，希望何应钦能替自己说几句话。岂料何应钦却坐在那儿一言不发，闭目养神。小诸葛白崇禧看在眼里，趁机再给蒋介石一刀："我看此时为团结本党顾全大局计，总司令离开一下也好。"事后有人出面一再挽留蒋介石不要下野，但何应钦却对这些人说："总司令是自己要走的，他走了很好。"气得蒋介石只好一走了之，但对何应钦的这笔账算刻在心里了。

很快，蒋介石又东山再起。复出前，方方面面的拥戴电雪片般飞来，唯有何应钦的第一军毫无反应，最后在蒋介石的催问之下才勉强表态。蒋介石可是个睚眦必报的人，复任国民军总司令后的头一件事，就是亲自赶到第一军宣布撤掉何的职务，改任其为没有实权的参谋长，并叫人传话说："去告诉敬之，不要打错主意。上次白健生逼我，如果他说一句话，我何至于下台？他要知道，而且必须知道，没有我蒋中正，决不会有何应钦！"至此，两人的"莫逆之交"已名存实亡，之所以没有公开闹翻，在蒋介石这方面，认为何应钦是泥鳅翻不了大浪，留着还有些用；在何应钦方面，觉得还真离不开这个心狠手辣的独裁者，还得向他讨生活。

但是，孔祥熙在理了理蒋何的这一段关系史以后，又想，假如没有这次的西安事变，两人的关系可能还会维持现状。可这突如其来的张杨兵谏，对蒋介石是生死一劫，对何应钦却是天赐良机呀。何应钦身后站着桂系的李宗仁、白崇禧，还有那么多的地方实力派，他们能不利用这个天赐良机吗？他们一个劲要讨伐西安、炸平西安，难道就没有连蒋某人一起炸死的图谋吗？……想到这里，孔祥熙不由得倒吸一口冷气，心也咚咚地狂跳起来：一旦蒋公被拿掉，还会有我孔祥熙吗？我孔祥熙几十年奔波周旋，年过半百方有今日的出将入相，还不是全凭着委员长吗？就说昨天黑夜，我不在场的情况下，他们也不得不推我孔某人做代理行政院院长，集政治、外交、军事、经济等大权于一身，堂堂的宰相之尊呀！凭什么？还不是凭蒋某人的余威犹存吗？此人就是我一生的衣食父母、富贵双亲呀！丢了他，离了他，我孔某人可就惨透了……想到这里，孔祥熙不由得打了个激灵，心明眼亮起来。他拿定了主意：不管何应钦们真正用心如何，都要宁可防其有二心；务必与蒋夫人、子文、立夫果夫陈家兄弟，必要时甚至拉上庆龄，大家拧成一股劲，坚决反对用武力讨伐，千方百计通过谈判解决问题，救出一个活着的委员长。从明天开始，至少有四个方面的事情要抓紧办理。第一，政治方面：张杨所谓八项主张，既以通电出之，必是对各省疆吏与民间团体之反应，或有预期。对此，则应该将中央决策要旨，也同样地昭示全国，以孤张杨之势。第二，外交方面：张杨通电，虽以抗日为理由，但八项主张中未有一项明言抗日，所谓容纳各党各派、停止内战、开放爱国运动等各条，皆已走入共产党之路线。那么究竟与中共关系如何？与苏联之关系如何？皆必须先行搞清内幕。眼下日苏两国不睦，那么日人对此事变持何态度？也亟须搞清。故即应向各国驻华使节做工作，同时密电我驻外各有关使节，向各该国进行多方探询。第三，情感方面：张杨既然在通电之外，给我及中央诸同志皆有私电，且明言要保证委员长绝对安全，乃明显示以可以和谈的姿态。故不能放弃这样的好机会，也要表示出和谈姿态。在党国元老和各省疆吏中，也还有不少人与张杨私交甚好或者为张杨所敬重，也完全应该让大家共同去做张杨的工作，从中斡旋，促进事态向好的方面转化。第四，军事方面：虽说何应钦等不问青红皂白先行以武力讨伐不足取，但是，必要的武力准备和威慑还是不可或缺，必须使之明白，以武力与中央对抗是毫无出路的。另外，杨虎城之冯钦哉部第十师，驻扎在同州，能否与东北军合作到底不起摩擦？冯钦哉此人是否完全听信张杨而不能争取？整个东北军、西北军对张杨此举是否全都服从？亦应设法多做工作。以上此四方面之运作，既须同时并举，更要机密神速，倘能尽快以此对张杨达到乱其心、孤其势、怵之以力、动之以情的话，或可收兵不血刃即迅速解决之效果。

此时，已经是深夜两点钟。孔祥熙了无倦意，喝了一碗蛋白燕窝汤，便着手起草各有关电文。

致各省市电文：

（衔略）祥熙备位中枢，忝佐政院，月前因病在沪治疗，医嘱原须静养，不意西安事变突然发生。中央以蒋院长暂时不能行使职权，决议委负院务。职责所在，星夜力疾来京，获读西安少数将领通电，对于中央意旨，颇有误会之处。查中央同人，对于抗战御侮，素具决心。深信当此内忧外患交迫之际，救国之策，必须力谋主权之完整；而欲达此目的，首须国内完成统一，集中力量，庶足以巩固国家之地位。蒋院长赤忱报国，主政中枢，秉此主张，艰苦奋斗，努力迈进，成效显然。讵料绥边前线，血战方殷，而西安后方忽生变化。当此国家存亡绝续之际，乃竟有此纠纷，关系我中国国家之前途，至深且钜！深信我全国民众，素明大义，爱国心长，必能一致拥护中央既定之国策，完成国家之统一。各地方长官翊赞中枢，忠诚夙著，当亦必能益励忠勇，一本中央之意旨，为一致之进行。祥熙及我政院同人，值此危时，自当力肩重任，宏济艰难，一切政务，照常进行，遵照蒋院长既定方针，以最大之努力，与全国上下共策国家之安全，此则祥熙等之所自誓，而愿我全国官民之相与共勉者也。特电奉闻。

孔祥熙元印

致北平宋哲元电文：

北平宋委员长明轩兄勋鉴：

陕变发生，举国震骇。介公赤忱为国，勤政爱民，而同仇敌忾之心，始终如一，未尝稍渝，亦早为国人所共见。只以军旅之事，必先充分准备，始足以制敌于机先，以故审慎周详，谋定而后动。乃此种苦心，不为汉卿等所谅解，致以一朝之愤怒，酿成轨外之行为。值此强敌当前，正宜举国戮力同心，共图捍卫，若竟劫持主帅，自启纷争，高树赤旗，联合共匪，予敌人以可乘之机，陷国家于分崩之局。危亡可待，言之痛心！冀察密迩强邻，为国屏藩，影响所及，首当其冲。吾兄坐镇其间，安危所关，尤为国人所仰望。尚冀主持正义，共挽危机，使全国团结一致之精神，昭示内外，庶不致为敌人所轻视。救亡图存，间不容发，如有卓见，敬祈不吝赐教为幸。

弟孔祥熙叩元秘印

致济南韩复榘电文：

济南韩主席向方兄勋鉴：

统密。

昨晚据报，西安发生兵谏之变，至深骇异！今晨抵京，迭据各方电告，及汉卿等公私各电，始悉其详。值此绥东节节胜利之际，何容自乱阵线，为仇所快。中央同人，自九一八后，对于抗敌御侮，一致苦干。吾兄前次来京，曾知实情。今闻此变，自必痛心。中央同人，现已决定整个计划，以应付此困难之局。各省同人，均来电极为愤恨。吾兄坐镇东鲁，负北方之重望，为中枢之屏藩，弭乱安邦，定多伟划，荩筹所及，尚望随时赐示。汉卿素日为人，弟所深知，此次操切之举，或激于一时情感，或迫于部下挟持，尤望专电劝释，祛除误解，免以阋墙之争，至招覆卵之祸，是所至盼。再顷接汉卿电称：介公在陕，绝对保卫安全，知注并闻。

弟孔祥熙叩元秘印

致开封商震电文：

开封商主席启予兄勋鉴：

门密。

昨在沪据报，西安事变，无任震骇！今晨抵京，接阅汉卿公私各电，始悉其详。中央对内对外，已决议整个办法，务使大局不生危惧，乞稍释念。查汉卿之警备旅长刘多荃，与兄关系最深，务请速派妥员，前往设法婉劝汉卿，使之觉悟，泯大难于俄顷，唯兄是赖，并盼将接洽情形，火速见示为荷。

弟孔祥熙叩元秘印

致青岛沈鸿烈电文：

青岛市沈市长成章兄勋鉴：

奋密。

昨在沪据报，西安兵变，无任骇异！急于晚车来京，接读汉卿兄公私两电，始悉详情。念抗敌图存，必须国内精诚团结，事乃有济。介公自九一八以来，简练军实，居处不遑，全在于斯，早邀鉴及。其所以不愿腾诸口说，实以地位所关，不得不沉着将事，藉避敌人耳目，与汉卿兄所部将领意见，初无二致。此次西安事变，虽以抗敌救亡相号召，而竟先予主帅以难堪，岂不授敌以隙，自速灭亡？非下愚决不出此。意或汉卿兄等出于一时之感情，抑受宵小之鼓簧，远道传闻，莫由详悉。吾兄与汉卿等久相共事，对于介公夙所爱戴，尚祈飞电汉卿兄等，动以情感，晓以大义，泯大难于俄顷，挽国家于万劫，极赖筹划，幸速图之。现在中央对内对外，业已决定整个办法，决不因一时事态，稍涉张皇。吾兄坐镇青市，关系大局甚重，希力持镇静，严密防范，以支危局，国家幸甚！如有见教，随时电示一切为荷。

弟孔祥熙叩元秘印

致山西阎锡山等电文：

阎主任百公、赵主席次陇先生、傅主席宜生兄勋鉴：

　　统密。

　　弟昨日在沪，惊悉西安事变，急于晚车回京，今晨抵京，接阅汉卿公私两电，始悉其详。抗敌御侮，举国同情，中枢同人，与介公皆同此意。此次对于绥战之敌忾同仇，当为天下所共见。乃当此绥东前线节节胜利之时，忽起此萧墙之变，徒快仇者之意，授敌以可乘之机。瞻念前途，深用痛心！我公公忠体国，雄镇边陲，登高一呼，众流响应。尚祈主张正义，领导群伦，俾纾国难。汉卿素日为人，弟所深悉，此次事变，或激于一时之情感，或由于部曲之劫持，致有操切之主张。汉卿于公，夙致推仰，尚希责以大义，动以私情，挽已倒之狂澜，拯国家于万劫，悬崖勒马，共济艰危，无任企盼。介公现陷西安，昨据汉卿电称，保卫安全，知注并及。

弟孔祥熙叩元秘印

致杨虎城部下师长冯钦哉电文：

洛阳樊军长崧甫弟：崧密。译转冯钦哉兄勋鉴：

　　昨晚据报西安事变，至深骇异！弟今晨来京，迭接汉卿私电，及兄等公电，始悉其详。值此外患凭陵，大局垂危之际，尤宜精诚团结，一德一心，方足以安内攘外。介公自九一八以来，处心衡虑，日以抗敌为怀者，实非任何人所能及。其所以不愿腾诸口说，良以地位所关，一言一动，辄为中外所注视，不得不蕴诸胸中，沉着将事。此正别具苦衷，早为袍泽所共见。诸将领或激于一时之情感，容未能深喻乎此。我兄与介公久同袍泽，夙共患难，尚望设法疏解，祛除误会，俾勿为仇者所快，亲者所痛。倘能转危为安，益足证相关之切，相契之深。又此次之变，道远未能尽悉，究竟有何原因？我兄或知其详，并有如何解快善法，统希荩筹，详为见示，无任感祷。

孔祥熙元秘印

致兰州于学忠电文：

兰州于主席孝侯兄勋鉴：

统密。

汉卿兄及兄等公电均奉悉。当此国难严重之时，全国上下，非团结一致，不足以御侮图存。介公自九一八以来，即无日不以准备抗敌为己任，居处不宁，全在于此。吾兄与介公久同袍泽，夙共患难，其一言一动，当早为吾兄所洞悉。其所以不愿腾诸口说者，原系地位关系，不得不出诸审慎，藉避敌人耳目。此次汉卿兄及西北将领，或激于情感，或出自热忱，对于国事主张，原不妨开诚相商，苟利国家，介公亦无不乐于采纳。倘必出以兵谏，别生枝节，不徒为亲者所痛，仇者所快，亦恐授敌以隙，自速危亡！吾兄与汉卿兄相处最久，情谊尤孚，且吾兄坐镇西北，中央更深倚畀，尚祈痛陈利害，解释误会，俾当前事变，立予消除，国家前途，实利赖之！特电奉达，并盼见复。

弟孔祥熙元印

孔祥熙一口气写完这八封电文，往椅背上一仰，以手指揉搓着眉心处，沉思起来。这八封电报怎么样呢？够不够呢？全不全？最要紧的是对不对症呢？给宋哲元的，是以容共相警，以劝张为宗；给韩复榘的，主要是告诉他蒋公健在无恙，叫他别存什么痴心妄想；给阎锡山他们的，是知道他们与张学良交往颇深，故以调处之任相托；给沈鸿烈和于学忠的，因为他们都是东北老乡，与张学良有极深的旧谊；给冯钦哉的也很必要，他是杨虎城部的主力，又是山西人，以恩威并济之法对付，或可收奇效；商震此人对东北军刘多荃师长曾有大恩，而刘多荃乃事变骨干人物之一，商如果出面说项，那是只有好处没有坏处……好吧，政治、情感方面就先这样吧，至于军事方面，我中央军在洛阳、潼关、华阴一带有第二十八、第七十九、第六、第十、第二十三、第九十五、第六十、第十四、第一〇三、第八十三师以及黄杰的教导总队，总兵力不下数十万人，另有飞机数百架。一旦必要足以打败张杨叛军。这有冯副委员长和何部长操心，倒也不必自己多费神。下面得考虑外交方面该怎么搞了，外交、外交，这更得既抓紧又审慎呀，最主要的是一个日本、一个苏联，都不好对付呀……

六十七、西安发来邀请

1936 年 12 月 14 日，已经由西安回到洛阳的端纳先生，即用电话给望眼欲穿的宋美龄报告说，蒋委员长一切平安，并正式转告了张学良邀请孔祥熙和宋美龄同赴西安，商谈和平解决办法的信息。

孔祥熙将这一信息带到会上研究，但大多数人持否定态度。有的说，端纳的话未必可信，蒋委员长即使不死，也必然囚禁，他一个外国人怎么昨天刚去，就能见上委员长？有的说，端纳是什么人？他给张学良当过多年高级顾问，私交甚好，他能不替张学良说话吗？有人干脆说，这是一个大圈套，要孔院长也去做人质的……一时说什么的都有，总之是不同意孔祥熙和宋美龄去西安。

宋美龄救夫心切，一力主张前去西安，与戴季陶、何应钦等人展开激烈争辩。双方相持不下。

孔祥熙作为主持人，不能不想个调和办法。他忽然想到内弟宋子文已于香港回到南京，由他代表自己前去西安行不行呢？他刚说出这个想法，立即就遭到反对，理由是任何政府官员都不能与叛军谈判。

宋美龄火了，大声责问道："为什么不能和谈？你们先说西安全城是火，到处红旗飘扬，委员长已被杀死，故而要炸平西安。可委员长现在活得好好的！你们又不让去救，这是什么意思？孔院长提议叫子文去一趟，人家西安那边还没说可以不可以，你们倒先一百个反对。你们是想叫委员长永远别回来是吗？你们说是不是？"

这倒一下把人给镇住了。

孔祥熙趁机圆场说："我看先这么办吧，请蒋夫人即与端纳先生通电话，由端纳先生征求一下西安方面的意见，看宋先生前往西安行不行。之后，我们再做进一步商讨，如何？"

主战派表示这个问题暂可如此，但前面商定之对张杨训令不应改变，而要即刻发出。

孔祥熙表态可以。这道训令如下：

行政院第七三四七号训令

准国民政府文官处本年十二月十三日第七五八九号公函开："顷奉国民政府令开：据报，张学良十二日通电叛国，殊堪痛恨。查该员奉职无状，原在中央曲予矜全、冀图后效之中。当此外侮紧急，剿匪将竣之际，竟劫持统帅，妄作主张。该员以身负剿匪重责之人，形同匪寇，以身为军人，竟冒犯长官，实属违法荡纪。张学良应先褫夺本兼各职，交军事委员会严办。所属军队归军事委员会直接指挥。凛遵勿违。切切，此令。等因。奉此，除分电并函军事委员会外，相应录令函达查照。"等由。准此，除分令外，合行令仰知照，并转饬所属一体知照。此令。

代理院长　孔祥熙

内政部部长　蒋作宾

一九三六年十二月十四日

孔祥熙刚回到自己在南京的住宅（高门楼20号），还没来得及与夫人说上话，就见宋美龄余怒未息地走进来，屁股尚未坐稳就气哼哼地说："岂有此理，岂有此理。他们绝对是戏中有戏呀。"她对自己这"戏中有戏"四个字分外欣赏，那是她在给丈夫写信时灵机一动想出来的妙语。这封信交由端纳捎去，想必丈夫早就看过了吧。

孔祥熙夫妇过来齐声劝解。

宋美龄依然缓不过气来："孔先生，你说说，他们为什么不叫子文去呢？我是第一夫人，你是主事的行政院长，都不能轻易去西安，好，也算有些道理。子文他现在一个闲职，碍他们什么事啦？"

孔祥熙心里自然清楚其中奥妙，内弟是对日的强硬派，与张学良一直声气相投，而且他的抗日姿态，得到中共首领毛泽东的赞赏。毛泽东四个月前写给他的那封信，自己是亲眼看到过的，原信都能背得下来：

子文先生：

十年分袂，国事全非，救亡图存，唯有复归于联合战线。前次董健吾兄来，托致鄙意，不知已达左右否？弟等频年呼吁，希望南京当局改变其对外对内方针，目前虽有端倪，然大端仍旧不变，甚难于真正之联合抗日。

先生邦国闻人，时有抗日绪论，甚佩甚佩！深望竿头更进，起为首倡，排斥卖国贼汉奸，恢复贵党一九二七年以前孙中山先生之革命精神，实行联俄联共扶助农工三大政策，则非唯救国，亦以自救。寇深祸亟，情切嘤鸣，风雨同舟，愿闻明教。匆此布臆，不尽欲言！

顺致

公绥

毛泽东

一九三六年八月十四日

抗日色彩如此明亮的内弟一旦去了西安，难保不立即与张杨乃至共党搞在一起，到那时候，叫南京政府怎么办？别说亲日派的何应钦们有所顾忌，连我孔某人也有些不放心呢。不过这些话没法对蒋夫人说出来，因为不过是一种担心而已。所以孔祥熙笑一笑，绕开正面发话说："夫人，事情紧急，咱也顾不得他们说些什么，嘴在他们头上，想咋说叫他们咋说。如今最要紧的是救委员长！您就快给端纳打电话吧，只要学良他们肯让子文过去，这事情就好办。至于何应钦、戴季陶他们，您放心，包在我身上。"

宋霭龄也替丈夫帮腔说："小妹，我看也是，先救人要紧。至于其他，以后再跟他们计较。眼下你姐夫是行政院长，大事也还由不得他们呢。"

宋美龄的脸色这才有所好转，说："那我回去，立即往洛阳打电话。"她临走又对孔祥熙叮咛说："孔先生，你要顶硬点，别怕他们。我可就全指望你了。"

孔祥熙说："您放心。我明白。"

宋美龄还是忧心忡忡："就是子文去了，也不知会怎么样？听说学良也邀请中共派人到西安，这情形可就复杂多了呀，你说是不是？"

孔祥熙宽解说："不管咋的，有一条不用担心，委员长的安全我看绝对没问题。中共方面来人，十有八九是周恩来。此人跟委员长久相共事，也不至于落井下石吧。所以夫人，尽管放心好了。"

宋美龄似乎就没在听孔祥熙说话，她柳眉一扬，银牙一咬，忽地说："看来我迟早非去西安一趟，它就是龙潭虎穴又怎么样？"

事实的确如此：张学良和杨虎城在兵谏行动布置妥当后，于12月12日0时，就请中共中央驻东北军代表刘鼎，以电报转告中共中央："我已发动捉蒋，请予支持。"当日凌晨5时，张学良又向毛泽东致以专电：

> 吾等为中华民族及抗日前途利益计，不顾一切，今已将蒋介石及其重要将领陈诚、朱绍良、蒋鼎文、卫立煌等扣留，迫其释放爱国分子，改组联合政府。兄等有何高见，速复。

接着，张学良又和杨虎城联名向中共中央发出电报，请中共中央火速派人赴西安"共商大计"。

中共方面反应神速。中共要人周恩来、张闻天、博古、朱德、张国焘等，齐集于毛泽东的窑洞里开紧急会议。毛泽东亲自起草中央军委致红军各军团电报，命令全军待令行动；周恩来亲自起草中共中央致张学良急电，建议用可靠部队守卫蒋介石，以防意外，并搞好东北军和西北军的团结，且电告："恩来拟到西安面商大计。"中共中央的总决策是：原则上要逼蒋抗日，努力争取冯玉祥、孙科、宋子文、孔祥熙等，孤立何应钦等亲日派，不采取与南京政府对立的方针，尽量争取南京正统体系，联合非蒋系军队，在军事上采取防御态势，政治上采取进攻姿态，力争和平解决西安事变，建立抗日统一战线。

14日，就在宋美龄与亲日派大吵大闹时，周恩来率领罗瑞卿、杜理卿、张子华、童小鹏、龙飞虎、陈有才、杨加保、邱南章及警卫战士共十八人，在陕北荒原的料峭寒风中策马而行，从保安赶往延安，去乘张学良派来接人的飞机。

16日，中共中央代表团抵达西安，下榻于金家巷张学良公馆东楼。周恩来当天即剃去自己一部美髯，不知何意。张学良设宴款待中共人士，介绍事变经过及用心，大意为：蒋介石被扣后，起先拒绝商谈一切问题，不久有所软化，允许商谈抗日问题。只要蒋介石答应停止内战一致抗日，就送他安返南京，还要拥护他为抗日领袖。周恩来发表意见大意为：赞同张杨的对蒋方针，声明中共中央的态度与此方针原则上是一致的。但他指出，西安事变是震惊中外的大事，故而处置要十分慎重。蒋介石虽然被扣，而他的军事实力依然存在。所以蒋介石既不同于苏联十月革命后的尼古拉二世，也不同于滑铁卢战役后的拿破仑。要逼蒋走上抗日道路，又要不发生严重内战，力争和平解决问题。

17日上午，周恩来一行前往止园杨公馆拜会杨虎城将军。当杨虎城听完周恩来和平解决西安事变的打算后，深为中共的博大胸怀感动，认为蒋介石与中共十年内战的血海深仇，那是一般人永难忘却的。但他也担心一旦放走蒋介石，此人阴险无信用，翻脸报复怎么办？周恩来解释说，只要红军、东北军和西北军团结一致，就不怕他任何报复。

1936年12月20日上午，宋子文飞往西安，同机的有端纳先生、西北军参议郭增恺以及随员陈康齐等人。宋子文闭着眼睛坐在座位上，满脸疲惫之色，心情极为不好。整整三天时间，白白花费在来不来西安的争吵上，这算什么事！假如不是为了抗日大局，不是受到张学良的邀请，不是在小妹、大姐两口子，尤其是二姐的极力鼓动下，要单是为救他姓蒋的一难，他未必会愿意受这种折磨。他就纳闷，怎么一提和谈，就有那么多人气急败坏呢？你看那个戴季陶，摆出一副政治理论家的样子，开口"不可与叛臣对谈，否则国将不国"，闭口"这是政治问题，不能不如此"。中国都丢掉了好几个省，这国还算国吗？跟日本人订了一个又一个城下之盟，这算不算政治问题？他却屁也不放一个！再就是这个何应钦，似乎对他新得的这个讨逆军总司令特别尽职，轰炸了渭南还不满足，天天叫着要打进西安。你说他有野心吧，又觉他胆量不足；说他没野心吧，干吗对武力讨伐那么上劲？干吗那么反对和谈？孔院长要去西安他反对，我小妹要去西安见她丈夫他反对，连我尊敬的二姐不计前嫌、不顾个人安危愿去西安斡旋，他也反对。他究竟想干什么？真是高深莫测呀。可恨的是，他居然当着会议上那么多人的面给我难堪，说什么"讨伐西安的军事行动将按计划进行，你少管闲事！"浑小子！你以为我宋子文怕你吗？我硬邦邦给你一句"我是一个老百姓，不是军人，你何应钦可管不着！"你不是也哑口无言、面红耳赤吗？你能把我怎么样！你们这帮住过几天东洋军校的家伙，跟你们的蒋总司令一个样，没文化、没教养的兵痞……

说老实话，宋子文西安成行的确大费周折。最后终于实现，孔祥熙功不可没。一直到昨天下午，事情还没有眉目，形成僵局。孔祥熙当机立断，把开会地址移到自己寓所，只约了前立法院院长孙科、现任立法院院长居正、军政部部长何应钦、中央宣传委员会主任委员叶楚伧、司法院院长王宠惠等少数几个关键人物，进行特别磋商。孔祥熙态度强硬，一再表示必须派宋子文赴西安和谈，其他好商量，否则他将以行政院院长身份自主行事。在这种情况下，几经争论，最后做出两项决定：第一，宋子文以个人身份飞赴西安营救蒋公；第二，本月22日前停止轰炸西安，但叛军在此期间不得向南移动，否则即施轰炸。另外中央军之集中侦察与攻击准备工作仍须继续进行，不得延误。

宋子文一行在西安机场受到张学良、杨虎城等人的热情接待。随后在张学良的陪同下去见蒋介石，亲眼见到委员长安然无恙。他把孔祥熙和宋美龄写给蒋介石的信递过去。孔祥熙的信如下：

> 在沪闻事变消息，焦急异常，当即扶病同三妹来京。本拟即同三妹赴陕省视，嗣闻尊意不欲三妹前去，而弟则以中央决议，在吾兄未回京以前，暂代院务，因致未果，无任怅恨。遂商三妹派端纳飞陕，奉候吾兄。继据自洛阳报告吾兄起居安适，于焦急之余，始较安慰。此间军政暂由敬之兄负责，而政院事务，由弟处理一切，自应秉承吾兄既定方策，照常进行，尚幸不吝指教，俾有遵循……兹因子文弟赴陕之便，特购制数袭，附机奉上，即祈察纳。

在一天的时间里，宋子文或由自己亲自出面，或由郭增恺代为周旋，已经完全摸清张学良、杨虎城和中共等方面的意图，谁也没有杀害蒋介石的计划，都是为了叫他改变对内对外政策，尽快走上抗日救国的道路。尤其是中共方面，并不像南京传说的那样如何如何，人家一没有参与事变，二主张和平解决问题，三是真正出了大力来帮助处理争端，特别是周恩来，花费的心血比南京方面的谁也多。本来，宋子文是想会会周恩来的，因为周恩来一再地发出邀请要求会面。但是，他考虑到自己的私人身份，不便出面，思考再三，还是叫郭增恺代劳了。周恩来叫郭增恺给宋子文捎话说："这次事变中共未曾参加，对事变主张和平解决，这是我们团结抗日方针的继续。希望宋先生认清大势，权衡利害，劝说蒋介石改变政策，为国家作出贡献。只要蒋先生抗日，共产党当全力以赴，并号召全国拥护国民政府，结成抗日统一战线。"宋子文听后，十分信服。

12月21日，宋子文回到南京，直奔孔祥熙寓所，正好小妹宋美龄也在，便向大家详细讲述了西安之行的所见所闻，特地赞扬周恩来说："南京有谁能承担这风险营救委员长？相反，还有人要轰炸。"他最后强调说："委员长的安全绝对没问题，但想早点回来，只要答应团结抗日就成。这个工作应该由我们南京方面来做。"

宋子文的西安之行，使弥漫在南京朝野的种种谣传不攻自破。因为自事变发生以来，南京政府一直切断着西安方面的通信和交通，新闻检查机构又将来自西安的报纸和传单一律截烧，致使人们无法了解事情真相，加之别有用心者的蛊惑煽动，所以人心惶惶不可终日。现在经宋子文一说，真相大白，决意讨伐的人顿时没了热情，主张和平解决争端、实现团结抗日的舆论成为主体。

孔祥熙看到时机成熟，立即决定派宋美龄、宋子文兄妹为政府正式代表，赴西安进行和平谈判。

1936 年 12 月 22 日下午，宋子文、宋美龄、端纳、蒋鼎文、戴笠等人，乘一架福克式飞机直飞西安而去。

六十八、嘈杂的回声

西安事变震惊中外，波及深广，反响强烈。世界各国政府、各大报纸，国内各党各派、各省实力派人物等，无不旋卷其中，从自己的切身利害出发，或贬或褒；或主张讨伐，或主张和平解决；或挑拨离间制造分裂，或弥合裂缝言归于好；或乘人之危落井下石，或深明大义舍私为公……总之各具形色，五花八门，通过雪片似的函电往来，形成对西安事变的一种极为嘈杂的回声。今择其大要录出，作为那段不平常历史的一种佐证。

驻日大使许世英电告日本国动向（节录）：

> 日首相、海相、外相、陆相今日（12 月 16 日）协议，以西安事变中之日本动向，将使中国全局有重大影响，欧美将极深注意，故有暂时静观形势进展之必要。……出巡官宪应严戒轻举妄动。

> 本日（12 月 19 日）午前十一时，有田（时任日本首相）约议。首称……张学良所提条件到京，中央政府是否与张妥协？中国中央政府如在抗日容共的条件下与张妥协，日本决强硬反对。

> 绥边战争，纯系田中隆吉等特务机关所为，日本政府未经同意，亦令即时中止……宇垣如组阁，对华政策可望实行亲善提携。

驻苏大使蒋廷黻电告苏联动向（节录）：

职近于两日内（12月16、17日）见李委员长（李维诺夫）、斯副委员长及鲍大使，与谈西安事变。彼辈均认为不幸，对我极表同情，并盼事变之早日解决。我政府对日交涉之趋强硬，及在绥远之抵抗，彼辈均引为幸事。职问李维诺夫，能否于此事变除在其机关报发表有利于我之言论外，更进一步予我以协助？李即直说，自张学良离东北后，苏联与其毫无关系，爱莫能助。

李维诺夫见面即言：余愿趁此机会向君抗议。中国政府禁止报纸登载《真理报》《消息报》社评及塔斯社否认日本谣言之声明，表示中国政府疑虑苏联与张学良有关。此种猜疑，实不友谊。余前已告君，自张学良让出东北后，苏联与彼即无关系。在莫斯科虽有中国共产党如王明等，然苏联政府不与彼辈发生关系云云。职答以我政府禁止登载社评，本人尚无所知。唯张学良与中国共产党有关，而共产党与第三国际有关，此乃显明事实。李维诺夫即言：第三国际与苏联政府无关。职答此乃苏联一贯之立场，但世人皆不之信。李云：苏联将始终维持其立场，无论世人之信与不信。职告以张逆叛变，影响甚大，如不设法制止，势将演成西班牙式战争，谅非苏联政府之所愿，故颇望苏联能协助解决此事。李云：唯一协助办法，在使中国共产党知道苏联政府态度。今中国政府反而禁止登载，我无他法，并将向南京政府提出严重抗议。

四川省主席兼川康绥靖公署主任刘湘电报：

急！

南京何部长敬之兄、孔部长庸之兄、顾主任墨三兄勋鉴：

庸之兄电、墨三兄函电均悉。迫密。顷遵嘱致汉卿一电，文曰：

介公被留，迄今尚无适当解决办法，势将酿成内战，自招分裂。使同仇抗敌之军，化为戮力致死之敌。亲痛仇快，国亡无日，良用痛心！推原兄之初意，无非欲促成抗敌救国之伟业，以求我国家民族之生存。今以羁留介公之故，将使救国初心，得亡国之恶果，宁不可痛可惜！现值千钧一发之时，尚可作亡羊补牢之计。敢贡鄙忱，务望采纳：（一）内战必致亡国，无待赘言。必须避免军事接触，速求政治解决，庶能保全国脉于万一。弟对中央诸公及各省军政同人，亦贡此辞。（二）羁留介公，无论出于任何爱国举动，对于国际国内之印象过劣，即对于国家前途之危险太大。介公久留西安，更足促成内战，加速覆亡，务请立即恢复介公自由。（三）国家民族安危，在吾兄一念之转移。吾人为国，一切均可牺牲，更无固执成见之理。如兄在政治上有所主张，弟当居间进言，以求解决；如认为尚有商榷者，尊处派员来蓉，或弟派员到陕均可。国家存亡，系于呼吸，所陈各端，亟宜速决，免误国事。掬诚奉达，伫候电复等语。特达。以后应如何进行，盼随时电示。

弟刘湘叩皓

第二十九军军长兼河北省主席宋哲元和山东省主席韩复榘联名通电：

急！

南京中央党部、国民政府、军事委员会、各院钧鉴，各部会、各司令部、各指挥部、各军师旅长、各大学、各报馆勋鉴：

慨自西安非常事变，举世惊痛无已！伏念吾国年来在蒋委员长领导下，艰苦缔造，始克完成统一。各地方长官纵因事实上特殊之困难，感觉有所不同，然无论如何，应论列意见，为中央统筹公决。万不容在国难严重之际，再有自伐自杀之行动。不此之图，竟成出轨之事，国人在忧惶震骇之余，皆不能考其主张之奚若，则其结果，非陷国家于万劫不复之地不止。所谓亲痛仇快者是也。目前急务，约有三大原则：第一，如何维持国家之命脉？第二，如何避免人民涂炭？第三，如何保护领袖安全？以上三义，夙夜彷徨，窃维处穷处变之道，迥与处经处常不一，似宜尽量采取沉毅与静耐，以求政治妥善通适之解决。设趋极端断然之途径，上列三义，恐难兼顾，或演至兵连祸结，不堪收拾之时！虽有任何巨大之代价，不复弥补挽救此种空前之损失。感兹事大，弟恐及今不计，将无以对国家，无以对人民，更无以对领袖。则虽椎心抱憾，毫无所济。爰本殷忧焦虑之诚，谨申垂涕叩马之请，敬祈诸公本饮冰如蘗之胸怀，执动心忍性之态度，审外来之危机，测来日之转，庶我领袖为国家之预定步骤，依然能在狂风暴雨之中，安全到达，则我国家人民与领袖之光荣，纵蒙一时阴霾，更不能有毫发之伤害。倘蒙俯察，由中央召集在职人员、在野名流，妥商办法合谋万全无遗之策。所有旋乾转坤之功，胥拜诸公讦谟之赐。至于具体有效办法，悉待诸公迅速洽议，一致进行，不胜盼幸屏营之至。

宋哲元　韩复榘叩深印

前国民党军事委员会训练总监、中华民族革命同盟负责人李济深两次来电：

林子超、冯焕章、孔庸之、于右任、张静江、居觉生、孙哲生、朱益之、程颂云、李协和、唐孟潇、邵元冲、何敬之、陈绍宽诸先生勋鉴：

顷闻陕变，震愕莫名！诸公国家柱石，定能处置裕如。唯际此强寇压境，危亡即在目前，至盼号召全国所有力量，一致对外，方足以挽救危亡。若再另起纠纷，豆其相煎，是真使国家民族陷于万劫不复之境矣。心所谓危，敬贡区区。伏维详察！

李济深叩删印

林子超先生、冯焕章先生、孔庸之先生勋鉴：

陕变事起，曾于删日通电主张，集中全国所有力量，一致对外，以免另起纠纷。不图讨伐令忽然而下，值兹强邻压境，国家民族危在旦夕，方谋解救之不暇，何忍再为其豆之煎？况汉卿通电各项主张，多为国人所同情者，屡陈不纳，迫以兵谏，绝不宜以叛逆目之。而政府遽加讨伐，宁不顾国人责以勇于对内、怯于对外？且国家所有军队，应用以保卫疆土，尤不应供私人图报复也！务望顾念大局，收回成命，国家民族，实利赖之。事关存亡，直言无隐，临电不胜迫切之至。

李济深叩巧印

宁夏省主席马鸿逵密电：

南京行政院代院长孔钧鉴：

西安叛变，举国震怒，人心激昂。以此次人心之向背，委座必能脱险。

关于进行方针，中枢必有筹画。职意此次事变，张学良少不更事，素无一定主张。杨虎城枭獍成性，险恶毒狠，思想谬妄，此次实为主谋。且文日事变之前二日，杨虎城曾派人乘专机来宁，促职赴陕。职以未奉委座电令，辞未往。来人竟谓此行关系重大，毋庸请示。回忆此情，杨欲将职亦困围西安，以遂一网打尽之妄想。且杨之为人及历史，久邀洞察，故关于进行处置，对杨逆务特别注意。如向张着手，晓以利害，责以大义，或尚于事有济；若从杨着手，则依其赋性毒辣，反滋纠纷。特呈愚见，伏祈垂察！

马鸿逵叩皓长总机印

内蒙古德王德穆楚克栋鲁普的电报：

南京国民政府林主席、行政院孔代院长、军事委员会冯副委员长、军政部转何总司令钧鉴：

昨闻张学良忽主联共，蒋委员长蒙难西安，蒙古官民，莫不骇愤！嗣又闻中央已派何公为讨逆军总司令，负责戡乱，用率所属，一致拥护。唯望从速营救蒋委员长出险，再行剪除叛逆，以策万全，而慰舆情。此次蒙古以不堪绥远省之压迫，而与该省宣战，其经过及目的，已详前上中央筱电，及呈复蒋委员长歌电中。原期中央妥为解决，予蒙古以生存之路，不图天祸中国，内地又生事变，瞻念前途，何胜痛心！兹为免除中央北顾之忧，便于专心讨逆计，决将对于绥远之军事行动，暂行停止，以期不以地方之争，影响国家大局，并以明前电所陈拥护中央各节，确系出于至诚。再蒋委员长在西安起居如何？敬乞电示，以慰蒙众焦念，实所感祷。

委员长德穆楚克栋鲁普、副委员长卓特巴札普暨所属各盟旗官民仝叩

治印

太原绥靖公署主任阎锡山三封电报：

孔院长庸之兄勋鉴：

度密。

顷汉卿派人（指李金洲）趁机来晋，面称近来每日三次，跪求介

公采纳其主张。如蒙允准，彼情愿随介公赴京请罪，一面先集合所部，切实告以如中央认彼应受国法，不准有一人抗命；倘不蒙采纳，彼当率同所部，与介公一同牺牲于抗日阵线。嘱此间派员赴陕看视介公起居实况。当答以如此间人员到陕后，许与介公单独谈话，方可照派。再同来者有东北大学工学院长金锡如、教授苗子然、谢如川并眷属二人，又天津法商学院教授蒲力桐，均因此次滞留在陕，乘便机返平津。已饬检查，无他嫌疑，以系学界人，当准其乘车赴北平矣。特电奉闻。

弟山筱酉机印

南京孔院长庸之兄勋鉴：

智密电诵悉。

弟以绵力，于中央严申纪律之下，担任营救介公脱险，公义私情，两均应尔。重承中央诸公垂绥，尤当勉效驰驱。次陇、次宸本拟待汉卿代表返晋，约定可与介公单独见面，再行前往。顷接汉卿号未电，李秘书金洲因今日天气不佳，拟稍缓返并等语。是否别有缘故，尚未可知。季宽兄等今日准可抵，并已饬备专车在石庄迎候矣。

弟山马午二机印

南京孔院长庸之兄勋鉴：

季宽来晋，传谕中央决定方针，弟以为极合机宜，循序而进，自可转危为安。子文兄此行，尤为适宜之举。盖汉卿此时陷在祸福不卜之境，非有能与之说部分之利害，解除部分之困难者，往复磋商，不易收转圆之效。弟对汉卿只能在正义上立言，此时委宜正面侧面，多方设法，以期迅速解决，否则夜长梦多，恐别生枝节也。宜生（指傅作义）因飞机迷路，昨日黄昏降落易县，晚可到，并特复。

弟山有机印

六十九、我不知道领袖人格值多少钱

南京高门楼 20 号孔宅。

1936 年 12 月 23 日夜。

孔祥熙夫妇相对而坐。孔祥熙几次想吸支烟，又几次强压欲望不敢吸。关于吸烟，夫人是有明令禁止的，新生活运动开始以来，这条家规更具有了国家权威。但是，今天破例了。宋霭龄早就看到丈夫的做派，这时发话说："你吸一支吧。"孔祥熙笑一笑，忙点着一支烟："也不知道怎么样了，真叫人放心不下呀。小妹总该见着委员长了吧？"

宋霭龄用手挥去飘过来的一片烟云，也心焦地说："是呀，也该有个准信送过来呀，这都去了一天了。今天 23 日，明天，后天，后天就是圣诞节。这个节可怎么过？"

"要不我来卜一卦？"孔祥熙忽然说，"看委员长能不能回来？多会儿回来？"他征询地望着夫人的脸。

宋霭龄说："打卦算命，你不是不信吗？"

孔祥熙说："那咱们来问上帝。"

宋霭龄说："怎么问？"

孔祥熙也不搭话，取过身边一本新买的《圣经》，闭着眼睛摸起来，边摸边说道："看上帝让我摸到哪一页。"

宋霭龄抿嘴一笑："瞧你那可笑样儿。"

孔祥熙忽地翻开一页，是《新约全书·使徒行传》第十六章。他说："亲爱的，有门。"

宋霭龄说："有窗，有什么门？"

孔祥熙也许是想逗夫人开心，煞有介事地说："不出三天，委员长准能回来。"

宋霭龄说："怎么讲？"

孔祥熙说："难怪老太太说你是最不虔诚的信徒。真不记得这一章讲的是什么？使徒保罗和西拉来到马其顿城，因为逐出巫鬼被当地官长命人剥去衣服，用棍狠打，最后下在狱里，双脚上了木狗，有狱卒严加看管。可是就在当天半夜，意想不到的事情发生了，强烈地震使大地动荡，狱门大开，众囚犯的枷锁全都松掉，大家很快又自由了。这还不是个好兆头吗？"

说得宋霭龄也不由得有点相信起来："真这么巧？那你说委员长在圣诞节前后准能回来？"

孔祥熙倒又心虚起来："至少，可能性很大吧。嗨，要知道西安现在的情况就好了。来，我给秘书处要个电话。"

宋家兄妹 22 日一到西安，就由张学良接至张公馆西楼住下。稍事休息以后，即在张学良的陪同下，前往高桂滋公馆见蒋介石。

蒋介石事先并不知道消息,所以猛地一见夫人站在面前,还真有点惊喜不置,恍若梦中,也不顾大兄哥就在旁边,一把拉过夫人泪眼模糊地说:"你怎么来了!这里可是虎穴呀。"

宋美龄更是悲喜交加,不能自已:"我、我早就想来西安,可是他们……"她看到张学良还站在旁边,猛地打住话头不说了。

张学良知趣地告退。

一阵私家话过后,先由宋子文将南京方面最近几天的新情况汇报一遍,再由宋美龄将多少天的心里话一气倒出。

看来这些天里蒋介石也早有所思,知道不答应一些什么的话,自己是决然回不去南京的。所以他听罢夫人的一番啰唆,发话说:"就由你们二人代表我,去跟他们谈判。子文,你考虑一下,改组政府啦,开救国会议啦,联合抗日啦什么的,你可以答应他们。当然,要改组政府,得你和孔先生为主去办。还有,你们只谈判不签约,一切都以我领袖人格向他们做担保,他们还不行吗?"

1936年12月23日上午,事变发生后第十一天,有关三方这才终于坐到和谈席上。会谈是在张学良公馆中楼二层会议室举行。南京方面,宋子文代表蒋介石;西安方面,是张学良、杨虎城;中共方面,周恩来全权代表。

第一个说话的是周恩来,他端出与张杨商妥的六项主张,建议以此作为谈判基础。这六项主张是:(一)停止内战,南京方面撤兵至潼关以东。(二)改组南京政府,排逐亲日派,加入抗日分子。(三)释放政治犯,保障民主权利。(四)停止剿共,联合红军抗日,允许中共公开活动。(五)召开各党各派各界各军救国会议。(六)与同情我国抗日的国家合作。

宋子文听完这六项主张,表示个人赞同,但能否作为谈判基础,须请示蒋介石以后方能决定。

下午,会谈继续进行。

宋子文在见过蒋介石后,对六项主张发表意见如下:三个月后改组政府,之前可先组织一个过渡政府,亲日的何应钦、张群、张嘉璈、蒋鼎文、吴鼎昌、陈绍宽等人,可以考虑排除在外;以孔祥熙为行政院院长,宋子文为副院长兼财政部部长,徐新六或颜惠庆为外交部部长,赵戴文或邵力子为内政部部长,严重或胡宗南为军政部部长,陈季良或沈鸿烈为海军部部长,孙科或曾养甫为铁道部部长,朱家骅或俞飞鹏为交通部部长,卢作孚为实业部部长,张伯苓或王世杰为教育部部长。

张学良、杨虎城和周恩来，原则上同意宋子文的发言，提出补充意见：要求宋子文出面组织过渡政府，推荐杜重远、沈钧儒、章乃器等人为过渡政府行政院次长；这期间，先组成西北抗日联军，由东北军、第十七路军和红军组成，并成立联合委员会，受张学良领导，其军费开支由国民政府拨出。

宋子文表示，要向蒋介石报告后再决定。

关于释放蒋介石问题。张学良、杨虎城、周恩来认为，先决条件一是把中央军从潼关一线撤走，二是释放在上海被捕的七君子，而宋子文代表蒋介石表示，先将中央军撤走后就必须释放蒋介石回南京，之后再释放七君子。

双方意见一时无法统一。周恩来说："我想我可以面见蒋委员长，商谈六项主张等事宜。"

宋子文回答说："可否先由蒋夫人与您见面？"

周恩来说："也可以。"

晚上，周恩来和宋美龄进行了长时间的会谈，效果不错。

24 日上午，接着进行会谈。南京方面增加了宋美龄，她情绪饱满，一开始就表态说："我们都是黄帝裔胄，断不应自相残杀，凡内政问题，都应在政治上解决，不应动用武力。"在整个会谈中，她与宋子文对所谈议题均做出明确承诺，使会谈进行得很顺利。达成如下共识：（一）由孔祥熙和宋子文组织行政院，宋子文负责组织抗日政府，肃清亲日派。（二）由宋子文、宋美龄负全责，将中央军全部撤出西北地区。（三）蒋介石回到南京后立即释放七君子，西安方面可先行发布消息披露之；具体释放事宜由宋子文负责。（四）抗战开始后，红军改番号，听从统一指挥，联合行动；此前苏维埃、红军等名称暂先照旧。宋子文和宋美龄担保，立即停止剿共行动。由张学良负责接济红军。（五）先行召开国民党中央全会，开放政权；再召开各党派救国大会，不开国民代表大会。（六）分批释放政治犯，具体办法要与宋庆龄商定。（七）抗日战争爆发后，共产党可以公开活动。（八）联合苏联及美、英、法等国家。（九）蒋介石返回南京后，应立即辞去行政院院长职务，并通电自责。（十）西北军政由张学良和杨虎城负全责。

正式结果之外，宋子文还提出两点个人意见：一是希望共产党应该做他反亲日派的坚强后盾，具体办法是派出专人驻上海，负责与他秘密接洽；二是只要蒋介石下令撤兵，就先行放蒋回南京。

周恩来表示：第一条没有问题，第二条可以考虑。

张学良立即表示同意第二条。

杨虎城表示：第二条同意周恩来的意见。

当天晚上，周恩来在宋氏兄妹的陪同下，前往高公馆会见蒋介石。

一见面，周恩来就说："蒋先生，我们十年没有见面了吧。你显得比以前苍老了。"

蒋介石慢慢点点头，叹一口气说："是呀，是呀。我比你大十一岁吧。恩来，你是我的部下，你应该听我的话。"

周恩来反应多敏捷，应口说道："只要蒋先生能改变'攘外必先安内'的政策，停止内战一致抗日，不但我个人可以听蒋先生的话，就连我们红军都可以由蒋先生指挥。"

蒋介石一时语塞。

宋美龄马上插话说："委员长，以后不要剿共了，这次多亏周先生千里迢迢来西安斡旋，实在感激得很。"

周恩来在进一步表达了中共中央当前的政治方针以后，蒋介石做出三条口头答复：（一）今后停止剿共，联合红军抗日，统一行动，受他指挥。（二）由宋子文、宋美龄和张学良，全权代表他与周恩来商谈解决一切。（三）他回南京后，周恩来可以直接去与他谈判。

以上所有情形，当宋子文给守在南京的孔祥熙通报后，孔祥熙也觉得如此结果已很不错。但他对宋子文说："委员长何时离开西安？这个问题还要盯紧，能不能明天就让委员长回来？夜长梦多，事关重大，决不退让！你让小妹出面找张学良，她会有办法的。"

何时释放蒋介石？成为目下的一个焦点问题。南京方面的意见是越快越好，最好就在12月25日圣诞节这天释放。张学良不知内心如何想，积极赞同这个意见，并且要亲自送蒋介石回南京。杨虎城和大多数东北军、西北军高级将领则主张，放是可以的，但蒋介石必须有签字的书面保证，一是先把中央军撤出潼关，二是立即释放七君子，否则决不放人。周恩来代表中共表示：蒋介石在返回南京以前，必须有一个正式的政治文件来表示，不赞成25日就走，更不赞成张学良离开西安陪着去南京。

事情僵持着。

圣诞节这天一大早，宋子文意外收到一封联名信，是东北军和西北军高级将领和幕僚鲍文樾、马占山、米春霖、杜斌丞等人写的。信的口气很强硬，单以什么"领袖人格"做担保是不行的，蒋介石必须明确答复所提要求，不然决不放他走！宋子文看后大惊，连忙去见蒋介石夫妇。夫妇俩看后也惊慌不已。蒋介石让宋子文赶快去见张学良和杨虎城，就说我蒋某人只要回到南京，保证立即下令撤军，毫无问题。

这下可忙坏了宋子文。他先找到张学良。张学良看完信也紧张起来，闹不好要发生军队哗变的呀！他咬咬牙说："孔院长也来信催这事。看来只好硬干了，我今天下午就送你们走！因为守城的都是杨主任的队伍，他不吐口出不了城。我设法给委员长化化装，带他偷偷溜出城，先待在我的防区，再从那里用汽车送他回洛阳。你和端纳等可从西安直飞洛阳，大家在那里会面。你看怎么样？"

"不行！"接话的是宋美龄，她不知何时进来，"委员长的身体，坐汽车走长途根本不行。更重要的是，这样偷偷摸摸地走算怎么回事儿呀！这些天你们没听见吗？他老是长吁短叹地说：'这次在西安栽了大跟头，名声、地位、尊严全扫地了，一个国家统帅到此一步还有什么分量！'现在再让他偷跑掉，他会同意吗？不发火才怪。"

宋子文为难地说："那怎么办？"

张学良说："那就只好再求杨主任。"

宋子文狠狠心说："我再去跑一趟。"

但是，中午宋子文跑的结果并不好，杨虎城依然坚持原来条件。他心里说："老蒋此人我清楚，决不能放虎归山啊。"

到了这般时候，张学良来了少帅脾气，他亲自找到杨虎城，开口就说："虎城兄，现在不走不行了，夜长梦多，要出大乱子。我今天决定送他们走！"他努力用平和的调门说话："我也一起去南京，几天就可以回来。西安这里请兄多偏劳了。万一我回不来，虎城兄，今后东北军则完全归你指挥。"

一看张学良决绝的态度，杨虎城也不好再坚持什么，否则当下就得闹翻。他本想问一句"此事你问过周恩来先生吗？"话到嘴边又压了回去。

12月25日下午3时，张学良陪蒋介石夫妇坐一辆车，杨虎城陪宋子文和端纳坐另一辆车，离开高公馆向西郊机场驶去。他们背着周恩来要送蒋介石回南京去了。等到周恩来闻信赶来时，飞机已经腾空而起。周恩来叹息地说："唉，张汉卿就是看《连环套》那样的旧戏看坏了，他不仅要摆队送天霸，还要去负荆请罪啊！"

在机场还发生了这样一个小插曲：数千名西安各界群众，主要是青年学生，从中午开始就聚集机场，等着欢迎抗日将军傅作义的到来，不期与蒋介石碰巧相逢。这边群众还没有怎么样，那边倒吓坏了蒋委员长。他以为这准是杨虎城透露消息搞的鬼，脸色一下变得灰白，即刻对着杨虎城又一通赌咒发誓："我答应你们的条件，我以领袖的人格保证实现。你们放心好了，假如以后不能实现，你们可以不承认我是你们的领袖。我答应你们的条件，我再重复一遍：（一）明令中央入关部队于25日前起调出潼关。（二）停止内战，集中国力，一致对外。（三）改组政府，接纳各方人才，容纳抗日主张。（四）改变外交政策，实行联合一切同情中国民族解放的国家。（五）释放上海各被捕领袖，即下令办理。（六）西北各省军政，统由张杨两将军负其全责。"

杨虎城一看蒋介石那副紧张样儿，知道他误会了，便解释说："委员长，这些学生不碍事的。今天傅作义将军要来西安，人们出于对抗日将领的敬重和爱戴，自动来机场欢迎他。你放心，不会有任何问题的。"

蒋介石这才哦了一声放下心。

腾出自家的公馆让张学良住，孔祥熙事先怎么也想不到。因为根据委员长与西安方面达成的协议，说清楚是要保证张学良今后的安全的，这项诺言人所共知。几天前，他还在宋子文处见过一封委员长的亲笔信，有三页多，其大意也是向宋子文表示说，五天之后一定让张学良返回西安。可是事情眨眼间变卦了，一场军事审判将张学良从北极阁宋公馆里拉出来，送上了被告席。显然他不能再回北极阁了，得有一个类似于监狱的地方来关他。不知为什么，当戴笠向委员长嘀咕这件事时，孔祥熙力主让张学良住进他的公馆，而他们夫妇情愿费点事腾出来。那天晚上，当夫人有点不大高兴地追问原因时，孔祥熙少有地板着脸一言不发，最后被问烦了，竟没好气地说："就因为我从前在他们家住过还不行吗？"

要说起西安事变，孔祥熙无疑是站在他的委员长一边的，他对张学良劫持统帅的兵谏行为是极为反感的。为了救出委员长，他也没日没夜地苦了半个多月，真可谓费尽心机。可是事情既然已经和平解决，双方都商定了君子协议，为什么又要节外生枝地搞军事审判呢？要按原先说的"审判只是个手续，五天内保证回西安"也算，是应该给领袖一个找回面子的机会，但怎么就搞成要将张将军正式逮捕呢？要判人家十年徒刑呢？这不是明显的背信弃义、说话不算数吗？对此，孔祥熙有点不以为然。也许是山西商人以信义为本的老观念在影响他？也许是为人要诚实的基督教义在提醒他？也许是一个受过良好高等教育的知识分子的人格所使然？总之他产生了一点逆反心理，倒认为张学良有些太可怜了，也太傻了，你为啥要自投罗网呢？

昨天，妻弟宋子文找上门来，说他已经无脸再见张汉卿，决定回上海去住。这也难怪，因为在西安的一切承诺，都是他宋子文出面代表蒋介石许下的，如今委托人一推六二五，所有骂名可就全归他姓宋的了。"我早就说他是个流氓无赖，怎么样？这可把我坑苦了！"妻弟恶气难出，开口就骂，"你说说，什么是领袖人格？这领袖人格值多少钱？"

孔祥熙无言以对，心里说："我可不知道这领袖人格值多少钱。"虽然他也一肚子不以为然，但他缺乏宋子文那点率真与果敢，吓死他也不敢找上门去当面跟姓蒋的闹，"哈哈孔"就是"哈哈孔"："你没听说要将汉卿关多久？"

宋子文叹口气说："他那鬼心思谁猜得透？"

孔祥熙说："你没问问小妹？"

"她也未必知道。"宋子文摇摇头，"连她也没料到要抓汉卿，所以也有点受不了，哭着责问那无赖说：'这能对得起汉卿吗？'可是顶什么用！你不知道，我真替汉卿担心呀。"

孔祥熙说："委员长不是已经发下特赦令了，或许就会没事的吧。"

宋子文冷笑一声算是回答，然后说："对了，我来是拜托一件事。我跟他已然吵翻，他现在拒绝见我。你嘛，估计还能说上些话。汉卿返回西安的事，你可得跟他认真说一说。汉卿的家底和为人，你比我还清楚，你跟他父子都有交情，一定得设法帮帮他。我是没辙了，看你了。"

"这个……"孔祥熙猜着就是这事，果然就是这事，但实在是最怕这事。他正想推辞，一看妻兄的脸色不善，生怕这位霹雳火给自己来一个烧心蛋，连忙乖巧地说，"这个事……也真是个事，好吧，我一定尽力。"

送走妻弟，孔祥熙坐在那儿发了好半天呆，这可算揽下瓷器活了，可自己没有金刚钻呀。要在军事审判前去说这个事，或许还好说些；可如今，张汉卿在法庭上将一切都抖落得世人皆知、舆论哗然，委员长肯定恼羞成怒，能听进谁呀……你这大舅子都落了个不自在，我孔某人算什么？弄不好连饭碗都得砸！这事不好办呀……

军事审判的现场，孔祥熙自然没去，但他对审判过程知之甚详，那几段激昂慷慨的话他甚至比在现场的人还记得准。

在双十二前七天里，我数度赴辕劝导，哭谏委员长，最后不得已而起兵谏。说到底，只为了八个字："停止内战，一致抗日！"诸位先生女士，日寇入侵，我东北三千万同胞沦于火热水深之中，东北军全体官兵流亡关内，情况之惨，哀声之烈，想审判长和审判官都有目共睹！

这回的事，由我一人负责！我对蒋委员长是极信服的，我曾将我们的意见前后数次口头及书面上报过委员长……我们痛切地难过国土年年失却，汉奸日日增加，而爱国之士所受压迫反过于汉奸，事实如殷汝耕同沈钧儒相比如何乎？我们也无法表现意见于我们的国人，也无法贡献于委员长，所以用此手段以要求领袖容纳我的主张。我可以说，我们此次并无别的要求及地盘金钱等，完全为要求委员长准我们做抗日的一切准备行动，开放一切抗日言论，团结抗日一切力量起见。我认为目下中国不打倒日本，一切事全难解决……我并无一点个人的希求……至于我个人的生死毁誉，早已置之度外……我们的主张，我不觉得是错误的……审判长、审判官！诸位先生女士！我张学良活在世上，至今已三十六个年头，对国家民族虽无建树，但有一点是问心无愧：西安事变完全是为抗日而发，绝无半点私心！

既然审判长提到东北的丢失，那我就不能不回答了。自九一八日寇侵占我东三省后，全国民众无不骂我为"不抵抗将军"，说我惧怕日寇，不敢抗日。连元老马君武先生也写诗骂我、责我。几年来，我一直背着黑锅，隐忍不言。为什么？就是为了维护领袖的威信、中央的权威。可事实上，当东北告急之时，我曾经三番五次请求出战，与敌人决一雌雄。可是，中央连着给我发来急电，命我不得抵抗！（掏出电报大声念道："无论日本军队此后在东北如何挑衅，我方应不予抵抗，力避冲突。吾兄万勿逞一时之愤，置国家民族于不顾"）这就是当时中央发给我的电报……眼看我中华民族党已不党，国将不国，兵连祸结，政以贿成，国内同胞自相杀戮，而日寇却坐收渔利！我张学良受命于民，握有重兵，不能眼看手足相煎，国土日丧。西安之举，我意在拥戴领袖，联合抗战。耿耿之心，天日可以为证！

汉卿真是一个奇男子！一条好汉！孔祥熙从内心赞叹他，但又想，毕竟年轻气盛呀。怎么就不懂伴君如伴虎的道理呢？委员长他就跟从前的皇上一般无二，你能与他平起平坐吗？……我孔某人如今也算身居相位，能与他去平起平坐吗？比如眼下，你当众刚揭了他的老底，等于拔了老虎胡子，摸了老虎屁股，他正气得哇哇吼叫要吃人，我敢去替你说情吗？我有十个胆也不敢呀……

1937 年 1 月 4 日，蒋介石发出密令，张学良"由国防部严加看管，与外界断绝交往"，目的是要对张学良将军实行终身监禁。八天后的 1 月 13 日，张学良在戴笠的亲自"护送"下，永别南京，被押往奉化雪窦寺监禁，此后又陆续监禁于安徽黄山、江西萍乡、湖南郴州和沅陵、贵州修文和桐梓，直到台湾新竹竹东镇和阳明山，囚徒岁月，漫漫长达半个多世纪。

蒋介石的报复，当然绝不止于张学良。就在南京政府审判张学良的同时，蒋介石食言而肥，不但不从潼关撤兵，还亲自调动三十七个师的兵力向西安压过来。形势变得叫人有点惊慌不安。此时，周恩来再次成为中流砥柱。他同杨虎城等高级军官协商之后认为，决不能向蒋介石服软，只有针锋相对地坚决斗争才有出路。议定：由杨虎城将军领衔，向全国发出措辞强硬的通电，抗议蒋介石扣留张学良将军、准备重新挑起内战的阴谋。军事上，除动员东北军和西北军官兵准备迎敌外，周恩来报批中共中央后，急调红军部分主力部队开进关中。

杨虎城等八位高级将领歌日（5 日）通电原文如下：

中央党部、国民政府钧鉴，各院部会、各省市政府、各总司令、各总指挥、各绥靖公署、各军师部勋鉴，各机关、各法团、各学校、各救国团体、各报馆钧鉴：

客岁双十二之举，纯出于爱国赤诚，毫无私意，迭经电达，计邀洞察。当蒋委员长在陕时，虎城等追随张副司令之后，以文电所举八项抗日救国主张，反复陈请，业蒙虚怀采听，允于返京后分别实行。张副司令暨虎城等，深以为非全国抗日，决不足以救亡，而备具领导全国一致抗日之才德威望者，实唯我蒋委员长。何幸我蒋委员长熟审国势，详察舆情，对于张副司令暨虎城等所陈，不唯恕其冒渎，且更……凡我国人，均应公认张副司令只知爱国，纯洁无他，苟可救亡，粉身何惜。爰于蒋委员长面允所请之后，亲送入都，束身待罪。此种前史所无，世界仅有之伟举，自足以表示其心迹之光明。凡有血气，能不感动！虎城等及所属二十余万将士，无不以张副司令之心为心，但求能在蒋委员长领导之下，效死抗战，为国家民族确尽一分对外之力量，则其他一切，均非所计。谓予不信，尽可求事实之证明。忆蒋委员长到京以后，曾令中央军队向东撤出潼关，而离陕以前，更有"有我在，决不任再起内战"之语。我国苦内战久矣！今得负责领袖出此一言，不独张副司令及虎城等亲聆之下，钦幸万分，即我四亿五千万同胞闻之，亦莫不额手称庆。凡我袍泽，尤应仰体领袖之意旨，而为一致对外之要求。乃正当蒋委员长休假还乡、张副司令留京未返之际，中央军，匪唯未遵令东辙，反而大量西进。计有第六、第十、第二十三、第二十八、第七十九、第九十五、第六十、第十四、第一〇三、第八十三各师，及教导总队等集结，推进至潼关、华阴、华县一带，筑垒布阵，积极作挑战之形势。更复时时截断电话，始终阻碍通车，以致群情激愤，万家忧疑。是殆欲以武力造急性之内战，而以封锁作慢性之迫胁。虎城等之愚诚，不知其具何用意？竟持何理由？国危至此，绝不应再有萁豆之举，固尽人皆知，苟有可以促成举国一致枪口对外之策，虎城等无不乐于听命。若不问土地主权之丧失几何，西北军民之真意如何，全国舆论之向背如何，而唯以同胞血汗金钱购得之武器，施于对内，自相残杀，则虎城等欲求对内和平而不得，欲求对外抗日而不能，亦唯有起而周旋，至死无悔。张副司令既领罪于都门，虎城等以救亡为职志，而中央煎迫不已，便不免于兵争，则谁举内乱之端？谁召亡国之祸？举世自有公评，青史自有直笔也。泣血陈词，非敢耸听，举国上下，幸鉴愚衷，远赐教言，尤所企盼。

杨虎城　于学忠　孙蔚如　何柱国

王以哲　董英斌　缪澄流　刘多荃　同叩歌印

　　不幸的是，由于张学良迟迟不归，激起东北军中少壮派军官义愤，力主马上与中央军开战，而军中元老则主张静观勿躁。两相对立，军心大动。面对这样的意外变故，周恩来心急如焚。1月27日晚上，他特邀少壮派军官应德田、孙铭久、苗剑秋等人至下榻处，做耐心的说服工作：战端一开，有违我们和平解决西安事变的初衷，也不利于救张少帅出来；唯有与西北军、红军加强团结，三位一体，方可与中央军相对抗，但少壮派们听不进去。

　　2月1日晚上，三方代表杨虎城、于学忠、王以哲、何柱国、周恩来五人，在王以哲家中召开最高军事会议。少壮派军官应德田也应邀参加。会上，东北军三位元老于学忠、王以哲和何柱国，意见一致，依然主张和平解决争端。杨虎城也表态说："从道义上讲，应该主战；从利益上讲，应该主和。东北军方既然主和，那么我们还是实行和平解决吧。"周恩来最后说："现在你们双方一致主和，我们当然是赞同的。"

这次会议的结果令少壮派彻底绝望，他们决定铤而走险。第二天一大早，他们刺杀王以哲将军于住所。于学忠和何柱国幸免于难。这就是有名的二二事件。

周恩来闻信大怒，吓得孙铭久和苗剑秋赶紧过来下跪请罪。周恩来悲愤地说："你们以为这样就可以救出张副司令吗？不，这恰恰是害了他！你们破坏了团结，分裂了东北军，正在做蒋介石想做而做不到的事！你们是在犯罪！"

二二事件立即导致形势进一步恶化。由于王以哲在东北军中极有威望和实力，所以他的被害即刻掀起强烈反响，前线守军掉转枪口要打回西安为王将军报仇，反而置重要的渭南防区于不管不顾。中央军趁机开进兵家重地渭南，逼近西安。西安城顿时一片惊慌。而东北军内部则杀机四伏，一场大规模的流血冲突迫在眉睫。

周恩来处变不惊，力挽狂澜。他当机立断，把可能引发更大事件的肇事者应德田、孙铭久和苗剑秋，派刘鼎亲自送往云阳的红军总部，使之与寻仇者脱离接触。这才避免了东北军自相残杀、同归于尽的悲剧。

留下西北军孤掌难鸣，处境险恶。蒋介石对杨虎城将军恨之入骨，正好趁机下手迫害。1937 年 6 月，杨虎城被夺去兵权，被迫"出洋考察"。蒋介石说"这是最轻的处分"。四个多月后，刚从国外回到南昌的杨虎城将军，就被特务头子戴笠拘捕，陆续囚禁于贵州息烽玄天洞、重庆杨家山中美合作所、贵阳麒麟洞等地，前后长达十二年之久。1949 年 9 月 17 日重庆解放前夕，蒋介石亲自下令把杨虎城将军全家，用军用刺刀杀害于重庆松林坡戴公祠内。

孔祥熙在整个西安事变中，虽说不是事发现场的参与者，但因为身居中枢高位，从头至尾居间斡旋，应该说也算是个重要当事人。事过二十多年后，他在所写《西安事变回忆录》中，多讲事实经过，少做历史品评，更没有抒发个人内心之深切体会。这或许因为事变的主要当事者都还健在，不得不为活人隐，不得不为自身安全计吧。要说西安事变都让他明白了一些什么，其中应该至少有一条是：这个蒋某人真是睚眦必报，心狠手辣，翻脸不认人，无毒不丈夫，顺之者昌，逆之者亡啊！

第十三章 财政部部长交响曲

七十、话说财长沿革

1933年3月5日，孔祥熙任中央银行总裁；10月，任行政院副院长；11月29日，任财政部部长。一年中三大重任集于一身，这在南京官场是第一个少见。三大要职得自何处？全由宋子文手里接过，郎舅之间这种戏剧性权力转移，是第二个少见。最后，一口气将此三顶大官帽连续戴了创纪录的十一年，乃是第三个少见。孔祥熙以五十三岁大龄而能进入一人之下万人之上的宦海妙境达如此之久，这在国产官迷们眼中绝对是巅峰人生！

对孔祥熙来说，中央银行总裁也罢，行政院副院长（期间也曾任过代理院长和院长）也罢，实际都是兼职，财政部部长才是本职、实职、肥缺。对这一职务从古至今的显赫度和重要性，他比谁都清楚。

自打中国出现第一个封建专制王朝——秦朝以后，就设下专管全国财政经济的中央大员，名叫治粟内史，位列九卿。到了汉代，汉景帝后元元年（前143），将秦制掌管钱谷之治粟内史更名为大农令。汉武帝太初元年（前104），再更名为大司农，秩中两千石，为九卿之一。8年，王莽篡汉，自立新朝，改大司农为羲和，后又改为纳言。25年，汉光武刘秀称帝，是为东汉。一切皆恢复祖宗法度，大司农自不例外。下有员吏一百六十四人，属官有太仓、均输、平准、都内、籍田五令丞，斡官、铁市二长丞。又郡国诸仓农监、都水六十五官长丞，统辖范围很广，凡物价、国库、籍田、交通运输、盐铁专卖等事务均归大司农主管。

过了近二百年后，到了曹魏，取掉"大"字叫司农。梁朝又加一字叫司农卿。北齐时再加一字叫司农寺卿。隋唐沿置。唐一度改称司农、司稼。元称大司农司，后又改称务农司或司农司。明初设司农司。清以户部掌漕粮田赋，故时俗常以大司农为户部尚书的通称。不过，户部尚书这个叫法也不只在清代才有，三国吴时就有户部尚书之称，在《三国志》里写作"户曹尚书"。晋有度支尚书，皆掌计算之事。此后，南北朝多以度支尚书掌财计，至隋改度支尚书为民部尚书。唐贞观年间，为避太宗李世民讳，遂改民部尚书为户部尚书。以后或复称为度支尚书，或改为司元太常伯，或改为地官尚书，至中宗神龙时复称为户部尚书。《旧唐书·职官志》载："户部尚书一员，侍郎二员。尚书、侍郎之职，掌天下田户、均输、钱谷之政令。"北宋前期，尚书省户部所掌事务归三司，故只置判部事一人，掌受天下上贡；元丰年间改制后，复以户部尚书主天下财政。此后，辽、金、元、明、清都设户部尚书。元户部尚书曾有三员之多。清代户部尚书则满、汉各一员，为正二品衔或从一品衔。值得一提的是，清代在光绪庚子后改革国家官制时，增加了一个财政处。当时所下上谕说："从来立国之道，端在理财用人。方今时局艰难，财用匮乏，国与民俱受其病，自非通盘筹画，因时制宜，安望财政日有起色。着派庆亲王奕劻、瞿鸿禨，会同户部，认真整顿。……"这道上谕虽然没有明确说明设立新的财政机构，但在以后的行事中，其关防文为"钦命办理财政事宜"，并且在与户部会同向上奏报时，位列户部之上，实际上等于是个独立机构了。直到光绪三十年（1906）9月再次改革官制时，财政处并入度支部。度支部即原户部也。推翻清廷之后，不论是广州军政府，还是北洋政府，一直到中华民国政府，才一律改叫财政部。其主官位列九卿的高规格一如既往。像孔祥熙再加上行政院副院长这个衔，那至少就是从一品的大官呀，上面不就是蒋委员长一个人吗？所以实际上就是正一品官，位极人臣了。一个人做官做到这个份上，活人活到这个份上，还不应该得意一下吗？

孔祥熙有点得意起来了。

七十一、烂摊子好呀

新官上任三把火。

孔祥熙也下决心要烧三把火，不光是出自新官的惯例，而且有与小舅子一比高低的冲动。宋子文自恃才华横溢、年轻有为，从来不把他这位山西姐夫放在眼里。瞧你那长袍马褂的样儿，也算留美归来？见人就点头哈哈笑，在姓蒋的面前就如看见猫的老鼠，凡事言听计从唯唯诺诺，自己一个像样的屁都不敢放，岂能出掌举足轻重的财政部……孔祥熙一想起宋子文眼光中这种种蔑视和挑战，心里就憋足了劲儿。小子，你别狂！在我老孔面前你还嫩点。来嗤瞧老哥的手段吧，让你知道什么叫真人不露相。

但是，就如同故意捣蛋似的，宋子文留给孔祥熙的是一个十足的烂摊子。整个国库里仅存现金三百多万元，尚未发行的公债两千七百多万元，黄金外汇是丁点儿没有……别说叫委员长再去"围剿"共产党，就连党国的日常大灶都要无米下锅了。

更不利的是，外面的大形势也大大不妙。国际上，一面是西方列强为摆脱困扰数年的经济大萧条，拼命向中国转嫁危机；另一面是贪得无厌的日本帝国主义步步进逼，占领东北和华北四省还不满足，侵略和殖民魔爪越伸越长。看国内，殖民化经济不断加深，农业凋敝，手工业濒于破产，经济秩序混乱，民众苦不堪言……在这样的局面下要叫财政部启动起来发挥作用，不能说不难。

孔祥熙到部视事的第一天，即对全体部员做了就职演讲，那激昂乐观的气派、胸有成竹的样子，倒也像那么回事。回到办公室，他问得力干将高秉坊："下面的反应怎么样？"

高秉坊在孔祥熙面前倒是敢说真话，他拉着山东博山腔说："都说孔部长接了个烂摊子呀。"

孔祥熙故作轻松地一笑："烂摊子好呀，烂摊子有干头，我就喜欢烂摊子。"

"光烂也好办，"高秉坊在孔祥熙示意下坐到对面，"孔部长，不好办的是它有些地方不烂，更不好对付。"

孔祥熙知道他是什么意思，但他故意装作不解："噢？说说看。"

这位高秉坊大号春如，毕业于金陵大学农学院，乃凌道扬教授的得意门生。凌教授与王正廷是留美同学，私交不错，就在王正廷就任鲁案督办公署督办时，趁机把高足推荐过去。高秉坊这就与也在那里任职的孔祥熙相遇了，孔任处长，高任科长。不久孔任青岛电话局局长，便调高秉坊任他的总务科科长。后来孔祥熙高就国民政府实业部部长，又调高秉坊任他的总务司司长。多年磨合下来，二人居然上下相得，配合默契，他视他为心腹，他视他为靠山。这不，又跟着来到了财政部。既然是心腹，那自然要替老靠山分忧操心，献计献策，共图大事。眼下处境艰难，更得尽心尽力，有啥说啥："部长，您看关税署、总税务处、盐务总司等这些关键部门，您能指挥得动吗？他们可都是宋部长的人呀。"

孔祥熙说："那怎么着，叫我都把他们换掉，一上任先干这个？"

高秉坊说："这当然不成，太露骨。我也不是这个意思。"

孔祥熙用鼓励的目光望着部下："有何想法大胆说。"

高秉坊看来是胸有成竹："部长，我理解您今天就职讲话的中心是'开源'二字，就是开辟新税源，不知对不对？眼下蒋委员长一心要剿共，急缺的就是个钱。宋部长被调职，关键也是没给委员长搞下钱。财政部要打响，头一条更是得做好'钱'字文章。钱从哪来？钱从税来。所以部长这一条抓得高明。税从哪来？有新税源还不行，关键是要有人去征收。要是这征税人都是人家的人，这税如何能征收上来？全都得落空！所以说来说去，最当紧的还是要抓人，把要害部门全抓在自己人手里。"

孔祥熙心里满意，但不动声色："那到底该咋办呀？我还没听出名堂。"

高秉坊说："自从上次您提到所得税问题，我就琢磨了一番。开征所得税确实是我国税制改革的一着妙棋。美国所得税款占联邦政府税收70％，英国、法国、德国等也在50％以上。我们完全可以照他们的来。当然，开征所得税是件不易的事，首先得有一支训练有素水平很高的专业队伍。这正好给了我们一个机会，我们何不仿照蒋委员长当年办黄埔的干法搞起个训练班呢？凡是要进我们训练班的人一律经过严格挑选，凡对部长不忠诚者一个不要。这样几年下来，由我们的财务骨干去征收所得税，那还有什么说的！"

孔祥熙对此十分满意。自己能否在财政部搞出名堂，收拾起这个烂摊子，坐稳这把交椅，开出更大局面，这的确是关键一招。他又经过一番思虑，终于派高秉坊以赋税司司长的身份负责开办财政部财务人员训练班。

高秉坊是个干才。他本人出身普通，深知平民学生求职之艰难，遂决意实行公开招考的办法，引进先进的公平竞争机制，杜绝走门子、写条子等营私舞弊的现象。这样下来，财政部财务人员训练班所招青年绝大多数是北大、清华、南开、复旦、中央等各名牌学校的高才生。高秉坊得意地宣称说："只有税收现代化，国库才能充裕；只有人事现代化，国家才能兴旺，人才才能脱颖而出，才能公平竞争！"他认为都这样搞的话："十年之后，新的人事制度将推行于中国。"

所得税是国家对个人或企业的各种所得所征收的税，1798年创行于英国，19世纪以后，各国相继实行。其优点是：负担公平，所得多者多纳税，所得少者少纳税；纳税普遍；富有弹性；收入确实。与以前实行之间接税相比要先进得多。原以关、盐、统（关税、盐税、统购销锐）三大税为主的间接税是消费税，其缺点是：不以负担能力为课税标准，因转嫁而使贫民负担较富人为重，劳力者负担赋税，利润利息等不劳而获者所得，反可不纳赋税。

1934年5月21日至27日，孔祥熙主持之南京政府第二次全国财政会议在南京召开，到会代表一百一十四人。会议通过了确定地方预算、废除邮包税、办理土地呈报纲要草案、举办外侨营业税、地契过户税、整理田赋附加、救济乡村、废除苛捐杂税等一百多项提案。会后，孔祥熙即着手一面整理旧税，相继裁免七千一百多种税种；一面创办新税，建立直接税系统，开征所得税。很快成立了所得税筹备处，后再改称所得税事务处，前后均以高秉坊为主任。在呈送行政院之《所得税暂行条例草案》中写道："所得税为直接税之主要税源，税率公允，税源普遍。应先制定一种切合实际而易行之所得税制度，先行养成国人纳税之习惯，然后循序渐进，臻于完备。以实验求改革，由单纯而演进，庶几事实理论，两能兼顾。兹谨参酌各国已往之成例，体察国内之实况，拟具所得税原则八项及暂行条例草案，依照立法程序送请核定。"

但是，事情不会顺当。你想收拾这个烂摊子，就会有人出来对着干。一个专制政权内的钩心斗角就是这样不可调和。先不说财政部内部那些宋系人物的软磨硬顶，光外部的挑战和抵制就不好对付。比方说，ＣＣ系首脑陈果夫便叫起阵来。陈果夫、陈立夫兄弟把持着国民党党务大权，所谓陈家党是也。他们以中央政治学校为培植势力的基地，不但要求中统干部必须经过该校镀金，就是高考及格人员，在中央训练团党政班受训结业，也还必须进中央政治学校复训方算是自己人；否则，都是不堪重用的异己分子。如今，却冒出一个财政部财务人员训练班，这是怎么回事？卧塌之侧，岂容他人鼾睡！

孔祥熙对陈果夫提出的"税训干部可以由中央政治学校代培"的话头，不能不做慎重考虑，因为他已觉出，委员长对二陈这股势力大有日益看好的趋势，不得不防。可是又一想，这么一件至关重要的大事，要让中统势力插一竿子，也太窝囊！左右权衡之际，高秉坊气呼呼地进来了，开口就说："部长，这事可决不能答应下来。所得税是我们搞出来的，跟他们陈家党有什么关系！他们要是插进来，您这个摊子可就更烂了！"

孔祥熙问："可也不好打发他们呀，你说怎么办？"

高秉坊沉吟良久，说："部长，我倒有一个以毒攻毒的法儿，您看行不行？咱们出面与他硬顶不利，但是抬出一个也有硬度的人物来替咱们顶怎么样？"

孔祥熙说："那得看是谁。"

高秉坊说："这个人得有两条，一是在委员长跟前能说话，二是不买ＣＣ的账。我想好了，非桂永清莫属。"

孔祥熙一听乐了："对对对，是得这个江西老表。亏你想得出来。"

桂永清，字率真，黄埔一期生。当过蒋介石起家部队第一军的特务营营长，是深得校长信任的黄埔骨干人物，大前年被派往德国学习军事，前不久才回来，三十出头年纪授中将衔，升任第七十八师师长、中央军官学校教导队总队长、首都警备副司令，正在走红运。一向对陈家兄弟看不起。

孔祥熙担心地说："只是不知道人家干不干，平时也没怎么来往。"

高秉坊却挺有信心，说："我看准行。我跟他还有些来往，我去说。"

此时的桂永清，正在负责对全国学生进行军训，跟大学生们搞在一起觉得挺来劲。听说孔部长要聘请他兼任税训班的训育主任，都是名牌大学的尖子生，高兴得很，一口应承下来，并主动说："你们怕是还没有地方吧？好了好了，我来解决，就在我们教导总队营房里先凑合，等你们有了好地方再搬出去。"

有了桂永清的准信，孔祥熙心里踏实起来。他亲自去见蒋介石，说出要聘桂永清的事。

蒋介石不知其中文章，认为是小事一桩，提笔照准。

委员长手令一出，陈果夫只得吃了个哑巴亏，但也种下了发狠倒孔的根苗。

孔祥熙的税改行动，不仅受到上头如陈果夫们的挑战，而且遭到地方实力派如山东韩复榘的强硬抵制。因为所得税的征收，大大损害了地方军阀们的财政收入。出现强大阻力是可想而知的。韩复榘首先就不买账。

韩复榘，字向方，河北霸县人，二十岁投到冯玉祥营下当兵，只因粗通文墨，被用为军中文书。青年韩复榘聪敏机灵，训练刻苦，很快被冯玉祥发现并且提拔为队官。不久发生反清的滦州起义。冯玉祥因参与其事而被清政府革职。韩也叫递解回籍。1912年春，冯玉祥东山再起，自然没忘韩复榘。随着冯的不断升迁发达，韩复榘也由排长而连长、营长，团长、旅长，一个劲地往上蹿，1926年时已经升任师长，成为冯玉祥手下的一员著名骁将。五原誓师后，他随冯玉祥参加北伐军，集体加入国民党，出任国民军援陕第六路总指挥。1928年，任国民革命军第二集团军第六军军长、第三方面军总指挥等职务，率部沿京汉线北上，首先攻入京郊南苑，立下大功，随即就任河北省政府委员，五个月后就任河南省政府主席。1929年，羽翼丰满的韩复榘叛冯投蒋，因在中原大战中立有战功而被蒋介石委任为山东省政府主席，前年又被委任为国民政府委员，不久再挂上北平政务委员会常委和军事委员会北平分会委员的头衔，真是步步高升，如日中天。从此苦心经营山东地盘，成为谁也不敢小看的地方实力派。你想想，这样一个炙手可热的军阀人物，能把半路出家由商而官的孔祥熙放在眼里吗？更何况新税制要从他肋条上扒铜钱，他不跟人拼命才怪。所以你搞你的新税制，我照干我的走私偷税，你要来管？老子派军队武装保护，奶奶个熊，能把老子咋的！

孔祥熙也下了狠心：不剃这颗刺儿头，不光山东一省的税收见不着，连整个华北地区的税收都要大受影响，这财政部部长还怎么当？几经商讨，又搞出一个以毒攻毒的办法。不过，这次是另一员心腹干将李毓万想出的辙。

原来，韩复榘手下有一个心腹师长李汉章，与孔祥熙手下一名税官李桐华有段交情。由李毓万出面去找九江海关税务司的李桐华，面授机宜，如此这般地交代一番。不几天，李桐华就出现在李汉章的家中，他带去的礼物是一台美国产最新式的手提收音机，很讨师长太太的欢心。几天下来，二人已经无话不谈。李桐华便亮开底牌，说这收音机是孔祥熙部长的心爱之物，他老人家现在可是委员长手下的第一红人、党国的第二号人物，看中了你李汉章年轻有为，想给你一个升官发财的好机会，就看你想干不想干。于是详细地把计划说了一遍。李汉章一听，事情并不是多么难办，为啥要放过这么好的发达机会？便拍板成交。

接下来的几天里，李师长家里大摆宴席，请山东军政界要员吃喝玩乐，轻松愉快。人们在无意中都知道李师长的"亲哥哥"李桐华，在江西九江海关税务司做事，如今利用休假机会来济南探望弟弟了。一传十，十传百，连韩主席都知道了此事。

不久后的一天，财政部参事、山东籍人士李毓万来到济南，求见韩主席，执礼甚恭，且带着孔祥熙的亲笔信。孔祥熙的信中更是好话连篇，先给韩主席大灌迷魂汤，主席长主席短的十分中听，最后才露出一个意思：财政部想在华北设一个海关稽查处，各省都在争，因为人选由省里决定。比较之下，还是山东条件最好，故而先来征求一下韩主席的意见。

韩复榘一听，叫我派人搞海关，这他妈不是天上往下掉馅饼吗？谁不干谁是傻瓜加笨蛋！他立即召集亲信们开会商量，内中自然就有他最信任的、最年轻精悍的李汉章。点题以后，众人齐声说是好事。李汉章见火候到了，一番赞同话说过，便巧妙提出想叫他"亲哥哥"李毓万主持其事，担任稽查处处长。他最后的话是："我哥哥大家都是见过的，就那样，在九江海关干了几十年，也许不会叫主席和弟兄们失望吧。"他的话音刚落，一伙酒肉朋友齐声帮腔，心里都惦着：事成之后还少得了老子的好处吗？韩复榘原本就十分信任李汉章，对他亲哥哥岂有不放心之理？遂一口答应下来，心想这可办成一件顺心事了。他聪明一世，哪料这回一头钻进套儿还愣高兴。

李桐华到任之后，在济南纬二路一座花园洋房外挂起了财政部海关山东稽查处的牌子，正式办公。李汉章也挑选一批亲信军官任稽查员，分布在烟台、龙口、利津、羊角沟、虎头崖等海口，帮助缉私。这个阵势亮出来，各地驻军都认定这是韩主席下令缉私，不敢顶风胡来。你别说，山东地面一向猖獗的走私偷税之风，居然还真的大为收敛。

可惜好景不长。不久，稽查处查获一批私货，白糖五千包，还有大批进口香烟、呢绒等。正待没收，忽有一个电话打到李汉章家里："听说你哥哥查获一批私货，也就是和你哥哥一样的私货嘛。你看是不是请韩主席来处理一下？"这是省政府秘书长张绍堂！他这是话中有话呀。李汉章顿时吓出一身冷汗，急忙坐车赶过去补窟窿。原来狡诈的张绍堂早就看出底细，之所以隐忍不发，无非怕与李汉章交恶，让对方抖出自个儿包卖县长、营私舞弊的老底。这一回是事情赶了趟儿，不拿出撒手锏不成了；要能私下了结，他还是愿意干的。

李汉章和张绍堂暗中交易的结果，一方归还全部私货，外加鲁豫硝矿局局长的一个肥缺；一方继续保守机密决不声张。

然而事情却平息不下来。你道为何？稽私处有人不干了，因为每有查获，工作人员是有奖金提成的，眼看到手的钞票飞了，那怎么行！于是一封告发信写给韩复榘，揭发李桐华是假哥哥，是南京财政部孔老板的坐探！巧在这封信先落在张绍堂手中，吓他个半死，连忙通知李汉章，叫李桐华赶紧走人。

韩复榘最后还是知道了，气得不轻，下令立时撤掉稽查处。之所以没有深追下去，按他的脾气杀几个人，那是因为时局紧张，他正忙着与日本人暗中来往，但他对孔祥熙算是在心里刻上了一道子。

孔祥熙也对这位胆敢截留中央税收的"山东王"心存忌恨，终于导致后来向蒋介石亲自举报韩刘阴谋，致韩于死地的结局。

事情是这样的：七七事变后，韩复榘辖下第三路军和东北军第五十一军，受命合组为第三集团军，由韩出任总司令兼第五战区副司令长官，负责指挥山东一线抗日军事，承担黄河防务。但他不知是由于与日军暗中有约，还是单为保存实力，居然只派出少数兵力在黄河沿线与日军周旋，随后又立即引军撤退，将济南、泰安、济宁等地拱手让于日军，成为有名的逃跑将军。这是明面上的事。暗地里，他与"四川王"刘湘密电来往，不知有何图谋。最早留心此事的是范绍增。此人原是刘湘手下四个师长之一，而且他的师是人数最多、装备最好的一个主力师。何应钦去四川整军时，有心拉拢范绍增，被刘湘发现，遂将他明升为副军长，暗夺去带兵权，骂他是"伪中央（蒋介石）的汉奸"。于是，范绍增就此怀恨在心，常思报复。那年刘湘胃病严重，住汉口万国医院治疗。范绍增也来汉口。戴笠便找他商量如何监视刘湘。戴笠透露说，刘湘与韩复榘时常有电报来往，最近更频繁，但就是破译不了他们的电文，希望范绍增能就近监视刘湘，并说已经在刘湘的病房隔壁搞到一个房间，要范绍增住进去，观察刘湘与哪些人接触。

事有碰巧。范绍增原部下一个团长潘寅久，来看望刘湘时见了范绍增，随口说出一个情况：他在老朋友徐思平（川军参谋长）办公桌上看到一份没写完的指令，调川军大将王缵绪"带两师人至宜昌、沙市一带，速与韩复榘一部取得联系"。范绍增觉得这是个重大情报，便向孔祥熙汇报了。孔祥熙又连夜过江到武昌，给蒋介石做了汇报。最后还把潘寅久又找来，认真订对了一回。也许就是这件事，使蒋介石下定了处决韩复榘的最后决心。当然，后来处决韩复榘的罪名是大敌当前，"违抗命令，擅自撤退"。至于韩刘之间有没有阴谋、什么阴谋，外人不详。据说戴笠后来也破译了密码，但却再无下文。

言归孔祥熙的税制改革。

那时的中国税制，一直处于不健全状态，中央不拥有地方税收权，全归在地方政府或军阀手里。早在清末民初时，就有人提出改革税制的倡议，可惜无人理睬。宋子文任广州军政府财政部部长期间，不但有此想法，而且具体搞过一阵子，效果不错，杜绝了中间税收官和不法商人的回佣，减少了平民负担，增加了政府收入。遗憾的是刚推行不久，就遭到地方军阀和商团势力的反抗，以致激起兵变，未能坚持下来。1929 年冬，身为南京政府财政部部长的宋子文，有心再搞所得税，并为此请来美国最著名的金融专家甘末尔做财政顾问。才刚起步，就受到地方实力派的群起抵制，面对重重阻力，只好偃旗息鼓。宋子文曾无奈地感叹说："税制改革不适用于我国现状。"

可是谁能想到，宋子文没办成的事，倒叫他最看不起的孔祥熙给办成了。原因何在？据一位学者归纳，大约有此三端：其一，孔祥熙"高唱'国家利益'、'救我垂毙之农民'、'繁荣工商业'等调子，笼络人心，至少使人不敢公开抵触，用高帽子封住地方军阀的嘴"；其二，"他将财政部与地方政府打成一片，同时收罗一批官僚、政客、留学生，如他派地方捐税整理委员会委员关吉玉到江西，与地方财政厅长合作写了营业税调查报告，又如他把张学良的外交秘书宁恩承也拉进捐税委员会。这样，地方军阀碍于情面不便反对，被收罗的地方官员卖力地为孔效命"；其三，"他对地方税收的损失又做了必要的补偿，使地方军阀在物质利益上不致有太多的损失。他指定地方税收的损失，以烟酒牌照税收入及印花税收入的四成，拨归地方以资弥补"。

且不论这三条是否准确和全面，但总说明一点，孔祥熙的税制改革是基本成功的。还是这位学者最后评价说："经过种种努力，所得税于 1937 年 1 月 1 日开征，为中国直接税走出了第一步。据统计从 1934 年至 1938 年底，各省废除的苛捐杂税达五千余种，废除的税额年达六千七百万元，客观上为增加国家财政收入、减轻人民负担起了积极的作用……从而增强了南京政府对各省的控制力……此举的效果，使蒋介石'深感惊奇意外'……为国民党政府开辟了一条生财大道。"

对作为官僚的孔祥熙来说，收拾烂摊子的结果，还有一大收获：拉起一支以高秉坊、李毓万、鲁佩璋、汪纯如"四大金刚"为大将，以税训班培养的大批财务尖子为骨干的孔家军，为日后孔祥熙驰骋政坛、敢与任何人争锋而雄踞高位十几年，打下了组织人事和人才智力方面的坚实基础。

七十二、中中交农与小四行

以美国密执安大学历史学教授费维恺先生的看法，旧中国的现代银行体系是不健全和低能的，主要表现在无法为国家整个经济的发展发挥应有的创造信用的职能。他说："首先，中国的现代银行业是不发达的。"虽然，自打 1897 年中国通商银行作为中国第一家现代银行出现于上海之后，紧接着各种官办银行、官督商办银行、官商合办银行、商办银行如雨后春笋般涌现出来，到 20 世纪 30 年代中期已多达一百六十四家，其支行多达一千五百九十七家，但是"这些银行大部分集中在沿海省份的主要城市，仅上海就有五十八家总行和一百三十家支行。在内地农业区，现代银行机构极少，完全不能适应农业经济对信用的需求"。费维恺先生此话反向说就是：对于一个传统农业大国来讲，其银行体系无大作用于经济发展，那么它的存在价值还有多大？费先生接着一语道破：旧"中国现代银行体系，被扭曲成了一个主要为一直负债的政府筹措资金的工具"。他进一步解释道：国民党时期的中央银行、中国银行、交通银行和农民银行，这"四家政府银行居统治地位的集中化的银行结构体系，集中了银行业的财源，其总目标就是实行'经济控制'，而这一点是国民党政府经济思想的基本特征。但是控制所要达到的目的，却不是为了经济改革和发展……都用来为南京政权最优先的目标即武力统一中国提供资金"。"根据已公开发表的资料，1928 年至1937 年，年支出的四到五成用于军事目的。这些资料可能还没有揭示政府军事支出的全部数额。"当然，这些钱与抗日战争毫无关系，因为费教授指明的时间下限是 1937 年。这就是说，这一巨额军费开支都用来打内战，当然主要是打共产党了。

那么，南京政府这个以"四家政府银行居统治地位的集中化的银行结构体系"，是怎么建立起来的？具体组成如何？又是谁一手搞起来的？……实在是一些鲜为人知而又十分有趣的故事。

当然，首先要介绍的是这四大银行：中央银行、中国银行、交通银行和农民银行。

中央银行。1928 年 1 月 7 日，宋子文就任南京政府财政部部长后，立即着手组建一个完全由自己直接控制的银行，这就是中央银行。当年 10 月，他主持制定了《中央银行章程》并以政府名义正式颁布。章程明确规定，中央银行为国家银行，资本总额两千万元，由国库一次拨给两千万元的公债预约券作为股本。总行设在上海，于各地设分行、支行。中央银行具有发行兑换券、铸造及发行国币、经理国库及内外公债的特权。其业务范围是：经营国库证券及商业票据买卖和贴现、办理汇兑发行期票、买卖金银、调剂金融市场、接受存款和以金银为担保的贷款、代理收解各种款项、保管证券等贵重物品等。一切准备就绪，于 11 月 1 日正式挂牌营业，总行地址在上海外滩 15 号原帝俄道胜银行旧址。总裁自然是宋子文莫属，副总裁由他在圣约翰大学和美国哈佛大学的老同学老朋友陈行担任。

中央银行表面上实行的是三权鼎立制，即总裁、理事会和监事会三权鼎立，互有制约，但事实上宋子文总裁兼充常务理事，还兼任理事会主席，集立法、行政权于一身，而监事会形同虚设。所以，一切是他一个人说了算。从理事的组成来看，宋子文、陈行、王宝伦、钱永铭、陈光甫、荣宗敬、周宗良等，大都是一派人物；叶琢堂、虞洽卿、周佩箴等是蒋介石的人，也算一家人。这也就使宋子文可以一言九鼎，独断专行。

不过，由于它成立得仓促，组织机构和业务都比较简单，再说资本也薄弱，还不能与其他几家大银行相比。作为国家银行，它的发展空间还大得很。这也就给后来孔祥熙大做文章提供了客观条件。

如前所述，孔祥熙是1933年4月接任中央银行总裁，11月就任财政部部长。

中国银行。中国银行的前身是大清银行，是清政府最早设立的官办银行，也是正儿八经的国家银行。创建于光绪三十一年（1905），地址在北京。一开始叫户部银行，由户部主管，三年后的1908年才改称大清银行，并在天津、上海、汉口、济南、张家口、沈阳、营口、库伦、重庆等九处设立了分行。它具有发行纸币、发行市面流通的各种票据、汇兑划拨官私款项等特权，同时兼有国家银行和商业银行的双重性质。辛亥革命爆发那一年被迫停业整顿，第二年即1912年经过改组成为中国银行，但它已经不是国家银行了。

交通银行。这是一家很早的官商合办的银行，于光绪三十四年（1908）在北京创办。最早是由清政府邮传部奏请按照日本兴业银行模式搞的，股本五百万两白银，邮传部认四成股，其他六成股用招商的办法解决。按规定：交通银行拥有经理铁路、轮船、邮政、电报四局的存款的专有权，同时经营商业银行的一般业务，在全国各地设立分支机构。就在中央银行成立的那一年，交通银行由北京迁到上海，并由南京政府指定为特许的发展全国实业银行，经营业务仍是发行、存款、放款、信托和代理国库等一般银行业务。

农民银行。原名叫豫鄂皖赣四省农民银行，1931年4月1日成立，总行设在汉口。这是一家由蒋介石势力直接控制、以特税（即鸦片税）为基金而设立的银行。它发行农民流通券，只限在河南、湖北、安徽和江西四省范围内通用。该行于1935年4月1日由汉口迁到南京，改称中国农民银行，发行中国农民银行兑换券，曾被指定为所谓"供给农民资金，复兴农村经济"的专业银行。除经营一般银行业务外，还享有发行兑换券、农业债券和土地债券等特权，但实际上，该行通过办理农贷和农业基本建设投资，主要是为地主豪绅放高利贷提供资金剥削农民，并利用通货膨胀，从事投机活动。

上述这四大银行，原先并不在一个体系中。名副其实的国家银行就是中央银行一家，但它资历浅，规模小，家底薄，根本无法与历史悠久、实力雄厚的老字号比。就说中国银行吧，其存款额占到全国银行存款总数的四分之一，纸币发行量更占到全国总发行量的三分之一。如果要跟交通银行加在一起，当时即拥有资产十四个亿还多，相当于全国银行业总资产的三分之二，是国家银行中央银行总资产的三倍。正因为如此，虽说中央银行是国家银行，却左右不了国家的金融市场，而财大气粗的中国银行和交通银行，则根本不把中央银行放在眼里。这就给新任财政部部长兼中央银行总裁孔祥熙出下一道大难题。

那时候，委员长急等着要钱剿共，催款的手令、电报如雪片般飞来，口气越来越火。可孔祥熙这里却坐困愁城，上海的大银行家就是不掏腰包，干瞪眼没办法。孔祥熙思来想去可就发了狠：不把中交二行搞到我手里，这财政部部长就没法当！于是，他动员起自己的小班底，很快拿出一个给中交二行加进官股的改组方案：中国银行增加官股资本两千万元，交通银行增加八百万元。那提交行政院和中央政治会议审批的报告中理由充分，慷慨陈词，大意是说：中国银行和交通银行历史悠久，信用卓著，在国内金融界居于权威地位。可惜在北洋政府时代养成恶习太深，目无政府，且恃其财势而要操纵政府，剥削国库，危害民生。国民政府成立以来，两行居然积习不改，拒绝与中央政府竭诚合作，共体时艰，反而加以种种掣肘，致使中央银行无法发挥国家银行之功能，连财政部发行之公债，亦处处受其阻碍。如此，党国之金融政策何能顺利推行？强国富民之目标何能达到？先总理三民主义之理想何能实现？……故而，非得……

当时的行政院院长是汪精卫，他不想公开得罪副院长孔祥熙，所以很快同意了这个方案。他知道在中政会那一关有人会发难的。果然，方案一提上中央政治会议，立即遭到强烈反对。首先是秘书长唐有壬，他是中国银行的常务董事，怎么会让孔祥熙入其禁脔？遂仗着汪派势力大唱反调。汪精卫此时也态度一变，指责这一方案"迹近操持"，并致电蒋介石，说如果不制止财政部的轻举妄动，他就要以辞职相抗议。果然很快辞职，去青岛度假。中国银行总经理张嘉璈也跟着辞职。兼任中国银行经济研究室主任的唐有壬又发动舆论界大做文章。上海金融界一时飞短流长，迭起风潮。面对如此情势，一向点头带笑的"哈哈孔"竟然铁青着脸拍案而起，对中政会委员们发出威胁：如不批准，坚决辞职！好家伙，谁敢叫委员长的大红人辞职呀！何况委员长的脸现在也是要多难看有多难看，正不知要拿谁开刀呢。最后，方案总算是通过了。

通过归通过，但要实行起来还不知道怎么样。

这年7月，孔祥熙给老蒋出点子，由老蒋出面请宋子文帮助做上海银行界的工作，条件是事成之后让宋出任中国银行董事长。宋子文慨然应命。孔祥熙看火候到了，便一下推出了策划已久的《储蓄银行法》。根据这项法规，所有银行必须把它们资产的四分之一投资到政府债券或证券上，而这些债券或证券则由中央银行托管。这就等于让所有银行拿出 25％ 的钱一下充公。

身上挖肉谁不疼？何况是心头肉！于是银行界闹起来了。为首者就是那个张嘉璈。

张嘉璈，字公权。虽说年纪要比孔祥熙小上九岁，但他出道早，在北洋政府时代就名满天下了。这位上海本地人，在日本学的就是财政经济，二十四岁就任中国银行上海分行副经理，二十八岁升任总行副总裁，三十四岁担任北洋政府财政整理委员会委员，不到四十岁就是中国银行的总裁了。那时候孔祥熙还不知道在哪儿溜达呢。所以，他这位曾经跟袁世凯抗过膀子的金融大腕、财界领袖，如何能把孔祥熙放在眼里？能受你孔祥熙的气？他毅然挑起与《储蓄银行法》做对头的大旗，在上海发起猛攻，大骂说："孔祥熙是个恶棍！这简直就等于抢劫！"并继续照着孔祥熙也是蒋介石的要害处捅："与其引导让银行资金投资政府公债，不如让银行资金帮助恢复经济萧条。"还有一些诸如"日本才是真正的敌人"、"剿共花钱太多"、"南京债券不值钱"之类的要紧话。他不光动嘴皮子，还来真的，动员银行界大量抛售南京政府的债券，以报复《储蓄银行法》。

这下，孔祥熙都有些顶不住了，不得不求助于委员长蒋介石。

蒋介石不能不管，这倒不在于孔是他的连襟，而是事关自己的生平事业、党国成败、江山社稷呀！当然，他不能去找张嘉璈算账，姓张的算什么？一个小人物而已。我要找的是他背后的大家伙。于是，当时不在南京的蒋介石连着发出两通电报如下：

急！

南京汪院长尊鉴：

智亥电敬悉，如为救国与社会计，今日财政唯有此一办法，舍此之外，皆是绝路。中交二行如能顾全大局，不为少数人之自私，能为国家与社会稍一着想，而放弃历来吸吮国脂民膏及反时代之传统政策，则应促成现在财政政策之实现，正所以救国而自救也。公权如能辞职，弟意请接长实业部，则公私两全，实业前途必能放一光明。未知尊意如何？请与庸之兄详商核夺。

中正养午机渝（此电同时抄送孔部长）

急！

南京中央党部叶秘书长（楚伧）勋鉴：

　　国家社会皆濒破产，致此之由，其结症乃在金融、币制与发行不能统一，其中关键全在中交二行固执其历来吸吮国脉民膏反时代之传统政策，而置国家与社会于不顾。若不断然矫正，则革命绝望，而民命亦被中交二行所断送。此事实较军阀割据破坏革命为尤甚也。今日国家险象，无论为政府为社会计，只有使二行绝对听命于中央，彻底合作，乃为国家民族唯一之生路。务望转达林（森）主席、汪（精卫）、孙（科）、于（右任）、居（正）、戴（季陶）诸公，坚持主张，贯彻到底，以救垂危之党国。闻中行总经理张公权君有意辞职，弟意应即劝其决心完全脱离中国银行关系，而就政府其他任命，或调任其为中央银行副总裁，俾其专心致力于中央银行之发展，促成国家之统一，则公私两全，是为至幸。

中正养未机渝

　　有了强权做后盾，孔祥熙自然就敢放手大干了。不过他还算聪明，没有恃强硬干，而是搞了一个迂回战术。

　　1935年2月13日，上海工商界的头面人物有一个大型聚会。这几年工商业不景气，主要是资金短缺，致使不少企业倒闭，所以工商界对银行家们渴盼甚殷。财政部部长孔祥熙亲临会场。人们不知道，其实这个聚会就是他在背后促成的。目的就是要企业家们诉苦抱怨发牢骚，给银行家们造成一种压力。会上，孔祥熙一再表示自己是以中央银行总裁的身份出席，极愿听听工商界的呼声。果然只带耳朵不带嘴，一副洗耳恭听的样子。相反，他的朋友杜月笙却比平日要活跃得多，鼓动这个发言，启发那个讲话，三下两下就搞出一个动议：为什么政府不能把几家大银行统起来，给工商业以强有力的财政支援呢？而且杜老板不断代表工商界请求孔部长讲话。其实，这也是他们二人事先说好的。

　　杜月笙，早年人称"水果月生"。从小嗜赌成性，稍大些到上海张恒大水果行学生意，混迹于十里洋场。不久拜绰号叫"套签子福生"的青帮头子陈世昌为老头子，开始了自己的帮会生涯。三十岁那年，他从南市十六铺转到法租界郑家木桥一带，在赌场抱台角，充当打手，得以结识已经出道的青帮大亨黄金荣。开头，他给黄金荣当跟班，充当小三子。很快因他聪明乖巧，善于逢迎，心眼活，点子多，一跃而成为黄金荣的谋士，且深得黄金荣老婆阿桂姐的欢心，日益得到信任。后来，黄金荣因事开罪了军阀卢永祥而身陷囹圄，被杜月笙和另一名干将张啸林救出来。从此，三人结拜成把兄弟，成为上海滩三个平起平坐的青帮大亨。

杜月笙在三人中最有头脑，不像黄金荣和张啸林那样目光短浅，见钱眼开，而是出手大方，很会花钱。还有一条，他不光结交江湖人物，而且把眼光放得很开，一切政府要员、社会名流、文人墨客，甚至失意政客、落魄艺人，他都曲意结交，常相往来。这叫他声名大噪，从黑社会脱颖而出。有了社会名气之后，他更注意多做好事，广结善缘，一心要跻身于上流社会。不到十年工夫，他就成为上海滩的头号青帮人物，不仅拥有银行、工商企业、房地产等雄厚的经济实力，而且具有不可低估的政治能量。他能在今天的聚会上左右形势便是证明。

孔祥熙看会场的气氛恰到好处了，便放下手中的茶杯说道："既然杜先生和诸位如此盛情相邀，我也就随便说上几句吧。不过，我再次声明，今天只代表中央银行讲话。首先我表示，我同意杜先生和大家的意见，就是应该迅速成立一个由中央、中国、交通三大银行组成的三银行财团，负责对我国实业界，尤其是上海实业界，发放大量之低息贷款，以刺激工商业生产，扭转经济滑坡之颓势。作为中央银行总裁，我一定身体力行，与大家共渡难关；作为财政部部长，我则要将大家的想法上达委员长，以求迅捷之处置。"

对这些渴求资金以救活企业的工商界人士来说，孔祥熙的话无疑大受欢迎。

杜月笙知道目的已经达到，站起来最后加码说："我们上海工商界朋友们再说一句话，就是希望这个三银行财团要尽快成立，越快越好。假如有的银行眼看着工厂倒闭而无动于衷，政府就应该采取非常之手段！请孔部长予以充分重视。"孔祥熙满意极了，有了强权支持，现在又有了社会舆情之强烈要求，你唐有壬、张嘉趝们还有什么话说？你中交二行还敢不让改组吗？看我孔某人怎么收拾你们吧！他与杜月笙的目光轻松一碰，说："请大家放心，我尽力而为，力争不叫大家失望。"

仅仅过了不到四十天，1935年3月20日，作为财政部部长的孔祥熙，正式向国民党中央政治会议提出议案，发行一亿元金融公债，改组中交二行。第二天，再以行政院名义向全国发表谈话：为了增强中国银行和交通银行的信贷能力，以便能向工商企业家发放更多的贷款，为了应付世界经济萧条的局面，决定从一亿元公债中分出两千五百万元以官股注入中国银行，分一千万元注入交通银行，使政府在二行资本总额中分别占到五成和五成半。中国银行由总经理制改为董事长制，原总经理张嘉璈调任中央银行第二副总裁，董事长由宋子文担任。

事情到了这一步，张嘉璈求告无门，只好退休出国，远走美国洛杉矶。中国银行不但由宋子文任董事长，而且董事中增加了杜月笙、宋子良等人。交通银行也如法炮制，成为孔祥熙的战利品。与此同时，由蒋介石出面兼任了农民银行的理事长，孔祥熙任董事长，也完成了改组。至此，孔祥熙就以名正言顺的姿态，将中中交农四大银行完全控制，成为南京政府金融体系的龙头机构。

然而，国有化的势头并未就此打住。6月，孔祥熙利用到手的四大行的巨大财力，囤积了上海四明银行、通商银行和实业银行的钞票，然后突然要求兑现。这三家小银行无力兑现，发生了信誉危机，被迫向孔祥熙求助。孔祥熙趁机向每家紧急增资五百万元，一举将其纳入圈内。这三家银行的经理们，在众股东的追究下纷纷辞职。孔祥熙再趁良机，将自己的人安插进去。比如，宋家三兄弟子文、子良、子安，分别进入这三家银行的董事会，杜月笙又兼上了通商银行的董事长。另外，中央银行业务局副局长胡以庸任中国通商银行总经理，另一个副局长周守良任中国实业银行总经理，财政部统税署长吴启鼎任四明银行董事长，中央银行经济研究处处长傅汝霖任中国实业银行董事长，中央银行南京分行经理李嘉隆任四明银行总经理，这些人都是中央银行或财政部的人，都是孔祥熙的亲信。这样，加上孔祥熙早已控制的中国国货银行，全国有名的小四行也悉数归于孔祥熙的掌握。这就形成了费维恺教授所称的"一个四家政府银行居统治地位的集中化的银行结构体系"。

七七事变发生时，孔祥熙正在英国访问。由于时局紧张，全国银行业多采取紧缩政策以求自保，完全不能满足实业界的资金需求。为此，经财政部授权，由宋子文在上海搞了一个四联总处，就是中央银行、中国银行、交通银行和农民银行四大银行联合办事处的简称。负责对农工矿有关产业办理抵押、贴现及放款事宜，贴放数额按照中央银行三成半、中国银行三成半、交通银行二成、农民银行一成的比例摊派。孔祥熙回来后，立即在武汉正式成立四联总处，把宋子文搞的那个宣布为四联总处上海分处。孔祥熙以中央银行理事会主席兼总裁的名义，自任四联总处主席，但受到宋子文的抵制。宋子文凭着中国银行和交通银行的实力，就是不与孔祥熙合作。孔祥熙看事情不好办，便抬出蒋介石以中国农民银行董事长名义出任主席。由此孔祥熙觉得，必须利用四联总处这个大招牌，扶植自己的中央银行，确立其独一无二的领导地位，才能真正解决问题。最初，这属于一个联系性质的业务机构，需要时临时开会，而且业务范围仅限于贴放的联络协调。故有一段相当涣散，几乎名存实亡。

1939 年 9 月 8 日，国民党政府颁布了《战时健全中央金融机构办法》，又提出四联总处一事，要求它负责办理政府战时金融政策有关各特种业务，从而第一次明确了四联总处的业务范围。办公地点定在重庆，并进行了彻底的改组。改组后的四联总处，由理事会组成最高权力机构，理事由各行主要负责人与财政部、经济部负责人共同组成，主席一人总揽其事，三个常务理事襄助办理，每周一次例会。为了加强政府对四联总处的控制，由蒋介石担任主席一职，实际事务由孔祥熙一手操办。理事会下设秘书处，掌理统计、文书、稽核三科。为适应战时需要，还设立了战时经济委员会和战时金融委员会，前者由平市、物资、特种投资三处组成，后者由农业金融、收兑金银、特种储蓄、汇兑、贴放、发行六处构成。一年后，又添设了全国节约建国储蓄劝储委员会和农业金融设计委员会。到此，四联总处已由介于四行之间的联系性机构，而变成居于其上的决策性机构，从而确立了四联总处作为政府最高金融机构的地位。

1942 年 9 月，四联总处又进行了第二次改组，在原有职权之外，又主管了中央信托局和邮政储金汇业局，以后又加入了中央合作金库，还增加了关于法币发行之调度、发行准备之审核和其他与战时金融政策有关的职能。另外人事上也有较大变动，添设了副主席一职，自然由孔祥熙担任；理事会成员也增加了交通部部长和粮食部部长。作为实际负责人的孔祥熙，这时可就完全掌握了国家主要的财政金融决策大权。他经过处心积虑的筹划，很快搞出一个《中中交农四行业务划分及考核办法》，对四行进行了专业化分工，同时又规定中央银行可以集中发行全国之钞券、统筹外汇之收付等，从而褫夺了其他各行的这部分权益。这样一来，正式确立了中央银行一行独尊的地位。

此时的孔祥熙，真是志得意满呀。

七十三、从白银危机到币制改革

世界上最早的货币是贝壳。中国就是最早使用贝壳做货币的国家之一。出土文物中有一个西周时期装酒的器皿，叫遽伯还簋，上有铭文："遽伯还作宝簋，用贝十朋又四朋。"意思是说，遽伯还这个人制造这个酒器花了十四朋的贝壳。一朋贝就是一条项链所用贝壳的数目。西周时天然贝壳不易得，于是便出现了铜贝。这是世界上最早的金属铸币了。我国铸币开始时有圆形、方形、刀形、铲形等样式，后来一般都采用圆形。这也是今天我国把货币的基本单位叫圆（简化字为元）的由来。我国也是世界上最早使用纸币的国家，早在7世纪我国就出现了用于宗教祭祀的纸钱，这说明在那之前很可能就有了纸币。据史料记载，北宋发明的交子是世界上最早的纸币，南宋又增加了一种叫会子的纸币，和交子一样流通使用。

在我国漫长的货币史上，多以白银计两为流通的主要形式。银质钱最早见于战国时期的楚国。在银质钱中，元宝和银圆最为有名。元宝有两种含义：其一是中国古钱币的一种名称。唐宋两代铸造较多。因为唐代开元通宝误读作开通元宝，始得元宝之名。最早使用元宝这一名称的是唐肃宗乾元元年（758）史思明在洛阳铸造的得一元宝和顺天元宝，后有代宗时的大历元宝。五代晋石敬瑭所铸的钱叫天福元宝。宋代有淳化元宝。以后每次改元，便多更铸新币，用年号标名铸于币面。清末所铸铜圆上曾用光绪元宝四字，这是以元宝为名的钱币。

其二，元宝指的是我国旧时铸的金银锭。元朝忽必烈时以库银为元宝，后来把元宝铸成马蹄形，故又称马蹄银，又称宝银，做货币流通。大锭重约五十两，多由各地银炉铸造，标有银匠的姓名、铸造日期、地点等。重量成色互有差异。清中叶后，元宝须经公估局鉴定，批明重量和成色后才能流通。金元宝一般供收藏之用，极少流通。

再说银圆。这种圆形银币也叫洋钱，我国何时有它？说法不一。一种说法是最早的银圆叫郑成功大元。据说民族英雄郑成功在收复台湾之前，一次打下漳浦城，从豪绅李宝宫家中得一巨型窖藏，有银锭无数，便下令铸造漳州军饷银圆，老百姓称为郑成功大元。但是三百年间未见实物，直到1962年，有位漳州老人献出一枚漳州军饷，轰动考古界。当时的中国科学院院长郭沫若亲自予以鉴定，称其重量为七钱二分，辨认出银圆的一朵花押是由朱成功三字组成。郑成功早年曾受到明朝皇上器重，故赐以国姓朱。所以郭老据此断定说，这是国宝，是我国最早铸造的银圆。另一种说法是，据《金史》记载，金章宗承安二年（1197），曾发行一种分一至十五两的承安宝货银币，每两折钱两贯，是我国最早的法定计数银铸币。问题是空有记载，未见实物，难以定论，故而众说纷纭。如清人所著《金朝泉谱凡例》中说："承安宝货，据文史应为银钱，今所有者，皆系铜铸，或者为银铸之银母，亦未可知。"这个悬案几百年难得了结。不料到了 1983 年，忽然从遥远北国哈尔滨出土六枚承安宝货，货真价实的正式银铸币，比郑成功大元要早上四百六十多年，有七百多年历史了。但是还有第三种说法，认为：我国银圆是近代才开始铸造。明万历年间，欧美银币流入中国，至清末才大量流入。最早是墨西哥银圆，俗称洋钱，面刻鹰形，故称鹰洋，又讹作英洋。林则徐想自铸以抵制洋钱，以不适用而罢。清道光年间，台湾曾仿制银圆，称为银饼。光绪十四年（1888），广东始造银圆，称为龙洋，重库平七钱二分，含纯银九成。于是各省继起仿造，中国自铸银圆以此为始。

银两也罢，银圆也罢，在我国很长一段货币史上，它们实际上是同时流通并用的。这对全国性的经济交流和国内统一市场的形成是十分不利的。南京国民党政府成立后，首任财政部部长宋子文以其敏锐的现代经济学眼光立即关注这一问题，并着手解决之。1932 年，他在上海组织专门讨论会，制定了废两改元方案、银本位铸造条例及废两改元的具体办法。以财政部名义宣布：自 1933 年 4 月 6 日起为全国废两日，确定了全国通行的银币，并先在上海试行。这是作为财政专家的宋子文对中国现代币制改革所作的一大贡献。

然而可惜的是，统一银币并未能解决南京政府所面临的金融危机。白银在国际市场上也不过是一种商品，必然同其他商品一样随着供求关系的变化而产生价格上的波动，这就直接影响了以银为本位制的中国货币的稳定。不幸的是，此时正是所谓 20 世纪 30 年代世界经济危机后的特种萧条期，欧美各国为摆脱困境，纷纷转嫁危机，竭力刺激银本位制国家的购买力。资本主义列强的龙头老大美国，率先提高白银价格。罗斯福总统签署《白银法案》，宣布白银国有，并无限制地购买白银。顿使国际市场的银价上扬，给中国的白银市场带来灾难。为什么呢？因为中国白银市场价格偏低，从中国购买白银向美国等外国出售，转手之利惊人。于是唯利是图者趋之若鹜，尤其是一些外商银行，比如麦加利银行、有利银行、汇丰银行等，都大做白银生意，导致全国白银从各种途径大量流向国际市场。据统计，至 1934 年，流出国门的白银价值已近两亿六千万元之巨。白银大量外流，导致国内银根奇紧，物价惨跌，市面萧条，出口窒息，工商企业纷纷停业倒闭，金融危机日甚一日。此时的经济形势，用孔祥熙的话说就是："国家前途真是非常的危险！""入超的数目，一年高过一年，国民经济濒于破产。在这种状况下，我们的法币政策，不得不毅然实行，这实在是环境逼迫我们的！"这就是说，必须放弃银本位制，统一发行国家钞票，大胆进行币制改革，冒多大的风险也得干！

钞票也就是纸币，其诞生历史首推我国最早，有交子、会子之例，从前，有人认为唐代之飞钱应为纸币之始，但比较多的学者认为飞钱是一种汇兑而非纸币，还是应视北宋的交子为纸币之始。北宋真宗大中祥符四年（1011），四川省十六家富户联合主持发行纸币，称为交子。当时的发行额是一百二十五万六千三百四十缗，三年更换一次，备有本钱三十六万缗。十二年后富户败落，纸币发行权由皇家收回，在益州设名为交子务的常设机构，专司纸币发行，流行渐广。宋徽宗时改交子务为钱行。南渡后，宋高宗又发行另一种纸币会子，也称关子或关会。从此后，每个朝代都继续发行纸币。辽金有交钞、宝券，明代称宝钞，清代有户部官票、大清宝钞等。

进入民国时期，纸币发行越来越多而近于滥，这是现代银行业发达的结果。大体说来，有四种纸币：其一是国家纸币。据统计，民国初年由国家银行发行的纸币数量不大，流通额约为三千余万元。以后中国银行通过推行领券制扩大了纸币的发行额，使得国家纸币的优势地位逐渐突出，至1934年前总发行额为四亿多点，占到全国纸币发行总额的六到七成。其二是地方纸币。民国时期，很多省市都有地方性的金融机构。比如官办的山西晋胜银行、湖南储蓄银行、安徽中华银行、江苏银行、江西储蓄银行等；官督商办的山西省银行、中华民国浙江银行、察哈尔兴业银行、江西公共银行、奉天农业总银行等；官商合办的东三省银行、河南农工银行、江苏省银行、福建银行、赣省银行、南昌市立银行等；商办的青岛地方银行、奉天商业银行、青海实业银行、陕北地方实业银行等。这些各种性质的银行均大量发行纸币。虽经各届当局严加整饬，但到1935年前，有权发行纸币的商业银行仍有九家：中国通商银行、北洋保商银行、浙江兴业银行、四明银行、大中银行、中南银行、中国实业银行、中国农工银行、中国垦业银行。其三是外国银行发行之纸币。西方列强在打开中国大门之后，其金融机构在整个经济掠夺中所占比重不小。在短短半个多世纪里，外国银行的总行或分行林立于中国大地，主要计有德国德华银行，日本正金银行、朝鲜银行、台湾银行，美国花旗银行、有利银行、友华银行，法国东方汇理银行，比利时华比银行，荷兰银行，华俄道胜银行，中法实业银行，振业银行，中美美丰银行，中华懋业银行，中日中华汇业银行，中意震义银行等。这些银行除运用本国货币在华从事经济活动外，还通过发行它们的纸币插手中国金融业，有一年的放款总数达到近九个亿，比当时全国六十九家华商银行的放款总额还多，严重损害了中国经济。其四是私票。所谓私票，因地域不同也叫作私帖、私币、杂券、花票、杂钞、钱帖、土票、土钞等，是未经政府许可而由地方各机关、一些工商金融机构和个人所发行的纸币。其流通范围有限，除张家口一种私票曾在察哈尔全省流通过一时外，其余则只能在所在县份流通。而且发行量也很小，最少的一种年发行量仅为一百七十七元。

面对纸币发行的无政府状态，北洋政府先后设立专门机构屡加整顿，但始终收效不大。南京政府成立后，也在财政部设置钱币司，专管币制行政，三令五申说"国币之铸发权，专属于国民政府"，"地方银行不得自行发钞"，"凡非国家银行所发行之纸币，概取缔之！"然而在1934年以前，也没有完全实现币制统一之目标。眼下，轮到孔祥熙登台亮相了。

孔祥熙看出，堵住白银外流是当务之急。遂于1934年10月15日，以国民政府名义颁布征收白银出口税，并加课平衡税："鉴于银价上涨与一般商品价格水平失去正常比例，为维护中国经济利益，货币稳定，政府兹决定白银出口一律征收关税。"同月，下令设立币制研究委员会，以陈锦涛为委员长，着手币改问题。

接着孔祥熙根据蒋介石的想法，先在四川省开展币制改革工作。他陆续设立中央银行成都分行、重庆分行和万县分行，与地方政府协商合理价格，限期把四川全省杂币一律收回。由中央银行拨出巨款以调剂市面，稳定市场，收到明显效果。四川币制改革的成功，成为一个表率，打消了各地方实力派的种种疑虑猜测，认识到中央币改所为意在为地方谋求福利，而并非意在集权专制。于是，接下来广东、广西、云南、贵州、青海、宁夏、新疆等省的币改工作先后铺开，形成潮流。在此基础上，于1935年11月3日，孔祥熙一手主持颁布了《法币政策实施办法》及《兑换法币办法》《银用品管理规则》等法规，其《法币政策实施办法》共为六条：

（一）自本年十一月四日起，以中央、中国、交通三行所发行之钞票定为法币，所有完粮纳税及一切公私款项之收付，概以法币为限，不得行使现金，违者全数没收，以防白银之偷漏。如有故存隐匿，意图偷漏者，应准照危害民国紧急治罪法处治。

（二）中央、中国、交通三行以外曾经财政部核准发行之银行钞票，现在流通者，准其照常行使。其发行数额即以截至十一月三日止流通之总额为限，不得增发，由财政部酌定限期，逐渐以中央钞票换回。

并将流通总额之法定准备金，连同已印未发之钞票，及已发收回之旧钞，悉数交由发行准备管理委员会保管。其核准印制中之新钞，并俟印就时，一并照交保管。

（三）法币准备金之保管及其发行收换事宜，设发行准备管理委员会办理，以昭确实，而固信用。其委员会章程，另案公布。

（四）凡银钱行号商店及其他公私机关或个人，持有银本位币或其他银币生银等银类者，应自十一月四日起，交由发行准备管理委员会或其指定之银行，兑换法币。除银本位币按照面额兑换法币外，其余银类，各依其实含纯银数量兑换。

（五）旧有以银币单位订立之契约，应各照原定数额，于到期日，概以法币结算收付之。

（六）为使法币对外汇价按照目前价格稳定起见，应由中央、中国、交通三行无限制买卖外汇。

法币本身并没有规定含金量，只是以它对英镑的汇率来表明价值和信誉。根据以往中国货币对英镑的平均汇价，英国与中国政府商定，法币一元等于英镑一先令二便士半。此后，中国便以大量白银销往英国，换成英镑存入英国银行，作为法币的准备金。

法币与英镑的这种关系，自然引起美国的不满。作为报复手段，美国立即停止在英国市场收购白银，遂使银价暴跌。

本来，造成这种结果正是孔祥熙的本意，就是想刺激美国，叫它大量收购中国白银，解救中国的金融危机。但是美国财政部部长摩根索也不好对付，他知道孔祥熙的法币改革风险极大，原因是手头外汇短缺，准备金不足，犯了币改之大忌。所以他趁机要挟孔祥熙，让我买你的白银可以，但你的法币必须靠拢美元。他说："中国元总归要盯住美元、英镑或日元的，但在这次交易上……中国必须盯住美元……如果中国元不与美元发生联系，则美方无法给予这种帮助。"又说："中国政府就像在玩扑克一样，无疑正在虚张声势。如果他们得不到来自美国政府的支持时，他们就无法进行币制改革的。"

孔祥熙也不甘示弱，回答说："……我们维持目前的汇价水平绝不是在搞什么玩扑克、虚张声势的欺骗行为，因为即使到了最坏的场合，我们总可以在公开市场上抛售白银，不过这样做对我们两国都将不利而已。"

这一击也真灵，美国还就是怕中国逼急了这么干，自己会吃大亏。于是摩根索在请示总统罗斯福以后，在法币必须盯住美元这一点上暂行让步，先向中国购买白银五千万盎司，将价款存入花旗银行和大通银行的纽约总行。不久，孔祥熙再派自己的好友、江浙财团首领陈光甫作为中国币制代表团团长赴美谈判。谈判结果是：美国政府承诺购买中国白银七千五百万盎司，另接受五千万盎司，作为两千万美元的货款保证，这样，法币的准备金就基本解决。确定法币与美元的汇率为一百比三十。

法币代替银圆，使中国货币趋于相对的稳定，从而使国内的金融危机和物价暴跌的局面有所缓和，并刺激了生产的复苏和商品流通，发展了经济。但从另一方面看，法币政策的实施，势必为英美控制中国经济大开方便之门，加大经济半殖民化程度；同时由于法币缺乏黄金和物资准备，也为国民党政权日后采用多印钞票对人民进行直接搜刮铺好了路。

对于中国亲英美的币制改革，日本当权者自然大为反对。孔祥熙宣布实施法币政策的当天，日本驻华大使有吉明即约见孔祥熙，很霸气地责问事前为什么不与日本政府磋商？五天后日本陆军部又发表公报称："对日本来说，作为远东的一种稳定势力，决不能忽视大不列颠企图把一个半殖民地的中国置于英国资本统治下的任何尝试。"在日本政府的支持下，日商在华银行拒不交出白银，日本浪人在全国各地更是加紧走私白银，不断以高价从外商银行套购白银，极力干扰和破坏中国的币制改革。七七事变后，随着日军的军事占领，其经济侵略也十分疯狂，首先就是金融攻势。他们在张家口设立蒙疆银行，发行蒙疆银行券，规定凡内蒙古绥察境内持有法币者，必须兑换蒙疆券。接着又在北平设立中国联合准备银行，发行联银券，与日元等价联系。同时，一再贬低法币对伪钞的比率，且大有禁用法币之势。上海沦陷后，日方又在上海设立华兴商业银行，发行华兴券。汪伪政权建立后，成立中央联合储蓄银行，发行中储券以代替法币。总之，日本当局借滥发伪钞大肆掠夺中国战略物资，四类伪钞最低估计发行量几达七个亿，给孔祥熙的币制改革造成很大的麻烦。

不过总的来说，从白银危机到法币流通，孔祥熙的币改计划应算成功，但潜伏着更大的隐患。

七十四、内债与外债

1936 年 2 月 28 日，五十七岁的孔祥熙红得发紫，诸多头衔之上再加一个，被任命为整理内外债委员会委员长。

有话说："指斥前朝最便宜！"孔委员长上任伊始，尚不知能将党国债务整理到何种地步，有人倒先替他把北洋政府贬斥一顿："北洋政府时期，任意发行公债，既无正当用途，亦无补民生国计，所有公债销售收入，大部供私人扩充军队，购买枪炮子弹，民脂民膏，完全被消耗在硝烟弹雨中。举债时，有钱在手，任意挥霍；还债时，空无分文，一赖再赖，弄得国家在发行公债上，名誉扫地，信用破产……关于外债方面，北洋政府只顾眼前得失，不管国家利害，为了借得外国借款，不惜以关税、盐税等国家财政命脉，指做还债担保，以致我国关务、盐务行政，经常由外国人控制，国人没有行使主权机会。"

看来前朝不行，只待孔委员长大显身手了。

首先，孔祥熙代表国民政府宣布，所有北洋政府时代遗留下来的内外债，本政府一律承担，将从容整理清还。

北洋政府有多少内债？据说从 1912 年至 1926 年期间，共发行爱国、整理、振兴、军需等各种名目的公债二十余种（另有说是三十三种），共计六亿一千二百万元。这些钱都花在军阀混战之军费开支，某系某派扩张或稳固地盘之开销，再就是弥补政府财政赤字之需。可以说北洋政府整个就是举债度日。

但是，不能光说人家北洋政府大发公债呀，你们国民党南京政府发的还少吗？仅从 1927 年至 1931 年短短五年中，就发行公债十亿元，是人家北洋政府十年所发的两倍；1933 年至 1935 年三年中，又来了个六亿！看来也同样是举债度日。

外债情况又如何呢？所谓外债，主要是来自国外的各种借款和实物援助。

北洋政府时期，外债虽说是帝国主义挟持其在华的傀儡，通过经济援助实行政治侵略的一种工具，但它更多的是政府维持开支、弥补财政赤字的经济外援。袁世凯当权期间，举借外债二十项，共计三亿七千六百万元之巨。可笑的是，这些借款扣除实交折扣和到期应付利息，实际到手的钱只占借款总额的四成八还不到。比如 1913 年的善后大借款，两千五百万英镑的总额，袁世凯拿到手的仅为七百六十万英镑。日本把台湾、朝鲜、兴业三家银行联合起来，组成一个银行团，又办了个中华汇业银行，积极对华贷款，两年内共贷给北洋政府一亿八千万日元。日本的正金银行，也单独给北洋政府提供贷款三千万日元。北洋政府在 1917 年至 1918 年之间，还得到一笔称作西原借款的借款，总数为一亿九千五百万日元。

国民党南京政府建立以后到抗日战争爆发前，也同样向外国举债不断：先有所谓美麦借款九百二十一万美元，再有 1933 年的美棉麦借款五千万美元，还有美中航空密约借款四千万美元。另外，向法国中法教育基金会借款二十六万五千美元，向法国实业银行借款二百三十三万法郎和银圆九十一万四千元……总之，如今孔祥熙面前是债务累累，且看他如何整理。

对于内债，不论是北洋政府的，还是南京政府的，也不论是何种债务，孔祥熙一律揽下，根据其原定偿还期之长短，以旧债券更换定名为民国二十五年（1936）统一公债的新债券。新债券共发行十四亿六千万元，以尚未指定用途之关税收入作为还本付息基金。这种公债分为甲、乙、丙、丁、戊五种。另外又发行一种复兴公债，债额为三亿四千万元。新公债年息为6%，但还本期限延长，这使财政部每年可以少付利息八千五百万元。据说经过这一整理，公债变得使政府和人民两受其利，从此恢复了政府公债的信誉。政府得到的利益为：（一）债券化零为整。（二）偿期延长，利率减低，国库负担减轻。（三）腾出一部分债票及基金另行运用，借以办理各项建设事业。债券持有人得到的利益是：（一）基金巩固，获得更确实的保障，使公债本身的信誉提高。（二）票类划一，兑领本息较前便利。（三）债券市价上扬，利益增高。

在孔祥熙推行整理旧债方案中，青帮头子杜月笙和张啸林居然出力不小，使许多金融家和债务持有者不敢有所怀疑和反对。由于新公债利益大，所以买进者蜂拥而上，行情极火，可以说达到了狂热，以致孔祥熙不得不继续大量发行公债，累计总额达到十八亿元之多。

对于外债，孔祥熙是这样处理的：凡所欠债额比较小、没有确实担保、本息已经拖欠很久且没有其他枝节问题者，分别与债权国进行磋商，予以免息清偿。凡数额较大的外债，比如津浦铁路原续借款、陇海铁路借款、费克司马克尼借款、大陆商业银行借款、太平洋航业公司借款、安利洋行期票欠款、汉口造币厂借款等，则由财政部出面，分别与各债权国商定归还办法，以关税、盐税尚未指定用途部分充作基金，陆续予以清偿。中国政府这种偿还外债的态度和做法，立即得到各债权国的欢迎与配合，因为这些国家看到中国多少年来的混乱情况，对收回借款早已不抱多大希望，现在却突然大讲信用，要主动还账了，岂能不喜出望外？所以只要能收回本金，什么利息不利息吧。正由于双方都抱着诚恳务实的态度，故而债务谈判相当顺利，积年老账很快了结。对中国来说，真正的好处还不在于债去一身轻，重要的是此举提高了中国政府在世界上的信用度，其潜在价值难以计量。后来的事实正是如此，抗日战争中能顺利及时地得到一笔笔外援，与此前所建立起来的信用度大有关系。就是孔祥熙本人，也因此而大大提高了世界知名度。正因如此，在他随后的欧洲之行中，受到各国首脑的隆重礼遇，使他的人生达到了巅峰状态。

在官僚孔祥熙的政治生涯中，亲身参与的重大国事出访活动只有两次，而出访的真正目的都是为国家寻求外援：第一次是 1932 年，他以中华民国考察欧美实业特使的名义出国近一年，秘密使命则是考察西方空军，寻求建立中国空军的外援。第二次，就是下面我们将要详细讲述的这一次。

中国时局发展到 1937 年年初，任何政治家都会断定，一场中日大战迫在眉睫，绝难避免！西安事变后的蒋介石，不管其内心充满多少猜忌仇恨，但与日军决一死战的决心不能不下了。那么接下来就是，要对日作战并且取得胜利，仅以中国之力少有希望，必须得到强大的国际援助，特别是军事援助。对这些党国要务，大事不糊涂的孔祥熙自然也不会糊涂。当国内形势尤其是经济形势出现少有的团结繁荣局面之后，为抗战寻求外援便成了当务之急，而劳苦功高、声誉日隆的孔祥熙则是代表国家外出求援的最佳人选了。其年谱载："3 月 16 日，特派先生为'中华民国庆祝英皇乔治六世加冕典礼特使'，其秘密使命为向外国商洽借款及购买军火，以准备对日抗战。"

关于孔祥熙的第二次欧美之行，郭荣生先生编著的《孔祥熙先生年谱》收录甚详，而且真实生动。鉴于此次欧美之行不仅是孔祥熙本人一生的精华处之一，而且其使命关乎抗日国运，故而不妨悉数转录以传广远。

> 1937 年 4 月 2 日　上午，先生及副特使陈绍宽（时任国民政府侨务委员会委员长）、秘书长翁文灏（时任国民政府行政院秘书长）、武官温应星及桂永清与特使团人员一行三十余人，由上海搭意大利轮维多利亚号赴欧。蒋委员长及政府首长、工商领袖、同乡学生三百余人在码头欢送。驻上海英军亦派仪队在码头送行。
>
> 4 月 15 日　特使团抵孟买。孟买省长派副官登轮晋谒先生，并邀先生至公署午餐。先生在轮上接见我驻孟买领事及中国各侨民团体代表。下午 3 时启轮续行。
>
> 4 月 20 日　晨，抵埃及赛得港。下轮乘汽车至开罗参观博物院，游览金字塔。下午 4 时，英驻埃及大使、前驻华公使兰普森，茶点欢迎先生。晚 11 时登轮续行。

4月26日 抵意大利热那亚。顾维钧（时任国际联盟中国代表）、热那亚市代表、意国官员及我驻意使馆人员多人欢迎。意外相齐亚诺、那不勒斯市长马齐里、那不勒斯港海军司令范里大将，均派代表莅埠欢迎。由刘文岛大使夫人（大使本人正在患病）、那不勒斯警察厅长陪伴，赴罗马古都游览一遍。午后4时，登轮续行。

4月28日 抵捷克。由中国驻捷公使梁龙陪伴，晋谒捷克元首贝奈斯博士，叙谈甚欢。我驻俄大使蒋廷黼亦抵捷克欢迎。本日并接受捷京官方之招待。

5月2日 下午，先生由捷克抵柏林。我驻德大使程天放、参事谭伯羽、德国防部长白伦堡代表汤玛斯、外交部长代表斯巴尔塞，暨其他官员多人，在车站欢迎。

5月3日 下午3时，孔特使到达英国维多利亚车站。英皇代表、中国驻英大使郭泰祺及华侨多人，在站欢迎。先生乘英国皇家马车，赴郎汉旅馆休息。

5月4日 晚，驻英大使郭泰祺在克拉里遮斯饭店为特使团洗尘。英首相张伯伦、外相艾登、英前驻华大使贾德干、经济顾问李滋罗斯等，应邀作陪。

5月5日 英下院中国问题委员会设席欢宴孔特使及陈副特使等。由保守党议员温特顿主席（主持），宴谈甚欢。英国国家极注重礼节，因先生为孔子后裔，故典礼处特别指定英国首席公爵诺克福夫人做先生宴会时的陪伴人，以示敬意。后英皇乔治六世、英首相均先后邀宴，席间频祝中国国运昌隆、中国元首政躬康泰。

5月12日 上午，英皇乔治六世加冕典礼。我国之孔特使、陈副特使、郭泰祺、翁文灏、郭秉文、桂永清等十一人，莅场参加盛典。孔特使并参加各国庆祝英皇加冕典礼代表之仪队。

5月13日 晚，英外相艾登于唐宁街正式招待孔陈二特使及随员。陪宴者多为英国外交家及英阁员。会后先生应诺克斯夫人之午夜聚餐。

5月14日 夜，英皇与后在白金汉宫开加冕大宴，孔特使应邀参加。皇与后并立，与来宾握手，每一宾至，皆由大礼官唱名。英外相艾登向英皇介绍先生说："陛下，这位是中国特使，是统一中国财政、整理中国税制、改革中国通货、恢复中国国际信誉、平衡中国政府预算的孔祥熙博士。而且他的成就，都是成于忽促之顷，指顾之间。"英皇握手注视，备致倾慕。由此可知，先生就任财政部长之后几年的成就，实已引起国际的注意与重视。

5月15日　先生向英皇辞行，不再受英政府之招待。

5月16日至22日　先生及女公子令仪、二公子令杰，赴英美烟公司董事长欢宴。伦敦中国学院与中国协会，举行茶会招待先生。先生参加伦敦中国教会大学联席委员会宴会，并发表演说。英外相艾登与先生晤谈甚久，艾登向先生表示，并保证，英国倘与太平洋沿岸任何国家举行谈判，务当严格尊重中国利益。中国协会及英国工业联合会，设宴招待先生及郭泰祺，由会长、下议院议员温特顿主持。

5月23日　先生离英赴日内瓦，英皇代表及英国政要至维多利亚车站送行。

5月28日　先生访瑞士联邦行政委员会主席摩太。我国驻欧使节会议本日在日内瓦召开，先生报告国内情况。

5月29日　国际联盟中国代表顾维钧宴孔特使、陈副特使及团员。与宴者有英外相艾登、苏俄外长李维诺夫、埃及总理那哈斯、埃及外长迦理、荷兰外长格来夫、拉脱维亚外长曼特士、厄瓜多尔代表葛佛陀。会后参加埃及总理那哈斯之舞会。

5月30日　意大利国王接见孔特使、陈副使。并由意大利外长齐亚诺伯爵邀请先生与意大利首相墨索里尼晤面，试为英与意大利因阿比西尼亚战争而破裂的外交关系，做些拉拢工作，尤其希望把意大利拉入民主阵营。齐亚诺是墨索里尼女婿，先为意大利驻上海总领事，继为驻华公使，与先生早已相识了。

5月31日　晚，先生由意大利趁机抵法国都林城转赴巴黎。部分团员已由意大利那不勒斯港搭轮回国。

6月1至2日　上午，偕同我驻法大使顾维钧访法外长台尔博士。下午晋谒法总统勒白伦。法以一等荣光勋章赠先生，以二等荣光勋章赠副使。法国中国联谊会欢宴先生。

6月3日　上午，参观法国巴黎近郊飞机场及法国空军演习。中午在机场设宴款待先生。午后5时，驻法大使顾维钧夫妇举行酒会招待先生，应邀者有法军政要人、外交团、科学文艺名人及其他名流千余人。

晚，法财政部长奥利沃尔款宴先生。

6月5日　午，法政府在外交部正式欢宴先生。

6月6至8日　午后3时，离巴黎。法政要多至车站欢送。当日抵比利时京城布鲁塞尔。晚，留比中国侨民及驻比使馆欢宴先生。先生参观比国王宫及附近之中国馆。午，比国总理齐兰延见先生，晤谈一时余。晨，先生晋谒比王利奥波德三世。晚，比外长斯巴克欢宴先生，比各部会首长参加。

6月9日　8时半，由比京抵德国柏林。德经济部长沙赫特博士及德政府要人在车站欢迎。午，参观柏林工业大学，并接受该校赠博士学位。晚，驻德大使程天放欢宴先生，德经济部长沙赫特、财政部长克罗锡克、总理公署政务处长等人被邀。

6月10日　先生与德经济部长沙赫特博士会谈两小时。下午1时半，德外交次长（外长出国）麦刚森，在外交部款待先生一行。先生在德参观克鲁伯兵工厂时，由德国政府派员相陪。该厂厂主用极隆重的礼节欢迎这位远道而来的贵宾，当场把他本人袖上所缀的克鲁伯兵工厂三圆圈厂徽袖扣摘下来送给贵宾，作为纪念。先生认为盛意可感，立即把自己的一枚翡翠袖扣解下，送给厂主作为回敬。厂主一看先生的这份礼物极为名贵，颇感不安，踌躇片刻，又从怀里掏出一个克鲁伯厂出产的三圆圈厂徽挂表，双手奉送给先生。弄的先生有点却之不恭受之有愧起来，只好留下。后来，中国向该厂订购一大批军火，该厂开出的价格，格外克己，交货日期尽量提前。先生在谈笑之中，为中国省了许多钱，军火适时派上用场。先生在捷克和德国购买了大批轻重机关枪、步枪和重武器，这批军火随即装船东运。不久即发生七七事变，军火适时运到中国，用以抗战。

6月11日至13日　上午，先生访德航空部长戈林，晤谈一时余。中午至德阵亡将士纪念碑献花。先生参观容克斯飞机制造厂。中午在工厂进餐。下午2时飞回柏林。前往贝许斯加登镇希特勒别墅晋谒德元首希特勒，晤谈一小时半。先生以美术珍品数件赠希特勒，以示敬意。希特勒以亲笔签名之银架照片一张赠先生，照片置特制皮匣内，精美绝伦。德元首开茶会欢迎先生，许多德委员与会。宾主周旋至5时许始散。当先生与希特勒谈到共产主义时，希特勒两目充满憎恨的火焰，并说，将来德国一定要先攻打俄国。但后来，希特勒先攻打了法国。

……

6月16日　晚，由德赴法，自查尔汉堡港，乘玛丽皇后号赴美。先生在加冕典礼完毕后，访问法、比、德、意诸国，同时治疗其宿疾心脏衰弱、高血压和糖尿病。先生在各国所获招待，其热烈与荣耀，远过于前清李鸿章游欧时所得者。实先生之人格及其处理中国财政之成就，获得世界赞誉，有以致之。

6月21日　先生抵纽约。中国驻美大使王正廷、国务院代表交际司长哈密顿等，在码头欢迎。

6月23日　接受耶鲁大学所赠博士学位。欧美大学赠先生博士学位者，前后三次。（除本次外），尚有民国十五年（1926）奥伯林大学赠以法学博士学位及二十六年（1937）6月9日德国柏林工业大学赠以博士学位。

6月27至28日　抵华盛顿。与摩根银行之拉门特及其他银行家晤谈，并商立协定，将太平洋建设银行借款美金五百万元事解决。

美国财政部长摩根索晤先生及王正廷大使。中午，美国务卿赫尔宴先生，讨论远东财政及商务上之一般问题。

6月29日　罗斯福总统延见先生。那时七七抗战尚未爆发，先生把中日问题提出来，和罗斯福总统坦诚交换意见，中美两国的态度都相互了解了。美国知道中国有抗战的决心，中国获得美支持抗战的援助。后来在抗战时期，美国以金钱、军火、军用物资、空军人员大量援助中国，都是由先生这次访问美国，晋谒罗斯福总统建立下的基础。先生于晋谒罗斯福总统后，接见美国重要报纸及通讯社记者四十余人，报告中国现状，并答复有关问题。

本日，美国建设银行所属进出口银行，允贷款美金七十五万元，为中国购买机车之用。

6月30日　会晤美国国务卿赫尔。午后，晤见建设银行董事长琼斯。罗斯福为了表示对中国的同情，和酬膺先生报聘美国的盛意，特别示意建设银行董事长琼斯，贷于中国美金一千万元。这项贷款手续，不久即行完成签字。后来，先生派上海银行总经理陈辉德（即陈光甫）进行细则上的接洽，并接洽购运一切在美国买到的军用物资。后中美两国共同组成"环球公司"，专门为中国政府办理购运军用物资事宜。当时派宋子文长期驻美，就是主持这项工作。

先生赴美财政部访摩根索，以示谢意。

与美参议院外交委员会主席毕特门会谈两次，对两国财政关系，均表满意。晚，美财长摩根索在华盛顿首都俱乐部，举行盛大宴会欢迎先生。美国务卿赫尔、王大使正廷、参议院外委会主席毕特门及美政府要员多人参加。

7月1日　晚，中国驻美大使馆举行园游会招待先生。被邀美国政要及国会议员八百余人。中午，洲际银行总经理摩根宴先生。海、陆、空军司令应邀作陪。先生在美，曾经获得罗斯福总统的许可，订购一批汽油，交由美国轮船公司运到香港，再转广九路内运，条件是要迅速运送，必须在中国海岸没有被敌人占领封锁以前，把汽油运进中国内陆，妥为储存，以备战时应用。所购数量若干，十分保密，不得而知。但这批汽油经过香港转口的时候，香港政府所征收的保证金，就达港币七百五十万元之巨。

7月2至5日　晚，中国学生会宴先生。餐后偕二公子令杰，赴俄亥俄州游历。

先生抵克利夫兰。市长原费、奥伯林大学副校长等多人莅站欢迎，沿途有特别警察一队，加以护卫。

晚，奥伯林大学校长威尔根及全体教职员为先生洗尘，祝先生健康！誉先生为该校最优良毕业生。

5日晚11时50分，由奥伯林返抵纽约。

7月6日　中午，大通银行总董阿德尔利治与康白尔宴先生及其随员。晚7时1刻至7时半，应美国广播公司之请，对美国全国作十五分钟之讲演，估计将有一千五百万到两千万人听其讲演，并转播中国及远东各地。晚8时，纽约属于中国华侨慈善联合会之六十团体，假阿斯多利亚酒店宴先生。先生发表演说，讲述国内在蒋委员长领导下之进步情况，请侨胞多予祖国协助。欢迎美国工商界至中国投资，中国政府决全力协助保护。

7月7日　罗斯福总统邀请先生至白宫午宴，并与国务卿赫尔会谈。

先生在美国，到了几次大使馆。那时中国驻美大使馆在黑人区，这是从前清廷政府接收下来的产业，屋宇老旧，湫溢不堪，而且环境嘈杂，实在有失国家体面。先生觉得国家虽穷，观瞻体面极关重要的钱，该花的就得花，不该节省。因而决定在双橡园重新买一幢房子，作为大使馆馆址。那幢旧房子，作为大使馆职员宿舍。双橡园在华盛顿最好的住宅区，交通便利，地点清幽，附近都是外交使节所住的房子。

双橡园无论从外表和内容看，颇具规模，足以和其他大国的使馆媲美。

7月12日　先生召见我驻墨西哥公使谭绍华。中午，纽约泰晤士报社长兼发行人苏斯信格在该报大厦宴先生。该报总经理艾特勒、主笔方莱等作陪。午后，美国报界巨擘、纽约世界电闻报社长兼主笔霍华德拜谒先生，表示敬意。

7月13日　先生延见国际问题著名作家、外交政策协会会长贝尔。晚8时，艾尔文信托公司总董比尔森宴先生，美国著名商人多人作陪。

7月14日　先生乘法国诺曼底邮船赴欧。行前会晤纽约银行界名人多人。到码头送行者有美国务卿赫尔、纽约市长拉迦狄亚代表及侨胞等数百人。

7月19日至20日　午后1时，先生抵英国伦敦外海之苏桑普敦港。英外交部代表至码头欢迎。

先生与英国银行界谈判。不久以后，在伦敦签订关于建筑广梅铁路与浦信铁路借款两批，共七百万英镑。并商定俟机在伦敦发债券三千万英镑。

7月26日　接获蒋委员长密电云：大战已开始，和平绝望。希在国际方面多所接洽。

8月5至9日　先生抵巴黎。

午后，先生与法国银行团签订金融协定，据传贷款中国四亿法郎，亦说二亿法郎，以增加中国之外币存额，而使中国币制益形稳定。先生云：余最近游历欧美若干国家，得与各国签订同样性质之合同，殊以为幸！先生究与哪些国家签订贷款合约，贷款若干，用途为何，俱极守秘密，从不宣布。

先生在法国，看见驻法大使馆的房子，陈旧到有失国体，又替我驻法大使馆在富丽堂皇的乔治第五街，购置了一所气派很大的新房子。

晚，自法乘火车赴德。

8月10至13日　10日晨抵柏林。德外交部远东司长及部员多人莅站欢迎。拟在柏林停留一周。与德经济部长沙赫特讨论中德贸易问题。午,沙赫特宴先生。中国驻德大使程天放、德国防部长白伦堡、外(交部)次(长)麦刚森等作陪。饭前曾在柏林近郊蒲多夫地方沙赫特别墅中,与沙氏作长时间之商谈,讨论在经济上协助中国问题。

访德外长牛赖特。

应德国防部长白伦堡宴。

沙赫特为先生饯行。

8月14至16日　先生抵捷京,当日由捷克总统贝奈斯接见。并与捷外长罗夫达会晤。先生并向捷克斯高达厂购买步枪、轻机枪及自动步枪等军火一批。

赴捷克南部,会晤捷实业界人士。

取道奥国萨尔斯堡城赴维也纳。

……

10月18日　下午2时,先生所乘之法国邮船海素号抵上海吴淞口。法国领事乘小轮往迎,于4时50分在法大马路码头登陆。我政府要员及财经界领袖十数人在码头欢迎。法租界巡捕房戒备森严,断绝交通。法租界当局因法政府曾以最高勋章赠先生,故特加保护。先生登岸,以旅途劳累,即赴私邸休息,停留上海数日。即匆匆乘汽车由公路赴南京。此时上海四周大都已被日军占领,只闸北及中山路仍在我军手中,京沪铁路之火车已不能开到上海,仅有公路一途冒日军炮火及飞机轰炸,尚可通往后方……

孔祥熙的欧美之行,历时五个多月,遍访西方主要国家,取得各国政治上之支持、军事上之援助、财政上之贷款……所有这些,都在随后的抗日战争中显示了积极作用。这是应该予以肯定的。至于在这些军火交易和贷款谈判中有多少以权谋私的勾当?导致了怎样的恶果?该给以何等历史的道德的评判……后文将有详细的说法。

七十五、抗日之初

从七七事变到武汉保卫战期间,以蒋介石和孔祥熙等为核心的南京政府,在对日作战上是全力以赴而且有声有色的。故而毛泽东亲笔致函蒋委员长表示敬意："恩来诸同志回延安，称述先生盛德，钦佩无既。先生领导全民族进行空前伟大的革命战争，凡在国人，无不崇仰。十五个月之抗战，愈挫愈奋，再接再厉，虽顽寇尚未戢其凶锋，然胜利之始基，业已奠定，前途之光明、希望无穷……"

1937年7月7日晚上，日军清水节郎中队在卢沟桥附近进行挑衅性实弹演习，以卢沟桥为其假想进攻目标。11时许，日军诡称听到宛平城发枪数响，致使演习部队丢失士兵一名，要强行进宛平城搜索。遭到中国军队拒绝后，日军便连夜调集军队，炮轰宛平城和卢沟桥。当地中国驻军第二十九军宋哲元部在忍无可忍的情况下奋起反击。这就是有名的卢沟桥事变，也叫七七事变。

事变发生后，日本当局立即决定向中国再派五个师团的援军，追加军费九千六百万日元，以扩大侵略战争。这激起了中国人民的极大愤慨，抗日呼声无比高涨。中共中央在第二天即通电全国，号召实行全面抗战。7月10日，国民政府向日本政府正式提出强烈抗议，并向华北地区增兵。7月17日，蒋介石在庐山发表重要谈话，宣布准备抗战。他对卢沟桥事变的四点宣言如下：

第一，临到最后关头，唯有坚决牺牲。我国是弱国，现正在建设途中，故为建设需要和平。但是，如果临到最后关头，便只有拼全民族的生命，以求国家的生存，那时节再不容许我们中途妥协。

第二，卢沟桥事变为日军有计划的行动。

第三，万一真到了无可避免的最后关头，我们当然只有牺牲，只有抗战，但我们的态度，只是应战，而不是求战。

第四，解决卢沟桥事变，只能在下列四项条件下实现：

（一）任何解决不得侵害中国主权与领土之完整。（二）冀察行政组织不容任何不合法之改变。（三）中央所派地方官吏，如冀察政务委员会委员长宋哲元等，不能任人要求撤换。（四）第二十九军现在所驻地区，不能受任何约束。

……

如果战端一开，那就地无分南北，人无分老幼，无论何人皆有守土抗战之责任。

蒋介石的庐山谈话，表明他的抗战态度，也确定了国民政府对日作战的基本方针。随后，他宣布全国进入战争状态。为适应战时需要，国民党中常会决定设立国防最高会议，为全国国防最高决策机构。蒋介石任主席，汪精卫为副主席，其成员由国民党党政军中央机关主要负责人组成，孔祥熙为其中一员。首次会议决定：授蒋介石陆海空三军大元帅，以军事委员会为抗战最高统帅部。8月14日，蒋介石发表了《国民政府自卫抗战声明书》，表示要实行自卫，抵抗暴力，并很快下达了国家总动员令，划全国战场为五个战区：第一战区为河北和鲁北地区，司令长官蒋介石兼，下辖第一集团军，总司令宋哲元；第二集团军，总司令刘峙；第十四集团军，总司令卫立煌。第二战区为晋察绥地区，司令长官阎锡山，下辖第六集团军，总司令杨爱源；第七集团军，总司令刘汝明；第十八集团军，总司令朱德；预备军总司令阎锡山兼。第三战区为南京、上海、杭州地区，司令长官冯玉祥，下辖第八、第九、第十、第十五、第十九集团军，总司令分别为张发奎、张治中、刘建绪、陈诚、薛岳。第四战区为闽粤地区，司令长官何应钦，下辖第四集团军，总司令蒋鼎文；第十二集团军，总司令余汉谋。第五战区为鲁南和苏北地区，司令长官蒋介石兼，下辖第三集团军，总司令韩复榘；第五集团军，总司令顾祝同。另外设立四个预备军：第一预备军司令官李宗仁，第二预备军司令官刘湘，第三预备军司令官龙云，第四预备军司令官刘成浚。

9月23日，蒋介石发表关于对中国共产党的重要谈话，表示"中国民族既已一致觉醒，绝对团结，自必坚守不偏不倚之国策，集中整个民族之力量，自卫自助，以抵抗暴敌，挽救危亡"。希望中国共产党"与全国同胞一致奋斗，以完成革命之使命"！谈话承认了中国共产党的合法地位，标志着第二次国共合作的实现和抗日民族统一战线的正式确立。

11月9日，持续了三个月的中日淞沪会战结束。自从8月13日日军在上海挑起战火，中国军队奋起抵抗，空前规模的中日大战就一直惨烈地进行着。会战初期，中国军队在第三战区司令长官冯玉祥将军的指挥下，实行攻势作战。在14日、15日的两天空战中，中国空军击落日机四十四架，消灭日军木更津、鹿屋两个航空队。中国陆军在闸北、江湾、杨树浦等处均有效地阻止了日军的进攻。15日，日军成立了上海派遣军指挥部，至月底增兵达二十多万人，开始向中国守军展开全线进攻。蒋介石亲临前线接替冯玉祥指挥权，调兵遣将，改变部署，将战区兵力分为左中右三个作战军，以张发奎、朱绍良和陈诚为总司令，各辖两个集团军，与日军展开殊死拼杀，双方激战一个多月。这次会战，中国军队先后投入七十万人，与日军苦战三个月，毙伤日军五万多人。虽然最后失败了，但表现了蒋介石的抗战决心，粉碎了日本侵略者扬言三个月灭亡中国的梦想。

12月13日，南京失守。16日，退守武汉的蒋介石发表《中华民国政府军队放弃南京告全国国民书》。他指出："此次抗战，开始迄今，我前线将士，伤亡总数已达三十万以上，人民生命财产之损失，更不可以数计……中正身为统帅，使国家人民，蒙此巨大牺牲，责任所在，无可旁贷。"但是，"最后决胜之中心，不但不在南京，抑且不在各大都市，而实寄于全国之乡村与广大强固之民心"。全国同胞要"人人敌忾，步步设防，由四千万方里国土内，到处皆可造成有形无形之坚强壁垒，以制敌之死命"。

日本当局的态度继续强硬，于1938年1月16日发表了《近卫第一次对华声明》，指责国民政府"不了解帝国的真意"，"竟然策动抗战"。声称日本政府"今后不以国民政府为对手，而期望真能与帝国合作的中国新政权的建立与发展"。两天后再补充声明说："所谓今后不以国民政府为对手，较之否认该政府更为强硬。"今后之"对华方针是谋求使国民政府崩溃！"

蒋介石的态度也是针锋相对，于1月18日发表《维护领土主权及行政完整声明》，严厉驳斥近卫声明，指出：自卢沟桥事变以来，中国政府一再表示愿以国际公法所承认的任何方法解决中日争端，但日本却不顾一切，公然大举进攻中国，屠杀中国人民。数月以来，中国未有一兵一卒侵入日本领土，而中国若干城市却在日军非法占领之下。因此，破坏国际和平之责任显在日本而不在中国。国民政府通告中外："中国抗战目的，为求国家之生存，为维持国际条约之尊严。中国和平之愿望虽始终未变，而领土主权与行政之完整，既为我独立国家应有之要素，又经有关各国以神圣之条约尤予尊重，自不能容许任何国家之侵犯。中国政府于任何情形之下，必竭全力以维护中国领土主权与行政之完整。任何恢复和平办法，如不以此原则为基础，绝非中国所能忍受。同时在日军占领区域内，如有任何非法组织僭窃政权者，不论对内对外，当然绝对无效。"

蒋介石为表示抗战决心，又于1月24日将不抵抗日军进攻、擅自率部弃济南而逃的韩复榘经军法审判处以死刑。军事上，调集五十万大军保卫徐州，台儿庄一战，歼敌一万一千九百余人，取得了开战以来正面战场最大的一次胜利。

这时的国民政府上层人物中，在对日抗战问题上，跟蒋介石最紧的莫过于孔祥熙了。他配合蒋介石的抗战方略，发表了一系列演说，其主要观点是：认识到日本侵华是处心积虑的阴谋。他在《对军官训练团第一次讲词》中说："日本军阀口口声声说他们是'东亚的安定势力'，田中奏折中并且露骨地表示要首先征服中国作为征服全世界的初步。""所以，我们要认识明白，这次中日战争，是日本多少年来处心积虑的阴谋，而非出于一时之偶然。"其次他坚信抵抗日本侵略是正义之战。他说："我国今日抵抗暴日侵略之战争，实为五千年来对外未有之剧战，关系我民族生存前途者至为远大。""日本军人的大炮飞机，终于向着我们的平津上海猛轰滥炸。抗战开始以来，大量的财产，被敌人摧毁；亿万的生命，被敌人屠杀。敌军所到的地方，挨村烧杀，挨户劫掠，良家妇女惨遭奸污，腥血遍地，惨不忍闻。这些耻辱、这笔血债，都是日本军阀所加于我全中华民族的百年深仇，真可谓仇深似海！我们要借着这一次抗战，来和敌人做一个总清算。"最后一点，是孔祥熙积极备战，对抗战必胜充满信心。他说："自抗战以来，政府曾以最大的努力，运用种种方法来补充我们的军火，我们现在所用的器械，无论在数量上和质量上都较战前进步的多了。今后尤当继续努力，务使接济充分，品质优良，能与敌人的武器相颉颃。"《近卫第一次对华声明》发出后，孔祥熙亦不含糊，当即站出来发表强硬文章予以揭露："敌人以大陆政策为其世世一母之传统国策，乃吾人所习知而熟闻之事实，年来不惜孤注一掷与我作战者，正欲迫我屈报，实现其阴谋耳。今竟扬言于世曰，无割地赔款之要求，岂其本心之所愿？"

孔祥熙作为国民政府行政院院长（1938年1月1日就任），不仅在政治上有明确的抗战态度，而且作为财政部部长，还在战时经济工作方面干了不少实事。比如，主持了工厂内迁。孔祥熙就任行政院院长后，提出了"一面抗战，一面建设"的口号。他在《非常时期经济政策之商榷》中进一步阐述说："一切经济设施，应以助长抗战力量求取最后胜利为目标。凡对于抗战有关之工作，悉当尽先举办，努力进行，以期集中物力财力，早获成功。""固有工矿设备，就设法保存，以充实生产能力；吾国之大部分工矿业，皆集中于沿海各地，抗战军兴，不免遭受敌人之摧残，自宜设法保全，俾能继续生产，以供军需……"正是在他这种思想指导下，从抗战之初，就陆续开始了沿海工厂的内迁工作。第一阶段是将上海及沿海地区的工厂向武汉迁移，第二阶段是由武汉向重庆等内地的迁移。据统计，到1941年为止，内迁厂矿约四百五十二家，迁移机器和物资约十二万余吨，随厂技术人员和工人约十多万人。这对改变全国工业布局、推动内地经济发展、支援抗日战争，发挥了不可估量的作用。

再比如工合运动。所谓工合运动，是中国工业合作社运动的简称，是由新西兰人艾黎夫妇提出、由孔祥熙主持领导的抗战时期群众性的经济救亡运动。1938年8月5日，中国工业合作协会在武汉正式成立，由孔祥熙出任理事长。具体来说，工合运动就是充分调动人民群众的抗日热情，组织广大难民和家庭妇女利用空闲时间从事工业生产活动，活跃经济，支援抗战。工合可以使小工业及技工工人发挥其特长，使难民可以得到救济。生产过程中，没有资本的，工合可以贷款；技能不足的，工合可以指导；产品的运销问题，工合可以设法帮助解决。在工合组织中，不存在劳资纠纷和对立，大家都是在为抗日救国而辛勤劳作，人人参加生产，相互帮助，共同受益。一时很受民众的欢迎。据统计，从1938年开始的头两年，该会社员遍布十六个省，共有一万七千二百多人，临时工尚不计算在内，所成立的合作社有一千八百多所，年产值超过一亿元。而且发展势头极好，不久就使三百多万难民从中受益。工合运动得到中国共产党的热情支持和密切配合。宋庆龄也积极参与，于1939年在香港成立了工合国际促进委员会，专为工合做国际宣传，并筹集资金。工合运动对于战时经济确实作出了很大的贡献。

再比如交通运输问题。孔祥熙由于在美国留学多年，对那里发达的现代交通事业印象颇深，早就有心在改善国内交通落后面貌方面有所作为，他在山西老家时也曾有过这方面的贡献。如今身为大权在握的行政院院长，又适逢军运紧迫的战争时期，更觉得有必要在这上头下功夫。在铁路方面，孔祥熙主要致力于修筑川滇铁路、成渝铁路和滇越铁路，使越南的海防经镇南关、昆明直到成都、重庆，连成一体。在公路方面，积极兴修西北地区自兰州经天水、南郑直通老河口的公路，改善陕甘宁青与川北地区的公路联运，加紧修建西南地区的滇缅公路，使之与川湘路、川滇路组成畅通无阻的交通网。在航空方面，开辟了通往苏联和缅甸的航线，使得我国与苏联之欧亚航线、英国之欧亚航线相连接。后来事实证明，这些交通线成为取得抗战胜利的生命线。

还比如实行战时金融管制。随着国家进入战时非常状态，在金融界必能反映出来，加之日伪的金融攻势的不断侵扰，给国家带来极大的不安定因素。淞沪会战后，沪宁等地顿起提存风潮，给战时金融体系以很强的冲击。孔祥熙早有预料，但也没想到会来得这样凶猛。他当机立断，急令各银行钱庄一律休业两天，随即于8月15日迅速推出《非常时期安定金融办法》。它强制每户每星期只能照其存款余额的5％提取现金。接着再公布《非常时期管理银行暂行办法》，加强了四联总处的权威，并将国家货币的发行权集中于中央银行一家，实现了发行统一。这一系列有力措施，都对稳定战时金融形势起了很大作用。

另外，孔祥熙还做了不少有益于全国抗战的好事。例如他曾拨款十万元接济处境艰难的八路军，受到毛泽东和朱德等中共要人的赞佩。淞沪会战后，宋庆龄曾面见孔祥熙，谈到大西北抗战军民的艰难困苦，希望能得到国民政府的接济，并转达了毛泽东的致意。此后不久，国共两党在武汉召开国防会议期间，朱德先生以八路军总司令的身份会晤了孔祥熙，也提出了同样的问题。孔祥熙当即表态：将拨款十万法币，并派专人送往延安。过后孔祥熙果然没有食言，派国民党中央赈灾委员会专员、前妻韩玉梅女士的娘家侄儿韩天耀，把所有款项颇费周折地送到延安。国民党给共产党赈灾，这举动委实非同凡响。为此，陕甘宁边区政府举行了隆重的欢迎仪式，延安各界民众代表夹道迎接。毛泽东当夜接见韩天耀，表示说："孔先生这次做了一件好事。你回去以后，请转告孔先生，在人民困难的时候，为人民办过好事的人，人民是不会忘记他的。中国有句老话，叫'种瓜得瓜，种豆得豆'。只要孔先生坚持抗战，我们一定支持他。"并于此后的 9 月 10 日，亲笔致函孔祥熙："边区瘠苦，难民伤员日增，此次蒙惠赈款，民困赖以稍苏，感纫无以……尚祈时赐。"朱德总司令也表示说："孔先生言而有信，山西民众会感激他的。这也是他为家乡人民做的一件好事。"也有亲笔信给孔祥熙："……德谨代表战地哀鸿，向我公致崇高的敬礼。"陕甘宁边区政府主席林伯渠再致函孔祥熙说："……前蒙拨款十万元，赈济陕北，又承允拨款十六万元，增修咸榆公路洛肤段……更增强边区人民感怀中央之德意……国共两党精诚团结，尤为支持抗战之最大力量。"这年的年底，孔祥熙给这三位中共要人分别回信致意。给毛泽东的信中有言："润之仁兄大鉴：月前郝君来渝，赍到惠书，敬种种切。承示发动人力物力，巩固抗战基础一节，至佩卓诚……我兄素抱牺牲精神，主张精诚团结，尚希随时见教，共策进行，是所至盼。"致朱德总司令："玉阶（朱德字）仁兄大鉴：上月郝君来，展诵手示，敬悉一切……我兄膂率大军转战华北，旌旗所指，敌胆为寒，每念贤劳，至佩……现天寒河冰，并望为国珍重。"致林伯渠："……前者台驾莅渝，快聆教言……上月初由郝君转到秋间手书，承示大公无我之意，对时局痛下针砭，其见老成谋国，迥异寻常……北地苦寒，尚望随时自珍为幸。"这些书信虽说大多流于客套，但两党水火多年，能有互相嘘寒问暖之意，也相当不易了。这也再次表明，抗日战争初期，孔祥熙的思想境界和生命状态达到了他一生的顶峰。

值得一提的是，连他的夫人宋霭龄女士，也积极参加抗日救亡运动，淞沪会战中她慷慨解囊，为中国军队购买了三辆救护车和三十七辆军用卡车；为航空部队购买了二十辆卡车以运送器械和飞行员，还为飞行员们购买了三百件皮夹克。

不过，应该指出的一点是，蒋介石和孔祥熙的对日作战，实在是逼上梁山的。在战前的对日妥协和秘密谈判中，孔祥熙也曾有过不光彩的记录。这在现存的日本外交档案中是查有实据的。之所以和谈破裂，是投降派汪精卫们比他们走得更快、更远、更死心塌地而已。

总的来说，抗战之初的孔祥熙，还真是一位身系国脉、操劳有功的抗战派国家领导人。1938 年 8 月 15 日，年已五十九岁的行政院院长孔祥熙，在国民党中央党部总理纪念周中报告内政工作情况。他总结抗战一年来所完成的三项主要工作是：第一，救济了难民；第二，改进了农业；第三，发展了西北西南的生产事业。关于今后的内政大计，他认为要从经济、政治、社会三个方面着手，实行大改进和大发展，以适应抗战之需要。他指出当前在政治上还存在着因循、迟钝、浮夸、蒙蔽、腐败五大毛病。在社会方面，距离"真正有组织的社会还很远"。大家应该在经济上崇尚节俭，在政治上清明廉洁，在社会上加强管理训练，从而"一致向抗战建国之途前进！"

1939 年 9 月 11 日，是孔祥熙六十华诞。是晚，在重庆范庄孔家私宅里，举行了简朴的生日宴会。只有财政部和中央银行的少数高级同人出席。当然，五院首长、党国元老、部会主管、封疆大吏和财经领袖们的祝联贺幛是推托不掉的。就中最给宴会主人脸上增光的，莫过于蒋委员长的一篇洋洋寿序了。其文曰：

孔院长庸之亚兄先生六秩寿序

孔子称革命始汤武，而大雅之诗，述周受命，首称文王。一时人才之盛，冠绝前代。故其诗曰："周虽旧邦，其命维新。"然则革命之业，虽成于武之世，而济济多士，皆文王之所遗也。及衰周之季，孔子思拨乱世而反之正，而不得施用于世。独与门弟子，损益三代，待后王之取法而已。秦并天下，蔑弃前典；汉之君臣，起草泽之中，承秦之敝，而习用秦法，非能有所变革，如周之新命也。又非能长养人才，如文王之作人也。自是以来，易代相承，其开国之规模，无以远过，是以数千年间，政教陵夷，沈滞而不进，学者生于其际，徒呻吟于三代之盛，望一治而未由。唯我总理，当数千年专制之后，上鉴前古，下则当世，以三民主义为革命之准的，建国之纲领。又与同志之士，讲明而力行之，用是伸张大义，摧帝制而建民国。庸之先生以孔子之后，而服膺总理之教，深知笃行，终其身而不倦。当其少时，肆业通州协和大学，闻总理有兴中会之设，遂乃纠合同学，密组支会，遥相呼应。其后负笈游美，肆业奥伯林耶鲁两大学，谒总理于克利夫兰，加入同盟。返国之后，建铭贤学校，日以大义砥砺生徒。辛亥太原首义，领导同志建军政分府于太谷，而身任山西中路司令。癸丑事败，随总理居东。袁氏称帝，受命归国，密有所图，自是多在北方与西北军将帅，倾心革命志同道合者相结纳。及总理寝疾北平，先生左右无违，亲承末命。十五年大军北伐，先生自美归，任中央政治会议广东分会委员兼代财政部长，于党政大计，多所贡献。国民政府定都南京，继任工商实业部长。先生生平锐意于国民经济之建设，而于总理实业计划，尤所究心。洎在政府，遂尽展其抱负，凡所经营，如中央机器厂、钢铁厂、硫酸铔厂、细砂水电精盐炼糖纸浆诸工厂。所建制，如国际贸易局、商品检验局、渔业管理局、矿业指导所、合作训练所、国际汇兑银行、国贸银行、农民银行，皆有关于农林工矿与国际贸易之大者。二十二年任行政院副院长兼财政部长，釐正赋税，蠲除苛细，而法币制度之建立，为尤有裨益于国计。二十六年英皇加冕，衔命往贺，遍历欧美，访问朝野，所至诸国，无不倾诚礼接，中外邦交，由是益敦。会卢沟启衅，抗战以起，先生使还，任行政院长兼管财政部，艰难措拄，于兹两稔，忧劳况瘁，非寻常可堪。昔楚汉相持于荥阳京索间，郇侯填抚关中，主管军食，遂以破楚。由今观之，汉之所以胜，由得持久战之要也。今日战争之烈，百倍前代，胜负之数，不专在兵力之强弱，而恒视其国力之消长以为衡。先生继主政枢，总持大计，其所规划，不止一端，困心衡虑，有非前史所可比拟者。今年九月为先生六十初度，虽勤逾于平昔，而精力越夫恒人。盖庄敬自强之效，不独为先生庆，亦所以为国庆也。雅颂之辞，其称寿者莫详于天保。夫文王之时，西有昆夷，北有猃狁，外患可谓亟矣。命将出师，以卫中国，其事可谓重矣。而采薇出车之诗，必先之以天保颂祷，何哉？元老之壮猷，执讯获丑之所由致也。中正躬负重寄，当国家之急，实赖同志贤硕，相与终始，戮力以济于艰难。故于揽揆之辰，

援小雅之义，为先生进一觞，馨无不宜，受天百禄，固不仅姻好燕私
之祝已。

中华民国二十八年九月姻弟蒋中正谨序

孔祥熙六十年生命史，在蒋介石的寿序中高度浓缩并且升华，居然"有非
前史所可比拟者"。这一番溢美之词，也是蒋孔关系密切到巅峰状态的标志。那么，
越过峰顶之后是什么呢？

从此，孔祥熙告别了自己的人生中年。

第十四章　丑闻人物

七十六、开除出党第一名

"七十三，八十四，阎王不叫自己去。"中国这句古俗语有没有道理呢？

1953 年的一天，七十三岁的孔祥熙一个人孤零零地坐在美国纽约郊区里弗代尔宅邸的书房窗前，不由得老往这上头想，我能逃过今年这个坎吗？我这病、我这处境、我这心情……不好得很呀！谁能料到还会发生什么样的倒霉事……恰在此时，有人送来新出的报纸。他展开一看，脑袋嗡的一声炸了。

报上的消息是：台湾国民党总裁蒋介石亲自圈定批准，开除孔祥熙、宋子文等人的国民党党籍，理由为……

孔祥熙合上报纸，久久地仰靠在座椅上闭目不语，两腮松垂的肌肉时不时地抖动抽搐几下，显示出内心的极度痛苦不安。良久，他像只受伤的野兽般呻吟起来，嘴里发出口齿不清的断断续续的话语："好，好……来得好……我成了断送党国命运的头号罪人了……是吗？是这样吗？……共产党列我是头等战犯，国民党开除我的党籍，哈哈……多妙呀，多好呀……唉，看来我孔祥熙躲不过这七十三呀……"

老实说，这个名单比那个名单对孔祥熙的打击要大得多、

五年前的 1948 年 12 月 25 日，正在过圣诞节的孔祥熙，听到中共权威人士在宣布头等战犯名单：蒋介石、李宗仁、陈诚、白崇禧、何应钦、顾祝同、陈果夫、陈立夫、孔祥熙、宋子文……一共四十三名。对此，孔祥熙却能泰然处之，

尽管是故作镇静，表面上的言谈举止丝毫没有给节日和家人扫兴，他甚至不无幽默地说道："我给他们拨款赈灾，才让我当第九名呀。"

可眼下这个名单就不同了，倒不全在自己上升为第一名，而是他，他……他蒋介石不能这样翻脸不认人呀！我承认我老孔、我的老婆孩子、我的部下心腹干了一些有损党国的事儿，可也不能把败逃台湾的屎盆子首先往我孔祥熙的头上扣，要扣也先得是你蒋委员长呀！唉，我那小舅子宋子文一辈子说不了几句中听话，可唯有一句至今越想越对头："给老蒋当财政部长，就得像是一条狗。"太对了，太对了。从来是"狐兔死，走狗烹"，可他姓蒋的连这一条都做不到，居然这么快就要拿我孔祥熙做替罪羊了。"唉，怎么会到这一步呀……"孔祥熙悲叹一声，"想当初，在财政部为自己召开的就任财政部长十周年纪念会上，他委员长不但亲自出席，还登台给我颁布颂词，那一通摇头晃脑的妙文，至今可是记忆犹新呀。"

孔祥熙清楚地记得，那次庆典在重庆中央礼堂举行，六百多人参加，以蒋委员长的亲自出席而达到最高规格。蒋委员长的颂词是：

> 度支之任，经致国用，遭时艰虞，厥责弥重。
> 未战之先，为战之血，革法图法，实唯至汗。
> 文战之时，肆应益劳，排除万难，黾免夕朝。
> 冉二十载，鬓发已苍，继是戮力，为国龙光。
> 下关民力，上计邦储，自强不息，日居月诸。

委员长之后，军事强人何应钦也出面大唱赞歌：

> 抗战迄今已达六年多，战争开始时，敌人根据我国当时经济与武力情况，估量我们最多只能坚持一年半载。不料后来在财政方面意外坚强。财政部在孔部长策划下，对长期抗战之所需，均能供应无缺，不虞匮乏，而使我们的军事形势稳定下来。现代战争为消耗战，经济较武力尤为重要。战争所需之粮秣弹药，无一不赖财政维持，战争之胜负，全视财政有无办法。中国抗战能转弱为强，转败为胜，表面看来是前方将士浴血牺牲的结果，殊不知财政实为重要因素。目前敌人在我国，深陷泥潭的陆军有一百多万，被牵制的空军有五分之一，这

庞大数字的敌军，随时在被消灭中。这种功绩，就是因为在财政上有办法，能强力支持军事的结果，也是孔兼部长苦心孤诣大力维持的功勋。现在前方将士，士饱马腾，军粮无缺，均为孔兼部长所赐。我谨代表全国陆海空军将士，向孔兼部长致以十二万分的谢意！

连一向对自己刻薄有加的宋子文都上台发言：

本人以往也曾担任财政部工作，深知抗战财政，有一般人想象不到的困难，因为平时财政办理不善，其失败仅是负财政责任者个人，战时财政办理不当，那就不是个人的失败或政府的失败，而是全民族国家的灭亡。因此在抗战六七年当中，孔兼部长担当艰巨，为国家辛勤奋斗，卒能克服一切困难，使抗战经济能平稳发展，不但军事需要不虞匮乏，就是经济建设也能齐头并进。这种成就，实在是对国家民族的伟大贡献，为历史上显著功绩。

在这个庆典上，发言者踊跃，谁不认为我这财政部部长劳苦功高，为抗战贡献至大？我自认为当财政部部长十年干了十件大事：（一）废除苛损杂税，以苏养民生。（二）实行关税改革，整理内外债，以树立国信。（三）建立国家金融机构，以奠定金融基础。（四）实行法币改革，以统一币制。（五）创办直接税，以开拓税源。（六）施行主计制度，以实行预决算。（七）推行公库制度，以稽核收支。（八）改正国家的财政收支系统，以期达到平衡预算之目的。（九）举办田赋征实，以调节军粮民食。（十）举办专卖事业，以创造国家资本，调节社会供应。对此，一片喝彩鼓掌声，包括蒋委员长也不例外。都看准我是抗战功臣呀。怎么现在这些都不算数了？都成了罪过了？抗战功臣变成了党国罪人，不开除不足以谢天下……这是怎么回事哟……

"怎么回事？看你不顺眼呗，没给他捐出三亿元呗。"这时宋霭龄插上了话。她从医院看医生回来了。"我倒后悔不是那次政变的主谋，要是我的话，准能干掉他姓蒋的。"这位以多权谋敢任事而著称的女强人恶狠狠地嘟囔着。

孔祥熙立刻惊恐地望望门外，抱怨道："你胡说些什么呀！还嫌给我惹下的祸少吗？"

宋霭龄越发提高了腔门儿嚷起来："我给你惹什么祸啦？这人家要开除你跟

我有什么关系？你要真听我的话，也不至于落到这份上！你就会在他面前点头称是百依百顺，太窝囊！你要真把那批政变的年轻军官掌握起来，决不至于……"

孔祥熙急得直跺脚："什么政变、政变的，不提行不行！还不是从这倒的霉？"

夫人用一根手指头点着丈夫的脑门儿苦笑着说："你呀你呀，真是个兔子托生的。在这美国家里连骂声娘都不敢吗？他缩在台湾能听见？听见了又怎么着？"

孔祥熙兀自摇着头说："你不懂，你不懂……你光会给我惹事。"

他们夫妇提到的这次政变，是发生在1943年的一次旨在推翻蒋介石的未遂政变，一向为世人所鲜知。

1943年11月21日，蒋介石偕夫人宋美龄飞抵开罗。23日与美国总统罗斯福、英国首相丘吉尔举行会谈，着重讨论同盟军反攻缅甸的军事问题。12月3日，中、美、英三国正式签署了《开罗宣言》。

政变就是趁蒋介石不在国内的这个时机发动的。政变发动者是一批崭露头角的高级青年军官，政治观念上代表当时美国的一种普遍看法，即认为蒋介石及其一伙人的专制无能，是造成中国落后挨打的主要原因；要想改变中国命运，就必须端掉蒋介石一伙，另组新政府。据后来有限的资料透露，在华的美军顾问廷伯曼准将直接出面参与了此事。这群雄心勃勃的少壮派军人，决心效法七年前发动西安事变的张学良将军，也来一次石破天惊之举；他们甚至把政变日期也定在12月12日；所不同的是他们将走得更远，不是兵谏，而是真正的政变！但是，事情走向了反面，就在政变即将发动的前夜，早有警觉的特务头子戴笠提前动了手，他联络起陈家党、军统、中统一齐出动，逮捕了这批充满创意的青年军官共约六百多人，将其中最优秀的十六名骨干人物很快处以死刑，成了一次流血的未遂政变。

奇怪的是，这次政变不知为什么与宋霭龄扯上了关系，说她是这次政变的真正幕后策划者，而且与她的小妹蒋夫人也不无瓜葛。据说此一结论是由戴笠得出并影响了蒋介石的。他有何依据？好像至今也未曾大白于世。蒋介石对军官们的异动和不忠历来是最敏感最忌讳的，对与军事将领们接触频繁的任何人也历来是深具戒心和憎恨。想当初，宋子文为了严密控制财政机关，充实国库收入，在财政部之下建起一支独立的武装力量叫税警团。它的编制、人员、装备、经费等各方面都比当时一般的正规陆军团优越得多，而且完全听命于宋子文。税警团总团长是王赓，总团部先设在蚌埠，后移至上海，以唐海安、陆文澜、张远南等人分任第一、第二、第三、第四团团长，总兵力达到三千多人。对此，蒋介石一直视宋子文为眼中沙粒，极为反感。不久蒋宋反目，宋被赶下财政部部长的宝座，赶出最高决策圈，这也是其中原因之一。国舅爷宋子文养个税警团尚且落下如此结局，那么对付今天的政变者及其策划嫌疑人的手段就可想而知了。1944 年 6 月，宋霭龄以陪伴小妹蒋夫人出国看病为由，悄然飞往南美洲的巴西利亚，在布罗科约小岛上一所诺曼底式大厦里过起隐居生活。与她们同时出国的还有孔祥熙，去了美国，从而成为一生失势的转折点。这种安排，是蒋介石对他们做出的"最轻的处分"了。

如今，这起流产政变已然过去十年，但对孔氏夫妇来说，永远刻骨铭心，指不定什么时候就会浮上心头、说到嘴边，引起感叹无限……眼下遇到被开除党籍的刺激，岂能不再次揭起这块伤疤！

回想着这一切，孔祥熙不禁无奈地直摇头，口中喃喃道："怎么会到今天这一步呢？真是出乖露丑、出乖露丑呀……"

其实，他孔祥熙不应该感到奇怪，走到今天被主子遗弃、政治资本几乎输光、孤悬海外寂寞度日的这一步，从主观上讲完全是自食恶果。他成为丑闻人物的历史要早得多。

七十七、洋狗事件

1941 年 12 月 9 日，重庆珊瑚坝机场。

将有一架执行专门任务的中国民航公司的客机从香港飞来。一小群一小群的接机人员在翘首蓝天，焦急地等待着。

前天，珍珠港事件突然发生，日军偷袭得手，美军损失惨重。昨天，美国对日本宣战，太平洋战争爆发。这样，位于战区附近的香港便情势危殆，随时可能陷于战火之中。此时，国民政府一批重要的政治文化官员尚在这里，急需撤离出去。为此，蒋介石亲自圈定名单，下了手谕，命派飞机赴港接人。今天，是此次行动的最后一个航班了。即将从香港飞来的重要人物计有：国民政府委员、人称"南粤王"的陈济棠，中央委员陈策，大公报经理胡政之，另外还有虽无官衔但却最有官势的宋霭龄等。这里头要论资历威望，当然就数陈济棠了。他早年追随孙中山先生，在讨伐陈炯明的作战中英勇无敌，深受信任，北伐开始那会儿已经是堂堂师长了。1929 年，他出面整编两广部队，任总指挥，一跃而为独揽两广大权的实力派人物。1936 年，西安事变之前，他因不满蒋介石的"攘外安内"政策，一怒之下发动了两广事变，自任抗日救国联军总司令，而此时的李宗仁才是他的副手。蒋介石算个厉害人物，但他对陈济棠也从来不敢怠慢，极尽安抚周旋。这次的手谕上就专门指出，要将陈委员安全护送来渝面商国事。

且说时辰一到，从香港飞来的客机徐徐降落，迎接的人们围上去各自寻客。舱门开处，首先是孔夫人宋霭龄和她的二女儿孔令伟，再下来是孔府的仆人老妈子、大小皮箱行李，最后是两条叫作雪儿和黄雄的西洋狗……奇怪的是除此而外再无客人下来，连蒋委员长点名相请的陈济堂也踪迹不见。这是怎么回事？机组人员悄悄地道出了原委。

事情就出在这位孔二小姐身上。关于她，那是大有说道。坊间有一段简介文字倒略可勾勒其轮廓：

> 孔令俊（即孔令伟）孔二小姐，孔祥熙与宋霭龄的二女儿。她从小女扮男装，会开车，善射击，有武功，嗜抽烟斗。她好勇斗狠，射杀过拦她汽车的警察，大战过龙云的公子；阴阳易位，纳过别人的姨太，同多名女子搞过"恋爱"（同性恋）；地位特殊，能在蒋介石官邸乱翻文件，经常插手孔祥熙秘书处的公事；经商善贾，在生意上常和娘舅宋子文斗法；为救美龄，政治上敢与蒋经国一决雌雄；豪放敢为，帮助姐姐争取婚姻自主；注重亲情，为姨妈宋庆龄驱赶骚扰的特务；不喜读书，认错字闹过笑话；不守礼仪，出访时几出洋相。她也曾有过嫁一个有势力男人的念头，追求胡宗南，结果"公主难嫁"，反受捉弄，以致终身未婚。她最受宋美龄喜爱，从大陆到台湾，多年担任其私人管家，情同母女。她与旧中国四大家族的几乎每个人都有过恩恩怨怨、瓜瓜葛葛，从她身上可以看到四大家族内部勾结争斗错综复杂的关系，是国民党官僚子弟生活的一个缩影。她的许多乖张行为，明显带有一个时代的印记……

这次，孔二小姐陪母亲在香港治疗气管炎，适逢太平洋战争突发，急着要赶回重庆。上飞机时，她身穿黄绿色呢子军官服，头戴大檐帽，足蹬长筒皮靴，腰扎武装带，插着勃朗宁手枪，扛着中校军衔，活煞煞一个女魔头。舷梯刚落地，她就指挥孔府人狗齐往上涌。执勤者拿出蒋委员长的手谕要核实人头，被她一把推出老远，叫道："谁该坐飞机，谁不该坐飞机，我比你清楚！"她清楚的是已好不容易爬上飞机的陈济棠及其夫人莫秀英，必须给我滚下去，腾出两个座位给自己心爱的洋狗雪儿和黄雄。英雄一世的"南粤王"刚一还嘴，她就拔出勃朗宁手枪大吼："你是下去不下去？叫你下去就是下去！看不见我的狗还没座位吗？"陈济棠老夫妇怎么也抖不起平日威风，只好默默走下飞机。至于另两位大人物陈策和胡政之，则连飞机的门也没靠上。结果，陈济棠屈辱难平，差点自寻短见，多亏妻子好言相劝方未走绝路，化装成富商模样从大鹏湾偷渡回国。陈策买渔民小船渡海，遇恶风翻船，几乎葬身鱼腹。胡政之生来畏水，只好混在逃难的百姓中辗转数省回到重庆。

此事传出，首先惹恼了一代报人王芸生。他当时任《大公报》重庆版总编，闻讯拍案而起，决心要讨个公道。《大公报》创办于 1902 年 6 月 17 日，由英敛之在天津首创。1926 年 9 月，由吴鼎昌和张季鸾接办，先后增出上海、汉口、重庆、桂林、香港等版，在资产阶级、上层小资产阶级及其知识分子中有广泛之影响。前不久，总编张季鸾过世，大家正等着胡政之回到重庆主事。现在可好，整个计划叫孔二小姐给搅得稀乱。

但是怎样才能把这件事予以曝光而又通得过政府的新闻检查呢？这倒叫王芸生大费脑子。其实，早在几年前，王芸生就跟孔祥熙干上了。抗战开始，《大公报》就不断发表文章，针对通货膨胀、物价高涨、官僚资本猛增等不良现象，对孔祥熙的财经政策大发议论，多予抨击。为此，孔祥熙又气又恨，却没办法，曾柬请王芸生到他的公馆喝茶相谈。在座作陪的有财界大人物翁文灏、张嘉璈、徐堪、俞鸿钧、刘攻芸、顾翊群等。孔祥熙就《大公报》上的文章发表意见，认为多与事实不符，提出抗议。王芸生毫不示弱，表示如觉有与事实不符之处，部长大人尽可以致函辩论，奉陪就是。茶会一无结果。没想到这回又是狭路相逢，难免一场新的较量了。

也是该着孔家倒运。此时恰巧陈济棠、陈策、胡政之等人先后返回重庆，召开记者招待会揭露孔家恶行。孔祥熙的政敌政学系、ＣＣ系、军统和宋子文派乘势点火，群起而攻之。广大民众，尤其是青年学生，早就对豪门势力深恶痛绝，声讨活动风起云涌，西南联大、浙江大学等学校罢课，举行声势浩大的示威游行。一时间朝野争说洋狗事件，万民齐指孔祥熙。事情也真巧，你猜怎么着？国民党中央的五届九中全会刚好在此时召开，大会通过了一项议案，题目叫作《增进行政效能，厉行法治制度，以修明政治案》。于是，王芸生抓住这一天赐良机大做"修明政治"的文章，开夜车写出一篇社论《拥护修明政治案》，反面文章正面做。其中要紧的地方写道：

修明政治最要紧的一点就是肃官箴、儆官邪。譬如最近太平洋战争爆发，逃难的飞机竟装来了箱笼、老妈子与洋狗，而多少应该内渡的人尚危悬海外。善于持盈保泰者，本应该敛锋谦退，现竟这样不识大体。又如某部长在重庆已有几处住宅，最近竟用六十五万元公款买了一所公馆。

这里的"某部长"是外交部部长郭泰祺，而"本应敛锋谦退"、"不识大体"的"持盈保泰者"，可就直冲着孔祥熙来了。文章面世，舆论一片大哗。闹得连蒋介石都不得不亲自出马搞"消防"了。他毫不犹豫地撤掉了郭泰祺，以宋子文继任外交部部长。但在孔祥熙头上该怎么办呢？不压下来吧，保不住自己的账房先生孔祥熙，眼下还真不能离开他；压下来吧，怎么压？白纸黑字，满城风雨，众口铄金呀。最后把难题推给了交通部部长张嘉璈。张嘉璈躲不过，只好叫手下的刀笔师爷费力，给《大公报》社发出一封公函，略谓：

> 本年十二月二十二日贵报社评《拥护修明政治案》文内，涉及此次香港来渝逃难飞机装载箱笼、老妈、洋狗，致多少应该内渡的人尚危悬海外等语，当以此事为社会视听所系，经饬中国航空公司彻查具报，据称……是日香港与九龙间交通断绝，电话亦因轰炸不通，其未来公司接洽之乘客，无法通知。在起飞前，时已拂晓，因敌机来侦之故，不能再待，唯飞机尚有余位，故本公司留港人员因此亦有搭机回渝，并将在站之中央银行公物尽量装载填空，随即起飞，决无私人携带大量箱笼、老妈之事，亦无到站不能搭机之乘客。至美机师两人，因有空位，顺便将洋狗四只，计三十公斤，携带到渝，确有其事等情。查所称各节，确属实在情形，贵报所述殊与事实不符，除美机师携带洋狗一事，殊属不合，已由本部严予申儆外，相应函请查照，即予更正，以正视听，是所至盼。

函末盖有张嘉璈本人印章。王芸生收到此信后，特别标明"交通部来函"五个字，刊于 12 月 30 日的《大公报》的报末。国民党、国民政府本来就缺乏公信力，此函刊出后，人们大都视为文过饰非的官样文章，不予采信，有关消息继续流布。这前后还发表了一系列挑战文章，如《别忘了痛》《为国家求饶》《晁错与马谡》等。尤其是王芸生执笔写的这篇《晁错与马谡》的社评，在引用了汉景帝杀晁错而败七国之兵、诸葛亮斩马谡以正军法的典故之后说："述以上两段历史有什么意义呢？这说明：当国事机微，历史关头，除权相以解除反对者的精神武装，戮败将以服军民之心，是大英断，是甚必要。"已经在将蒋介石的军了。

蒋介石怕把事情搞大了不好收拾，出面将相关人员一一安抚。至此，洋狗事件才慢慢平息下来。

其实，据历史资料考证，洋狗事件是一篇貌似确凿而严重背离真相的报道。《黄炎培日记》中就说："后知狗非孔氏物，乃机师所有。"王芸生后来也采信了张嘉璈的解释。1942 年 1 月 22 日，他在《青年与政治》中写道："据确切查明系外籍机师所有，已严予申儆，箱笼等件是中央银行的公物。本报既于上月三十日揭载于报，而此函又为中央政府主管官吏的负责文件，则社会自能明察真相之所在。"王芸生不是一个屈服于压力的人。当初他敢于冒犯新闻检查机关的删扣，照原文发表社评，事后他自然也不会轻易违心地承认官方的掩饰。1942 年 1 月 12 日，宋庆龄在写给宋子文的信件中说："事实是当时飞机上共有二十三人，你可以想象每个人能带几件行李。……我想对社论做出回应，但别人劝我应保持尊严和沉默。……我没能带上我的很多文件和其他无价文章，更别说我的狗和衣服了。当我来到这里的时候，我发现我只带了几件旧衣服，那还是女仆灯火管制时黑底里为我随手抓来的。……对一个每天写东西的人来说，我甚至连一支笔都没有。"

据杨天石考证，当时孔令伟是来接机的，和老外聊天，逗他们的狗玩。但人们熟知孔令伟平时爱狗，自然会被误认为是从香港运狗的主人了。

但不管事实究竟如何，孔祥熙在这一事件中名誉扫地，处境尴尬。

七十八、林世良之死

1940 年 12 月的一天，一队武装宪兵冲进昆明太和饭店，出示了蒋委员长的手令之后，将正在这里吃喝玩乐的林世良予以逮捕，手铐脚镣齐上，推上专机直飞重庆，关押在土桥军法执行总监部牢房内。很快，于 12 月 22 日，根据蒋介石的亲批命令，将其执行枪决！

林世良是孔府一个最忠实卖力的管家，先任中央银行庶务科主任，现任中央信托局运输处处长。作为孔祥熙全家大小都很赞赏的一员干将，他如何能被推上刑场送命？说来有些曲折。

在现代社会里，不知从何时起，军火生意成为最有赚头的商业投机行为之一。南京国民政府时期也不例外，一切想发大财的高官显贵，无不把眼睛盯着军火走私交易。据有人统计，南京政府每年向外购买军火开支约为两亿元，而经办人所得回扣则在货款的5％至30％之间，这些回扣可以在合同内扣除，或以企业股权、专利转让、独占经销等变相手法获得，经手之间就有几千万元的油水可捞。重利之下，谁不争斗？

孔祥熙插手军火贸易由来已久，早在他任实业部部长之初，就奉派出使欧美，为组建中国空军与西方军火商秘密接触。从此对军火生意便再也不肯撒手了。出任财政部部长后，对洽购军火一事更是大权独揽，但是有个不方便处，自己控制的中央银行不能出面搞这种事。于是，他灵机一动，成立了一个中央信托局，表面上是办理公共财政的一个金融机构，业务范围包括信托、储蓄、购料、易货、保险及农贷等，但事实上它的业务就是一项：从事军火贸易。孔祥熙以中央银行总裁身份兼中央信托局理事长，张嘉璈以副总裁身份兼任局长。两名副局长，一个是孔门大将张度，一个是张门亲信刘攻芸。下面设保险部，经理项馨吾；中央储蓄会，经理李叔明；信托处，经理刘攻芸兼；购料处，经理张度兼；储蓄处，经理陈钟声；虬江码头业务处，经理凌宪扬。另外有总会计室，总会计林兆棠；秘书科，主任仲龙；人事科，主任杨汝梅；庶务科，主任顾心逸。

其中的购料处又称易货处，是中央信托局的核心部分，专管军火贸易，故由孔门大将张度以副局长身份亲自把守，两个副经理李耀煌、吴敬安，也都是孔祥熙的心腹爱将。全局一切用人行政完全操在孔祥熙之手，连对外接洽、签订合同等所有业务事宜也不放过。故而张嘉璈在这里不过是一个摆设，不久就被挤了出去，当他的铁道部部长去了。但孔祥熙又不便再兼中央信托局局长，便由蒋介石推荐来的叶琢堂担任。

七七事变发生后，继而淞沪沦陷，上海成为一座孤岛。中央信托局不得不另谋出路，由储蓄处经理陈钟声带一部分职员到浙江丽水；副经理王华带一部分职员先到武汉，后到重庆；易货处副经理孔祥勉带一部分职员到昆明。当年年底，中央信托总局撤退到香港，租用皇后大道汇丰银行二楼112号办公。易货处改由麦佐衡任经理，而中央信托局大权则由孔大公子令侃独掌，名义身份是常务理事。

孔令侃生于1916年12月10日，农历十一月十六日。当时，孔祥熙三十七岁。

一个男人将近四十岁得子，这在中国社会里绝对是件令人振奋的事，何况对于很看重骨肉血脉不绝、家族繁衍昌盛的孔祥熙呢？这就注定他要把一种异乎寻常的望子成龙的父爱倾泻给新生儿，而不管这种感情是否理智是否纯净是否高尚是否必然会"种瓜得瓜，种豆得豆"。这也许是中国父母一种普遍的天性误区吧。

1933 年秋，十七岁的孔令侃进入上海圣约翰大学读书。此时孔祥熙已贵为中央银行总裁兼国府实业部部长，但这并没有完全吸引住从小娇惯坏了的儿子，儿子所最崇拜并极力效仿的是自己的姨父蒋介石。姨父因有黄埔军校而起家腾达，我就得搞一个南尖社跟着学。为何起名南尖？因为这是纳粹的译音，因为姨父很看重希特勒的那一套。南尖社最初的成员有沈震百、庄芝亮、钱起凤、潘绍良等人，快毕业时又吸收了何然棣、杨光明、周其铺等人，再后来，一些与孔公馆有瓜葛的年轻人物如林世良、姚文凯、顾心逸等，都成为这个孔氏"黄埔军校"的重要成员，从而形成了孔令侃的政治班底。这时他才二十岁出头。

一个二十岁的毛头小伙子，在别人家里也许还轮不上派大用场，但在孔祥熙这里却已急不可耐，要扶上大位，要交以重权，要尽快继承乃父衣钵，要青出于蓝而胜于蓝！为此，他在家里为儿子特设一个办事处，人称孔公馆办事处。有意把一些机密大事交给儿子去办，趁机让儿子熟悉公务，历练才干，结识各界名流，为日后正式跃上政坛做准备。为了保证效果，他还专门挑出一个毕业于铭贤学校的得意门生、老亲信、中央银行机要科科长王梁甫任办事处副主任，以辅佐孔二世。但据有些人回忆说，孔令侃参与其父公事的时间要早得多。有次杜月笙笑着说："你这样年纪轻轻，已经会看公事，批得很老练，真是不容易呀。"孔令侃答曰："我在圣约翰大学念一年级时，我爸爸就把上面的公事让我替他批，我一面上课，一面就用红笔批公事呢。"老孔对于小孔之期望值高到拔苗助长的程度，于此可见一斑。至于由此带来的负面效应，老孔当时可就没去多想也想不到的，直到许多年后饱尝苦果时已后悔晚矣。

接着说中央信托局移港后的事儿。

1939 年，孔令侃在香港中央信托局内成立一个兵工储料处，打的是蒋委员长御批的办理"二十八年度兵工储料"事宜的金字招牌。前文交代过，由于孔祥熙访德成功，中德两国在军火贸易中一直打得火热。但随着抗日战争的深入发展，在援华问题上德国受到日本的很大压力。同样，蒋介石也受到英美两国的压力。这使中德两国在军火生意上不便明着往来，但是互相有利可图的买卖又不能不做，只好暗中操作。为此，蒋介石特命孔令侃来办这件事，成为一项办理"二十八年度兵工储料"事宜的专差。既是"钦命"办理,那规格可就高多了,兵工储料处和后来设立的运输处,就成为一无预算、二无编制、一切由孔令侃说了算的独立王国。

国民党政府后撤到重庆时,才发现天津、青岛、上海、广州等出海口岸全部落入日军之手,国外的军火等战略物资难以上岸。为了打破封锁,必须开辟新的对外通道。于是,开通了从越南的海防经镇南关到桂林的公路、从海防到昆明的公路、从缅甸到昆明的公路。这样,大量军火及其他战略物资在海防和仰光港口卸货,再经过这几条公路干线运进内地,形成不可或缺的经济大动脉。为此,专门设立了一个管理机构,叫作军事委员会西南物资接运总处,对外的名称是西南运输公司。总经理由宋子文的二弟宋子良担任,副总经理是刘吉生、吴琢之和龚学遂。

这种局面一出现,军火生意全让别人给抢了,专做此项买卖的中央信托局反倒给晾在一边。孔家的利益怎么办?孔令侃苦思冥想,终于有了新招:你能吃肉,我也能食荤;你成立接运总处,我也来个运输处。于是派最忠实得力的林世良出任处长,购进一大批卡车,打起为中央银行运输钞票、为行政院运输特种物资的旗号,大跑军火及各种战略物资的走私生意。林世良也真会办事,不忘孔家的栽培之恩,对孔令侃感激不尽,不仅让出大利润百般孝敬,连孔家日常生活用品比如冰箱、沙发、烟酒、罐头,甚至包括卫生纸和狗饼干,都源源不断地送上来。据说有一次林世良送给孔令侃一张象牙凉席、两颗夜明珠和一条配有名贵宝石的金项链,每一件都是价值连城的稀世珍宝,但也就是这三件礼品,埋下了致林世良于死地的祸根。

俗话说,见财起意。没想到富可敌国的孔家二小姐也难脱此俗。因为欲得此三件宝物而不成,便决心与胞兄反目寻仇。她派人四处搜集林世良走私自肥以及种种吃喝嫖赌的恶行劣迹,然后当着全家人的面发难,认为林世良不堪信任,必须立即换掉,由她来接管运输处。事关滚滚财源,乃兄孔令侃能让吗?于是兄妹俩一气吵翻。孔祥熙面对家政战火束手无策,只好拿出自己的看家本领,来个中庸之道:林世良的处长也不拿掉,再放上一个二小姐的心腹汪建方做副处长。

爆炸倒是没有发生,但导火索并未掐灭。

当林世良知道事情的底细后,在孔令侃的支持下有恃无恐,我行我素,根本不把汪建方放在眼里。他大权独揽,好事独干,油水独捞。气得个汪建方呼呼的，干瞪眼没办法，只好离开昆明回重庆，去向二小姐告恶状。

太平洋战争爆发后，国民党政府发出严令，要有关部门抢运堆积在境外的大批军用物资和其他特种物资，任何人不得运送私货，否则一经查出，严惩不贷!

这天，大成公司的章经理找到汪建方，说他有一批汽车轮胎和五金产品堆在仰光，希望能帮他运回国内，运费从优。汪建方本想拒绝，因为自己又当不了运输处的家，不敢贸然答应，但他忽然灵机一动，心想这批货也是抢手得很，若能替二小姐以原价盘下来，运回国内，转手就是成倍的利。这岂不是为二小姐立了一功? 不料刚提出这个意见，章经理便一口回绝，他不傻，怎肯将到口的肥肉让给别人! 汪建方一急，便抬出孔二小姐吓人。谁知也不顶事，这章经理竟是个不吃吓的主儿。原来他的路子也很野，与孔大小姐令仪的丈夫有旧，顺这个门子很快与林世良挂上了钩。林世良听后大喜，价值三千万元的一块肥肉，送到嘴边焉有不吃之理? 当下签约承运，调集一百多辆十轮大卡车抢运这批私货。

这消息传到汪建方耳朵里，再传到孔二小姐令伟的耳朵里，可就把两颗报复心给激起来了。后者指使前者说:"听着，你马上去军统戴老板那儿举报林世良，把所有搞到的证据都带上。我叫他们吃不了兜着走。看看谁搞垮谁!"孔令伟狞笑着。

戴笠这边，早就对中央信托局运输处独吞油水的做法极为不满，对目中无人的林世良恨之入骨，对孔家的暴发眼红得要死。现在总算抓到一个把柄，决心大闹一场。于是做出严密布置，撒下天罗地网，只等林世良上钩。

林世良何曾想到这一层? 让章经理亲自押着车队，一路浩浩荡荡地撞网而来。这天，车队越过边境，来到畹町桥头。从军事检查站里走出两名军警上来盘问道:"车上运的是什么?"

章经理用嘴一指用大篷布盖得严严实实的卡车，十分傲慢地说:"怎么，看不出来? 中央信托局运输处。"

"车上装的什么货?"

"行政院特种物资。"

"下车，我们要奉命检查。"

"不能检查。我们有特别通行证。"

军警看过证件，态度和缓下来:"蒋委员长亲笔签署的滇缅线运行物资管制条例，你们知道吗? 如有私货严惩不贷。"

章经理硬着头皮:"绝对没有。"

"那好，请你在这儿签上大名。"

章经理不假思索，一挥而就。

军警们嘴角掠过一丝冷笑，抬手放行了。

车队继续前行，于第二天来到怒江大桥。

这里的军警照例上来检查，而且态度严厉，丝毫没有通融的余地。

章经理急眼了，下令押车的武装人员包围检查站，他要强行闯关。岂料不等他的人马动作起来，只听一声呼哨，便有无数军警从两边山上冲下来，反将车队团团包围起来。一名警官不慌不忙地走上前来，客气地打过招呼，递上一纸公文说："请章经理过目。"

章经理心里奇怪，他们怎么知道我姓章？一看公文，顿时两腿发软，原来是戴笠的手令，说奉委员长特别指示，务必要检查一切过往货物，任何人不能例外。

看着发愣的章经理，警官调侃地说："章老板，兄弟我也是没有办法，奉命行事，还请多多包涵。"然后回头恶狠狠地发令说："快给我搜！搜他个底朝天！"章经理此时才觉出对方是有备而来，是有人预先已做好了套儿，专等自己来钻的。可惜已经迟了。当下被戴上手铐脚镣，押回昆明。

于是，第二天便出现了本节开头的情景：林世良在太和饭店被捕。

林世良算不得重要人物，但他的背后站着大人物孔祥熙，还有他那神通广大的、连戴笠都怕三分的夫人宋霭龄。正是顾忌到这一点，戴老板下令叫他的军统局连夜起草一份报告给蒋介石，只提林世良假公济私破坏军运的事儿，而与孔家有关的话一个字儿不说，并在整个事件披露之前把报告送上去。蒋介石不知内情，一见报告大怒，当即批示将林世良严加查办，从重论罪。

林世良入狱，孔令侃有些发慌，生怕他受审之中说出中央信托局的什么秘密，但他此时远在美国，鞭长莫及，只能遥控。于是，一面安排人去稳住林世良，叫他任什么也不要交代，说外面正在营救，很快就可以出去；另一方面则花钱买路，四处打点，要军法总监部从轻发落林世良。果然有效：林世良表示好汉做事一人当，决不会牵连中央信托局，叫大家都放心；监狱方面则给林世良以格外优待，不光吃喝上是高标准，想叫外面大饭店送饭来吃也不阻挡，甚至还允许把女朋友带进来过夜。这样，几次军法会审下来，均无多大进展。军法总监何成浚拟以滥用职权罪判林世良十年徒刑了事。

但是，一直与孔祥熙有点过不去的戴笠，岂能放过这个打击对手的机会？

他派手下人四下里活动，极力搜求林世良的罪状，必欲置之死地而后快，并且在蒋介石跟前不断吹风，使蒋对林世良一案也越来越恼怒。

此时，外界对林世良一案也炒得很热，成为当时最大的一桩丑闻。孔祥熙因此受到很大的压力，直抱怨儿子不争气。可儿子远在异国，抱怨又顶什么用？甚至一想到儿子的被迫出国，不免又联系到私设电台那件丢人的事，心头更添一层烦恼。

原来，孔令侃在香港不但创办了《财政评论》，而且野心越来越大，竟搞起了一个秘密无线电台，每天与重庆乃父的官邸秘书处直接通报，除了随时报告香港及国外的外汇、金银、公债证券和美国股票行情外，也将搜集到的其他信息比如外报外刊新闻、香港各界人士的思想动态等，一并通报给孔祥熙。孔祥熙手下有个机要秘书陈延祚，是个译电神手。孔氏父子、夫妻之间的频繁通电，重庆方面他一个人干，香港方面得有好几个人陪着，一时很出名，后来被孔祥熙提拔为中央银行秘书处副处长。这就说明，对于儿子在香港开设地下电台的事，孔祥熙是知情的。

当时，中央银行本来已经在香港设有电台，就在罗湖深圳边界，是经过港英当局允许的。另外允许存在的电台还有军统局设在西环海岛上的一家。而其他一些机关银行与国内通报，都是通过交通银行设在香港的中国电报局发报的。孔令侃不管这一套，竟私自建起一个未经英国人批准的电台，当然是非法的。很快，英国人就掌握了这一情报，决心予以取缔。这天下午，港英当局出动大批警探，把电台所在的财政评论社大楼层层包围，实行突然查抄。查获全部文件、密电码和往来电文底稿，随后在报上予以曝光，说是破获了一个间谍情报电台。

此事一出，孔令侃慌了手脚。他一方面委托律师办理罚款交保手续，另一方面向经办人员大量行贿，并托军统局系统的警卫处处长陈质平出面，与英国情报部门周旋。最后总算把事情按了下来，由港英政府把全部案卷移交中国外交代表俞鸿钧，只宣布孔令侃为不受欢迎的人，希望他能尽早离境。俞鸿钧不敢怠慢，忙将这些向蒋介石做了汇报。蒋介石指示让孔令侃速回重庆报告一切。

孔祥熙从俞鸿钧那儿知道委员长的态度后，忙与内当家的宋霭龄商量。内当家不容商量地说："不能回来，绝不能回来。这两年都盯上咱们了，稍一有事，就是电闪雷鸣大风大雨的，不搞成个大丑闻似乎他们就活不成了！"

孔祥熙为难地说："可是委员长已经……"

夫人把手一挥："不管他。将在外君命有所不受。"

孔祥熙说："那叫侃儿上哪去？"

夫人一锤定音："当然去美国。就说哈佛大学那面来了入学通知，走得急，来不及回国晋见委员长。"

孔祥熙问："就这么说？"

宋霭龄答："就这么说！"

孔令侃就是这样于1939年秋天去了美国。

这样，在林世良一案进行到最后关头，孔令侃不在重庆，孔祥熙碍于舆情汹涌不敢出面，而军统方面则咬住不放，其结果就可想而知了。不久，戴笠亲自赶到土桥监狱提审林世良，暗示只要你供出后台底细，将功折罪，便可免于一死。可怜林世良到了此时，对"孔家定能救我"还抱着幻想，咬紧牙关不肯吐实。结果很快宣布蒋委员长的亲笔批件，着将林世良立即枪决。

处决的是林世良的肉体，但精神上遭到处决般打击的是孔氏豪门，是大限将至的"当朝宰相"孔祥熙！

七十九、美金公债风波

太平洋战争的爆发，标志着美国正式参加第二次世界大战。为了加强中国的抗日实力，以便将更多的日军牵制在远东战场，减轻他们自身的压力，美国政府主动提出借款五亿美元给中国。12月9日，也就是珍珠港事件的第三天，白宫将这一决定通知了正在美国活动借款的宋子文，请他立即前往美国财政部与摩根索部长具体接洽，并将此事尽快报告中国政府。双方商定，先行借款，一切手续容后办理。后来事实上的借款手续是拖到第二年才办的。1942年2月2日，美国总统秘书欧尔利向世界宣布：罗斯福总统已经咨请国会批准五亿美元对华贷款，以增强中国对抗轴心国之作战能力。据称，美国财政部部长摩根索与联邦贷款局局长琼斯，曾于1月31日与民主、共和两党磋商此事，两党一致同意这项贷款。众议院议长雷朋于2日向参议院提出正式议案。3日，众议院外交委员会一致通过对华贷款案。财政部部长摩根索、海军部部长诺克斯和陆军部部长史汀生在答询时一致要求国会正式批准这项贷款。6日，参众两院先后通过对华贷款案。12日，罗斯福总统正式签署了五亿美元对华贷款法案。由宋子文与摩根索签订的正式协定，被称为中美1942年抗战借款协定。

紧接着，中央社伦敦2月2日消息，英国政府宣布，已经通知中国国民政府，对华贷款五千万英镑，供购买军火之用。

国民政府外交部发言人表示：对于美英两国对华巨额贷款表示满意，称此两项贷款，系英美对于中国人民，尤其对中国战线五百万大军表示友谊与鼓励之佳音。

财政部部长孔祥熙即着手研究利用这笔贷款收回通货、稳定金融的实施办法。1942 年 3 月 24 日下午 4 时，财政部举行记者招待会，孔祥熙正式宣布国民政府决定发行民国三十一年度（1942）同盟胜利公债美金一亿元，以五亿美元做准备金。此项公债可以法币购买，每百元法币可购美金公债六元，到期还本时，或者可在纽约换取美金，或者可以时价出售。同时国民政府短期内将发行民国三十一年美金节约建国储蓄券一亿元，此储蓄券可以法币购买，每百元法币，可购买五元美金，期限分一年、两年、三年，孔祥熙称："此两项重要措施，可予工商业界购买美金之良好机会，待将来中美交通恢复时，俾将生产机器及物资运入以利业务。"

看来是件天大的好事。可谁又能想到，好事很快变成了一件使国内外舆论哗然的大丑闻。

抗战时期，有一个全国节约建国储蓄劝储委员会，主席由蒋介石兼。它在各省都建有分会，主任委员由省主席兼，副主任委员由财政厅厅长兼。各市、县都建有支会，支会主任委员由县长兼，副主任委员由财政局局长兼。此次发行美金公债，形式上就是通过这一组织承办的，即将认购数额分解给各省，由各省劝储分会通过各支会，向各阶层人民摊派认购，照比率折交法币，上解省劝储分会，再向中央银行分行兑发美券，但实际上却是由财政部交由中央银行国库局分发各地银行经销。

这时，抗日战争进入了第五个年头，进入到空前艰苦的阶段。侵略战争、政治腐败和天灾频仍，使广大民众陷于水深火热之中，生计尚且难以为继，哪里还有能力购买债券！豪绅富商虽然握有大量游资，但都忙于抢购战时物资以囤积居奇发大财，并不怎么热心美金公债。另外还有一个情况，在兑换手续上，叫民众先交法币，后领美券，不免令民众心怀疑虑：会不会是骗局呀？像从前一样上当呀？还是多买不如少买，少买不如不买吧。最后还有一说，中国人从未开过洋荤，就算日后兑得出美金，用它们做什么……鉴于以上种种原因，美金公债在发行之初，效果并不乐观。例如云南省，分得数额为一千二百万元，经过省主席龙云的软磨硬顶，实际只认购六百万元，而最后的销售情况更糟，连六百万元的一半都达不到。其他各省与云南大同小异，自发行当年的冬季到来年的秋末，全国总计实售美券才仅达半数，即五千万美元。还出现了另外一个问题：由于民众对美券缺乏信任，一旦被迫购得，便急于折本脱售，能捞回几元法币是几元。这样一来，造成美券黑市大跌的局面，一美金公债由官价的二十元法币跌至十七八元。不久，又因为政府滥发纸币，通货恶性膨胀，法币价值一落再落。这一反弹，突然又使美券价值水涨船高，竟由初时的十七八元猛增至二十多元、三十多元兑换一美券。这就更不利于美金公债的发行了。

孔祥熙回到家里，发行公债不顺当的忧虑挂在脸上。

宋霭龄就好像他肚子里的一条蛔虫，什么都清楚："这也值当发愁吗？"

夫妇对视一眼，立马心照不宣："那你有什么好法儿？"

"卖不动别卖呗，自个儿不能留着？"

孔祥熙心头一抖，心说又想到一块了，嘴上却说："谁敢留？这可是罗斯福贷给的美金！"

夫人一笑说："美金怎么啦？不是也照样卖不动嘛。发公债的目的不就是给政府搞钱抗日吗？目的能达到，管他什么手段。"

"话是这么说，可一旦传出去……"

"传出去又怎么样？就算又是一个丑闻，十个丑闻与一个丑闻有多大区别？大不了丢官走人。给他们卖命十年了还丢不下什么？瞧眼下这局势，你不是也说是'到目前为止一切还好'吗？"

孔祥熙嘿嘿地笑了。那是几天前，有个美国记者采访他，问："您对中国经济前途有什么看法？"自己说："中国的财政经济前途，好比一个人从纽约帝国大厦一百零八层高处失足跌下来，目前身体还在三十、四十层楼的空间，到目前为止一切还好。"

"那还有什么可怕的？"夫人说。

孔祥熙不禁轻声重复道："是呀，还有什么可……"

1943 年 10 月 15 日，财政部突然密函国库局称：鉴于美券黑市上涨，不利继续销售，着将该项美券尚未售出的五千万元，悉数由中央银行业务局购进完案。当时的国库局局长叫吕咸，一接到孔祥熙的指令，即马上转饬各省中央银行分行，将尚未售出的余额美券如数归解该局。按照正规手续，国库局在收到各地归解之美券后，应立即转交业务局承购，缴存国库。可是吕咸却没有这样做，而是向孔祥熙请示说："部长，所有收回的美券销售余额，为数不算多。我有个想法，可否由本部人员依照官阶分头购进，这既符合政府吸收游资原旨，又可以调剂同人战时生活。您看……"

这本来已成心照不宣的事了，只不过玩点形式而已。孔祥熙故作沉吟良久状，然后说："这个……你去与业务局郭景琨局长议议，觉得合适就去办好了。"

有了部长口谕，吕咸便放手大干起来。第一批收回的美券余额三百五十多万美元，折合法币七千零八万多元，由孔祥熙一人独吞。其中手续怎么走，真是有些巧妙得很。按惯例，三百五十多万美券开出传票之后，必须附上签名领据，也就是说得证明是谁把这笔美券购去了，但是实际上根本没见到签名领据，仅有债务科副主任徐俊卿的一纸白条收据见在。另外，这笔美券系用中南等银行本票三纸套购。按银行业务的正常手续，国库局对于购进人所交他行票据，须由债券科缮制交换收入传票，交由出纳科列账转送交换，才算完成正规手续。但此次所交他行票据，却是直接由债券科将该项本票解交业务局，然后另缮转账传票。这显然是不想叫出纳科看到此项本票。最后，吕咸还玩了一个把戏，名义上将债款转到保管库，开列专户保管账目，但实际上这是一笔空账，债券早被套购到市场上生财去了。第二笔美券余额近八百万美元，折合法币一亿五千万元，也如法炮制。有人算过一笔账：吕咸经手的这笔被贪污的美金债券，以当时公布的最低市价每一元兑二百五十元法币计，除去官价每一元折合法币二十元的购进款额，即可获得差价余额高达二十六亿多元。以当时全国四亿人口计，每人平均被剥削六元多钱；若以当时大后方两亿人口计，则每人被盘剥十三元。

问题是，孔祥熙和吕咸等吞食了以上美券后还不满足，还要继续将所有五千万美金债券全部吃下。据后来的调查表明，其中孔祥熙吃下七成，吕咸二成五，其余微不足道的半成，系由部众分得。

这么大的事，吕咸总有些放心不下，觉得只有孔部长的口头允诺未必保险，应该有个正式公文为妥，但又不好意思向部长提出此事，显得自己不敢担事似的。还是孔祥熙看出了吕咸的心事，问清楚后哈哈一笑说："吕咸弟何不早说，你起草一个公文就是。"于是吕咸这才转忧为喜，拟就一份请示报告说："查该项美券销售余额，为数不赀，拟请特准所属职员，按照官阶购进，符合政府吸纳游资原旨，并以调剂同人战时生活。"送到孔祥熙面前，孔祥熙连看也不看，就批个"可"字，但没签名，仅盖上一方中央银行总裁的小官章。

纸里包不住火。五千万美金债券被装进个人腰包的丑闻很快传出来，引起全社会的极大公愤。正好遇到召开国民参政会四届一次会议，参政员傅斯年、陈赓雅等人就此事制成议案，要求严惩孔祥熙等贪污腐败分子，提请大会讨论通过。这位傅斯年是个山东人，字孟真，二十三岁上北京大学期间，就与罗家伦等人发起成立新潮社，创办《新潮》杂志，积极参加五四运动。毕业后赴英国伦敦大学留学，二十七岁再赴德国柏林大学哲学院学习。三十岁即回国担任广州中山大学文学院院长，创立中山大学语言历史学研究所。三十二岁担任中央研究院历史语言研究所所长，并且兼任北京大学教授。这样一位著名学者，作为参政员所提出的议案，国民政府当局不能不格外重视。

首先惊动了蒋介石。他觉出了这件事的分量和潜在危险，一旦事态扩大到不可收拾，必将导致国民政府的信誉危机。为此，他迅速请傅斯年前去谈话，开头先极力赞扬傅等人的提案："先生忧国忧民，百代学人风范之师，介石至为钦仰。"表示他本人一定尊重参政会的意见，务求将此案一查到底，弄个水落石出。但是话锋一转又说，事关重大，不要操之过急，参政会要进行多方调查，必得假以时日。一下作为议案提出是否合适……

傅斯年名气挺大，但在蒋介石面前，胆气还是差得远。他的态度倒先开始变了，表示一定好好考虑委员长的话。

几乎就在同时，本次参政会主席团主席之一的王世杰，也亲自找到陈赓雅，劝其最好撤出提案："此案提出，恐被人借为口实，攻击政府，影响抗战前途，使仇者快意，亲者痛心。同时，案情性质尚属嫌疑，若政府调查事实有所出入，恐怕对于提案人、联署人以及大会的信誉，都会有损的。为此，拟请自动撤销，另行设法处理。"

王世杰刚走，蒋介石的"文胆"陈布雷又来了，他当然更能体现蒋委员长的意图了。他说："这提案资料的搜集，可谓煞费苦心，准备在大会提出讨论，当然也很有价值。不过，有个投鼠忌器的问题，就怕一经大会讨论，公诸社会，恐使英、美、苏等友邦更认为我们真是一个贪污舞弊的国家，对抗战不继续予以支持，那么，影响之大，将不堪设想。此前不久，政府决定黄金加价，被财政部高秉坊泄露消息，掀起轩然大波，友邦朝野人士，即喷有烦言。现在不幸又另有一空前大舞弊案的发生，必然更会引起友邦的失望与不满，为抗战招致失道寡助的后果，想来也不是大家所期望的。基此理由，拟请将议案改为书面检举，由主席团负责人亲交主席（蒋介石）认真查办，比较妥当。"

这么一来，陈赓雅也不能不有所顾忌，他找傅斯年等人商议说："大家看怎么办好？咱们的议案不走明路走暗路，只怕是官官相护，不了了之呀。"

傅斯年说："可是不撤下来也不成呀。我想，咱们该用另一个办法戳他一下，由我另拟一个质询案，在行政院院长张群做工作报告时，我们提出质询，不是也一样有效果吗？"

大家然之。

这个质询案果然轰动不小，但原稿很快就被调走，说是蒋委员长要过目。这一调再无消息，大会无从印发文件，所以影响范围也就有限。

蒋介石如此护持，并非要顾全孔祥熙，相反，他此时对孔祥熙简直恼恨透了！就在他亲自与傅斯年谈话之后，即密令财政部代理部长俞鸿钧彻查本案内情，向他具实奏报。

此时的孔祥熙正在美国访问。1944年6月，国际货币基金会议和橡树园会议在美国举行。孔祥熙以中华民国国民政府主席蒋中正私人全权代表名义前往出席，并携带着蒋介石致美国总统罗斯福的一封亲笔信，内容如下：

罗斯福总统阁下：

　　兹特嘱孔祥熙博士，前来访问贵国。孔博士曾任我国行政院院长多年，而最近数年以来，则代余主持行政院之院务，此当为阁下所熟知。孔博士与余始终共事凡十六年于兹，对于中国政治、经济及财政方面之情形，充分明了。关于我中国现时作战之情况，及余个人之见解，均请孔博士晋见阁下面述之。在彼旅美期间，余如有机密事项，欲奉达于阁下者，亦将托其详陈。我中国此时需要孔博士留在国内，事实上彼不能远离，故彼此时之前赴贵国访谒阁下，其使命至为重要，对于增强我中美两国以及余与阁下之友谊合作，深信必有重大之成就。孔博士实为余个人最堪信任之代表，请阁下予以最大之信任，而与之开诚商讨。……孔博士对我国之政策，最有深切之了解。余特授权于彼，负责代表商决一切。敬乞台察为幸。

　　敬颂健康

蒋中正

中华民国三十三年六月十七日

这封介绍信大有意思。按说，孔祥熙在上一次出访美国时，与罗斯福总统会见晤谈，是有交情的，怎么事隔仅几年，反倒需要起介绍信了？就好像从来未谋过面似的。这只能有三种情况：其一，这几年孔祥熙在美国朝野的名誉日见低下，成为包括罗斯福总统在内的许多人所不信任、不欢迎的中国人，故而需要中国最高领导人的特别推荐。其二，蒋孔关系已出现严重裂痕，为对外造成良好之团结印象，故而虚张声势。其三，两种情况兼而有之。

也正是由于孔祥熙不在国内，所以使俞鸿钧的秘密调查进展顺利。他与公债司司长陈炳章商定后，即派一得力可靠的心腹人物前往中央银行查账。结果是：发现美金公债自停止出售以后，所剩五千万的美券余额已全部售出；买主用的都是一些堂名、别名，地址也均含糊不清，有的甚至是南京、上海等沦陷区的地址；孔祥熙的山西铭贤学校也成了一个买主儿；所传中央银行职员瓜分一节，确有其事，但是到手的都是副处级以上的官员；另有专分给国库局职员一笔，据业务局局长郭景琨和国库局局长吕咸说，是为了犒赏行里的推销有功人员，一切都是经过孔部长本人同意办理的。贪污舞弊确有其事，而且罪情特别重大。

蒋介石听完汇报，阴沉着脸半天不吭声，最后叹口气说："没想到事情搞得这样糟，我看庸之只好辞职了，侵吞的美金公债分期偿还吧。"

中华民国国民参政会四届一次会议结束一个月后，《中央日报》登出一则仅有寥寥二十个字的消息："中央银行总裁孔祥熙及国库局长吕咸辞职获准。"

八十、高秉坊入狱

中国古话说："树倒猢狲散。"

假如，大树已倒而有个猢狲还不想散去，那这个猢狲注定没有好果子吃。

高秉坊就是这样的一个猢狲，最后只有锒铛入狱。

前文交代过，高秉坊是孔祥熙麾下著名的大将之一，自打1922年追随孔祥熙，至今二十多年来不离左右，官至财政部直接税署署长。

说到办直接税，前文已交代过，这里做些补充。

高秉坊其人精明干练，有些恃才傲物。虽深得孔祥熙信任与重用，但一直与颐指气使的孔夫人不睦。据说孔祥熙出掌财政部后，原内定高秉坊任总务司司长，就是喜欢干政的宋霭龄从中作梗，才去了清冷衙门赋税司。

但这高秉坊是个有能力不甘寂寞的人。他听从手下头号谋士宁承恩的建议，决定试办直接税以打开局面。此议获准实施后，他又先从抓人入手，办起了财政部税务训练班，并且敢于向竞争对手CC系挑战，力聘桂永清为训练班训育主任。

　　1937 年 1 月 1 日，中国直接税开征。赋税司下设直接税处，处长高秉坊兼，副处长为梁敬镦。所得税的征收范围，一是营利事业所得税，包括公司、行栈、商号、工厂或个人资本在两千元以上营利所得，与一时营利事业之所得；二是薪金报酬所得，包括公务员、自由职业者及其他从事各业之所得；三是证券存款利息之所得，包括公债及存款利息所得。根据上述三种税收类别，分设三个办事组：一组组长宁承恩，二组组长张萃，三组组长孙超垣。很快，在上海、江苏（包括南京市）、安徽、浙江、江西、湖南、湖北、广东、四川、云南、贵州、陕西、甘肃、宁夏、青海、新疆、福建等省开设办事处，派出专人负责，在全国打开了局面。

　　直接税的开征，使一向清贫冷寂的赋税司财源滚滚，成为财政部内油水最大的肥缺之一。尤其在直税处升格为直税署后，又增加了许多新税种，比如过分利得税、印花税、营业税等，名气更大了，不免惹人眼红。有张静愚者，时任财政部货物税署署长。别看他官职与高秉坊齐平，但后台却更硬：与蒋介石的侍从室关系非同一般，曾任禁烟局局长。这个禁烟局，实际上就是贩卖鸦片毒品公开专设机构，名义上隶属财政部，其实归蒋介石的侍从室管。于是这个张静愚就说话了：财政部内既有直接税署，又有货物税署；各省既有直接税局，又有货物税局，征收机构重叠，人员繁多，开支浩大，应该节约国库开支才对。同时，商人把同一种货物，既要到直接税局完直接税，又要到货物税局完货物税，手续繁复，辗转需时，货不畅流，于国不利。故而应该将直接税署与货物税署加以合并，叫作国税署，各省也同样把直接税局与货物税局合并成国税局。表面看来，这一设想合情合理无可指摘，但内里的文章可就大了去了，一句话，就是想将直接税署吃掉。张静愚不光说说就算了，而且马上有行动，从委员长的侍从室搞出一张条子给孔祥熙，就是关于合并的事。孔祥熙贵为财政部首脑，但见到蒋介石侍从室的条子也不能不低头三分。

　　眼看一块大肥肉要叫别人叼走，高秉坊急眼了，心说这不行！没这么便宜的事！这几年我为谁辛苦为谁忙？但硬顶肯定不行，连孔部长都不敢顶不是？那怎么办呢？经过一班谋士们的紧急磋商，终于想出一个辙来。高秉坊来到孔祥熙办公室说："部长，直接税是我们国家的一个新税种，有一套独立完整的考训人事制度；业务人员多是大学毕业不久的青年学生，不易驾驭，如果一下强行合并，恐生意外之纠纷，于国家税收不利。不若慢慢来改变为好。"

　　孔祥熙忙问："有什么好办法快说呀！"

高秉坊说："合并的事要搞，不能让人家抓住口实。但我们缓搞，先让各省的直接税局和货物税局试着合并，等好的效果出来了，我们部里再搞。这样对谁也能说得过去，而直接税署则还在我们手里没丢。部长您看……"

孔祥熙一听当然高兴，忙说："这样攻守自如，进退有据，太好了。我去找委员长说去。"

1943 年 2 月，各省的直接税局和货物税局正式合并为税务管理局，管理局长人选，由原两局各占一半。但实际上，由于这一切具体操作都是在部长孔祥熙领导之下，很容易做点手脚，所以结果大部分税务局长都是直税局出身的人。张静愚有口难言，只好把气忍下等待报复的机会。

合并的结果一如所料，油水不掺，各怀鬼胎，原直税局的人说话办事，原货税局的人则必定反对，反之亦然，根本合作不到一块。这也正好是个借口，直税署和货税署也就到底没有合并成。

高秉坊在孔祥熙的全力支持下开办直接税，的确属于开创性的事业，为完善国家税收制度做出了有益的尝试，但也从此得罪了政敌，为自己的最后倒台埋下了祸根。先是在开办之初得罪了 CC 系陈果夫、陈立夫，后来在各省两税局合并中又开罪了中统局局长徐恩曾。起因是：徐恩曾看见税利眼馋，派人持亲笔信去见高秉坊，要将六个中统分子安排当税务局局长。高秉坊不吃这一套，强调人选要有专业水平，是经过专门培训的方可。结果只留用二人，将其余四人毫不客气地给退了回去。徐恩曾由此心怀不满。最后，高秉坊连另一路特务势力也给得罪了，这就是人提人怕的军统局。当时，财政部内设有一个缉私署，一直由戴笠兼任署长，各地方的缉私机构也都叫他抓在手里。军统人员经常打着直接税名义敲诈勒索，贪占自肥，民愤甚大。高秉坊对此极为恼火，常在这类告状材料上挥笔一批："请雨农（戴笠别号）兄阅"或者"送戴署长"等，故意给对方难堪。另外，几次在部务会上大声疾呼，要求缉私署不挂财政部的牌子，令戴老板处境尴尬。在高秉坊为首的一批人的坚持下，财政部最后终于裁撤了缉私署。所以戴笠从此对高秉坊恨之入骨。

由于美金债券风波，孔祥熙不得不在内外压力下丢官弃职。一棵南京官场的参天大树轰然倒下。

当时，一般人判断，作为孔祥熙最得力的心腹爱将，高秉坊一定会联袂下台。但是高秉坊就是高秉坊，也总有点与众不同、出人意料之处，把着财政部直接税署的大印就是不撒手。于是，这个不愿散去的顽固的猢狲，顿时成为倒孔势力集中打击的目标。

首先发难的是 CC 系。这次陈家党没有直接叫阵，而是充分动用蒋委员长这张王牌，以泰山压顶之势居高临下，意在让对方绝无还手之可能。1945 年 2 月初，蒋介石以军事委员会委员长的名义，发代电给新任财政部部长俞鸿钧，称"直接税署署长高秉坊与各地分局串通舞弊，类多藉词挪垫，移以经商"，"查该署经办税款保证金，竟无确实收支账目可稽，开征已逾四年，亦从未清查，擅自提公款，违令存放商业银行"……着将其先行撤职，交法院查办！无疑，这些"炮弹"都是 CC 系所提供。

高秉坊闻听大惊。他跑去找俞鸿钧探问究竟，俞鸿钧不愿引火烧身，打起官腔连称对不起，无可奉告。又跑去找重庆实验地方法院陈述冤屈，坚称自己绝无所指贪污舞弊行为，亦无开办税训班以培植私党之过错，一切全是报复陷害，但此时的司法系统皆是陈氏势力把持，谁听他这个！当即按查办令质询数句之后，便将高秉坊予以扣押。随之军警云集高宅，进行搜查，气势吓人。虽然搜查一无所获，但重庆实验地方法院仍按 CC 系所提供的一套材料开庭审理高秉坊一案。

据刘秋阳先生撰文称：

> 1945 年 5 月，重庆实验地方法院对高秉坊"贪污"案开庭审理。著名爱国人士章士钊担任高秉坊的辩护律师，社会贤达沈钧儒等人参加旁听。审理过程中，中统审讯人员态度粗野，缺乏必要财经知识，强词夺理，多次提出中统、军统的调查材料做证，最后竟拿出事先准备好的判决书进行宣判，称高秉坊"连续意图得利，截留公款"，"处死刑，褫夺公权终身"。面对无理判决，章士钊表示极为不满，并说："如此暗无天日，这部六法大全尚有何用？"司法院长居正当晚召见司法行政部长、CC 分子谢冠生及重庆法院院长查良鉴，怒斥二人："你们上下其手，对高秉坊案如此处理，司法之尊严安在？"
>
> 高案的判决引起社会各方注意，街谈巷议均认为司法有欠公正，量刑不当。社会贤达吴蕴初、李烛尘与山东同乡丁唯汾等代表迁川工厂等十九个团体，相继据呈法院，要求公正处理，保障人权。奉命送高案到法院的财政部长俞鸿钧此时也因自己过分明哲保身而使高蒙受冤屈，备受良心责备，认为诬控严重失实，特将有关事实材料呈请蒋

介石饬最高法院慎重处理。

与此同时，孔祥熙意识到 CC 系如此对待高秉坊是"项庄舞剑，意在沛公"，于是托当时美国驻华大使赫尔利向蒋介石说情，婉言判高死刑有欠民主。

由于各方呼吁，蒋介石在 1945 年 8 月令最高法院撤销原判，发还重庆实验地方法院重新审理。

……最后……判高无期徒刑，判决书称："高秉坊连续对于主管事务直接图利，处无期徒刑，褫夺公权终身。"1946 年 4 月，最高法院核准通过。

二审判决后，高秉坊仍不服。高秉坊的辩护律师之一、中央大学法学系主任戴修瓒也认为判决依据是凭空推断，无营私舞弊之实据，遂多次向最高法院申请，要求复判，但没有下文。实际上也有军统人员私下认为对高秉坊的指控不符合事实。1946 年初，军统人员王抚洲接任直接税署长，发现在该署内无法发财，"以前外面都说直接税署是发财机关，进来以后才知道，制度定得死死的，光见数字，不见钱"。显然，CC 系一方面知道事实，一方面又歪曲事实。在这种情况下，高秉坊是难以得到公正说法。高秉坊也在整个过程中，目睹身受所谓司法独立的戏弄，自认在劫难逃，如继续申诉，也是与虎谋皮，所以放弃申诉，忍辱入狱。

高秉坊案的发生和结果，标志着孔祥熙的政治前途已入绝境，标志着蒋介石为了挽救自己岌岌可危的专制王朝，已决心舍车保帅、不惜牺牲最忠实听话的孔祥熙了。看出这一点，孔祥熙不禁浑身发冷。他已下决心不再挽回什么、幻想什么、强求什么了，毕竟自己已经六十五岁了。1945 年 10 月，他辞去中国农民银行董事长。至此，这位红极一时的南京权臣仅留下中国银行董事长的头衔了。

高秉坊的结果当然更惨。判刑后被押往四川省第二监狱，前面是望不到头的漫漫刑期。不过应该承认，高秉坊算得上一个个性坚强的人，并没有因此而消极悲观绝望，相反，他重又开拓起新的生活。四川二监的犯人大多是贫苦穷人，没有文化，十足法盲。高秉坊就发挥自己的文化优势，在监狱里开办起识字班和读书班，自编成人千字课本，居然在不长的时间里使所有犯人脱盲，所编千字课本在全国成了普及文化的抢手货。后来又搞起了小图书室，办得有声有色，从而挽救了不少愚昧灵魂。他在狱中的模范表现，感动了典狱长石济时，决心为他请求减刑。石典狱长在上报司法行政部的报告中称，高秉坊"编抄教诲教材，裨益监狱教化甚多，其服役病监看护，在传染疾病流行之时，不顾一己之危险，日夜护视"。"此种舍己为人之行为，殊属难能可贵，足可表率，可以劝善。"故请求予以奖赏。1949 年 1 月，司法行政部明令嘉奖。同年 11 月 25 日，国民党最高法院根据居正等人的决定，通知高秉坊出狱。高秉坊实际服刑时间为四十二个月。

出狱后的高秉坊离开重庆，迁居湖南。中华人民共和国成立后，曾任中南税务专员。1954 年改任湖南省人民委员会参事，兼省税务专员，直到退休。

八十一、打不死的臭"老虎"

1948 年 8 月 7 日，国民党国防部发表《半年来战局总检讨》，承认半年来国民党军队损失二十一万多人，关内关外丢失县城八十九个。提出新的内战部署为："军事上于东北为求稳定，在华北为求巩固，在西北阻匪扩张，在华中、华东则加紧进剿，一面阻匪南进，一面攻打匪之主力。"这就等于宣布，在军事方面已经由攻势而转为守势。

8 月 16 日，国民党政府发行五百万元大钞，票面为红玫瑰色，同时开始收兑四万元以下的小钞票。至此，法币的发行量已经是内战前的二十万倍，物价的涨度为内战前的三百九十倍，军费直线上升，赤字成为天文数字，国家经济已到了"唯有凭了印刷机，把法币像洪水似的天天泛滥出来，应付急需"的地步。这就是说，国民党政府的财政经济和军事形势一样，面临崩溃的边缘。

8 月 18 日，蒋介石与他的高级经济幕僚在莫干山紧急密谋之后，下山返回南京。第二天，明令公布《财政经济紧急处分令》。其主要内容有：自即日起以金圆为本位币，十足准备发行金圆券；限期收兑人民所有黄金白银银币及外国币券；限期登记管理本国人民存放国外之外汇资产，违者予以制裁；整理财政并加强管制经济，以稳定物价、平衡国家总预算及国际收支。依据上述内容，国民政府同时公布了《金圆券发行办法》《人民所有金银外币处理办法》《中华民国人民存放国外外汇资产登记管理办法》《整理财政及加强管制经济办法》。其中，《金圆券发行办法》规定：中华民国之货币以金圆为本位币，由中央银行发行金圆券；金圆券券面分为一元、五元、十元、五十元和一百元五种；法币及东北流通券停止发行，法币以三百万元折合金圆券一元，东北流通券以三十万元折合金圆券一元；金圆券发行总额以二十亿元为限等。此外，《整理财政及加强管制经济办法》规定：各地物品及劳务价格，一律冻结在 1948 年 8 月 19 日的水准上，不得加价。此举是国民政府实行的币制改革和限价政策。

《财政经济紧急处分令》系总统根据宪法临时条款所授的权限做出，无须经过立法院的立法程序。这真是蒋介石的孤注一掷。《中央日报》在 8 月 20 日的社论中这样说：

> 社会改革，就是为了多数人的利益，而抑制少数人的特权。我们切盼政府以坚毅的努力，制止少数人以过去借国库发行，以为囤积来博取暴利的手段，向金圆券头上打算，要知道改革币制譬如割去发炎的盲肠，割得好则身体从此康强，割得不好，则同归于尽。

8 月 21 日，国民政府在各地设置经济管制督导员，并委派俞鸿钧、张厉生、宋子文等分别为上海、天津、广州三地的督导员，蒋经国、王抚州、霍宝树等分别为这三地的协助督导员。显然，上海成为"割盲肠"的重点。名义上俞鸿钧是督导员，而实际上将由"太子"蒋经国唱大戏了。

此时的蒋经国三十九岁，职务并不高，中央委员兼国防部预干局中将局长，但他的根子是最硬的，手持着老蒋的尚方宝剑。蒋经国 8 月 20 日接到指令，当晚即赶赴上海，在中央银行大楼设立办事处，决心与被称作"老虎"的贪官污吏和奸商们拼一场。人们形象地叫作是经国"打虎"。对于此次使命，不太懂经济工作的蒋经国却很有信心，他说："这是一件国家大事，是挽救目前经济危局的必要办法。我是一个粗人，虽然同银行发生关系感到意外，但是既有命令给我，则必须贯彻之。只要认真实行，即能扑灭奸商污吏，肃清腐恶势力，贯彻新经济政策。"他说他到上海是带着两样东西来的，一样是对平民百姓的同情和好感，一样是对奸商污吏的憎恶。他说，上海大多数居民还处在贫病交困之中，住在破烂不堪的工棚和小茅屋里，更有成千上万的人无家可归，流浪于街头巷尾，"他们是一支乞丐大军，甚至连穿一双草鞋都不敢奢望"，而少数达官贵人却穷奢极欲，肥得流油。蒋经国的这种平民思想在他的日记里多有流露：

8 月 31 日

下午接见民众四十余人，他们所讲的都很平凡，发现老百姓实在太可爱了。

9月10日

中国的百姓，真是善良，今后只要有一分力量，必将为他们做一分事……没有任何力量会比人民的力量更强大，也没有任何言辞能比人民的言辞更真切动人……人民的事情，只有用人民自己的手可以解决，靠人家是靠不住的。

他在一次题为《上海向何处去》的讲演里，进一步表示为人民办事的决心说：

在工作的推进中，有不少的敌人在那里恐吓我们，放言继续检查仓库办奸商，将会造成有市无货，工厂停工的现象。但这是表面现象，并不可怕，真正可怕的是放弃打击奸商的勇气。投机家不打倒，冒险家不赶走，暴发户不消灭，上海人民是永远不能安定的……做官的人如与商人勾结，政府将要加倍的严办。

蒋经国为了向上海人民兑现自己的诺言，是做了扎实的组织工作和充分准备的。其父给了他以特别行政及军警指挥大权的，但他更相信自己亲手组建的国防部戡建总队和大上海青年服务总队。国防部戡建总队成立于1948年1月，总队长是黄埔军校一期毕业生胡轨将军，他是蒋经国的心腹人物之一。下辖六个中队，分驻苏北、皖北、豫南、鄂北、鲁南和冀东各地，都直接受蒋经国的戡建中心小组指挥。每个成员都经过戡建班的专门训练，毕业时为准尉或上尉军衔不等。他们或以个人身份，或以小组形式，参与地方施政，组训民众，有时参与政治搜查和逮捕行动，也协助国民党军队与人民解放军作战。蒋经国到上海后，即将这支"御林军"约三万多人调来使用。大上海青年服务总队，又称"打虎"队，是一个群众性的政治团体，实际上就是戡建总队的外围组织，成立于9月9日，人数约在一万二千名。由蒋经国的另一名心腹人物王升指挥。

蒋经国上有老蒋支持，下有两支可靠大军效命，自己手握"打虎"实权，故而很快就打开了局面。8月23日，他宣布："捣乱金融市场的并不是小商人，而是大资本家和大商人。所以要严惩，就应以坏头开始。"于是，他就在这天和27日那天，两次采取果断行动。除戡建总队外，还下令上海市金管局、警备部稽查处、宪兵、江湾警察局和京沪、沪杭两路警察局，共六个军警单位全部出动，对全市市场、仓库、水陆空交通场所等进行大搜查。命令说："凡违背法令及触犯财经紧急措施条文者，商店吊销执照，负责人送刑庭法办，货物没收。"

9月3日，一举擒获七只"大老虎"，头号"大老虎"就是上海滩无人敢惹的黑帮大亨杜月笙的三公子杜维屏，另外还有中新总经理荣鸿元、烟草公司经理黄川聪、纸业公司理事长詹沛霖等，都是平日老虎屁股摸不得的人。

9月4日，林王公司总经理王春哲被依法枪决。随之被就地正法的还有财政部秘书陶启明、上海警备司令部经济科科长张亚民、第六稽查大队大队长戚再玉等人。被送进监狱的"大老虎"有六十四人之多。

到9月底，上海物价渐趋稳定。用金圆券兑换法币的工作进展顺利，中央银行收兑黄金、白银、外币，共值美元三万七千三百万元，其中黄金十二万多两，美钞三千二百八十二万多元，相当于从全国收到的金银和外币的64％。

应该说，蒋经国"打虎"的开始阶段还是卓有成效的。

但是，麻烦很快就出来了。

9月下旬的一天，蒋经国召集上海工商界各巨头开会。青帮头子杜月笙应邀出席。这位在老蒋面前都敢伸胳膊展腿的人物，自然不把小蒋放在眼里，首先发难说道："蒋督导员阁下，我的儿子违反党国的规定，是我杜某人管教不严，把他交给蒋督导员法办，我心服口服。不过，我杜某人有个要求，也可以说是今日到会诸位的一个共同要求，就是请蒋督导员应该一视同仁，去把孔家的扬子公司也搜上一搜、查上一查。怎么样啊？"

一提扬子公司，会场顿时鼎沸起来："是呀，为什么不查扬子公司？""对，应该一视同仁！""不能欺软怕硬！"……一片应和鼓噪声。

对此，蒋经国始料不及，但又不能不立即表态，他定定神，然后大声说："诸位请安静、请放心。这次卑职奉命来沪实施财政经济紧急处分令，秉公而办，不敢稍有徇私。凡违反法令和触犯条文者，不论是何人、何公司、何背景，一律严查严办，决不姑息。"他紧逼着杜月笙那挑战的目光，特别加重语气说："对于杜先生所举发的什么扬子公司，我们会依法查处的。希望得到杜先生的进一步合作，怎么样？"

杜月笙的目光坚持了一会儿，移了开去，但他心里却冷笑一声说："你小子嘴别硬，我看你对扬子公司怎么个查法！"

扬子公司的全名叫扬子建业股份有限公司。公开的大老板是孔家大少爷孔令侃，但实际上的背景要复杂得多。作为第一夫人的宋美龄，因为自己未曾生育，而眼看着前妻所生的蒋经国、蒋纬国日见长大，她不得不为自己的身后打算。

举目望去，唯有亲外甥孔令侃能与二小蒋相抗衡，于是一直在着意栽培。对孔家来说，由于一连串的丑闻曝光，孔家老夫妇已成为众矢之的，一举一动都特别引人注目，为孔家的家业计，也只有推出第二代去周旋较为妥当。所以扬子公司的真正后台老板，仍然离不开孔祥熙夫妇和宋美龄。这一点，从扬子公司成立的经过就可看得更明白。

话得从当年孔令侃因电台事件从香港赴美说起。那一次他是被迫出国，但对外却宣称是进哈佛大学深造，而且几年后也确实得到一张经济学硕士的学位证书。不过，这张文凭可不是他本人苦读苦修的结果，而是靠一个替身搞到的。他一到美国，就将香港中央信托局的职员吴方智调到美国，以他孔令侃的名字在哈佛注册，上课用心听讲、记笔记、做作业、撰写论文、参加考试……一直到拿到硕士文凭为止。那么，空出他的真身干什么呢？把孔家在美的一部分资金产业集中管理，在纽约设立了很大的办事处，雇用不少美国律师替他搞经营投资，勾结美国大厂商大发战争财。

也就在这时候，宋美龄应美国总统罗斯福之邀赴美访问。她一到美国，就叫孔令侃做她的私人秘书，随同她在全美参观访问。小姨外甥就是利用这个难得的机会，结识了许多美国大厂商，比如国际收割机公司、美国钢铁公司等的大老板。再通过他们的金融代理人约翰逊上校的穿针引线，抢占到许多美国大厂商产品的中国经销权。扬子公司就是在这个基础上创立起来的。它利用豪门特权，大量套购国家的官价外汇，进口各种商品，从钢铁、机器，一直到口红、丝袜，应有尽有，几座大仓库堆满了进口货物。扬子公司只做现货交易，不做订货交易，售货一律以美金计价，收款一律以美钞和黄金为限，一旦收进法币，则必得在当天兑成美钞或黄金。它有一个附属机构叫利威汽车公司，是英美汽车托拉斯在中国的代理人，像奥斯汀、雪佛兰等小轿车，每辆进口成本约为一千八百多美元，但扬子公司一转手，每辆少说也在五千美元，利润惊人。扬子公司发展到1948年，除了继续购运美货外，还挟其雄厚游资在上海收购棉花、纱、布和日用品等予以囤积，自备一艘载重六千吨的轮船来往于上海和芜湖、武汉之间，作为购运粮食和其他货物专用。

这就是财大气粗的扬子公司。

且说蒋经国叫杜月笙将了一军，遂下决心立查扬子公司。对扬子公司的背景，他当然是知道的，怎么个查法？不能不费一番脑筋。他听说过当年吴浩宇查孔家吃大亏的那件事。当时，也是委员长亲自下了手谕，叫重庆市市长贺耀祖去查封重庆西郊的孔家仓库，那里面囤积着大量紧缺的百货和药品，而且一再交代此事要向美龄保密，以免她给孔家通风报信。贺耀祖经过精挑细选，看中了胆大心细的市府秘书吴浩宇。吴浩宇也表态说："莫说是孔夫人，就是孔祥熙本人在场，我也能完成使命。有委员长的手谕在，什么人我都敢查！"

吴浩宇先多次派人暗中侦察，确认西郊孔家仓库里堆满了呢绒、布匹、百货、西药等，价值有四千万元之巨。然后，他带好蒋介石的手谕和大批军警直奔目标而去。

管库的是位周经理。他一阵惊慌之后很快稳住情绪，借故给宋霭龄通报了信息。在这位手段老辣的孔夫人的策划下，周经理先以六十万元作为茶资要吴浩宇收下。吴浩宇当然不收。这也在意料之中。周经理继而对此大加赞美，且拉起同为山东莱阳人的老乡关系，提出务必要敬酒三杯，以表仰慕之情。吴浩宇自恃酒量过人，并不把这三杯水酒放在心上，言明："只此三杯，酒后立查，不得妨碍公务。"周经理诺诺称是。谁知这三杯酒中下着蒙汗药，吴浩宇喝下不到两分钟，便一头跌翻在地不省人事。待醒来时一看，还兀自奇怪：我怎么躺在自家床上了？夫人在旁说，是孔家派人将你一路吆喝地送回来，并留话说，请你以后出门公干且不可贪杯误事。气得吴浩宇差点举枪自杀。这事一时传遍重庆城。

蒋经国想，我可不能重蹈吴浩宇的覆辙。他在取得毛人凤的支持后，派出精兵强将，下了死命令，务必马到成功，误事者军法严惩！这一去果然成功，在扬子公司的仓库里，查到大批棉花、纱、布、日用百货、热水汀（即暖气）、无缝钢管、粮食……共约两万吨囤积物资。当即予以封存。

慑于"太子"经国的权威，孔大公子这次不敢逞强出头，当即向南京的小姨宋美龄求救。据说当时蒋夫人正在官邸参加宴会，接到上海来的紧急电话后神色极为不安，当即先行离席而出，第二天一大早就飞往上海。但她在蒋经国和孔令侃之间调停无力，只好急电蒋介石，要他亲自来上海处理此事。堂堂委员长不敢大意，因为孔家连着江浙财团，是自己的政权赖以生存的命脉之一，决不能因小失大。所以他一到上海，就命令经国说："不得彻查此案，就此罢休。"

名声已经很臭的扬子公司，有了委员长的新口谕，居然化险为夷，绝处逢生，成了一只打不死的臭"老虎"。相反，"打虎"英雄蒋经国却进退失据，处境十分尴尬。原先高唱的"只打老虎，不拍苍蝇"，终成空谈，变成"只拍苍蝇，不打老虎"的一句笑话而广为流传。

10月2日，就像是整个国民政府要诚心抛弃蒋经国一样，突然宣布加收烟酒税，并允许商人自行调整零售价。这等于宣布《财政经济紧急处分令》已经不起作用。敏感的上海市民由烟酒价格的提高，联想到其他生活用品的价格也可能随之提高，于是一场暴风雨般的抢购狂潮席卷而至。各百货公司、大商店门庭若市，货物价格愈贵愈有人买，金手表成为抢手货，电冰箱销售一空，呢绒毛料已无货源，其他金首饰、无线电收音机、钻戒等贵重物品也势头看好……整个上海市区人头攒动，处处长龙，许多商店已无货可卖，货架空空，只好早早地关门大吉。服装店、绸布店、鞋帽店、杂货店、食品店……均是拥挤不堪……这种抢购风很快波及全国。

面对这场抢购风，蒋经国心急如焚，马上发表广播讲话，说什么市民们请放心，不必抢购囤积，表示限价政策决不会改变，并且给广大市民指出两条路：一条是保持表面繁荣，让投机市场发达起来，兴风作浪，使物价上涨，民不聊生；另一条是忍耐一时痛苦，经过暂时不景气而使经济走入正轨，使市民过上安定生活。他希望大家忍受痛苦走第二条路。

但是他的话音刚落，国民政府就给他一记响亮的耳光。10月31日，行政院临时会议即通过了《财政经济紧急处分令》和《整理财政及加强管制经济办法》的《补充办法》，决定自11月1日起，取消8月19日的限价政策。各种物品之价格将由地方主管官属和商人重新议定，然后再予以冻结。至此，已从根本上否定了他在上海"打虎"的价值。

限价政策一取消，通货膨胀进一步发展，金圆券一文不值，币改失败。11月1日，翁文灏内阁垮台。11月2日，蒋经国发表《告上海市民书》，承认自己未能完成使命，"增加了人民的痛苦"，表示最大的"歉意"，要自请处分。11月5日，辞去督导员职务，第二天悄然离沪，回杭州与蒋方良团聚去了。据说此前几天里，蒋经国天天喝酒，直喝得烂醉如泥，狂哭或者狂笑，失态不堪。有白忧天者，写《打虎赞》一首，发表在上海《大公报》上，曰：

> 万目睽睽看打虎，狼奔豕突沸黄浦。
>
> 米纱烟纸实仓库，一夕被抄泪似雨！
>
> 惋惜市场变幻多，任从此辈作风波。
>
> 笙歌华屋优游甚，哪问贫民唤奈何！
>
> 更把黄金通显贵，达官交往恣狐媚。

官商一气共沉瀣，浑水捞鱼力不废。

伊记否？

去岁金潮经调团，未呼捉虎事周旋。

雷声过后无大雨，商场虎势尚依然。

……

或为老虎暗担心，或为辛劳忧使君。

世间到处狼与虎，孤掌难鸣力岂禁？

八十二、贪官的财产之谜

孔祥熙怎么也想不到，在美国这个自己最向往最热爱的自由之邦，由于追究所谓贪官的财产问题，反而给自己造成了异乎寻常的冲击和伤害。在国内的时候，虽说由于不断发生的丑闻，给自己已经惹出了许多麻烦，但也不过是在参政会上弹劾弹劾，背地里骂骂咧咧，顶多在一些小报上披露披露，还能怎么的？我该当什么官还当什么官，该花什么钱还花什么钱，只要委员长一天不罢免我，谁又能把我怎样！……可是在美国，为啥就会有这么大的压力呢？

如果说，孔祥熙1933年来美国所遇到的指责主要来自新闻界的话，那么，他目下在美国陷入的困难处境，则主要是当权者造成的。

首先，他跟罗斯福的关系就一直没搞好过。他到底没搞明白，这位坐轮椅的总统为什么对他一直印象不佳，是因为自己那不太显赫的政治经历？是因为我们夫妇俩极力撮合了委员长的婚事？是因为自己一直与很讨美国人喜欢的宋子文不友好？还是因为那些传得沸沸扬扬的这事件那事件……记得1944年来美国那一回，虽说带着蒋委员长的特别推荐信，可这位该死的残疾老头儿依然不把自己当回事儿，发展到后来居然听信胡适和王世杰的坏话，亲口要委员长罢掉我的官，也太欺负人了吧。不过，这件事的原因很清楚，就因为向他罗斯福催要了欠款，他不高兴罢了。可我身为还未曾罢免的财政部部长，也不能不这样做呀！

这事要从日本偷袭珍珠港说起。美军从此参战，来华人数与日俱增，一切补给都要远道运来。孔祥熙以财政部部长身份向美方建议，美军在中国所需的食物和日用品等，可由中国政府代为就近解决；此外在中国修建军用飞机场，购买桐油、钨、锑等战略物资所用款项，也都可以法币先行垫付，日后由两国政府统一结算。这本来是一件大好事。

　　几年下来，中国政府的这笔开支也相当可观，对中国法币发行额的增加影响甚大，不能不与美方清欠结账了，但是当中央银行和美国驻华代表商洽此事时，却发生了不小的口舌。分歧在于：中方主张以官价计算欠款，即一美元折合法币二十元；美方主张以黑市价格计算，即一美元折合法币二百元。双方坚持己见，互不相让，难以解决。所以，孔祥熙 1944 年到美国，这件事也是重要议程之一。在罗斯福面前，他据理力争："中国自七七抗战以来，独撑战局，艰苦备尝，前后方军民，为抗战壮烈殉国，受祸之惨，非他国所能比拟。如总统阁下在此区区钱款上锱铢必较，未免太伤中国民众之感情了吧。"说得罗斯福面色不悦，勉强答应，让去找财政部部长摩根索具体解决。摩根索在这个问题上也极不痛快，处处刁难。孔祥熙反正已经与总统先生都撕破了脸，更不在乎一个摩根索，又一气吵翻。最后终于达成以下协议：所有美方欠款分两次还清，第一次按中方意见计价，第二次稍予折中，按另行商定之价格计价。此项悬案解决之后，中国政府可收入美金两亿两千万元之巨。

　　然而，代价之一是，罗斯福和摩根索恨透了孔祥熙，又从胡适和王世杰处得到孔祥熙的种种丑闻材料后，坚决要求蒋介石罢免孔祥熙的一切职务，理由是美国政府不能与"贪污严重"的人打交道！

　　于是，不等蒋介石说话，孔祥熙自己就将一切职务辞去，于 1947 年秋移居美国，过起了赋闲日月。

　　当然，蒋介石抛弃孔祥熙，也决不尽是因为受到美国的压力。孔祥熙在美国受到冲击，也决不全是因为他有催款一段过节。

　　后来，孔祥熙又与杜鲁门总统结下了梁子。

　　1945 年 4 月 12 日，罗斯福总统逝世，副总统杜鲁门成为总统。他出身于密苏里州一个农场主家庭，因经济原因并未上过大学，从青年时期起就从事过多种商业冒险活动，均以失败告终。后参加第一次世界大战，表现出色，战后在民主党地方组织支持下成为当地政治活动家，1934 年当选为美国参议员。六十岁成为副总统。他生性直率，信奉平民主义。在中国问题上看不起蒋介石集团。

　　1948 年是美国总统大选年。根据蒋介石的意旨，叫在美国的孔祥熙一家全力支持共和党总统候选人、纽约州长杜威，而设法让民主党总统候选人杜鲁门落选。当时就气得杜鲁门说孔祥熙："他们使许许多多众议员和参议员听他们吩咐，他们有几十亿美元可花……我不是说他们收买了任何人，而是说有许多钱在流动，华盛顿有许多人……按照院外援华集团的旨意行事。"年底，大选揭晓，却是杜鲁门当选总统。虽然连美国人也说杜鲁门当选总统是美国政治史上最大的怪事之一，但事实毕竟是事实。孔祥熙非常失望。

这年年底，已陷入绝境的蒋介石万般无奈，只好再派宋美龄赴美求援，但白宫的新主人杜鲁门决心要报一箭之仇，他没有给中国的第一夫人铺红地毯，也没有邀请她在白宫过夜和发表演讲，至于美援那更谈不上了。杜鲁门用挖苦的口气说："她到美国来是为了再得一些施舍的。我不愿意像罗斯福那样让她住在白宫。我认为她不太喜欢住在白宫，但是对她喜欢什么不喜欢什么我是完全不在意的。"他还进一步发挥说："他们全是贼，他们从我们送给蒋介石的三十八亿美元中偷走了七亿五千万美元。他们偷了这些钱，却把这些钱堂而皇之地投在圣保罗的房地产中，存在美国的花旗银行中吃利息！"

面对处处叫板的杜鲁门，孔祥熙深感必须在美国政府中寻找新的代理人，否则没法活得安宁。几经观察和选择，他们发现了年轻有为的尼克松。这位加利福尼亚人当年还不到四十岁，但已经是崭露头角的参议员了，而且正在雄心勃勃地竞选副总统。孔祥熙夫妇是投资的老手，最能把握投资的火候了，他们看到这位前途无量的共和党人，正因为经费短缺而竞选受阻，便立即打发孔令侃跑到洛杉矶，给尼克松送上一百万美元的竞选经费。从此，尼克松成为孔家的座上客，经常把一些上层内幕消息透露出来。比如，他透露说，为了应付下一届总统选举，共和党的总统候选人是二战时著名将领艾森豪威尔，一旦竞选成功，就可以把杜鲁门赶下台。得到这一信息，孔祥熙喜出望外，决心再为共和党捐出三千万美元竞选经费，并且出谋划策，认为必须利用美国人民对朝鲜战争的反战情绪，集中攻击联合国军总司令麦克阿瑟，因为他是杜鲁门的心腹人物，只要击倒他，杜鲁门自然跟着完蛋。他还派夫人四处活动，为艾森豪威尔将军拉选票。

听到这些消息，杜鲁门恨得咬牙切齿，打定主意要治治孔祥熙，叫他姓孔的在美国也要名誉扫地，成为一个丑闻人物。不久，机会来了。美国国会对于是否应该继续支持台湾蒋介石政权，逐渐达成一种共识，认为从美国的全球利益出发，还不能抛弃台湾，还应该加强对台湾的各种援助，特别是经济援助。然而话好说，可一提要钱，杜鲁门就直喊头疼。于是有人出主意说，总统既然知道孔祥熙和宋子文贪污了那么多钱，何不设法叫他们吐出一些？不妨利用舆论的力量压他一压怎么样？杜鲁门连声称妙，心想，我不光叫你孔祥熙要出血，还得大丢面子。

不久,《华盛顿明星晚报》赫然登出一篇专栏文章:

> 台湾的中国政府与其请求美国国会的援助,不如动用中国私人存
> 美的资产。蒋总统目前所极需安定金融、建设经济等等的款项共约三
> 亿美元,实在可由孔祥熙与宋子文两氏私人借款,不必再向美国纳税
> 人民乞求。因为根据美国官方确切可靠的统计,孔宋两人在美国银行
> 存款达五亿美元之多,从这中间借款三亿给蒋介石将军,决不会使他
> 们两人当真"贫穷"起来的。何况以他们和蒋总统的亲戚关系,过去
> 都曾先后拜膺财政部长兼行政院长的高官巨任,荣辱同当,患难安乐
> 共尝,于公于私都有贡献援助之义。省得蒋总统的政府为求一点有限
> 的美援,费尽九牛二虎之力向美国政府和国会申请,多方活动,还不
> 断遭受到误解与抨击。所以由孔宋等豪富来"援助"中国的政府和他
> 们的至亲蒋总统,实在是天经地义的!

接着,一位著名的广播评论家在纽约广播电台发表评论,将孔祥熙列入世界首富者名单。于是围绕着孔宋家族在美资产问题,突然掀起一股舆论狂潮,有的消息不乏耸人听闻的宣传效果。比如说从美国的东海岸至西海岸,每个城市都有孔家置办的房地产;比如说在洛杉矶城外的一个极为偏僻的私人小飞机场的仓库里,存有孔祥熙从中国偷运来的大量黄金;比如说孔夫人在南美的银行里存有十多亿美元的家财……总之,孔家的财产之谜吸引了成千上万的美国人,自然说什么话的也有。

杜鲁门的报复还不限于大造舆论,他还通过听命于总统的情报部门进行秘密调查。据联邦调查局的材料说,仅美国花旗银行到1943年时,查有宋霭龄存款为八千万美元,宋子文为七千万美元,宋美龄为一亿五千万美元。有一项估算认为:孔宋两家在纽约地区的银行存款大约为二十亿美元。据说调查人员还掌握了孔家在大通国民银行、西雅图和波士顿银行存有巨款的线索……

当然,在美国随意调查私人财产是非法的,杜鲁门虽贵为总统,也不敢公开自己的所作所为。因而遇到银行家的以法抵制也不奇怪。有的银行拒绝调查,一口否认与孔祥熙有任何经济往来;有的虽然不予否认,但却只说一句话:"无可奉告";有的态度好一些,但也只在"十分谨慎和严格保密的基础上"与调查

者合作。所以杜鲁门调查的结果，孔家财产依然还是一个谜。要以此打击孔祥熙的初衷并未实现。对此，杜鲁门当然是不死心的。可惜时运不济，他很快在竞选中败北，共和党的艾森豪威尔一举获胜，成为美国的新一任总统。

杜鲁门退出了进攻，但是记者们要比总统难对付得多，他们围追堵截，跟踪上门，不舍昼夜，一遍遍地发问说："孔先生，必须协助蒋介石将军防守台湾，否则台湾就会落入共产党之手。你认为有这种必要吗？""孔先生，我认为求人莫如求己。中国人首先应该自救。你以为如何？你作何打算？""请问孔先生，你会拿出三亿美元以救台湾之急吗？""请问孔先生，你究竟有多少财产呢？"……更叫孔祥熙夫妇不安的是，美国本土的这种汹汹舆情，已经不可阻挡地传到香港和台湾，在那里的上层社会和民间底层都引起强烈反响，一场围绕着"孔宋两家究竟有多少财产"、"应该给政府捐出多少钱"的大讨论，野火燎原般的自燃着。

对此，孔祥熙早就预感不妙，料到必会带来某种灾难性的后果。

早在1950年初，蒋介石就给孔祥熙和宋子文发出紧急邀请电，要他们迅速返回台湾。

后来，国民党中央委员会常务委员会召开专门会议，通过一项决议，要求国民党党员返回台湾，否则将注销护照。

1952年10月，国民党第七次全国代表大会在台湾召开，期间部分代表提出了党内重大整肃案，并在次年，也就是朝野都在追究孔宋财产的大潮兴起之时，得到党总裁蒋介石的圈定批准。在该案列出的开除国民党党籍者的名单中，孔祥熙为第一，宋子文为第二。

孔祥熙看到开除名单时的种种感觉，一如本章开头所记。

第十五章　最后的编年史

八十三、一九六二年

10月23日，八十二岁的孔祥熙思乡心切，只好权将台湾做故乡，在二小姐孔令伟的陪同下，由美国飞到台湾。二小姐是前几天来到美国探亲的，这许多年来，她就一直跟着宋美龄生活在台湾，充当蒋府大管家一类的角色。

当然，孔祥熙的回台定居，是受到蒋介石特邀的。

这一年，第三次连任总统的蒋介石心情不错，中共与苏共的大翻脸、已经连续两年的困难、苏联人撤走专家和援助并且逼着还债，大陆民众饿死现象时有发生，人心不稳……这种种迹象都叫七十五岁的蒋介石兴奋不已，觉得"如果此时反攻大陆，大陆人民将到处揭竿而起，举发义变"，反攻大陆的美梦即可成真。在这样欢欣鼓舞的心情下，还去计较什么小事呢？庸之先生他想回来吗？可以呀，走走看看也行，在台湾定居也行……过去的事还提它干什么？再说大陆失败也不能就怪庸之一个人的，他还是很有功劳的，说他搞了多少多少钱的事也到底没查清呀是不是？没捐出三亿元就开除他的党籍，这事看来也欠妥当……就这么着，七十五岁的老人向八十二岁的老人发出了邀请，并派即将承继总统衣钵的大"太子"蒋经国前去机场恭迎孔祥熙以示真诚隆重。

10月31日，是蒋介石七十五岁生日。

孔祥熙前往贺寿。"君臣"阔别十大几年乍然相见，竟一时相对无言，握着手长时间地摇晃、叹息，半晌齐道："老了，老了……"居然老泪模糊起来。也就是在这次寿宴上，孔祥熙看到当初的党国故人已寥寥无几，到场的于右任等人，须发皆白，老态毕显，早无往日的风采。不免触景生情，顿觉人生短促，世事无常，几十年的争斗撕咬如梦如幻……

11月下旬，由于眼疾，孔祥熙住进了荣民总医院。夫人宋霭龄也从美国飞来台湾，与孔二小姐一齐照料病人。他们意外地发现，身兼数项要职的陈诚也住在这里治疗，已被检查出患有不治之症肝癌。这给孔祥熙又是一个不小的震动，使他对人生不由得又多了一层反省……

想到十年前，曾是多么恨这个与自己争夺"副总统"的陈诚呀。那时一听说这里要竞选新一届"总统"、"副总统"，孔祥熙久静思动，想借着这两年帮助蒋介石在美国活动有功，捞上个"副总统"当当。为了试探反应，他先派心腹人物魏道明回台湾周旋。魏道明当过台湾省的省主席，在那里有一些关系网可资利用。另外，他还让夫人出面说通了宋美龄，好在老蒋处说项。但在蒋介石的算盘上，"副总统"是拨拉给陈诚的，压根儿就没打孔祥熙的数。1950年8月，东南军政长官公署撤销之后，陈诚就升任行政院院长。在追究了大陆失败责任，对国民党进行了改造以后，台湾的军政大权就逐步转向陈诚和蒋经国了。到了选举前夕，陈诚已经当上国民党中央常务委员，兼任总统府光复大陆设计研究委员会主任委员，成为仅次于蒋介石的第二号人物了。所以，再当"副总统"那已是板上钉钉的事了。魏道明不知就里，在台湾一番瞎折腾，引起陈诚和蒋经国等实力派的反感。没过几天，《中央日报》就赫然登出指斥豪门的大块文章，说什么国民党之所以在大陆遭到失败，就是因为有一个豪门贵族集团在作祟，如今这个集团的残渣余孽还不死心，妄图死灰复燃，要提高警惕，前事不忘，后事之师……文章的意图和背景再清楚不过了。可这个魏道明书生气十足，还在一个劲替孔祥熙拉选票，并大走宋美龄的门子。惹得对方不耐烦，先以要揭发魏道明在台湾任省主席期间的丑闻相威胁，后来干脆将其软禁起来，免得他在选举期间碍手碍脚。最后还是宋美龄出面圆场，才放魏道明返回美国……现在想到这些，已经觉得很可笑了。什么"副总统"不"副总统"，到头来又能怎么样？你陈诚倒是当上了"副总统"，可如今才六十出头年纪却已快死掉了呀！

为了陈诚的事，孔祥熙翻来覆去想了一夜，想了很多很多事、很多很多人，陈果夫、陈立夫、戴笠……一个个的政坛对手，如今又都怎么样？戴笠早在1946年就摔死在戴山，这是早就知道的。二陈的悲惨结局，是这次来到台湾才详知内情。在清算大陆失败原因那工夫，陈果夫、陈立夫自然难逃一劫，经营多年的陈家党纷纷作鸟兽之散。陈果夫失势后肺病复发一命呜呼，陈立夫丧失权力后被迫逃国，经瑞士到达美国新泽西州，办起一家小型养鸡场，外加贩卖家乡小吃谋生……哎呀呀，当初你们起劲地挤对我孔祥熙，又有什么用呢？又是何苦来着？

这次回到台湾，最叫孔祥熙震惊的莫过于陈仪之死了。当年在重庆，行政院秘书长魏道明奉调赴美，遗缺由时任福建省主席的陈仪继任。陈仪是政学系的中坚分子，上任后处处与孔祥熙过不去。一次要开院务会议，孔祥熙以副院长、主持一切院务的身份首先发言说："奉蒋院长交下之行政三联制建议案，请大家予以研讨，看是否可行？盼同人各抒己见，不必拘泥。"话刚落音，陈仪就站起来发难说："此系领袖交下之案件，吾辈只有服从遵办之责任，岂能妄加讨论！副院长竟嘱大家发表意见，殊非拥护领袖之道，实大不敬也！本席不敢苟同也。"举座愕然。何应钦批评说："秘书长乃列席资格，没有发言权。请公侠（陈仪字）兄以后少说话。"徐堪等人也随之规劝陈仪。孔祥熙最后压着怒气平和地说："我今天代行院长职责，即有院长之权限。陈秘书长所言，固然出于一片忠诚之念，然而于国事无补也。领袖既然以行政三联制问题交我们研讨，即表示该问题尚有询谋众议之必要，否则早就通令实施也。陈秘书长诚为忠贞之至，但愚忠愚孝似不足取。今日之事，殊觉有乖体制。希望此为行政院有史以来之第一次，亦即最后一次。愿同人共勉之。"

但陈仪是军人出身，一向骄横惯了，又仗着有政学系的势力，并不把这件事记在心里，继续我行我素。接连又干出两件不冒烟的事。他不经商量，就下了一个手令，叫行政院所属职员务必每天早上8点钟举行升旗典礼，典礼之后举行早操，并且一律要穿中山装，整齐划一，一如军队模式。也许他的用心是好的，但与实际太不符合，文职人员好多人要深夜加班，往往凌晨才能回家睡觉；再者行政院并无职员宿舍，大家都散居各处，加之战时交通不便，根本就无法按时集合。所以这事引起全体反对。另一件事更过分：他居然在院务会上宣布，行政院要实行幕僚长制度，就是说他秘书长应该是行政院的实际负责者，凡事可由他以院长名义代行一切。此话当着副院长孔祥熙和各部部长一说，立即大哗。孔祥熙还算冷静，出来打圆场说："公侠兄所说，乃是由于他刚到任不久，不明了行政院组织法的关系。算是一种建议，并不能代表本院的意见。请大家不要生气。"但陈仪并不见机下台阶，反而强硬地说："关于幕僚长制度，我已呈请蒋院长。务必照此实行。"当下给孔祥熙一个倒憋气。孔祥熙早就对政学系的人马忍无可忍，满腹积怨涌上心头，平生第一次拍桌破口大骂道："畜生！你目无尊长，一介武夫，无知至极，这里没有你说话的地方！"陈仪性如烈火，立即反口恶骂："你又有何能耐？通货膨胀，物价上涨，危机四伏，马寅初不是骂得你狗血淋头！"孔祥熙叫点到痛处，不禁一时语塞，满脸憋得通红，好半天才气急败坏地说："你来当院长好啦！"遂甩手而去。

可就是这个叫孔祥熙一直耿耿于怀的人物，下场却意外的凄惨。抗战胜利后，陈仪被任命为首任驻台湾行政长官。台湾人民对前来的国民党官员，很快由充满希望发展到非常失望，又由失望而发展到愤怒和忍无可忍，于1947年2月28日举行示威游行，遭到武力镇压，造成轰动一时的二二八流血事件。陈仪作为蒋家王朝的替罪羊只好解职，当上一名可有可无的国民政府顾问。随着政治格局的演变，政学系中的许多人慢慢由拥蒋转入倒蒋。陈仪便是一个。1948年，陈仪东山再起后任浙江省政府主席，已经不怎么买蒋介石的账，比如蒋介石令他在钱塘江南岸修筑工事，他就拒绝执行；又叫他把浙江省府从杭州迁出，他也没有照办。后来蒋介石第三次下野路经杭州，陈仪在欢迎宴会上公然陈词，希望内战能和平解决以使人民免遭战祸之苦。蒋介石当然不爱听。之后，陈仪积极给老部下、淞沪警备司令汤恩伯做工作，以图建立反蒋联盟。谁知汤恩伯卖师求荣，把陈仪的计划和盘托出给蒋介石。1949年2月11日，陈仪被免去浙江省主席职务。他糊里糊涂跑去投靠汤恩伯，反被其设计拘捕，很快押往台湾。1950年6月，被枪杀于台北，时年六十七岁。

孔祥熙听人讲完这一段故事，不禁黯然神伤，非但没有一丝一毫的幸灾乐祸，反而对陈仪生出无限的同情之心，那个处处要维持"拥护领袖之道"的模范军人，怎么也会落个如此下场！这一点倒有些像自己，尽忠尽力几十年，到最后却被抛向异国他乡，只怕到死也难回故土了……

八十四、一九六六年

1966年3月1日的台湾《中央日报》，登出一则题为《孔祥熙飞美做健康检查》的消息，全文如下：

【中央社台北28日电】三年前回国定居的前行政院长孔祥熙博士，今天下午2时20分由他的长女公子孔令仪陪同，搭乘西北航空公司班机赴美，接受短期的健康检查及医疗。

　　八十七岁的孔祥熙博士，在台湾居住了三年又四个月，他在美国接受医疗后，仍将返回台湾。

　　今天下午前往机场送行的包括蒋经国、徐柏园、陈庆瑜、蒋纬国及财经界旧属等人。

　　孔祥熙"仍将返回台湾"吗？这不过是对外的一种说法而已，谁会相信呢？就孔祥熙本人来说，他最想返回的是大陆，是生他养他的太谷县，而绝不会是什么台湾！实在的情形是，他早就不想在台湾待了，之所以能在此一住三年多，完全是受一种孩子般天真的心理所支配：这儿离大陆近，或许返回故园的机会就会多吧？是老友于右任的诗和死，最终打消了他的这种心理。

　　孔祥熙比于右任小一岁。两人神交很早，但实际交往始于1924年。那一年，于右任随孙中山先生北上赴京，与先期到京的孔祥熙第一次见面，秦晋交好，历来就带三分乡情，加之都是志同道合的革命同志，遂一诺订交。抗战初期，孔祥熙任行政院院长，就与国民党元老派居正、于右任、覃振等人的大力支持分不开。于右任的儿子于望德从英国留学归来，由监察院秘书长程沧波陪着去见孔祥熙求职，执弟子礼甚恭。孔祥熙也不含糊，即派于望德为中央信托局专员，后来又升为行政院参事，连于右任的儿媳妇都给安排在中央银行经济研究处当委员。

　　于右任本来就不想到台湾来，经不住蒋介石三令五申，遂于1949年11月29日抛下妻女，离开了大陆。抵台后，他多次提出要辞去监察院院长的职务，均未获准。心情不好，身体也出了毛病，无亲人在身边照料，更显得孤苦无依。他是位工书善诗的老举人，于是把一腔思乡思亲之情，全泼洒在笔墨之中。

　　孔祥熙到台湾后，得知这位老友健在，不胜欣喜，时相过从，打发掉不少寂寞时光。所谈多为思念秦晋故土。

　　那天，一场病后的于右任前来拜访，忽然拿出一首病中新诗，诵读之下，满座皆为之震撼：

　　　　葬我于高山之上兮，望我故乡。
　　　　故乡不可见兮，永不能忘。
　　　　葬我于高山之上兮，望我大陆。
　　　　大陆不可见兮，只有痛哭。

……

孔祥熙一生并不爱诗，可对于右任这首诗却爱之如命。他请于右任为他写成条幅，挂在墙上日夕吟诵，有时吟着吟着，不觉老泪长流，几乎失声。

就在这年秋天，于右任一病不起，六十多天后撒手西去。这位生前到底没能回到大陆故乡的陕西大汉，灵魂儿肯定转眼间就飞向渭水秦岭了。就在那时，孔祥熙简直都有点羡慕这位老友，恨不能随他而去呢。

于右任死后，孔祥熙更觉日月难熬。每日里闭门谢客，闭目冥思，一想就想到了自己的归宿何处，想到了晋中太谷，想到自己当年最后一次回乡的情景……

1947 年 5 月，蒋介石的王牌军第七十四师在孟良崮地区被歼，标志着他所发动的对解放区的重点进攻的失败。7 月，东北的国民党军队被迫收缩于中长路和北宁路的狭长走廊地带，蒋介石在军事上不得不处于全面防御的局面。政治局面也不妙。国民党内的民主派，在抗战胜利前后先后成立了两个组织：一个是李济深、何香凝、蔡廷锴组织的中国国民党民主促进会，另一个是谭平山、柳亚子、王昆仑等组织的三民主义同志联合会。年底，这两个组织合并成中国国民党革命委员会。这些人虽说不是手握兵权的实力派，但大都是党国元老，具有极大的影响力，他们利用各种关系做军队工作，动员高级将领不参加或反对内战，形成很大的反蒋阵线，使蒋介石更加孤立。从经济上看，已经到了总崩溃的边缘。国统区八成的工业体系已告瓦解。农村经济受到的打击更为惨重，农民每人平均要负担四斗以上的田赋，加上灾荒和兵祸，各地饥民已达一亿人以上。严重的经济危机把各阶层人民推上了饥饿和死亡的绝路，迫使人们团结起来为生存而斗争。不说工人罢工，仅全国十四个省三百多个县农民的抗租、抗征、抗捐、抢米风潮，就迫使蒋介石不得不拿出三十万正规军去对付……

面对这样的局面，孔祥熙预感到大陆即将丢掉，自己不必为其做殉葬品，一定要赶紧抽身走人，上美国另谋生路。那么当务之急就是尽快清理家财向国外转移。随后的太谷之行就是为着这个目的。当然，临走以前的祭祖扫墓也是必不可少的内容了。

回太谷之前，孔祥熙在北平和天津盘桓了一阵子。这一段史实，郭荣生先生的《孔祥熙先生年谱》记载如下：

　　　　春季，赴北平主持燕京大学毕业典礼。燕京是先生母校，二十年来先生任燕京大学名誉校长。北平被日人侵占后，燕京大学得以在成都复校，完全仰仗先生力量。举行毕业典礼那天，男女同学一千多人，由校门口一直迎出来好几里，向这位名誉校长夹道欢呼、献旗、献花。由成都回来的同学，想到先生战时给他们的温暖，竟感激得热泪盈眶。

先生此次赴平，纯是私人旅行，并未通知各方，只对燕大当局说明其行期。不意消息马上传遍北平。至先生抵平之日，自北平行辕主任李宗仁以次党政军要人、天津党政军金融界领袖，以及教育文化界人士，燕京大学、朝阳大学、中国大学，都赶到北平西郊机场去欢迎。

北平行辕主任李宗仁为尽地主之谊，在中南海怀仁堂举行了一次盛大晚会，欢宴这位战时首相。北平党政军教育文化界领袖人物，都应邀作陪。当李宗仁陪同先生步入会场时，全场报以热烈掌声，历久不衰。

北平各界为一睹先生风采，由北平市党部主任委员发起，召开北平各界扩大纪念会于故宫太和殿前广场，请先生担任主席并讲话。

先生趁来平之便，特假北平西郊颐和园举行园游会，欢宴燕京大学校长司徒雷登（时为美国驻华大使，为了参加燕大毕业典礼，特由南京赶来），以及燕京大学全体教职员。北平党政军要人，均应邀作陪。

先生是北平朝阳大学董事、中国大学董事长，三十年来，捐助两校经费为数颇巨。两校师生请莅临讲话。先生都抽暇作了恳切的讲话。留平期间，抽空到天津一次。天津银行界两度假银行公会联合公宴先生。天津南开大学校长张伯苓先生特开欢迎会，请先生莅校训话。

1947 年 7 月 5 日，孔祥熙夫妇一行乘民航班机飞抵太原。太原绥靖公署主任阎锡山率领山西文武大员数十人在武宿机场欢迎。第二天，太原各界知名人士举行欢迎会。阎锡山在会上发表讲话，盛赞孔祥熙是国家之元老、山西之乡贤，是山西数百年来的一位好宰相，要大家以历史的眼光来欢迎，云云。阎锡山特派自己的保健医生李东元侍候孔祥熙夫妇，一来做一下健康检查，二来通报一些山西近况，尤其是最近的战局变化。

早在 3 月里，陈赓部队三万多人，趁晋南国民党军大部援陕之机，发动晋南战役，逐次攻占侯马、闻喜、新绛、河津、万泉、解县、平陆、芮城、永济等县城，歼敌两万多人。太谷的形势也顿时紧张起来，附近山区已有解放军的小股部队在活动。李东元传达阎锡山的话说，为孔祥熙夫妇的安全计，希望别在山西久留；将派专列送他们夫妇回太谷祭祖，并以两营兵力和铁甲车沿途保卫安全。临行之前，阎锡山又特派手下的两员大将王靖国和杨耀芳，陪同孔祥熙夫妇回太谷。

回到太谷的当天，孔祥熙先去看他的铭贤学校。1937年，正当铭贤学校农工专科准备公开招生之际，抗日战争爆发了，日寇蹂躏华北，平津沦陷，南口失守，太原告急。铭贤学校不能不考虑南迁之计。10月13日，二百多名学生在代理校长贾麟炳率领下，携带五千多册图书和部分理化实验仪器，南下到河东的运城。因局势继续恶化，于11月下旬再渡过黄河转移到陕县。三个月后，根据孔祥熙和校董会的决定，迁至西安市东关尊德女校旧址，照常上课。1938年夏天，铭贤南迁后第一届高中毕业生参加全国高校统考，全部被中央大学、西南联大、西北工学院和农学院等名牌学校录取，名声大振。但复学不到一年，京沪失陷，西安已受到日机的狂轰滥炸。在孔祥熙的策划下，学校决定再度南迁，由西安经宝鸡沿川陕公路南下，暂以陕南沔县武侯镇为落脚点，等待入川时机。又过了三个多月，终于在距成都八十多里的金堂县姚家渡曾家寨觅得一处新校址，这才安顿了下来。从1937年10月至1939年4月，铭贤师生辗转多次迁校，历时一年半，行程近四千里，实在不易。直到1945年日军投降，铭贤学校也开始积极筹备复校。为了接收铭贤在山西太谷孟家花园的校产，校方一面电请住北平的美国人士艾尔顿就近关照，一面派教师李彝亭等人，于1946年初由陕返晋，具体操办接收事宜。由于各方协助，大部分校产总算保全下来，经过一年多的修整基本复原，就等着师生们由四川返回故里了。

孔祥熙看着劫后余生的铭贤学校，想着几十年来的办学历程，不禁感慨万千。

转着转着，就来到了孔家坟茔。随从人员在孔繁慈夫妇坟前供桌上摆好供品，焚起香烛。孔祥熙便头一个跪倒尘埃，叩首默祷，备极孝道。之后，又专门祭拜了前妻韩玉梅，想到从前种种好处，不觉眼圈发红。最后，孔祥熙来到了异国朋友康保罗的坟前，不等摆上供品，他先就痛哭失声起来。一个美国大学生，放着美好前途和舒适生活不要，不远万里来到山西太谷小县，传经布道，广做善事，三十多年如一日，最后竟埋骨东土，无怨无悔！这样的人物，别说与之有几十年交情的孔祥熙有撕心裂肺之感，便是一般路人，闻之岂能不扼腕赞叹！最叫孔祥熙难过的是，当年在美国留学期间，康保罗给以无私的帮助；先一步来到太谷后，又像亲生儿子一样照顾繁慈公；孔祥熙远走日本，继而在外从政，又是康保罗操心铭贤校事，分担一切有关事务……默默无闻地埋头苦干，不求名利，不事张扬，积劳成疾，竟于1935年英年早逝。而正在忙于政事的孔祥熙官身不自由，居然没能赶回来参加好友的葬礼……到如今阴阳两隔已达十余载，何处去觅康保罗？黄土一丘，苍天高远，唯有无尽的悔恨……孔祥熙在心里哭告道："亲爱的保罗，我对不起您呀！我即将再度奔赴贵国，请您与我同行吧，回到您那美丽的家园……"

孔祥熙多想住下来，详细了解一下康保罗的事迹，收集一些故友的遗物，到美国见到他的亲人也好有个交代，将来最好能依此写一本怀念康保罗的书。可是时间不允许，太仓促了，太仓促了呀！

到如今又过去了快二十年，想到那次太谷之行，更感到确实太仓促了。

八十五、一九六七年之一

从台湾回到美国之后，孔祥熙夫妇在长岛的洛卡斯特谷菲克斯港买了一座新别墅住进去，与政治割断一切联系，静心安度余生。坐在二楼花木扶疏的阳台上，面前就是一望无际的蓝色大海，足以赏心悦目。

7月22日，从一个噩梦中惊醒的孔祥熙，忽觉胸口憋闷，手脚发颤，旋即一头瘫倒在皮沙发里。很快，他就被送到纽约州立医院进行抢救。

8月16日，孔祥熙心力逐渐衰竭，陷入深度昏迷，心脏监护仪上的波纹慢慢归于平缓，终于变成了一条毫无生气的直线。医生沉重地宣布说："孔先生过去了，请料理后事吧。"

但是，孔祥熙却感到自己并没有死。他觉得自己只是一下离开了那副躯体，在天花板下自由飘动，看到夫人和四个子女都在流泪，一群护士和医生则围着自己的躯体忙活着。很快，他就顺着一条漫长幽黑的隧道运行，耳边是一种轰隆轰隆的巨响，有如火车在飞奔。过了好一会儿，前方才出现了一个小亮点。这个亮点越来越大，越来越亮，终于变成一座美不胜收的大花园，遍地是鲜花，树木枝繁叶茂，驯良可爱的动物四处漫游，空气中弥漫着奇异的芳香，道路全用金块和绿宝石铺成，河里流淌着纯净透明的水，气温可人，永远是无尽的春天……他像年轻人一样欢跳起来，正想扑倒在绿草地上尽情翻滚一番，却被一个怪物挡住去路，认不得他是阎王殿上的小鬼，还是《圣经》里的魔鬼，反正是面目狰狞，他粗声说道："不能进去！先去那边接受审判，一生的经历都要受到详尽的审查，盘问的时间将会很长，善行和恶行、荣耀和耻辱，都要老实讲出来，再看能否进这个大花园。好啦，先在一边仔细回想回想吧。"

孔祥熙退到一边，立即陷入回忆之中……我为党国效劳二十年间，政府褒奖一次，那是民国二十五年（1936）11月12日。颁发勋章八次：民国二十五年（1936）10月10日得一等彩玉勋章，同年11月12日得国民革命军誓师十周年纪念勋章；民国二十六年（1937）1月1日得一等宝鼎勋章，同年3月20日得一等云麾勋章；民国三十二年（1943）10月10日得一等空军复兴荣誉勋章；民国三十三年（1944）1月1日得一等卿云勋章；民国三十四年（1945）10月10日得胜利勋章；民国三十六年（1947）1月1日得空军大同勋章。友邦政府颁发勋章六次：民国二十五年（1936）5月26日得西班牙政府一等大绶共和勋章，同年12月29日得德国政府铁十字勋章，同日还得到比利时君王一等王冕勋章；民国二十九年（1940）1月23日得多米尼加政府银牌大十字勋章；民国三十四年（1945）1月11日得巴西总统一等大绶南十字星勋章，同年8月23日得伊拉克政府一等阿雷菲敦勋章。接下来，他回忆起当年参加英王加冕典礼的盛况，会见罗斯福和墨索里尼这些当代顶尖人物的豪华场面，尤其是民国二十六年（1937）访问德国时的情景，更是历历在目，一幕幕就如同昨天才刚发生：隆重的车站欢迎仪式，柏林工业大学赠送名誉工程博士学位的盛大典礼，经济部部长兼国家银行总裁沙赫脱、国防部部长白龙培元帅、外交部次长麦根森等德国大员们的丰盛宴会，直到与希特勒在他那神秘的鹰巢别墅会谈约一小时……真也是荣耀显赫之至呀。

但那怪物突然又发粗声："别净想这些潇洒辉煌，出乖露丑的事没有吗？"

孔祥熙不得不改变思路，朝这个方向去回忆。出乖露丑的事……是有过，当然有过，怎么会没有呢？最难忘者，莫过于叫马寅初此人的当面羞辱了。

马寅初生于绍兴，长于嵊县浦口镇。十六岁离家来到上海，进入一家名叫育英书馆的教会学校读中学。三年后入天津北洋大学攻读矿冶专业。北洋大学创办于1895年12月2日，其前身是天津中西学堂。学制为四年，以升级考试严格闻名于世，主课一门不及格者就得留级，故而从入学到毕业淘汰率高达六成。严格的校规校纪，加上师资多为国内外名流，所以北洋大学的教学水平，在创办初期就与哈佛、耶鲁等著名学府不相上下。北洋大学的毕业生到美国留学，可以不经过考试直接进入美国各大学的研究院。

1907年，马寅初以特别优秀的成绩毕业，被北洋政府保送到耶鲁大学官费留学。三年后，获经济学硕士学位，并考入哥伦比亚大学攻读经济学博士学位。1916 年，学成归国的马寅初博士来到北京，公开宣布自己"一不做官，二不发财"，谢绝一切政客和军阀的延揽拉拢，抱定治学救国的理想，任北京大学经济系教授，很快又担任了该系系主任。不久，著名学者、教育家、科学家、民主主义革命家蔡元培先生出任北京大学校长，竭力提倡科学和民主，在学校推行"囊括大典，网罗众家，思想自由，兼容并包"的方针，对北大进行大整顿和大改革。首先把北大逐步调整为文、理、法三科，并废门改系，到 1919 年已发展到拥有数学、物理、化学、地质、哲学、中文、史学、英文、法文、德文、俄文、经济、政治、法律等十四个系，成为当时全国规模最大的一所高等学府。管理体制上，设立了作为全校最高权力机关的教授评议会，并设立教务长。马寅初在选举中战胜胡适而当选为第一任教务长。

1927 年，马寅初应好友、浙江省政府主席张静江的邀请，离开北京，来到杭州任职任教，先后担任浙江省政府委员、省财政委员会主席、杭州财务学校教授等职务。

1929 年，国民党立法院院长孙科，派叶楚伧请马寅初到立法院就职。马寅初先后担任过经济委员会与财政委员会的委员长，又在中央大学、交通大学、东吴大学、浙江大学等高校当客座教授。

抗日战争爆发以后，马寅初以经济学家的眼光密切注视着中国当时的经济状况，在对蒋、宋、孔、陈四大家族和国民党财政金融界的种种内幕的剖折中，发现中国经济不仅是由于日本帝国主义的大举入侵而遭到严重破坏，更为糟糕的是，在民族危亡的紧急关头，国民党统治集团不但不与人民共赴国难，反而趁机浑水摸鱼，大发国难财。他把这种情况精辟而形象地概括为"前方吃紧，后方紧吃！"是最先揭露国民党四大家族官僚资本的经济学家。这引起了国民党政府的忌恨，由蒋介石亲自出面，希望他能够出国去定居。他当即发表三项声明如下：

（一）值此国难当头，我绝不离开重庆去美国考察。

（二）为了国家和民族的利益，我要保持说话的自由，国民党政府的立法院没有多大意思，我绝不去北碚居住，并要逐渐同立法院脱离关系。

（三）不搞投机生意，不买一两黄金、一元美钞。有人想要封住我的嘴，不让我说话，这办不到！

1938 年 11 月，马寅初应聘到重庆大学任经济学教授，并担任该大学商学院院长。正是在此期间，与时任财政部部长的孔祥熙发生了一场轰动国内外的正面冲突。

事情发生在 1939 年秋天。中国经济学社借重庆道门口银行公会场址，召开该会本年度年会。中国经济学社是我国最早的一个全国性经济学术研究群众团体，正式成立于 1923 年，总社设在杭州的宝石山。其宗旨是联络同志，提倡经济学的高深研究，共同讨论现代经济问题，编辑各种经济书籍，赞助中国经济界的发展与改进。它所编辑出版的刊物和书籍有：《经济学季刊》《关税问题专刊》《中国经济问题》《经济建设》，以及社员们所译著的多种经济丛书等。此外还有每年一次的年会，都要预定选题、评选论文，活动内容相当丰富。到 1936 年时，社员已达七百多人，全国财政、金融和经济学界的著名人物差不多都成了它的社员。孔祥熙就是其中之一，而且是永久社员。

中国经济学社从发起到组织、成立，马寅初都是主角之一，并始终起着领导者的作用，将近二十年中，他都当选为副社长、社长，所以 1939 年的年会，仍然由马寅初主持操办。

年会开始，马寅初致开幕词，说明会议宗旨之后接着宣布："今天我们很幸运，我们的社员、现任财政部部长孔祥熙先生，在百忙之中参加本次年会，孔先生是财政经济专家，又是掌握全国财政命脉的最高主管长官。现在我想先请孔部长对国家当前的财经情况和政策，给我们做一指导。"

大家热烈鼓掌。

孔祥熙只好上台讲话。

谁知孔祥熙刚讲话完毕，马寅初便老实不客气地发出质问道："请问部长先生，在法币已经贬值、物价不断上涨时候，财政当局没有设法稳定币值，制止物价上涨，反而突然宣布大幅度地降低法币对美元的比价，推波助澜地造成财政上的大紊乱，使物价更猛烈地上涨。我们学识浅薄，不知用意何在？"

事发突然，问题尖锐，众目睽睽。孔祥熙无思想准备，一时张口结舌，作声不得。

马寅初微微冷笑一声再问道："听说这次调整美元比价公布以前，那些洞悉内情的人，都拼命地向市场上抢购美钞、黄金、白银，还通过各种方法套购外汇，抢购物资，不顾人民死活，一夕之间都发了大财。请问部长先生这又作何解释？"

孔祥熙这才感到局面严重，今天是难逃一劫了。只好硬着头皮，咬紧牙关，一言不发，但内心惊慌，头上已有虚汗冒出。

马寅初理直气壮，不依不饶，三次发问道："我们经济学社的基金，和我个人微薄的储蓄，都存在国家银行分文未动，就是在将来法币继续贬值下一文不值，我们为了维护国家财政的稳定、政府的信誉，决不拿那些存款去做投机买卖，兴风作浪扰乱市场。请问部长先生，我们是不是应该这样做呢？"

这真是一般老百姓想说又不敢说的心里话。于是台下掌声雷动，都为马寅初的仗义执言、言人所不敢言而喝彩叫好。

孔祥熙鼓掌不得，不鼓掌又显孤立；走不得，不走又难以撑持；说不得，不说又呆若木鸡尴尬之极。一时间如坐针毡，不知所以，面红耳赤，头大如斗，恨不能有个地缝钻进去。

多亏有人提议休息十分钟，这才救了孔祥熙的驾。他托言有事，夹起皮包溜之大吉。

至今二十多年过去，但一想到这狼狈一幕，孔祥熙还感到耳热心跳，即如才刚发生一般。而且为这件事，他始终耿耿于怀，也极尽报复之能事。记得那次事后，他立刻便去向蒋委员长告状。蒋介石一听也大为光火，立将重庆大学校长叶元龙叫来大骂："你真糊涂！你怎么可以请马寅初当院长？你知道他在外面骂行政院孔院长吗？他骂的话全是无稽之谈！你知道吗？他骂孔祥熙就是骂我！好了，星期四你领他来见我。"

岂料马寅初也不买蒋介石的账，说："叶元龙陪我去见蒋介石，我不去！要我去，除非宪兵来请。"

硬的不行，又来软的。中央银行会计处长金国宝来见叶元龙，说他奉委员长和孔部长之命，敦请马寅初出任财政部次长。

马寅初的回答是，在一次由黄炎培主持的演讲会上，除更辛辣地指斥豪门误国的种种恶行外，还公开点出蒋介石的名字说，他"不是民族英雄，而是家族英雄！"

为自己的言行，马寅初付出了沉重的代价：1940年12月6日，被宪兵逮捕，关押于息烽集中营达八个月之久，接着转押到上饶集中营囚禁。十个月后再软禁于歌乐山，直到1944年才完全恢复了自由……

而今，孔祥熙魂游太虚幻境，回忆着这件事，却也有了新的体认。当初一味忌恨这个马寅初，认为是他使自己蒙受了一生最大的耻辱，没齿难忘！可如今倒也觉得此人人格可佩，是中国少见的硬骨头文人。他1946年引用的那两句诗多好呀！怎么说来着？"粉身碎骨浑不怕，要留清白在人间。"他是确实做到了的。相比之下，我孔某人怎么样呢？能有清白留人间吗？又有多少人相信我的清白呢？……我如今真的连眼前这个大花园都没资格进吗？……

八十六、一九六七年之二

8月16日，孔祥熙因心脏病突发，逝世于美国。

8月17日下午，蒋夫人宋美龄在蒋纬国的陪同下，搭乘空军专机赴美参加孔祥熙葬礼。

8月20日，在纽约凯伯尔殡仪馆举行大殓。

8月22日上午10时，家属、亲友、中美两国政要名流数百人，借纽约大理石协同教堂举行追悼仪式，并以青天白日满地红旗子覆盖灵柩，再由中美十二名荣誉扶灵人扶护，送纽约市北郊哈兹代尔的斐思克立夫墓园暂厝。

9月1日上午8时20分，台北军政各界借国际学舍，为孔祥熙举行追思礼拜，会场中间悬蒋介石的挽幛"为国尽瘁"。蒋介石由严家淦陪同，莅临会场。9时举行追悼会，由严家淦主持。中国国民党中央执行委员会秘书长宣读蒋介石手撰《孔庸之先生事略》后，由各机关团体公祭及个别致祭。

党国元老故世者为数颇多，蒋介石仅对孔祥熙一人作有事略，其对孔之推崇重视可以想见。蒋介石所撰《孔庸之先生事略》部分内容如下：

　　……

　　中正与先生久同患难，共扶安危，于先生生平，知之较详，用拟崖略，以告世人。先生讳祥熙，字庸之，山西太谷人，祖庆麟，父繁慈，母庞氏。太谷孔氏，本为山西望族，自庸之先生祖庆麟公起，经营商业，其在太原所设行号为"义成源"，其在北平有"义和昌"，在西安有"志成信"，在沈阳有"源泉溥"，在广州有"广茂兴"药材行等。其他内地各重要城市，以及东北各省……新疆之迪化，越南之西贡，皆有其分号，遍布于全国，故世人皆称太谷孔氏为山西之首富。庸之先生早岁留学美国，志存匡济，追随国父，献身革命，宣力效忠，早获倚任，曾密携国父亲书建国大纲，往说北方将领，对于华北党务之扩展，及士气人心之鼓励，贡献至宏。自十五年（1926）由欧返国，即任广东财政厅长兼理后方财政部务，经营草创，内顾民力之成长，外应革命之军需，迄北伐军进抵南京，新都甫定，而世局风云，尤多激荡，先生奔走各方，联络疏解，党政统一，北伐成功，实有赖也。迨一·二八事变突起，政府确定攘外必先安内，抗日必先建军之政策，乃密令先生走访欧美，接洽借款，购备械弹等事宜，归来具陈政府，综合各方意见，促成中央空军官校之创立，并奠定中国航空事业之基础。二十二年（1933）四月就任中央银行总裁，十一月就任行政院副院长暨财政部长，稍后，复以中正自兼行政院长，先生仍任副院长并兼财政金融原职，其间综理庶政，竭虑殚精，举凡救济凋敝农村，彻底革除厘金，收回关税自主，以工商建设培厚国家资源，以财政统一奠定国家基业。他如预算制度之确立，公库制度之实施，直接税制度之推行，农贷及合作制度之创建，田赋征实制度之兴办，凡百战时行政措施，巨细不遗，在艰弥励，此皆为世人所共见者也。先生天性笃实，不尚浮华，平昔治学论政，皆本实事求是之精神，与不困不惑之修养，在综理庶政日不暇给之余，对教育事业，扶植青年，奖掖后进，特加注重，故齐鲁大学、燕京大学等校皆聘先生为董事长，而先生亦乐与学术界人士往还，讲学论道，休休有容，平生留意人才，善善从长，复能推其爱众济世之心，对于社会救济与社会福利事业，策划推行，不遗余力，论者美之。综观先生一生，为国尽瘁，自民国十五年（1926）北伐，至三十五年（1946）抗战胜利，此二十年间，皆在国民政府艰难缔造，顿挫丛生之时，承担行政、财政、经济及金融事业等各项重任，均著特殊之贡献，尤以自民国二十年（1931）之后，内有共匪之叛乱，外受日本军阀之侵略，当国家环境最为险恶，与军民生计最感困窘之际，而先生临危受命，卒能沉着筹维，屡使革命大业转危为安，抗战军事转败为胜，举其要者：其一，为统一全国币制。其二，为统一各省财政。其三，为维护教育经费。其四，为充实军队饷糈。尤以依照当时所定战略方针与经济政策，筹拨铁路公路建设经费为第一，在日本军阀向我大陆侵略之前，协同交通等部，将粤汉铁路、浙赣铁路、湘桂黔铁路，以及陇海铁路——由河南观音堂至西安之线，如期完成；另并筹建成宝等重要干路，以及西南之粤、桂、湘、赣、川、黔、滇，与西北之豫、陕、甘、晋、绥、宁、青，暨陇新各公路，均依照战略交通计划，一一完成，其对于抗战成败关系之大，尤足称道，此乃在民国二十二年（1933）至二十六年（1937）五年之间，日本军阀侵入本土之前，全国积极建设，亦即世人所谓中国建设突飞猛进之时期也。当时我政府决策，对日本军阀之战略，舍弃由北向南，而绝取由东向西之计划，使敌人在我大陆，不得不深陷泥淖达八年之久，而无法侥幸得逞，并使我国以时间换空间，积小胜为大胜之战略，获得最后胜利者，实当时主持行政与财经责任之庸之先生贡献为最大，乃为中外之共睹。尤当日本军阀侵华之初，沿海各港口皆被敌人封锁，我国陆海交通与贸易与国外完全断绝。迨至民国三十一年（1942）太平洋战争既启之后，国际交通路线仍在封锁之中，而我前方军需，后方民生，皆无匮竭之虞，更为其对国家贡献最堪纪录之时期，所谓"兴国者必于多难之时，治国者必于至危之地"，先生实足以当之。及至第二次世界大战告终，即我抗战结束之初，共匪乃千方百计，造谣惑众，动摇中外舆论，企图推倒我国民政府者，必先推倒我财经当局之阴谋。于是其矛头乃集中于庸之先生之一人，使其无法久安于位，而不得不出于辞职之一途，唯当其正式交卸于其后任时，其在国库者，实存有外汇九亿余美元。而其他金银镍等各种硬币，所值美金一亿三千万余元，尚不在此数之内，以上两项合计，实值美金十亿美元以上，乃可谓中国财政有史以来唯一辉煌之政绩。在庸之先生功成身退之时，虽遭中外诽谤，所谓中国政府贪污无能之共匪谣诼，社会之中，亦竟有受此影响而多存怀疑之心者，至此当可以事实证明，其为贪污乎？其为清廉乎？其为无能乎？其为有能乎？自不待明辨而晓然矣！然当其辞职以后，国家之财政经济与金融事业，竟皆由此江河日下，一落千丈，卒至不可收拾。于是未及三年，共匪之阴谋达成，而我国家与民族，至今竟蒙此空前之浩劫，政府与人民且遭受如此奇耻大辱，更足证明孔前院长在其任职期间，自北伐剿共以至抗战胜利为止之二十年中，不辞劳怨，不辩枉屈，而一心竭智尽瘁，报效党国，其革命之精神，自足为吾辈与后世崇敬难忘者也。近年来先生养疴北美，虽在病榻，对国事仍朝夕萦怀，犹以能亲睹光复大陆为其唯一志念！终以宿疾难瘳，至于不起……顾先生一身之进退，对国家之安危，其关系之重大如此！当此盖棺论定之际，世人与历史，自有其公正之论断，唯中正受全民付托，负国家重任既艰且久，对我同僚之功过是非，不得不以经过事实，略加申述。而今庸之先生，既已为国尽瘁，自不愿其潜德幽光，湮没不彰，乃不能再避亲姻之私，而述其大略如此，世人当不以中正为有所偏私而加以辩解也，唯期对党国忠贞不贰之庸之先生在天之灵，有所慰藉云尔。

八十七、一九七九年之一

对于孔祥熙的生平事迹功过是非，未见中共官方有盖棺定论式的正式文字发表过。

权威的《辞海》中设有"孔祥熙"条目，其全文如下：

孔祥熙 （1880—1967），山西太谷人。早年曾经营钱庄，1901年留学美国，毕业于耶鲁大学。辛亥革命后，任山西都督阎锡山顾问。1924年赴粤，任广东革命政府财政厅厅长，1927年任武汉国民政府实业部部长，旋赴南京，历任国民党政府实业部长、财政部长、行政院长、中央银行总裁、中国银行总裁等职。控制财权，大肆聚敛，与蒋介石、宋子文、陈果夫、陈立夫等被称为四大家族，是中国官僚资产阶级的典型代表。1948年赴美要求贷款，即定居美国。1967年在纽约病死。

这一段文字，固然不能视作中共官方的正式结论，但考虑到本版《辞海》的成书经过，一直受到毛泽东、周恩来等中共领导人的关怀及具体指导，那么认定它大致能够代表中共当局的基本态度，应该不算过分。

八十八、一九七九年之二

9月，台湾《近代中国》杂志社发表了一段文字如下：

9月11日，为孔祥熙先生百年诞辰。本社为纪念这位对国家政治、外交，尤其在财政、金融方面有卓越贡献的党国先进，于9月14日假台北市国父纪念馆贵宾室，举行口述历史座谈会。应邀出席的有孔德成、黄季陆、张彝鼎、刘振东、张导民、卫聚贤、芦学礼、耿誓、汪元、刘象山、朱尊谊诸先生。座谈会由本刊发行人秦孝仪先生主持。会后并专访因事未能出席之徐柏园、石钟秀二先生。兹整理记录发表如文。

诸位发言很长，这里难以转述，但基调鲜明，一色歌功颂德。以徐柏园引用的一句名言概括，曰："君子之德，其温如玉，中心藏之，何日忘之。"

八十九、二十世纪八九十年代

20 世纪 80 年代中期至 90 年代中期，大陆忽然掀起一股"孔祥熙热"，出版之有关书刊，以本作者之眼浅，所见亦不下十多种。持论尖刻者有之，态度宽容者有之，史料翔实者有之，以讹传讹者有之……五花八门，倒也新鲜热闹。

那么，孔祥熙这样一个历来有争议的人物，总会有后人以春秋之笔给予定评的。笔者的这部拙著，就再做一块引玉之砖吧。

参考书目

1. 沈云龙：《近代中国史料丛刊》，台北：台湾文海出版社，1966 年。

2. 范文澜、翦伯赞、白寿彝：《中国近代史资料丛刊》，上海：上海人民出版社，2000 年。

3. 陈增辉、林金水：《中国近代史资料丛刊续编·清末教案》，北京：中华书局，2006 年。

4. 何高济等：《利玛窦中国札记》，北京：中华书局，2001 年。

5. 罗光：《利玛窦传》，台北：台湾辅仁大学，1982。

6. W.E. 苏特尔：《李提摩太传》，上海：上海广学会，1924 年。

7. 戴玄之：《义和团研究》，北京：北京大学出版社，2010 年。

8. 苏位智等：《义和团研究一百年》，济南：齐鲁出版社，2000 年。

9. 吴景平：《宋子文评传》，福州：福建人民出版社，1992 年。

10. 李敖：《蒋介石研究》，北京：中国友谊出版公司，2006 年。

11. 费正清：《剑桥中华民国史》，上海：上海人民出版社，1991 年。

12. 孔祥毅：《阎锡山和山西省银行》，北京：中国社会科学出版社，1980 年。

13. 李与王：《神秘的孔二小姐》，深圳：海天出版社，1995 年。

14. 西安事变实证研究与陕西省华清池管理处编：《西安事变实证研究》，西安：陕西人民出版社，2001 年。

15. 中央档案馆编 :《中国共产党关于西安事变档案史料选编》，北京 : 中国档案出版社，1997 年。

16. 台北中央研究院近代史所编 :《中华民国史事日志》，台北 : 台北中央研究院近代史所，1984 年。

17. 金冲及 :《周恩来传》，北京 : 中央文献出版社，1998 年。

18. 陈九如 :《中国庚款留学述论》，《安徽商贸职业技术学院学报》，2006 年第二期。

19. 张碧君 :《中国最多的一次赔款——庚子赔款》，《北京档案》，1998 年第二期。

20. 蔡志新 :《孔祥熙经济思想研究》，太原 : 山西人民出版社，2007 年。

21. 高尔松、高尔柏 :《孙中山先生与中国》，上海 : 上海民智书局，1925 年。

后　记

　　有关孔祥熙的一生，海峡两岸已有专著数种。但它们无不存在两大缺憾：一是对孔祥熙的青少年时代记述简略，语焉不详；二是脱不掉对历史人物品评的政党政治色彩，褒者过褒，贬者过贬，有失公允。笔者洞察以上缺憾与不足，花大力气精心弥补，三年中五下孔之故乡——山西省太谷县，两赴孔之中学母校——通县潞河中学，占有了孔祥熙青少年时代的大量第一手资料，有许多内容还从未披露过。读者将会看到，在全书中，孔祥熙的青少年部分就占了七章。

　　至于应该如何把孔祥熙作为一个历史人物对待，予以公正客观的评价，作者亦大胆摒弃左右两方之成见，以史实为依据，写出独创之己见，力争还孔祥熙以本来面目。读者将在余下的八章里，对从政后的孔祥熙的是与非、功与过，获取一个全面、真实、生动而又富有人生哲理的了解和理解。

　　此次出版，承蒙名作欣赏杂志社社长赵学文先生、山西人民出版社责任编辑吕绘元先生、名作欣赏杂志社图书部张世旺先生等鼎力帮助，在此一并致谢！

周宗奇

2013 年 9 月 6 日于太原学酒脱斋